JOHN KATZENBACH es uno de los autores más importantes de novela negra en el mundo; muchas de sus obras han sido adaptadas al cine y a la televisión. Posee también una larga trayectoria como periodista en temas judiciales. Es autor de *La guerra de Hart, Al calor del verano, El hombre equivocado, La historia del loco, Juegos de ingenio, La sombra, Juicio final, Retrato en sangre, Un final perfecto, El estudiante, Personas desconocidas* y *El club de los psicópatas*. Con *El psicoanalista* (que lleva más de un millón y medio de ejemplares vendidos), inauguró la serie protagonizada por el profesor Ricky Starks. Le siguieron *Jaque al psicoanalista* y *El psicoanalista en la mira*.

Penguin
Random House
Grupo Editorial

Título original: The Measure

Primera edición en este formato: septiembre de 2024
Primera reimpresión: octubre de 2024

© 2022, Nikki Erlick
© 2022, 2023 Penguin Random House Grupo Editorial, S. A. U.
Travessera de Gràcia, 47-49. 08021 Barcelona
© Kitlef Micer, por la traducción

Penguin Random House Grupo Editorial apoya la protección del copyright. El copyright estimula la creatividad, defiende la diversidad en el ámbito de las ideas y el conocimiento, promueve la libre expresión y favorece una cultura viva. Gracias por comprar una edición autorizada de este libro y por respetar las leyes del copyright al no reproducir, escanear ni distribuir ninguna parte de esta obra por ningún medio sin permiso. Al hacerlo está respaldando a los autores y permitiendo que PRHGE continúe publicando libros para todos los lectores. Diríjase a CEDRO (Centro Español de Derechos Reprográficos, http://www.cedro.org) si necesita reproducir algún fragmento de esta obra.

Printed in Spain — Impreso en España

ISBN: 978-84-10381-46-9
Depósito legal: B-12.524-2024

Impreso en Liberdúplex
Sant Llorenç d'Hortons (Barcelona)

Papel certificado por el Forest Stewardship Council®

Título original: *The Wrong Man*

Primera edición en este formato: septiembre de 2024
Primera reimpresión: enero de 2026

© 2006, John Katzenbach
© 2007, 2024, Penguin Random House Grupo Editorial, S. A. U.
Travessera de Gràcia, 47-49. 08021 Barcelona
© Rafael Marín Trechera, por la traducción
Diseño de cubierta: Penguin Random House Grupo Editorial
basado en el diseño original de Sara Salvador
Imagen de la cubierta: © Getty Images

Printed in Spain – Impreso en España

ISBN: 978-84-10381-46-9
Depósito legal: B-16150-2024

Impreso en Liberdúplex
Sant Llorenç d'Hortons (Barcelona)

BB 8 1 4 6 9

El hombre equivocado

JOHN KATZENBACH

Para los sospechosos habituales:
esposa, hijos y perro.

—¿Te gustaría escuchar una historia? ¿Una historia poco corriente?

—Desde luego.

—Bien, pero primero tienes que prometerme una cosa: nunca le dirás a nadie dónde la escuchaste. Y si alguna vez vuelves a contarla, en cualquier circunstancia, situación o formato, ocultarás los detalles para que no puedan relacionarla conmigo ni con las personas de las que voy a hablarte. Nadie sabrá nunca si es verdad o no. Nadie podrá descubrir su fuente exacta. Y todo el mundo creerá que es otra de las historias que tú cuentas: inventada. Pura ficción.

—Eso suena un poco exagerado. ¿De qué trata esa historia?

—De un asesinato. Se cometió hace unos años. O tal vez nunca, claro. ¿Quieres escucharla?

—Adelante.

—Entonces dame tu palabra —pidió con recelo.

—Muy bien. Tienes mi palabra.

Ella se inclinó hacia delante y tomó aliento para comenzar.

—Supongo que podríamos decir que empezó en el momento en que él encontró aquella carta de amor.

1

El profesor de Historia y las dos mujeres

Cuando Scott Freeman leyó por primera vez la carta que encontró en un cajón de la cómoda de su hija, dos semanas después de la última visita de ésta a su casa, arrugada y oculta tras unos viejos calcetines blancos, tuvo la súbita certeza de que alguien iba a morir.

No fue una sensación clara y definida, pero lo embargó con la intensidad de una amenaza inminente. Cuando logró sosegarse un poco, se quedó inmóvil y repasó una y otra vez las palabras escritas en el papel.

Nadie puede amarte como yo lo hago. Nadie lo hará jamás. Estamos hechos el uno para el otro, y nada lo impedirá. Estaremos juntos para siempre. De un modo u otro.

(Sin firma)

Estaba impresa en papel corriente y con letra cursiva, lo que le daba un aire anticuado. No pudo encontrar el sobre donde venía, así que no había ningún remite, ni siquiera un matasellos que él pudiera comprobar. La colocó sobre la cómoda y trató de alisar las arrugas que le daban un aspecto apremiante. Su hija debía de haberla estrujado antes de meterla en el fondo del cajón. Observó de nuevo las palabras y trató de creer que eran inofensivas. Un vehemente requerimiento de amor, un arrebato pasional de algún compañero de estudios de Ashley, tal vez una mera aventura que ella le había ocultado por pruritos románticos.

Pero nada de lo que pensó pudo borrar aquella sensación inquietante.

Scott Freeman no se consideraba un hombre receloso, ni proclive a la cólera o a tomar decisiones precipitadas. Le gustaba considerar detenidamente cualquier elección, examinar cada aspecto de su vida como si fuera la arista de un diamante puesto al microscopio. Era metódico por trabajo y por naturaleza, pese a que llevaba el pelo largo y desordenado para recordarse sus años de juventud a finales de los sesenta. Le gustaba vestir vaqueros y una chaqueta de pana gastada con parches de cuero en los codos. Usaba unas gafas para leer y otras para conducir, y siempre llevaba ambas encima. Se mantenía en forma haciendo ejercicio a diario, corriendo cuando el clima lo permitía o en una cinta sin fin durante los largos inviernos de Nueva Inglaterra. En parte lo hacía para compensar las ocasiones en que bebía demasiado, acompañando a veces el whisky con un porro. Scott se enorgullecía de sus clases, que le permitían ciertos alardes de vanidad cuando se enfrentaba a un aula repleta. Le encantaba su especialidad, la historia, y esperaba cada septiembre con entusiasmo, sin el cinismo que aquejaba a muchos de sus colegas de facultad. No obstante, pensaba que llevaba una vida demasiado apacible, así que ocasionalmente se permitía alguna conducta alocada; por ejemplo, un Porsche 911 de hacía diez años que conducía hasta la época de las nevadas, con rock and roll a toda pastilla en la radio. Reservaba la vieja furgoneta para los inviernos. Tenía algún ligue ocasional, pero sólo con mujeres de más o menos su edad, más realistas en sus expectativas, y reservaba sus pasiones para los Red Sox, los Patriots, los Celtics, los Bruins y todos los equipos deportivos de la facultad.

Se consideraba un hombre rutinario, y a veces pensaba que sólo había tenido tres aventuras de verdad en su vida adulta. Una, cuando recorría en kayak la rocosa costa de Maine y una fuerte corriente y una niebla súbita lo apartaron de sus compañeros, dejándolo durante horas en medio de una gris bruma de tranquilidad, rodeado únicamente por el sonido de las olas que lamían el kayak y el ocasional chapoteo de una foca o una marsopa. El frío y la humedad lo envolvían y empañaban su visión. Comprendió que estaba en grave peligro, pero conservó la calma y esperó hasta que una embarcación de la Guardia Costera surgió de la húmeda bruma que lo rodeaba. El oficial le dijo que se encontraba muy cerca de una corriente traicionera que con toda seguridad lo habría arrastrado mar adentro, y por eso se asustó mucho más después de ser rescatado que cuando estaba en peligro.

Ésa fue una de sus aventuras. Las otras dos duraron más. En 1968, cuando Scott tenía dieciocho años y acababa de ingresar en la universidad, rechazó un recurso para prorrogar el reclutamiento porque le parecía inmoral permitir que otros se jugasen la vida mientras él estudiaba, a salvo de todo. Este romanticismo trasnochado le pareció muy ético en su momento, pero lo dejó sin aliento cuando recibió la carta de alistamiento. En un santiamén se encontró convertido en soldado y camino de una unidad de apoyo en Vietnam. Durante seis meses sirvió en una unidad de artillería. Su trabajo consistía en transmitir las coordenadas que recibía por radio al comandante del asentamiento artillero, quien ajustaba la puntería de los cañones y luego ordenaba hacer fuego. Las sucesivas descargas producían un estruendo más ensordecedor que cualquier trueno. Más tarde, tuvo pesadillas por haber tomado parte en una matanza invisible, más allá de su vista y su oído, y en mitad de la noche se preguntaba si había matado a docenas o tal vez cientos de personas, o tal vez a ninguna. Lo devolvieron a casa un año después, sin haber disparado nunca contra un enemigo visible.

Después del servicio militar, evitó la protesta política que sacudía la nación y se dedicó a sus estudios con una tenacidad que lo sorprendió incluso a él. Después de ver la guerra, o al menos una parte de ella, la historia era algo que lo reconfortaba: sus decisiones ya estaban tomadas, sus intereses se remontaban a los tiempos pasados. No hablaba de su estancia en el ejército, y ahora, maduro y con una cátedra, dudaba que ninguno de sus colegas supiera que había luchado en Vietnam. A veces incluso le parecía que había sido un mal sueño, tal vez una pesadilla, y llegaba a pensar que su año en el frente apenas había existido.

Su tercera aventura era Ashley.

Scott Freeman se quedó con la carta en la mano y se sentó en el borde de la cama de su hija. Tenía tres almohadas, una de ellas bordada con un corazón que él le había regalado por su cumpleaños hacía más de diez años. También había dos ositos de peluche, llamados *Alphonse* y *Gaston*, y una colcha ajada que le habían regalado al nacer. Scott contempló la colcha y recordó que había sido un episodio divertido: en las semanas anteriores al nacimiento de Ashley, sus dos futuras abuelas le regalaron sendas colchas. La otra, lo sabía, estaba en una cama similar en la casa de la madre de Ashley.

Contempló el resto de la habitación. Fotografías de Ashley y sus amistades pegadas en una pared; baratijas; notas escritas a mano con la letra florida y ampulosa de las adolescentes. Pósters de atletas y poetas, y el poema enmarcado de William Butler Yeats que terminaba con «Anhelo ese beso tuyo que he de poseer, y que echaré de menos cuando crezcas»; él se lo había regalado por su quinto cumpleaños, y a menudo se lo susurraba mientras ella se dormía. También había fotografías de sus diversos equipos de fútbol y softball, y una foto enmarcada del baile de graduación, tomada en ese momento exacto de perfección adolescente, cuando su vestido silueteaba cada curva recién hallada, el cabello le caía perfectamente sobre los hombros desnudos y su piel resplandecía. Scott reparó en que estaba contemplando una colección de recuerdos: la infancia documentada de manera típica, probablemente no muy distinta de la habitación de cualquier otra joven, pero única a su modo. Una arqueología del crecimiento.

Había una foto de los tres, tomada cuando Ashley tenía seis años, quizás un mes antes de que Sally lo abandonara. Estaban de vacaciones familiares en la costa, y le parecía que las sonrisas que todos esbozaban tenían cierto matiz de fatalidad, pues apenas enmascaraban la tensión que había dominado sus vidas. Ashley había construido un castillo de arena con su madre aquel día, pero la marea y las olas lastraron sus esfuerzos, derribando cada estructura, aunque no cejaban en cavar fosos y levantar murallas de arena.

Escrutó las paredes y la mesa, sin ver ningún rastro de algo fuera de lo normal. Esto lo preocupó aún más.

Scott echó otro vistazo a la carta. «Nadie puede amarte como yo lo hago.» Sacudió la cabeza. Eso no era cierto, pensó. Todo el mundo amaba a Ashley.

Lo que le asustaba era que el remitente pudiera tomarse en serio aquel sentimiento exagerado. Por un instante, trató de convencerse de que estaba siendo demasiado protector. Ashley ya no era una adolescente, ni siquiera una estudiante universitaria. Estaba a punto de iniciar un curso para posgraduados de Historia del Arte en Boston, y tenía su propia vida.

No traía firma. Eso significaba que ella conocía al remitente. El anonimato era una firma tan clara como cualquier nombre escrito.

Junto a la cama había un teléfono rosa. Lo cogió y marcó el número del móvil de Ashley.

Ella respondió al segundo tono.

—¡Hola, papá! ¿Qué tal? —Su voz irradiaba juventud, entusiasmo y confianza.

Él suspiró lentamente, aliviado.

—¿Cómo estás? —repuso—. Sólo quería oír tu voz.

Una vacilación momentánea.

A Scott no le gustó.

—Sin novedad. La facultad está bien y el trabajo, bueno, es trabajo. Pero eso ya lo sabes. La verdad es que nada ha cambiado desde que estuve en casa la última vez.

Él tomó aire.

—Apenas te vi. Y no tuvimos muchas ocasiones de hablar. Sólo quería asegurarme de que todo va bien. ¿Ningún problema con tus profesores? ¿Has oído algo del curso en que te has matriculado?

Otra pausa.

—No. Aún no.

Él se aclaró la garganta.

—¿Y los chicos? Los hombres, quiero decir. ¿Algo que yo debiera saber?

Ella no contestó.

—¿Ashley?

—No —dijo rápidamente—. Nada, de verdad. Nada especial. Nada que no pueda manejar.

Scott esperó, pero ella no dijo más.

—¿Hay algo que quieras contarme?

—No, de verdad que no. Papá, ¿a qué viene este tercer grado? —preguntó con tono de broma forzado.

—Sólo intento no perderte de vista. Tu vida pasa de largo, y a veces necesito seguirte los pasos.

Ella rió, también de manera algo forzada.

—Bueno, ese viejo coche tuyo es bastante rápido.

—¿Algo de lo que tengamos que hablar? —insistió él, aunque sabía que ella advertiría la insistencia.

—Ya te he dicho que no. ¿Por qué lo preguntas? ¿Todo bien por tu parte?

—Sí, sí, estoy bien.

—¿Y mamá? ¿Y Hope? Están bien, ¿no?

Scott contuvo la respiración. La familiaridad con que ella

— 16 —

mencionaba el nombre de la compañera de su madre siempre lo aturullaba, aunque no debería sorprenderse después de tantos años.

—Las dos están bien, supongo.

—Entonces, ¿te preocupa otra cosa?

Él miró la carta.

—No, en absoluto. Nada concreto. Sólo que los padres siempre nos preocupamos por nada. Solemos imaginar lo peor. Cosas ominosas, desesperación y dificultades acechando en cada esquina. Es lo que nos convierte en las personas terriblemente aburridas y pesadas que somos.

La oyó reír, cosa que lo alivió un poco.

—Mira, tengo que ir al museo y voy a llegar tarde. Ya hablaremos, ¿vale?

—Claro. Te quiero.

—Yo también, papá. Adiós.

Scott colgó y pensó que a veces lo que no oyes es tan importante como lo que oyes. Y en esta ocasión no había oído un montón de problemas.

Hope Frazier observó a la centrocampista del equipo contrario. La joven tenía tendencia a avanzar demasiado, dejando sola a la defensora que tenía detrás. La jugadora de Hope, marcándola de cerca, no acababa de ver que en ese momento podía lanzar un contraataque. Hope se paseó por la banda, pensó en hacer un cambio, pero luego se arrepintió. Sacó una libretita del bolsillo trasero e hizo una rápida anotación. «Lo mencionaré en el entrenamiento», pensó. Tras ella, oyó un murmullo entre las chicas del banquillo; estaban acostumbradas a verla emplear la libreta. A veces esto suponía alabanzas, pero otras se convertía en dar varias vueltas alrededor del campo después del entrenamiento del día siguiente. Hope se volvió hacia las muchachas.

—¿Alguien ve lo que yo veo?

Hubo un momento de vacilación. «Estudiantes —pensó—. En un instante, son todo bravatas. Al siguiente, todo timidez.» Una chica alzó la mano.

—Muy bien, Molly. ¿Qué?

Molly se levantó y señaló a la centrocampista rival.

—Nos está causando problemas por la derecha, pero podemos aprovechar su adelantamiento...

Hope dio una palmada.

—¡En efecto! —dijo. Vio sonreír a las otras chicas. Mañana no habría vueltas extra—. Muy bien, Molly, empieza a calentar. Sustituirás a Sarah en el centro. Controla el balón y contraataca desde ahí.

Hope fue a sentarse en el sitio dejado por Molly en el banquillo.

—Mirad el terreno de juego, chicas —dijo—. Vedlo en su conjunto. El juego no es siempre la pelota que tenéis a los pies: trata del espacio, el tiempo, la paciencia y la pasión. Es como el ajedrez. Hay que convertir las desventajas en...

Alzó la cabeza al oír una exclamación del público. Se había producido un encontronazo en la otra banda, y varios espectadores exigían al árbitro que sacara una tarjeta amarilla. Un padre airado corría por la banda y agitaba los brazos. Hope se levantó y se acercó a la banda, intentando ver qué había pasado.

—Entrenadora...

Se volvió y vio que el juez de línea la llamaba.

—Creo que la necesitan.

El entrenador del equipo contrario había echado a correr, así que rápidamente cogió una botella de Gatorade y el maletín de primeros auxilios. Mientras iba hacia allí, pasó junto a Molly.

—Molly, me lo he perdido. ¿Qué ha pasado?

—Han chocado con la cabeza, entrenadora. Creo que Vicki se ha quedado grogui, pero la otra chica se ha llevado la peor parte.

Cuando llegó al lugar, su jugadora se estaba incorporando ya, pero la del equipo contrario estaba tendida en el suelo. Hope oyó unos sollozos entrecortados. Se dirigió a su jugadora.

—¿Estás bien, Vicki?

La chica asintió con expresión de miedo. Todavía jadeaba en busca de aire.

—¿Te duele algo en particular?

Vicki negó con la cabeza. Algunas jugadoras se habían acercado, pero Hope las hizo retroceder.

—¿Crees que podrás ponerte en pie?

Vicki asintió de nuevo, y Hope la cogió por el brazo y la ayudó a levantarse.

—Vamos a sentarnos un momento en el banquillo —dijo. Vicki empezó a negar con la cabeza, pero Hope la llevó del brazo.

En la banda cercana, el padre exaltado estaba enzarzado en una fuerte discusión con el otro entrenador. No había empezado todavía con las juramentos, pero Hope sabía que no tardaría mucho. Se volvió hacia él.

—Conservemos la calma —le dijo—. Ya conoce las reglas sobre las protestas.

El padre airado se giró para mirarla. Abrió la boca como para soltar un improperio, pero se contuvo. Miró a Hope con el rostro enrojecido antes de darse la vuelta. El otro entrenador se encogió de hombros y Hope lo oyó mascullar «Idiota». Hope se llevó a Vicki, que seguía tambaleándose.

—Es que mi padre se cabrea demasiado —dijo la chica, con tanta sencillez y tanto dolor, que Hope comprendió que no sólo se refería al incidente en el terreno de juego.

—Tal vez deberías hablar conmigo después de los entrenamientos de esta semana. O visitarme en la tutoría cuando tengas una hora libre.

Vicki negó con la cabeza.

—Lo siento, entrenadora. No puedo. Él no me deja.

Y eso fue todo.

Hope le apretó el brazo.

—Ya lo haremos en otra ocasión.

Esperaba que fuera cierto. Mientras sentaba a Vicki en el banquillo y enviaba una nueva jugadora al campo, pensó que en la vida nada era justo, nada era equitativo, nada era bueno. Miró hacia donde se hallaba el padre de Vicki, un poco apartado de los demás padres, cruzado de brazos y con gesto avinagrado, como si estuviera contando los segundos que su hija estaba fuera del partido. Hope pensó que ella era más fuerte, más rápida, probablemente mejor educada y sin duda mucho más experimentada en el juego que aquel hombre. Había conseguido todos los títulos de entrenadora, asistido a muchos seminarios de formación, y con una pelota en los pies podría haber avergonzado a aquel padre protestón, mareándolo con sus fintas y sus cambios de ritmo. Podría haber hecho gala de sus propias habilidades, junto con los trofeos de los campeonatos y su certificado de la Federación Americana, pero nada de eso habría importado un pimiento. Hope sintió un arrebato de ira frustrada, que se guardó para sí junto con todos los demás. Mientras pensaba estas cosas, una de sus jugadoras escapó por la banda derecha y con elegante habilidad marcó un gol a la portera rival. Hope comprendió, mientras el equipo saltaba y aplaudía el tanto, todo sonrisas, abrazos y palmadas, que ganar era quizá lo único que la mantenía a salvo.

Sally Freeman-Richards se quedó en su despacho, esperando a la luz mortecina de octubre, después de que sus dos socios se marcharan a casa. En otoño, el sol se ponía tras las blancas torres de la iglesia episcopaliana que estaba cerca del campus, e inundaba las ventanas de las oficinas adyacentes con un resplandor cegador. Era un momento inquietante. El resplandor tiene una cualidad desapacible y peligrosa; en varias ocasiones, estudiantes que volvían a casa después de las últimas clases de la tarde habían sido atropellados al cruzar la calle por conductores cuya visión era defectuosa por la luz reflejada en el parabrisas. A lo largo de los años, ella había observado este fenómeno desde ambos lados: una vez defendiendo a un conductor desafortunado y, la otra, demandando a una compañía de seguros en representación de un estudiante que había acabado con las dos piernas rotas.

Sally vio la luz del sol colarse por el bufete, dibujar sombras, proyectar en las paredes extrañas figuras. Saboreó el momento. Extraño, pensó, que una luz que parecía tan benigna pudiera albergar semejante peligro. La clave era no encontrarse en el lugar equivocado en el momento equivocado.

Suspiró y pensó que su observación, en cierto modo, definía lo que era la ley. Contempló su escritorio e hizo una mueca ante el montón de sobres y documentos legales que cubrían una esquina. Había al menos media docena apilados, mero papeleo legal. El cierre de un contrato inmobiliario, un caso de compensación laboral, un pequeño pleito entre vecinos por unas tierras en disputa. En otro rincón, en un archivador separado, tenía los casos que más le interesaban, los concernientes a su especialidad. Implicaban a otras lesbianas de todo el valle. Desde adopciones a disoluciones matrimoniales, pasando por una acusación de homicidio por negligencia. Manejaba sus casos con experiencia, cobrando honorarios razonables, sonriendo y estrechando manos, y se consideraba la abogada de las emociones desatadas. Sabía que en ello había algo de retribución o de deuda, pero no le gustaba reflexionar demasiado sobre su vida; le bastaba con hacerlo profesionalmente sobre la de los demás.

Cogió un lápiz y abrió uno de los expedientes aburridos, pero al poco lo apartó a un lado. Dejó caer el lápiz en una taza con la inscripción «La mejor mamá del mundo». Dudaba de la exactitud de esa frase.

Sally se levantó y pensó que no había nada realmente urgente que la obligara a trabajar hasta tarde. Se estaba preguntando si Hope ya habría llegado a casa y qué iba a preparar para cenar, cuando sonó el teléfono.

—Freeman-Richards.

—Hola, Sally, soy Scott.

Ella se sorprendió un poco.

—Hola, Scott. Estaba a punto de marcharme...

Él se imaginó el despacho de su ex mujer. Seguramente organizado y ordenado, pensó, todo lo contrario del caos que caracterizaba al suyo. Se relamió los labios un instante, recordando cuánto detestaba que ella hubiera conservado su apellido (adujo que sería más sencillo para Ashley cuando creciera), pero compuesto con el de soltera.

—¿Tienes un momento?

—Pareces preocupado.

—No sé. Tal vez debería estarlo. Tal vez no.

—¿Cuál es el problema?

—Ashley.

Sally contuvo la respiración. Con su ex marido solía mantener conversaciones directas y al grano, por lo general sobre cuestiones menores procedentes de los detritos del divorcio. A medida que fueron pasando los años tras la separación, Ashley se convirtió en lo único que los mantenía en contacto, y por eso sus temas se ceñían principalmente a asuntos de transporte entre una casa y otra y al pago de las facturas. A lo largo de los años habían alcanzado una especie de pacto de no agresión, y trataban estos asuntos de manera eficiente y superficial. Hablaban poco o nada sobre en qué se había convertido cada uno y por qué; era, pensaba ella, como si en los recuerdos y percepciones de ambos sus vidas se hubieran congelado en el momento del divorcio.

—¿Qué ocurre?

Scott vaciló. No estaba seguro de cómo expresarlo con palabras.

—He encontrado una carta preocupante entre sus cosas —dijo.

Sally vaciló también.

—¿Por qué estabas husmeando entre sus cosas? —preguntó.

—Eso es irrelevante. El caso es que la he encontrado.

—No creo que sea irrelevante. Deberías respetar su intimidad.

Él se enfadó, pero decidió contenerse.

—Se dejó fuera unos calcetines y unas braguitas. Los estaba guardando en el cajón y entonces vi la carta. La leí y me preocupó. Supongo que no debería haberla leído, pero lo hice. ¿En qué me convierte eso, Sally?

Ella no respondió, aunque se le ocurrieron varias respuestas.

—¿Qué clase de carta es? —preguntó en cambio.

Scott se aclaró la garganta, una maniobra habitual para ganar un poco de tiempo, y dijo simplemente:

—Escucha.

Y le leyó la carta.

Cuando terminó, el silencio se prolongó.

—No parece tan malo —dijo Sally finalmente—. Tiene un admirador secreto.

—Admirador secreto. Suena a expresión victoriana.

Ella ignoró el sarcasmo y guardó silencio.

Scott esperó un instante.

—Según tu experiencia profesional —preguntó luego—, ¿no crees que tiene cierto tono de obsesión? ¿De compulsión tal vez? ¿Qué clase de persona escribe una carta así?

Sally tomó aire y se preguntó lo mismo.

—¿Te ha mencionado ella algo? ¿Algo sobre esto? —insistió Scott.

—No.

—Eres su madre. ¿No acudiría a ti si tuviera algún problema con los hombres?

La expresión «problema con los hombres» quedó suspendida entre ambos, reverberando con furia.

—Sí, supongo que sí. Pero no lo ha hecho.

—Bueno, cuando fue a visitarte, ¿no te dijo nada? ¿No advertiste nada en su conducta?

—No. ¿Y tú? Pasó un par de días en tu casa.

—Tampoco. Apenas la vi. Estuvo saliendo con algunas amigas del instituto. Ya sabes, se marchaba a cenar y regresaba a las dos de la madrugada, dormía hasta mediodía y luego se entretenía por la casa hasta la hora de marcharse otra vez.

Sally Freeman-Richards inspiró hondo.

—Bueno, Scott —dijo muy despacio—, no estoy segura de que se trate de algo para preocuparse. Si Ashley tiene algún problema, tarde o temprano lo hablará con alguno de nosotros. Tal vez deberíamos darle tiempo. Y no creo que tenga sentido dar por sentado que hay un problema antes de oírlo directamente de su boca. Creo que estás exagerando.

«Una respuesta muy razonable», pensó Scott. Muy reveladora. Muy liberal. Muy en sintonía con quiénes eran y dónde vivían. Y completamente equivocada.

Ella se levantó y se acercó a un mueble antiguo en un rincón del salón, se tomó un momento para ajustar un plato chino expuesto en una balda y dio un paso atrás para examinarlo con ceño. En la distancia, oí a algunos niños jugando bulliciosamente, pero en la sala donde estábamos no había más que un tictac de tensión.

—¿Cómo supo Scott que algo iba mal? —preguntó ella por segunda vez.

—Exacto. La carta, tal como tú la citas, podría haber significado cualquier cosa. Su ex esposa fue lista al no precipitarse a ninguna conclusión.

—Muy propio de los abogados, ¿no?

—Si lo entendemos como cautela, sí.

—¿Y te parece que fue inteligente? —preguntó. Agitó una mano al aire, como descartando mis preocupaciones—. Él lo sabía por una corazonada, porque sí. Supongo que podríamos llamarlo instinto, aunque suene simplista. Es un poco el residuo animal que acecha en alguna parte de todos nosotros: cuando tienes la sensación, sabes que algo no va bien.

—Eso suena un poco traído por los pelos.

—¿Sí? ¿Has visto alguno de esos documentales sobre la llanura del Serengeti en África? ¿Cuántas veces la cámara capta una gacela alzando la cabeza, aprensiva de repente? No puede ver al depredador que acecha, pero...

—De acuerdo, pero sigo sin ver cómo...

—Bueno —interrumpió ella—. Tal vez si conocieras al hombre en cuestión...

—Sí, supongo que eso podría ayudar. Después de todo, ¿no era ése el mismo problema al que se enfrentaba Scott?

—Lo fue. Naturalmente, al principio no sabía nada. No tenía ningún nombre, ni dirección, edad, descripción, carnet de conducir, número de la seguridad social, información laboral. Nada. Sólo tenía un sentimiento extremo expresado en una página y una sensación de preocupación arraigada en lo más hondo.

—Miedo.

—Sí, miedo. Y no completamente racional, como bien señalas. Estaba solo con su miedo. La clase más dura de ansiedad: peligro indefinido y desconocido. Una encrucijada difícil, ¿no?

—Sí —dije—. La mayoría de la gente no habría hecho nada.

—Al parecer Scott no era como la mayoría.

No respondí, y ella inspiró profundamente antes de añadir:

—Pero si entonces, al principio, hubiera sabido contra quién se enfrentaba, se habría sentido... —Se interrumpió.

—¿Cómo?

—Perdido.

dable en la planta del pie de O'Connell que a este más que el pie en alto y firme. La agua está marcando la piel de aquel sitio sensible. Allí podría haber sido ciruelo; y un niño, o sea, relata a una amante. O importa para aplicar un doloroso día el más atenuado, pero la palabra solo el mes solía marcaría...

2

Un hombre de ira inusitada

La aguja del tatuador zumbaba con una urgencia similar a un moscardón que revoloteara sobre su cabeza. El hombre de la aguja era un tipo grueso y musculoso, decorado con dibujos multicolores que se extendían como enredaderas por sus brazos, subían hasta sus hombros y se enroscaban en su cuello, para terminar en los colmillos de una serpiente bajo la oreja izquierda. Se agachó como si fuera a rezar, aguja en mano, para iniciar la tarea, pero vaciló y preguntó:

—¿Está seguro de que quiere esto?

—Estoy seguro —respondió Michael O'Connell.

—Nunca he hecho un tatuaje así.

—Alguna vez tiene que ser la primera.

—Espero que sepa lo que está haciendo. Le va a doler un par de días.

—Siempre sé lo que estoy haciendo —respondió O'Connell. Apretó los dientes para soportar el dolor y se acomodó en el sillón.

El grueso hombretón empezó a trabajar en el dibujo. Michael O'Connell había escogido un corazón escarlata atravesado por una flecha que goteaba lágrimas de sangre. En el centro, el tatuaje tendría las iniciales AF; lo novedoso del tatuaje era su emplazamiento. Vio al artista esforzarse un poco. Le resultaba más difícil perfilar el corazón y las iniciales en la planta del pie de O'Connell que a éste mantener el pie en alto y firme. La aguja iba marcando la piel de aquel sitio sensible. Allí podías hacerle cosquillas a un niño, o acariciar a una amante. O utilizarlo para aplastar un bicho. Era el sitio más adecuado para la multiplicidad de sus sentimientos, pensó.

Michael O'Connell era un hombre con pocas relaciones exteriores, pero gruesas cuerdas, alambres de espino y sólidos candados lo constreñían por dentro. Medía casi un metro ochenta y tenía una densa mata de pelo oscuro y rizado. Ancho de hombros, resultado de muchas horas levantando pesas en el instituto, y estrecho de cintura, sabía que era guapo. Tenía magnetismo en su forma de alzar las cejas y en la manera en que abordaba cualquier situación. Afectaba cierto descuido en su vestimenta que lo hacía parecer familiar y amistoso; prefería la pana al cuero para encajar mejor con la población estudiantil, y evitaba llevar nada que sugiriese dónde había crecido, como vaqueros demasiado ajustados o camisetas estrechas. Ahora caminaba por Boylston Street hacia Fenway. La brisa matinal producía pequeños remolinos con las hojas caídas y la basura de la calle. Percibía algo de New Hampshire en el aire, una nitidez que le recordaba su juventud.

Le dolía el pie, pero era un dolor agradable.

El tatuador le había dado un par de Tylenol y había protegido con gasa y esparadrapo el dibujo, pero le había advertido que caminar podría ser duro. No importaba, a pesar de lo mal que pudiera sentirse durante unos días.

No se encontraba lejos del campus de la Universidad de Boston, y conocía un bar que abría a primera hora para recibir a los noctámbulos que todavía merodeaban cerca de los dormitorios del centro. Caminó cojeando, se desvió por una calle lateral, algo encorvado, tratando con cada paso de medir las descargas de dolor eléctrico que le trepaban por la pantorrilla. Era como un juego, pensó. «Este paso sentiré el dolor hasta el tobillo. Este otro, hasta la pantorrilla. ¿Llegaré a sentirlo hasta la rodilla o más arriba?» Entró en el bar y se detuvo un momento para acostumbrar los ojos al interior oscuro y lleno de humo.

Había un par de hombres mayores en la barra, sentados con los hombros encogidos mientras acariciaban su copa. «Clientes asiduos», pensó. Hombres con necesidades enmarcadas en un dólar y un trago.

O'Connell se dirigió a la barra, dejó un par de pavos en el mostrador y llamó al camarero.

—Cerveza y whisky —dijo.

El barman gruñó, llenó con destreza un vaso de cerveza con un dedo de espuma y llenó de whisky un vasito de cristal. O'Connell apuró el licor, que le quemó bruscamente la garganta, y lo acompañó de un sorbo de cerveza. Señaló el vasito.

—Otro —dijo.

—Veamos el dinero primero —replicó el hombre.

O'Connell señaló el vaso y repitió:

—Otro.

El barman no se movió.

O'Connell pensó en media docena de cosas que podía decir, todas las cuales podrían conducir a una pelea. Sintió la adrenalina empezando a bombear en sus oídos. Era uno de esos momentos en que no importaba si perdía o ganaba, sino sólo el alivio que sentiría al descargar los puñetazos. Había algo en la sensación de su puño golpeando a otro hombre, algo mucho más embriagador que el licor; sabía que borraría el dolor lacerante de su pie y lo llenaría de energía. Miró al barman. Era bastante más mayor que O'Connell, pálido y barrigudo. No sería una gran pelea, pensó, y los músculos se le tensaron, suplicando ser liberados. El barman lo miró con recelo: años detrás de la barra le permitían anticipar lo que un cliente estaba a punto de hacer.

—¿Cree que no tengo el dinero? —preguntó O'Connell.

—Tengo que verlo —replicó el otro dando un paso atrás.

O'Connell advirtió que los otros parroquianos se apartaban con disimulo. También ellos eran veteranos en esa clase de trifulcas.

Miró de nuevo al barman. Era demasiado viejo y tenía mucha experiencia en ese mundo de oscuros rincones para dejarse sorprender. Y, en ese segundo, O'Connell comprendió que el tipo tendría algún recurso a mano. Un bate, o tal vez una porra. Incluso algo más sustancioso, como una pistola de cromo plateado o una escopeta. No, pensó, escopeta no; demasiado pesada para manipularla. Algo más práctico, como un revólver del 38, con el seguro quitado, cargado con balas marcadas para ampliar al máximo el daño al cliente y reducir al mínimo los daños a la propiedad. Estaría situado fuera de la vista, fácil de alcanzar. Y él no podría sacar la navaja lo bastante rápido antes de que el barman cogiera el arma.

Se encogió de hombros y miró al hombre tras la barra.

—¿Qué miras, viejo cabrón? —le espetó.

El tipo le sostuvo la mirada.

—¿Quiere otro trago o no? —preguntó.

O'Connell ya no podía verle las manos.

—En una pocilga como ésta, no —dijo.

Y se levantó y salió del bar mientras todos lo observaban en silencio. Anotó mentalmente volver algún día y sintió un arrebato de satisfacción. No había nada tan placentero como acercarte al borde del abismo y balancearte de un lado a otro. La furia era como una droga: lo colocaba. Pero de vez en cuando era necesario dejarla correr, perderse en ella. Consultó su reloj: poco más de la hora del almuerzo. A veces a Ashley le gustaba tomarse un bocadillo bajo un árbol con algunos de sus compañeros de clase. Era un lugar donde podía observarla sin ser visto.

Michael O'Connell había conocido a Ashley Freeman por casualidad, unos seis meses atrás. Estaba trabajando a tiempo parcial en un taller situado a la salida de la carretera de Massachusetts, iba a clases de informática en su tiempo libre, sacaba algunos dólares como camarero en un garito de estudiantes cerca de la universidad. Ella volvía de esquiar con sus compañeras de habitación cuando un neumático trasero del coche reventó tras comerse uno de los proverbiales baches de Boston, algo frecuente en invierno. La compañera de Ashley llevó el coche al taller, y O'Connell cambió el neumático. Cuando las tarjetas de todas, agotadas por los excesos del fin de semana, fueron rechazadas, O'Connell usó la suya propia para pagar el neumático, un acto de aparente buen samaritanismo que sorprendió a las cuatro chicas. No sabían que la tarjeta que él usaba era robada, y le dieron sin problemas sus direcciones y números de teléfono, prometiendo devolverle el dinero a mediados de semana. El nuevo neumático y la mano de obra sumaban 221 dólares. Ninguna de las chicas imaginó lo irónicamente pequeña que era esa cantidad por permitir que Michael O'Connell entrara en sus vidas.

Además de su buen físico, O'Connell había nacido con una vista excepcionalmente aguda. No le resultó difícil localizar la silueta de Ashley desde una manzana de distancia, y se apoyó contra un roble para vigilarla con disimulo. Sabía que nadie repararía en él; estaba demasiado lejos, había bastante gente paseando y coches circulando en aquel despejado día de octubre. También sabía de sus habilidades camaleónicas para mezclarse con el paisaje. A veces pensaba que debería haber sido una estrella de cine por su capacidad de parecer siempre otra persona.

En un bar de mala muerte, lleno de alcohólicos y rateros, podía ser un tipo duro. Y luego, con la misma facilidad, mezclado con la enorme población estudiantil de Boston podía pasar por un universitario más. La mochila, llena de textos de informática, ayudaba a dar esa imagen. Michael se enorgullecía de su capacidad para pasar de un mundo a otro, confiando siempre en que la gente no dedicaba más de un segundo a mirarlo.

«Si lo hicieran —pensó—, se asustarían.»

Observó el pelo dorado rojizo de Ashley. Había media docena de jóvenes sentados en círculo informal, almorzando, riendo, contando chistes. Si hubiera sido el séptimo miembro de ese grupo, se habría quedado callado. Era bueno en mentir e inventar ficciones convincentes sobre quién era, de dónde procedía y qué hacía, pero en grupo siempre temía pasarse de la raya, decir algo raro e improbable, y perder credibilidad. Cara a cara con alguien como Ashley, no tenía ningún problema para mostrarse seductor y crear empatía.

Michael siguió espiando a la chica, mientras la furia crecía en su interior.

Era una sensación familiar, una sensación que agradecía y odiaba. Era diferente de la furia que sentía cuando quería pelear, o cuando discutía con su jefe de turno o su casero, o con la vieja que vivía en la puerta contigua a su diminuto apartamento y que lo molestaba con sus gatos y sus miradas acuosas. Podía discutir con cualquiera, incluso llegar a los puños, y para él no significaba nada. Pero sus sentimientos hacia Ashley eran muy diferentes.

La amaba.

Al observarla desde aquella distancia segura, al amparo del anonimato, se iba enardeciendo. Trató de relajarse, pero no pudo. Se dio la vuelta, porque mirarla era demasiado doloroso, mas, con la misma rapidez, se giró de nuevo, porque el dolor de no verla era aún peor. Cada risa de ella echando la cabeza atrás, agitando seductoramente el cabello, o cada vez que se inclinaba para escuchar a uno de sus acompañantes, era una agonía. Cada vez que extendía los brazos, e incluso en los movimientos más inadvertidos, cuando su mano rozaba la de otra persona, todas esas cosas eran como punzones de hielo que se clavaban en el pecho de Michael O'Connell.

La contempló y durante casi un minuto le costó respirar.

Ella constreñía su mismo pensamiento.

En un bolsillo del pantalón llevaba una navaja, no la típica multiuso del ejército suizo que se podía encontrar en cientos de mochilas de universitarios, sino una de hoja larga, robada en una tienda de artículos de acampada en Somerset. Pesaba. La empuñó sin sacarla del bolsillo y apretó con fuerza, tanto que le dolió. Un poco de dolor extra, pensó, lo ayudaría a despejar la cabeza.

Le gustaba llevar aquella navaja, pero le hacía parecer peligroso.

A veces creía que vivía en un mundo de futuribles. Los estudiantes, como Ashley, estaban todos en el proceso de convertirse en algo distinto de lo que eran. La facultad de Derecho para los futuribles abogados. Y la de Medicina. Y la academia de arte, los cursos de filosofía, los estudios de lengua, las clases de cine. Todo el mundo era parte del proceso de convertirse en otra cosa.

A veces deseaba haberse alistado en el ejército. Le gustaba creer que sus talentos habrían encajado bien en el ámbito militar, si hubiesen tolerado su dificultad a la hora de aceptar órdenes. «Tal vez debería haberlo intentado en la CIA», pensó. Habría sido un espía excelente, o un asesino a sueldo. Le habría gustado eso. Estilo James Bond. Habría sido el mejor. En cambio, se dijo, estaba destinado a convertirse en un criminal. Lo que le gustaba estudiar era el peligro.

Vio que el grupo empezaba a moverse. Se pusieron de pie casi a la vez, se sacudieron la ropa, ajenos a todo lo que no fuera su propio entorno de risas y charla feliz.

Él echó a andar, siguiéndolos lentamente, sin reducir distancias, mezclándose con los peatones, hasta que Ashley y los demás subieron una escalinata y entraron en un edificio.

Sabía que su última clase terminaba a las 16.30. Luego iría

al museo a trabajar dos horas. Se preguntó si ella tendría planes para esa noche.

Se preguntó. Siempre se preguntaba.

—Pero hay algo que no entiendo del todo...

—¿Qué? —respondió con paciencia, como una maestra con un niño retrasado.

—Si ese tipo...

—Michael. Michael O'Connell. Un bonito nombre irlandés. Un nombre de Boston. Debe de haber mil nombres iguales desde Brockton hasta Somerville. Evoca a monaguillos agitando incienso y cantando en el coro, o bomberos con *kilts* tocando la gaita el día de San Patricio.

—Ése no es su verdadero nombre, ¿no? Es parte del rompecabezas, ¿verdad?

—Puede que sí. O que no.

—Estás complicando todo esto más de lo necesario.

—¿De veras? ¿Quién soy yo para juzgarlo? Tal vez espero que en cierto momento dejarás de hacerme preguntas y continuarás tú solo, porque querrás saber la verdad. Ya sabes suficiente, al menos para arrancar. Empezarás a comparar lo que te he contado con lo que averigües. Ése es el sentido de contártelo. Y ponértelo un poco difícil, claro. Lo has llamado rompecabezas. Buena definición. —Si pretendía ser burlona, no se notaba en su tono.

—Muy bien —dije—. Continuemos. Si ese Michael se encaminaba hacia una vida marginal, hacia el pozo de la delincuencia menor, ¿dónde encaja Ashley? Quiero decir, ella habría podido calarlo en cinco segundos, ¿no? Tenía buena educación. Debe de haber asistido a clases o charlas sobre acosadores y esa clase de perturbados. Demonios, incluso hay un capítulo dedicado a ellos en los manuales de salud de la secundaria. Suele venir detrás de las enfermedades de transmisión sexual. Ella tendría que haberlo calado al momento. Y luego hacer lo posible por quitárselo de encima. Estás sugiriendo una especie de amor obsesivo. Pero ese tipo, O'Connell, parece un psicópata, y...

—Un psicópata en proceso. Un psicópata naciente. Un futuro psicópata...

—Eso ya lo veo, pero ¿de dónde salía su obsesión?

—Buena pregunta —respondió ella—. Y se merece una respuesta. Pero no sería inteligente pensar que Ashley, a pesar de sus muchas cualidades, estaba preparada para tratar con los problemas que presentaba Michael O'Connell.

—Cierto. Pero ¿en qué pensaba que se estaba metiendo?

—Teatro —respondió ella—. Pero no sabía qué clase de producción era.

3

Una joven de ignorancia común

A dos mesas de distancia de donde Ashley Freeman estaba sentada con tres amigos, media docena de miembros del equipo de béisbol de la Universidad Northeastern discutían acaloradamente sobre las virtudes de los Yankees y los Red Sox, enzarzados en una defensa vocinglera y a menudo mal hablada de cada equipo. A Ashley podría haberle molestado el ruido, pero tras haber pasado muchas horas en bares para estudiantes en sus cuatro años en Boston, era un debate que había oído numerosas veces. De vez en cuando terminaba con algún empujón o un breve intercambio de puñetazos, pero con frecuencia sólo acababa en un torrente de obscenidades. A menudo había suposiciones bastante imaginativas sobre las extrañas prácticas sexuales a que los jugadores de los Yankees o los Red Sox se dedicaban en sus horas libres. Los animales de corral solían destacar en estas actividades lúdicas.

Ante ella, sus tres amigos discutían apasionadamente por su cuenta. El tema era una exposición de los famosos bocetos de Goya «Los horrores de la guerra». Un grupo de estudiantes había cruzado toda la ciudad para verla, y luego contemplaron, inquietos, los dibujos en blanco y negro de desmembramientos, torturas, asesinatos y agonía. Una cosa que llamó la atención de Ashley fue que, aunque siempre se distinguía a los civiles de los soldados, no había ningún anonimato en cada rol. Ni ninguna seguridad. «La muerte —pensó— tiene una forma de igualar las cosas. Aplasta el espíritu sin consideración a la política. Es implacable.»

Se agitó en su asiento, algo incómoda. Las imágenes, sobre todo las de violencia explícita, la perturbaban profundamente desde niña. Permanecían desagradables en su memoria, bien fueran Salomé admirando la cabeza de Juan el Bautista en un horrible cuadro renacentista, o la madre de *Bambi* tratando de huir de los cazadores que la perseguían. Incluso las exageradísimas muertes de *Kill Bill*, la película de Tarantino, la inquietaban.

Su cita para esta velada era un estudiante graduado de psicología, desgarbado y de pelo largo, llamado Will, quien estaba sentado al otro lado de la mesa, argumentando, mientras trataba de acortar la distancia entre su hombro y el brazo de ella. Los pequeños contactos eran importantes a la hora del cortejo, pensó. La mínima sensación compartida podía conducir a algo más intenso. Ella tenía sus dudas sobre él. Se veía que era inteligente, y parecía reflexivo. Había aparecido antes en su apartamento con media docena de rosas que, dijo, eran el equivalente psicológico a un permiso para salir de la cárcel. Una docena de rosas, dijo, habrían sido demasiadas y ella probablemente lo habría considerado afectado, pero sólo media docena sugería cierta promesa además de un toque de misterio. A ella le pareció gracioso el razonamiento, y probablemente acertado también, y por eso el chico le gustó al principio, aunque no pasó mucho tiempo antes de advertir que él tal vez estaba demasiado pagado de sí mismo y tendía menos a escuchar que a pontificar, cosa que no le agradó nada.

Ashley se apartó el pelo de la cara y trató de prestar atención.

—Goya pretendía molestar. Quería arrojar toda la miseria de la guerra a la cara de los políticos y aristócratas que la idealizaban. Algo que fuera imposible de negar...

Las últimas palabras de su defensa se perdieron en un estallido de la mesa de al lado.

—Yo te diré en qué es bueno Derek Jeter. Es bueno agachándose y...

Ella tuvo que sonreír. Era un poco como estar en una versión bostoniana de *Dimensión desconocida*, atrapada entre lo pretencioso y lo vulgar.

Ella se agitó en su asiento, manteniendo una distancia neutral que ni animaba ni disuadía a Will, y pensó en su proverbial mala suerte en el amor. Se preguntó si sería algo pasajero, como tantas otras cosas de su adolescencia, o si era, en cambio, una anticipación de su futuro. Tenía la sensación de que estaba cerca de algo, pero no sabía de qué.

—Sí, la pega que tiene escandalizar y mostrar la naturaleza de la guerra a través del arte es que nunca detiene la guerra, pero se celebra como arte. Corremos a ver el *Guernica* y nos extasiamos en la profundidad de su visión, pero ¿llegamos a sentir algo por los campesinos vascos bombardeados? Fueron reales. Sus muertes fueron de verdad, pero su verdad queda subordinada al arte.

Era Will. Ashley consideró que era una observación inteligente, pero podrían haberla hecho un millón de universitarios políticamente correctos. Miró a los jugadores de baloncesto. Incluso borrachos, había una exuberancia en su discusión que le agradaba. Sintió una punzada de dilema. Le gustaba sentarse en Fenway con una cerveza y le encantaba visitar el Museo de Bellas Artes. Durante un largo instante se preguntó a cuál de las dos discusiones pertenecía ella realmente.

Miró de reojo a Will. Seguramente suponía que la manera más rápida de seducirla era con enrevesadas argumentaciones intelectuales. Era el pensamiento universitario típico. Decidió confundirlo un poco.

Echó bruscamente la silla hacia atrás y se levantó.

—¡Eh! —llamó—. Tíos, ¿de dónde sois? ¿CB? ¿UB? ¿Northeastern?

Los jugadores de béisbol enmudecieron al instante. Cuando una chica guapa le grita a un puñado de jóvenes, siempre recibe su atención.

—Northeastern —respondió uno, haciendo una pequeña reverencia en su dirección.

—Bueno, ser de los Yankees es como ser de la General Motors, de IBM o el Partido Republicano. Ser fan de los Red Sox es pura poesía. En un momento crucial, todo el mundo debe decidir en la vida. He dicho.

Los deportistas de la mesa estallaron en risas y burlas. Will se echó hacia atrás, sonriendo.

—Eso sí que ha sido conciso —dijo.

Ashley sonrió y se dijo que tal vez no era un tonto, después de todo.

Cuando era más joven, pensaba que lo mejor sería no llamar la atención. Las chicas discretas pueden esconderse.

Había atravesado una dramática fase de oposición a todo al principio de su adolescencia: berrinches con su madre, su padre, sus profesores y sus amigas, vestía ropas anchas color arpillera, teñía en su pelo una vibrante veta roja junto a una negra, escuchaba rock-grunge, bebía café solo a lo bestia, fumaba y quería hacerse tatuajes y *piercings*. Esta etapa sólo duró unos meses, suficientes para que entrara en conflicto con todas sus actividades en el colegio, tanto en clase como en el campo deportivo. Además, le costó algunos amigos e hizo que los restantes se pusieran en guardia.

Para sorpresa de Ashley, la única persona adulta con la que pudo hablar de manera civilizada durante ese período fue la compañera de su madre, Hope. Esto la sorprendió, porque en el fondo culpaba a Hope de la separación de sus padres y a menudo les comentaba a sus amigas que la odiaba por ello. Esta mentira la molestaba, en parte porque creía que se debía a que era lo que sus amigas querían oír. Después del grunge y la moda gótica, pasó por la fase del caqui y los cuadros, luego por los pantalones estrechos, y durante un par de semanas se hizo vegetariana y le dio por comer tofu y hamburguesas vegetales. Se metió en un grupo de teatro y representó a una pasable Marian, la bibliotecaria en *The Music Man*, escribió montones de apasionadas entradas en su diario, imitando a Emily Dickinson, Eleanor Roosevelt y Carrie Nation, con una pizca de Gloria Steinem y Mia Hamm. Había trabajado en la construcción de una casa para Hábitats para la Humanidad, y una vez acompañó al mayor camello del instituto en una aterradora visita a una ciudad cercana para recoger un cargamento de cocaína, hecho que quedó registrado en las cámaras de vigilancia de la policía y provocó una llamada de un detective a su madre. Sally Freeman-Richards se puso furiosa, la castigó durante semanas, le espetó que había tenido una suerte extraordinaria de que no la hubieran arrestado, y que le costaría trabajo recuperar su confianza. Por separado, Hope y su padre llegaron a conclusiones más benignas, y hablaron de rebeldía adolescente y conceptos similares, y él recordó algunas tonterías que había hecho en sus tiempos, cosa que a ella la hizo reír, pero sobre todo la tranquilizó. Ashley no creía que tuviera una predisposición inconsciente a hacer cosas peligrosas en su vida, pero de vez en cuando le gustaba correr un poco de riesgo, y agradecía la suerte de haber evitado las consecuencias hasta el momento. A menudo pensaba que era como la arcilla de un alfarero, girando constantemente, tomando forma, esperando el calor del horno que la terminara de cocer.

Se sentía a la deriva. No le gustaba demasiado su trabajo a tiempo parcial en el museo, ayudando a confeccionar catálogos de exposiciones. Tenía que aislarse en una sala al fondo, delante de un ordenador. No las tenía todas consigo en

Historia del Arte, y a veces pensaba que se dedicaba a esa actividad sólo porque era diestra con la pluma y el pincel. Esto la preocupaba, porque, como muchos jóvenes, creía que sólo debería hacer aquello que la apasionaba, pero aún no tenía claro qué era.

Salieron del bar, y Ashley se arrebujó en su abrigo para protegerse del frío nocturno. Se dijo que debería prestar un poco de atención a Will. Era guapo, atento, y quizás hasta tuviera sentido del humor. Tenía una peculiar manera de caminar a su lado que la desarmaba y, probablemente, en conjunto, era alguien interesante. Advirtió que llevaban caminando casi dos manzanas y sólo faltaban cincuenta metros para llegar a la puerta de su apartamento, y él aún no le había formulado la pregunta.

Decidió poner en práctica un jueguecito. Si él le preguntaba algo interesante, le concedería una segunda cita. Si le preguntaba la previsible «¿Puedo subir a tu casa?», entonces no volvería a verlo.

—¿Tú qué opinas? —dijo él de repente—. Cuando los tipos de un bar discuten de béisbol, ¿lo hacen porque les gusta el juego o porque les gusta discutir? Quiero decir que en el fondo no hay verdades inapelables en sus comentarios, sólo se trata de lealtad al equipo. Y la lealtad ciega no se presta realmente al debate, ¿no?

Ashley sonrió. Allí estaba su segunda cita.

—Por cierto —añadió él—, el amor a los Red Sox es un buen punto para plantear en mi seminario avanzado de psicología patológica.

Ella se echó a reír. Decididamente, otra cita.

—Aquí, es mi casa —dijo—. Me lo he pasado muy bien esta noche.

Will la miró.

—¿Tal vez podríamos repetir alguna tarde tranquila? —propuso—. Puede que sea más fácil conocernos si no tenemos que competir con voces a gritos y especulaciones descabelladas sobre las predilecciones de Derek Jeter por los látigos de cuero, los juguetes sexuales tamaño gigante y los usos que se puede dar a los diversos orificios del cuerpo...

—Me gustaría —respondió Ashley—. ¿Me llamarás?

—Hecho.

Ella dio un paso hacia el primer escalón de su edificio y advirtió que aún iban cogidos de la mano. Se volvió y le dio un beso. Un beso parcialmente casto, con sólo una leve sensación de lengua entre los labios. Un beso de promesa para los días venideros, aunque no una invitación para esa noche. Él pareció comprenderlo, cosa que la animó, pues retrocedió medio paso, hizo una elaborada reverencia y, como un cortesano dieciochesco, le besó el dorso de la mano.

—Buenas noches —dijo ella—. De verdad que me lo he pasado muy bien.

Ashley subió los escalones. Entre las dos puertas de cristal, miró hacia atrás. Un pequeño cono de luz se proyectaba desde el foco de la puerta exterior, y Will estaba al otro lado del débil círculo amarillo, que se disolvía rápidamente en la oscura noche de Nueva Inglaterra. Una sombra arrugó su rostro, como una flecha de oscuridad que lo cruzara. Pero ella no lo advirtió y le dirigió un breve saludo. Luego se encaminó hacia su apartamento sintiendo una alegría natural, contenta por no haber pensado en un rollo de una noche, costumbre más que habitual en los círculos universitarios que estaba a punto de abandonar. Sacudió la cabeza. La última vez que había cedido a esa tentación había sido horrible. La había recordado antes, cuando su padre la llamó de improviso. Pero, con la misma rapidez, mientras buscaba la llave de la puerta, desechó todos los pensamientos acerca de noches pasadas, y dejó que el modesto brillo de esa noche la embargara.

Se preguntó cuánto tiempo tardaría Will primera cita en llamarla y convertirse en Will segunda cita.

Will Goodwin esperó un instante en la oscuridad después de que Ashley desapareciera tras la segunda puerta. Sintió un arrebato de entusiasmo, una punzada de emoción por aquel día y por los venideros.

Se sentía un poco abrumado. La novia de un amigo, la que le había pasado el teléfono de Ashley, le había informado de que era bonita, inteligente y un poco enigmática, pero ella había superado sus expectativas en todos los aspectos. Y además, él había conseguido escapar de la etiqueta de tío aburrido, o al menos se lo parecía.

Encogido contra la fría brisa, se metió las manos en la cazadora y echó a andar. El aire tenía una cualidad antigua, como si cada escalofrío que provocaba transmitiera exactamente lo mismo, con el mismo frío de octubre, que había transmitido a las sucesivas generaciones que habían recorrido las calles de Boston. Las mejillas empezaban a ruborizársele por el frío, y se apresuró hacia la parada del metro. Cubrió rápidamente la distancia con sus largas zancadas. Ella también era alta, pensó. Casi metro setenta y cinco, supuso, con una figura de modelo que ni siquiera los vaqueros y el jersey ancho de algodón habían logrado ocultar. Mientras esquivaba el tráfico al cruzar la calle con el semáforo en rojo, pensó cómo era que no tenía decenas de pretendientes. Probablemente se debía a alguna relación fallida u otra mala experiencia. Decidió no especular, sólo dar gracias a la buena estrella que lo había puesto en contacto con Ashley. En sus estudios todo trataba de probabilidad y predicción. No estaba seguro de que las estadísticas que registraban el trabajo clínico con las cobayas pudieran ser útiles para conocer a alguien como Ashley.

Sonrió para sí y bajó a saltos las escaleras del metro.

El metro de Boston, como el de muchas ciudades, provoca una extraña sensación, como de otra dimensión, cuando uno atraviesa los torniquetes y baja al mundo del tráfico subterráneo. Las luces se reflejan en muros de azulejos blancos, las sombras encuentran espacio entre columnas de acero. Hay un ruido constante de trenes que vienen y van. El mundo cotidiano es sustituido por una especie de universo desmembrado, donde el viento, la lluvia, la nieve e incluso la cálida luz del sol parecen pertenecer a otro lugar y otro tiempo.

El convoy frenó rechinando agudamente, y Will subió junto con docenas de personas más. Las luces del tren le daban a todo el mundo un aspecto onírico y enfermizo. Especuló sobre los otros pasajeros, todos enfrascados en un periódico, o un libro, o con la mirada perdida. Echó atrás la cabeza y cerró los ojos un momento, dejando que la velocidad y el traqueteo del tren lo mecieran como a un niño en brazos de su madre. La llamaría mañana, decidió. Le pediría salir y trataría de entretenerla un rato al teléfono. Repasó temas de conversación y trató de encontrar alguno original. Se preguntó adónde iba a llevarla. ¿A cenar y al cine? Predecible. Ashley era el tipo de mujer que quiere ver algo especial. ¿Una obra de teatro, tal vez? ¿Un club de comedia? Seguido de una cena tardía en un sitio algo mejor que el habitual garito donde tomar hamburguesas y cerveza. Pero no demasiado esnob, pensó. Y tranquilo. Bien, risas y luego algo romántico. Tal vez no era el mejor de los planes, pero resultaba estimulante.

En su parada, bajó al andén, moviéndose con rapidez pero un poco errante mientras salía a la calle. La luz de Porter Square acuchillaba la oscuridad, dando una sensación de actividad donde había poca. Se encogió para protegerse de una ráfaga glacial y salió de la plaza por una calle lateral. Su apartamento quedaba a cuatro manzanas de distancia. Mientras andaba, trató de decidir el restaurante adecuado adonde llevarla.

Aminoró el paso al oír ladrar un perro con súbita alarma. En la distancia, la sirena de una ambulancia rompía la noche. Algunos apartamentos de la manzana tenían las ventanas iluminadas por el resplandor de los televisores, pero la mayoría estaba a oscuras.

A su derecha, en un callejón entre dos edificios, le pareció oír un roce y se volvió. De repente vio una figura negra abalanzarse hacia él. Sorprendido, retrocedió un paso y alzó el brazo para protegerse. Alcanzó a pensar que debía gritar pidiendo ayuda, pero las cosas sucedieron muy rápido. Sólo tuvo un instante de lucidez y miedo, porque intuyó que algo se le venía encima inexorablemente. Era una tubería de plomo que, cortando el aire con un siseo de espada, cayó de lleno sobre su frente.

Tardé casi siete horas de un día largo y agotador en encontrar el nombre de Will Goodwin en el *Boston Globe*. Venía en una reseña titulada «La policía busca al asaltante de un posgraduado», en la sección local, casi al pie de la página. Sólo ocupaba cuatro párrafos, e incluía escasa información sobre lo sucedido, sólo que las heridas sufridas por el estudiante de veinticuatro años eran graves y se hallaba en estado crítico en el Hospital General de Massachusetts. Reseñaba que un peatón lo había encontrado por la mañana, tirado y ensangrentado detrás de los contenedores de basura de un callejón. La policía pedía ayuda a toda persona del barrio de Somerville que pudiera haber visto u oído algo sospechoso.

Eso era todo.

Ningún otro artículo al día siguiente, ni en semanas posteriores. Sólo otro episodio de violencia urbana, adecuadamente anotado y registrado y luego ignorado, engullido por la constante aparición de nuevas noticias.

Tardé dos días al teléfono en encontrar la dirección de Will. El registro de la Universidad de Boston dijo que nunca había terminado el programa en que estaba matriculado y dio una dirección en el barrio de Concord. El número de teléfono no estaba incluido.

Concord es un lugar bonito de las afueras, lleno de casas que rezuman historia. Tiene un parque central con una biblioteca pública impresionante, y un centro coqueto lleno de tiendas de moda. Cuando yo era más joven, llevaba a mis hijos a pasear por los escenarios de batallas cercanos y recitaba el famoso poema de Longfellow. Por desgracia, la ciudad ha dejado, como tantas otras partes de Massachusetts, que la historia sea menos importante que el desarrollo urbanístico. Pero la casa del joven que yo había llegado a conocer como Will Goodwin era un edificio de arquitectura colonial, menos ostentoso que las casas más nuevas, apartado unos cincuenta metros tras un camino de grava. En la parte delantera, alguien se dedicaba a plantar flores en el jardín. Vi una placa pequeña, fechada en 1789, en la impoluta pared blanca. Había una puerta lateral con una rampa de madera para sillas de ruedas. Me acerqué y pude oler los hibiscos. Llamé torpemente.

Una mujer delgada y canosa abrió la puerta.

—Sí, ¿en qué puedo ayudarle? —preguntó.

Me presenté y pedí disculpas por aparecer sin anunciarme previamente, ya que el número no aparecía en la guía. Le dije que era escritor y estaba investigando algunos crímenes cometidos hacía unos años en las zonas de Cambridge, Newton y Somerville, y pregunté si podría hablar un momento con Will.

Ella se sorprendió, pero no me cerró la puerta en la cara.

—No creo que sea posible —dijo amablemente.

—Lamento molestarlos, pero sólo serán unas pocas preguntas.

Ella negó con la cabeza.

—Él no... —empezó, pero se detuvo y me miró. Pude ver que su labio inferior empezaba a temblar, y un atisbo de lágrimas asomó a sus ojos—. Ha sido... —Entonces una voz desde atrás la interrumpió.

—¿Mamá? ¿Quién es?

La mujer vaciló, como si no supiera qué decir. Detrás de ella, un joven en una silla de ruedas salió de una habitación lateral. Tenía un aspecto pálido y abotargado, y su cabello castaño era una masa descuidada que le caía hasta los hombros. Tenía una cicatriz rojiza en forma de Z en un lado de la frente; le llegaba casi hasta la ceja. Sus brazos parecían musculosos, pero su pecho estaba hundido, casi consumido. Sus manos grandes y elegantes permitían percibir reminiscencias de quien había sido una vez. Avanzó con la silla de ruedas.

La madre me miró.

—Ha sido muy duro —dijo en voz baja, con repentina intimidad.

La silla chirrió al detenerse.

—Hola —saludó con gesto amable.

Le dije mi nombre y expliqué concisamente que estaba investigando el crimen que lo había dejado lisiado.

—¿Mi crimen? —repuso él, y añadió—: Nada del otro mundo. Un asalto corriente. De todos modos, no puedo contarle gran cosa. Pasé dos meses en coma. Y luego esto... —Señaló la silla de ruedas.

—¿Hizo la policía alguna detención?

—No. Cuando desperté, me temo que no fui de mucha ayuda. No recuerdo nada de aquella noche. Absolutamente nada. Es como pulsar una tecla de tu ordenador y ver cómo todas las palabras de un trabajo escrito desaparecen. Sabes que probablemente están en algún lugar del disco duro, pero no puedes encontrarlas. Las han borrado.

—¿Regresabas a casa después de una cita?

—Sí. Nunca volvimos a contactar. No me extraña. Estaba hecho una piltrafa. Todavía lo estoy. —Soltó una risita y sonrió amargamente.

Asentí.

—La policía nunca encontró nada, ¿verdad?

—Bueno, un par de cosas curiosas.

—¿Cuáles?

—Encontraron a unos chicos de Roxbury tratando de usar mi tarjeta Visa. Pensaron que eran mis agresores, pero resultó que no. Al parecer los chicos encontraron la tarjeta en un cubo de basura.

—De acuerdo, pero ¿por qué...?

—Pues porque al final encontraron mis demás documentos intactos en Dorchester... ya sabe, carnet de conducir, carnet del comedor de la facultad, seguridad social, seguro médico, todas esas cosas. A kilómetros de distancia del vertedero donde los chicos encontraron la tarjeta de crédito. Y las demás tarjetas fueron encontradas por todo Boston.

—¿Qué estás haciendo ahora? —pregunté.

—¿Ahora? —Will miró a su madre—. Ahora estoy esperando.

—Esperando qué.

—No lo sé. Sesiones de rehabilitación en el Centro de Traumatismos Craneales. El día que pueda levantarme de esta silla. No puedo hacer mucho más.

Me despedí, y su madre empezó a cerrar la puerta.

—¡Eh! —dijo Will—. ¿Cree que encontrarán alguna vez al tipo que me hizo esto?

—No lo sé —respondí—. Pero si descubro algo, te lo haré saber.

—No me importaría tener un nombre y una dirección —dijo—. Preferiría encargarme yo mismo de ciertas cosas, ya me entiende.

4

Una conversación que significó más que palabras

Michael O'Connell pensaba que el crimen trata de conexiones.

«Si uno no quiere que lo capturen —razonaba—, debe eliminar todas las conexiones obvias. O al menos oscurecerlas para que no resulten rápidamente visibles para un detective tozudo.»

Sonrió para sí y cerró los ojos para dejarse arrullar por el traqueteo del metro. Todavía sentía un arrebato de energía recorrerle el cuerpo. Golpear a un hombre le producía una sensación estimulante, desde que sentía tensarse sus músculos. Se preguntó si la violencia física iba a resultarle siempre tan seductora.

A sus pies había una mochila de lona azul, la correa rodeando su brazo. Contenía unos guantes de cuero y otros de cirujano, un trozo de tubo de fontanero de medio metro y la cartera de Will Goodwin, aunque todavía no había tenido tiempo de descubrir el nombre.

Cinco cosas, pensó O'Connell, significaban cinco paradas del metro.

Sabía que estaba exagerando su cautela, pero en realidad no estaba de más. Sin duda el tubo estaría manchado con la sangre del tipo al que había atizado. Igual que los guantes de cuero. Sus ropas también tendrían restos, así como sus zapatillas de deporte, pero a media mañana lo habría pasado todo por varios ciclos de lavado caliente en la lavandería automática. Así se acabarían las conexiones microscópicas entre aquel hombre y él. La mochila estaba destinada a un vertedero en Brockton, la tubería a una obra en el centro. La cartera, después de quitarle el dinero, sería abandonada en un contenedor de basura ante una parada de metro en Dorchester, y las tarjetas de crédito serían esparcidas por varias calles en Roxbury, donde esperaba que algunos chicos negros las encontraran y utilizaran. Sabía que Boston seguía dividida por las razas, e imaginaba que culparían a aquellos chicos de lo que él había hecho.

Los guantes de cirujano, que se había puesto debajo de los de cuero, podría tirarlos en alguna papelera no lejos del Hospital General de Massachusetts, o el de Brigham y el Femenino, donde, si los encontraban, no atraerían ninguna atención especial.

Se preguntó si habría matado al hombre que había besado a Ashley. Era muy posible, pensó. El primer golpe lo alcanzó en la sien, y había oído el hueso romperse. Se había desplomado como un saco, chocando contra un árbol, lo cual fue una suerte, porque eso apagó el sonido. Aunque alguien se hubiera asomado a la ventana, tanto él como el hombre que había besado a Ashley quedaban ocultos por el tronco del árbol y varios coches aparcados. Arrastrarlo a las sombras del callejón fue cosa fácil. Las patadas y puñetazos sólo llevaron unos segundos. Un estallido de furia, casi como un clímax sexual, implacable, explosivo, y después se acabó. Luego, mientras arrojaba el cuerpo inconsciente tras los contenedores de metal, le quitó la cartera, guardó su arma improvisada en la mochila y, moviéndose con rapidez, se dirigió de regreso a la estación de metro de Porter Square.

O'Connell pensaba que había sido increíblemente fácil. Repentino. Anónimo. Con ensañamiento.

Se preguntó quién sería aquel hombre y se encogió de

hombros. En realidad no le importaba. Ni siquiera necesitaba saber su nombre. En una hora o dos, lo único que podría relacionarlo con aquel tipo, Ashley, estaría dormida en su apartamento, ajena a lo sucedido esa noche. Cuando ella se enterara de lo ocurrido, tal vez acudiera a la policía. Lo dudaba, pero la posibilidad, aunque leve, existía. Mas ¿qué podría decirles? O'Connell conservaba el resguardo de una entrada de cine. No era una gran coartada, pero cubría el tiempo transcurrido desde el beso hasta la agresión en el callejón. Supuso que eso sería suficiente para que ningún policía la creyese, sobre todo teniendo en cuenta que la cartera y las tarjetas del hombre aparecerían por toda la ciudad.

Echó atrás la cabeza, escuchando el sonido del metro, una curiosa música oculta en el brutal ruido de metal contra metal.

Eran algo menos de las cinco de la madrugada cuando Michael hizo su penúltima parada. Escogió una estación más o menos al azar y cuando faltaba poco para el amanecer salió cerca de Chinatown, no muy lejos del céntrico distrito financiero. Las tiendas estaban cerradas y las aceras vacías. No tardó mucho en encontrar una cabina que funcionara. Se puso la capucha de su sudadera, lo cual le dio aspecto de monje. No quería que un coche patrulla que hiciera la última ronda por las estrechas calles lo detuviera para hacerle preguntas.

O'Connell depositó cincuenta centavos y marcó el número de Ashley.

El teléfono sonó cinco veces antes de que ella contestara con voz adormilada.

—¿Sí?

Él le dio un par de segundos para despertarse del todo.

—¿Sí, quién es? —preguntó ella.

Él recordó el teléfono blanco que había junto a su cama.

No tenía identificador de llamada, aunque tampoco habría importado.

—Sabes quién soy —susurró.

Ella no respondió.

—Ya te lo he dicho. Te quiero, Ashley. Estamos hechos el uno para el otro. Nadie puede interponerse entre nosotros.

—Michael, deja de llamarme —repuso ella—. Quiero que me dejes en paz.

—No necesito llamarte. Siempre estoy contigo.

Y colgó sin darle oportunidad de replicar. La amenaza más efectiva no se decía, se hacía imaginar, pensó.

Ya amanecía cuando llegó por fin a su apartamento.

Una media docena de gatos de la vecina rondaba la puerta, maullando y haciendo otros sonidos molestos. Uno de ellos siseó al verlo acercarse. La vieja que vivía frente a su puerta tenía más de una docena de gatos, quizás hasta veinte, los llamaba por diversos nombres y dejaba fuera platos para el ocasional gato callejero que pasara por allí. Los gatos parecían ir y venir a su antojo. Ella incluso había puesto una caja de arena extra en un rincón del pasillo para sus necesidades, llenando el pasillo de un horrible olor acre. Los gatos conocían a Michael O'Connell y él conocía a los gatos, y no se llevaba con ellos mejor que con su dueña. Los consideraba bichos callejeros, apenas un peldaño por encima de las alimañas. Le hacían estornudar, llorar los ojos, y siempre lo observaban con su cautela felina cuando entraba en el edificio. Y a Michael no le gustaba que nada ni nadie prestara atención a sus idas y venidas.

Soltó una patada a un gato a rayas que estaba a su alcance, pero falló. «Me vuelvo torpe», se dijo. El resultado de una noche larga pero excitante.

El gato a rayas y los demás se dispersaron mientras abría la puerta de su apartamento. Vio que uno, un gato blanco y negro con una veta anaranjada, se entretenía junto al plato de comida. Debía de ser nuevo, pensó, o estúpido, para no alejarse con los demás, que mantenían sus distancias con él. La vieja no se levantaría hasta dentro de una hora, quizá más, y sabía que estaba medio sorda. Estudió el pasillo un instante. Ningún inquilino parecía estar despierto. Él no entendía por qué los otros inquilinos no se quejaban de los gatos, y los odiaba por ello. Había una pareja de ancianos, de Costa Rica, que hablaba muy mal inglés. Y un puertorriqueño que, según sospechaba O'Connell, complementaba su trabajo de operario con algún robo ocasional. Arriba había un par de estudiantes graduados que de vez en cuando llenaban el pasillo con el punzante olor de la marihuana, y un vendedor canoso y de rostro chupado que pasaba sus horas libres lloriqueando e inmerso en una botella. Aparte de quejarse de los gatos al casero (un hombre mayor con uñas cubiertas por años de suciedad, que hablaba con acento indescifrable y detestaba que lo molestaran con pamplinas), O'Connell tenía poco que hacer. Se preguntó si algún inquilino sabía siquiera su nombre. Era tan sólo un sitio apartado, cutre, poco llamativo y frío, bien un final o una parada intermedia, y tenía un aire de provisionalidad que le gustaba. Miró hacia abajo mientras abría la puerta, y se preguntó si la vieja llevaría la cuenta de sus gatos. Dudaba que fuera exacta.

O que echara de menos a uno.

Se agachó rápidamente y agarró al gato blanco y negro bruscamente por el lomo. El gato maulló y lo arañó.

O'Connell contempló el súbito arañazo rojo en el dorso de su mano. Aquel hilo de sangre le facilitaría hacer lo que tenía en mente.

Ashley Freeman permaneció acostada en la cama.

—Tengo problemas —susurró para sí.

Y se quedó sin apenas moverse hasta que el sol asomó a

su ventana, perfilando las sombras suaves que daban a su habitación aspecto de cuarto de niña pequeña. Un rayo de luz se movía lentamente por la pared. Algunas de sus propias obras estaban colgadas allí, dibujos a carboncillo hechos en una clase de Anatomía, una del torso de un hombre que le gustaba, otra de la espalda de una mujer que se curvaba sensualmente a lo largo de la página blanca. Había también un original autorretrato: sólo había dibujado con detalle la mitad de su cara, dejando el resto en la penumbra.

—Esto no puede estar sucediendo —dijo.

Naturalmente, pensó, todavía no sabía qué era «esto».

La llamé más tarde ese mismo día. No me molesté con amabilidades ni tonterías, sino que fui directo a la primera pregunta.

—¿De dónde vino exactamente la obsesión de Michael O'Connell?

Ella suspiró.

—Es algo que tienes que descubrir por ti mismo. ¿Ya no recuerdas lo que es ser joven y encontrarte de repente con un arrebatador momento de pasión? La aventura de una sola noche, el encuentro casual. ¿Te has vuelto tan mayor que no te acuerdas de cuando las cosas eran todo posibilidad?

—De acuerdo, sí —dije—. Quizá me he vuelto mayor demasiado aprisa.

—Sólo había un problema. Todas esas experiencias son más o menos benignas, como mucho embarazosas. Errores que te hacen ruborizar, o momentos que guardas para ti mismo y nunca mencionas a nadie. Pero no fue este caso. Ashley, en un momento de debilidad, resbaló una vez y entonces, bruscamente, se encontró inmersa en un camino de barro. Un camino de barro no es necesariamente letal, pero Michael O'Connell lo era.

Hubo una pausa y luego dije:

—Encontré a Will Goodwin. No se llama Goodwin.

Ella vaciló, y en las palabras que llegaron lentamente a través de la línea telefónica se notó una leve sorpresa.

—Bien. Probablemente has descubierto algo importante. Al menos, tu comprensión del... hum... potencial de Michael O'Connell debería haber aumentado. Pero no es ahí donde empezó todo y probablemente tampoco es donde termina. No sé. Eres tú quien ha de averiguarlo.

—De acuerdo, pero...

—Tengo que irme. Ahora te hallas en el mismo punto que Scott Freeman, antes de que las cosas empezaran a volverse... bueno, no estoy segura de la palabra adecuada. ¿Tensas? ¿Difíciles? Él sabía algunas cosas, pero no muchas. Lo que tenía principalmente era carencia de información. Creía que Ashley podía estar en peligro, pero no sabía cómo, ni exactamente dónde o cuándo, ni ninguna de esas cosas que nos preguntamos cuando percibimos una amenaza. Scott Freeman sólo tenía unas pocas cosas de qué preocuparse. Sabía que no era el principio y sabía que no era el final. Era como un científico, lanzado en medio de una ecuación, tratando de averiguar qué camino seguir para encontrar una respuesta...

Ella hizo una pausa, y por primera vez sentí un atisbo del mismo escalofrío.

—Debo irme —dijo—. Volveremos a hablar.

—Pero... —empecé. Ella me interrumpió.

—Indecisión —dijo—. Es una palabra sencilla. Pero conduce a cosas feas, ¿no? Naturalmente, lo mismo puede pasar siendo alocado a la hora de decidir. Ése es más o menos el dilema. Actuar o no actuar. Una cuestión intrigante, ¿no crees?

5

Anónimo

Cuando Hope entró por la puerta de su casa, por instinto batió dos veces las palmas. Oyó a su perro correr a su encuentro desde el salón, donde pasaba la mayor parte del tiempo asomado al ventanal, esperando su regreso. Los sonidos le resultaron familiares; primero el golpe, cuando saltaba del sofá donde le permitían encaramarse, luego el repiqueteo de las uñas contra el parquet, el resbalón sobre la alfombra oriental, y finalmente el galope urgente cuando se abalanzaba hacia el vestíbulo. Ella sabía que tenía que soltar la compra o los periódicos y prepararse para el recibimiento.

«No hay nada que supere emocionalmente al recibimiento de un perro», pensó. Se arrodilló y dejó que le lameteara el rostro, mientras su cola marcaba un fuerte ritmo contra la pared. «Es algo que saben quienes tienen perros —pensó Hope—: a pesar de que todo lo demás vaya mal, el perro siempre sacude la cola cuando entras en casa.» Su perro era un cruce extraño. El veterinario le había dicho que era el resultado de un retriever dorado y un pitbull, lo cual le daba un pelaje corto y rubio, un hocico chato y una lealtad feroz e inquebrantable, menos la desagradable agresividad, y un grado de inteligencia que a veces le sorprendía incluso a ella. Lo había comprado en un refugio donde lo habían entregado cuando era un cachorrito. Preguntó por su nombre al encargado y éste le dijo que aún no estaba bautizado, por así decir. Así que, en un arrebato de creatividad levemente maliciosa, lo bautizó como *Anónimo*.

Cuando era un perro joven, ella le enseñó a recuperar los balones perdidos en los entrenamientos, un espectáculo que nunca dejaba de divertir a las chicas de los equipos que entrenaban. *Anónimo* esperaba pacientemente junto al banquillo, con una expresión tonta, hasta que ella le hacía una señal con la mano. Entonces cruzaba el césped, rodeaba la pelota y, empujándola con el hocico y las patas, corría hacia donde ella esperaba con una bolsa de red. Les decía a las chicas que, cuando aprendiesen a conducir el balón como *Anónimo*, entonces serían campeonas.

Ahora era demasiado viejo, no veía ni oía demasiado bien, y tenía un poco de artritis. Recoger una docena de pelotas era probablemente más de lo que podía pedírsele, así que ella lo llevaba cada vez menos a los entrenamientos. No le gustaba pensar en su fin: había estado con ella casi tanto tiempo como Sally Freeman.

A menudo pensaba que, si no hubiera sido por *Anónimo*, ella no habría tenido éxito en su relación con Sally. Había sido el perro quien las había obligado a Ashley y a ella a encontrar un territorio común. Los perros conseguían esa clase de cosas sin esfuerzo. En los días posteriores al divorcio, cuando Sally y Ashley se fueron a vivir con ella, Hope recibió toda la frialdad que una hosca niña de siete años era capaz de acumular. Toda la furia y el dolor que Ashley sentía fueron ignorados por *Anónimo*, que se volvió loco de alegría con la llegada de la niña, sobre todo tratándose de una con la energía de Ashley. Así que Hope reclutó a Ashley para sacar a pasear al cachorro con ella y adiestrarlo, cosa que hicieron con resultados dispares: era bueno recogiendo cosas, pero no hacía caso cuando se trataba de hurgar en los muebles. Y así, hablando de los éxitos y fracasos del perro, llegaron por fin a un acuerdo, luego a una comprensión, y finalmente a una sensación de fraternidad que había roto muchas de las otras barreras que las separaban.

Hope acarició a *Anónimo* tras las orejas. Le debía más de lo que él le debía a ella, pensó.

—¿Tienes hambre? ¿Quieres comer?

Anónimo ladró una vez. Era una pregunta tonta para un perro, pensó ella, pero le gustaba oírla. Fue a la cocina y recogió el cuenco del suelo, mientras empezaba a pensar en qué le prepararía a Sally para cenar. Algo interesante, decidió. Un trozo de salmón con salsa de crema de hinojo y arroz. Era una cocinera excelente, y se enorgullecía de lo que preparaba. *Anónimo* se sentó, expectante, golpeando el suelo con la cola.

—Tú y yo somos iguales —le dijo ella—. Los dos esperamos algo. La diferencia es que tú sabes que es la cena, y yo no estoy segura de lo que espero.

Scott Freeman miró alrededor y pensó en los momentos de la vida en que la soledad aparece inesperadamente.

Se había tumbado en un viejo sillón Reina Ana y contemplaba, más allá de la ventana, la oscuridad que cubría el postrero follaje de octubre. Tenía algunos trabajos que corregir, una clase que preparar, unas lecturas que hacer: University Press le había mandado ese mismo día el manuscrito de un colega para hacerle una reseña, y había al menos media docena de solicitudes de licenciados en Historia que tenía que seleccionar.

También estaba atascado en mitad de un trabajo propio, un ensayo sobre la curiosa naturaleza del combate en la guerra de la Independencia, donde un momento se teñía de un salvajismo brutal y el siguiente con una especie de caballerosidad medieval, como cuando Washington le devolvió a un general inglés su perro perdido en mitad de la batalla de Princeton.

«Demasiadas cosas que hacer», pensó. En voz alta, se dijo:

—Tienes la agenda repleta, tío.

Pero en ese momento nada importaba. Incluso sus reflexiones podrían no importar nada.

Dependía de lo que hiciera a continuación.

Apartó la mirada del atardecer y sus ojos buscaron la carta encontrada en la cómoda de Ashley. Leyó cada palabra por enésima vez y se sintió tan atrapado como cuando la descubrió. Repasó mentalmente cada palabra, cada inflexión, cada tono, y todo lo que ella le había dicho durante la llamada telefónica.

Echó la cabeza atrás y cerró los ojos. Lo que tenía que hacer era ponerse en la situación de Ashley. «Conoces a tu propia hija —se dijo—. ¿Qué está pasando?»

La pregunta resonó en su imaginación.

Lo primero, insistió, era descubrir quién había escrito la carta. Entonces podría evaluar a la persona, sin entrometerse en la vida de su hija. Si era hábil, pensó, podría llegar a una conclusión sobre el individuo sin tener que implicar a nadie... o al menos sin implicar a nadie que le dijera a Ashley que estaba husmeando en su vida privada. Cuando descubriera, como esperaba, que la carta sólo era inquietante e inadecuada, podría relajarse y dejar que Ashley se librase a su manera de aquel amor no deseado y continuase con su vida. De hecho, pensó, probablemente podría conseguir todo eso sin tener que involucrar a la madre de Ashley ni a su compañera, que era lo que prefería.

La cuestión era por dónde empezar.

Una de las grandes ventajas de estudiar Historia, se recordó, está en los modelos de acción que han emprendido los grandes hombres a lo largo de los siglos. Scott sabía que en el fondo tenía una silenciosa vena romántica que amaba la idea de combatir contra todo pronóstico, de alzarse en ocasiones desesperadas. Sus preferencias cinematográficas y literarias se decantaban por esa temática. Sabía que había cierta inocencia romántica en esas historias, que contradecían la barbarie total del presente. Los historiadores son pragmáticos. «Fríos y calculadores», pensó. Decir «Narices» en Bastogne era algo que recordaban mejor los novelistas y los cineastas. Los historiadores prestaban más atención a los charcos de sangre que se congelaban en el suelo, a la desesperanza y la desesperación.

Creía haber transmitido gran parte de este loco romanticismo a Ashley, que adoraba sus narraciones y pasó muchas horas leyendo *La casa de la pradera* y las novelas de Jane Austen. En parte, se preguntó si todo eso no habría cimentado su carácter demasiado confiado.

Sintió una ligera acidez en la boca, como si hubiera tomado una bebida amarga. Detestaba haberle enseñado a ser confiada e independiente, y ahora, por ser ella así, él se sentía muy preocupado.

Scott sacudió la cabeza.

—Te estás adelantando —se dijo en voz alta—. No sabes nada con seguridad, y de hecho casi no sabes nada de nada... Empieza por lo simple —añadió—. Consigue un nombre.

Pero ¿cómo hacerlo sin que su hija se enterara? Tenía que entrometerse sin que lo pillaran.

Sintiéndose un poco como un criminal, subió la escalera de su pequeña casa de madera en dirección a la antigua habitación de Ashley. Haría un registro más concienzudo, a ver si encontraba algo que lo llevara más allá de la carta. Sintió una punzada de culpa cuando entró, y se preguntó por qué tenía que violar la habitación de su hija para conocerla un poco mejor.

Sally Freeman-Richards levantó la cabeza del plato y dijo con aire casual:

—¿Sabes? Esta tarde he recibido una llamada muy rara de Scott.

Hope gruñó y tendió la mano hacia el pan integral. Ya conocía la manera en que a Sally le gustaba iniciar ciertas conversaciones, dando un rodeo. A veces pensaba que, incluso después de tantos años, Sally seguía siendo un enigma para ella; podía ser resuelta y agresiva en un tribunal, y luego, en la tranquilidad de la casa que compartían, casi tímida. Desde luego había muchas contradicciones en sus vidas. Y las contradicciones crean tensión.

—Parece preocupado... —añadió Sally.

—Preocupado por qué.

—Por Ashley.

Hope soltó el cuchillo sobre el plato.

—¿Ashley? ¿Y eso?

Sally vaciló un momento.

—Parece que entre sus cosas encontró una carta preocupante.

—¿Qué hacía rebuscando entre sus cosas?

Sally sonrió.

—Ésa fue también mi primera pregunta. Las grandes mentes piensan igual.

—¿Y bien?

—Bueno, en realidad no me contestó. Quería hablar de la carta.

Hope se encogió de hombros.

—Vale, ¿qué pasa con la carta?

—Bueno, ya sabes, quiero decir... Cuando estabas en el instituto o la facultad, ¿recibiste alguna vez una carta de amor, ya sabes, expresando amor y pasión eterna, entrega absoluta, declaraciones del tipo «no puedo vivir sin ti»?

—No, nunca. ¿Es eso lo que encontró?

—Sí, pero más perentorio. Una especie de requerimiento de amor.

—¿Por qué crees que lo entendió así?

—Algo en el tono o el lenguaje, supongo.

—¿Y qué ponía exactamente? —dijo Hope, algo exasperada ya.

Sally consideró la respuesta antes de darla, la cautela típica de una abogada.

—Parecía, no sé, una carta posesiva. Y tal vez un poco maníaca. Ya sabes, del tipo «si no puedo tenerte, no te tendrá nadie». También cabe que la imaginación de Scott se haya disparado sin fundamento real.

Hope asintió. Eligió sus palabras con cuidado.

—Probablemente tienes razón. Pero... —añadió lentamente— ¿no sería un error de juicio aún mayor subestimar una carta así?

—¿Crees que Scott hizo bien en preocuparse?

—No he dicho eso. He dicho que ignorar algo no suele ser una respuesta adecuada.

Sally sonrió.

—Ahora pareces una consejera vocacional.

—Me dedico a eso. Así que probablemente no sea tan malo que en una ocasión como ésta hable como tal.

Sally hizo una pausa.

—No pretendía que esto fuera un motivo de discusión.

Hope asintió.

—Ya.

—A veces parece que cada vez que surge el nombre de Scott acabamos discutiendo por una cosa u otra —dijo Sally—. Incluso después de tantos años.

Hope sacudió la cabeza.

—Bien, pues no hablemos de Scott. Quiero decir, después de todo, no ha sido parte importante de nuestra relación, ¿no? Pero sigue siendo una parte importante de la vida de Ashley, así que deberíamos tratar con él en ese contexto. De todas maneras, aunque Scott y yo no nos caigamos demasiado bien, eso no significa que yo lo considere necesariamente un chalado.

—Me parece justo —respondió Sally—. Pero la carta...

—¿Has visto a Ashley distraída o distante o algo fuera de lo habitual últimamente?

—Lo sabes tan bien como yo. La respuesta es no. ¿Tú has notado algo?

—No soy buena reconociendo tensiones emocionales en las mujeres jóvenes —dijo Hope, aunque sabía que sí lo era.

—¿Y qué te hace pensar que yo lo soy? —repuso Sally.

Hope se encogió de hombros. Toda la conversación estaba saliendo mal, y no sabía si era culpa suya. Miró a Sally, sentada al otro lado de la mesa, y pensó que entre ellas había una tensión indefinida. Era como ver jeroglíficos tallados en piedra. Hablaban un lenguaje que debería ser claro, pero se les escapaba de las manos.

—La última vez que Ashley estuvo aquí, ¿notaste algo diferente?

Mientras Hope esperaba que Sally contestara, repasó la última visita de Ashley: había traído su habitual alegría y confianza, y un millón de planes a la vez. Hope pensaba que a veces estar junto a ella era como intentar agarrar una hoja en medio de un huracán. Para ella simplemente tenía una velocidad natural.

Sally sacudió la cabeza y sonrió.

—No lo sé —dijo—. Hizo esto y aquello y se reunió con unos y otros. Amigas del instituto a quienes no veía desde hacía años. Me pareció que no tenía ni un momento para su aburrida y vieja madre. Ni para la aburrida y vieja compañera de su madre. Ni, supongo, para su aburrido y viejo padre.

Hope asintió.

Sally se levantó de la mesa.

—Bien, ya veremos qué ocurre. Si Ashley tiene un problema, acabará por llamar y pedir consejo o ayuda o lo que sea. No hagamos de esto un mundo. Lo cierto es que lamento haber sacado el tema. Si Scott no hubiera estado tan trastornado... Bueno, trastornado no. Preocupado. Creo que se está volviendo un poco paranoico con la vejez. Demonios, nos pasa a todos, ¿no? Y Ashley, bueno, tiene toda esa energía. Lo mejor es hacerse a un lado y dejarla encontrar su propio camino.

Hope asintió.

—Hablas como una madre sabia —dijo. Empezó a retirar los platos, pero cuando fue a coger una delicada copa de vino, el cristal se le rompió en la mano, y un trozo de la base se hizo añicos contra el suelo. Se miró la mano: la yema del índice le sangraba. Durante un instante vio la sangre acumularse y luego gotearle por la palma, cada gota aflorando por el corte, sincronizada con los latidos de su corazón.

Vieron un poco la tele, y luego Sally dijo que iba a acostarse. Fue un anuncio, no una invitación, ni siquiera acompañada por el habitual beso en la mejilla. Hope apenas levantó la cabeza del trabajo que estaba corrigiendo, pero le preguntó si podía asistir a un partido o dos en las semanas venideras. Sally no dijo nada mientras subía las escaleras hacia el dormitorio que compartían en la primera planta.

Hope se acomodó en un lado del sofá, vio cómo *Anónimo* se le acercaba, y luego, al oír el agua corriendo en el lavabo del dormitorio, dio un par de golpecitos con la mano en el asiento junto a ella, invitando al chucho a tumbarse a su lado. Nunca hacía esto delante de Sally, quien desaprobaba las confianzas de *Anónimo* con los sillones. A Sally le gustaba que los roles de todo el mundo estuvieran bien definidos: los perros en el suelo, las personas en los asientos. El menor desorden posible. Era la abogada que habitaba en ella. Su trabajo consistía en solucionar las confusiones y el desorden e imponer la razón y el orden. Formular reglas y parámetros, fijar rumbos de acción y definir las cosas.

Hope no estaba tan segura de que organización significara libertad.

Le gustaba cierta improvisación en la vida, y tenía lo que consideraba una vena ligeramente rebelde.

Acarició a *Anónimo*, que sacudió la cola poniendo los ojos en blanco. Hope oyó a Sally arriba y luego vio que la sombra proyectada por la luz del dormitorio desaparecía del hueco de la escalera.

Echó la cabeza atrás y pensó que era posible que su relación estuviera atravesando una etapa más baja de lo que imaginaba, aunque no sabía exactamente por qué. Durante gran parte del último año había observado que Sally parecía estar con la mente en otra parte, todo el tiempo. ¿Se podía dejar de estar enamorada tan rápidamente como se llegaba al enamoramiento? Resopló despacio y cambió los temores que le despertaba su compañera por los temores que despertaba Ashley.

No conocía bien a Scott y sólo había hablado con él media docena de veces en casi quince años, cosa que, admitió, era poco corriente. Sus impresiones se debían principalmente a Sally y Ashley, pero no le parecía la clase de hombre que se obsesiona por algo, sobre todo por algo tan trivial como una carta de amor anónima. En su trabajo, tanto como entrenadora como consejera estudiantil de una escuela privada, Hope había visto muchas relaciones extrañamente peligrosas, así que tenía tendencia a la cautela.

Volvió a acariciar a *Anónimo*, que esta vez apenas se movió.

Era una tontería, pensó, que alguien con su capacidad de persuasión recelara de todos los hombres. Pero, por otro lado, era consciente del daño que podían hacer las emociones desbocadas, sobre todo a los jóvenes.

Miró el techo, como si pudiera ver a través de la madera y la escayola y saber qué estaba pensando Sally en la cama. Sabía que su compañera tenía problemas para conciliar el sueño. Y cuando lo conseguía, se agitaba, daba vueltas y parecía preocupada en sueños.

Se preguntó si Ashley tendría los mismos problemas para dormir. Probablemente era conveniente averiguarlo. Pero cómo averiguar las causas se le escapaba. Hope ignoraba que más o menos el mismo dilema mantenía despierto a Scott en ese preciso momento.

Boston tiene una singular cualidad camaleónica que la diferencia de otras ciudades. En las brillantes mañanas de verano parece estallar de energía e ideas. Respira cultura y educación, constancia, historia. Una sensación intensa que promete muchas posibilidades. Pero cuando cae la niebla procedente de la bahía o cuando hay un regusto a escarcha en el aire o el sucio residuo de la nieve mancha las calles, Boston se convierte entonces en un sitio frío e inhóspito, con una afilada dureza propia de un lugar mucho más sombrío.

Contemplaba las sombras de la tarde arrastrarse lentamente por la calle Dartmouth, y sentía el aire caliente que salía del Charles. No podía ver el río desde donde me encontraba, pero sabía que estaba a pocas manzanas de distancia. Newbury Street, con sus tiendas y galerías elegantes, estaba cerca. Igual que la Escuela Berklee de Música, que llenaba las aceras adyacentes de aspirantes a músico de todas las variedades: rockeros punks, cantantes folks, concertistas de piano. Pelo largo, pelo de punta, pelo teñido. Incluso un vagabundo, canturreando para sí y meciéndose de un lado a otro, apoyado contra la pared de un callejón, medio oculto por las sombras. Puede que estuviera oyendo voces o tuviera el mono, difícil saberlo. En una calle cercana, un BMW tocó el claxon a varios estudiantes que cruzaban con el semáforo en rojo, y luego aceleró con un chirrido de neumáticos.

Me detuve un momento, pensando que lo que hacía único a Boston era la habilidad de acomodar al mismo tiempo tantas corrientes diferentes. Con tantas identidades para elegir, no era extraño que Michael O'Connell hubiera encontrado un hogar allí.

Todavía no conocía bien a ese hombre, pero empezaba a tener una leve idea.

Naturalmente, Ashley se enfrentaba a ese mismo misterio.

6

Un anticipo de lo que vendría

Esperó hasta mediodía, incapaz de levantarse de la cama, hasta que el sol entró a raudales por las ventanas y las calles más allá de su apartamento resonaron tranquilizadoras. Pasó unos instantes asomada a una ventana, como para convencerse de que, con el ir y venir normal de otro día, nada podía ser diferente. Dejó que su mirada siguiera primero a una persona, luego a otra, mientras recorrían la acera y entraban en su campo de visión. No reconocía a nadie, y sin embargo todo el mundo le era familiar. Todos encajaban en tipos fácilmente identificables. El hombre de negocios, el estudiante, la camarera. Parecía haber un mundo con sentido más allá de su alcance. La gente se movía con decisión y destino.

Ashley se sentía como una isla entre ellos. Ojalá tuviera una compañera de habitación o una amiga íntima. Alguien en quien confiar, que se sentara al otro lado de la cama con una taza de té, dispuesta a reírse o llorar o comentar sus problemas con franqueza. Conocía a muchas personas en Boston, pero a nadie a quien pudiera confiar una carga, y desde luego no la carga de Michael O'Connell. Tenía un centenar de conocidos, pero ningún amigo de verdad. Se volvió hacia su mesa, repleta de trabajos a medio terminar, textos de arte, un ordenador portátil y algunos cedés. Rebuscó entre ellos un papel con unos números anotados.

Y entonces, tras tomar aire, Ashley marcó el número de teléfono de Michael O'Connell.

Sonó dos veces antes de que él respondiera.

—¿Sí?

—Michael, soy Ashley... —Deseó haber anotado lo que iba a decir con frases resueltas e inequívocas. Pero, en cambio, dejó que las emociones la embargaran—. ¡No quiero que vuelvas a llamarme!

Él no dijo nada.

—Cuando llamaste esta madrugada, estaba dormida. Me diste un susto de muerte... —Esperó una disculpa. Una excusa, tal vez, o una explicación. No hubo nada de eso—. Por favor, Michael —añadió. Pareció que le estaba pidiendo un favor.

Él siguió en silencio.

Ella continuó, tartamudeando.

—Mira, fue sólo una noche. Eso fue todo. Nos divertimos y bebimos, y las cosas fueron más lejos de lo que debían, aunque no lo lamento, no me refiero a eso. Lamento que malinterpretaras mis sentimientos. ¿No podemos separarnos como amigos? ¿Seguir cada uno su camino?

Podía oír su respiración al otro lado de la línea.

—Bien —continuó, consciente de que todo lo que decía sonaba cada vez más débil, más patético—. No me envíes más cartas, sobre todo como la de la semana pasada. Fuiste tú, ¿verdad? Sé que tienes muchas cosas que hacer y que pensar, y yo estoy liada con mi trabajo y tratando de conseguir ese diploma de posgraduada, y ahora mismo no tengo tiempo para una relación seria. Sé que lo comprenderás. Necesito mi espacio. Quiero decir que los dos estamos involucrados en muchas cosas. No es el momento adecuado para mí, y apuesto a que tampoco para ti. Lo comprendes, ¿verdad?

Dejó que la pregunta flotara rodeada por el silencio de él. Tragó saliva ante la falta de respuesta, como si fuera aquiescencia por su parte.

—Te agradezco que me escuches, Michael. Y te deseo lo mejor, de veras. Tal vez en el futuro podamos ser buenos amigos. Pero ahora mismo no, ¿vale? Lamento decepcionarte, pero si realmente estás enamorado de mí, como dices, entonces comprenderás que necesito estar sola y no puedo comprometerme a nada. Nunca se sabe qué nos deparará el futuro, pero ahora, en el presente, no puedo implicarme, ¿vale? Me gustaría acabar esto como amigos, ¿de acuerdo?

La respiración al otro lado de la línea seguía. Regular, serena.

—Mira —dijo, la exasperación y un poco de desesperación asomando a sus palabras—. En realidad no nos conocemos. Fue sólo una vez y los dos estábamos un poco borrachos, ¿vale? ¿Cómo puedes decir que me amas? ¿Cómo puedes decir esas cosas tan tremendistas? ¿Quién te ha dicho que somos perfectos el uno para el otro? Es una locura. ¿Cómo que no puedes vivir sin mí? Eso es absurdo. Sólo quiero que me dejes en paz, ¿de acuerdo? Mira, encontrarás otra mujer, una adecuada para ti, lo sé. Pero no soy yo. Por favor, Michael, déjame en paz. ¿Lo has entendido?

Michael O'Connell no dijo ni una palabra. Simplemente se rió. Su carcajada reverberó en la línea como un sonido incongruente y lejano, pues nada de lo que ella había dicho era gracioso ni irónico. Se quedó helada.

Y entonces él colgó.

Ella siguió de pie, mirando el auricular que sostenía, preguntándose si aquella llamada había sucedido en la realidad. Durante un momento ni siquiera estuvo segura de que él hubiera estado al otro lado de la línea, pero entonces recordó su única palabra, y le resultó inconfundible, aunque él fuera casi un desconocido. Colgó con cuidado y miró alrededor con los ojos desorbitados, como si temiese que alguien le saltara encima. Oyó los sonidos apagados del tráfico, pero eso no alivió la sensación de soledad absoluta que se apoderaba de ella.

Se derrumbó en el borde de la cama, súbitamente exhausta, las lágrimas aflorando a sus ojos. Se sentía increíblemente indefensa.

No comprendió la situación, aparte de presentir que algo empezaba a cobrar velocidad peligrosamente... todavía no fuera de control, pero a punto. Se frotó los ojos y se dijo que debía coger las riendas de sus emociones. Trató de levantar una barrera de dureza y determinación sobre el residuo de indefensión.

Sacudió la cabeza.

—Tendrías que haber planeado lo que ibas a decir —dijo en voz alta. Oír su propia voz en el estrecho espacio de su apartamento la sobresaltó. Pensó que había intentado parecer resuelta (al menos eso buscaba) pero en cambio pareció débil, suplicante, llorosa, todas las cosas que creía no ser. Se obligó a levantarse de la cama—. Que se vaya al infierno —murmuró, y añadió—: Qué puñetero lío, joder.

Siguió con un torrente de obscenidades, escupiendo al aire todas las palabras duras y desagradables que pudo recordar, una furiosa cascada de frustración. Luego trató de serenarse.

—No es más que una rata de alcantarilla —dijo en voz alta—. He conocido a otras ratas antes.

Ashley sabía que en el fondo eso no era cierto. Sin embargo, se sintió mejor al oírse hablar con determinación y ferocidad. Buscó alrededor, encontró una toalla y se dirigió con decisión al pequeño cuarto de baño. En cuestión de segundos, abrió el agua caliente de la ducha y se desnudó. Mientras se colocaba bajo el chorro de agua, pensó que la conversación con el maldito Michael O'Connell la había hecho sentirse sucia, y se frotó la piel hasta hacerla enrojecer, como si intentara eliminar un olor desagradable, o una mancha que se resistía a pesar de sus esfuerzos.

Cuando salió de la ducha, limpió parte del vaho acumulado en el espejo para mirarse a los ojos. «Traza un plan —se dijo—. Si la ignoras, al final la rata se marchará.» Hizo una mueca y flexionó los brazos. Se fijó en su cuerpo, como sopesando la curva de sus pechos, su estómago plano, sus piernas bronceadas. Era esbelta y atractiva, pensó. Se consideraba fuerte.

Regresó al dormitorio y se vistió. Tuvo un impulso apremiante de ponerse algo nuevo, algo diferente, algo que no le resultara familiar. Metió el ordenador portátil en la mochila y comprobó si tenía dinero en la cartera. Su plan para el día era más o menos el de siempre: dirigirse al ala del museo donde estaba la biblioteca y estudiar un poco entre las estanterías de historia del arte, antes de ir a su trabajo. Tenía más de un ejercicio que necesitaba pulir, y pensaba que sumirse en textos y reproducciones de grandes cuadros la ayudaría a desterrar de su mente a Michael O'Connell.

Cogió las llaves y abrió la puerta que daba al pasillo. Entonces se detuvo, presa de un súbito y horrible escalofrío: enfrente de la puerta, apoyadas contra la pared, había una docena de rosas.

Rosas muertas. Marchitas y decrépitas.

En ese momento un pétalo rojo sangre, casi ennegrecido ya, se desprendió y cayó al suelo, como impulsado no por una ráfaga de viento, sino por la mirada de Ashley. Quedó absorta en aquella agorera imagen.

Sentado a su escritorio en el pequeño despacho de la facultad, Scott jugueteaba con el lápiz que tenía en la mano derecha y reflexionaba sobre cómo indagar en la vida de su hija casi adulta sin que se notase. Si Ashley fuera todavía una adolescente, o una niña, podría haberle exigido que le contara lo que quería, aunque provocara lágrimas y la clásica dinámica negativa padre-hijo. Ashley estaba justo entre la juventud y la edad adulta, y él no sabía cómo actuar. A cada segundo de indecisión, su preocupación aumentaba.

Tenía que ser sutil pero eficaz.

A su alrededor había estanterías repletas de libros de historia y una reproducción enmarcada de la Declaración de Independencia. Había fotografías de Ashley que asomaban en el rincón de la mesa y en la pared frente al escritorio. La más sorprendente la mostraba en un partido de baloncesto en el instituto, el rostro concentrado, la coleta dorado-rojiza ondeando mientras saltaba para arrebatar el balón a dos adversarias. Scott también tenía una foto guardada en el cajón superior del escritorio. Era una foto suya de cuando tenía veinte años, apenas un poco más joven que su hija ahora. Estaba sentado en una caja de municiones, junto a un brillante montón de balas, justo detrás de un cañón de 125 mm. Con el casco a los pies, fumaba un cigarrillo, lo cual, dada la proximidad de tantos explosivos no parecía una buena idea. Tenía una expresión vacía y agotada. A veces pensaba que aquella foto era probablemente su único recuerdo real de su paso por la guerra. La había mandado enmarcar, pero nunca la había colgado. Nunca se la había mostrado a Sally, ni siquiera cuando estaban esperando a Ashley y creían estar enamorados. ¿Alguna vez Sally le había preguntado por su experiencia en la guerra? Scott se agitó en el asiento. Pensar en su propio pasado lo ponía nervioso. Le gustaba considerar la historia de los demás, no la suya.

Se meció adelante y atrás.

Empezó a repasar mentalmente las palabras de aquella carta. Al hacerlo, tuvo una idea.

Una de sus cualidades buenas y malas era su incapacidad para deshacerse de tarjetas de visita y papeles con nombres y números de teléfono. Una pequeña obsesión como otra cualquiera. Pasó casi media hora rebuscando en los cajones del escritorio y los archivadores, pero por fin encontró lo que buscaba. Rogó que el teléfono móvil siguiera operativo.

A la tercera señal, una voz ligeramente familiar contestó:

—¿Sí?

—¿Susan Fletcher?

—Sí. ¿Quién lo pregunta?

—Susan, soy Scott Freeman, el padre de Ashley... ¿La recuerdas de tus dos primeros años...?

Hubo una breve vacilación al otro lado, y luego:

—El señor Freeman, claro. Ha pasado un par de años...

—El tiempo pasa deprisa, ¿verdad?

—Y que lo diga. Cielos, ¿cómo está Ashley? Hace meses que no la veo...

—La verdad es que llamaba por eso.

—¿Hay algún problema?

Scott vaciló.

—Podría haberlo.

Susan Fletcher era un torbellino de mujer, siempre con media docena de ideas y proyectos entre su cabeza, su mesa y su ordenador. Era pequeña, morena, concentrada hasta lo indecible e infinitamente enérgica. En cuanto se graduó, el First Boston Bank se puso en contacto con ella y actualmente trabajaba en la división de planificación financiera.

Ahora se encontraba delante de la ventana de su cubículo, viendo cómo un avión tras otro aterrizaba en el aeropuerto Logan. La conversación con Scott Freeman la había inquietado un poco, y no estaba completamente segura de cómo actuar, aunque le había dicho que se haría cargo de la situación.

Susan apreciaba a Ashley, aunque habían pasado casi dos años desde la última vez que hablaron. Les tocó compartir habitación en su primer año en la universidad, un poco sorprendidas por lo distintas que eran, pero luego se sorprendieron aún más cuando descubrieron que se llevaban bastante bien. Estuvieron juntas un segundo año y luego las dos se fueron a vivir fuera del campus. Esto las distanció bastante, aunque en sus esporádicos encuentros se sentían cómodas y no les costaba sincerarse. Ahora tenían poco en común: si tuviera que rellenar el test de la novia, ¿habría invitado a Ashley a su boda? La respuesta era no. Pero sentía un gran afecto por su ex compañera de habitación. Al menos, eso pensaba.

Miró el teléfono.

Por algún motivo, se sentía incómoda con la petición del padre de Ashley. Al nivel más sencillo, le parecía que iba a ser como espiar. Por otro lado, podía no ser más que una exagerada preocupación paterna. Podía hacer una llamada, cerciorarse, volver a llamar al señor Freeman y asunto concluido. Además, tendría ocasión de ponerse en contacto con una amiga, lo que nunca era una mala idea.

Si había alguna situación tensa, imaginó que sería entre Ashley y su padre. Así que, con un leve resquemor, cogió el teléfono, contempló una vez más las primeras vetas de oscuridad deslizándose por la bahía, y marcó el número de Ashley.

Sonó cinco veces antes de que lo cogieran, cuando Susan ya creía que tendría que dejar un mensaje.

—¿Sí?

La voz de su amiga sonó cortante, cosa que sorprendió a Susan.

—Eh, chica-libre, ¿cómo te va?

Era el apodo de Ashley en el primer año de universidad. El único curso que habían compartido fue un seminario sobre la mujer en el siglo XX, y una noche acordaron, después de un par de cervezas, que su apellido *free-man*, hombre libre, era machista e inadecuado, pero que *free-woman* o mujer libre sonaba pretencioso, mientras que aquello de chica-libre encajaba bastante bien.

Ashley esperaba en la calle ante el restaurante Yunque y Martillo, el cuello de la chaqueta subido contra el viento, el frío de la acera traspasando los zapatos. Sabía que llegaba un par de minutos antes de la hora fijada. Susan nunca llegaba tarde; no entraba en su naturaleza retrasarse. Ashley miró el reloj y en ese momento oyó un claxon a unos metros de ella.

La radiante sonrisa de Susan Fletcher penetró la noche que ya caía cuando bajó la ventanilla.

—¡Eh, chica-libre! —exclamó con entusiasmo—. No pensarías que iba a hacerte esperar, ¿no? Entra y coge una mesa. Voy a aparcar.

Ashley asintió y vio cómo Susan continuaba calle arriba. «Un bonito coche nuevo», pensó. Rojo. La vio entrar en un aparcamiento a una manzana de distancia y entonces se encaminó al restaurante.

Susan subió hasta la tercera planta, donde había menos coches, y dejó el Audi nuevo en un espacio donde era improbable que nadie aparcara al lado y le abollara la puerta. El coche sólo tenía dos semanas, medio regalo de sus orgullosos padres, medio regalo a sí misma, y desde luego no iba a dejar que el jaleo del centro de Boston le produjera el menor daño.

Conectó la alarma y luego se dirigió al restaurante. Se movió con rapidez, bajó por las escaleras en vez de esperar el ascensor y en unos minutos estuvo en el Yunque y Martillo. Se quitó el abrigo y se acercó a la mesa donde Ashley la esperaba con dos altos vasos de cerveza.

Se abrazaron.

—Eh, compi —dijo Susan—. Nos hacemos viejas.

—Te he pedido una cerveza, pero ahora que eres toda una ejecutiva y ciudadana de Wall Street, tal vez sería más adecuado un whisky con hielo o un martini seco —bromeó Ashley.

—Bah, ésta es la noche de las cervezas. Ash, tienes muy buen aspecto.

—¿De veras? No lo creo.

—¿Te preocupa algo?

Ashley vaciló, se encogió de hombros y contempló el restaurante. Luces elegantes, espejos. Brindis en una mesa cercana, intimidad de una pareja en otra. Un sereno murmullo de voces. Todo aquello le hizo sentir que el desagradable episodio de aquella mañana había ocurrido en un extraño universo paralelo. En ese momento se encontraba en un relajado ámbito libre de toda preocupación.

Suspiró.

—Ah, Susie, he conocido a un tío raro. Eso es todo. Me asustó un poco. Pero nada más.

—¿Te asustó? ¿Qué hizo?

—Bueno, en realidad no ha hecho nada, es más bien lo que da a entender. Dice que me ama, que soy su chica. Y de nadie más. Que no puede vivir sin mí. Si no puede tenerme, nadie me tendrá. Esa clase de chorradas, ya sabes. Sólo nos enrollamos una vez, y admito que fue un error. Le telefoneé para cortar amablemente, le dije «gracias, pero no». Esperé que eso fuera todo, pero hoy al salir de casa me he encontrado unas flores ante la puerta.

—Bueno, parece un gesto casi caballeroso.

—Flores muertas.

Susan arrugó el entrecejo.

—Eso no tiene gracia. ¿Cómo sabes que fue él?

—¿Quién más podría ser?

—¿Qué vas a hacer?

—¿Hacer? Ignorar a esa rata. Acabará aburriéndose. Siempre lo hacen, tarde o temprano.

—Un plan muy sesudo, chica-libre. Veo que te has quemado un par de neuronas pensándolo.

Ashley soltó una risita nada alegre.

—Ya se me ocurrirá algo.

Susan hizo una mueca.

—Me recuerdas aquel curso de cálculo que seguiste en primero. Eso mismo dijiste a mitad de trimestre, y también cuando suspendiste la prueba final.

—Nunca se me dieron bien las matemáticas en el instituto. Mi madre me empujó a ese error. Supongo que aprendió la lección: fue la última vez que me preguntó qué asignaturas iba a seguir...

Ambas rieron con aire de complicidad. Hay pocas cosas tan tranquilizadoras en el mundo, pensó Ashley, como ver a una vieja amiga, una amiga que estaba ahora en un mundo desconocido para ella, pero que todavía recordaba las viejas anécdotas, no importaba cuánto hubiesen cambiado ambas.

—Ah, ya basta de hablar de esa rata. Conocí a otro tipo que parecía prometer. Espero que vuelva a llamarme.

Susan sonrió.

—Ah, cuando vivía contigo lo primero que aprendí fue que los chicos siempre vuelven a llamar.

No preguntó más, ni siquiera por el nombre de aquel acosador en ciernes. En cierto modo, pensó, ya había oído suficiente. O casi. Flores muertas.

En la acera, delante del Yunque y Martillo, tras mucho comer y beber y un buen repaso a las anécdotas comunes, Ashley dio a su amiga un largo abrazo.

—Ha sido magnífico, Susie. Deberíamos vernos más a menudo.

—Cuando termines con la graduación, llámame. Tal vez un encuentro regular, una vez por semana, para que tú puedas hablarme de tus sensibilidades artísticas y yo quejarme de jefes estúpidos y negocios aburridos.

—Me gustaría —dijo Ashley, y por un momento contempló la noche de Nueva Inglaterra. El cielo estaba despejado y un dosel de estrellas pespunteaba la oscuridad.

—Una cosa —dijo Susan, mientras rebuscaba las llaves en su bolso—. Me preocupa un poco ese imbécil de las flores...

—¿Michael? Michael O'Rata... —bromeó Ashley, fingiendo despreocupación—. Me desharé de él sin problema, Susie. Esa clase de tipos necesitan un no grande y tajante. Luego se quejan y lloriquean un par de días, hasta que se ponen morados de cerveza con los amigotes y todos coinciden en que las mujeres son unas zorras irrecuperables y que no hay más que hablar.

—Espero que tengas razón. De todas maneras, puedes llamarme en cualquier momento, de día o de noche, si ese tipejo no desaparece.

—Gracias, Susie. Pero no te preocupes.

—Preocuparme ha sido siempre mi mejor cualidad, chica-libre.

Las dos rieron y volvieron a abrazarse. Luego, Ashley se encaminó calle abajo, iluminada por los rótulos de neón de las tiendas y restaurantes. Susan la observó un momento, antes de volverse. Nunca estaba segura de qué pensar sobre Ashley. Mezclaba ingenuidad con sofisticación de un modo misterioso. No era extraño que los chicos se sintieran atraídos hacia ella, pero, en realidad, siempre se mostraba aislada y elusiva. Incluso la forma en que se movía, deslizándose entre las sombras, parecía casi evanescente. Sally inspiró hondo el frío aire nocturno y saboreó la escarcha en sus labios. Se sentía un poco incómoda por no haberle contado la verdad a su amiga, que aquel reencuentro no era fruto de la casualidad. Apretó los labios y lamentó no haber sido completamente sincera. Tampoco había averiguado mucho para el señor Freeman. «Sólo Michael O'Rata», pensó. Y flores muertas.

O no era nada o era algo aterrador, y Susan no supo qué carta quedarse. Tampoco supo de cuál de esos polos opuestos debía informar a Scott Freeman.

Contrariada, resopló y echó a andar hacia el aparcamiento, a manzana y media de distancia. Llevaba las llaves en la mano, el dedo índice en el pequeño espray incluido en el llavero. Susan no era asustadiza, pero un poco de prevención nunca estaba de más. Deseó haberse puesto zapatos más cómodos. Sus pasos resonaban en la acera, mezclándose con los ruidos de la calle. Sin embargo, se sintió abrumada por una sensación de soledad, como si fuera la última persona que quedaba en la calle, en el centro de la ciudad, quizás en la ciudad misma. Vaciló y miró en derredor. Las aceras estaban vacías. Se detuvo para mirar en un restaurante, pero la ventana tenía cortinas. Respiró hondo y se volvió.

Nadie. La calle estaba vacía.

Sacudió la cabeza. Se dijo que hablar y pensar acerca de aquel tipo raro la habían inquietado. Inhaló lentamente, dejando que sus pulmones se llenaran de aire frío. «Flores muertas.» Algo en esa lúgubre expresión le resultaba disonante. Su vacilación aumentaba a cada paso. Se detuvo otra vez, sobresaltada. Sintiendo el frío que calaba, se arrebujó en el abrigo y volvió a andar, esta vez con más rapidez.

Miraba a uno y otro lado sin ver a nadie, pero de pronto tuvo la sensación de que la seguían. Se dijo que eran imaginaciones suyas, pero eso no la tranquilizó, así que apretó el paso.

Unos metros más allá sintió la certeza intuitiva de que la estaban observando. Vaciló de nuevo y escrutó las ventanas de los edificios de oficinas, buscando los ojos que la espiaban, pero no vio nada que justificara el ominoso nerviosismo que se estaba apoderando de ella.

«Sé razonable», se ordenó. Y de nuevo echó a andar, ahora casi corriendo. Había hecho algo mal, seguro, había desatendido sus reglas personales de seguridad, se había permitido distraerse, y ahora estaba en una situación vulnerable. Sólo que no podía reconocer ninguna amenaza inmediata, lo cual no hacía sino acrecentar su desasosiego.

De pronto trastabilló y resbaló. Se recuperó, pero dejó caer el bolso. Recogió el pintalabios, un bolígrafo, una agenda y su cartera, desperdigados por la acera. Lo metió todo en el bolso y se lo echó al hombro.

La entrada del aparcamiento ya estaba a pocos metros.

Casi echó a correr hacia la puerta de cristal, resoplando con fuerza. Al otro lado de la gruesa pared de hormigón estaba la cabina donde el encargado cobraba el tique de salida. ¿La oiría si ella lo llamaba? Lo dudaba. Y dudaba que, en caso de ocurrir algo, el hombre hiciera nada por ayudarla.

Se reprendió a sí misma: «Domínate. Busca tu coche. Sigue adelante. Deja de comportarte como una niña.»

Contempló la escalera llena de sombras. Nada fiable, desde luego.

Pulsó el botón del ascensor y esperó. Mantuvo los ojos en las lucecitas que indicaban el descenso del ascensor. Tercera planta. Segunda. Primera. Planta baja. Las puertas se abrieron con una sacudida.

Ella fue a entrar, pero se quedó clavada.

Un hombre con chaquetón y gorro de lana, hurtando la cara a su mirada, bajó y casi la derribó de un empellón con el hombro. Susan jadeó y se recompuso.

Alzó la mano, como para protegerse de una agresión, pero el hombre ya subía las escaleras y desapareció tan rápidamente que ella apenas tuvo tiempo de observarlo. Llevaba vaqueros, el gorro de lana era negro y el chaquetón azul marino. Eso fue todo lo que retuvo. No alcanzó a fijarse en si era alto o bajo, fornido o delgado, joven o viejo, blanco o negro.

—Por Dios —murmuró—. Menudo susto.

Aguzó el oído, pero no oyó nada. Aquel bruto se había marchado, y ella, incongruentemente, se sintió aún más sola e indefensa.

—Por Dios —repitió, y sintió la adrenalina bombeando en sus sienes. El miedo pareció anularle la capacidad de raciocinio y el control sobre su cuerpo. Respiró hondo y trató de dominarse. Ordenó responder a cada uno de sus miembros. Piernas. Brazos. Manos. Inspiró despacio para sosegar las palpitaciones del corazón y guardó silencio.

Las puertas del ascensor empezaron a cerrarse, y Susan

extendió el brazo bruscamente para impedirlo. Entró en el ascensor y pulsó el 3. Experimentó un leve alivio cuando las puertas se cerraron.

El ascensor chirrió y pasó la primera planta. Luego, tras la segunda, redujo velocidad y se detuvo. Las puertas se abrieron con un leve estremecimiento de la cabina.

Susan dio un respingo y quiso gritar, pero no logró articular sonido alguno.

Aquel hombre estaba ante la puerta. Los mismos vaqueros, el mismo chaquetón, pero ahora el gorro de lana le cubría el rostro como una máscara. Susan sólo pudo verle los ojos, clavados en ella. Retrocedió hacia el fondo del ascensor, encogiéndose, a punto de caer doblegada ante las ondas de energía que irradiaba aquel hombre. Era como una corriente de miedo que amenazaba con ahogarla. Quiso golpearlo, defenderse, pero su sensación de indefensión era absoluta. Era como si aquellos ojos lanzaran un rayo paralizante. Balbuceó palabras incongruentes y quiso gritar pidiendo ayuda, pero no pudo.

El hombre no se movió. Simplemente se la quedó mirando.

Susan se acurrucó en el rincón, extendió débilmente una mano ante su rostro y supo que le había llegado el fin.

Pero él siguió sin hacer nada. Tan sólo la miraba, como memorizando su cara, su ropa, el pánico de sus ojos. Entonces susurró:

—Ahora te conozco.

Y entonces, con la misma brusquedad, las puertas del ascensor se cerraron.

Esta vez, cuando la llamé, no hubo ninguna urgencia. Ella parecía curiosamente distendida, como si ya hubiera repasado mentalmente mis preguntas y sus respuestas y yo me ciñera a un guión.

—Me cuesta entender la conducta de O'Connell. Cuando creo que empiezo a pillarle el truco, entonces...

—¿Hace algo que no esperabas?

—Sí. Las flores muertas es un mensaje obvio, pero...

—A veces lo que más asusta no es lo desconocido, sino lo previsible y comprensible.

Eso era cierto. Ella hizo una pausa y agregó:

—Pero Michael no seguía las pautas más previsibles. Dosificaba el modo en que instilaba miedo.

—Bueno, sí, pero...

—Susan se sintió completamente indefensa y aterrorizada en un instante, y al siguiente vio desaparecer toda amenaza...

—¿Cómo puedo estar seguro de que era Michael O'Connell? —pregunté.

—No puedes. Pero si el hombre del aparcamiento hubiera querido violar o robar, ¿qué se lo habría impedido? Las circunstancias eran perfectas para esos dos crímenes. Pero alguien con un plan diferente se comporta de manera impredecible.

Como tardé en contestar, ella vaciló, como si considerara sus propias palabras.

—Tal vez deberías examinar no sólo lo que sucedió, sino el impacto que tuvo.

—De acuerdo. Pero guíame en la dirección adecuada.

—Susan Fletcher era una joven capaz y decidida. Lista, cautelosa y experta en muchas cosas. Pero quedó profundamente herida por su miedo. El residuo del pánico es igual de lacerante que el propio pánico. Ese momento en el ascensor la hizo sentirse vulnerable e indefensa como nunca antes. Y por eso, toda ayuda que pudiera haberle prestado a Ashley en los días siguientes quedó anulada.

—Ya.

—Una persona con habilidad y decisión que podría haber ayudado a Ashley resultó anulada instantáneamente por una especie de inyección paralizante. Sencillo. Eficaz. Aterrador.

—Sí...

—Pero, piensa, ¿qué era lo realmente peligroso que estaba ocurriendo en aquel momento? ¿Qué podía ser más aterrador que todo lo que Michael hubiera hecho hasta entonces?

Pensé un instante y aventuré:

—¿Que él estaba aprendiendo?

Ella me miró. Pude imaginarla cogiendo el auricular con una mano, extendiendo la otra para conservar el equilibrio, mientras se enfrentaba a algo que yo aún no comprendía. Cuando finalmente respondió, fue casi un susurro, como si las palabras le supusieran un gran esfuerzo.

—Sí, así es. Estaba aprendiendo. Pero todavía no sabes lo que le sucedió a Susan.

7

Cuando las cosas empiezan a aclararse

Scott Freeman no tuvo noticias de Susan Fletcher durante dos días, pero, cuando las recibió, casi deseó no haberlas temido.

Había dedicado el tiempo a sus tareas académicas: repasar el temario para el semestre de primavera, preparar varias clases, ponerse al día en la correspondencia con asociaciones históricas y grupos de investigación... Tampoco esperaba una respuesta rápida por parte de Susan Fletcher. Sabía que le había pedido algo embarazoso, y en parte casi temía una llamada airada de Ashley, del tipo «¿por qué estás metiendo las narices en mi vida privada?»; en realidad no tenía ninguna respuesta clara para esa pregunta.

Así que intentó pasar las horas sin sentirse demasiado ansioso. «No se gana nada con ponerse nervioso», se recordaba cada vez que sus ojos se volvían hacia el teléfono negro que había en una esquina de su escritorio.

Cuando finalmente sonó, se sobresaltó. Al principio no reconoció la voz de Susan Fletcher.

—¿Profesor Freeman?

—¿Sí?

—Soy Susan... Susan Fletcher. Me llamó usted el otro día por lo de Ashley.

—Por supuesto, eres Susan. Vaya, no esperaba que me llamaras tan pronto. —No era cierto, claro.

Ella vaciló y se aclaró la garganta.

—¿Algo va mal? —preguntó él, y su propia voz lo traicionó levemente.

—No lo sé. Tal vez. No estoy segura, pero...

—¿Ashley está bien? —soltó Scott con ansiedad, y de inmediato lamentó su salida de tono.

—Ella está bien —dijo Susan lentamente—. Al menos, parece estarlo, pero tiene un problema con un tipo, como usted se temía. Al menos, eso creo. En realidad ella no quería hablar del tema.

Las palabras sonaban temerosas, como si ella pensara que alguien podía escucharla.

—Pareces insegura —dijo Scott.

—He pasado un par de días difíciles. De hecho desde que vi a Ashley. Ésa fue la última cosa buena que me ocurrió. Verla.

—Pero ¿qué ha pasado?

—No lo sé. Nada. Todo. No puedo precisarlo.

—No comprendo. ¿Qué quieres decir?

—Tuve un accidente.

—Oh, Dios mío. ¿Te encuentras bien?

—Sí. Sólo un poco aturdida. Mi coche quedó hecho una birria, pero no tengo ningún hueso roto. Tal vez una pequeña contusión, y un gran cardenal en el pecho. Siento como si tuviera rotas las costillas. Pero, aparte de dolorida y desorientada, estoy bien, supongo.

—Pero ¿qué...?

—El neumático delantero derecho reventó. Iba casi a cien... no, tal vez un poco más, ciento veinte. El coche empezó a dar bandazos y la parte delantera a temblar, así que pisé el freno. Estaba reduciendo velocidad cuando de repente el neumático se soltó. Entonces sí perdí el control del vehículo.

—Dios mío...

—Todo daba vueltas y oía un ruido como si alguien me estuviera gritando. Fue horrible, pero tuve mucha suerte.

Choqué contra una de esas vallas amortiguadoras, ya sabe, las que absorben parte del impacto.

—¿Dices que la rueda se soltó?

—Sí. Eso me dijo la policía. La encontraron a medio kilómetro carretera abajo.

—Qué extraño. Nunca había oído de un caso así...

—Sí. La policía tampoco, y menos en un Audi casi nuevo.

Hubo un momento de silencio.

—¿Crees...? —empezó Scott.

—La verdad, no sé qué creer.

Otro silencio, y al cabo ella dijo en voz baja:

—Iba tan rápido porque estaba asustada...

Las alarmas de Scott se dispararon. Escuchó con toda atención mientras ella le contaba el encuentro con Ashley. No hizo ninguna pregunta, ni siquiera cuando oyó el nombre «Michael O'Rata». Las cosas se confundían en la memoria de Susan, y más de una vez él percibió frustración en su voz, cuando se esforzaba por ordenar los detalles. Supuso que era debido a la leve contusión sufrida. Su tono era de disculpa.

Susan no sabía si algo de lo sucedido estaba relacionado de algún modo con Ashley. Todo lo que sabía era que había ido a verla y que desde entonces le ocurrían cosas espantosas. Tenía suerte de seguir con vida.

—¿Crees que ese tal Michael tuvo que ver con todo lo que te ha pasado? —preguntó Scott, sin querer creerlo así, pero imbuido de malos presentimientos.

—No lo sé. De verdad que no. Probablemente es sólo coincidencia. Pero creo... —parecía a punto de llorar— creo que no volveré a llamar a Ashley. No hasta que me recupere. Lo siento.

Scott colgó y se puso a pensar qué opciones tenía. Ninguna. Imaginó lo peor.

«Estamos hechos el uno para el otro.»

Tragó saliva con la boca reseca.

Ashley caminaba con rapidez, como si su avance por la acera pudiera equipararse a los pensamientos que bullían en su cabeza. Aún no había llegado a pensar en serio que la estaban siguiendo, pero tenía una sensación perturbadora. Llevaba una pequeña bolsa de la compra y su mochila llena de libros de arte, así que se sentía un poco incómoda cada vez que se detenía para escrutar la calle, tratando de discernir qué la inquietaba tanto. Nada parecía fuera de lugar.

«La ciudad es así», pensó. En su casa del oeste de Massachusetts, las cosas eran menos abigarradas, y por eso, cuando algo no estaba en orden, se notaba más. Pero Boston, con su constante flujo y energía, desafiaba su capacidad de captar si algo había cambiado. Sintió una vaharada de calor, como si la temperatura hubiera aumentado, aunque en realidad ocurría lo contrario.

Escudriñó la calle. Coches, autobuses, peatones. La misma visión de siempre. Aguzó el oído. El mismo rumor continuo y el habitual latido de la vida diaria. No había motivo para la indefinida ansiedad que sentía.

Así pues, reanudó la marcha con paso firme y se desvió por la calleja donde estaba su apartamento, a mitad de la manzana.

En Boston se distingue claramente entre los apartamentos para estudiantes y los apartamentos para la gente que trabaja. Ashley seguía en el mundo estudiantil. En la calle había un descuido aceptable, un poco de suciedad de más que a sus jóvenes ojos parecía infundirle carácter, pero que quienes habían dejado atrás esa etapa consideraban mera provisionalidad. Los árboles plantados en pequeños parterres circulares parecían un poco torcidos, como si no recibieran suficiente sol. Era una calle indecisa, como mucha de la gente que vivía allí.

Ashley subió hasta su casa, sostuvo la bolsa de la compra con la rodilla y abrió la puerta. Sintió un súbito agotamiento al cerrar la puerta y echar la llave.

Miró alrededor, agradecida de no haber encontrado una nueva remesa de flores muertas.

Tardó menos de cinco minutos en guardar los cereales, el yogur, el agua mineral y la lechuga en el pequeño frigorífico. Abrió una lata de cerveza y bebió un largo sorbo. Luego se dirigió al salón, y sintió alivio al ver que no había ningún mensaje en el contestador. Dio otro sorbo y se dijo que se estaba comportando como una tonta, porque había varias personas de las que quería recibir noticias. Desde luego, esperaba que Susan volviera a llamarla para cenar. Y que Will la llamara para una segunda cita. De hecho, mientras hacía una lista mental, pensó que no permitiría que aquel cabrón de Michael la aislara. Había sido muy clara con él el otro día, tal vez aquello habría puesto punto final. Cuanto más repasaba la conversación, más adquiría una eficacia probablemente exagerada.

Se quitó los zapatos, se sentó al escritorio, encendió el ordenador y tarareó mientras conectaba. Para su sorpresa, había más de cincuenta nuevos mensajes en el correo electrónico. Vio que procedían de prácticamente todas las direcciones que tenía en la agenda del ordenador. Abrió el primero, enviado por una colaboradora del museo, una chica llamada Anne Armstrong. Ashley se inclinó hacia delante para leerlo. Pero el mensaje no era de Anne Armstrong.

> Hola, Ashley. Te he echado de menos más de lo que puedas imaginar. Pero pronto estaremos juntos para siempre y eso será magnífico. Como ves, hay 55 e-mails después de éste. No los borres. Contienen un mensaje importante que te será muy útil.
>
> Hoy te amo más que ayer. Y mañana te amaré más que hoy.
>
> Tuyo para siempre,
>
> MICHAEL

Ashley quiso gritar, pero de su garganta no salió ningún sonido.

Al principio, el dueño del taller no pareció muy dispuesto a colaborar.

—Ya —dijo, frotándose las manos manchadas de grasa en un trapo igualmente sucio—. Quiere saber algo sobre Michael O'Connell. Bien, pero antes ha de decirme por qué.

—Soy escritor —respondí—. O'Connell aparece en un libro en el que estoy trabajando.

—¿O'Connell? ¿En un libro? —La pregunta fue seguida por una risita de escepticismo—. Debe de ser una chapuza de libro.

—Así es. Más o menos. Agradecería su colaboración...

—Aquí cobramos cincuenta pavos la hora por arreglarle el coche. ¿Cuánto tiempo va a necesitar?

—Eso depende de cuánto pueda decirme.

Hizo una mueca.

—Bueno, eso depende de lo que quiera saber. Trabajé codo con codo con O'Connell todo el tiempo que estuvo empleado aquí. Eso fue hace un par de años, y desde entonces no lo he visto. Menos mal. Pero, demonios, yo fui quien le dio el trabajo, así que podría contarle algunas cosas. Pero, claro, también podría arreglarle la transmisión del Chevy, si entiende lo que quiero decir.

Pensé que de seguir así no llegaría a ninguna parte. Así pues, saqué la cartera y dejé cien dólares encima del mostrador.

—Sólo la verdad —dije—. Y nada que no sea de primera mano.

El mecánico observó el dinero y fue a cogerlo, pero, como uno de esos personajes duros que aparecen en las películas de serie B, coloqué la mía sobre el dinero. El mecánico sonrió, mostrando una dentadura bastante estropeada.

—Quiero su conformidad —le dije.

—Primero una pregunta —repuso—. ¿Sabe dónde está ahora ese bastardo?

—No. Pero lo encontraré. ¿Por qué?

—No es el tipo de individuo que uno quisiera enfadar. No me gustaría que luego venga a echarme en cara haber hablado con usted. ¿Entiende?

—Esta conversación será confidencial —dije.

—Esas palabras son muy bonitas. Pero ¿cómo sé, señor escritor, que hará lo que dice?

—Me temo que es un riesgo que tendrá que correr.

Él sacudió la cabeza, pero al mismo tiempo miró el dinero.

—Mal asunto —dijo—. No es aconsejable enemistarse con ese cabrón. Y menos por cien pavos piojosos. —Esperó un momento y yo agregué otros cincuenta dólares—. Qué demonios —masculló, y se encogió de hombros—. Michael O'Connell. Trabajó aquí durante cosa de un año, y desde el primer día me aseguré de no perderlo nunca de vista. No quería que me robara a mis espaldas. Es el hijoputa más listo que ha cambiado bujías aquí, eso seguro. Y muy seguro, también, a la hora de robar dinero. Duro y simpático al mismo tiempo. Ni te dabas cuenta de cuándo te la pegaba. Aquí suelo emplear a universitarios que necesitan un poco de dinero extra, o tipos que no aprueban los cursos de mecánica que exigen en los grandes talleres. Suelen ser demasiado jóvenes o son demasiado tontos para robar. ¿Entiende?

Asentí. Probablemente era más o menos de mi edad, pero ya se le habían formado arrugas alrededor de los ojos y la comisura de la boca. Encendió un cigarrillo, ignorando su propio cartel de «Prohibido fumar» que ocupaba un lugar destacado en la pared del fondo. Tenía una curiosa forma de hablar mirando a los ojos pero volviendo ligeramente la cabeza, lo que le daba aspecto de conspirador.

—Así que empezó a trabajar aquí...

—Sí. Trabajó aquí, pero en realidad su trabajo no estaba aquí, si entiende a lo que me refiero.

—No, no lo entiendo.

El dueño del taller puso los ojos en blanco.

—O.C. cumplía un horario, pero arreglar coches viejos y hacer revisiones no era lo suyo. Su futuro no era exactamente esto.

—¿Qué era?

—Bueno, por ejemplo, sustituir una bomba de gasolina perfectamente buena por otra reparada, para luego vender la buena y quedarse con la diferencia. O cobrarle veinte pavos de más a alguien para que su viejo cacharro pasara la ITV. O cargarse algunas piezas a martillazos para luego decirle al propietario que el coche necesitaba un nuevo juego de frenos y una nueva alineación.

—¿Quiere decir que era un timador?

El mecánico sonrió.

—Lo era. Pero no sólo eso.

—Muy bien, ¿qué más?

—Iba a clases de informática por la noche, y era capaz de hacer cualquier cosa con un chisme de ésos. El cabroncete era todo un experto. Fraude con tarjetas de crédito, falsa identidad, facturas dobles, estafas telefónicas... Y en su tiempo libre revisaba páginas web, periódicos, revistas, lo que fuera, buscando nuevas formas de estafar. Llevaba unos archivadores con recortes, para mantenerse al día. ¿Sabe qué solía decir?

—¿Qué?

—No hay que matar a alguien para matarlo. Pero si quieres hacerlo de verdad, puedes. Y si realmente sabes lo que estás haciendo, nadie va a pillarte. Nunca.

Anoté eso.

Cuando el dueño del taller me vio escribir en la libreta sonrió y retiró el dinero del mostrador.

—¿Sabe qué era lo más gracioso?

—¿Qué?

—Se podría pensar que un tipo así busca un golpe grande. Un modo de hacerse rico. Pero no era el caso de O'Connell.

—¿Qué era, entonces?

—Quería ser perfecto. Era como si quisiera ser grande, pero también anónimo.

—¿Poca ambición?

—No, no es eso. Sabía que iba a ser grande y la ambición lo cegaba. Estaba enganchado a ella, como si fuera una especie de droga. ¿Sabe lo que es tener cerca a un tipo que es como un adicto, pero no se mete cocaína por la nariz ni la heroína recorre sus venas? Estaba colocado todo el tiempo con sus proyectos. Siempre se estaba preparando para lo grande. Como si el éxito lo estuviera esperando ahí fuera. Trabajar aquí era sólo una forma de pasar el tiempo, de llenar los huecos por el camino. Pero no estaba interesado exactamente en el dinero ni en la fama. Era otra cosa.

—¿Acabaron mal?

—Sí. No me daba buena espina. Algún día iba a meterse en un lío gordo. Ya sabe eso de que el fin justifica los medios... Así era O'Connell. Como le decía, el muy malnacido se emborrachaba con sus grandes proyectos.

—Pero usted sabe si...

—No sé nada. Pero lo que vi me bastó para asustarme.

Miré al mecánico. Estar asustado no parecía tener cabida en su carácter.

—No lo entiendo —dije—. ¿Él lo asustaba?

Dio una larga calada al cigarrillo y dejó que el humo se elevara alrededor de su cabeza.

—¿Ha conocido alguna vez a alguien que esté haciendo siempre algo diferente de lo que aparenta estar haciendo? No sé, tal vez suena absurdo, pero así era O'Connell. Y cuando le llamabas la atención por algo, te miraba como si estuviera anotando algo sobre ti para algún día cobrarse revancha.

—¿Contra usted?

—Sí. Es preferible no cruzarse en el camino de esa clase de hombres, ya me entiende.

—¿Era violento?

—Era lo que hiciera falta. Tal vez eso era lo que daba más miedo. —Dio otra larga calada y luego añadió—: Mire, señor escritor, voy a contarle una historia. Hace unos diez años, yo estaba trabajando a altas horas, las dos o las tres de la madrugada, y entran dos chicos y cuando me doy cuenta tengo una pistola de nueve milímetros delante de la cara. Y uno de ellos no para de gritarme «cabrón» e «hijoputa» y «voy a pegarte un tiro en la cara, viejo», ese tipo de cosas. Pensé que me había llegado la hora mientras veía cómo el otro limpiaba la caja. No soy demasiado religioso, pero me puse a murmurar padrenuestros y avemarías, ya sabe, porque era el fin. Pero, mire usted, los dos chicos se largaron sin decir ni una palabra más. Me dejaron tirado en el suelo detrás del mostrador y necesitado de una muda de calzoncillos. ¿Ve la situación?

Asentí.

—Nada agradable.

—No, señor, nada agradable. —Sonrió y sacudió la cabeza.

—¿Pero qué relación tiene O'Connell con ese episodio?

El hombre meneó lentamente la cabeza y resopló.

—Nada —dijo—. Absolutamente nada. Excepto esto: cada vez que le hablaba a O'Connell y él no me contestaba y se quedaba mirándome de aquella manera, me recordaba a cuando tuve delante de la cara el agujero negro de la pistola de aquel chico. La misma sensación. Siempre que hablaba con él me preguntaba si eso me valdría una muerte violenta.

8

Un principio de pánico

Ashley se inclinó hacia la pantalla del ordenador, estudiando cada palabra que parpadeaba ante ella. Llevaba en esa postura más de una hora y la espalda empezaba a dolerle. Los músculos de las pantorrillas le temblaban un poco, como si hubiera corrido más de lo habitual un día de ejercicio.

Los mensajes eran un batiburrillo de notas de amor, corazones y globos generados electrónicamente, poemas malos escritos por O'Connell y poemas buenos birlados a Shakespeare, Andrew Marvell y Rod McKuen. Todo resultaba empalagosamente trillado e infantil, y sin embargo daba miedo.

Ella iba anotando diferentes combinaciones de palabras y frases extraídas de los distintos e-mails para deducir cuál era el misterioso mensaje. No había nada en cursiva o negrita que le facilitara la tarea. Después de casi dos horas de concentración, finalmente arrojó el bolígrafo, frustrada. Se sentía estúpida, como si le pasara por alto algo que hubiera resultado obvio para cualquier aficionado a los acrósticos y crucigramas. Odiaba los juegos.

—¿Qué es, cabrón? —le espetó a la pantalla—. ¿Qué intentas decirme? ¡Maldito loco!

Volvió atrás y empezó por el principio, pasando rápidamente todos los mensajes.

—¿Qué? ¿Qué? —gritaba mientras desfilaban ante sus ojos.

Y de pronto lo comprendió.

El mensaje de Michael O'Connell no estaba contenido en los e-mails que había enviado. El mensaje era que había podido enviarlos.

Cada uno de ellos procedía de un nombre incluido en su lista de direcciones. Todos eran suyos. El hecho de que contuviesen poemas almibarados e infantiles declaraciones de amor eterno era irrelevante. Lo único importante era que aquel chalado hubiese podido introducirse en su ordenador. Y luego, gracias a un astuto texto inicial, había conseguido que ella leyera todos los mensajes. Además, era probable que al abrirlos hubiera dado entrada también a Michael O'Connell. Aquel tipo era como un virus, y ahora estaba tan cerca de ella que bien podía haber estado sentado a su lado.

Con un pequeño gemido, Ashley se reclinó en la silla con brusquedad y casi perdió el equilibrio. Sintió una especie de mareo, como si la habitación girara a su alrededor. Se agarró a los brazos de la silla con firmeza e inspiró hondo varias veces para sosegarse.

Se dio la vuelta despacio y contempló el pequeño mundo de su apartamento. Michael O'Connell había pasado sólo una noche allí, una noche truncada. Ella creía que ambos estaban borrachos y lo había invitado. Ahora intentó repasar qué había sucedido de verdad aquella noche aciaga. No logró recordar cuánto había bebido él. ¿Una copa? ¿Cinco? ¿Se había contenido mientras ella bebía? La respuesta se había perdido en su propio exceso aquella noche. Había experimentado una desagradable sensación de libertad, un tono de abandono que no cuadraba con ella. Se habían desnudado torpemente y luego habían copulado frenéticamente. Fue rápido, nervioso, sin mucha ternura. Acabó en pocos minutos. Si hubo algún afecto real en el acto, no podía recordarlo. Para ella había sido una liberación explosiva y rebelde, justo en una época en que solía tomar malas decisiones. La resaca de una ruidosa y fea ruptura con su novio de tercer curso, relación que había durado hasta el último año a pesar de algunas peleas y una sensación general de insatisfacción. La graduación y la incertidumbre la asaltaban a cada paso. Una sensación de aislamiento de sus padres y de sus amigos. Todo en su vida le parecía forzado, un poco torcido, desenfocado y desafinado. Y en aquel torbellino se produjo aquella única desafortunada noche con O'Connell. Era guapo, seductor, diferente a los estudiantes con que había salido en la facultad, y ella había pasado por alto aquella manera rara que tenía de mirarla desde el otro lado de la mesa, como tratando de memorizar cada centímetro de su piel, y no de una manera romántica.

Sacudió la cabeza.

Los dos se derrumbaron en el colchón al terminar. Ella agarró una almohada y, con la habitación dándole vueltas y un sabor amargo en la boca, se quedó dormida al momento. «¿Qué hizo él? —se preguntó ahora—. Encendió un cigarrillo.» Por la mañana, ella se levantó, sin propiciar un segundo revolcón, y lo despertó aduciendo que tenía una entrevista importante. No lo invitó a desayunar ni lo besó, tan sólo se metió en la ducha y se frotó con frenesí bajo el agua caliente, restregando cada centímetro de piel como si estuviera cubierta de un olor asqueroso. Quería que aquel tipo se marchara de inmediato, pero él no lo hizo.

El rato que se quedó estuvo lleno de falsedades, mientras ella se distanciaba y se mostraba fría y evasiva, hasta que por fin él la miró durante un silencio incómodamente largo, sonrió asintiendo y se marchó sin más.

«Y ahora no para de hablar de amor —pensó Ashley—. ¿De dónde ha salido un bicho así?»

Lo recordó marchándose con una expresión de frialdad. Eso la hizo agitarse incómoda.

Los demás hombres con los que había intimado, aunque

fuera brevemente, se habrían marchado enfadados, esperanzados o sólo con arrogancia por haber conseguido echar un polvo. Pero O'Connell fue diferente. Simplemente la había dejado helada con su silencio antes de marcharse con un gesto que sugería que inexorablemente volverían a verse pronto.

Entonces reparó en que ella se había dormido, y luego había estado un rato bajo la ducha. ¿Había dejado el ordenador encendido? ¿Qué cosas había esparcidas en su mesa? ¿Sus recibos bancarios? ¿Qué números? ¿Qué claves? ¿Qué había tenido él tiempo de robar?

¿Qué se había llevado?

Era la pregunta obvia, pero no quería responderla.

Por un instante, la habitación volvió a girar. Entonces Ashley se levantó y corrió al pequeño cuarto de baño. Se agachó ante la taza del inodoro y vomitó violentamente.

Después de lavarse, Ashley se envolvió en una manta y se sentó en el borde de la cama, considerando qué debería hacer. Se sentía como la superviviente de un naufragio después de varios días a la deriva en el mar.

Pero, cuanto más tiempo permanecía allí sentada, más se enfurecía.

Michael O'Connell no tenía ningún derecho sobre ella. No tenía derecho a acosarla. Sus reclamos de amor eterno eran una soberana idiotez.

En general, Ashley era comprensiva, no le gustaban los enfrentamientos y evitaba la lucha casi a cualquier precio. Pero esa locura (no se le ocurría otra palabra) resultante de una noche insensata había ido demasiado lejos.

Se despojó de la manta y se levantó.

—Maldición —dijo—. Esto se va a acabar. Hoy mismo. Ya basta de chorradas.

Se acercó a la mesa y cogió el teléfono móvil. Sin pensar lo que iba a decir, marcó el número de O'Connell.

Él respondió casi de inmediato.

—Hola, amor —dijo casi alegremente, con una familiaridad que la enfureció.

—No soy tu amor.

Él no respondió.

—Mira, Michael. Esto tiene que acabar.

Silencio.

—¿De acuerdo?

Silencio.

—¿Michael?

—Estoy aquí —dijo fríamente.

—Se acabó.

—No te creo.

—He dicho que se acabó, ¡maldita sea!

Otro silencio, y luego él dijo:

—No lo creo.

Ashley no pensaba rendirse, pero entonces él colgó sin más.

—¡Maldito hijo de puta! —exclamó, y volvió a marcar el número.

—Eres obstinada, ¿eh? —respondió él.

Ella tomó aire.

—De acuerdo —dijo, envarada—. Si no quieres aceptarlo por las buenas, será por las malas.

Él rió.

—De acuerdo —dijo ella—. Reúnete conmigo para almorzar.

—¿Dónde? —preguntó él bruscamente.

Ella trató de pensar en el sitio adecuado. Tenía que ser un lugar familiar, público, un lugar donde ella fuese conocida y él no, un lugar donde estuviera rodeada de aliados. Ese escenario le daría la fuerza necesaria para librarse de aquel capullo de una vez para siempre, pensó.

—El restaurante del museo de arte —dijo—. A la una. ¿De acuerdo?

Se lo imaginó sonriendo al otro lado de la línea. Eso la hizo estremecerse, como si una ráfaga helada se hubiera colado por la ventana. La propuesta debía de haberle resultado aceptable, comprendió Ashley, porque él había colgado.

—Supongo que en cierto modo todo se reduce a un problema de reconocimiento —dije—. Se trataba de lograr entender qué estaba pasando.

—Ya —respondió ella—. Fácil de decir. Difícil de hacer.

—¿Lo es?

—Sí. Sabes que nos gusta presumir de que sabemos reconocer el peligro cuando aparece en el horizonte. Cualquiera puede evitar el peligro que tiene campanas, silbatos, luces rojas y sirenas. Pero es más difícil cuando no sabes exactamente con qué estás tratando. —Pensó un instante y luego se llevó a los labios el vaso de té frío.

—Ashley lo sabía —dije.

Ella negó con la cabeza.

—No. Estaba asustada y rabiosa. Y su rabia ocultaba el carácter desesperado de su situación. En realidad, ¿qué sabía de Michael O'Connell? Nada. En cambio él sí sabía mucho de ella. Curiosamente, aunque a distancia, Scott estaba más cerca de comprender la verdadera naturaleza de aquello a lo que se enfrentaban, porque actuaba más por instinto, sobre todo al principio.

—¿Y Sally? ¿Y su compañera, Hope?

—Todavía no conocían el miedo. Pero no por mucho tiempo.

—¿Y O'Connell?

Ella vaciló.

—No podían verlo. No todavía, al menos.

—¿Ver qué?

—Que estaba empezando a disfrutar.

9

Dos encuentros diferentes

Cuando Scott no pudo localizar a su hija ni en el teléfono fijo ni en el móvil, la ansiedad se apoderó de él, pero se dijo que estaba exagerando. Era mediodía, y probablemente ella había salido. En más de una ocasión dejaba el móvil cargando en su apartamento.

Así que, tras dejarle un breve mensaje («Sólo quería saber cómo van las cosas»), se sentó y se preocupó por si debería estar preocupado. Después de unos minutos sintiendo el pulso acelerado, se levantó y se paseó por el pequeño despacho. Luego se sentó y se puso a responder los e-mails de algunos estudiantes. También imprimió un par de trabajos. Estaba intentando perder el tiempo en un momento en que no estaba seguro de tener tiempo que perder.

No pasó mucho antes de que volviera a reclinarse en el sillón de su escritorio, meciéndose suavemente adelante y atrás, mientras evocaba imágenes del pasado. Una vez, cuando Ashley tenía poco más de un año, contrajo una fuerte bronquitis, y la temperatura le subió de golpe y no podía dejar de toser. Él la acunó en brazos toda la noche, tratando de arrullarla y calmarle la tos. Respiraba cada vez con mayor dificultad. A las ocho de la mañana llamó a la consulta del pediatra y le dijeron que fuera de inmediato. El médico examinó a Ashley, le auscultó el pecho, y luego exigió saber fríamente por qué no la habían llevado antes a urgencias.

—¿Pensaban que abrazándola toda la noche iba a ponerse mejor? —le dijo.

Scott no respondió, pero, sí, había pensado que abrazándola se recuperaría.

Naturalmente, los antibióticos fueron una solución mejor.

Cuando Ashley empezó a repartir su tiempo entre las casas de sus padres, Scott permanecía despierto en su cuarto, caminando de un lado a otro, incapaz de no imaginarse lo peor: accidentes de tráfico, atracos, drogas, alcohol, sexo... todos los desagradables inconvenientes de crecer. Sabía que Sally estaba dormida en su cama aquellas noches en que la adolescente Ashley andaba por ahí rebelándose contra Dios sabe qué. Sally siempre tenía problemas para enfrentarse al agotamiento que provoca la preocupación. Parecía creer que durmiendo lograría anular la tensión y su causa, como si nunca hubiera existido.

Odiaba esa actitud de su ex mujer. Siempre se había sentido solo, incluso antes de divorciarse.

Jugueteó con un lápiz entre los dedos, hasta que por fin lo partió por la mitad. Inspiró hondo. «¿Pensaban que abrazándola toda la noche iba a ponerse mejor?»

Scott se dijo que angustiarse pasivamente era inútil. Tenía que hacer algo, aunque se equivocara por completo.

Ashley llegó a su trabajo unos diez minutos antes de lo normal, impulsada por la furia, su habitual caminar tranquilo sustituido por un paso ligero, la mandíbula apretada, preocupada por O'Connell. Observó un momento las enormes columnas dóricas que señalaban la entrada al museo y luego se volvió para contemplar la calle. El sitio donde trabajaba pertenecía a su mundo, no al de Michael O'Connell. Se sentía cómoda entre las obras de arte, las comprendía, percibía la energía tras cada pincelada. Los lienzos, como el museo, eran enormes y ocupaban grandes zonas de pared. Intimidaban a muchos visitantes, empequeñeciendo a todo aquel que se detenía ante ellos.

Sintió un atisbo de satisfacción. Era el lugar perfecto para librarse de los grotescos reclamos amorosos de Michael O'Connell. Aquí todo era de ella. Nada era de él. El museo haría parecer ridículo y patético a aquel obseso. Esperaba que su reunión fuera rápida y relativamente indolora para ambos.

Repasó mentalmente la actitud que pensaba mostrar: educada pero inflexible, afable pero fuerte. Nada de quejas con voz partida. Nada de gimoteantes «por favor» y «déjame en paz». Directa y al grano. Fin de la historia. Se acabó.

Ningún debate sobre el amor. Ninguna discusión sobre expectativas futuras. Nada sobre aquella noche. Nada sobre los e-mails. Nada sobre las flores muertas. Nada que ampliase las pocas cosas que los relacionaban. Nada que él pudiera tomar como una crítica. Sería una ruptura limpia y sin complicaciones. Sólo: lo siento, pero se acabó, adiós para siempre.

Incluso se permitió imaginar que, cuando terminara ese desagradable encuentro, quizá Will Goodwin la llamaría. La sorprendía que aún no lo hubiera hecho. Ashley no estaba acostumbrada a que los chicos no volvieran a llamarla, así que se sentía un poco insegura al respecto. Pensó un poco en Will mientras se dirigía a las oficinas del museo, saludando con la cabeza a la gente que conocía y respirando la benigna normalidad del día.

A la hora del almuerzo, se encaminó a la cafetería, se sentó a una mesa y pidió un botellín de agua con gas, pero nada de comer. Se había colocado de forma que pudiera ver a O'Connell cuando subiera por las escalinatas del museo y cruzara las grandes puertas de cristal de la entrada. Miró la hora, la una en punto, y se preparó, sabiendo que él sería puntual.

Sintió un pequeño temblor en las manos y un leve sudor en las axilas. Se recordó: nada de besos en la mejilla ni apretones de manos. Ningún contacto físico. «Sólo señálale el asiento de enfrente y compórtate con sencilla normalidad. No te desvíes.»

Sacó un billete de cinco dólares para pagar el importe del agua y se lo guardó en el bolsillo, donde pudiera sacarlo rápidamente. Si tenía que levantarse y marcharse, pagaría su consumición. Se felicitó por tomar esa precaución. No quería deberle ni una botella de agua

«¿Algo más?», se preguntó. Ningún cabo suelto. Se sentía nerviosa pero segura. Miró por los ventanales, esperando verlo. Aparecieron un par de parejas, luego una familia, los jóvenes padres arrastrando a un majadero crío de cinco o seis años. Una extraña pareja de hombres mayores subía lentamente las escalinatas, haciendo altos para descansar. Ashley observó la acera y la calle al fondo. Ni rastro de Michael O'Connell.

A la una y diez empezó a preocuparse.

A la una y cuarto el camarero se acercó y con firme amabilidad le preguntó si iba a pedir algo más.

A la una y media supo que él no iba a venir. De todas maneras, esperó.

A las dos dejó los cinco dólares sobre la mesa y salió del restaurante.

Echó una última mirada alrededor, en vano. Sintiendo un sombrío vacío en su interior, volvió al trabajo. Cuando llegó a su mesa, cogió el teléfono, pensando llamarlo para pedirle una explicación.

Sus dedos vacilaron.

Por un instante se le ocurrió que tal vez él se había acobardado. ¿Acaso por fin había aceptado que no tenía nada que hacer? «Tal vez ya ha salido de mi vida para siempre», pensó con una súbita sensación de triunfo. En ese caso, la llamada era innecesaria, y de hecho estropearía el éxito obtenido.

No creía que pudiera tener tanta suerte, pero desde luego era una posibilidad. Sintió un delicioso y reparador alivio.

Así pues, volvió al trabajo, tratando de ocupar su cabeza con la monotonía de la rutina.

Ashley trabajó hasta tarde, bastante más de lo necesario. Llovía cuando salió del museo. Era una fría lluvia que hacía resonar un tamborileo de soledad en la acera. Ashley se puso una gorra de lana y se cerró el abrigo al salir, la cabeza gacha. Bajó con cuidado la resbaladiza escalinata y echó a andar por la calle cuando sus ojos captaron un reflejo de neón rojo en una tienda frente a ella. Las luces parecieron mezclarse con los faros de un automóvil que pasó de largo. Ashley no estuvo segura de por qué sus ojos se dirigieron hacia allí, pero vio una figura fantasmal.

Inclinado, mitad en la luz y mitad en las sombras, Michael O'Connell esperaba.

Ella se detuvo bruscamente.

Sus ojos se encontraron.

Él llevaba una gorra oscura y una cazadora verde estilo militar. Parecía anónimo y oculto, pero al mismo tiempo llamaba la atención con una extraña intensidad.

Ashley sintió un retortijón en el estómago y jadeó en busca de aire.

Él no hizo ningún gesto. Nada que indicara que la reconocía, aparte de su mirada fija.

Ashley dio un paso atrás y el corazón se le aceleró, pero no supo qué hacer. En la calle ante ella, un coche dio un volantazo para evitar un taxi, proyectando una mancha de luz en su camino. Hubo un súbito sonar de claxons y chirriar de neumáticos sobre el pavimento mojado. Ella se distrajo un segundo y cuando volvió a mirar O'Connell ya no estaba allí.

Retrocedió otro paso.

Miró arriba y abajo, pero él había desaparecido. Por un momento dudó sobre qué había visto exactamente. Tal vez no había sido más que una alucinación.

El primer paso adelante de Ashley fue inestable, pero no como un borracho en una fiesta o una viuda desconsolada en un funeral. Fue un paso lleno de duda. Giró de nuevo, tratando de divisar a O'Connell, pero no lo logró. La abrumó la sensación de que estaba justo detrás de ella y se volvió bruscamente, pero casi se dio de bruces con un hombre de negocios que cruzaba presuroso la calle. Cuando se apartó hacia un lado, casi chocó con una pareja de jóvenes.

—¡Eh! ¡Mira por dónde vas! —le dijeron.

Ashley los siguió, pisando charcos, avanzando tan rápidamente como podía. No paraba de mover la cabeza a izquierda y derecha. Estaba demasiado asustada para mirar atrás. Continuó su camino casi corriendo.

Unos segundos después llegó a la estación de metro. Pasó por el torniquete y se sintió aliviada por la multitud y las luces fuertes del andén.

Estiró el cuello, intentando divisar a O'Connell entre la gente que esperaba el tren. Nada. Se volvió y miró a la gente que subía las escaleras, pero tampoco lo vio. Sin embargo, no estaba segura de que no estuviese escondido en alguna parte. No podía ver entre todos los grupos de personas, y había pósters y columnas que obstaculizaban la visión. Se volvió, deseando que llegara el tren. En ese momento sólo quería marcharse. Se consoló diciéndose que no podía sucederle nada en una estación abarrotada y, mientras se decía que estaba a salvo, sintió un empujón por detrás. Por un horrible segundo pensó que iba a perder el equilibrio y caer a las vías. Jadeó y dio un salto atrás.

Tragó saliva y sacudió la cabeza. Se abrazó el cuerpo, tensando los músculos como un atleta que anticipa el golpe, como si Michael O'Connell estuviera a su espalda dispuesto a empujarla. Prestó atención al sonido de una respiración cerca de su oreja, demasiado desesperada para volverse a mirar. De pronto un convoy irrumpió en el andén con un estrépito rechinante. Ashley soltó un suspiro de alivio cuando el tren se detuvo y las puertas se abrieron con un sonido sibilante.

Dejó que la arrastrara la marea de viajeros y tomó asiento, para quedar inmediatamente apretujada entre una mujer mayor y un estudiante que apestaba a tabaco. Delante de ella, media docena de pasajeros se agarraron a las barras de metal y los asideros.

Ashley miró a izquierda y derecha, inspeccionando cada rostro.

No lo vio.

Con otro resoplido, las puertas se cerraron. El tren se estremeció al arrancar.

Cuando el convoy empezó a moverse, Ashley se giró en su asiento y echó una última ojeada al andén. Lo que vio la hizo atragantarse, y eso fue todo lo que pudo hacer para no gritar de miedo: O'Connell estaba de pie, justo en el mismo sitio donde ella había estado unos segundos antes. No se movió. Impasible como una estatua, sus ojos se clavaron una vez más en los de ella mientras el tren aceleraba. Enseguida desapareció junto con la estación.

Ashley sintió el rítmico traqueteo de aquel tren que la alejaba de su perseguidor. Pero no importaba lo rápido que fuera: Ashley comprendió que la distancia que los separaba era irrisoria y, probablemente, inexistente.

El campus de la Universidad de Massachusetts-Boston está situado junto a la bahía. Sus edificios son tan feos y recios como una fortificación medieval. En los días calurosos de principios de verano, las paredes de ladrillo marrón y las aceras de asfalto gris parecen absorber el calor. Es una especie de facultad sustituta. Atiende a muchos estudiantes que quieren una segunda oportunidad, con sensibilidad de infantería: no es bonita, pero es crucialmente importante cuando más la necesitas.

Me perdí una vez en ese mar de cemento y tuve que preguntar antes de encontrar la escalera correcta que desciende a un vestíbulo pelado y una cafetería. Vacilé un momento, y luego divisé al profesor Corcovan, que me saludaba desde un rincón tranquilo.

Las presentaciones fueron rápidas, un apretón de manos y unas frases sobre el excesivo calor.

—Bien —dijo el profesor, y dio un sorbo a su agua mineral—. ¿En qué puedo ayudarle exactamente?

—Michael O'Connell —respondí—. Asistió a dos cursos suyos de informática hace unos años. ¿Lo recuerda?

Corcoran asintió.

—Lo recuerdo, en efecto. Quiero decir que en realidad no debería, pero lo recuerdo, lo que ya significa algo en sí mismo.

—¿A qué se refiere?

—Cientos de estudiantes han pasado por esos dos mismos cursos en los últimos años. Montones de exámenes, montones de trabajos finales, montones de rostros. Con el tiempo, todos acaban conformando un estudiante tipo que viste vaqueros, se pone al revés las gorras de béisbol y trabaja en dos sitios diferentes para costearse una segunda oportunidad en su educación.

—Entiendo. ¿Y O'Connell...?

—Bien, digamos que no me sorprende que aparezca alguien haciendo preguntas sobre él.

El profesor era un hombre delgado y menudo, de escaso pelo rubio. Usaba bifocales y llevaba bolígrafos y lápices en el bolsillo de la camisa, y portaba un raído maletín repleto.

—Ajá —dije—. ¿Por qué no le sorprende?

—La verdad es que siempre pensé que algún día aparecería un detective preguntando por él. O el FBI o un ayudante del fiscal. ¿Sabe quiénes asisten a las clases que imparto? Estudiantes que creen que las cosas que aprendan mejorarán considerablemente su situación económica. El problema es: cuanto más aptos se vuelven los estudiantes, más claro les resulta cómo se puede usar mal la información.

—¿Usar mal?

—Un eufemismo para suavizar la verdad —dijo—. Uno de los temas que estudiamos es el delito informático, pero aun así... Mire, la mayoría de los chicos que eligen, digamos, el «lado equivocado» —sonrió—, bueno, son lo que cabría esperar. Cretinos y perdedores. Normalmente sólo crean problemas pirateando videojuegos, archivos musicales o películas de Hollywood antes de que sean editadas en DVD, esa clase de cosas. Pero O'Connell era diferente.

—¿En qué sentido?

—Era mucho más peligroso. Veía los ordenadores exactamente como lo que son: una herramienta. ¿Qué herramientas necesita un tipo malo? ¿Una navaja? ¿Una pistola? Depende del delito que tengas en mente, ¿no? Un ordenador puede ser tan eficaz como una nueve milímetros en las manos equivocadas, y las suyas, créame, eran las manos equivocadas.

—¿Cuándo se dio cuenta?

—Desde el primer momento. No miraba el mundo a su alrededor de esa manera turbia y asombrada que tienen tantos estudiantes. Tenía, no sé, un aire resuelto. Era atractivo. Pero rezumaba una especie de peligrosidad. Como si sólo le importara lo que tenía en mente. Y cuando lo mirabas con atención, la expresión de sus ojos era verdaderamente inquietante. Una expresión que advertía: no te interpongas en mi camino.

»¿Sabe? Una vez me entregó un trabajo un par de días tarde, así que hice lo que hago siempre, y que anuncio el primer día de clase: le resté un punto por cada día de retraso. Él me dijo que era injusto. Como puede suponer, no era la primera vez que un estudiante venía a quejarse por una nota. Pero con O'Connell la conversación fue diferente, de algún modo. No estoy seguro de cómo lo logró, pero de pronto me encontré en la postura de justificarme, no al revés. Y cuanto más le explicaba que no era injusto, más entornaba él los ojos. Sabía mirarte de una manera que equivalía a un puñetazo. El impacto era el mismo: sabías que no querías estar en el otro extremo de esa mirada. Nunca amenazaba directamente, nunca decía ni hacía nada a las claras. Pero, cuando hablamos, comprendí exactamente lo que pretendía: me estaba haciendo una advertencia.

—Le impresionó.

—Me mantuvo despierto toda la noche, si vamos a eso. Mi esposa no cesaba de preguntarme qué me pasaba, y yo tuve que mentirle diciéndole que nada. Tenía la sensación de haber evitado por los pelos algo verdaderamente desagradable.

—¿Llegó a hacerle algo?

—Bueno, un día me hizo saber, de pasada, que había averiguado dónde vivía.

—¿Y?

—Y ahí fue donde terminó.

—¿Cómo?

—Me humillé hasta lo indecible. Un completo fracaso por mi parte. Lo llamé después de clase, le dije que reconocía mi error, que él tenía razón en todo, y le puse un sobresaliente en el trabajo y otro en el semestre.

No dije nada.

—Bueno —añadió el profesor Corcoran mientras recogía sus cosas—. ¿A quién ha matado?

10

Un pobre comienzo

Hope estaba en la cocina peleándose con una receta nueva, mientras esperaba a Sally. Probó la salsa, que le quemó la lengua, y maldijo entre dientes. No sabía bien, pensó, y temió que le estropeara la cena. Por un instante, sintió una indefensión incongruente con un mero fracaso culinario, y los ojos se le humedecieron.

No sabía exactamente por qué Sally y ella estaban pasando por un período tan difícil.

Cuando lo analizaba a nivel superficial, no encontraba ningún motivo para sus largos silencios y sus momentos de incomodidad. No había ninguna causa real para sentir ansiedad, ni en el bufete de Sally ni en el colegio de Hope. De hecho, les iba bien económicamente, y tenían dinero para tomarse unas vacaciones en un lugar exótico, comprarse un coche nuevo o incluso reamueblar la cocina. Pero cada vez que uno de esos pequeños caprichos había aparecido en la conversación, lo descartaban. Empezaban a enumerar razones por las que no deberían hacer una cosa o la otra. Quien más obstáculos ponía para entorpecer cualquier plan era Sally, y esto preocupaba profundamente a Hope.

Parecía haber pasado mucho tiempo desde la última vez que habían compartido algo.

Incluso hacer el amor, que antes era algo tierno y placentero, se había torcido últimamente. Había adquirido una dinámica rutinaria, y las ocasiones de practicarlo se espaciaban cada vez más.

En cierto modo, se dijo, la falta de pasión sugería que tal vez Sally estaba buscando afecto en otra parte. La idea de que su compañera tuviera una aventura le resultaba, por un lado, totalmente ridícula, y por otro, completamente razonable. Apretó los labios y se dijo que fantasear sobre desastres emocionales era convocarlos, y entretenerse pensando en una sospecha u otra sólo era fuente de nerviosismo. Odiaba la inseguridad. No era propio de ella.

Miró el reloj de pared, y tuvo unas súbitas ganas de apagar la cocina, ponerse sus zapatillas de deporte y salir a correr. Todavía había algo de luz diurna, y pensó que, aunque estuviera agotada por la jornada en el colegio y por el entrenamiento de fútbol, tres o cuatro kilómetros a toda marcha la relajarían. Cuando era jugadora, al final del partido siempre tenía más energía que sus oponentes. Creía que guardaba relación con alguna capacidad emocional innata, algo que la impulsaba para que al final, cuando las demás se sentían exhaustas, ella contara aún con fuerzas. Una reserva que le permitía correr cuando las demás jadeaban, como si pudiera posponer el cansancio hasta después del partido.

Apagó la cocina y subió en tres zancadas al dormitorio. Sólo tardó unos segundos en ponerse unos pantalones cortos, una vieja sudadera roja del Manchester United y las zapatillas. Quería salir de casa antes de que volviera Sally, para no tener que dar explicaciones sobre por qué le apetecía correr, a una hora en que solía estar preparando la cena.

Anónimo estaba al pie de las escaleras, meneando la cola. Reconoció la ropa de correr pero sabía que ahora rara vez lo incluían. Hubo una época en que se habría colocado al instante a su lado, loco de contento, pero ahora se limitaba a escoltarla hasta la puerta y luego sentarse a esperar su regreso, lo cual, pensaba Hope, parecía la manera en que *Anónimo* interpretaba sus responsabilidades caninas.

Sonó el teléfono. Ahora sólo quería librarse por un rato de todos los problemas. Supuso que la llamada sería de Sally, tal vez para anunciar que iba a llegar tarde. Ya nunca llamaba para decir que llegaría temprano. Hope no quería oír esto, y su primer impulso fue ignorar la llamada.

El teléfono seguía sonando.

Se dirigió hacia la puerta, pero se detuvo y volvió. Cogió el teléfono.

—Diga —dijo secamente.

—¿Hope?

Hope no sólo oyó la voz de Ashley, sino un mundo de problemas.

—Hola, *killer* —respondió, utilizando el mote que sólo ellas dos conocían—. ¿Algo va mal? —añadió con un tono distendido que contrariaba no sólo su propia situación, sino el nudo que de pronto sintió en el estómago.

—Oh, Hope —gimió Ashley, y la otra percibió las lágrimas—. Creo que tengo un problema.

Sally estaba escuchando la emisora local de rock alternativo cuando empezó a sonar *Poor, poor pitiful me*, de Warren Zevon, y, por un motivo que no pudo comprender, se sintió obligada a pararse en el arcén, donde escuchó la canción completa, tamborileando con los dedos en el volante.

Luego se miró las manos. Las venas del dorso destacaban, azuladas como las carreteras en un plano. Sus dedos estaban tensos, tal vez un poco artríticos. Los frotó, tratando de recuperar parte de la flexibilidad perdida. En su juventud, muchas cosas hermosas destacaban en ella: su piel, sus ojos, las curvas de su cuerpo, pero lo que más le gustaba eran sus manos, que parecían contener notas en su interior. En su adolescencia tocaba el violoncelo y pensaba presentarse a las pruebas para Juilliard o Berklee, pero al final había seguido una educación más normal que, de algún modo, había desembocado en un marido, una hija, una aventura con otra mujer, un divorcio, una licenciatura en derecho, su trabajo actual y su vida actual.

Ya no tocaba el violoncelo. No lograba que sonara tan puro y sutil como antes, y prefería no escuchar sus errores. Sally no soportaba ser torpe.

La canción llegaba a su fin, y Sally se vio los ojos en el retrovisor. Lo ajustó para echarse un vistazo. Estaba a punto de cumplir los cincuenta; algunos la consideraban una fecha clave, pero ella la temía. Aborrecía los cambios en su cuerpo, desde los sofocos hasta el dolor en las articulaciones. Detestaba las arrugas que se formaban en las comisuras de los ojos. Y la piel floja de la barbilla y los glúteos. Sin decírselo a Hope, se había apuntado a un gimnasio local, y corría en la cinta sinfín y en las máquinas de marcha cuantas veces podía.

Había empezado a leer publicidad sobre cirugía plástica, e incluso había pensado en escapar a un *spa* de moda, aduciendo un viaje de trabajo. No sabía por qué escondía estas cosas a su compañera, pero reconocía lo que en sí mismo significaba.

Inspiró hondo y apagó la radio.

Por un momento pensó que le habían robado la juventud. Sintió un sabor amargo en la lengua, como si todo en su vida fuera predecible, establecido y fijado. Incluso su relación sentimental, que en algunas partes del país habría provocado habladurías y reprobación, en el oeste de Massachusetts era una rutina tan habitual como la llegada de las estaciones. Sally ni siquiera era una proscrita por sus preferencias sexuales.

Aferró el volante y dejó escapar un grito breve y furioso. No un grito, sino más bien un aullido de dolor. Luego miró alrededor, para asegurarse de que ningún peatón la había oído.

Puso el coche en marcha.

«¿Y ahora qué me espera? —se preguntó mientras se incorporaba al tráfico, consciente de que una vez más llegaba tarde para cenar—. ¿Alguna enfermedad horrible? ¿Tal vez cáncer de mama, osteoporosis, anemia?» Fuera lo que fuese, no sería peor que la furia sin control, la frustración y la locura que sentía latir en su interior y que no era capaz de dominar.

—Entonces, ¿las dos mujeres tenían problemas?

—Sí, supongo que puede decirse así. Pero eso no abarca todo lo que significó la entrada de O'Connell en sus vidas, y cómo su mera presencia redefinió gran parte de lo que estaba sucediendo.

—Comprendo.

—¿De verdad? No lo parece.

Estábamos en un pequeño restaurante, cerca del ventanal, y ella contemplaba la calle principal de la pequeña ciudad universitaria donde vivíamos. Sonrió y se volvió hacia mí.

—Lo damos todo por hecho en nuestras bonitas y seguras vidas de ciudadanos de clase media, ¿verdad? —Y añadió—: Los problemas a veces ocurren no sólo cuando menos los esperamos, sino cuando estamos menos preparados para hacerles frente. —Había una pizca de nerviosismo en su voz que parecía fuera de lugar en aquella hermosa y casi perezosa tarde.

—De acuerdo —suspiré—. Así que la vida de Scott no era lo que se dice perfecta, aunque, en conjunto, no estaba tan mal. Tenía un buen trabajo, cierto prestigio y un sueldo más que aceptable, que debería haber compensado por al menos parte de su soledad. Y Susan y Hope estaban pasando por un momento difícil, pero aun así tenían recursos. Recursos significativos. Y Ashley, a pesar de ser educada y atractiva, afrontaba también una etapa escabrosa. Así es la vida, ¿no? ¿Cómo...?

Ella me interrumpió, alzando la mano como un guardia de tráfico, mientras con la otra cogía su vaso de té. Bebió antes de responder.

—Necesitas perspectiva. De lo contrario, la historia no tendrá sentido.

No respondí.

—Morir es algo muy simple —prosiguió—. Pero hay que aprender que todos los minutos que llevan a ese desenlace, y todos los minutos posteriores, son terriblemente complicados.

11

La primera respuesta

A Sally le extrañó que la puerta estuviera abierta. *Anónimo* estaba tendido junto a la entrada, medio dormido medio montando guardia. Alzó la cabeza y agitó la cola al verla. Sally lo rascó entre las orejas, que era más o menos hasta donde llegaba su relación con el perro. Sospechaba que si Jack el Destripador hubiera aparecido con una galleta en una mano y un cuchillo ensangrentado en la otra, *Anónimo* se habría abalanzado hacia la galleta.

Alcanzó a oír el final de una conversación mientras dejaba el maletín en el pequeño vestíbulo.

—Sí... sí. De acuerdo, comprendo. Volveremos a llamarte esta noche. No te preocupes, todo saldrá bien. Sí. Hasta luego.

Sally oyó el auricular volver a su horquilla, y luego a Hope resoplar y añadir:

—Dios mío...

—¿Qué ocurre? —preguntó Sally.

Hope se volvió.

—No te he oído entrar...

—La puerta estaba abierta. —Sally observó su atuendo deportivo y añadió—: ¿Salías o entrabas?

Hope ignoró la pregunta y el tono.

—Era Ashley —dijo—. Está muy preocupada. Resulta

que es verdad que tuvo relación con un tipo de Boston, y ahora se siente asustada.

Sally vaciló un instante.

—¿Qué significa «tuvo relación»?

—Tendrías que preguntárselo a ella. Yo he entendido que tuvo un rollo de una noche y ahora el tipo no la deja en paz.

—¿El mismo que escribió la famosa carta?

—Así parece. No deja de insistir en «estamos hechos el uno para el otro», pero será mejor que Ashley te lo explique. Parecerá, no sé, más real, si se lo oyes a ella.

—Bueno, supongo que la niña está haciendo una montaña de un grano de arena, pero...

Hope la interrumpió.

—No me lo pareció. Desde luego que puede ser melodramática cuando se lo propone, pero la oí asustada de verdad. Creo que deberías llamarla ahora mismo. Le hará bien hablar con su madre. Para tranquilizarse, ya sabes.

—¿Ese tipo le ha pegado? ¿O amenazado?

—No exactamente. Sí y no. Es difícil de decir.

—¿Qué quieres decir con «no exactamente»? —repuso Sally con rudeza.

Hope sacudió la cabeza.

—Quiero decir que «voy a matarte» es una amenaza clara, pero «siempre estaremos juntos» también podría serlo, aunque más sutil. Es difícil de decir hasta que oigas las palabras por ti misma. —Sally se mostró irritantemente tranquila al respecto. Esto sorprendió a Hope—. Llama a Ashley —repitió.

—De acuerdo —cedió Sally, y se dirigió al teléfono.

Scott intentó llamar a Ashley al teléfono fijo, pero la línea comunicaba y por tercera vez esa tarde le saltó el contestador automático. Ya lo había intentado en el móvil, pero también le había contestado el buzón de voz. Se sintió más que frustrado. Se preguntó para qué sirven exactamente todas estas modernas formas de comunicación, si no se llega a ninguna parte con mayor eficacia. En el siglo XVIII, pensó, cuando alguien recibía una carta de un lugar lejano, significaba algo. Actualmente, al estar conectados de manera permanente, pensó, todo parecía mucho más lejos y carente de significado.

Antes de que su frustración aumentara, sonó el teléfono.

—¿Ashley? —preguntó con precipitación.

—No, Scott, soy yo —dijo Sally.

—Sally... ¿Algo va mal?

Ella vaciló, creando el suficiente espacio oscuro para que su estómago se tensara.

—La última vez que hablamos —dijo ella con su tono de abogada ecuánime—, expresaste cierta preocupación por una carta recibida por Ashley. Pues bien, puede que tu reacción estuviera justificada.

Scott hizo una pausa para evitar gritarle a aquel tono razonable y profesional.

—¿Por qué? ¿Qué ha ocurrido? ¿Dónde está Ashley?

—Está bien. Pero puede que en efecto tenga un problema.

Michael O'Connell entró en una pequeña tienda de artículos de arte antes de volver a casa. Se estaba quedando sin carboncillos, y se guardó una caja en el bolsillo del chaquetón. Escogió una libreta de bocetos de tamaño medio y la llevó al mostrador. Una joven de aspecto aburrido que lucía *piercings* faciales y el pelo veteado de negro y rojo, leía tras la caja registradora una novela de vampiros de Anne Rice. Vestía una camiseta negra con la leyenda «Libertad para los tres de West Memphis» en grandes letras góticas. O'Connell se reprochó no haber arramblado con más artículos, dada la nula atención que la chica prestaba a las idas y venidas de los clientes. Anotó mentalmente regresar al cabo de unos días y tendió un par de dólares gastados por la libreta. A aquella dependienta nunca se le ocurriría examinar los bolsillos de alguien dispuesto a pagar por algo.

«Maniobras de diversión», pensó. Recordó cuando jugaba al fútbol americano en el instituto. Sus jugadas favoritas eran aquellas basadas en el engaño. Hacer que el rival creyera una cosa cuando en realidad estaba sucediendo otra. El pase de pantalla, el doble giro atrás. Era la clave de gran parte de su vida, y la aprovechaba a cada oportunidad. Hacer creer que sucedía una cosa, cuando en realidad estaba en juego otra muy distinta.

Era el juego lo que hacía que todo mereciera la pena.

La chica le entregó unas monedas de vuelta.

—¿Quiénes son los tres de West Memphis? —preguntó él.

Ella lo miró como si el simple acto de comunicarse fuera doloroso. Suspiró.

—Tres chicos condenados por haber asesinado a otro chico, pero no lo hicieron. Los condenaron por su aspecto. A los meapilas de allí no les gustó la forma en que vestían y hablaban de cosas góticas y de Satanás. Ahora están condenados a muerte y eso es una gran injusticia. Ser diferente no te hace culpable.

Michael O'Connell asintió.

—Cierto —dijo—. Pero facilita que los polis te busquen. Cuando eres diferente, no puedes librarte de todo. Pero, si eres igual, puedes hacer lo que quieras.

Salió. Mientras caminaba por la calle, hizo un modesta reflexión basada en lo que acababa de oír. «Hay un pequeño margen en la sociedad —se dijo— donde uno puede moverse con relativa impunidad. Apártate de los grandes almacenes con guardias de seguridad. Evita robar en un Dairy Mart o un 7-Eleven, porque en esos sitios roban continuamente y puede que haya un poli vigilando con una escopeta del 12 detrás de un espejo falso. Haz siempre lo inesperado, ya que de ese modo mantienes a la gente confundida pero no alerta. Y nunca confíes en los demás.»

Para él todo eso era natural.

Recorrió la calle hasta su edificio y subió las escaleras. Como de costumbre, el pasillo estaba lleno de maullidos de gato. Como siempre, su vecina les había puesto cuencos con agua y comida. Varios mininos se apartaron de su camino. Eran los listos, pensó, porque reconocían una amenaza, aunque no supieran identificarla. Los otros permanecieron cerca. Abrió la puerta con sigilo y aguzó el oído para escuchar a alguien en los otros apartamentos, sobre todo a la vieja. Luego se arrodilló y extendió la mano, hasta que uno de los gatos menos recelosos se acercó lo suficiente para acariciarle la cabeza. Entonces, con un rápido y hábil movimiento lo agarró por el pescuezo y lo metió en su apartamento.

El gato se debatió un instante, pero O'Connell lo sostuvo con firmeza. Fue a la cocina y cogió una bolsa hermética grande. Éste se reuniría con los demás en el congelador. Cuando llegara a la media docena, se dijo, los arrojaría a algún vertedero lejano. Y luego empezaría otra vez. Dudaba que la vieja llevase la cuenta de sus bichos. Después de todo, él le había pedido amablemente un par de veces que limitara su número. No haber seguido su sugerencia, sobre todo cuando la había expresado con cortesía, era en realidad lo que estaba matando a los gatos. Él no era más que el agente de la muerte.

Scott escuchó hablar a su ex esposa, más furioso a cada segundo que pasaba.

No era que ella hubiera ignorado su corazonada, ni que él no hubiera tenido razón todo el tiempo. Era aquel tono calmado lo que lo enfurecía. Pero discutir con Sally no iba a mejorar las cosas.

—Bien —dijo—, yo creo, y Ashley también, que lo mejor sería que fueras a Boston y la trajeras a casa por el fin de semana, para que pueda calibrar qué clase de problemas puede causarle ese joven.

—De acuerdo. Iré mañana.

—Un poco de distancia suele dar perspectiva.

—Bien lo sabes tú —replicó Scott—. ¿Cuál es tu perspectiva?

Sally quiso responder con igual sarcasmo, pero se abstuvo.

—Bien, Scott, ¿tú recogerás a Ashley? Yo iría, pero...

—No; iré yo. Probablemente tendrás una vista en los tribunales o algo impostergable.

—La verdad es que sí.

—Durante el trayecto podré sondearla —dijo Scott—. Luego podremos trazar un plan o lo que sea. O al menos tomar alguna medida más efectiva que traerla a casa por el fin de semana. Tal vez sea necesario que yo tenga una charla con ese tipo.

—Antes de entrometernos deberíamos darle a Ashley una oportunidad de resolverlo sola. Es parte de la maduración de la persona, ya sabes...

—Ésa es la clase de enfoque razonable y sensato que odio con toda mi alma —replicó Scott.

Ella no respondió. No quería que la conversación siguiera deteriorándose. Desde luego Scott tenía motivos para estar enfadado. Pero ya debería saber cómo funcionaba su mente, la de ella, haciendo que cada palabra pareciera luz reflejada a través de un prisma donde un rayo concreto era importante. Esto la convertía en una abogada excelente y en ocasiones en una persona difícil.

—Tal vez debería ir esta noche —dijo Scott.

—No. Eso sugeriría una alarma desmedida. Actuemos con calma.

Hubo un breve silencio.

—Oye —preguntó Scott bruscamente—, ¿tienes algu- na experiencia con esta clase de cosas? —Se refería a expe- riencia legal, pero ella lo interpretó de un modo distinto.

—Pues no. El único hombre que dijo que me amaría eternamente fuiste tú.

En el periódico local había aparecido un artículo que ha- bía sobrecogido a los habitantes del valle donde yo vivía. Un niño de trece años, dejado en custodia en el décimo de una serie de hogares adoptivos, había muerto en extrañas cir- cunstancias. La policía y la oficina del fiscal de distrito local estaban investigando, igual que todos los periodistas de ki- lómetros a la redonda. El niño había muerto de un disparo de escopeta a bocajarro. Los padres adoptivos decían que el chico había encontrado la escopeta del padre, y estaba ju- gando con ella cuando se disparó accidentalmente. O tal vez no estaba jugando, sino que se suicidó. O tal vez los mora- tones recientes en brazos y torso revelados por la autopsia sugerían que le habían propinado una tremenda paliza, o lo habían sujetado mientras algo más terrible tenía lugar. O tal vez niño y adulto forcejearon por la escopeta, y ésta se dis- paró por accidente. O, aún peor, se trataba de un asesinato. Un asesinato provocado por la furia, por la frustración, por el deseo o simplemente por los malos naipes que la vida re- parte a veces a aquellos peor preparados para ir de farol y no meterse en problemas.

Me parecía que la verdad es a veces indeciblemente eva- siva.

Cada día durante una semana, la foto en blanco y ne- gro del niño muerto me miró desde las páginas del periódi- co. Tenía una sonrisa bellamente irónica, casi tímida, bajo unos ojos que parecían sugerir muchas cosas. Tal vez eso ha- bía dado mayor interés a la noticia, antes de que fuera tra- gada y desapareciera en la constante marcha de los acontecimientos; había algo deshonesto en la muerte. Alguien era engañado.

A nadie le importaba el niño. Al menos, no lo suficiente.

Supongo que yo no era muy distinto de todos los que leyeron la historia, o la escucharon en las noticias, o la discutieron a la hora del café. Hacía pensar en lo frágil que es la vida y lo endeble que es nuestro asidero a eso que pasa por felicidad. Supuse que, a su modo, esto es lo que quedó claro para Scott, Sally y Hope.

12

El primer plan

Scott cogió el coche a la mañana siguiente, tan temprano que el sol oblicuo reflejado en el embalse cerca de Gardner cegó momentáneamente el parabrisas con su resplandor. Normalmente cuando conducía el Porsche por la carretera 2, con sus tramos largos y vacíos a través de algunos de los paisajes menos atractivos de Nueva Inglaterra, pisaba el acelerador. Una vez lo multó un patrullero con cara de pocos amigos por ir a más de ciento cincuenta kilómetros por hora, y le endilgó el proverbial sermón sobre la seguridad vial. Cuando conducía solo y rápido, que era tan frecuentemente como podía, a veces pensaba que era el único momento en que no se comportaba según los cánones de su edad. El resto de su vida estaba dedicada a ser responsable y adulto. Sabía que la intrepidez que exhibía en la carretera se debía a algo que lo roía por dentro.

El Porsche empezó a zumbar con su peculiar tono, un recordatorio tipo «puedo ir más rápido si me dejas», y él se concentró en la conducción, pensando en la breve conversación mantenida con Ashley la noche anterior.

No había habido discusión sobre el motivo de ir a recogerla. Él había empezado con un par de preguntas, pero ella ya había hablado con Hope y con su madre, así que era probable que ya hubiera respondido esas mismas preguntas. Así que todo se redujo a «estaré allí temprano» y «no te molestes en aparcar, haz sonar el claxon y yo bajaré corriendo».

Scott suponía que, una vez en el coche, ella se sinceraría, al menos lo suficiente para hacer una valoración de las cosas.

Hasta ahora no sabía qué pensar. Constatar que su sombrío presentimiento tras leer la carta había acertado no le producía ninguna satisfacción.

Tampoco sabía hasta qué punto debería sentirse preocupado. En cierto sentido levemente egoísta, anhelaba ayudarla porque dudaba de tener muchas más oportunidades para actuar verdaderamente como un padre. Ella era casi una mujer adulta, y pronto dejaría de necesitar a sus padres como cuando era niña.

Scott se colocó las gafas de sol. «¿Qué necesita Ashley ahora?», se preguntó. Un poco de dinero extra. Tal vez una boda, en el futuro. ¿Consejo? Probablemente no.

Pisó el acelerador y el coche se tragó la carretera.

Era agradable que le necesitaran, pensó, pero dudaba que volviera a pasarle alguna vez. Al menos, no al estilo padre con hijo pequeño. Ashley estaba capacitada para salir ella sola del problema. De hecho, él intuía que ella así lo dejaría claro. Tal vez él tendría que limitarse a aplaudir desde la banda del terreno de juego y hacer un par de modestas sugerencias.

Cuando había encontrado aquella carta, lo habían asaltado los sentimientos protectores que solía experimentar durante la infancia de su hija. Ahora, mientras iba a buscarla, se daba cuenta de que su papel iba a ser secundario, a lo sumo de apoyo logístico, y que lo mejor sería guardar sus sentimientos para sí. Con todo, mientras los bosques que todavía conservaban sus colores otoñales iban quedando atrás, una parte de él se sentía entusiasmada por participar en la vida de su hija de una manera que no fuese meramente periférica. Scott sonrió.

Ashley oyó el claxon sonar dos veces, se asomó a la ventana y vio a su padre en el Porsche negro. Él la saludó con la mano, un gesto que era a la vez saludo y prisa, porque estaba bloqueando la estrecha calle y en Boston los conductores no se andan con chiquitas a la hora de encararse con los infractores de las normas de tráfico. A los bostonianos les encanta tocar el claxon y gritar improperios injuriosos. En Miami o Houston, ese tipo de incidente puede terminar con pistolas, pero en Boston se considera más o menos habla protegida.

Ashley cogió una maleta pequeña y cerró con llave su apartamento. Ya había desenchufado el contestador y apagado el móvil y el ordenador.

«Nada de mensajes. Nada de e-mails. Ningún contacto», pensó mientras bajaba las escaleras.

—Hola, cariño —dijo Scott al verla aparecer.

—Hola, papá —sonrió Ashley—. ¿Vas a dejarme conducir?

—Tal vez la próxima vez.

Era un chiste entre ellos. Scott nunca dejaba a nadie conducir su Porsche. Decía que era por cosa del seguro, pero Ashley sabía que el motivo era otro.

—¿Eso es todo lo que vas a necesitar? —preguntó él, señalando la maletita.

—Sí. Ya tengo suficientes cosas allí, en tu casa o en la de mamá.

Scott sacudió la cabeza y sonrió mientras la abrazaba.

—Hubo una época —dijo con tono afectado—, por cierto no muy lejana, en que tenía que cargar con baúles y maletas y mochilas y enormes petates militares, todos repletos de ropa innecesaria, sólo para satisfacer tu capricho de cambiarte al menos media docena de veces al día.

Ella sonrió y rodeó el coche.

—Vámonos de aquí antes de que algún repartidor aparezca y decida aplastar tu cochecito fruto de la crisis de los cuarenta —bromeó.

Ashley se acomodó y cerró los ojos, experimentando por primera vez en horas una sensación de seguridad. Resopló lentamente, notando que se relajaba.

—Gracias por venir, papá —dijo sinceramente.

El deportivo se puso en marcha. Naturalmente, Scott no habría reconocido la figura que se deslizó hacia la sombra de un árbol cuando pasaron, pero ella lo habría hecho si hubiera tenido los ojos abiertos y hubiera estado más alerta.

Michael O'Connell la miró, tomando nota del coche, el conductor y la matrícula.

—¿Escuchas alguna vez canciones de amor? —me preguntó ella sin que viniese a cuento.

Vacilé un momento antes de repetir:

—¿Canciones de amor?

—Exacto. Canciones de amor. Ya sabes, «Dubi dubi dubi, me molas cantidubi», o «Helen, mi vida se llama Helen».

—Pues en realidad no. Quiero decir, supongo que lo hace todo el mundo, hasta cierto punto. ¿No tratan de amor el noventa y nueve por ciento de las canciones pop, rock, country, lo que sea, incluso punk? Amor perdido, amor no correspondido, amor bueno, amor malo... Pero ¿qué relación tiene con lo que estamos hablando...?

Me sentía un poco exasperado. Lo que quería era averiguar el siguiente paso de Ashley. Y desde luego quería saber más de Michael O'Connell.

—La mayoría de las canciones de amor no tratan del amor, sino de otras cosas relacionadas. Sobre todo de frustración, lujuria, deseo, necesidad, decepción. Rara vez tratan de lo que es realmente el amor. Si lo despojas de todos los aspectos vinculados, el amor no es más que dependencia mutua. El problema es que cuesta verlo, porque nos obsesionamos con alguno de los otros aspectos de la lista y supeditamos todas las emociones a eso.

—De acuerdo —dije—. ¿Y Michael O'Connell?

—Para él, el amor era furia. Ira.

Guardé silencio.

—Y le resultaba tan imprescindible como el aire que respiraba.

13

El más modesto de los objetivos

El ronroneo del Porsche hizo que Ashley se quedara dormida al instante. No se movió durante casi una hora, hasta que abrió bruscamente los ojos y se irguió con un pequeño jadeo, desorientada. Miró alrededor con los ojos como platos e hizo ademán de protegerse con las manos antes de desplomarse en el asiento. A continuación se frotó la cara con las manos.

—Vaya. —Suspiró—. ¿Me he quedado dormida?

Scott no respondió.

—¿Cansada?

—Supongo. Más bien, relajada por primera vez en horas. Es más fuerte que yo. Algo raro. No raro bueno, pero tampoco raro malo. Sólo raro raro.

—¿Deberíamos hablar de eso ahora?

Ashley pareció un poco vacilante, como si con cada kilómetro que se alejaba de Boston, su preocupación se hiciera más pequeña y lejana.

—Tal vez deberías informarme de lo que le contaste a tu madre y su compañera —dijo Scott con suavidad, consciente de que concedía un aire de formalidad a la relación de Sally y Hope—. Al menos de esa manera todos estaremos al corriente. Sería bueno que todos colaborásemos en algún plan razonable para afrontar la situación. —No estaba seguro de que su hija volviera a casa con idea de elaborar un plan, pero pensó que ella esperaría que él lo propusiera.

Ashley se estremeció y luego dijo:

—Flores muertas. Flores muertas colocadas ante mi puerta. Y luego, en vez de reunirse conmigo en el restaurante que habíamos quedado, donde yo iba a librarme de él para siempre, me siguió solapadamente, como si yo fuese una especie de animal y él un cazador al acecho... —Miró por la ventanilla, como intentando ordenar sus ideas para que tuvieran sentido, y luego dijo con un suspiro—: Empezaré por el principio, para que puedas comprenderlo...

Scott redujo la velocidad y se pasó al carril derecho, por donde no iba casi nunca, y escuchó.

Cuando llegaron a la pequeña ciudad universitaria donde vivía Scott, Ashley ya le había contado todo sobre su relación con Michael O'Connell, si se podía dignificar con esa palabra. Había resumido al máximo la noche del encuentro, pues le incomodaba hablar de sus borracheras y su vida sexual con su padre, así que usó eufemismos como «enrollarse» y «achisparse».

Scott sabía exactamente de qué estaba hablando ella, pero se abstuvo de preguntas indiscretas. Suponía que era mejor para su paz espiritual no enterarse de ciertos detalles.

Cuando dejaron la autovía, circularon por carreteras comarcales. Ashley había vuelto a guardar silencio y miraba por la ventanilla. El día se había vuelto soleado y el cielo estaba celeste.

—Es agradable volver a casa —dijo ella—. Te olvidas de lo bien que conoces un sitio cuando tienes otras cosas en la cabeza. Pero es verdad. Los mismos parques de siempre, el ayuntamiento, los restaurantes, las cafeterías, los niños jugando con sus *frisbees* en el césped. Te hace pensar que aquí nada podría salir mal. —De pronto resopló—. Bueno, papá, ya lo sabes. ¿Qué opinas?

Scott trató de forzar una sonrisa que enmascarara el torbellino que lo sacudía.

—Creo que deberíamos buscar un modo de desalentar al señor O'Connell sin que haya complicaciones —respondió, nada seguro de lo que decía, aunque impostó un tono de absoluta confianza—. Tal vez haga falta que tenga una charla con él. O poner distancia, aunque esto podría retrasar tus estudios de posgrado. Pero así es la vida, un poco liosa. No obstante, estoy seguro de que podremos resolverlo. No parece ser lo que me temí al principio.

Ashley pareció sentirse algo aliviada.

—¿Tú crees?

—Sí. Apuesto a que tu madre piensa lo mismo que yo. Ya sabes, en su profesión ha visto a muchos tipos duros, en los casos de divorcio o de delitos de poca monta. Conoce muy bien las relaciones abusivas, aunque ése no es exactamente tu problema, y es muy competente para resolver esta clase de embrollos.

Ashley asintió.

—No te habrá pegado, ¿verdad? —Scott hizo la pregunta aunque su hija ya le había dado la respuesta.

—Ya te he dicho que no. Sólo insiste en que estamos hechos el uno para el otro.

—Sí, bueno, no sé a él, pero sé quién te hizo a ti, y dudo que estés hecha para ese tipo.

Una sonrisa asomó al rostro de Ashley.

—Y confía en mí —añadió su padre, tratando de hacer una broma que distendiera el ambiente—, no parece un problema grave que un prestigioso historiador no pueda resolver. Un poco de investigación. Tal vez algunos documentos originales o declaraciones de testigos. Fuentes primarias. Un poco de trabajo de campo. Y nos pondremos en marcha.

Ashley consiguió soltar una risita.

—Papá, no estamos hablando de un trabajo de investigación...

—¿Ah, no?

Esto la hizo sonreír de nuevo. Scott captó la sonrisa, que le recordó muchos momentos de felicidad y le pareció lo más valioso de su vida.

El sábado era día de partido en el colegio privado de Hope, así que se sintió dividida entre ir al campus o esperar la llegada de Ashley. Por experiencia, sabía que el sol de la mañana ayudaba a secar el campo, pero no del todo, así que el partido de la tarde se jugaría en medio de un fangal. Una generación atrás, probablemente, la idea de que unas chicas jugaran en el barro hubiese resultado tan inapropiada que el partido se habría suspendido. Ahora estaba segura de que las muchachas del equipo anhelaban el campo sucio y resbaloso. Estar manchada de tierra y sudorosa se consideraba algo positivo. «El progreso definido por la aceptación del barro», pensó con ironía.

Hope estaba en la cocina, medio vigilando el reloj de la pared, medio asomada a la ventana, atenta al inconfundible sonido del Porsche cuando apareciera en la esquina. *Anónimo* estaba sentado junto a la puerta. Demasiado viejo para mostrar impaciencia, pero dispuesto a no perderse nada. Conocía la frase «¿Quieres ir a un partido de fútbol?» y, cuando ella la pronunciaba, pasaba de su estado casi comatoso a otro de alegría desatada.

La ventana estaba entreabierta y Hope oía los sonidos de las casas vecinas, tan típicos del sábado por la mañana que eran casi clichés: las toses y carraspeos de una segadora de césped; el zumbido de un aspirador de hojas; agudas voces de niños que jugaban en un patio cercano. Era difícil imaginar que pudiese existir la menor amenaza al ordenado discurrir de sus vidas. Hope no podía saber que Ashley había pensado lo mismo hacía unos instantes.

De pronto vio a Sally en la puerta de la cocina.

—Llegarás tarde —dijo ésta—. ¿A qué hora es el partido?

—Tengo tiempo —respondió Hope.

—¿Es un partido importante?

—Todos lo son. Algunos un poco más. Estaremos bien. —Vaciló un instante y añadió—: Deben de estar al llegar. ¿No dijo Scott que saldría temprano?

Sally también hizo una pausa antes de responder.

—Creo que deberíamos decirle a Scott que se quede. Tiene derecho a participar en cualquier decisión que tomemos.

—Ajá —dijo Hope.

Todo lo relacionado con Scott la ponía en lo que antes solía llamarse «una situación embarazosa», pero era algo más profundo y complejo. Hope creía que Scott la odiaba. Al menos, odiaba verla. O tal vez odiaba lo que ella representaba. O lo que había hecho para atraer a Sally, o lo que había sucedido entre ellas. Fuera lo que fuese, albergaba furia acumulada contra ella, y Hope creía imposible que eso cambiase alguna vez.

—Me pregunto si será conveniente que estés aquí cuando él llegue —añadió Sally.

«Conque era eso», pensó Hope, y se enfadó. Le pareció injusto: habían pasado suficientes años para que se guiaran por una conducta civilizada, aunque por debajo hubiera tensiones. Le dolió que Sally, de algún modo, quisiera satisfacer los sentimientos de Scott a costa de pisar los suyos. Hope había dedicado años a criar a Ashley y, aunque no podía decir que fuera de su misma sangre, sentía que tenía tanto derecho a preocuparse por ella como sus progenitores.

Se mordió el labio antes de contestar. «Sé prudente», se advirtió.

—Bueno, no creo que sea justo, pero, si piensas que es importante, bueno, me inclino ante tu conocimiento superior en estos asuntos.

Lo último pudo ser sincero o sarcástico. Sally no supo

qué decidir. Se sentía un poco sorprendida por haberle pedido a Hope que se retirara cuando llegara su ex marido. «¿Qué me pasa?»

—No es... —empezó, pero la interrumpió el sonido del coche de Scott—. Han llegado.

—De acuerdo —dijo Hope, envarada—. Entonces me quedaré aquí.

Anónimo dio un salto al reconocer el sonido del Porsche. Las dos se dirigieron a la puerta, y el perro se abrió paso entre sus piernas justo cuando el coche enfilaba el camino de acceso. Ashley se apeó casi tan rápidamente como salió el perro, y se agachó para hacerle carantoñas y recibir sus lametones. Scott bajó sin saber muy bien qué iba a pasar. Medio saludó a Sally e hizo un gesto a Hope con la cabeza.

—Aquí la tenemos, sana y salva —dijo.

Sally cruzó el césped y abrazó a su hija.

—¿No crees que deberías entrar, para ver si se nos ocurre algún plan? —le dijo a su ex.

Ashley miró a sus padres, esperando. Fue consciente en ese instante de las pocas veces que estaban tan cerca el uno del otro. Una distancia bien definida marcaba siempre sus encuentros.

—Es cosa de Ashley —dijo él—. Puede que no quiera abordar el tema ahora mismo. Tal vez necesite almorzar y un rato para despejarse.

Los dos miraron a Ashley, que asintió, aunque tuvo la sensación de que se comportaba como una cobarde.

—Muy bien —dijo Sally con su tono de abogada, siempre dispuesta a hacerse cargo—. Esta tarde, entonces. ¿A las cuatro o cuatro y media?

Scott asintió y señaló la casa.

—¿Aquí?

—¿Por qué no? —dijo Sally.

A Scott se le ocurrían una docena de motivos, pero se contuvo.

—Bien, a las cuatro y media, pues. Podemos tomar té. Eso sería muy civilizado.

Sally no respondió al sarcasmo. Se volvió hacia su hija.

—¿Esto es todo lo que has traído? —dijo, señalando la maleta.

—Es todo.

Hope, que observaba y escuchaba a un lado, pensó que en realidad Ashley había traído mucho más. Pero no era tan obvio.

Ashley se abrió paso a saltitos por el borde del campo embarrado y ocupó un sitio desde donde podía ver a Hope dirigir a sus chicas. *Anónimo* estaba amarrado a un extremo del banquillo, pero al divisarla agitó la cola, antes de echarse. Al mirarlo, Ashley pensó en leones. A menudo dormían hasta veinte horas al día en un día africano. *Anónimo* parecía acercarse a ese baremo, aunque su actitud no era muy leonesca. A veces Ashley se preguntaba si alguna de ellas tres habría sobrevivido de no ser por él. Siempre le decepcionaba que su madre no reconociera la importancia de *Anónimo*. «Un perro de rescate —pensó—. Un perro oteador. Un perro guardián.» *Anónimo* había realizado metafóricamente cada una de esas funciones, y ahora era viejo y estaba casi retirado, pero seguía siendo como un hermano.

Dirigió sus ojos a las lejanas colinas. Los lugareños decían que las Holyoke eran montañas, pero exageraban. «Las Rocosas sí son montañas», pensó. Las colinas locales recibían una grandiosidad no merecida, aunque las buenas tardes de otoño compensaban su falta de altura con generosas vetas de rojo, marrón y magenta.

Se volvió para ver el partido. No le resultó difícil imaginarse unos cinco años atrás, cuando ella misma habría estado allí abajo vestida de blanco y azul, corriendo por la banda izquierda. Siempre había sido una buena jugadora, aunque no como Hope. Ésta jugaba con una especie de intrépido desparpajo, y Ashley se contenía.

Sintió una curiosa emoción cuando la chica que jugaba en su antiguo puesto marcó el gol de la victoria. Esperó a que terminaran los vítores y aplausos. Vio a Hope soltar a *Anónimo* y lanzar un balón al centro del campo. Sólo uno, advirtió, y no tan lejos como antes. Observó cómo el perro recogía el balón y lo llevaba de vuelta hacia Hope empujándolo con el hocico y las patas, rebosante de alegría canina.

Mientras Hope recogía el balón y lo guardaba en la bolsa de red, vio que Ashley estaba allí a su lado.

—Hola, *killer*. ¿Qué te ha parecido?

Oír el apodo que Hope le había puesto en su primer año de equipo la hizo sonreír. A Hope se le había ocurrido el nombre porque Ashley era demasiado reticente en el campo, demasiado tímida con las jugadoras mayores. Así que se la llevó aparte y le dijo que cuando jugaba tenía que dejar de ser la Ashley que se preocupaba por los sentimientos de las personas y transformarse en una *killer*, una exterminadora. Debía jugar duro, sin dar cuartel ni esperar recibirlo, y hacer lo que hiciera falta para, al final del partido, saber que se había dejado la piel. Las dos habían mantenido esta personalidad secundaria en secreto, sin mencionarla a Sally ni a Scott, ni a nadie. Ashley al principio lo consideró una tontería, pero al final acabó por apreciarlo.

—Se las ve bien. Fuertes.

—¿No ha venido Sally?

Ashley negó con la cabeza.

—Es un equipo demasiado joven. Le falta experiencia —respondió Hope, sin ocultar su decepción por la ausencia de su compañera—. Pero si no nos dejamos intimidar, somos capaces de hacerlo bien.

Ashley asintió. Se preguntó si lo mismo podría decirse de su situación.

Scott estaba sentado en el centro del salón, algo incómodo, flanqueado por espacios vacíos. Las tres mujeres ocupaban sillas distintas, frente a él. La situación tenía una extraña formalidad, e imaginó que era como estar sentado ante un gran jurado.

—Bueno —dijo con buen ánimo—. Supongo que lo primero es qué sabemos de este tipo que está molestando a Ashley. Quiero decir, ¿qué clase de persona es? ¿De dónde procede? Lo básico...

Miró a Ashley, que parecía estar sentada en un borde afilado.

—Ya os he dicho lo que sé —dijo—, que no es gran cosa.

Esperó fríamente que uno de los otros tres añadiera algo como «bueno, supiste lo suficiente para dejarlo entrar en tu casa para un polvo rápido», pero nadie lo dijo.

—Me gustaría saber —añadió Scott— si ese O'Connell responderá a un toque de atención nuestro. Puede que sí y puede que no, pero una muestra de firmeza por nuestra parte tal vez...

—Ya lo he intentado —dijo Ashley.

—Sí, lo sé. Hiciste lo adecuado. Pero ahora sugiero un poco más de fuerza. ¿No creéis que el primer paso es no sobredimensionar el problema? Tal vez lo que haga falta sea una bravata. Ya sabéis, un papá enfurecido.

Sally asintió.

—Tal vez podamos influir en dos sentidos. Scott, tú puedes decirle que la deje en paz y al mismo tiempo endulzarlo ofreciéndole un poco de dinero. Algo sustancioso, cinco de los grandes o así. Eso será más que suficiente para alguien que trabaja en un taller de coches e intenta aprender informática.

—¿Un soborno para que se aleje de Ashley? —replicó Scott—. ¿Funcionará?

—En muchas disputas familiares, divorcios y casos de custodia, mi experiencia indica que un acuerdo monetario llega muy lejos.

—Acepto tu palabra —dijo Scott. No la creía. También tenía sus dudas de que hablar con O'Connell fuera a servir de nada. Pero sabía que lo primero era intentar el camino más sencillo—. Pero supongo...

Sally alzó una mano.

—No nos adelantemos. Ese tipo se ha comportado de manera rara. Pero, tal como lo veo, aún no ha quebrantado ninguna ley. Quiero decir que más adelante podemos hablar de detectives privados, recurrir a la policía, conseguir una orden de alejamiento...

—Seguro que eso lo solucionará todo —ironizó Scott, pero Sally lo ignoró.

—O examinar otros medios legales. Incluso podríamos hacer que Ashley se marchara de Boston. Sería un contratiempo, sin duda, pero siempre es una posibilidad. Aunque creo que primero hemos de probar con lo más sencillo.

—De acuerdo —zanjó Scott—. ¿Qué estrategia seguimos?

—Ashley llama al tipo. Arregla otro encuentro. Lleva dinero y la acompaña su padre. Lo hace en público. Una conversación breve y sin tonterías. Si hay suerte, será el final de la historia.

Scott fue a sacudir la cabeza, pero se detuvo. Bien mirado, tenía sentido. Al menos, lo suficiente para intentarlo. Así pues, decidió seguir el plan de Sally, con alguna variante propia.

Hope había permanecido en silencio durante toda la conversación. Sally se volvió hacia ella.

—¿Qué te parece? —preguntó.

—Creo que es una estrategia adecuada —dijo, aunque no lo creía.

A Scott de pronto le molestó que se le diera a Hope la oportunidad de hablar. Quiso decir que no tenía nada que hacer allí, que debería marcharse a otra habitación. «Sé razonable —se ordenó—. Aunque esta mujer sea irritante.»

—Bien, lo haremos así. Al menos para empezar.

Sally asintió.

—Bien. Scott, ¿querías de verdad té o era una de tus bromas?

—Me cuesta trabajo creer... —empecé, pero decidí probar una estrategia diferente—. Quiero decir que deberían tener alguna idea...

—¿De a lo que se enfrentaban? —preguntó ella—. Aún no sabían nada del ataque al chico. Ni nada del, digamos, accidente que la amiga de Ashley tuvo después de la cena. Y tampoco de la reputación de Michael O'Connell, ni de las impresiones que había causado en sus compañeros de trabajo, profesores y demás. La información crítica que podría haberlos guiado en una dirección distinta. Todo lo que sabían era que... ¿qué palabra usaba Ashley? Que era una «rata». Una palabra muy inocente.

—Pero ¿hablar con él? ¿Ofrecerle dinero? ¿Cómo se les ocurrió pensar siquiera que eso funcionaría?

—¿Por qué no? Con la gente normal siempre funciona.

—Sí, pero...

—La gente siempre busca soluciones a sus problemas. ¿Qué alternativas tenían, si no?

—Bueno, podrían haber sido un poco más agresivos...

—¡No lo sabían! —Su voz se elevó de pronto con vehemencia. Se inclinó hacia mí con los ojos entornados de frustración e ira—. ¿Por qué resulta tan difícil comprender lo poderosa que es la capacidad de negación que tenemos todos? ¡Nunca queremos creer lo peor!

Se detuvo y tomó aire. Yo empecé a hablar, pero ella alzó una mano.

—No pongas excusas —dijo—. Incluso tú te negarías a

verlo, aunque tuvieras delante lo más peligroso del mundo. —Inspiró de nuevo—. Pero Hope lo vio. O al menos tuvo una leve intuición. Sin embargo, por un motivo u otro, todos equivocados y estúpidos, se abstuvo de mencionarlo. Al menos en aquel momento inicial...

14

Necedad

Scott se sentía incómodo en aquella barra. Acarició su botella de cerveza y trató de mantener un ojo en la puerta del restaurante y el otro en Ashley, que estaba sentada sola en un reservado. Ella no paraba de alzar la cabeza, jugueteando con los cubiertos, tamborileando nerviosa los dedos mientras esperaba.

Su padre la había instruido respecto a qué decirle a O'Connell cuando lo llamó, así como a qué hacer cuando él llegara. Scott tenía un sobre con cinco mil dólares en billetes de cien en el bolsillo de la chaqueta. El sobre estaba repleto e impresionaría cuando lo arrojara sobre la mesa; contaba con causar un impacto mayor que la suma real. Al pensar en el dinero, sintió el sudor corriéndole por la espalda. Se aclaró la garganta y tomó otro sorbo de cerveza. Flexionó los músculos y se recordó por enésima vez que un cobarde acosador probablemente se acobardara al enfrentarse a un hombre que pudiera plantarle cara incluso con los puños. Scott había pasado muchos años tratando con estudiantes no muy distintos de Michael O'Connell, y les había parado los pies a varios de ellos. Pidió al camarero otra cerveza.

Ashley, por su parte, no sentía más que frío hielo y tensión en su interior.

Cuando había telefoneado a O'Connell se había mostrado cautelosa y ceñido al sencillo guión que habían elaborado con su padre en el camino de vuelta a Boston. No debía mostrarse belicosa, pero tampoco dar pie a ninguna ilusión. Lo principal, se recordó, era hablar con él cara a cara, para que si fuera necesario su padre pudiese intervenir.

—Michael, soy Ashley... —le había dicho.

—¿Dónde has estado?

—Fuera de la ciudad por unos asuntos.

—¿Qué clase de asuntos?

—De los que tenemos que hablar. ¿Por qué no asististe a nuestra cita en el museo el otro día?

—Era una encerrona. Y no quería oír lo que querías decirme. Ashley, de verdad creo que entre nosotros hay algo bueno...

—Si de verdad lo crees, entonces cenemos esta noche. En el mismo sitio de nuestra primera y única cita. ¿De acuerdo?

—Sólo si me prometes que no va a ser la gran despedida —dijo él—. Te necesito, Ashley. Y tú me necesitas a mí. Lo sé. —Parecía débil, casi infantil, incluso confundido.

Ella vaciló un instante.

—De acuerdo, prometido —dijo.

—Bien. Tenemos muchas cosas de que hablar. Por ejemplo, de nuestro futuro.

—Así pues, a las ocho —dijo ella. Colgó sin comentar sus últimas palabras y sin mencionar lo mucho que se había asustado cuando él la siguió bajo la lluvia hasta el metro. Ni una palabra sobre las flores muertas. Ni sobre nada.

Ahora hizo un esfuerzo para no mirar a su padre en la barra y centrarse en la puerta, consciente de que eran casi las ocho. Ojalá no volviera a repetirse lo del otro día. El plan urdido con su padre era sencillo: llegar temprano al restaurante, sentarse en un reservado para que O'Connell entrara y estuviese atrapado en su asiento cuando se acercara Scott, de modo que tuviera que oír lo que él tenía que decirle. Los dos actuarían como un equipo que obligaría a O'Connell a dejarla en paz. Contaban con la ventaja del número y del lugar público. Psicológicamente, había insistido su padre, eran más que fuertes para enfrentarse a él, e iban a controlar la situación de principio a fin. «Sé fuerte, firme, explícita. No dejes espacio para la duda.» Scott había sido muy claro al describir su ventaja: «Recuerda: nosotros somos dos y somos más listos. Tenemos mejor educación y mayores recursos financieros. Fin de la historia.» Ashley bebió un sorbo de agua. Tenía los labios secos y agrietados. De repente se sintió a la deriva en una pequeña balsa.

Mientras dejaba el vaso sobre la mesa, vio a O'Connell entrar. Se levantó a medias en el asiento y lo saludó. Lo vio recorrer rápidamente el local con la mirada, pero no estuvo segura de que viera a Scott. Ashley dirigió una rápida mirada a su padre, que se había envarado de modo ostensible.

Inspiró hondo y se dijo: «Muy bien, Ashley. Arriba el telón. Empieza el espectáculo.»

O'Connell cruzó rápidamente entre las mesas y se sentó frente a ella en el reservado.

—Hola, Ashley —dijo animosamente—. Joder, es magnífico verte.

Ella no fue capaz de controlarse.

—¿Por qué me plantaste en el museo? —le reprochó—. Y luego, cuando me seguiste...

—¿Te asusté? —repuso él, como si la estuviera escuchando contar un chiste.

—Sí. Si dices que me amas, ¿por qué haces una cosa así?

Él simplemente sonrió y a Ashley se le ocurrió que tal vez sería mejor no saber la respuesta a esa pregunta. Michael O'Connell echó la cabeza atrás y luego se inclinó hacia delante. Extendió una mano sobre la mesa para coger la de ella, pero Ashley se la llevó rápidamente al regazo. No quería que la tocara. Él hizo una mueca como si fuese a echarse a reír, y se reclinó en el asiento.

—Bueno, supongo que esto no es realmente una cena romántica, ¿verdad?

—No.

—Y supongo que mentiste al decir que no sería la gran despedida, ¿eh?

—Michael, yo...

—No me gusta que la mujer que amo me engañe. Me pone furioso.

—He estado intentando...

—Creo que no me comprendes bien, Ashley —repuso él tranquilamente, sin elevar la voz—. ¿Crees que no tengo sentimientos yo también?

«No, no lo creo», fue la respuesta que le pasó a ella por la cabeza.

—Mira, Michael —dijo en cambio—, ¿por qué haces que esto sea más difícil de lo que ya es?

Él volvió a sonreír.

—Creo que no es nada difícil. Es de lo más sencillo. Te quiero, Ashley. Y tú me quieres, aunque no lo sepas todavía. Descuida, pronto lo sabrás.

—No, no te quiero. —En cuanto habló, supo que había metido la pata. Estaba siendo concreta, pero hablando del tema equivocado, el amor.

—¿No crees en el amor a primera vista? —preguntó él, casi juguetón.

—Michael, por favor. Debes dejarme en paz.

Él vaciló con una sonrisita. Ashley tuvo un horrible pensamiento: «Está disfrutando con esto...»

—Me parece que tendré que demostrarte mi amor —dijo, aún sonriendo.

—No tienes que demostrarme nada.

—Te equivocas. Te equivocas por completo. Incuso diría que te equivocas mortalmente, pero no quiero darte una falsa impresión.

Ashley inspiró hondo. Nada iba a salir como esperaba.

Entonces se llevó la mano derecha al pelo, apartándolo dos veces de la cara. Era la señal para que interviniera su padre. Con el rabillo del ojo, lo vio levantarse de la barra y cruzar el pequeño local. Como habían planeado, se plantó ante la mesa, impidiendo que O'Connell saliese del asiento.

—Creo que debería escuchar lo que ella le dice —le espetó Scott con calma, pero con el tono frío y duro que empleaba con los estudiantes reacios.

O'Connell mantuvo los ojos fijos en Ashley.

—¿Así que creíste que necesitarías ayuda?

Ella asintió.

O'Connell se volvió lentamente en el asiento y miró a Scott, como midiéndolo.

—Hola, profesor —le dijo—. ¿No quiere sentarse?

Hope observó en silencio a Sally mientras rellenaba el crucigrama del *New York Times* del domingo anterior. Se daba golpecitos con el bolígrafo en los dientes hasta que lograba rellenar las casillas. Los ahora habituales silencios, pensó Hope, se hacían cada vez más frecuentes. Miró a Sally y se preguntó qué la hacía tan infeliz, y entonces se dio cuenta de que no estaba segura de querer oír la respuesta. En cambio, hizo otra:

—Sally, ¿no crees que deberíamos hablar de ese tipo que molesta a Ashley?

Sally alzó la cabeza. Estaba a punto de escribir la respuesta del 7 horizontal, cuatro letras, donde la pista era «Payaso asesino». Vaciló.

—No sé de qué hay que hablar. Scott sabrá manejar esto con Ashley. Espero que llame a lo largo de la tarde y diga que todo está resuelto. *Finito. Kaput.* Pasemos a otra cosa. Nos hemos quedado sin cinco de los grandes.

—¿No temes que ese tipo pueda ser peor de lo que pensamos?

Sally se encogió de hombros.

—Me parece un tío desagradable, sí. Pero Scott es muy capaz de enfrentarse a estudiantes universitarios, así que supongo que saldrá bien parado.

Hope planteó la siguiente pregunta con tacto:

—En tu experiencia con casos de divorcio y disputas familiares, ¿se compra a la gente tan fácilmente?

Sabía que la respuesta era negativa y en más de una ocasión había escuchado a Sally rabiar en la mesa, o incluso en la cama más tarde, por la tozudez de sus clientes y sus familias.

—Bueno —dijo Sally—, creo que deberíamos esperar a ver. No tiene sentido prepararnos para un problema que no sabemos si existe.

—Eso es lo más estúpido que he oído en mucho tiempo —replicó, sacudiendo la cabeza—. No sabemos si va a haber tormenta, ¿por qué comprar entonces velas, pilas y comida extra? No sabemos si vamos a pillar la gripe, ¿por qué vacunarnos entonces?

Sally dejó a un lado el crucigrama.

—Muy bien —dijo con leve irritación—. ¿Qué tipo de pilas quieres comprar exactamente? ¿Qué clase de vacunas hay disponibles?

Hope miró a su compañera de tantos años y pensó lo poco que sabía realmente de Sally y de sí misma. Vivían en un mundo que a veces podía ser un campo minado.

—No puedo responderte, lo sabes —dijo despacio—. Pero creo que deberíamos estar haciendo algo, y no permanecer aquí sentadas esperando a que Scott nos llame y nos diga que todo se ha resuelto. No creo que vayamos a recibir esa llamada. Ni, si vamos a eso, que la merezcamos.

—¿Merecerla?

—Piénsalo mientras terminas tu crucigrama. Yo voy a leer un poco. —Inspiró hondo, pensando que había acertijos mucho más importantes que Sally podría intentar descifrar.

Ésta asintió y volvió a enfrascarse en el crucigrama. Quiso decirle algo a Hope, algo tranquilizador y afectuoso, algo que descargara parte de la tensión, pero en cambio vio que el 3 vertical era «Lo que cantó la musa» y recordó que el principio de *La Ilíada* era «*Canta, oh, Musa, la cólera de Aquiles...*». Había seis espacios en blanco, y la última letra tenía que ser una a, así que no fue difícil deducir que se trataba de «cólera».

Scott se sentó en el reservado, empujando a O'Connell hacia el rincón, como tenía planeado. Estaban apretados en el mismo asiento. La camarera tardó un momento en acercarse, menú en mano.

—Denos un par de minutos —le dijo Scott.

—Tráigame una cerveza —pidió O'Connell, y se volvió hacia Scott—. Supongo que usted paga esta ronda.

Hubo un momento de silencio, y el joven miró a Ashley.

—Hoy no dejas de sorprenderme. ¿No crees que esto tendría que ser entre tú y yo?

—He intentado decírtelo, pero no quieres escuchar...

—Y se te ocurrió traer a tu padre. —Se giró hacia Scott—. Bueno, de acuerdo. ¿Qué se supone que va a hacer exactamente? —La pregunta iba dirigida a Ashley, pero fue Scott quien contestó.

—Estoy aquí para ayudarle a comprender que, si ella dice que se ha acabado, es que se ha acabado.

Michael O'Connell se tomó su tiempo para medir a Scott.

—No piensa utilizar sólo fuerza bruta. Tampoco sólo persuasión. Bien, profesor, ¿cuál es su propuesta? ¿Qué tiene en mente?

—Creo que es hora de que deje a Ashley en paz. Siga con su vida, para que ella pueda seguir con la suya. Está muy ocupada. Trabaja y asiste a clases de posgrado. No tiene tiempo para una relación a largo plazo. Desde luego, no la que usted parece buscar. Estoy aquí para hacérselo entender.

O'Connell no pareció afectado en lo más mínimo.

—¿Por qué cree que esto es asunto suyo?

—Su negativa a escuchar a mi hija ha hecho que sea asunto mío.

El joven sonrió.

—Tal vez sí. Tal vez no.

La camarera le trajo la cerveza. Él bebió un largo trago y volvió a sonreír.

—¿Qué pasa, profesor, quiere convencerme de que no ame a Ashley? ¿Cómo sabe que no somos el uno para el otro? ¿Qué sabe de mí? Voy a decírselo: nada. Tal vez no soy lo que quería para ella, y desde luego no soy el joven ejecutivo que conduce un BMW y tiene un título de Harvard, pero soy un tipo muy capaz en muchas cosas. Que no encaje en su perfil no significa que sea un inepto.

Scott no supo qué responder. O'Connell había llevado la conversación a un terreno distinto del previsto.

—No quiero conocerle —dijo Scott—. Lo único que quiero es que deje a mi hija en paz. Estoy dispuesto a hacer lo que sea necesario para que usted lo comprenda.

O'Connell hizo una pausa.

—Lo dudo —dijo—. ¿Lo que sea necesario? No lo creo.

—Ponga un precio —respondió Scott fríamente.

—¿Un precio?

—Sabe a qué me refiero. Ponga un precio.

—¿Quiere poner un precio a mis sentimientos por Ashley?

—Deje de fastidiar —repuso Scott. La sonrisa y la aparente calma de O'Connell eran más que irritantes.

—Ni hablar —dijo—. Y no quiero su dinero.

Scott sacó el sobre con los cinco mil dólares.

—¿Qué es eso? —preguntó O'Connell.

—Cinco de los grandes. A cambio de su palabra de que no volverá a acercarse a mi hija.

—¿Quiere comprarme?

—Exactamente.

—Nunca he pedido dinero, ¿no?

—No.

—Así que este dinero no es porque yo lo haya exigido, ¿eh?

—No. Todo lo que quiero es su palabra.

O'Connell se volvió hacia Ashley.

—Nunca te he pedido dinero, ¿verdad?

Ella negó con la cabeza.

—No te oigo —dijo O'Connell.

—No, nunca me has pedido dinero.

El joven extendió la mano y recogió el dinero.

—Si lo acepto, sería un regalo, ¿correcto?

—A cambio de una promesa.

O'Connell sonrió.

—Muy bien. No quiero el dinero. Pero le haré la promesa. Lo prometo. —Sostuvo el dinero en la mano.

—¿Va a dejarla en paz? ¿Se va a mantener apartado de su vida? ¿Nunca volverá a molestarla?

—Eso es lo que usted quiere, ¿verdad?

—Así es.

O'Connell pensó un instante y dijo:

—De esta manera todo el mundo obtiene lo que quiere, ¿no?

—Así es.

—Excepto yo.

Lanzó a Ashley una dura mirada acompañada de una sonrisa ambigua. A Ashley le pareció una de las cosas más escalofriantes que había visto jamás.

—¿Esto hace que su viaje mereciera la pena, profesor?

Scott no respondió. Casi estaba esperando que O'Connell arrojara el dinero sobre la mesa, o a su cara, y tensó los músculos, manteniendo un rígido control sobre sus emociones.

En cambio, O'Connell se volvió una vez hacia Ashley, dejando que sus ojos se clavaran en ella, tan intensamente que la chica se agitó en su asiento.

—¿Sabes qué cantaban los Beatles, allá en la época de tu padre?

Ella negó con la cabeza.

—«No me importa el dinero. El dinero no puede comprar amor...» —Y sin apartar los ojos, se guardó el dinero en su chaqueta, confundiéndolos a los dos. Luego, todavía mirándola, añadió—: Muy bien, profesor, he de irme. Creo que no me quedaré a cenar, después de todo. Pero gracias por la cerveza.

Scott se levantó y se quedó al lado de la mesa mientras O'Connell, moviéndose con sorprendente agilidad, se deslizaba y levantaba. Por un segundo se quedó allí, la mirada fija en Ashley. Entonces, con una sonrisita, se dio la vuelta y se marchó sin mirar atrás.

Padre e hija permanecieron en silencio casi un minuto.

—¿Qué ha sido todo esto? —preguntó ella.

Scott no respondió. No estaba seguro.

La camarera regresó.

—Entonces, ¿sólo serán dos para cenar? —preguntó, mientras les entregaba los menús.

Ante el apartamento de Ashley la noche mostraba las sombras y luces dispersas de las farolas que apenas se imponían a la creciente oscuridad otoñal. No había sitio para aparcar, así que Scott paró el Porsche delante de una boca de riego. No apagó el motor y miró a su hija.

—Tal vez deberías venirte conmigo un par de días. Hasta que estemos seguros de que ese tipo cumple lo acordado. Quédate un par de días en mi casa y luego algún tiempo con tu madre. Que el tiempo y la distancia actúen a tu favor.

—No debería ser yo quien corra a esconderse. Tengo clases y un trabajo...

—Lo sé, pero toda precaución es poca.

—Odio esa expresión. La odio.

—Vale, cariño, no es más que un lugar común.

Ashley suspiró y se volvió hacia su padre. Sonrió.

—Me ha dado un poco de miedo, ¿sabes?, pero se me pasará. En el fondo, los tipos como él son unos cobardes. Estaba alardeando, pero el dinero lo dejó sin habla. Se marchará, me insultará cuando esté bebiendo con sus amigos, y al final se dedicará a otra cosa. No me hace mucha gracia que hayáis tenido que darle ese dinero...

—Lo más raro es que dijo que no lo quería y luego se lo guardó en el bolsillo. Era casi como si estuviera grabando la conversación. Decía una cosa y hacía otra.

—Ojalá todo haya terminado.

—Sí. No obstante, al menor rastro de él, llámanos. Localiza inmediatamente a tu madre o a Hope, o a mí. A cualquier hora del día o la noche, ¿de acuerdo? Ante la mínima sospecha de que te siga, te llame o te acose, o incluso te observe, llámanos. Si tienes un mal presentimiento, también llama, ¿de acuerdo?

—De acuerdo. Mira, papá, no pretendo hacerme la heroína. Sólo quiero que mi vida vuelva a la normalidad...

Volvió a suspirar, se soltó el cinturón de seguridad, cogió el bolso y sacó las llaves del apartamento.

—¿Quieres que te acompañe hasta arriba?

—No. Pero espera a que entre, si no te importa.

—Descuida, cariño. Sólo quiero que seas feliz. Y me gustaría olvidar todo este incidente, y a ese O'Connell, y verte conseguir un máster o un doctorado en Historia del Arte y llevar una vida maravillosa. Eso es lo que quiero yo, y tu madre también. Y es lo que va a suceder. Confía en mí. Antes de que pase mucho tiempo conocerás a alguien especial, y todo esto será sólo un mal recuerdo. Nunca volverás a pensar en ello.

—Un recuerdo de pesadilla. —Se inclinó y lo besó en la

mejilla—. Gracias, papá. Gracias por ayudarme y, no sé, por ser como eres.

Él se sintió en las nubes, pero sacudió la cabeza.

—Te lo mereces todo —dijo.

Ella se apeó, y Scott le señaló el edificio.

—Ahora descansa bien y llámanos mañana para informarnos.

Ashley asintió. Él tuvo un pensamiento curioso que pareció surgir de algún punto oscuro de su mente, y preguntó:

—Hija, hay una cosa que me preocupa.

Ella estaba a punto de cerrar la puerta, pero se detuvo y se asomó.

—¿Qué es?

—¿Le dijiste algo de mí a O'Connell? ¿O de tu madre?

—No... —contestó ella, vacilante.

—En aquella primera y única cita, ¿hablaste de nosotros? Ella negó con la cabeza.

—¿Por qué lo preguntas?

Él sonrió.

—Por nada. Venga, sube. Y llama mañana.

Ashley se apartó el pelo de los ojos y asintió. Su padre volvió a sonreírle.

—Sólo tardaré cinco minutos en llegar a casa a esta hora de la noche —bromeó Scott—. Todos los polis tienen la noche libre...

—No crezcas nunca, papá. Me decepcionarías —sonrió Ashley.

Entonces cerró la puerta y subió los escalones de su edificio. Sólo tardó unos segundos en abrir el portal, entrar en el zaguán y luego abrir la segunda puerta. Se dio la vuelta y saludó a Scott, quien siguió esperando hasta que la vio subir las escaleras. Luego inició el camino de regreso, preguntándose cómo O'Connell había sabido que él era profesor.

—Entonces, ¿se sintieron a salvo?

—Sí. No del todo, pero bastante bien. Todavía tenían dudas y preocupaciones. Algo de ansiedad residual. Pero, en general, se sentían seguros.

—Pero se equivocaban, ¿verdad?

—Claro. De lo contrario no te lo estaría contando. Los cinco mil dólares no fueron el final de nada.

—Ya.

—Ya te lo dije. Esta historia no tiene final feliz.

Como yo no respondí, ella alzó la cabeza y miró por la ventana. La luz del sol pareció prender en su rostro, iluminando su perfil.

—¿No te preguntas a veces cómo las cosas pueden torcerse tan fácilmente? —dijo—. Quiero decir, ¿qué nos protege? Supongo que los fundamentalistas religiosos dirían que la fe. Los académicos, que el conocimiento. Los médicos, que la ciencia. El policía, que una pistola de nueve milímetros. El político, que la ley. Pero en realidad, ¿qué nos protege?

—No esperarás que yo responda a semejante pregunta, ¿verdad?

Ella echó la cabeza atrás y soltó una carcajada.

—No —dijo—. En absoluto. Al menos todavía no. Ashley tampoco podía hacerlo.

15

Tres denuncias

Cada uno a su manera, los tres se sintieron intranquilos los días siguientes, como si una densa niebla gris se hubiera aposentado sobre sus vidas. Cuando Scott repasaba una y otra vez el encuentro con O'Connell, había momentos en que le parecía curiosamente inconcluso, y extrañamente definitivo al siguiente.

Le dijo a Ashley que quería tener noticias suyas a diario, sólo para asegurarse de que las cosas iban bien, y por eso se telefoneaban cada noche. Ella, pese a su carácter independiente, no puso objeciones. Scott no sabía que su ex mujer también la llamaba cada día.

Por su parte, Sally descubrió de repente que nada en su vida parecía en orden. Era como si se hubiera soltado de todos los anclajes de su existencia, salvo de Ashley, e incluso éste era tenue. Llegó a comprender que con sus llamadas diarias a su hija intentaba recuperar parte de su asidero, además de comprobar que Ashley se encontraba bien. Después de todo, se dijo, el incidente con O'Connell pertenecía a la clase de incordio que todos los jóvenes experimentan en un momento u otro.

Más preocupante resultaba su bajo rendimiento en el bufete, y la tensión creciente entre ella y Hope. Estaba claro que algo iba mal, pero no podía concentrarse en ello. En cambio, se lanzaba a sus diversos casos de modo errático y distraído, dedicando demasiado tiempo a detalles nimios de algún caso, ignorando problemas gordos que demandaban su atención en otros.

Hope siguió soportando cada día, sin saber qué estaba pasando. Sally no la informaba realmente, no podía llamar a Scott, y por primera vez en todos aquellos años le parecía inadecuado llamar a Ashley. Se volcó en el equipo, que se disputaba las eliminatorias, y en su trabajo de tutoría con los estudiantes. Pero le parecía andar sobre añicos de cristales.

Cuando Hope recibió un mensaje urgente del decano del colegio, la pilló por sorpresa. La orden era críptica: «En mi oficina a las dos en punto.»

Jirones de finas nubes cruzaban un cielo pizarra cuando Hope cruzó el campo a toda prisa para llegar a tiempo a la reunión. Sintió un súbito aviso del frío del inminente invierno en el aire. El despacho del decano estaba situado en el edificio de administración, una blanca casa victoriana remodelada, con amplias puertas de madera y una chimenea con un tronco ardiendo en la zona de recepción. Ninguno de los estudiantes entraba nunca allí, a menos que tuvieran problemas graves.

Saludó a algunos empleados y subió a la primera planta, donde el decano tenía su despacho. Era un veterano del colegio y seguía dando clases de latín y griego, aferrándose a unos clásicos que cada vez eran menos populares.

—¿Decano Mitchell? —llamó Hope, asomando la cabeza por la puerta—. ¿Quería verme?

En el tiempo que llevaba en el colegio, había hablado con Stephen Mitchell una docena de veces, tal vez menos. En años anteriores habían trabajado juntos en una o dos comisiones, y Hope sabía que él había asistido a un partido del equipo femenino que ella entrenaba, aunque sus preferencias se decantaban por el equipo de fútbol masculino. Siempre lo había considerado simpático, una especie de Mr. Chips algo gruñón, y no le consideraba demasiado prejuicioso. Si la gente podía aceptar quién era ella, entonces ella estaba dispuesta a aceptarlos. Su relación con Sally era considerada «un estilo de vida alternativo», la odiosa expresión con que se designaban las relaciones fuera de lo corriente, y que ella despreciaba porque sonaba como algo frío y carente de amor.

—Ah, Hope, sí, por favor, pase.

Mitchell hablaba con un precioso sentido de las palabras, casi de anticuario. No usaba giros modernos ni atajos verbales. Se sabía que escribía comentarios como «a menudo desespero ante el futuro intelectual de la raza humana» en los trabajos de los estudiantes. Indicó el sillón de cuero rojo que había delante de su escritorio. Era el tipo de asiento que te tragaba, por lo que Hope se sintió ridículamente pequeña.

—Recibí su mensaje —dijo—. ¿En qué puedo ayudarle, Stephen?

El decano se entretuvo un momento, se dio la vuelta y miró por la ventana, como preparándose para decir algo embarazoso. Ella no tuvo que esperar mucho.

—Hope, creo que tenemos un problema.

—¿Un problema?

—Así es. Alguien ha presentado una denuncia extremadamente seria contra usted.

—¿Una denuncia? ¿Qué tipo de denuncia?

Mitchell vaciló, como si le incomodara mucho lo que tenía que decir. Se atusó el pelo escaso y gris y se ajustó las gafas. Luego habló con tono sentido, como cuando se comunica a alguien una muerte en la familia.

—Encajaría en el desagradable apartado del acoso sexual.

Casi al mismo tiempo que Hope se sentaba frente al decano Mitchell y escuchaba las palabras que había temido casi toda su vida adulta, Scott estaba terminando una sesión con un estudiante de último curso de su seminario sobre «Lecturas de la guerra de la Independencia». El estudiante se esforzaba.

—¿No ves cautela en las palabras del general Washington? —preguntó—. ¿Y al mismo tiempo una sensación de férrea determinación?

El estudiante asintió.

—Aun así me sigue pareciendo demasiado abstracto —dijo.

Scott sonrió.

—¿Sabes? Esta noche la temperatura va a bajar. Se espera helada, y tal vez incluso una leve nevada. ¿Por qué no te llevas al patio algunas cartas de Washington y las lees a la luz de una linterna o una vela a eso de medianoche? Tal vez así te resulten menos abstractas...

El estudiante sonrió.

—¿En serio? —preguntó—. ¿Ahí fuera en la oscuridad?

—Por supuesto. Y suponiendo que no pilles una neumonía, porque sólo has de llevar una manta para mantenerte en calor y zapatos con las suelas agujereadas, podemos continuar esta discusión, digamos, a mediados de semana. ¿De acuerdo?

El teléfono de su mesa sonó y lo atendió cuando el estudiante desaparecía por la puerta.

—¿Sí? —dijo—. Al habla Scott Freeman.

—Scott, soy William Burris, de Yale.

—Hola, profesor. Qué sorpresa.

Scott se envaró en su asiento. En el ámbito docente de la historia norteamericana, recibir una llamada de William Burris era algo parecido a recibir una llamada del cielo. Ganador del premio Pulitzer, autor superventas, catedrático de una de las principales instituciones del país y consejero, en ocasiones, de presidentes y otros jefes de Estado, Burris era un hombre de credenciales impecables que solía vestir trajes de dos mil dólares de Harley Street que encargaba a medida cuando dictaba conferencias en Oxford o Cambridge, o en cualquier sitio que pudiera permitirse sus honorarios de seis cifras.

—Sí, Scott, ha pasado mucho tiempo. ¿Cuándo nos vimos por última vez? ¿En una reunión de la Sociedad Histórica o algo por el estilo?

Burris se refería a una de las muchas sociedades históricas de las que Scott era miembro, todas las cuales matarían por tener el nombre de Burris en sus filas.

—Hace un par de años, supongo. ¿Cómo está, profesor?

—Bien, bien —respondió él. Scott se lo imaginó canoso e imperioso, sentado en un despacho similar al suyo, aunque bastante más grande, con una secretaria que recibía los mensajes de agentes, productores, editores, políticos, reyes y primeros ministros, y espantaba a los estudiantes—. Aunque al borde de la desesperación por los resultados del equipo de fútbol ante los imperios del mal de Princeton y Harvard y el horrible horizonte que se presenta este año.

—¿Tal vez el departamento de admisiones pueda encontrar un buen defensa para el año que viene?

—Es de esperar. Bien, Scott, ése no es el motivo de mi llamada.

—Ya lo imaginaba. ¿Qué puedo hacer por usted, profesor?

—¿Recuerda un artículo que nos escribió para la *Revista de Historia Norteamericana* hace unos tres años? ¿Uno sobre los movimientos militares en los días posteriores a las batallas de Trenton y Princeton, cuando Washington tomó tantas decisiones clave y, me atrevo a decir, prescientes?

—Por supuesto, profesor —Scott no publicaba mucho, y este ensayo había sido particularmente valioso a la hora de influir a su propio departamento para que no recortara los cursos de historia norteamericana.

—Un buen trabajo, Scott —comentó Burris—. Evocador y provocador.

—Gracias. Pero no comprendo qué...

—¿Tuvo usted alguna ayuda externa al redactar el texto y sacar sus conclusiones?

—No estoy seguro de comprenderlo, profesor.

—¿La redacción fue toda suya? ¿Y la investigación también?

—Sí. Un par de estudiantes del último curso me ayudaron a recopilar las citas. Pero la redacción y las conclusiones fueron mías propias...

—Ha habido una desafortunada denuncia referida a ese artículo.

—¿Una denuncia?

—Sí. Una acusación de fraude académico.

—¿Qué?

—Plagio, Scott. Lamento decirlo.

—¡Pero eso es absurdo!

—La alegación presentada cita preocupantes similitudes entre su artículo y un estudio escrito en un seminario de graduación en otra institución.

Scott tomó aire y la visión se le nubló. Se agarró al borde de la mesa para no perder el equilibrio.

—¿Quién la ha presentado? —preguntó.

—Ahí está el problema. Me llegó por Internet. Es una denuncia anónima.

—¿Anónima?

—Aun así, no podemos ignorarla. No en el actual ambiente académico. Y desde luego no ante la opinión pública. Los periódicos son voraces cuando se trata de tropezones o errores académicos. Tienden a llegar a conclusiones erróneas, de modo embarazoso y muy perjudicial. Me parece que lo mejor es cortar por lo sano. Suponiendo, naturalmente, que usted pueda encontrar sus notas y repasar cada línea, capítulo y cita, para que la revista se convenza de que la denuncia es infundada.

—Por supuesto, pero... —Scott vaciló. Estaba azorado.

—Me temo que, en estos tiempos de rampantes deducciones y temibles análisis microscópicos, debemos parecer más puros que la esposa de Lot.

—Lo sé, pero...

—Le enviaré la denuncia y todo lo demás por mensajero. Y luego deberíamos volver a hablar.

—Sí, sí, por supuesto.

—Y por cierto, Scott —la voz del profesor sonó átona, súbitamente fría y casi carente de inflexión—, espero que podamos resolver esto en privado. Pero no subestime su amenaza implícita. Se lo digo como amigo y colega historiador. He visto carreras prometedoras destruidas por menos. Mucho menos.

Scott asintió. «Amigo» no era la palabra que él habría empleado, porque, cuando la noticia se extendiera entre los círculos académicos, era probable que no le quedara ninguno.

Sally estaba contemplando por la ventana la tenue luz del atardecer. Se hallaba en ese extraño estado en que tenía muchas cosas en mente y, sin embargo, no pensaba específicamente en nada. Llamaron a la puerta abierta y se giró. Era una secretaria, con un gran sobre blanco en la mano.

—Acaban de enviar esto por mensajero —dijo—. Me preguntaba si sería importante...

Sally no recordó ninguna alegación ni ningún otro documento que esperara de modo urgente, pero asintió y preguntó:

—¿De quién es?

—Del Colegio de Abogados del Estado.

Sally cogió el sobre y lo miró con extrañeza, volviéndolo. No recordaba haber recibido nunca nada del Colegio, aparte de las solicitudes rutinarias e invitaciones a cenas, seminarios y discursos a los que nunca asistía. Nada de aquello llegaba por mensajería urgente, con acuse de recibo.

Abrió el sobre y sacó una carta del interior. Iba dirigida a ella y era del presidente del Colegio de Abogados, un hom-

bre al que sólo conocía por su reputación, miembro destacado de un gran bufete de Boston, activo en los círculos del
Partido Demócrata y frecuente invitado en los debates de televisión y las páginas de ecos sociales de los periódicos.

Leyó con cuidado la breve misiva. Con cada segundo,
la habitación parecía oscurecerse a su alrededor.

Estimada señora Freeman-Richards:

Por la presente la informo de una denuncia recibida
por el Colegio de Abogados del Estado referida a su ma-
nejo del dinero de las cuentas de su cliente en el pendiente litigio de Johnson contra Johnson, en estos momentos
ante el juez V. Martinson del Tribunal de Apelaciones.

La denuncia afirma que los fondos asociados con este
asunto han sido desviados a una cuenta privada a su nombre. Se trataría de una violación de la ley 302, sección 43,
y también un delito tipificado en la ley 112, sección 11.

El Colegio de Abogados necesitará esta misma semana una declaración jurada en la que usted explique este
enojoso asunto, o será remitido a la oficina del fiscal del
condado de Hampshire y al fiscal del Distrito Occidental
de Massachusetts para su resolución.

A Sally le pareció que cada palabra se le atascaba en la
garganta, ahogándola.

—Imposible —dijo en voz alta—. Completamente imposible, joder.

La palabrota resonó en la habitación. Sally resopló y fue
a su ordenador. Tras teclear rápidamente, recuperó el juicio
de divorcio citado en la carta. Johnson contra Johnson no era
uno de sus casos más complicados, aunque estaba marcado
por una clara animosidad entre su cliente —la esposa— y su
hostil marido. Él era un cirujano oftalmólogo local, padre de
dos hijos preadolescentes, un sinvergüenza redomado, a
quien Sally había pillado a punto de desviar dinero de una

cuenta conjunta a otra en un banco de las Bahamas. Lo había hecho de manera muy torpe, sacando grandes cantidades de la cuenta común, y luego cargando billetes de avión a las Bahamas a su tarjeta Visa para conseguir bonos de viaje extra. Sally había conseguido que el juez inmovilizara las cantidades y las reenviase a la cuenta de su patrocinada hasta la disolución del matrimonio, que tendría lugar poco después de Navidad. Según sus cálculos, la cuenta de su cliente debería tener algo más de cuatrocientos mil dólares.

No los tenía.

La pantalla se lo confirmó.

—No puede ser —dijo.

Al borde del pánico, repasó todas las transacciones de la cuenta. En los últimos días habían extraído más de un cuarto de millón de dólares por medios electrónicos, y los habían transferido a casi una docena de otras cuentas. No pudo acceder a esa docena de cuentas por ordenador, ya que estaban puestas a una serie de nombres distintos, tanto de individuos a quienes ella no reconocía como a dudosas corporaciones. También vio, para su creciente ansiedad, que la última transferencia de la cuenta de su cliente había sido hecha directamente a su propia cuenta corriente. Eran quince mil dólares, y de ello hacía apenas veinticuatro horas.

—No puede ser —repitió—. ¿Cómo...?

Se detuvo porque la respuesta a esa pregunta probablemente sería complicada, y además no tenía ninguna explicación a mano. Lo que sí tuvo claro fue que era más que probable que estuviese metida en un buen lío.

—Hay algo que no entiendo...

—¿Qué? —preguntó ella pacientemente.

—El motivo del amor de Michael O'Connell. Quiero decir, no paraba de decir que la amaba, pero ¿qué provocó que entendiera sus propias pulsiones con el amor?

—Difícil saberlo.

—Creo que en su mente había algo muy distinto.

—Puede que tengas razón —respondió ella, tan distante y seductora como siempre.

Vaciló, y, como hacía a menudo, pareció detenerse para organizar sus ideas. Tuve la sensación de que quería controlar la historia, pero de un modo que yo no pudiera ver del todo. Eso me produjo incomodidad. Sentía que me estaban utilizando.

—Creo que debería darte el nombre de un hombre que podría ayudarte en este aspecto —dijo—. Un psicólogo experto en el amor obsesivo. —Hizo una pausa—. Por supuesto, lo llamamos así, pero tiene poco que ver con el concepto corriente del amor. La palabra amor nos recuerda a rosas el día de San Valentín, tarjetas con frases rebosantes de sentimiento, bombones en cajas con forma de corazón, cupidos con alitas y arcos y flechas, los romances de las películas. Pero el amor guarda poca relación con todo eso. El amor está más cerca de las cosas oscuras que ocultamos en nuestro interior.

—Te veo cínica —dije—. Y resentida.

Ella sonrió.

—Supongo que lo parezco. Digamos que conocer a alguien como Michael O'Connell puede darte una perspectiva diferente de lo que constituye exactamente la felicidad. Como he dicho, redefinió las cosas para todos ellos.

Sacudió la cabeza. Se acercó a la mesa y abrió un cajón, de donde cogió papel y lápiz.

—Ten —dijo mientras anotaba un nombre—. Habla con este hombre. Dile que vas de mi parte. —Soltó una risita, aunque no había nada gracioso—. Y dile que renuncio a cualquier privilegio sobre conflicto de intereses médico-cliente. No, mejor todavía, lo haré yo misma.

Y anotó rápidamente algo en el papel.

16

Nudos gordianos

Ashley se apartó con cautela de la ventana, como había hecho todos los días de las dos últimas semanas.

No era consciente de lo que les estaba sucediendo a las tres personas que constituían su familia, estaba absorta en la sensación casi constante de que la vigilaban. El problema era que, cada vez que la sensación amenazaba con abrumarla, no lograba encontrar ninguna prueba concreta de ello. Si se volvía súbitamente mientras iba a clase o al trabajo en el museo, sólo veía un peatón sorprendido por su brusco gesto. Se acostumbró a correr para coger el metro justo cuando las puertas estaban cerrando, y luego observaba a todos los otros pasajeros, como si la anciana que leía el *Herald* o el obrero con la vieja gorra de los Red Sox pudiera ser O'Connell disfrazado. En casa, se acercaba a un lado de la ventana y escrutaba la calle arriba y abajo. Pegaba el oído a la puerta en busca de algún sonido delator antes de salir. Empezó a variar su ruta cuando salía, aunque sólo fuera para ir al almacén o la farmacia. Compró un teléfono fijo con identificador de llamada, y añadió el mismo servicio a su móvil. Preguntaba a sus vecinos si alguno había visto algo fuera de lo corriente o, en concreto, a un hombre que encajara con la descripción de Michael cerca de la entrada, o en la esquina o al fondo de la calle. Nadie recordaba haber visto a alguien así ni que actuara de manera sospechosa.

Pero cuanto más se obligaba a imaginar que Michael ya no la rondaba, más al acecho parecía él.

No tenía nada concreto para decir en voz alta «es él», pero había docenas de detalles, indicios delatores, que le decían que aquel hombre no había salido de su vida, que en realidad andaba por allí cerca. Un día llegó a su apartamento y descubrió que alguien había marcado una gran X en la puerta, usando probablemente algo tan vulgar como una navajita o una llave. En otra ocasión le habían abierto el buzón, y un puñado de facturas y publicidad se esparció por el suelo del vestíbulo.

En el museo descubrió que los artículos de su mesa se movían continuamente. Un día el teléfono estaba a la derecha y, al siguiente, a la izquierda. Un día llegó y encontró el cajón superior cerrado con llave, cosa que ella nunca hacía, pues no guardaba dentro nada valioso.

Tanto en el trabajo como en casa el teléfono solía sonar una o dos veces, y luego enmudecía. Cuando contestaba, sólo oía el tono de llamada. Y cuando comprobaba la identificación de llamada, aparecía «número desconocido». Varias veces intentó usar la opción de rellamada, pero siempre encontraba señal de ocupado o interferencia electrónica.

No estaba segura de qué hacer. En sus llamadas diarias a sus padres, comentaba algunas de estas cosas, pero no todas, porque algunas parecían demasiado extrañas para ser ciertas. Otras parecían los incordios habituales de la vida moderna, como cuando uno de sus profesores no pudo acceder a sus trabajos por e-mail, y los ordenadores de la facultad no lograron solucionarlo porque encontraron bloqueados sus archivos. Los eliminaron, pero sólo después de considerables esfuerzos.

Mientras se mecía en su sillón a solas en su apartamento, contemplando caer la noche, pensó que todo era por culpa de O'Connell y nada por culpa de O'Connell, y no supo qué hacer. Y esa incertidumbre le producía una sensación de frustración y rabia.

Después de todo, él había dado su palabra. Se lo repetía, aunque en realidad no se lo creía. Y cuanto más lo pensaba, menos se lo creía.

Scott pasó una noche inquieta esperando que llegara por mensajero el paquete enviado desde Yale por el profesor Burris. Hay pocas cosas más peligrosas para una carrera académica que una acusación de plagio. Scott tenía que actuar con rapidez y eficacia. El primer paso que dio fue buscar en el sótano la caja donde había almacenado todas sus notas para el artículo de la *Revista de Historia Norteamericana*. Luego envió mensajes electrónicos a los dos estudiantes que había reclutado tres años antes para que lo ayudaran con las citas y la investigación.

Tenía suerte, pensó, de disponer de direcciones de contacto de ambos. Cuando les escribió, no especificó exactamente de qué lo acusaban. Sólo dijo que un colega historiador había hecho algunas preguntas sobre el artículo y podrían serle útiles sus recuerdos del trabajo. Fue un intento de ponerlos sobreaviso, mientras esperaba a que el material en disputa llegara a su puerta.

Era todo lo que podía hacer.

Se sentó a su escritorio en la facultad cuando el repartidor le entregó un sobre grande. Lo firmó rápidamente, y empezaba a abrirlo cuando sonó el teléfono.

—¿Profesor Freeman?

—Sí.

—Soy Ted Morris, del periódico de la facultad.

Scott vaciló un momento.

—¿Asiste usted a alguna de mis clases, señor Morris? Si es así...

—No, señor. No asisto.

—Estoy muy ocupado —dijo Scott—. Pero, dígame, ¿en qué puedo ayudarle?

Sintió cierta reluctancia en la pausa que hizo el estudiante antes de responder.

—Hemos recibido una filtración, una acusación en realidad, y lo estoy investigando.

—¿Una filtración?

—Sí, eso es.

—No entiendo —dijo Scott, pero era mentira: lo entendía perfectamente.

—Lo han acusado de estar implicado en, bueno, a falta de mejor expresión, un asunto de integridad académica. —Ted Morris escogía sus palabras con cuidado.

—¿Quién le ha dicho eso?

—¿Es relevante, señor?

—Bueno, podría serlo.

—Al parecer procede de un estudiante descontento. De una universidad del Sur. Es todo lo que puedo decirle.

—No conozco a ningún estudiante de ninguna facultad del Sur —repuso Scott con falsa serenidad—. Pero «descontento» es un adjetivo aplicable a cualquier estudiante en un momento u otro, ¿no le parece, Ted? —dejó a un lado el formal «señor Morris» para recalcar sus roles respectivos. Él tenía autoridad y poder, o al menos quería que Ted Morris, del periódico del campus, lo creyera.

Ted hizo una pausa y no se dejó distraer.

—Pero la cuestión es muy simple. ¿Ha sido usted acusado...?

—Nadie me ha acusado de nada. Al menos que yo sepa —replicó Scott rápidamente—. Nada que no sea rutinario en los círculos académicos... —Inspiró hondo. Seguramente Ted Morris estaba anotando cada palabra.

—Comprendo, profesor. Rutina. Pero sigo pensando que debería hablar con usted en persona.

—Estoy muy ocupado. No obstante, tengo horas de tutoría el viernes. Pásese por aquí entonces...

Eso le daría varios días.

—Tenemos cierta premura, profesor...

—Lo siento. Las cosas hechas deprisa son inevitablemente confusas o, peor, erróneas. —Era un farol, pero tenía que librarse de aquel impertinente.

—Muy bien, el viernes. Y, profesor, una cosa más.

—¿Qué, Ted? —repuso con su voz más condescendiente.

—Debería saber que colaboro con el *Globe* y el *Times*.

Scott tragó con dificultad.

—Me alegro —dijo, afectando todo el entusiasmo que le fue posible—. Hay muchas historias en este campus que podrían interesar a esos periódicos. Bien, nos vemos el viernes, pues —concluyó, rogando que el estudiante esperara al viernes antes de llamar al redactor jefe de esos periódicos para dinamitar toda su carrera.

Colgó. Nunca había creído que estaría tan asustado, no, tan aterrado, por la voz de un estudiante. Se dedicó a estudiar rápidamente el material enviado por el profesor Burris, más ansioso a cada frase que leía.

Hope entró en el servicio contiguo a la oficina de admisiones, sabiendo que probablemente era el único sitio del colegio donde podría estar a solas unos momentos. Apenas la puerta se cerró tras ella, estalló en un sollozo profundo y desesperado.

La acusación había llegado al decano a través de un e-mail anónimo. Decía que Hope había acosado a una estudiante de quince años en las duchas del vestuario femenino, cuando la chica estaba sola después de una sesión de entrenamiento. Describía cómo Hope le había acariciado los pechos y tocado la entrepierna, mientras le susurraba las ventajas de probar el sexo con una mujer. Como la adolescente se resistió, continuaba la acusación, Hope la amenazó con manipular sus notas si alguna vez comentaba el episodio a las autoridades o a sus padres. El e-mail terminaba instando a los administradores a tomar «las medidas que fueran necesarias» para evitar un pleito y tal vez una acusación penal. Usaba palabras como «depredadora» y «violación de la confianza» junto con «reclutamiento homosexual» para describir la supuesta conducta de Hope.

Ni una sola palabra era cierta. Nada de aquello, descrito con detalle casi pornográfico, había sucedido jamás. Pero Hope dudaba que la verdad la ayudara a salir bien parada de aquella encerrona.

Aquel catálogo de mentiras concluía con una serie de suposiciones disparatadas, pintando a Hope poco menos que como un monstruo corruptor de menores.

Que los hechos nunca hubieran sucedido, que ella no supiera quién era aquella joven, que nunca hubiera entrado en el vestuario femenino sin otro miembro del claustro presente para evitar precisamente ningún malentendido, que se comportara con recato de monja cada vez que algo de naturaleza vagamente sexual se producía en el colegio, y que hubiera tenido cuidado de no exhibir nunca su relación con Sally... de repente nada de eso valía para nada.

Que la denuncia fuera anónima tampoco significaba nada. Las habladurías correrían por todo el colegio, y los rumores se centrarían en adivinar a quién le había ocurrido, no si había ocurrido de verdad. En un instituto o una escuela privada, nada es tan explosivo como una acusación de conducta sexual ilícita. Nunca habría una valoración razonada y fundada de los cargos contra ella, Hope lo sabía. También le preocupaba la reacción en la comunidad que Sally y ella consideraban su hogar. Otras mujeres en su misma situación probablemente saldrían en su defensa. Imaginó sentadas y proclamas, artículos en la prensa y manifestaciones delante del colegio. Muchas mujeres como Hope odiaban ser estigmatizadas y clamarían por justicia. Esto era inevitable. Y eso mismo desvirtuaría cualquier posibilidad de librarse del asunto sin llamar la atención. O sea, estaba condenada.

Se acercó al lavabo y se mojó la cara una y otra vez, como si de esa manera pudiera librarse de lo que se le venía encima. No quería ser adalid de ninguna causa y tampoco perder la confianza de las estudiantes, que tanto le había costado conseguir.

—Nada de eso ha sucedido nunca —le había dicho al decano—. Nada. Pero ¿cómo puedo demostrar mi inocencia sin nombres, fechas, horas, etcétera?

Él estuvo de acuerdo y accedió, por el momento, a no dar curso a la denuncia, aunque tendría que discutirlo con la dirección del colegio y tal vez incluso informar al presidente del consejo. Hope sabía que los rumores eran inevitables. El decano le sugirió que continuara con su actividad normal hasta que hubiera más información.

—Siga entrenando a las chicas, Hope —dijo Wilson—. Gane el campeonato. Mantenga todas sus citas de tutoría con las estudiantes, pero... —Vaciló.

—¿Pero qué? —preguntó Hope.

—No haga nada equívoco.

Mientras se miraba a los ojos enrojecidos en el espejo del lavabo, Hope nunca se había sentido más vulnerable. Salió del cuarto de baño, comprendiendo que el mundo donde se había creído relativamente a salvo se había vuelto muy peligroso.

Sally se esforzó por encontrar sentido a aquellos documentos mientras, acalorada, sudaba como en un entrenamiento.

Alguien había conseguido acceder a su clave electrónica y había creado el caos en la cuenta de su cliente. Estaba furiosa por no haber creado una clave más difícil de descifrar. Como el caso en cuestión era un divorcio, había elaborado la clave «Divley». Tras contactar con los encargados de seguridad de los diferentes bancos que habían recibido los depósitos de la supuestamente inviolable cuenta de su cliente, había podido devolver gran parte del dinero, o al menos congelarlo para que nadie pudiera tocarlo. Los bancos habían accedido a colocar trampas electrónicas en algunos de esos fondos, de modo que todo aquel que intentara retirar cualquiera cantidad, bien a través del ordenador o en persona, sería localizado. Pero no tuvo un éxito completo al manipular el dinero. Varias transacciones habían sido colocadas a través de una mareante serie de depósitos y extracciones, hasta desaparecer finalmente en una cuenta extranjera en la que Sally no pudo entrar, y cuando llamó a los bancos, no mostraron tanta comprensión hacia su historia del robo de identidad como habría esperado.

Su instinto le decía que contratara a su propio abogado, pero lo pospuso por el momento. En cambio, sacó todo el dinero del seguro de la casa que compartía con Hope y lo depositó en la cuenta del cliente, compensando el desequilibrio, al precio de cargarse ella misma, junto con su desprevenida compañera, con una deuda importante. Tardaría meses en ganar lo suficiente para reparar aquel daño económico, pero esperaba estar a salvo.

Redactó una declaración jurada para el Colegio de Abogados. Comentó algunas de las transacciones, y dijo que habían sido realizadas por alguien desconocido, pero que ella había restaurado la cuenta de su cliente con sus propios fondos y, de acuerdo con el banco, la había puesto a salvo de nuevas manipulaciones electrónicas. Esperaba que esa declaración detuviera cualquier acción judicial, al menos hasta que se supiera quién le había hecho esto. Pensó en solicitar información sobre quién había presentado la denuncia ante el colegio de abogados, pero sabía que de momento no iban a revelarle nada. Así que estaba destinada a permanecer a oscuras durante algún tiempo.

Sally nunca se había considerado una abogada particularmente dura. Su punto fuerte era la mediación, o conseguir acuerdos entre partes contrarias. Odiaba los casos en que el compromiso ya no era posible.

Pero cuando se giró en el sillón de su despacho y contempló las hojas impresas de transacciones bancarias que cubrían su mesa, sólo sintió desesperación. «Quienquiera que haya hecho esto —pensó— debe de odiarme con toda su alma.»

Eso la obligaba a una pregunta incómoda, porque ningún abogado consigue labrarse una carrera, sobre todo encargándose de divorcios, casos de custodia y pequeñas acciones penales, sin ganarse algunos enemigos. La mayoría de éstos simplemente se enfadaba y se quejaba. Algunos daban un paso más.

«Pero ¿quiénes?», se preguntó.

Habían pasado meses desde la última vez que alguien airado la había amenazado. La idea de que pudiera haber alguien con paciencia y habilidad para planear una venganza contra ella la hizo morderse el labio inferior.

Sally pensó que iba a tener que contarle a Hope lo sucedido. Había bastante tensión entre ellas y ahora, de repente, se encontraban en apuros económicos.

Se le ocurrió llamar a la policía. Al fin y al cabo, se había cometido un robo. Pero esto iba contra su norma, como es el caso de tantos abogados. Mientras no se supiera más, o lograse dilucidar quién y por qué lo había hecho, no quería a ningún detective hurgando en sus casos.

«Resuélvelo —se dijo—. Resuélvelo tú sola.»

Cogió su maletín, guardó en él tantos papeles como pudo y recogió el abrigo. Las oficinas estaban ya vacías y cerró con llave. Bajó rápidamente las escaleras y salió a la calle.

El aire frío pareció confundirla y se llevó la mano a la frente, como si de repente se sintiera mareada. No pudo recordar siquiera dónde había aparcado el coche. Todo daba vueltas a su alrededor y tuvo que inhalar hondo una vez, como si estuviera sufriendo un ataque de pánico. Apretó los puños y notó una súbita punzada de dolor. El corazón le palpitaba y las sienes latían. Tuvo que apoyarse en una pared para no caerse.

«Domínate», se ordenó.

Su coche estaba donde siempre, en el aparcamiento. Se abotonó el abrigo y sosegó la respiración, sintiendo que la presión en el pecho y la boca del estómago disminuía. Pero, al recuperar el autodominio, le pareció de pronto que ya no estaba sola. Se dio la vuelta, pero la acera estaba vacía, a excepción de algunos estudiantes que entraban y salían de una cafetería cercana. El tráfico de la calle principal de la ciudad discurría con normalidad. Un autobús bufó al detenerse en la parada al otro lado de la calle, delante de un viejo cine. Todo lo que vio era normal. «Todo está en su sitio», pensó.

O no.

Tomó aire de nuevo y echó a andar hacia el garaje. Una parte de ella quería correr, mientras la oscuridad se deslizaba sobre ella y la tenue luz de las farolas y marquesinas levantaba pequeños refugios contra la creciente noche.

—¿Sabe? Incluso con esta dispensa firmada me siento un poco incómodo hablando de cosas que me han sido comunicadas de manera confidencial.

—Ésa es su prerrogativa —dije, lleno de falsa comprensión—. Comprendo su postura.

—¿Lo comprende?

El psicólogo era pequeño y ladino, con un pelo rizado veteado de gris que le caía alrededor del cuello, como si estuviera conectado a extrañas y conflictivas ideas en su cuero cabelludo. Llevaba gafas que le daban una ligera apariencia de insecto, y tenía un curioso tic: expresaba una idea y a continuación agitaba la mano para recalcar las palabras ya dichas.

—Después de todo —continuó—, no estoy seguro de que la influencia que Michael O'Connell ejerció sobre esas personas haya sido aún comprendida del todo.

—¿Qué quiere decir?

Suspiró.

—Creo que se cruzó en sus vidas más o menos como un accidente de tráfico. Un puntual momento de pérdida, de miedo, de conflicto, como quiera verlo. Pero sus secuelas duran años, quizás incluso para siempre. Vidas que ya no vuelven a ser lo que eran. Cenizas y agonía durante mucho tiempo. Eso es lo que sucede en estos casos.

—Pero...

—No sé si puedo hablar al respecto —dijo bruscamente—. Algunas cosas que se han dicho en esta consulta son inviolables, aunque me agrada que usted quiera contar la historia en un libro. Desde luego detestaría revelarle algo y luego recibir una citación judicial, o tener que abrir mi puerta a un par de detectives al estilo Colombo. Lo siento.

Suspiré, sin saber si frustrado o respetuoso. Él esbozó una amplia sonrisa y se encogió de hombros.

—Bien —dije—. Para que mi viaje hasta aquí no haya sido una completa pérdida de tiempo, ¿puede explicarme al menos las características del amor obsesivo de O'Connell por Ashley...?

El psicólogo hizo una mueca.

—Amor. ¡Amor! Dios mío, no tiene nada que ver con el amor. El entramado psicológico de Michael O'Connell tiene que ver con la posesión.

—Sí, lo comprendo. Pero ¿qué conseguía? No era por dinero. No era deseo. No era pasión. Sin embargo, en cierto modo, por lo que sé hasta ahora, parece que era todas esas cosas al mismo tiempo...

Él se recostó en su asiento, y de pronto se inclinó bruscamente hacia delante.

—Está siendo demasiado literal —dijo—. Un robo a un

banco dice algo concreto. También un trapicheo de drogas, o matar a tiros al encargado de una tienda abierta de madrugada. O los asesinatos en serie y las violaciones repetidas. Esa clase de crímenes puede definirse fácilmente. Éste no. El proclamado amor de Michael O'Connell era un crimen de identidad. Y así, se convirtió en algo más grande, más profundo. Más devastador.

Asentí y fui a añadir algo, pero él agitó la mano, silenciándome.

—Otra cosa que ha de tener en cuenta —dijo—: Michael O'Connell era... —inspiró hondo— implacable.

17

Un mundo de confusión

Por primera vez en su relativamente corta vida, Ashley sintió que su mundo era no sólo increíblemente pequeño, sino que estaba definido por tan pocas cosas que carecía de un sitio donde ocultarse, que no había ningún lugar adonde escapar para tomarse un respiro y recuperarse.

Los pequeños indicios de que la estaban vigilando aumentaron. Su teléfono se había convertido en un pozo de miedo, lleno de silencios o respiraciones entrecortadas. Tampoco se fiaba ya de su ordenador. Se negaba a revisar el e-mail, porque no podía saber quién enviaba los mensajes.

Le dijo a su casero que había perdido las llaves de su apartamento, y éste le envió un cerrajero para poner cerraduras nuevas, aunque Ashley dudaba que sirviera para algo. El cerrajero le comentó que las nuevas cerraduras eran muy seguras, pero no inviolables para un entendido. A Ashley no le resultó difícil imaginar que O'Connell entraba en la categoría de entendido.

En el museo algunos compañeros de trabajo se quejaron de estar recibiendo extrañas llamadas y e-mails anónimos que sugerían que Ashley estaba maquinando a sus espaldas o criticándolos ante la dirección. Ashley les explicó que todo eso era falso, sólo actos insensatos de un pretendiente despechado, pero le pareció que no la creían.

Inesperadamente, una compañera lesbiana le echó en cara ser homófoba. La acusación fue tan ridícula que Ashley se quedó desconcertada, incapaz de responder. Un par de días más tarde, una compañera negra la miró con recelo y se negó a almorzar con ella ese día. Ashley le preguntó qué sucedía y ella le espetó: «Tú y yo no tenemos nada de qué hablar. Déjame en paz.»

Después de su clase nocturna de Impresionistas Modernos Europeos, la profesora la llamó a su despacho y le dijo que corría el riesgo de suspender si no asistía a las clases con regularidad.

Ashley se quedó anonadada. Abrió la boca y miró a la mujer, que apenas alzó la cabeza de los papeles, diapositivas y voluminosos libros de arte que cubrían su mesa. Ashley trató de encontrar algo donde enfocar la mirada e impedir la sensación de mareo que la embargó.

—Pero nunca he faltado a ninguna clase... —logró decir—. En las hojas de asistencia ha de constar mi nombre.

—Por favor, no me venga con excusas —repuso la profesora, envarada.

—Pero si no...

—Uno de mis ayudantes las repasa y las introduce en el sistema informático del departamento. De las clases semanales y las presentaciones de diapositivas adicionales, de las que hemos tenido más de veinte hasta ahora, sólo consta su nombre en dos ocasiones. Y una de ellas es la de esta noche.

—Pero he asistido a todas —insistió Ashley—. No comprendo. Déjeme mostrarle mis apuntes...

—Cualquiera puede hacer que le copien los apuntes o se los presten.

—Pero he estado en todas las clases. De verdad. Alguien ha cometido un error.

—Claro. Ahora resulta que es culpa nuestra.

—Profesora, creo que alguien está saboteando mi registro de asistencias...

La profesora vaciló.

—Pero ¿qué dice? ¿Qué sentido tendría que alguien...?

—Un ex novio despechado —dijo Ashley.

—Repito, señorita Freeman: ¿qué sentido tendría?

—Quiere vengarse...

La profesora vaciló.

—Bien —dijo lentamente—. ¿Puede demostrar esta acusación?

Ashley tomó aire muy despacio.

—No sé cómo —admitió.

—Ya. Bien, como recordará, en la primera clase dejé bien claro que la asistencia es obligatoria. No soy inflexible, señorita Freeman. Si alguien tiene que perderse una clase o dos por motivos personales, lo comprendo. Pero asistir a clase y estudiar el temario es su responsabilidad. No creo que pueda usted aprobar este curso...

—Hágame un examen. Mándeme un trabajo. Algo que me permita demostrar que he asimilado toda la enseñanza impartida...

—No encargo trabajos especiales ni concedo tratamientos especiales —replicó la profesora, hosca—. Si lo hiciera, tendría que hacer lo mismo con cada estudiante perezoso o poco dedicado que se siente donde está usted sentada, señorita Freeman, para aducir una excusa u otra, incluyendo las típicas de mi perro se comió mi trabajo o mi abuelita ha muerto. Las abuelas parecen morirse en mis clases con deprimente frecuencia y regularidad, y a menudo más de una vez. Así que, señorita Freeman, empiece a asistir a clase y consiga una excelente nota en el último examen. Tal vez así consiga aprobar... ¿Ha considerado dedicarse a otra cosa? Quiero decir, quizás el arte y los estudios de posgrado no son lo suyo.

—El arte ha sido siempre...

La profesora la interrumpió alzando una mano.

—¿De veras? Bien, buena suerte, señorita Freeman. La necesitará.

Ashley salió del despacho a un pasillo que resonaba de vacío. En algún lugar, en una escalera u otra planta, oyó una risa lejana, casi fantasmal. Se quedó inmóvil. Él estaba allí, vigilándola. Giró lentamente, como si él estuviera a un paso, como una sombra que la siguiera a todas partes. Prestó atención a cualquier sonido, una respiración, un susurro, cualquier cosa que le confirmara que O'Connell estaba realmente allí, pero no oyó nada.

Los ojos se le empezaron a llenar de lágrimas. No tenía duda de que de algún modo era aquel demente quien había conseguido borrar su nombre de las listas de asistencia. Se apoyó contra una pared, respirando con dificultad. Todas las clases a las que había asistido, toda la atención que había prestado, las notas tomadas, la información, el conocimiento, la apreciación de las formas, estilos y belleza de los artistas estudiados, en aquel momento no valían nada. Era como si todo aquello existiera en una dimensión diferente donde la Ashley que creía ser continuaba con su vida, dispuesta a convertirse en la persona que quería ser.

«Me está haciendo desaparecer», se dijo con súbita lucidez. La furia y la desesperación la embargaron. Se apartó de la pared. «Esto tiene que acabarse», decidió con inaudita determinación.

Scott estaba sentado a su mesa, anonadado por lo que acababa de leer. Se sentía como si algo en su interior se hubiera marchitado. Las líneas de las páginas que tenía delante rielaban, como las ondas de calor sobre una carretera, y un ramalazo de pánico cruzó su pecho.

El profesor Burris le había enviado un ejemplar de su artículo publicado en *Quarterly* y una copia de la tesis doctoral de un tal Louis Smith, de la Universidad de Carolina del Sur. La tesis había sido defendida ante el departamento de Historia de esa facultad unos ocho meses antes del artículo de Scott, y era un análisis del mismo material. Las similitudes eran evidentes, y ambos trabajos se habían basado en las mismas fuentes.

Pero eso no era lo peor. Resultaba que media docena de párrafos clave aparecían palabra por palabra en ambos. El profesor Burris los había marcado con amarillo fluorescente.

En un artículo largo para una revista de prestigio y en una tesis doctoral de ciento sesenta páginas, dichos párrafos constituían un mínimo porcentaje. Y las observaciones que hacían no eran de una importancia académica capaz de sacudir los cimientos del tema tratado. Pero Scott sabía que esos aspectos no eran lo significativo. Eran idénticos, y eso era lo único que se tendría en cuenta a la hora de juzgarlo como plagiador.

Recordó de pronto a la Reina Roja de *Alicia en el País de las Maravillas*. «¡Primero la ejecución, luego celebraremos el juicio!»

Scott no tenía duda de que en efecto había escrito aquellas frases. Las pocas esperanzas que hubiera podido tener de que uno de sus dos ayudantes las hubiera escrito en una nota y que él las hubiese utilizado sin comprobarlo a conciencia habían desaparecido.

Se rebulló en el asiento.

El profesor Burris no había mencionado la fuente de la denuncia. Scott supuso que procedía del estudiante de doctorado, o de algún miembro del claustro de la Universidad de Carolina del Sur. Cabía la posibilidad de que la hubiera hecho algún resentido (de los que había miles por todo Estados Unidos) con los historiadores.

Hasta mediodía, Scott (sin afeitar, con los ojos hinchados, y por su cuarta taza de café) no pudo localizar por fin al decano del departamento de Historia de la UCS. El hombre se mostró amable y dispuesto a ayudar, y no parecía que el trabajo de Scott le hubiera provocado ninguna duda.

—Lo cierto es que recuerdo esa tesis —dijo—. Recibió

notas muy altas por parte de todo el tribunal. Era una buena investigación, bien redactada, y creo que va a publicarse en alguna parte. Su autor era un magnífico estudiante, y muy buena persona, imagino que tiene una carrera excelente por delante. Pero ¿dice que hay algunas dudas sobre la tesis? Me cuesta imaginarlo...

—Sólo quiero examinar algunas similitudes. Después de todo, trabajamos en el mismo campo.

—Por supuesto —dijo el decano—. Aunque no me gustaría comprobar que uno de nuestros estudiantes ha hecho algo indecoroso...

Scott vaciló. Le había dado a su interlocutor la falsa impresión de que el acusado de fraude era el estudiante.

—¿Sabe? Si pudiera hablar con ese joven podría aclarar las cosas —dijo.

—Por supuesto. Déjeme comprobar...

Scott tuvo que esperar varios tensos minutos. Permaneció inmóvil en la silla, esperando para continuar con aquella conferencia que podría costarle todo lo que había tardado años en construir.

—Bien, profesor Freeman, lamento haberle hecho esperar. Es un poco difícil localizar a Louis. Tras recibir su doctorado se unió a Maestros por América. Desde luego, no es lo habitual en la mayoría de nuestros estudiantes. El número y la dirección que tengo de él son de un sitio al norte de Lander, Wyoming, en una reserva india. Apunte...

Scott llamó a Wyoming, donde le dijeron que en ese momento Louis Smith estaba impartiendo clase a niños de octavo curso. Dejó su nombre y explicó que era urgente. Cuando por fin sonó el teléfono, contestó con ansia.

—¿Sí?

—¿Profesor Freeman? Soy Louis Smith...

—Gracias por llamar.

El joven parecía excitado.

—Me siento muy honrado por su llamada, profesor

Freeman. He leído todo lo que ha publicado, en particular lo referido al inicio de la guerra de Independencia. Ésa es también mi especialidad. Las maniobras militares, las intrigas políticas, las expectativas. Tantas lecciones que deberíamos tener en cuenta hoy en día... Quiero decir que puede imaginarse qué distinto se ven en una reserva india los conceptos de historia que nosotros damos por sentado... —El joven hablaba rápidamente, sin parar. De pronto se detuvo, tomó aliento y pidió disculpas—. Lo siento. Estoy divagando. Por favor, profesor, ¿a qué debo el honor de su llamada?

Scott vaciló. La energía del joven maestro no era lo que esperaba.

—He leído su tesis doctoral...

—¡Dios mío! Oh, cuánto me alegra, quiero decir. ¿Le gustó? ¿Cree que hecho una buena interpretación?

—Excelente —dijo Scott, un poco aturdido—. Y sus conclusiones son acertadas.

—Gracias, profesor. No se imagina cuánto significan sus palabras para mí. Ya sabe, uno hace un trabajo así y sueña con verlo publicado en una editorial especializada, pero en realidad sólo su tribunal y tal vez su novia lo leen. Saber que usted lo ha leído...

—Hay algo que me gustaría preguntarle —dijo Scott, envarado—. Encuentro algunas similitudes entre su tesis y un artículo que escribí meses más tarde...

—Sí —dijo el joven—. En la *Revista de Historia Norteamericana*. Lo leí con atención, porque tratamos el mismo material. Pero ¿similitudes? ¿A qué se refiere?

Scott tomó aire.

—Me han acusado de plagiar algunos párrafos suyos. No lo he hecho, pero me han acusado...

Se detuvo y esperó. Louis Smith tardó un par de segundos en recuperarse.

—Pero eso es una locura —dijo—. ¿Quién lo ha acusado?

—No lo sé. Pensé que podría ser usted.

—¿Yo?

—Pues sí.

—Absolutamente no. Imposible.

Scott se sintió mareado. No sabía qué pensar.

—Pero tengo aquí delante una copia de su tesis, y hay párrafos que son iguales palabra por palabra. No sé cómo ha sucedido, pero...

—Imposible —repitió Louis Smith—. Su artículo fue publicado meses después de que escribiera mi tesis, pero usted debió de hacer su investigación y redactarlo más o menos al mismo tiempo. Y hubo retrasos en incorporar mi tesis a Internet. De hecho, aparte de la página web de la universidad, que enlaza con algunas webs de historia, es muy difícil encontrarla. Suponer que usted lo consiguiera y tomase algunos párrafos... bueno, no lo entiendo. ¿Puede leerme esos párrafos, si no le importa?

Scott miró las palabras resaltadas en amarillo.

—Sí —dijo—. En mi artículo, en la página treinta y tres, escribí... —Scott leyó ambos.

Louis Smith respondió lentamente.

—Vaya, es muy curioso. El párrafo que usted me lee y que supuestamente aparece en ambos trabajos no es del mío. Es decir, yo no lo escribí. No está en mi tesis. Quiero decir, los argumentos son similares, pero no la redacción.

—Pero —repuso Scott— estoy leyendo de una copia por impresora de su tesis.

—No puedo asegurarlo, profesor, pero me da que pensar que alguien ha manipulado la copia de mi trabajo que le han enviado... ¿Quién podría hacer una cosa así y para qué?

El viento arreciaba y la luz del sol se difuminaba hacia el oeste, dando al mundo una cualidad gris y confusa. Hope reunió al equipo tras terminar el entrenamiento. Las chicas estaban sudorosas. Las había hecho trabajar duro, quizá más que de ordinario cuando se acercaba el final de la temporada, pero había corrido al tiempo que ellas, como si el esfuerzo físico y el aire frío fuesen lo único que podía distraerla.

—Buen trabajo —jadeó—. Faltan dos semanas para las eliminatorias. Será difícil venceros. Muy difícil. Eso es bueno. Pero hay otros equipos que pueden estar preparándose igual de bien. Ahora interviene algo más que el estado físico. Ahora se trata de una cuestión de voluntad. ¿Cómo queréis que se recuerde este año, esta temporada, este equipo?

Contempló los brillantes rostros de aquellas jovencitas que habían aprendido que el trabajo duro y la dedicación dan sus frutos. «Primero surge un destello en sus ojos —pensó Hope—, y luego se les extiende a la piel, tan intenso que desprende una especie de calor.»

Les sonrió, aun sintiendo un profundo desasosiego.

—Mirad —dijo—. Para ganar, todas tenemos que arrimar el hombro y sudar la camiseta. ¿Alguna quiere decir algo? ¿Alguna duda o sugerencia?

Las chicas se miraron unas a otras. Algunas negaron con la cabeza.

Hope no sabía si ya circulaban algunos rumores. Pero le costaba imaginar que no fuera así. «No hay secretos en un colegio», pensó.

Las chicas parecieron encogerse colectivamente de hombros. Hope quiso interpretarlo como un gesto de solidaridad.

—Muy bien —dijo—. Pero si hay alguien que se sienta incómoda por algo, cualquier cosa, puede ir a mi despacho. Mi puerta está siempre abierta. Y si no queréis hablar conmigo, hacedlo con la directora deportiva... —No podía creer que estuviera diciendo eso. Atinó a cambiar de tema—. Nunca os había visto tan calladas, así que voy a suponer que os habéis quedado sin voz por haber trabajado tan duro. Por tanto, se cancela la carrera final. Daros una palmadita en la espalda, y luego recoged vuestras bolsas y a casa.

Esto produjo una salva de aplausos. Exonerarlas de un

par de vueltas extra alrededor del campo siempre funcionaba. «Están preparadas», pensó. Y se preguntó si lo estaba ella.

Las chicas empezaron a despejar el campo, en pequeños grupos, y Hope oyó sus risas. Las vio marchar y luego se sentó en el banquillo.

El viento había aumentado. Pensó que ser parte de algo, como la escuela y el equipo, era parte de la imagen que tenía de sí misma, y ahora esa imagen estaba en peligro. Las sombras del atardecer avanzaban sobre el verde césped, haciendo que pareciera negro. «Hay pocas cosas tan terribles como una acusación falsa», pensó. La ira se apoderó de ella. Quiso encontrar a la persona que le había hecho eso y darle de puñetazos.

Pero fuera quien fuese, parecía no tener más sustancia que la creciente oscuridad que la rodeaba, y Hope, a pesar de lo furiosa que estaba, prorrumpió en sollozos incontrolados.

—¿Ashley? ¿Ashley Freeman? Hace tiempo que no la veo. Meses. Tal vez incluso más de un año. ¿Sigue viviendo en la ciudad?

No respondí a esa pregunta.

—¿Trabajaba usted aquí con ella? —pregunté.

—Sí. Éramos varios posgraduados trabajando aquí a tiempo parcial.

Yo estaba en el vestíbulo del museo, no lejos del restaurante donde Ashley había esperado infructuosamente una tarde a Michael O'Connell. La joven recepcionista llevaba el pelo muy corto y con una cresta en lo alto, lo que le daba aspecto de gallo, y tenía media docena de *piercings* en una oreja y un único aro brillante y naranja en la otra. Me dedicó una sonrisa y se atrevió por fin a hacer la pregunta obvia.

—¿Por qué le interesa Ashley? ¿Algo va mal?

Negué con la cabeza.

—Me interesa un caso legal en el que ella estuvo relacionada. Estoy haciendo un trabajo de investigación. Sólo quería ver dónde trabajaba. Entonces, ¿la conoció usted cuando estaba aquí?

—No muy bien... —Vaciló.

—¿Qué ocurre?

—No creo que la conociera mucha gente. Ni que la apreciaran demasiado.

—¿Sabe el motivo?

—Bueno, oí decir que Ashley era un poco rara, o algo así. Se habló y especuló mucho cuando se marchó.

—¿Por qué?

—Se rumoreaba que encontraron en su ordenador algo que la metió en problemas.

—¿Algo?

—Algo raro. ¿Vuelve a tener problemas?

—No exactamente —respondí—. Problemas tal vez no sea la palabra adecuada.

18

Cuando las cosas empeoran

Michael O'Connell consideraba que su mayor virtud era la paciencia.

No era sólo una cuestión de ocupar el tiempo, o de sentarse mano sobre mano. Esperar de verdad requería preparativos y planes, para que cuando llegara el momento él fuera por delante de todos los demás. Se consideraba un director de cine, la persona que tiene una visión de la historia completa, acto a acto, escena a escena, hasta el final. Era un hombre, se decía, que conocía todos los finales, ya que los diseñaba él mismo.

Estaba en calzoncillos, el cuerpo sudoroso. Un par de años antes, mientras curioseaba en una tienda de libros de segunda mano, había encontrado un libro de ejercicios muy curioso. Pertenecía al manual de preparación física de las Reales Fuerzas Aéreas Canadienses y estaba lleno de antiguos dibujos de hombres en calzón haciendo flexiones con una sola mano y la barbilla levantada. Era todo lo contrario de los manidos ejercicios abdominales de seis minutos que saturaban los canales de televisión a todas horas. Había aprendido los ejercicios de las RFAC, y bajo sus ropas sueltas de estudiante ocultaba el físico de un luchador profesional. Nada de asistir a gimnasios selectos, que eran nidos de vanidad, ni de penosas carreras en solitario por los paseos de la ciudad. Prefería tonificar sus músculos a solas, en su habitación, escuchando a veces con auriculares algún grupo de rock pretendidamente satánico, como Black Sabbath o AC/DC.

Se tumbó en el suelo, alzó las piernas por encima de la cabeza y luego las bajó despacio, deteniéndose para mantener la postura tres veces antes de inmovilizar los talones a escasos centímetros del parquet. Repitió este ejercicio veinticinco veces, pero en la última repetición mantuvo la postura de suspensión inmóvil, los brazos planos a los costados. Sabía que superados los tres minutos empezaría a sentir incomodidad, y a los cinco, inquietud. Después de seis minutos, sentiría dolor.

O'Connell se dijo que el asunto no era ya desarrollar los músculos. Ahora se trataba de superarse.

Cerró los ojos, y no hizo caso a la quemazón del estómago, sustituyéndola por una imagen de Ashley. En su mente trazó lentamente cada detalle, con toda la paciencia de un artista dedicado. «Empieza por los pies, el dibujo de sus dedos, el arco, la tensión del talón. Luego sube por la pierna, recorriendo pantorrilla, rodilla y muslo.»

Rechinó los dientes y sonrió. Normalmente podía mantener la posición hasta llegar a los pechos de Ashley, después de entretenerse largo rato en su ingle, e incluso a veces llegaba a la larga y sensual curva del cuello. Entonces se veía obligado a desistir. Pero a medida que se hacía más fuerte, sabía que algún día completaría la imagen mental con los rasgos del rostro y el cabello. Anhelaba desarrollar esa fuerza. Con un jadeo, se relajó y sus talones chocaron contra el suelo. Permaneció tendido unos segundos, sintiendo el sudor correrle por pecho y espalda.

«Ella llamará —pensó—. Hoy. Tal vez mañana.» Era predecible. Él había puesto en juego fuerzas que la atraerían. «Estará molesta —se dijo—. Furiosa.» Le espetaría una serie de reproches y exigencias, ninguno de los cuales significaría nada para él. «Y esta vez acudirá sola. Desquiciada y vulnerable», pensó.

Tomó aire. Durante un instante le pareció sentir a Ashley a su lado, cálida y suave. Cerró los ojos y se dejó envolver por esa sensación. Cuando se desvaneció, sonrió.

Siguió tendido en el suelo, mirando el techo blanco y la bombilla desnuda de cien vatios. Una vez había leído que ciertos monjes de una orden olvidada de los siglos XI y XII permanecían en esa postura durante horas, en completo silencio, ignorando el calor, el frío, el hambre, la sed y el dolor, experimentando visiones y contemplando los inmutables cielos y la inexorable palabra de Dios. Para él tenía todo el sentido del mundo.

Lo que preocupaba a Sally era una cuenta extranjera que había recibido varias transferencias de la cuenta de su cliente. La suma en cuestión rondaba los cincuenta mil dólares, una escasa parte del total robado. Pero eran las únicas transferencias enviadas a un sistema bancario que denegaba el acceso por Internet.

Cuando llamó al banco en Gran Bahama, se mostraron corteses y le dijeron que necesitaría autorización de su propio banco, algo muy difícil de obtener incluso para los investigadores del fisco, y probablemente imposible para una abogada que careciese de una orden judicial o el apoyo del Departamento de Estado.

Lo que Sally no podía imaginar era por qué alguien capaz de acceder a la cuenta de su cliente sólo había robado una quinta parte de la cantidad depositada. Las otras sumas, dispuestas en una serie mareante de transferencias a través de bancos de toda la nación, podían seguirse y probablemente recuperarse. Había conseguido congelar las cuentas en casi una docena de instituciones, donde permanecían intactas bajo nombres diferentes, todos falsos. ¿Por qué no habían transferido todo el dinero a cuentas en el extranjero, donde era muy probable que fuera irrecuperable?, se preguntó. La mayoría del dinero estaba simplemente flotando allí, no robado, sino esperando a que ella se tomara la engorrosa molestia de recuperarlo. Eso la preocupaba. No podía identificar con precisión qué clase de delito se había cometido. Lo único que sabía era que su reputación profesional recibiría un buen golpe, como mínimo, y lo más probable es que quedara afectada para siempre.

Tampoco estaba segura de quién la había hecho objeto de aquel robo informático.

Su primera sospecha recayó en la parte contraria del caso de divorcio. Pero no comprendía por qué haría algo así: tan sólo retrasaría el asunto y complicaría las cosas, además de llamar la atención del tribunal, lo que la pondría en una posición desventajosa. La gente se comportaba de modo irracional en los divorcios, eso lo sabía muy bien, pero esto la desconcertaba. La gente se mostraba vociferante e intratable cuando buscaba crear problemas, nunca hacía gala de una sutileza como la que suponía aquel robo.

Así pues, sus sospechas se dirigieron a otros casos. Debía de ser alguien a quien hubiera derrotado en el pasado.

Esto la inquietó aún más. La idea de que alguien mantuviese intacta su sed de venganza durante meses o años era muy inquietante, algo salido directamente de *El Padrino*.

Se había marchado temprano de su despacho y se encontraba en un restaurante céntrico que tenía nombre irlandés y un bar tranquilo, donde bebía su segundo escocés con agua. Al fondo, los Grateful Dead cantaban *Friend of the Devil*.

«¿Quién me odia?», se preguntó.

Fuera quien fuese, tenía que contárselo a Hope. Con toda la tensión que había entre ambas, eso era lo último que necesitaban. Bebió un largo sorbo de whisky. «Ahí fuera hay alguien que me odia y soy una cobarde», pensó. Contempló el vaso, decidió que no había suficiente alcohol en el mundo para aliviar lo mal que se sentía, lo apartó y, con la poca firmeza que le quedaba, regresó a casa.

Scott terminó su carta al profesor Burris y la releyó con atención. La palabra que había elegido para describir lo sucedido era «engaño»: presentó la alegación como si todos hubieran sido objeto de una elaborada y retorcida broma estudiantil.

Sólo que Scott no se reía.

La única parte de la carta con la que se sentía cómodo era el párrafo en que recomendaba a Burris que tuviera en cuenta los logros académicos de Louis Smith. De ese modo tal vez podría darle al joven un empujoncito en su carrera.

Firmó el e-mail y lo envió. Luego volvió a su casa y se sentó en su viejo y ajado sillón de orejas y se preguntó qué significaba todo aquello. No se creía que la carta que acababa de enviar lo librase de todos los problemas. Todavía tenía que verse con aquel periodista del campus a finales de semana. La habitación se ensombreció a su alrededor, mientras el día moría, y Scott supo que en algún momento del futuro tendría que defenderse. Que la acusación no tuviera fundamento era más o menos irrelevante. Alguien, en alguna parte, se la creería.

Todo aquello lo enfurecía. Permaneció allí sentado con los puños apretados, la cabeza dolorida, preguntándose quién le había hecho aquella vileza. Ignoraba que la misma pregunta acosaba a Sally y a Hope, y que si todos hubieran conocido los problemas de los demás, el origen de éstos les habría resultado obvio. Pero, por las circunstancias y la mala suerte, todos estaban separados.

Ashley estaba recogiendo sus cosas para marcharse del museo cuando alzó la cabeza y vio que el subdirector la estaba esperando, incómodo, a unos pasos de distancia.

—Ashley —dijo, recorriendo con la mirada la habitación—, me gustaría hablar con usted.

Ella soltó la pequeña mochila y lo siguió diligentemente a su despacho. El silencioso museo pareció de pronto una cripta donde resonaban sus pasos. Las sombras parecían afectar a los cuadros de las paredes, desdibujando las formas y mezclando los colores.

El subdirector le indicó una silla y él se sentó a su escritorio. Se ajustó la corbata, suspiró y la miró a los ojos. Tenía la costumbre de frotarse las manos en momentos tensos.

—Ashley, tenemos algunas quejas sobre usted.

—¿Quejas? ¿Qué clase de quejas?

Él no respondió.

—¿Ha tenido dificultades últimamente?

La respuesta era sí, pero no quería que el subdirector supiera más de lo necesario de su vida privada. Lo consideraba un hombre pueril y metomentodo. Tenía dos hijos pequeños y una casa en Somerville, detalles que rara vez le impedían tirarles los tejos a las nuevas empleadas jóvenes.

—Nada fuera de lo normal —mintió—. ¿Por qué lo pregunta?

—Entonces, ¿diría que las cosas son normales en su vida? ¿Nada nuevo?

—No estoy segura de adónde quiere ir a parar.

—Sus puntos de vista sobre, hum, la vida en general, ¿no han cambiado recientemente de forma abrupta?

—Mis puntos de vista son mis puntos de vista —respondió ella.

Él volvió a vacilar.

—Me lo temía. No la conozco bien, Ashley, así que supongo que nada debería sorprenderme. Pero tengo que decir... Lo expresaré de esta forma: sabe que en este museo tratamos de ser tolerantes con los puntos de vista y opiniones de los demás, así como con sus, por decirlo así, estilos de vida. No nos gusta tener prejuicios. Pero hay ciertas líneas que no pueden cruzarse, ¿de acuerdo?

Ella no tenía ni idea, pero asintió.

—Por supuesto —dijo—. Ciertas líneas, claro.

El subdirector pareció a la vez triste y enfadado. Se inclinó hacia delante.

—¿De verdad cree que el Holocausto no sucedió?

Ashley parpadeó.

—¿Qué...?

—¿Que el asesinato de seis millones de judíos fue simple propaganda y nunca ocurrió?

—No entiendo...

—¿Son los negros una raza inferior? ¿Poco más que animales salvajes?

Ella no respondió, muda de sorpresa.

—¿Que los judíos controlan el FBI y la CIA? ¿Y que la pureza de raza es el asunto más importante al que se enfrenta hoy nuestra nación?

—No sé qué preten...

Él alzó una mano, la cara enrojecida. Señaló su ordenador.

—Venga aquí y entre con su contraseña —ordenó con aspereza.

—No entiendo...

—No me tome por tonto —la cortó él.

Ashley se acercó a la mesa e hizo lo que le pedían. El ordenador emitió un sonido familiar, y una imagen del museo llenó la pantalla, seguida de una pantalla que rezaba: «Bienvenida, Ashley. Tienes mensajes no leídos en tu buzón.»

—Muy bien —dijo Ashley, incorporándose.

El subdirector se apoderó del teclado.

—Aquí —dijo—. Búsquedas recientes.

Pulsó una serie de teclas. La imagen del museo fue sustituida por una pantalla negra y roja y una música marcial llenó los altavoces. Una gran esvástica apareció de repente, seguida por otra música. Ashley no reconoció la canción *Horst Wessel*, pero captó su naturaleza. Abrió la boca asombrada y trató de hablar, pero sus ojos estaban clavados en el ordenador, que mostraba antiguas fotografías en blanco y negro de un grupo de personas alzando el brazo con el saludo nazi mientras *Sieg Heil!* se repetía media docena de veces. Reconoció imágenes de *El triunfo de la voluntad*, de Leni Riefenstahl, que fueron sustituidas por un «Bienvenido a la página web de la Nación Aria». Al instante apareció una segunda pantalla, que proclamaba: «Bienvenida, soldado de asalto Ashley Freeman. Por favor, introduzca su clave de acceso.»

—¿Tenemos que continuar? —preguntó el subdirector.

—Esto es una locura —dijo Ashley—. No es mío. No sé cómo...

—¿No es suyo?

—No. No sé cómo, pero...

El subdirector señaló la pantalla.

—Bien —dijo—. Teclee su clave del museo.

—Pero...

—Hágalo —dijo él fríamente.

Ella se inclinó y tecleó. Sonó otra fanfarria musical, algo de Wagner.

—No comprendo...

—Ya.

—Alguien lo ha manipulado —dijo Ashley—. Un ex novio. No sé cómo, pero es muy bueno con los ordenadores y debe de...

El subdirector alzó una mano.

—Pero acaba de decirme que no hay nada raro en su vida. «Nada fuera de lo normal.» Un ex novio que la inscribe en una página web de neonazis, bueno, yo lo consideraría fuera de lo normal.

—Es que él...

El subdirector sacudió la cabeza.

—Por favor, no me ofenda con más excusas tontas. Éste es su último día aquí, Ashley. Aunque su excusa sea verdad, bueno, no podemos tolerar esto. Novio despechado o creencia auténtica, da igual. Ambas cosas resultan inaceptables en la atmósfera de tolerancia que promovemos aquí. Esto es pornografía del odio. No lo permitiré. Y, para ser sincero, no estoy seguro de creerla. Le enviaremos por correo su última nómina. Buenas noches, señorita Freeman. Por favor, no vuelva. Y por favor —añadió mientras señalaba la puerta—, no solicite referencias.

De regreso a su apartamento, Ashley pasaba de las lágrimas de frustración a la furia absoluta. A cada paso se enfurecía más, tanto que apenas veía las sombras y la oscuridad que la rodeaban. Marchaba con precisión militar por las calles, tratando de saber qué hacer, pero cegada por la cólera. Nadie en su sano juicio permitiría que alguien le fastidiara la vida de esa manera, así que decidió que aquello iba a acabarse esa misma noche.

Una vez llegó a casa, arrojó la chaqueta y la mochila sobre la cama y fue directa al teléfono. Marcó el número de Michael O'Connell.

La voz de él sonó soñolienta.

—¿Sí? ¿Quién es?

—Sabes jodidamente bien quién es —le espetó Ashley.

—¡Ashley! Sabía que llamarías...

—¡Hijo de puta! ¡Has arruinado mis estudios y mi trabajo! ¡¿Qué clase de gusano eres?!

Él guardó silencio.

—¡Déjame en paz de una vez! ¡¿Me has oído, asqueroso bastardo?!

Él continuó en silencio.

Ella se embaló.

—¡Te odio con toda mi alma! ¡Maldito seas mil veces, Michael O'Connell! ¡Te dije que se había acabado y se acabó! No quiero verte ni en pesadillas. No puedo creer que me hayas hecho esto. ¿Y dices que me amas? Eres una persona enferma y malvada. ¡Desaparece de mi vida! ¡Para siempre! ¿Lo entiendes, cabrón de mierda?

Él siguió sin responder.

—¿Me oyes, cabronazo? ¡Se acabó! Aléjate de mí o te arrepentirás. ¿Has comprendido?

Esperó una respuesta, pero no obtuvo ninguna. El silencio la envolvió como una enredadera.

—¿Sigues ahí? —preguntó. De repente pensó que había colgado y que sus palabras desaparecían en el vacío electrónico—. ¿Lo entiendes? Se acabó...

Más silencio.

Le pareció oír su respiración.

—Por favor —dijo, serenándose—, esto tiene que acabar.

Cuando él habló por fin, la desconcertó.

—Ashley —respondió casi con alegría—, es maravilloso oír tu voz. Cuento los días que faltan para que volvamos a estar juntos. —Hizo una pausa y luego añadió—: Para siempre.

Y colgó.

—¿Pero sucedió algo? —pregunté.

—Sí —respondió ella—. Muchas cosas, en realidad.

La miré a la cara y vi que se debatía con los detalles de lo que quería decir. Se vestía de reluctancia igual que algunos se ponen un jersey grueso en invierno, en previsión del frío y un empeoramiento del clima.

—Bueno —dije, un poco molesto por sus reticencias—, ¿cuál es aquí el contexto? Me metes en esta historia diciendo que yo debía encontrarle sentido. De momento no estoy seguro de haberlo hecho. Puedo ver los juegos que preparaba Michael O'Connell. Pero ¿con qué fin? Puedo ver que el crimen va tomando forma... pero ¿de qué crimen estamos hablando?

Ella levantó una mano.

—Quieres que las cosas sean simples, ¿no? Pero el crimen no es tan simple. Cuando lo examinas, intervienen muchos elementos. A veces creo que todos ayudamos a crear la atmósfera psicológica y emocional necesaria para que las cosas malas y terribles echen raíces y luego florezcan. Nosotros mismos somos una especie de invernadero para el mal. ¿No te parece a veces?

No respondí. Me limité a observarla contemplar su taza de café, como si ésta pudiera decirle algo.

—¿No te parece que vivimos vidas increíblemente difusas, inconexas? En otros tiempos crecías y te quedabas en tu lugar natal. Probablemente comprabas una casa enfrente de la de tus padres y ayudabas a llevar el negocio familiar. Así todos permanecíamos relacionados, en la misma órbita. Tiempos ingenuos. Los *Honeymooners* y *Papá lo sabe todo* en la televisión. Qué idea tan extraña: papá lo sabe todo. Ahora nos educan y nos marchamos. —Hizo una pausa—. ¿Qué harías tú si alguien decidiera arruinarte la vida? —preguntó, y añadió—: Desde nuestra perspectiva, mirando lo ocurrido desde nuestro lugar seguro, es fácil ver que había un tipo tratando de destruir sus vidas. Pero ellos no podían verlo...

—¿Por qué no?

—Porque no es una idea lógica. No tenía motivo ni sentido. ¿Por qué O'Connell querría hacerles eso?

—Muy bien, ¿por qué?

—Eso tienes que averiguarlo por tu cuenta. Pero algo está claro: Michael O'Connell, que no les llegaba ni a la suela del zapato en educación, experiencia, prestigio y poder, era dos veces más listo que todos ellos, porque ellos eran como todas las personas normales, y él no. Allí estaban, atrapados en las redes de toda su maldad, sin poder verlo. ¿Qué habrías hecho tú? Han pasado cosas horribles, ¿pero tú habrías sabido reaccionar a tiempo?

No respondí directamente.

—Pero ¿cambió algo?

—Sí. Hubo un momento de lucidez.

—¿Y cómo fue?

Ella sonrió.

—Fue gracias a una frase afortunada en una situación muy desafortunada.

19

Un cambio de estrategia

Al principio, Ashley se dejó llevar por la furia.

Segundos después de colgar, arrojó el teléfono móvil al otro extremo de la habitación, donde resonó contra la pared como un disparo. Se dobló por la cintura, con los puños apretados, la cara desencajada en una mueca, enrojecida, rechinando los dientes. Cogió un libro de texto y también lo estampó contra la misma pared. Fue a su dormitorio, cogió un cojín de la cama y empezó a aporrearlo como un boxeador en el último asalto, lanzando puñetazos a diestro y siniestro. Agarró la almohada y la desgarró; trozos de relleno sintético revolotearon a su alrededor, posándose en el suelo y en sus ropas. Tenía los ojos anegados en lágrimas y finalmente dejó escapar un gemido de desesperación, hundida en la más sombría depresión.

Se arrojó sobre la cama, adoptó una posición fetal y lloró lastimeramente, cediendo a toda su desdicha. Su cuerpo se agitaba de frustración, estremeciéndose, como si la frustración sacudiera todas las fibras de su cuerpo, como una infección errante.

Cuando se le agotaron las lágrimas, se dio media vuelta y contempló el techo, sujetando contra el pecho la almohada hecha jirones. Inspiró hondo. Sabía que las lágrimas no resuelven ningún problema, pero de cualquier forma se sintió un poco mejor. Cuando los latidos de su corazón recobraron un ritmo normal, se sentó en la cama.

—Muy bien —se dijo en voz alta—. Contrólate, chica.

Miró el móvil destrozado y decidió que su arrebato de furia era una bendición. Tendría que comprar un teléfono nuevo y, con él, un nuevo número. Un número, se prometió, que no tendría Michael O'Connell. Se volvió hacia la mesa, donde estaba el teléfono fijo. «Dalo de baja», se ordenó.

Junto al teléfono estaba su ordenador portátil.

—Muy bien —dijo, hablando consigo misma como con una niña pequeña—. Cambia de servidor y de cuenta de correo. Cancela todos los pagos domiciliados. Empieza de nuevo.

Entonces contempló el apartamento.

«Si tienes que mudarte, pues múdate», se dijo.

Resopló. Podía ir al registro de la universidad por la mañana y hacer que corrigieran sus datos. Sabía que sería un engorro, pero en alguna parte tenía copias de sus calificaciones en papel, y fuera cual fuese el truquito que Michael O'Connell utilizara, podría contrarrestarlo. Tal vez fuera imposible arreglar aquellas ausencias inexistentes, pero era sólo una asignatura, no sería tan desastroso.

Su despido era un problema mayor. No tenía ninguna confianza en que el subdirector no fuera a ser un obstáculo en el futuro. Era un rígido diletante y un machista encubierto, y Ashley odiaba tener que tratar de nuevo con él. Decidió que el mejor curso de acción sería conseguir que uno de sus profesores de la facultad le escribiera una carta diciéndole que seguramente se había confundido en sus apreciaciones sobre ella, y que repasara su historial de empleos. Seguro que podría conseguir a alguien que lo hiciese, cuando explicara las circunstancias. Tal vez no recuperase su puesto de trabajo, pero al menos minimizaría los daños colaterales.

Después de todo, se dijo, no es que el trabajo en el museo fuera el único del mundo. Tenía que haber muchos otros relacionados con el arte, que era lo que a ella le interesaba.

Cuanto más planeaba, mejor se sentía. Cuanto más decidía, más se sentía ella misma, fuerte y decidida. Tras unos instantes, se levantó y fue al cuarto de baño.

Se miró en el espejo y sacudió la cabeza; tenía los ojos hinchados y enrojecidos.

—Muy bien —dijo, mientras llenaba el lavabo con agua caliente para lavarse la cara—. Se acabaron las malditas lágrimas por culpa de ese hijo de puta.

Se acabó el estar asustada. Se acabó la ansiedad. Se acabó el apretar los dientes y la frustración nerviosa. Iba a continuar con su vida, maldito fuera Michael O'Connell.

De repente sintió hambre y, tras haberse desprendido de tanta tristeza, se dirigió a la cocina. Encontró una tarrina de helado Ben and Jerry's en el congelador y se zampó una buena cucharada. Una vez el dulce sabor mejoró su estado de ánimo, se dirigió al teléfono que le quedaba para llamar a su padre. Mientras cruzaba el apartamento, comiendo el helado directamente de la tarrina, vaciló junto a la ventana y contempló la noche con una súbita punzada de incertidumbre. «Se acabó mirar las sombras.» Se dio la vuelta, cogió el teléfono fijo y empezó a marcar, sin saber que un par de ojos escrutaban la tenue luz de la ventana de su casa en busca de un atisbo de su silueta, a la vez satisfecho e insatisfecho con la mera sugerencia de su presencia, completamente tranquilo en la oscuridad, excitado ahora por lo cerca que la sentía. Era algo que ella nunca entendería, pensó. Cada paso que ella daba para intentar separarse sólo lo excitaba más y más. Se subió el cuello del abrigo y se internó en las sombras. Allí podía sentirse cálido toda la noche si era necesario.

Hope se sorprendió al encontrar a Sally esperándola cuando llegó a casa esa noche. Habían caído en la más envarada de las pautas, marcada por largos silencios.

Miró a su compañera de tantos años y de repente sintió

un arrebato de cansancio e inquietud. «Ya está —pensó—. Ahora es cuando nos decimos adiós.» Una tristeza difusa la embargó mientras miraba nerviosa a Sally.

—Vuelves un poco pronto esta noche —dijo con el tono más neutro posible—. ¿Tienes hambre? Puedo preparar algo rápido, pero no será gran cosa...

Sally apenas se movió. Tenía otro whisky en la mano.

—No tengo hambre —dijo con voz algo pastosa—. Pero tenemos que hablar. Tenemos un problema.

—Sí. Tal vez yo debería servirme una copa. —Fue a la cocina.

Mientras Hope se servía un vaso de vino blanco, Sally trató de decidir exactamente por dónde iba a empezar y qué problemas debería presentar primero. En su mente había una extraña confusión que unía el robo en la cuenta de su cliente y la amenaza a su carrera con la inquietante frialdad que sentía hacia Hope.

«¿Quién soy?», se preguntó Sally.

Se sentía como en los días antes de separarse de Scott. Una especie de sombra negra y gris teñía sus pensamientos. Le hizo falta mucha fuerza de voluntad para permanecer sentada. Quería levantarse y correr. Para ser una abogada acostumbrada a resolver conflictos, se sentía bruscamente incompetente.

Cuando alzó la cabeza, Hope estaba de pie en el umbral.

—Tengo que contarte lo que ha pasado —dijo Sally.

—¿Te has enamorado de otra persona?

—No, no...

—¿Un hombre?

—No.

—¿Otra mujer, entonces?

—No.

—¿Ya no me quieres?

—No sé qué quiero —respondió Sally—. Siento, no sé,

como si me estuviera desvaneciendo, como si fuese una foto antigua.

Hope pensó que eso sonaba demasiado indulgente y romántico. Le sentó como un puñetazo e hizo todo lo que pudo, dada la tensión a la que había estado sometida, por no estallar.

—¿Sabes, Sally? —dijo con una frialdad que la sorprendió—. No quiero discutir los vaivenes de tu estado emocional. Las cosas no son perfectas. ¿Qué es lo que quieres hacer? Odio vivir en este campo de minas que tenemos por casa. Me parece que o bien nos separamos o... no sé, ¿qué? ¿Qué sugieres? Pero desde luego odio esta montaña rusa psicológica...

Sally negó con la cabeza.

—No lo había pensado.

—Y una mierda que no. —Hope sentía remordimientos por lo bien que le sentaba estar furiosa.

Sally empezó a decir algo, pero se detuvo.

—Hay otro problema —dijo—. Uno que nos afecta a las dos, a cómo vivimos...

Sally la informó de la denuncia del Colegio de Abogados y de la dura realidad de que una buena parte de sus ahorros, al menos por el momento, había volado, y que tardaría algún tiempo en localizar el dinero y realizar los trámites necesarios para recuperarlo.

Hope escuchó asombrada.

—Estás bromeando, ¿no?

—Ojalá.

—Pero no era tu dinero, era nuestro dinero. Tendrías que haberme consultado primero...

—Tuve que actuar con rapidez para impedir una investigación por parte del Colegio de Abogados.

—Eso es una excusa. Pero no explica por qué no cogiste el maldito teléfono para decirme lo que estaba pasando.

Sally no respondió.

—¿Así que no sólo estamos al borde del divorcio, sino que de pronto nos quedamos sin blanca?

Sally asintió.

—Bueno, no del todo, pero hasta que las cosas se resuelvan...

—¡Magnífico! ¡De maravilla! ¿Qué demonios vamos a hacer ahora? —Hope se levantó para pasearse por la habitación. Estaba tan enfadada que le parecía que las luces de la habitación parpadeaban.

Antes de que Sally pudiera responder «No lo sé», sonó el teléfono.

Hope lo miró como si el aparato tuviera la culpa de todas las desgracias y cruzó la habitación para atenderlo. Murmuraba obscenidades para sí a cada paso.

—¿Sí? —dijo con rudeza—. ¿Quién es?

Desde el sillón, entristecida por el caos en que parecía estar sumida su vida, Sally vio que el rostro de Hope se tensaba de repente.

—¿Qué pasa? —preguntó—. ¿Algo va mal?

Hope vaciló, escuchando a su interlocutor. Al final asintió.

—Madre de Dios. Espera, te la paso. —Se volvió hacia Sally—. Sí. No. Toma. Cógelo. Es Scott. El gusano ha vuelto a la vida de Ashley. A lo grande.

Scott llegó a la casa una hora más tarde. Llamó al timbre, oyó a *Anónimo* ladrar y cuando alzó la cabeza vio que era Hope quien había abierto la puerta. Tuvieron su habitual momento de embarazoso silencio, y luego ella dijo:

—Hola, Scott. Pasa.

A él le sorprendió ver que Hope había estado llorando, porque siempre había supuesto que ella era la dura en la relación con Sally: su ex esposa siempre era la mitad pasiva de cualquier relación.

Se saltó los saludos cuando llegó al salón.

—¿Has hablado con Ashley?

Sally asintió.

—Mientras venías para aquí. Me ha informado de lo que te ha contado. Ahora está sin trabajo y metida en un lío en sus estudios —suspiró—. Supongo que hemos subestimado a ese O'Connell.

Scott alzó las cejas.

—Eso sería quedarnos cortos. Fue un error probablemente inevitable. Pero ahora tenemos que ayudar a Ashley a salir de la encrucijada.

—Creí que habías ido a Boston para eso —dijo Sally fríamente, mirándolo con las cejas arqueadas—. Junto con cinco mil dólares en efectivo.

—Sí —replicó Scott con la misma frialdad—. Supongo que nuestra oferta de soborno no funcionó. Bien, ¿cuál es el siguiente paso?

Todos guardaron silencio, hasta que Hope estalló.

—Ashley tiene problemas graves. Está claro que necesita ayuda, pero ¿cómo? ¿Qué podemos hacer?

—Tiene que haber leyes que la protejan —dijo Scott.

—Las hay, pero ¿cómo las aplicamos? —observó Hope—. Y hasta ahora, ¿qué ley pensamos que ha quebrantado ese tipo? No la ha atacado. No la ha golpeado. No la ha amenazado. Le ha dicho que la ama. Y la ha seguido. Y luego lo que ha hecho es joderle la vida con el ordenador. Malicia, principalmente...

—Hay leyes contra eso —dijo Sally.

—¿Contra la malicia con el ordenador? —repuso él—. No lo creo.

—Acoso anónimo —dijo Sally.

Scott se echó hacia atrás en su asiento.

—He tenido un problema peliagudo esta última semana, generado anónimamente por ordenador. Creo que está resuelto, pero...

—Yo también —dijo Hope.

Sally alzó la cabeza, sorprendida. Pero antes de que pudiera decir nada, Hope la señaló directamente.

—Y tú también. —Y se levantó—. Creo que vamos a necesitar una copa —dijo, y se marchó en busca de otra botella de vino—. Tal vez más de una —exclamó por encima del hombro, mientras Scott y Sally se miraban el uno al otro, sumidos en la duda.

El detective de la policía estatal de Massachusetts sentado frente a mí parecía un tipo bastante agradable, sin ese aspecto endurecido y cansino de los policías de las novelas. De estatura y constitución medias, llevaba una chaqueta cruzada azul y pantalones caquis baratos, y tenía un cabello corto tirando a pelirrojo y un desarmante bigote hirsuto en el labio superior. De no ser por la negra pistola Glock de 9 mm que llevaba en una sobaquera, habría parecido más bien un vendedor de seguros o un profesor de instituto.

Se reclinó en su silla, ignorando el teléfono que sonaba.

—Así que quiere saber un poco sobre el acoso, ¿eh?

—Sí. Estoy haciendo un trabajo de investigación —respondí.

—¿Para un libro? ¿O un artículo? ¿No porque tenga interés personal en el tema?

—Creo que no comprendo...

El detective sonrió.

—Bueno, usted parece el tipo que va a ver al médico y dice: «Tengo un amigo que quiere saber cuáles son los síntomas de una enfermedad como la sífilis o la gonorrea. Y cómo él, mi amigo, puede haberla pillado, porque le duele un montón...»

Negué con la cabeza.

—¿Cree que me están acosando y quiero...?

Él sonrió con aire calculador.

—O tal vez quiere acosar a alguien y está reuniendo información para evitar ser arrestado. Suena a locura, pero un acosador realmente decidido lo intentaría. Es un grave error subestimar a los acosadores de verdad.

Se acomodó en su silla.

—Un acosador decidido convierte en una ciencia su obsesión. En una ciencia y en un arte.

—¿Cómo es eso?

—No sólo estudia a su víctima, sino también su mundo. Familia, amigos, trabajo, estudios. Dónde le gusta cenar, a qué cine va, dónde repara su coche o compra la lotería. Dónde saca a pasear al perro. Usa todo tipo de recursos, legales e ilegales, para acumular información. No deja de medir, calibrar, prever. Dedica todos sus pensamientos a su objetivo... tanto que a menudo piensa por adelantado, casi como si leyese la mente de su víctima. Llega a conocerla casi mejor de lo que se conocen ella misma...

—¿Qué impulsa todo esto?

—Los psicólogos no están seguros. La conducta obsesiva es siempre un misterio. ¿Un pasado con aristas o flecos sueltos?

—Probablemente más que eso, ¿no?

—Sí, probablemente. Si se rasca un poco la superficie, se encuentran cosas muy desagradables en la infancia. Abusos, violencia y todo lo demás. —Sacudió la cabeza—. Son tipos peligrosos. No son criminales corrientes, en modo alguno. Ya seas la cajera del supermercado local acosada por su ex novio motero, o una estrella de Holywood acosada por un fan, corres mucho peligro, porque, no importa lo que hagas: si se lo proponen, llegarán hasta ti. Y la policía, incluso con órdenes de alejamiento temporal y leyes anti acoso cibernético sólo puede intervenir a posteriori, no puede impedir un acoso eventual. Los acosadores lo saben. Y lo más terrible es que a menudo no les importa. Ni pizca. Son inmunes a las sanciones habituales. La vergüenza, la ruina económica, la cárcel, incluso la muerte, son cosas que no los asustan necesariamente. Lo que temen es perder de vista su objetivo. Eso es lo único que les preocupa, y la persecución se convierte en su única razón para vivir.

—¿Qué puede hacer una víctima?

Buscó en su mesa y sacó un folleto titulado *¿Se siente víctima de acoso? Consejos de la policía estatal de Massachusetts.*

—Les damos material para leer.

—¿Ya está?

—Hasta que se comete un delito. Pero entonces suele ser demasiado tarde.

—¿Y los grupos de defensa y...?

—Bueno, pueden ayudar a algunas personas. Hay casas francas, lugares seguros, grupos de apoyo, lo que quiera. Pueden proporcionar ayuda en algunos casos. Yo nunca le diría a nadie que no contacte con ellos, pero hay que ser cauteloso, porque puedes provocar una confrontación que realmente no quieres. De todas formas siempre suele ser demasiado tarde. ¿Sabe qué es lo más absurdo?

Negué con la cabeza.

—Nuestra Asamblea Legislativa siempre está dispuesta a aprobar leyes para proteger a la gente, pero el acosador obstinado es capaz de sortearlas. Y, aún peor, cuando intervienen las autoridades, cuando cursas la denuncia y el caso queda registrado y obtienes la orden judicial de alejamiento, eso es precisamente lo que puede provocar el desastre. De esa manera se fuerza la jugada del malo. Haces que actúe de manera precipitada. Carga toda su munición y anuncia: «Si no puedo tenerte, nadie podrá...»

—¿Y...?

—Use su imaginación, señor escritor. Ya sabe lo que pasa cuando un tipo aparece en una oficina, o una vivienda, o donde sea, vestido como Rambo, con un fusil de asalto, dos pistolas y suficiente munición para repeler a un equipo de los SWAT durante horas. Ha visto esas historias.

Guardé silencio. Lo había visto. El detective volvió a sonreír.

—Por lo que podemos decir, tanto los policías como los psicólogos forenses, el perfil más parecido de un acosador obsesivo es muy similar al de un asesino en serie. —Se reclinó en su asiento—. Da que pensar, ¿eh?

20

Acciones, buenas y malas

—¿Tenemos alguna idea real de a qué nos enfrentamos? La pregunta de Sally quedó flotando en el aire.

—Quiero decir, aparte de lo que Ashley nos ha contado, que no es mucho, ¿qué sabemos de ese tipo que le está fastidiando la vida?

Se volvió hacia su ex marido. Todavía sostenía el vaso de whisky, sin beberlo; estaba demasiado nerviosa para perder la sobriedad.

—Scott, tú eres el único, aparte de Ashley, claro está, que ha visto a ese tipo. Imagino que extrajiste algunas conclusiones. Te daría alguna impresión. Tal vez podamos empezar por ahí...

Él vaciló. Estaba acostumbrado a dirigir la conversación en una clase y que de repente le pidieran su opinión lo pilló un poco desprevenido.

—No me pareció alguien con quien ninguno de nosotros pudiera sentirse cómodo —dijo lentamente.

—¿Qué quieres decir? —preguntó Sally.

—Bueno, es fornido, atractivo y obviamente bastante listo, pero también duro, más o menos lo que cabe esperar de un tipo que tal vez monta en moto, trabaja de peón en alguna parte y asiste a clases nocturnas para adultos. Mi impresión es que procede de un entorno bastante pobre... no es el tipo que suele encontrarse en mi facultad, ni en el colegio de Hope. Y tampoco encaja con el tipo de joven que Ashley conoce, le profesa amor eterno y rompe cuatro semanas más tarde. Ésos siempre parecen del tipo artista: delgados, melenudos y nerviosos. O'Connell es duro y resabiado. Tal vez te hayas encontrado con algunos como él en tu profesión, pero creo que estás a otro nivel.

—Y ese tipo está...

—Por debajo de los círculos en que te mueves. Pero puede que eso no sea una desventaja.

Sally arrugó el entrecejo.

—Pero, Dios santo, ¿cómo demonios Ashley se lió con un tipo así?

—Cometió un error —dijo Hope. Había permanecido sentada en silencio, con una mano en el lomo de *Anónimo*, rebullendo por dentro. Al principio no supo si le correspondía participar en la conversación, y decidió que sí, qué demonios. No comprendía cómo Sally parecía tan distante. Era como si estuviese fuera de lo que estaba sucediendo... incluyendo sus propias finanzas jodidas—. Todo el mundo se equivoca alguna vez. Cosas que luego lamentamos. La diferencia es que continuamos adelante. Este tipo no deja que Ashley lo haga. —Miró a Scott, luego a Sally—. Tal vez Scott fue tu error, o tal vez lo soy yo. O tal vez hubo alguien más que has mantenido en secreto durante años. Pero no importa, has seguido adelante. Este O'Connell es otra clase de persona.

—De acuerdo —dijo Sally con cautela, tras un silencio incómodo—. ¿Cómo seguimos?

—Bueno, para empezar, tenemos que sacar a Ashley de allí —decidió Scott.

—Pero ella estudia en Boston. Allí está su vida. ¿Crees que debemos traerla aquí, como a una excursionista que vuelve añorante a casa después de pasar su primera noche fuera?

—Sí. Exactamente.

—¿Creéis que vendrá? —intervino Hope.

—¿Tenemos ese derecho? —preguntó Sally—. Es una mujer adulta. Ya no es una niña...

—Ya lo sé —replicó Scott, picado—. Pero si somos razonables...

—¿Es que algo de esto es razonable? —preguntó Hope bruscamente—. Quiero decir, ¿por qué debería regresar a casa al primer signo de problemas? Tiene derecho a vivir donde quiera, y tiene derecho a vivir su propia vida, incluyendo sus errores. Ese O'Connell no tiene ningún derecho a obligarla a huir.

—Cierto. Pero no estamos hablando de derechos. Estamos hablando de realidades.

—Bien —dijo Sally—. La realidad es que tendremos que hacer lo que Sally quiera, y no sabemos qué es.

—Es mi hija. Si le pido que haga algo, lo hará —replicó Scott, envarado y tenso.

—Eres su padre, no su dueño —precisó Sally.

Hubo un silencio incómodo.

—Deberíamos saber qué quiere Ashley.

—No es momento de ñoñerías políticamente correctas —replicó Scott—. Tenemos que ser más agresivos. Al menos hasta que comprendamos de verdad a qué nos enfrentamos.

Otro silencio.

—Estoy con Scott —dijo Hope de pronto. Sally la miró con expresión de sorpresa—. No podemos quedarnos cruzados de brazos. Hemos de actuar. Al menos de manera modesta.

—¿Qué sugerís?

—Deberíamos averiguar algo sobre O'Connell —dijo Scott—, al tiempo que apartamos a Ashley de su alcance. Tal vez uno de nosotros debería empezar a investigarlo...

Sally levantó una mano.

—Propongo contratar a un profesional. Conozco a un

detective privado que hace esa clase de trabajos. Su precio es razonable, además.

—De acuerdo —dijo Scott—. Contrata a alguien y veamos qué encuentra. Mientras tanto, tenemos que alejar a Ashley físicamente de O'Connell...

—¿Y traerla a casa? Eso parecerá una muestra de debilidad —dijo Sally.

—También parece sensato. Tal vez lo que necesita ahora mismo es alguien que la cuide.

Scott y Sally se miraron, recordando algún momento de su pasado en común.

—Mi madre —interrumpió Hope.

—¿Tu madre qué?

—Ashley siempre se ha llevado bien con ella, y vive en ese tipo de ciudad pequeñita donde un desconocido que llega haciendo preguntas nunca pasa inadvertido. Será difícil para O'Connell seguirla allí. Queda bastante cerca, pero lo suficientemente lejos. Y dudo que pueda descubrir dónde está.

—Pero sus clases... —insistió Sally.

—Siempre puede recuperar un semestre perdido —dijo Hope.

—Estoy de acuerdo —asintió Scott—. Muy bien, tenemos un plan. Ahora sólo tenemos que incluir en él a Ashley.

Michael O'Connell escuchaba a los Rolling Stones en su iPod. Mientras Mick Jagger cantaba *All your love is just sweet addiction*, iba medio bailando por la calle, ajeno a las miradas de los peatones, marcando con los pies el ritmo. Era poco antes de medianoche, pero la música proyectaba destellos de luz en su camino. Dejaba que los sonidos guiaran sus pensamientos, imaginando un ritmo para el que sería su siguiente paso con Ashley. Algo que ella no se esperaba, pensó, algo que le dejara claro lo absoluta que era su presencia.

Le parecía que ella no lo comprendía del todo. Todavía no.

Había esperado ante su apartamento hasta que vio apagarse las luces y supo que se había ido a la cama. Ashley no sabía, pensó, cuánto más fácil es ver en la oscuridad. Una luz sólo marca una zona específica. Era mucho mejor aprender a detectar sombras y movimientos en la noche. «Los mejores depredadores trabajan de noche, se recordó O'Connell».

La canción terminó, y él se detuvo en la acera. Al otro lado de la calle había un cine pequeño donde proyectaban una película francesa, *Nid de Guêpes*. Se deslizó entre las sombras y vio a la gente salir del local. Como esperaba, la mayoría eran parejas jóvenes. Parecían llenas de energía, no con esa expresión sombría de «acabo de ver algo trascendente» de los espectadores de lo que O'Connell llamaba despectivamente «cine artístico». Se fijó en una pareja joven que iba cogida del brazo, riendo.

Lo irritaron de inmediato. Su corazón se aceleró levemente y los observó con atención cuando pasaron por delante de un cartel de neón en la acera de enfrente. Apretó la mandíbula y notó un sabor ácido en la lengua.

No había nada notable en la pareja, y sin embargo le resultaban insoportables. La joven se apoyaba en el chico cogida del brazo, de modo que caminaban como una sola persona, sus pisadas al unísono, un momento de intimidad pública. Él se puso en marcha, moviéndose en paralelo a la pareja, calibrándolos más directamente, mientras una extraña furia crecía en su interior.

Se rozaban los hombros mientras caminaban, levemente encorvados el uno hacia el otro. O'Connell advirtió que alternaban risas y breves frases.

Seguramente no llevaban mucho tiempo juntos. Su lenguaje corporal transmitía novedad y entusiasmo, era una relación que estaba echando raíces, y ambos todavía se hallaban en el proceso de conocerse mutuamente. La chica agarraba con fuerza el brazo del muchacho, y O'Connell supuso que probablemente ya se habían acostado, pero sólo una vez. Cada contacto, cada caricia, aún tenía el arrebato de la aventura y una mareante expectativa ilusionada.

Los odió con más ahínco.

No le costó trabajo imaginar qué harían el resto de la noche. Era tarde, así que decidirían no ir a un Starbucks para tomar café o a un Baskin-Robbins para tomar un helado, aunque se detendrían ante cada uno de esos sitios y simularían sopesar la decisión, cuando lo que querían en realidad era devorarse mutuamente. El chico hablaría de películas, de libros, de las clases en la facultad, mientras la muchacha escucharía, intercalando algún que otro comentario, ambos pendientes del otro. El chico no necesitaría más ánimos que la presión del brazo de ella. Luego llegarían al apartamento riendo. Y, una vez dentro, sólo pasarían segundos antes de que encontraran la cama y se quitaran las ropas, todo cansancio desaparecido al instante, superado por la frescura del amor.

O'Connell respiraba entrecortadamente, pero en silencio.

«Eso es lo que ellos creen que pasará. Eso es lo que supuestamente va a pasar. Eso es lo que está marcado que pase. —Sonrió—. Pero no esta noche.»

Avivando el paso, caminó al ritmo de la pareja, vigilando su avance por la acera contraria. Los adelantó y en la siguiente esquina, cuando el semáforo se puso verde, cruzó rápidamente la acera y se dirigió de frente hacia ellos, los hombros encogidos, cabizbajo. De modo que semejaron un par de barcos en un canal, destinados a cruzarse. O'Connell midió la distancia, advirtiendo que ellos seguían conversando y no prestaban atención al entorno.

Justo cuando se cruzaban, O'Connell de pronto se desvió hacia un lado y su hombro chocó con el del muchacho. Entonces se irguió y, sin detenerse, le espetó rudamente:

—¡Eh! ¿Qué demonios te pasa? ¡Mira por dónde vas!

La pareja medio se volvió hacia O'Connell.

—Oye, lo siento —dijo el chico—. Ha sido culpa mía. Lo siento.

Continuaron su camino tras dirigir una fugaz mirada a O'Connell.

—¡Gilipollas! —dijo O'Connell, lo bastante fuerte para que lo oyeran, y se detuvo.

El chico se giró, todavía cogido al brazo de la muchacha, pensando en replicar, pero se lo pensó mejor. No quería estropear aquella noche maravillosa, así que siguieron su camino. O'Connell contó lentamente hasta tres, dando a la pareja tiempo para poner más distancia entre ellos, y luego empezó a seguirlos. Un súbito claxon hizo que la chica mirara por encima del hombro y lo viera. O'Connell reconoció una pequeña expresión de alarma en su rostro.

«Eso es —pensó—. Camina unos pasos más, calibrando el peligro, imaginando lo peor.»

Al ver que la chica hablaba rápidamente con el muchacho, O'Connell se escondió tras una valla en sombras, desapareciendo de su línea de visión. Tuvo ganas de reírse. De nuevo, contó para sí.

«Uno, dos, tres...»

Tiempo suficiente para que el chico oyera lo que la chica le decía y se detuviera.

«Cuatro, cinco, seis...»

Para girarse y escrutar entre las sombras y las luces de neón.

«Siete, ocho, nueve...»

Para tratar de divisarlo en la oscuridad y la noche, en vano.

«Diez, once, doce...»

Para volverse hacia la chica.

«Trece, catorce, quince...»

Para un segundo vistazo, sólo para asegurarse de que él, O'Connell, se había ido.

«Dieciséis, diecisiete, dieciocho...»

Para echar a andar de nuevo.

«Diecinueve, veinte...»

Y para una última mirada por encima del hombro para cerciorarse de que la amenaza había pasado.

O'Connell salió de las sombras y vio que la pareja había avivado el paso. Ya estaban a media manzana. Los siguió con rapidez, cruzando a la otra acera, de modo que una vez más quedó en paralelo a ellos, y aceleró hasta adelantarlos.

Una vez más, fue la chica quien lo divisó primero. O'Connell imaginó la punzada de ansiedad que la reconcomía.

La chica trastabilló y bajó la cabeza un instante. Entonces O'Connell clavó su mirada en ella, de modo que cuando la chica volvió a mirarlo se encontró con sus ojos, de una acera a otra.

El chico lo miró también, pero O'Connell lo había previsto y echó a correr bruscamente hacia el final de la manzana, por delante de la pareja. Esa conducta repentina y errática le encantaba. No era algo que nadie esperara, y O'Connell sabía que los llenaba de confusión.

Tras él, el chico y la chica no sabrían qué hacer: continuar en dirección a su apartamento o darse la vuelta y buscar una ruta distinta. Una vez más, se ocultó entre las sombras y esperó. Echó una rápida ojeada alrededor y vio que la calle lateral que tenía detrás era de pequeños edificios de apartamentos, no muy distintos del de Ashley, donde las ramas de los árboles se extendían y provocaban sombras de aspecto fantasmagórico. Había coches aparcados en todos los huecos disponibles, y una luz tenue emergía de los portales.

Recorrió rápidamente tres cuartas partes de la calle, hasta situarse en otro lugar oscuro, esperando. Había una farola al principio y supuso que ellos pasarían por debajo al acercarse a su apartamento.

O'Connell tenía razón. Vio a la pareja aparecer por la esquina, detenerse un momento y luego avanzar con rapidez.

«Asustados —pensó—. Inseguros de hallarse de verdad a salvo. Pero empezando a relajarse.»

Salió de su escondite y avanzó con decisión, cabizbajo. Cruzó la calle en diagonal para interceptarlos.

Ellos lo vieron casi simultáneamente. La chica jadeó, y el chico, naturalmente caballeroso, la colocó detrás de él y se plantó ante O'Connell. Adelantó los puños y se colocó como un púgil a la espera de que suene la campana.

—¡Atrás! —ordenó con falsa firmeza. La chica jadeaba a su espalda—. ¿Qué quieres?

O'Connell se detuvo y lo miró.

—¿Qué te pasa, tío? —le preguntó.

—¡Márchate! —le espetó el chico.

—Tranqui, colega. ¿Cuál es el problema?

—¿Por qué nos has seguido? —terció la chica con voz de pánico.

—¿Seguiros? ¿De qué demonios me hablas?

El chico mantuvo los puños en alto, pero pareció sorprendido y aún más confuso.

—Estáis chalados —dijo O'Connell. Y siguió andando—. Como cabras.

—¡Déjanos en paz! —le gritó el muchacho.

«No muy convincente», pensó O'Connell. Cuando estaba a unos diez metros de distancia, se detuvo y se dio la vuelta. Como esperaba, ambos seguían a la defensiva, mirándolo.

—Tenéis suerte —les dijo.

Ellos lo miraron sin entender.

—¿Sabéis lo cerca que habéis estado de morir esta noche?

Entonces, sin darles tiempo a contestar, se dio la vuelta y se movió lo más rápidamente que pudo sin correr, de sombra en sombra, alejándose de la desconcertada pareja. Recordarían su miedo de esa noche mucho más que la felicidad con que la habían empezado.

—Necesito saber más sobre Sally y Scott, y sobre Hope también, claro.

—¿Y sobre Ashley no?

—Ashley parece joven. Una personalidad aún por terminar.

Ella frunció el ceño.

—Cierto. Pero ¿qué te hace pensar que O'Connell no terminó con ella?

No supe qué responder, pero me estremecí.

—Me dijiste que alguien moría. ¿Acaso Ashley...?

Mi pregunta quedó suspendida entre ambos.

—Ella fue quien corrió mayor riesgo —dijo ella finalmente.

—Sí, pero...

Me interrumpió.

—Y supongo que crees que ya comprendes a Michael O'Connell.

—No, no del todo. No lo suficiente. Pero estoy investigando y me preguntaba por ellos tres.

Ella jugueteó con su vaso de té frío, y de nuevo volvió la cabeza para mirar por la ventana.

—Pienso en ellos a menudo —dijo—. No puedo evitarlo.

Cogió una caja de pañuelos de papel. Había lágrimas en la comisura de sus ojos, pero esbozó una pequeña sonrisa. Inspiró hondo.

—¿Has pensado alguna vez por qué el crimen puede llegar a ser tan devastador? —preguntó bruscamente.

Él sabía que ella misma se respondería.

—Porque es inesperado. Queda fuera de las rutinas normales de la vida. Siempre nos pilla por sorpresa y nos arremete en nuestra más secreta intimidad.

—Sí, cierto.

Me miró.

—Un profesor de Historia de una selecta facultad. Una abogada de una ciudad pequeña, especializada en divorcios normales y modestas transacciones financieras. Una consejera vocacional y entrenadora de fútbol. Y una joven estudiante de arte con pájaros en la cabeza. ¿Cómo crees que se defendieron de semejante agresión?

—Buena pregunta. ¿Cómo?

—Tienes que comprender no sólo el plan que urdieron y lo que hicieron, sino de dónde sacaron la inteligencia y la fuerza para llevarlo adelante.

—De acuerdo —dije lentamente, en un susurro.

—Pero al final pagaron un alto precio.

No dije nada.

—En retrospectiva —prosiguió ella—, siempre parece muy sencillo. Pero, cuando está sucediendo, nunca es tan claro. Y nunca tan limpio y ordenado como debería ser...

21

Una serie de posibles errores

Cuanto más leía Scott, más se asustaba.

Inmediatamente, a la mañana siguiente, después de la menos que satisfactoria reunión con Sally y Hope, como cualquier académico, se enfrascó en el estudio del fenómeno representado por Michael O'Connell. Tras acercarse a la biblioteca local, empezó a investigar las conductas compulsivas y obsesivas. Libros, revistas y periódicos abarrotaban su mesa en un rincón de la sala de lectura. Un silencio opresivo y cargado llenaba el recinto, y Scott de pronto sintió que le faltaba el aire.

Alzó la cabeza, casi dominado por el pánico, el corazón palpitándole.

Lo que absorbió esa mañana fue una letanía de desesperación.

La muerte le había rodeado. Una y otra vez, había leído sobre una mujer aquí y otra allá, jóvenes, de mediana edad, incluso mayores, que habían sido objeto de la obsesión de algún hombre. Todas habían sufrido. La mayoría habían sido asesinadas. Incluso las sobrevivientes habían quedado traumatizadas para siempre.

Parecía no haber diferencia respecto al lugar donde se encontraran las mujeres. En el norte o en el sur, en Estados Unidos o en el extranjero. Algunas eran jóvenes, estudiantes como Ashley. Otras eran mayores. Ricas, pobres, educadas o indigentes, todo era irrelevante. Algunas estaban casadas con sus acosadores, o eran compañeras de trabajo o de estudios, incluso ex novias. Todas habían intentado las más diversas tácticas, habían recurrido a la ley, confiado en sus familias, en sus amistades, cualquier fuente posible de ayuda para intentar escapar de la atención obsesiva, implacable, no deseada. Leyó: «deseo inquebrantable».

Buscar ayuda había sido inútil para todas.

Las disparaban, las apuñalaban, las golpeaban. Algunas conseguían sobrevivir. Muchas no lo hacían.

A veces morían niños junto con ellas, o compañeros de trabajo o vecinos, el daño colateral de la furia.

Scott se rebulló bajo aquel alud de información. Cuando empezó a vislumbrar la trampa en que estaba atrapada Ashley, se sintió mareado. En todos los artículos y libros que trataban los casos de acoso el único común denominador era el «amor».

Naturalmente, no era amor real, sino algo salvajemente perverso que surgía de la parte más oscura de la mente y el corazón de un hombre. Era algo que merecía un lugar en los textos de psiquiatría forense, no tarjetas de cariño. Pero el tipo de amor sobre el que leía parecía haber encontrado asidero en cada caso, y esto lo asustó aún más.

Scott empezó a revisar libro tras libro, buscando el que le dijera lo que tenía que hacer, el que le diese una respuesta. Sus ojos corrían sobre las frases, pasaba las páginas en rápida sucesión, soltaba un volumen y cogía otro al azar, impulsado por una ansiedad cada vez más apremiante. Como historiador, como académico, creía que la respuesta tenía que estar escrita en alguna parte, en un párrafo, en alguna página. Vivía en un mundo de razón, de argumentos estructurados. Algo de su mundo tenía que poder ayudarle.

Pero cuanto más se lo decía, más sabía lo infructuosa que sería aquella investigación académica.

Se levantó tan bruscamente que la pesada silla de roble cayó al suelo, causando un estampido en la quietud de la biblioteca. Y al punto supo que todos los ojos de la sala estaban clavados en su espalda. Se apartó de la mesa mareado, llevándose las manos al pecho. En ese momento sólo sentía pánico. Gesticuló de impotencia, se volvió y abandonó todos los libros y revistas. Corrió por el pasillo, dejando atrás aquel templo del saber bibliófilo. Los bibliotecarios lo observaban perplejos, pues nunca habían visto a un hombre tan asustado por la palabra impresa. Uno trató de detenerlo, pero Scott salió corriendo a la nublada tarde de noviembre, el aire menos helado que su corazón, con la idea fija de que tenía que sacar a Ashley del atolladero mortal en que estaba, y rápido. No sabía cómo conseguirlo exactamente, sólo sabía que tenía que actuar, y cuanto antes.

Sally también había empezado el día repleta de decisiones que consideraba obviamente razonables.

Le pareció que lo primero era calibrar objetivamente qué clase de individuo se había cruzado en la vida de su hija y, por extensión, en la de la familia. Estaba claro que había jugado con ellos y que era listo con los ordenadores. Descartó la idea de acudir con la información fragmentaria que poseía a la policía; todavía no estaba segura de que pudieran hacer algo más que oír su denuncia. Implicar a la policía sería una mala idea en esos momentos.

Lo que la preocupaba era que O'Connell, suponiendo que hubiera sido él, cosa de la que no estaba segura al cien por ciento, parecía tener una peligrosa habilidad para la sutileza. Parecía saber cómo hacer daño a alguien sin recurrir a un golpe o un disparo, sino empleando algo más elusivo, y esto la asustaba de verdad. Que ese hombre supiera cómo convertir sus vidas en un caos era un peligro real.

Con todo, se recordó, O'Connell no era rival para ellos.

O más exactamente, pensó, no era rival para ella. No estaba tan segura de Scott. Años de trabajar en la parte amable de la sociedad, en una pequeña y selecta facultad liberal habían borrado aquel nervio vibrante que tanto la atraía cuando se casaron. Entonces, él era un veterano de guerra en una época en que era impopular serlo, y había abordado su formación y las clases con una determinación admirable. Después de doctorarse, y de casarse, tener a Ashley y de que ella decidiera estudiar derecho, fue consciente de que Scott se estaba ablandando. Como si la inminente llegada de la madurez afectara algo más que su cintura: también su actitud.

—Muy bien, señor O'Connell —dijo—. Te has liado con la familia equivocada. Prepárate para recibir un par de sorpresitas.

Se sentó en su sillón y cogió el teléfono. Encontró el número que buscaba en la agenda de mesa, y lo marcó rápidamente. Hizo acopio de paciencia cuando una secretaria la hizo esperar. Por fin oyó la voz al otro extremo de la línea.

—Murphy al habla. ¿Qué puedo hacer por usted, abogada?

—Hola, Matthew —dijo Sally—. Tengo un problema.

—Bueno, señora Freeman-Richards, ése es el único motivo en el mundo por el que la gente llama a este teléfono. ¿Por qué si no hablar con un investigador privado? ¿De qué se trata en esta ocasión? ¿Un caso de divorcio en esa bonita ciudad suya? ¿Algo que se ha vuelto más desagradable de lo previsto, quizás?

Sally pudo imaginar a Matthew Murphy ante su mesa. Su oficina estaba situada en un edificio corriente y ligeramente deteriorado en Springfield, a un par de manzanas del tribunal federal, cerca de una zona bastante venida a menos. A Murphy, suponía, le gustaba el anonimato que proporcionaba aquel lugar. Nada que llamara la atención.

—No, no es un divorcio, Matthew...

Ella podía haber recurrido a unos investigadores bastante más caros. Pero Murphy tenía una gran experiencia y trabajaba con máxima seriedad. Además, contratar a alguien de fuera de la ciudad era menos probable que provocara rumores en el tribunal del condado.

—Vaya, abogada. ¿Quizás algo más, digamos, espinoso?

—¿Cómo están sus conexiones en la zona de Boston? —preguntó Sally.

—Todavía tengo algunos amigos allí.

—¿Qué clase de amigos?

Él rió antes de responder.

—Bueno, amigos en las dos aceras de la calle, abogada. Algunos tipos desagradables que buscan siempre anotarse un tanto fácil, y algunos tipos que pretenden arrestarlos.

Murphy había sido detective de Homicidios durante veinte años antes de retirarse y abrir luego su propia oficina. Los rumores decían que el finiquito que había recibido era parte de un acuerdo para mantener la boca cerrada respecto a las actividades de una brigada de Narcóticos de Worcester que había descubierto durante la investigación de un par de asesinatos relacionados con las drogas. Un asunto cuestionable, Sally lo sabía, aunque sólo fuera por reputación, y Murphy se había retirado con un reloj de oro y su correspondiente ceremonia, cuando la alternativa podría haber sido el calabozo o incluso una mala noche en el extremo de la automática de un Latin King.

—¿Puede investigar algo en la zona de Boston?

—Estoy bastante ocupado con un par de casos. ¿De qué se trata?

Sally tomó aire.

—Es un asunto personal. Implica a un miembro de mi familia.

Él vaciló antes de responder.

—Bien, abogada, eso explica por qué llama a un viejo caballo de batalla en vez de a uno de esos jóvenes y elegantes tipos ex FBI o CID que frecuentan los ambientes donde usted trabaja. ¿De qué se trata?

—Mi hija se relacionó con un joven de Boston.

—Y a usted no le hace mucha gracia.

—Eso es decirlo muy suavemente. No para de acosarla. Hizo algún truco con el ordenador y logró que la despidieran del trabajo. También fastidió sus clases de posgrado. Probablemente la esté siguiendo ahora mismo. Y tal vez nos haya causado problemas a mí, a mi ex y a una amiga.

—¿Qué tipo de problemas?

—Logró entrar en mis cuentas por Internet. Hizo algunas denuncias anónimas. En resumen, fastidió bastantes cosas. —Sally pensó que estaba minimizando el daño que O'Connell probablemente había hecho.

—Así que es un chico habilidoso este... ¿cómo lo llaman?, ¿ex novio?

—Podría decirse así, aunque de hecho sólo tuvieron una cita.

—¿Hizo todo eso por... un rollo de una noche?

—Eso parece.

Murphy vaciló, y la confianza de Sally decayó levemente.

—Muy bien. Acepto el encargo. Ese tipo parece un mal bicho.

—¿Tiene experiencia con casos así? Un tipo obsesivo...

Matthew Murphy hizo otra pausa, y ella sintió cierta inquietud.

—Sí, abogada, la tengo —dijo al cabo—. Me he topado con un par de tipos más o menos como el que me describe. Cuando estaba en Homicidios.

A Sally se le secó la garganta al oír esa palabra.

La madre de Hope acababa de terminar de rastrillar hojas cuando sonó el teléfono. Por el identificador de llamadas vio que era su hija. Como de costumbre, lo atendió con una punzada de inseguridad.

—Hola, querida —dijo Catherine Frazier—. Qué sorpresa. Han pasado semanas desde la última vez que hablamos.

—Hola, mamá —respondió Hope, sintiéndose un poco culpable—. He estado ocupada con el colegio y el equipo, y se me ha pasado el tiempo. ¿Cómo estás?

—Bueno, bastante bien. Preparándome para el invierno. Se dice que va a ser largo.

Hope tomó aire. La relación con su madre estaba marcada por una tensión subyacente. Aunque civilizada en apariencia, era como un nudo que sujetara una vela hinchada por un viento creciente. Catherine Frazier, que había vivido toda su vida en Vermont, era en extremo liberal en sus opiniones políticas, pero al mismo tiempo era una colaboradora activa de la iglesia católica local de la pequeña ciudad de Putney, vecina de Brattleboro, antaño poblada por hippies y centro agrario de la zona. Había sufrido la muerte prematura de su esposo y nunca había pensado en volver a casarse, y ahora disfrutaba viviendo sola cerca del bosque. Todavía albergaba considerables dudas sobre la relación de su hija con Sally, pero se las guardaba para sí, ya que vivía en un estado que no ponía objeciones a las uniones civiles entre mujeres. Sin embargo, los domingos rezaba fervientemente por lograr comprender aquello que había endurecido la relación entre ellas. A veces, en el pasado, había llevado esas dudas al confesionario, pero se había cansado de rezar avemarías y padrenuestros en vano.

Hope pensaba que su fracaso en ser «normal» y proporcionarle nietos era de algún modo la raíz de la tensión, que crecía cuando hablaban, y cuando no lo hablaban, pues el verdadero tema que deberían haber tratado siempre se postergaba.

—Necesito un favor —dijo Hope.

—Lo que quieras, querida.

Hope sabía que eso era mentira. Había muchos favores que podría haberle pedido y que su madre no le concedería.

—Tiene que ver con Ashley —dijo—. Necesita estar fuera de Boston una temporada.

—Pero ¿qué sucede? No estará enferma, ¿verdad? ¿Ha habido un accidente?

—No, no exactamente, pero...

—¿Necesita dinero? Yo podría ayudarla...

—No, mamá. Déjame explicar.

—Pero ¿qué pasará con sus estudios...?

—Pueden esperar.

—Querida, todo esto es muy raro. ¿Cuál es el problema?

Hope tomó aire y resopló.

—Se trata de un hombre.

Cuando Scott llamó al móvil de Ashley esa noche, una grabación le informó de que ese número no estaba operativo. Asustado, de inmediato marcó el número de su teléfono fijo. Cuando ella contestó, sintió un arrebato de ansiedad, pero se esforzó por ocultarla.

—Hola, Ash —dijo animosamente—. ¿Cómo van las cosas?

Ella no estaba segura de qué responder a esa pregunta. No podía desprenderse de la sensación de que la vigilaban, la seguían, de que escuchaban cada palabra que decía. Debía tener cautela cuando salía de su apartamento, cuando caminaba por la calle, atenta a cada sombra, a cada esquina, a cada callejón oscuro. Los sonidos corrientes de la ciudad ahora le parecían silbidos agudos, casi dolorosos. Pero decidió mentir en parte. No quería inquietar a su padre.

—Estoy bien —dijo—, aunque las cosas son un poco liosas.

—¿Has vuelto a tener noticias de O'Connell?

Ella no respondió exactamente.

—Papá, he tenido que tomar algunas medidas...

—Sí —dijo él con demasiada rapidez—. Sí, por supuesto.

—He cancelado el móvil...

—Sí, y cancela también esta línea —aconsejó Scott—. De hecho, tendrás que hacer más cosas de lo que habíamos previsto.

—Tengo que mudarme —dijo ella—. Me gusta este lugar, pero...

—Creo que tienes que hacer algo más que mudarte —sondeó Scott.

Ashley no respondió inmediatamente.

—¿Qué quieres decir? —repuso al cabo.

Scott tomó aire y adoptó su tono más razonable, más neutral y académico, como si estuviera analizando un trabajo de clase.

—He investigado un poco y no quiero precipitarme en mis conclusiones, pero pienso que cabe la posibilidad de que O'Connell se vuelva, digamos, más agresivo.

—¿Agresivo? Eso es un eufemismo. ¿Piensas que podría hacerme daño?

—Otras, en circunstancias similares, han resultado heridas. Sólo estoy diciendo que deberíamos tomar precauciones.

Otro silencio, antes de que ella respondiera:

—¿Qué sugieres?

—Creo que deberías desaparecer por una temporada. Es decir, dejar Boston, ir a un sitio seguro durante un tiempo. Retomarás tu vida normal cuando O'Connell se haya marchado por fin.

—¿Qué te hace pensar que se marchará?

—Tenemos recursos, Ashley. Si tienes que dejar Boston para siempre, mudarte a Los Ángeles, Chicago o Miami, bueno, puede hacerse. Todavía eres joven. Tienes todo el tiempo del mundo para hacer lo que quieras. Pero ahora necesitamos tomar medidas drásticas para que O'Connell no pueda encontrarte.

Ashley tuvo un arrebato de cólera.

—Él no tiene derecho a hacerme esto —replicó alzando la voz—. ¿Por qué yo? ¿Qué he hecho mal? ¿Por qué quiere fastidiarme la vida?

Scott dejó que su hija se desahogara antes de responder. Hacía mucho tiempo que había aprendido que dejarla gritar y quejarse la calmaba, y que al final atendía, si no a razones, a algo parecido.

—Desde luego que no tiene derecho —dijo al fin—, pero tiene habilidad para algunas cosas. Así que haremos algunos movimientos que no pueda prever. El primero es alejarte de él.

Scott percibió que su hija lo sopesaba. No sabía que muchas de esas cosas ya se le habían ocurrido a ella. No obstante, Ashley pareció desanimarse y, sin que su padre lo supiera, los ojos se le llenaron de lágrimas. Nada era justo. Cuando habló, lo hizo con resignación.

—Muy bien, papá —dijo—. Es hora de que Ashley desaparezca.

—Entonces, ¿contrataron a un detective privado?

—Sí. Un tipo muy competente y con mucha experiencia.

—Parece la acción razonable que emprendería cualquier pareja moderadamente educada y con recursos financieros. Es como introducir a un experto. Creo que debería hablar con él. Debe de haber preparado alguna clase de informe para Sally. Es lo que acaban haciendo siempre los detectives privados.

—Sí, tienes razón. Hubo un informe. Uno inicial. Tengo la copia que le enviaron a Sally.

—¿Me la dejarás leer?

—¿Por qué no hablas con Matthew Murphy antes? Luego te la daré, si sigues pensando que la necesitas.

—Podrías ahorrarme la molestia.

—Tal vez —respondió ella—. No estoy muy segura de que ahorrarte tiempo y esfuerzo sea exactamente mi tarea en este proceso. Y además, creo que visitar al investigador privado será... ¿cómo decirlo? Educativo.

Sonrió sin humor, y tuve la impresión de que me estaba retando con algo. Me encogí de hombros y me levanté para marcharme. Ella suspiró, como desanimada por mi gesto.

—A veces se trata de impresiones —dijo—. Aprendes algo, oyes algo, ves algo, y deja una huella en tu mente. Es lo que pasó con Scott, Sally, Hope y Ashley. Una serie de acontecimientos se acumularon para configurar una visión bastante acertada acerca de su futuro. Ve a ver al detective privado —insistió con tono desabrido—. Eso aumentará bastante tu comprensión del caso. Y luego ya veremos si te hace falta su informe.

22

Desaparecer

«Basura» fue la primera palabra que le vino a la cabeza.

Matthew Murphy estaba estudiando los antecedentes policiales de O'Connell, que revelaban una vida de pequeños encontronazos con la ley. Entre otros, algún fraude con tarjetas de crédito seguramente robadas, un robo de coche en su adolescencia, agresiones y riñas de bar. Ninguno de aquellos delitos menores había sido castigado más que con libertad condicional, aunque en una ocasión había pasado cinco meses en la cárcel del condado cuando no pudo pagar una modesta fianza. El abogado de oficio tardó lo suyo en conseguir rebajar un cargo de asalto con agresión al de simple asalto. Una multa, el tiempo cumplido en prisión y seis meses de libertad vigilada, leyó Murphy. Se recordó que tenía que llamar al oficial de libertad condicional, aunque dudaba que fuera de mucha ayuda. Los oficiales de libertad condicional solían dedicar su tiempo a criminales más importantes, y, por lo que Murphy podía ver, Michael O'Connell no era nada importante... al menos a ojos del sistema legal.

Naturalmente, pensó, había otra forma de ver su historial: O'Connell quizás había cometido muchos delitos graves, pero no lo habían pillado.

Murphy sacudió la cabeza. No era precisamente un experto en criminología, pensó.

Contempló el montón de papeles que tenía en el regazo. Cinco meses en la cárcel del condado. No era tiempo suficiente para un escarmiento de verdad. Sólo la oportunidad para aprender varias habilidades de los reclusos más experimentados, si mantenías los ojos yoídos bien abiertos y conseguías no ser víctima de los tipos duros de la prisión. El crimen, como cualquier especialidad, necesitaba tiempo de estudio.

Había dos fotos en blanco y negro de O'Connell, una de frente y otra de perfil. «¿Así es como empezaste tu carrera delictiva?», le preguntó mentalmente. Lo dudaba. Esos cinco meses a la sombra sólo habían sido un cursillo de posgrado. Sospechaba que O'Connell ya había aprendido mucho antes de pasar por la prisión.

El oficial de la policía estatal que le había facilitado la ficha no había podido acceder a los antecedentes de O'Connell durante su minoría de edad. No se podía saber qué podía haber allí. Con todo, mientras examinaba las páginas, vio sólo pequeñas muestras de violencia, y eso lo tranquilizó un poco. «A lo mejor sólo eres un bravucón —pensó—. No un psicópata con una 9 mm.»

No obstante, obtuvo más información del expediente policial. O'Connell era un chico de la costa de New Hampshire, criado cerca de un *camping* de caravanas. Probablemente había tenido una infancia dura. Ninguna casita de paredes blancas con una tarta de manzana cocinándose en el horno y niños jugando al fútbol en el patio delantero. Notas bastante buenas en el instituto... cuando asistía. Había algunas lagunas. «¿Una temporada en un correccional juvenil?», se preguntó Murphy. Consiguió graduarse en el instituto. «Apuesto a que les diste algún que otro quebradero de cabeza a tus tutores.» Suficientemente listo para ingresar en la facultad local. Lo dejó. Volvió. No terminó. Se mudó a UMass-Boston. Bueno en trabajos manuales: mecánico con cierta experiencia. Obviamente, había empleado otras capacidades para aprender informática. Había bastante donde investigar, pensó, si eso era lo que Sally Freeman-Richards quería. Intuía más o menos lo que iba a encontrar. Un padre abusivo y una madre borracha. O tal vez un padre ausente y una madre casquivana. Divorcio, trabajos domésticos o trabajos basura y violencia los sábados por la noche, provocada por demasiada bebida.

Matthew Murphy estaba aparcado delante del cutre apartamento de Michael O'Connell. Era una tarde soleada y prometedora. Rendijas de brillante cielo asomaban entre los ajados edificios de apartamentos, y desde la esquina se distinguía en la distancia el cartel de CITGO colgado sobre Fenway Park. Miró la manzana de arriba abajo y se encogió de hombros. Era como muchas calles de Boston, advirtió. Lleno de jóvenes en ascenso hacia algo mejor y viejos en descenso de algo mejor. Y unos cuantos, como O'Connell, que la usaban como parada en el camino para algo peor.

Había sido fácil que un amigo de la policía le consiguiera la documentación sobre O'Connell que tenía en el regazo. Ahora quería echarle un buen vistazo al sujeto. Tenía a su lado una moderna cámara digital con teleobjetivo, la principal herramienta del detective privado.

Murphy era cincuentón, justo en esa edad previa a la ansiedad de hacerse viejo. Estaba divorciado, no tenía hijos, y lo que más echaba de menos eran los días de agente uniformado, cuando era joven y salía de la comisaría al volante de un coche patrulla. También echaba de menos su época en Homicidios, aunque, con los enemigos que se había ganado, jubilarse allí habría sido problemático. Sonrió para sí. Toda su vida había tenido la habilidad de salir bien parado de los problemas en que se metía, un paso por delante del martillo que caía rozándole la espalda. Un año después de alistarse en la policía, cuando se estrelló con su coche patrulla en una persecución, había salido sólo con un par de rasguños, mientras que los niños ricos y borrachos del BMW de papá que perseguía eran atendidos infructuosamente por una UVI móvil. En un tiroteo con unos traficantes, una noche le dispararon el cargador entero de una 9 mm, sólo para estampar cada bala en la pared que tenía detrás, y él había disparado un único tiro con los ojos cerrados, acertando al pecho del otro tipo. Había salido de tantas situaciones apuradas que ya le costaba recordarlas todas, incluyendo un enfrentamiento con un asesino en serie que esgrimía un cuchillo de carnicero en una mano y retenía a una niña de nueve años con la otra, con el cuerpo de su ex esposa a los pies y su suegra en el suelo de la cocina en un charco de sangre. Murphy recibió una recomendación por ese arresto. Una recomendación y una amenaza del asesino, que juró convertirlo en una de sus próximas víctimas si alguna vez salía libre, cosa bastante improbable. Matthew Murphy consideraba el número de amenazas que había acumulado el baremo más adecuado de sus logros. Tenía demasiadas que contar.

Cogió los papeles del asiento del pasajero. En el historial de Murphy, aquel O'Connell apenas representaba una leve molestia. Tomó aire y repasó los documentos una vez más, buscando alguna advertencia de que no se pudiera intimidar a O'Connell por motivos médicos o de otro tipo. No encontró ninguna. Ésa era la primera medida que había sugerido a la abogada. Una visita nocturna acompañado por un par de policías fuera de servicio. Una visita informal, pero con toda la amenaza que pudieran transmitir, que era bastante. Le apretarían un poco las tuercas y le enseñarían una amañada orden de alejamiento firmada por un juez. El objetivo era hacerle pensar que acosar a aquella chica no le merecía la pena. Y asegurarse de que comprendiera que, si no se atenía a razones, las consecuencias para él serían terribles.

Sonrió. Sin duda funcionaría, pensó.

En su trayectoria había lidiado con algunos acosadores bastante chiflados, tipos que no retrocedían ante las amenazas, la ley ni las armas: psicópatas capaces de atravesar una tormenta de fuego para llegar a la persona que les obsesionaba, pero O'Connell parecía sólo un baboso de poca monta. Murphy conocía muy bien esa clase de basura social. Lo que no entendía, por mucho que leyera sobre O'Connell, era por qué esa pequeña rata creía que podía fastidiar a gente como Sally Freeman-Richards y su hija. Sacudió la cabeza. Había intervenido en más de un homicidio en que un marido o un novio abandonado descargaban su furia contra una pobre mujer que intentaba continuar con su vida. Murphy tenía una afinidad natural con cualquiera que intentase escapar de una relación abusiva. Lo que no comprendía era de dónde procedía la obsesión. En los casos que había visto a lo largo de los años, le parecía que el amor era tal vez la razón más estúpida para perder la libertad, el futuro y en algunos casos la vida.

Echó otro vistazo al portal del apartamento.

—Vamos, chico —masculló en voz baja—. Sal para que pueda verte. No me hagas perder más tiempo.

Como obedeciendo a sus palabras, vio movimiento en el portal, y O'Connell salió. Lo reconoció inmediatamente por las fotos de las fichas de hacía tres años.

Cogió la cámara. Para su sorpresa, O'Connell se entretuvo un momento, casi volviéndose en su dirección. Murphy disparó rápidamente media docena de fotos.

—Te tengo, cabroncete —musitó—. No has sido difícil de detectar.

Lo que Murphy no sabía en ese momento era que lo mismo sucedía en su caso.

Scott podía hacer una llamada, aunque no estaba seguro de que sirviera para algo. El entrenador de fútbol americano estaba en su oficina, revisando las estrategias de juego con su coordinador de defensa. De pronto sonó el teléfono.

—¿Entrenador Warner? Soy Scott Freeman...

—¡Scott! Me alegro de oírle. —Se conocían de haberse visto en actos sociales y en los partidos—. Pero ahora mismo estoy muy liado...

—¿Elucubrando alguna táctica defensiva infalible, diseñada para maniatar al rival y reducirlo a la máxima impotencia? —bromeó Scott.

El entrenador soltó una carcajada.

—Sí, desde luego. No aceptaremos menos que una rendición incondicional del enemigo. Pero no me habrá llamado para eso, ¿eh?

—Necesito un pequeño favor. Algo de músculo.

—Tenemos músculos en abundancia, pero también clases y entrenamientos. Los chicos están muy ocupados...

—¿Qué tal el domingo? Necesito a dos o tres chicos. Un pequeño ejercicio muscular. Desde luego bien retribuido en efectivo.

—¿El domingo? Bien. ¿Qué tiene pensado?

—Mi hija se muda de su apartamento en Boston y hay que recoger sus cosas. Deprisa.

—No hay problema. Muy bien. Pediré un par de voluntarios después del entrenamiento y se los enviaré mañana.

Los tres jóvenes que se presentaron a la puerta del despacho de Scott a la mañana siguiente parecían ansiosos por ganar unos dólares extras. Scott les explicó rápidamente que debían recoger una furgoneta de alquiler el domingo por la mañana, ir a Boston, embalar todo lo que había en el apartamento y luego llevarlo a un guardamuebles en las afueras de la ciudad, cosa que ya había contratado.

—Necesito que se haga sin retraso alguno —dijo Scott.

—¿Cuál es la prisa? —preguntó uno de los chicos.

Scott no quería que se supiera la verdad, desde luego.

—Mi hija es estudiante de posgrado en Boston. Hace algún tiempo solicitó una beca para estudiar en el extranjero. Y de pronto le llegó el otro día. Así que se marcha a Florencia a estudiar arte renacentista de seis a nueve meses. Tiene el vuelo en los próximos días, y yo no quiero pagar el alquiler de un apartamento vacío. Ya tengo bastante con perder el depósito de fianza. Pero qué remedio —suspiró afectando resignación—, si te gustan todos esos cuadros de santos mártires y profetas decapitados, supongo que hay que ir a Italia. Aunque no creo que las palabras «empleo» y «carrera» tengan mucho que ver con la manera en que mi hija lleva su vida...

Esto provocó sonrisas en los jóvenes, ya que era algo con lo que podían identificarse. Tomaron nota de los detalles y quedaron en reunirse el domingo por la mañana.

Mientras la puerta se cerraba, Scott pensó: «Si alguien les pregunta, contestarán que Ashley se marchó al extranjero. Suena creíble. Florencia. Sí, lo recordarán.» Habría una persona que, si veía a los tres chicos haciendo la mudanza, estaría muy interesada en la historia que Scott había urdido ingeniosamente.

Ashley se sentía un poco ridícula.

Había metido ropa para una semana en una bolsa de lona negra, y para una segunda en una maleta pequeña con ruedas. El día antes, el repartidor de Federal Express le había entregado un paquete enviado por su padre. Incluía dos guías de ciudades de Italia, un diccionario inglés-italiano y tres libros sobre arte renacentista. De los tres, ella ya tenía dos. También había una guía publicada por la facultad de Scott titulada *Guía para estudiar en el extranjero*.

Valiéndose del ordenador, le había escrito una breve carta encabezada por el rimbombante membrete de un supuesto «Instituto para el Estudio del Arte Renacentista», dándole la bienvenida al curso y añadiendo el nombre de su contacto en Roma. El contacto era real: se trataba de un profesor de la Universidad de Bolonia que Scott había conocido en un congreso y que en ese momento estaba impartiendo clases en África durante un año sabático. No creía que O'Connell fuera capaz de encontrarlo nunca. Y si lo hacía,

Scott suponía que mezclar algo ficticio con algo real lo confundiría. La estrategia le parecía muy astuta.

Ashley tenía que dejar la carta en la mesa del apartamento, como olvidada por descuido. Las indicaciones de su padre para todo lo que ella tenía que hacer eran detalladas. A Ashley le parecían un poco exageradas, aunque nada era demasiado descabellado y todo tenía sentido. A fin de cuentas, se trataba de elaborar un engaño.

Una de las guías tenía que ir colocada en un bolsillo exterior de la bolsa, un poco asomada, para que quien la viera no pudiera dejar de reparar en su título. Los otros libros se quedarían en el apartamento supuestamente para ser empaquetados, bien visibles encima del escritorio o la mesilla de noche.

La penúltima llamada que ella debía hacer, antes de llamar a la compañía telefónica para cancelar la línea fija, sería a una compañía de taxis.

Cuando llegara el taxi, ella cerraría el apartamento y dejaría la llave en el dintel de la puerta exterior, donde los estudiantes encargados de la mudanza pudieran encontrarla con facilidad.

Ashley contempló el lugar que había llegado a considerar su hogar. Los pósters en las paredes, las plantas en sus tiestos, la chillona cortina naranja de la ducha... todo era suyo, lo primero que tenía, y se sorprendió de lo emotiva que de pronto se sentía ante cosas tan sencilla. A veces pensaba que todavía no estaba segura de quién era y en quién iba a convertirse, pero aquel apartamento había sido un primer paso en esa dirección.

—¡Maldito seas, Michael O'Connell! —masculló.

Miró la nota escrita por su padre. «Muy bien —se dijo—. Habrá que intentarlo.»

Cogió el teléfono y pidió un taxi. Luego llamó a la compañía telefónica.

Después esperó nerviosa dentro del portal la llegada del

taxi. Siguiendo las instrucciones de su padre, llevaba gafas oscuras y una gorra de lana que le cubría el pelo, el cuello del abrigo vuelto hacia arriba. «Como alguien que no quiere ser reconocido, que está huyendo», había indicado Scott. Ella no estaba segura de estar actuando o, por el contrario, comportándose conforme a lo que sentía en ese momento. Cuando el taxi se detuvo ante el edificio, dejó la llave en el dintel y luego, con la cabeza gacha, sin mirar a izquierda ni a derecha, salió y cruzó la acera tan rápida y furtivamente como pudo, suponiendo que O'Connell estaba vigilándola desde algún lugar. Era temprano por la tarde y el brillo del sol envolvía el aire frío, proyectando extrañas sombras en los callejones. Metió la pequeña maleta y la mochila en el asiento trasero y subió.

—Al aeropuerto Logan —dijo—. Terminal de salidas internacionales. —Y bajó la cabeza, encogiéndose en el asiento como si se escondiera.

En el aeropuerto, le dio al conductor una propina modesta y comentó como de pasada:

—Me voy a Italia a estudiar.

Fue hasta los mostradores de facturación de equipaje, oyendo el constante rugido de los aviones que despegaban sobre las aguas de la bahía. Había cierto nerviosismo en las colas de gente que facturaba. Se oía un constante murmullo de conversación en diversos idiomas. Miró hacia las puertas de salida, y luego se dio la vuelta y se dirigió a la derecha, a los ascensores. Se acercó a un grupo recién desembarcado de un vuelo de Aer Lingus procedente de Escocia, todos pelirrojos y de piel clara, hablando con marcado acento y vestidos con los jerseys verdes y blancos a rayas del Celtic de Glasgow, que se dirigían a una gran reunión familiar en el sur de Boston.

Ashley encontró sitio al fondo del ascensor y abrió rápidamente la mochila. Guardó la gorra y la chaqueta de lana y las gafas de sol, sacó una gorra marrón de béisbol de la

Universidad de Boston y una chaqueta de cuero marrón, y se cambió rápidamente, agradecida de que a los escoceses no les resultara extraño.

Bajó en la segunda planta y se dirigió a las plantas de aparcamiento. Estaba oscuro, olía a gasolina y se oía el chirriar de las ruedas en las rampas circulares. Enfiló la salida hacia la estación de metro.

Sólo había media docena de personas en el vagón, y ninguna era Michael O'Connell. No había posibilidad alguna, pensó, de que estuvieran siguiéndola. Ya no. Empezó a notar una liberadora excitación y una mareante sensación de libertad. Su pulso aumentó y sonrió por primera vez en muchos días.

Con todo, decidió seguir las instrucciones de su padre al pie de la letra. «De momento está funcionando», pensó. Se bajó del metro en Congress Street y, arrastrando la maleta, recorrió las pocas manzanas que la separaban del Museo de los Niños. Dejó las maletas en la consigna y compró una entrada. Luego entró en el laberinto del museo, deambulando de una sala de Lego a una exposición científica, rodeada por risueños grupos de niños, maestros y padres. En medio de aquel infantil ambiente feliz y entusiasta comprendió la lógica del plan de su padre: Michael O'Connell no habría podido seguirla solapadamente hasta allí, ya que habría quedado en evidencia, por completo fuera de lugar. En cambio, Ashley no se diferenciaba de las maestras de preescolar o madres jóvenes que circulaban por las atestadas y bulliciosas salas.

Miró la hora. A las cuatro en punto recuperó sus maletas y salió directamente a uno de los taxis que esperaban fuera. Esta vez escudriñó la calle con atención. El museo estaba en una antigua zona de almacenes, y la amplia calle estaba despejada en ambas direcciones. Reconoció la agudeza de su padre al elegir aquel lugar: no había sitio para esconderse, ni callejones, ni árboles, ni vallas, porches o mobiliario urbano donde parapetarse.

Ashley sonrió y le pidió al taxista que la llevara a la terminal de autobuses Peter Pan. El hombre gruñó, porque quedaba muy cerca, pero a ella no le importó: por primera vez en días había perdido la sensación de estar sometida a vigilancia. Incluso canturreó un poco mientras el taxi se internaba por las calles del centro de Boston.

Compró un billete para Montreal en un autobús que salía al cabo de diez minutos. Tenía parada en Brattleboro (Vermont) antes de continuar hacia Canadá; ella se bajaría allí. Ya tenía ganas de ver a Catherine.

El olor a gasolina y combustión la asaltó mientras cruzaba la plataforma en dirección al autobús. Ya había oscurecido y las luces de neón hacían brillar la forma plateada del vehículo. Encontró un asiento de ventanilla al fondo. Contempló la noche que caía y, en vez de sentirse insegura e inquieta, se sintió casi libre. Cuando el conductor cerró la puerta y maniobró marcha atrás, cerró los ojos y oyó el zumbido del motor.

El vehículo recorrió las calles del centro en dirección a la autovía del norte. Aunque todavía era temprano, Ashley se sumió en un profundo sueño.

Lucía un sol implacable. Era uno de esos calurosos días en que el aire parece estancado entre las montañas. Aparqué a unas manzanas de la oficina de Matthew Murphy.

En muchas ciudades de Nueva Inglaterra es fácil ver hasta dónde ha llegado el dinero para obras nuevas, antes de que los políticos locales estimaran que no conseguirían más votos aunque siguiesen invirtiendo. En una o dos manzanas, edificios nuevos y edificios decrépitos se tocan sin solución de continuidad. No es precisamente deterioro, como un diente se pudre de dentro hacia fuera, sino más bien una especie de resignación.

La manzana donde esperaba encontrar la oficina de

Murphy parecía un poco más deteriorada que las demás. En una esquina, un bar oscuro y cavernoso anunciaba «Topless las 24 horas» bajo un brillante rótulo de neón de cerveza Budweiser. Enfrente había un pequeño mercado con puestos de verdura, frutas, bebidas y latas de conservas; una bandera hondureña ondeaba en la entrada. El resto de los edificios era del ubicuo ladrillo rojizo de casi todas las ciudades. Un coche de la policía pasó por mi lado.

Encontré el edificio de Murphy en mitad de la manzana. Tenía un único ascensor junto a un directorio que indicaba cuatro oficinas en dos plantas.

La de Murphy estaba frente a una agencia de servicios sociales. Junto a la puerta había una placa nagra en la que, bajo su nombre, se leía «Investigaciones confidenciales» en letras doradas.

Accioné el pomo para entrar en la oficina, pero la puerta estaba cerrada. Lo intenté un par de veces y luego llamé con los nudillos.

No hubo respuesta.

Volví a llamar y maldije entre dientes.

Cuando me volví, sacudiendo la cabeza y pensando que había perdido todo el día, la puerta de la agencia de servicios sociales se abrió, y salió una mujer de mediana edad cargando con un montón de clasificadores. Me ofrecí a ayudarla.

—Ahí ya no hay nadie —me informó.

—¿Se han mudado?

—Más o menos. Salió en la prensa.

Enarqué las cejas, y ella frunció el ceño.

—¿Tiene usted relación con Murphy?

—Tengo algunas preguntas que hacerle.

—Ya —dijo ella—. Si quiere puedo darle su nueva dirección. Queda a media docena de manzanas de aquí.

—Gracias. ¿Dónde es?

Ella se encogió de hombros.

—El cementerio de River View

23

Furia

Se recordó que tenía que conservar la calma.

Esto era difícil para Michael O'Connell. Funcionaba mejor al borde de la ira, cuando ramalazos de furia le embotaban el juicio y lo conducían a situaciones en que se sentía cómodo. Una pelea. Un insulto. Una obscenidad. Ésos eran los momentos en que disfrutaba casi tanto como cuando urdía planes. Había pocas cosas, pensó, más satisfactorias que predecir lo que iba a hacer la gente y luego ver cómo lo hacían.

Había visto a Ashley subir a aquel taxi y había anotado la compañía y el número identificador. No le sorprendía que ella huyera. Esa reacción era natural en gente como Ashley y su familia, un hatajo de cobardes.

Había llamado a la centralita de los taxis. Después de dar los datos del vehículo, dijo que había encontrado una funda con unas gafas graduadas que al parecer la joven pasajera había dejado caer en la acera al subir al taxi. ¿Había algún modo de devolvérselas?

El operador vaciló un momento y luego consultó su archivo de llamadas.

—Pues me temo que no, amigo —dijo.

—¿Por qué? —preguntó O'Connell.

—Ese servicio fue hasta salidas internacionales de Logan.

Ya puede tirarlas. O entregarlas en uno de esos buzones de caridad.

—Ajá —dijo O'Connell, y se permitió bromear—: La chica no verá muchas vistas donde haya ido de vacaciones.

—Mala suerte para ella.

Eso era quedarse corto, pensó Michael O'Connell.

Ahora estaba apostado a media manzana del edificio de Ashley, viendo cómo tres jóvenes sacaban cajas del apartamento de la chica. Tenían una furgoneta aparcada en doble fila en la calle, y trabajaban deprisa. Una vez más, O'Connell se ordenó conservar la calma. Encogió los hombros y trató de aflojar la tensión acumulada en el cuello, apretó los puños media docena de veces. Luego echó a andar lentamente en dirección al edificio.

Uno de los muchachos cargaba dos cajas de libros, con una lámpara puesta precariamente encima cuando O'Connell llegó al portal. El chico iba un poco desequilibrado.

—Eh, ¿entras o sales? —preguntó O'Connell.

—Estamos de mudanza —resopló el muchacho.

—Deja que te eche una mano —dijo O'Connell, y cogió la tambaleante lámpara. Sintió un cosquilleo al aferrar la base metálica, como si el mero contacto con las pertenencias de Ashley equivaliera a acariciar su piel. Recordó exactamente dónde estaba situada en el apartamento y visualizó la luz proyectada sobre el cuerpo de la chica, silueteando curvas y formas. Su respiración se aceleró y casi se notó mareado al entregársela al muchacho de la mudanza.

—Gracias —respondió el chico y la metió sin ceremonias en la furgoneta—. Sólo faltan la maldita mesa, la cama y un par de alfombras.

O'Connell tragó saliva y señaló una colcha rosa. Recordó la noche que la había abierto, antes de inclinarse sobre Ashley.

—¿Te estás mudando? —preguntó.

—Qué va —respondió el muchacho, estirando la espalda—. Estamos trasladando las cosas de la hija de un profesor. Nos paga bien.

—Vaya —dijo O'Connell, esforzándose en no revelar ninguna curiosidad especial—. Debe de ser la chica que vive en el primer piso, ¿no? Yo vivo ahí abajo. —Señaló otro edificio—. ¿La chica se marcha de la ciudad?

—Se va a Florencia, Italia, nos han dicho. Consiguió una beca de estudios.

—Muy afortunada.

—Desde luego.

—Bien, buena suerte con la mudanza. —O'Connell saludó y continuó su camino. Cruzó la calle y encontró un árbol donde apoyarse, fuera de la vista de los chicos.

Inspiró hondo mientras una compulsión helada se asentaba en su interior. Vio los muebles de Ashley desaparecer en la parte trasera de la furgoneta y se preguntó si aquello estaba sucediendo de verdad. Era como estar viendo una película, donde todo parece real pero no lo es. Un taxista con una carrera hasta el aeropuerto internacional Logan, tres estudiantes universitarios haciendo una mudanza un domingo por la mañana, un detective privado con oficina en Springfield sacándole fotos desde un coche frente a su propio apartamento. Todo aquello significaba algo, pero todavía no estaba seguro de exactamente qué. Sin embargo, sí estaba seguro de una cosa: si los padres de Ashley creían que comprarle un billete de avión la alejaría de él, estaban muy equivocados. Sólo conseguirían que las cosas fueran más interesantes para él. La encontraría, aunque tuviera que volar a Italia.

—Nadie puede robarme —susurró para sí—. Nadie puede quitarme lo que es mío.

Catherine Frazier se ciñó un poco más el chaquetón de lana y vio cómo su aliento formaba un halo de vaho ante ella. El aire nocturno presagiaba el tiempo por venir. «Vermont es así —pensó—, siempre te avisa con antelación, sólo has de prestarle atención.» Un frío regusto a noche en los labios, una sensación cortante en las mejillas, la sacudida de las ramas de un árbol, una fina capa de hielo en los estanques por la mañana. Habría nevadas en los próximos días. Anotó mentalmente comprobar su provisión de leña apilada tras la casa. Ojalá supiera leer en las personas con la misma precisión con que leía el tiempo.

El autobús de Boston llegaba un poco tarde, y en vez de esperar dentro de la bolera y restaurante donde hacía su parada antes de proseguir a Burlington y Montreal, Catherine había salido al exterior. Las luces brillantes la ponían extrañamente nerviosa: se sentía más cómoda en las sombras y la niebla.

Ansiaba ver a Ashley, aunque, como siempre, tenía sus dudas sobre cómo tratarla exactamente durante su estancia. Ashley no era su nieta ni su sobrina. No era pariente suya por adopción, aunque eso era lo más parecido. La gente de Vermont, por norma, rara vez se mete en los asuntos de los demás, pues tienen esa sensibilidad yanqui de que, cuanto menos se diga, mejor. Pero Catherine sabía que las otras mujeres de su iglesia, así como los dependientes de las tiendas donde era conocida, se harían preguntas. En aquella región todos poseían finos radares para detectar cualquier pequeño acto que sugiriera hipocresía. Y había algo incongruente en recibir en su casa a la hija de la compañera de su hija, una relación que ella condenaba en silencio aunque de manera evidente.

Catherine observó el cielo. Se preguntó si podían tenerse tantos sentimientos en conflicto como estrellas había allá en lo alto.

Ashley era una niña cuando Catherine la conoció. Recordó su primer encuentro con ella y sonrió. «Yo llevaba demasiada ropa —recordó—. Pese al calor que hacía, me había puesto una falda de lana y un jersey grueso. Qué tonta. A la niña debí de parecerle una vieja de cien años.»

Catherine se había mostrado envarada, casi estirada, tontamente formal, cuando le presentaron a la niña de once años y ella le estrechó la mano. Pero Ashley la desarmó enseguida, y por eso, en algunos aspectos, la tregua que mantenía Catherine con su propia hija, y la relación cortés que mantenía de puertas para afuera con su compañera (Catherine odiaba esa palabra, pues hacía que su relación pareciera un negocio) se benefició de su afecto hacia Ashley. Había asistido a ruidosas fiestas de cumpleaños y partidos de fútbol furibundos, había visto a Ashley hacer de Julieta en una representación teatral en el instituto aunque odiaba cuando el personaje se moría en escena. Se había sentado en el borde de la cama de Ashley una noche, cuando la chica, ya con quince años, lloraba inconsolable tras la ruptura con su primer novio. Había ido a la casa de Hope y Sally para sacarle fotos a Ashley engalanada con su vestido para la fiesta de graduación. La había cuidado durante un brote de gripe, porque Sally estaba absorbida en un juicio, y había dormido en el suelo junto a ella, escuchando su respiración toda la noche. Le había dado alojamiento la vez que se había presentado en su puerta con una mochila de acampada y un par de amigas de la facultad camino de las Green Mountains. Y la había invitado a cenar en Boston un par de felices ocasiones y habían pasado un día inolvidable en las gradas del estadio de Fenway, cuando Catherine encontró una excusa para ir a la ciudad y se presentó como por casualidad, aunque el verdadero motivo del viaje era ver a Ashley.

Se paseó por la grava del aparcamiento, esperando el autobús, y pensó que la vida no le había dado los nietos que había esperado, pero en cambio el destino le había traído a Ashley. Desde el primer momento en que la había visto y la niña había preguntado tímidamente «¿Quieres ver mi habitación y que leamos un libro juntas», Catherine había entrado en un reino completamente diferente, donde Ashley quedaba exenta de todas las decepciones y dificultades que experimentaba con su hija, Hope.

—Por Dios —masculló Catherine—. ¿Cuánto puede retrasarse un autobús?

En ese momento oyó los resoplidos del motor diésel, aminorando para tomar la curva, y los faros hendieron la oscuridad del aparcamiento. Avanzó rápidamente, agitando ya los brazos por encima de la cabeza a modo de saludo.

La secretaria de Sally la llamó por el intercomunicador.

—Tengo a un tal señor Murphy al teléfono. Dice tener información para usted...

—Pásamelo —dijo la abogada—. Hola, señor Murphy. ¿Qué tiene para mí?

—Bueno, todavía no demasiado, pero supuse que querría estar al corriente enseguida, dada la, hum, naturaleza personal de esta investigación.

—Correcto. Cuénteme lo que sepa.

—Bueno, creo que no hay motivo para preocuparse demasiado. Es un problema, sí, pero los he visto peores.

Sally respiró con alivio.

—Muy bien. Adelante.

—El chico tiene un historial. No muy largo y sin muchas banderas rojas, si me entiende, pero suficiente para tomar precauciones.

—¿Violencia?

—No demasiada. Peleas, riñas de bar, esa clase de cosas. Siempre a puñetazo limpio. Eso es buena señal, aunque también puede significar que simplemente no lo han pillado con un arma... Parece un mal tipo, desde luego, pero no creo que sea más que un peso ligero. Quiero decir que he visto su perfil mil veces, y con un poco de presión se doblan como una vara. Puedo hacerle una pequeña visita con un par de amigos, para meterle miedo en el cuerpo y dejarle claro que lleva las de perder. Tal vez le ayude a comprender que otra clase de vida sería más sana para él...

—¿Se refiere a amenazarlo?

—No, abogada. No soy partidario de la violencia en ningún caso... —Murphy hizo una pausa para que Sally entendiese que era partidario de todo lo contrario—. Además, como abogada, usted nunca me contrataría para que hiciera daño a nadie. Eso lo comprendo. Lo que estoy diciendo es que se le puede, digamos, intimidar. Todo dentro de la ley, ya me entiende.

—Es un paso que deberíamos considerar.

—Por supuesto. Tampoco incrementará mucho mis honorarios. Sólo las habituales dietas por desplazamiento y un pequeño extra para mis socios, ya sabe.

—Ya —dijo Sally—. Aunque no estoy segura de querer implicar a nadie más. Incluso socios de cuya discreción pueda usted responder. Desde luego, ningún policía fuera de servicio que después pudiera ser llamado a declarar en un tribunal bajo juramento. Sólo intento ser precavida, anticipar futuros imprevistos. Hay que cubrir todas las bazas, por así decirlo.

Murphy pensó que los abogados eran incapaces de comprender la diferencia entre la realidad tal como se vivía en la calle y la versión coherente y sensata que luego se daba de ella en un juicio.

«Hay distinciones que nunca entenderán —se dijo—. A veces malditas distinciones.» Suspiró, pero no dejó que se notara en su voz.

—Tiene usted razón, abogada. No obstante, creo que podría encargarme personalmente de esta parte del encargo, sin implicar a nadie relacionado con la policía.

—Sería aconsejable.

—¿Continúo, pues?

—Prepare un plan de acción, señor Murphy, y luego lo comentamos.

—De acuerdo. La llamaré. —Y colgó.

Sally permaneció sentada, sintiéndose inquieta a la vez que aliviada, lo cual era una contradicción.

Era un típico cementerio urbano situado en una zona poco frecuentada de la pequeña ciudad, rodeado por una verja de hierro negro. Mis ojos repasaron las filas de lápidas grises. Crecían en altura a medida que ascendían por la pendiente de la colina. Simples losas de granito daban paso a estructuras y formas más elaboradas. Las palabras talladas en las lápidas también se volvían más elaboradas, no sólo nombre y fechas. Por lo que sabía de él, pensé que no era probable que Murphy estuviera enterrado bajo querubines tocando trompetas.

Me adentré entre las hileras, sintiendo que la camisa se me pegaba a la espalda y el sudor me perlaba la frente. Al fondo vi una sencilla y modesta lápida con el nombre «Matthew Thomas Murphy» y las fechas de rigor. Nada más.

Anoté las fechas y me quedé allí un instante.

—¿Qué ocurrió? —pregunté en voz alta.

Ni siquiera un soplo de brisa o una visión espectral contestaron. Entonces, con leve irritación, pensé en quién podría tener la respuesta a esa pregunta.

A un par de manzanas del cementerio había una gasolinera con una cabina telefónica. Inserté unas monedas y marqué el número.

—Me mentiste —le reproché cuando ella contestó.

Ella inspiró hondo.

—¿A qué viene eso? —repuso—. Mentir es una palabra muy fuerte.

—Me dijiste que fuera a ver a Murphy. Y lo he encontrado en un cementerio. ¿Eso no es mentir? Yo creo que sí. ¿De qué va todo esto?

Ella vaciló.

—Pero ¿qué viste? —preguntó.

—Vi una tumba y una lápida barata.

—Entonces no has visto suficiente.

—¿Qué más había que ver, demonios?

Su respuesta sonó fría y profesional:

—Mira con más atención. Con mucha más atención. ¿Te habría enviado allí sin un motivo? Tú ves una losa de granito con un nombre y unas fechas. Yo veo una historia. —Y colgó.

24

Intimidación

Estimó que dedicar un día más a Michael O'Connell sería más que suficiente.

Matthew Murphy tenía encargos más importantes que demandaban su atención. Tomar fotografías comprometedoras, pruebas de evasión de impuestos, gente a la que seguir, gente a la que enfrentarse, gente que interrogar. Sally Freeman-Richards no era una abogada de éxito: no tenía un BMW ni un Mercedes, y sabía que la modesta minuta que iba a enviarle incluiría algún descuento de cortesía. Tal vez sólo la oportunidad de asustar a aquel gusano valía un descuento del diez por ciento. Ya no tenía muchas oportunidades de ejercer presión sobre gentuza como aquel O'Connell, y lo echaba en falta. «No hay nada como hacerse el duro para que el corazón bombee y la adrenalina fluya», se dijo.

Metió el coche en un aparcamiento a dos manzanas de la casa de O'Connell. Subió varios niveles hasta asegurarse de estar solo, aparcó y abrió el maletero. Allí guardaba discretamente su artillería: una larga funda roja contenía un fusil Colt AR-15 automático con un cargador de veintidós disparos; lo consideraba su arma «para resolver rápidamente problemas gordos», porque tenía potencia para volar por los aires cualquier cosa. En una funda más pequeña, amarilla, tenía una automática calibre 380 en una sobaquera. En una funda negra, un Magnum 357 con un tambor de seis balas llamadas «matapolis», porque penetraban los chalecos antibalas que usaban la mayoría de las fuerzas policiales.

Para este caso, pensó que la 380 sería suficiente. Seguramente le bastaría con que O'Connell supiera que la llevaba encima, cosa que se conseguía con una chaqueta sin abrochar. Murphy tenía experiencia en toda clase de intimidación.

Se colocó la sobaquera, sacó un par de finos guantes negros de cuero y, como acostumbraba, desenfundó rápidamente un par de veces. Una vez comprobó que sus viejas habilidades seguían casi intactas, se puso en marcha.

La brisa hizo revolotear hojarasca y desechos alrededor de sus pies mientras avanzaba por la acera. Quedaba suficiente luz natural para encontrar una sombra conveniente frente al edificio de O'Connell. Una vez apostado contra una pared de ladrillo, vio encenderse las farolas de la calle. Esperaba no tener que montar guardia demasiado tiempo, pero era un hombre paciente que conocía el arte de la espera.

Scott sintió orgullo y satisfacción.

Ya había recibido en su contestador un mensaje de Ashley, que había seguido con éxito su laberinto de instrucciones y había enlazado con Catherine en Vermont. Estaba encantado con la manera en que iban saliendo las cosas hasta el momento.

Los estudiantes habían vuelto tras descargar las pertenencias de Ashley en un guardamuebles de Medford. Scott se había enterado de que, tal como sospechaba, un tipo que encajaba con la descripción de O'Connell había hecho algunas preguntas a uno de los chicos. Pero se había quedado con aire entre las manos, pensó Scott, agarrando un fantasma. La información que había obtenido no llevaba a ninguna parte.

—Ésta no pudiste preverla, ¿eh, cabrón? —dijo en voz alta.

Se hallaba en la sala de su casa, y empezó a bailar en la

gastada alfombra oriental. De inmediato cogió el mando del equipo de música y fue pulsando botones hasta que *Purple Haze*, de Jimi Hendrix, atronó por los altavoces.

Cuando Ashley era pequeña, le había enseñado la vieja expresión de los años veinte «cortar una alfombra» para bailar, de modo que ella se le acercaba cuando estaba trabajando y le decía «¿Podemos cortar una alfombra?», y los dos ponían su vieja música de los años sesenta y él le enseñaba el *frug* y el *swim* e incluso el *freddy*, que eran, para su mente adulta, la serie de movimientos más ridícula que jamás había sido creada. Ella se reía y lo imitaba hasta que terminaba ahogada de risa. Pero, incluso entonces, Ashley poseía una especie de gracia de movimientos que lo sorprendía. Nunca había nada torpe ni vacilante en los pasos que su hija daba; y a él siempre le parecía un ballet. Sabía que no era imparcial, como suele pasarles a los padres con sus hijas, pero se esforzaba en ser objetivo, y su conclusión era siempre la misma: nada podría ser jamás tan hermoso como su propia hija.

Scott resopló. O'Connell nunca averiguaría que ella estaba en Vermont. Ahora era simplemente cuestión de que el tiempo pasara y de buscar otros estudios de posgrado en una ciudad diferente. Luego Ashley decidiría. Un contratiempo, sí, un retraso de seis meses, pero que evitaría problemas mayores.

Contempló el salón.

De pronto se sintió solo y deseó tener a alguien con quien compartir su júbilo. Ninguna de las personas con las que salía a cenar o tenía ocasionales encuentros sexuales eran amigos de confianza. Sus amistades en la facultad eran de naturaleza profesional, y dudaba que alguna de ellas comprendiera ni por asomo aquella situación.

Frunció el ceño. La única persona con la que realmente había compartido algo era Sally. Y no estaba dispuesto a llamarla. No en ese momento.

Una ola de oscuro resentimiento lo envolvió.

Ella lo había dejado para irse con Hope. De la manera

más brusca: las maletas hechas esperando en el pasillo mientras él trataba de encontrar algo adecuado que decir, sabiendo que no había nada. Sabía que ella no era feliz, que no se sentía realizada y que estaba llena de dudas. Pero había supuesto que se debía a su carrera, o tal vez al modo en que la madurez se vuelve aterradora, o incluso al hastío del complaciente mundo académico y liberal en que vivían. Todo eso podía aceptarlo, discutirlo, analizarlo, entenderlo. Lo que no podía entender era cómo todo lo que habían compartido podía de repente ser mentira.

Se imaginó a Sally en la cama con Hope. «¿Qué puede ella darle que no le diera yo?», se preguntó, y al punto advirtió que la pregunta era muy peligrosa. No quería saber esa respuesta concreta.

Sacudió la cabeza. «El matrimonio es una mentira», pensó. Los «sí quiero» y los «te amo» y los «vivamos juntos para siempre» habían sido un colosal embuste. Lo único verdadero que había surgido de todo aquello era Ashley, y ni siquiera estaba seguro de eso. «Cuando la concebimos, ¿ella me amaba? Cuando la tuvo en su vientre, ¿me amaba? Cuando nació, ¿sabía ya que todo era mentira? ¿Lo comprendió de repente o fue algo que supo todo el tiempo, pero prefirió mentirse a sí misma?» Agachó un instante la cabeza, recordando. Ashley jugando a la orilla del mar. Ashley yendo al jardín de infancia. Ashley haciendo una tarjeta con flores dibujadas para el día del Padre; la había pegado a la pared de su despacho. «¿Lo sabía Sally durante todos esos momentos? ¿En Navidad y en los cumpleaños? ¿En las fiestas de Halloween y las búsquedas de huevos de pascua?» Imposible asegurarlo, pero comprendía que el armisticio entre ellos tras el divorcio también era una farsa, aunque importante para proteger a Ashley. Ella siempre había sido la verdadera perjudicada, la que tenía algo que perder. A lo largo de todos aquellos meses y años juntos, Scott y Sally ya habían perdido lo que tenían que perder.

«Ella está a salvo ahora», se dijo para salir de aquellos sombríos pensamientos.

Fue al mueble bar y sacó la botella de whisky. Se sirvió un vaso, bebió un sorbo, dejó que el líquido ámbar le bajara lentamente por la garganta y luego alzó el vaso en un irónico brindis solitario.

—Por nosotros —dijo—. Por todos nosotros. Signifique eso lo que demonios signifique.

Michael también estaba pensando en el amor. Se encontraba en un bar bebiendo *boilermaker*, whisky con cerveza, una bebida diseñada para embotar los sentidos. Rebullía por dentro y era consciente de que ninguna droga o bebida sería suficiente para mitigar la tensión que lo reconcomía. No importaba cuánto bebiera, estaba resignado a una desagradable sobriedad.

Miró la jarra que tenía delante, cerró los ojos, y permitió que la ira reverberara en su corazón y en su mente. No le gustaba que lo burlaran, y castigar a quien lo había hecho se convirtió en su prioridad inmediata. Estaba enfadado consigo mismo por creer que los problemas que les había causado con Internet bastarían. La familia de Ashley, se dijo, necesitaba lecciones más duras. Le habían arrebatado algo que le pertenecía.

Cuanto más se enfadaba, más pensaba en Ashley. Imaginó su pelo cayendo en mechones rubio-rojizos sobre sus hombros, perfectos, suaves. Visualizó en su mente cada detalle de su rostro, dándole sombra como un artista, encontrando una sonrisa para él en los labios, una invitación en los ojos. Sus pensamientos resbalaron por su cuerpo, midiendo cada curva, la sensualidad de sus pechos, el sutil arco de sus caderas. Imaginó sus piernas extendidas junto a él y, cuando alzó la cabeza en la penumbra del bar, sintió que se excitaba. Se movió en el taburete y pensó que Ashley era ideal, excepto que no lo era porque había orquestado aquel doloroso bofetón. Un golpe a su corazón. Y mientras el licor aflojaba sus sentimientos, supo cuál sería su respuesta: nada de caricias, nada de suaves sondeos. La lastimaría tal como ella lo había lastimado a él. Era la única forma de hacerle comprender de una vez cuánto la amaba.

De nuevo se removió en su asiento, ya completamente excitado.

Una vez había leído en una novela que los guerreros de ciertas tribus africanas se enardecían sexualmente en los momentos previos a la batalla. Con el escudo en una mano, la lanza en la otra y una turgente erección entre las piernas, atacaban a sus enemigos.

Eso estaba muy bien.

Sin molestarse en esconder el bulto en su entrepierna, Michael O'Connell apartó su jarra vacía y se levantó. Esperó un momento por si alguien lo miraba mal o hacía algún comentario. Más que nada, en ese instante quería pelear.

Nadie lo hizo. Decepcionado, cruzó el local y salió a la calle. La noche había caído y el frío le asaeteó la cara, pero no aplacó su imaginación. Se imaginó a sí mismo tendido sobre Ashley, embistiéndola, penetrándola, obteniendo placer de cada centímetro de su cuerpo. Podía oírla responder, y para él había poca diferencia entre los gemidos de deseo y los sollozos de dolor. «Amor y dolor —pensó—. Una caricia y un golpe. Todo es lo mismo.»

A pesar del frío, se abrió la chaqueta y la camisa para sentir el aire helado mientras caminaba cabizbajo y respirando hondo. El frío no logró calmar su ardor. «El amor es una enfermedad», pensó. Ashley era un virus que corría por sus venas. Y que nunca lo dejaría en paz, ni un segundo durante el resto de su vida. Pensó que la única forma de controlar su amor por Ashley era controlar a Ashley. Nada le había parecido tan claro antes.

Torció en la esquina de su apartamento, la mente repleta de imágenes de lujuria y sangre, todo mezclado en un confuso batiburrillo, y por eso se dejó sorprender por una voz a su espalda:

—Tenemos que hablar un par de cosas, O'Connell.

Y una tenaza de hierro le retorció un brazo a la espalda.

Matthew Murphy había divisado a O'Connell cuando éste pasaba bajo una farola. Entonces salió de las sombras y se le acercó por detrás. Murphy estaba bien entrenado en esos menesteres, y sus instintos de más de veinticinco años de policía le decían que O'Connell era un novato, poco más que un cabroncete.

—¿Quién demonios eres tú? —balbuceó el joven, aturullado, pero Murphy le impidió volverse para verle la cara.

—Soy tu peor pesadilla, gilipollas de mierda. Ahora abre la puta puerta, que vamos a mantener una amable charla en tu casa. Quiero explicarte cómo funcionan las cosas sin tener que partirte la cara o las piernas. No quieres eso, ¿verdad, O'Connell? ¿Cómo te llaman tus amigos? ¿OC? ¿Mickey?

O'Connell intentó zafarse, pero la presión de aquella garra aumentó. Murphy prosiguió:

—Tal vez Michael O'Connell no tiene ningún amigo, así que tampoco tiene ningún apodo. Bueno, Mickey, lo inventaremos sobre la marcha. Porque, confía en mí, quieres que sea tu amigo. Lo quieres más de lo que has querido nada en este mundo. Ahora mismo, Mickey, ésa es tu prioridad número uno: asegurarte de que yo siga siendo tu amigo. ¿Lo entiendes?

O'Connell gruñó, tratando de volverse para mirar a Murphy, pero el ex policía permaneció tras él, susurrando amenazadoramente sin aflojar la presión y empujándolo hacia delante.

—Vamos, fantoche, subamos a tu casa. Nuestra pequeña charla será en privado.

Obligado, O'Connell cruzó la entrada y subió a la primera planta, conducido por la presión de Murphy, que no cejaba en sus hirientes sarcasmos. Le retorció el brazo un poco más cuando llegaron a la puerta y O'Connell se retorció de dolor.

—Ésta es otra ventaja de ser amigos, Mickey: no querrás que me enfade ni que pierda los nervios. No me obligarás a hacer algo que lamentes más tarde, estoy seguro. ¿Lo entiendes, cabronazo? Y ahora abre despacio la puerta de tu asquerosa madriguera.

Mientras O'Connell sacaba trabajosamente la llave del bolsillo y acertaba a la cerradura, Murphy escudriñó el pasillo y vio el catálogo de gatos de la vieja vecina alejándose. Uno incluso arqueó el lomo y siseó en dirección a O'Connell.

—No eres demasiado popular entre los vecinos, ¿eh, Mickey? —dijo Murphy, retorciéndole el brazo—. ¿Tienes algo contra los gatos? ¿Tienen ellos algo contra ti?

—No nos llevamos bien —gruñó O'Connell.

—No me sorprende —dijo Murphy, y le dio un empellón que lo hizo entrar dando tumbos.

O'Connell tropezó con la raída alfombra, cayó hacia delante y se golpeó contra una pared. Se volvió para intentar ver por primera vez a Murphy.

Pero el detective se le echó encima con desconcertante rapidez, tratándose de un hombre maduro, y se alzó sobre el joven como una gárgola de iglesia medieval, la cara demudada en una burlona mueca colérica. O'Connell consiguió quedar medio sentado y lo miró a los ojos.

—No estás acostumbrado a que te acosen, ¿eh, Mickey?

O'Connell no respondió. Estaba calibrando la situación y sabía que lo mejor era mantener la boca cerrada.

Murphy se abrió lentamente la chaqueta, enseñando la sobaquera.

—He traído a una amiga, Mickey.

El joven volvió a gruñir, mirando el arma y luego al investigador privado. Murphy desenfundó rápidamente la automática. No pensaba hacerlo, pero algo en la mirada desafiante de O'Connell le dijo que acelerara el proceso. Con un rápido movimiento, la amartilló y apoyó el pulgar contra el seguro. Luego la acercó despacio a O'Connell, hasta apoyarle el cañón contra la frente, directamente entre los ojos.

—Que te follen —le espetó O'Connell.

Murphy le golpeó la nariz con el cañón del arma. Lo suficiente para que doliera, no para romperla.

—Deberías mejorar tu vocabulario —dijo. Con la mano izquierda, le sujetó las mejillas y las apretó con fuerza—. Y yo que pensaba que íbamos a ser amigos.

O'Connell continuó mirando al ex policía, y Murphy le golpeó bruscamente la cabeza contra la pared.

—Un poco de amabilidad —pidió fríamente—. ¿Sabes?, la educación hace que todo vaya mejor.

Entonces lo cogió por la chaqueta y lo levantó rudamente, manteniendo la pistola plantada en su frente. Lo dirigió hacia una butaca y lo sentó de un empellón, de modo que O'Connell cayó hacia atrás y el mueble se alzó sobre sus patas traseras y cayó pesadamente.

—Todavía no he sido malo, Mickey. Ni una pizca. Todavía nos estamos conociendo.

—No eres un poli, ¿verdad?

—Conoces a los polis, ¿eh, Mickey? Te las has visto con ellos unas cuantas veces, ¿no?

O'Connell asintió.

—Bien, has acertado —dijo Murphy, sonriendo. Sabía que iba a hacerle esa pregunta—. Deberías desear que fuera un poli. Quiero decir, deberías estar rezando al Dios que creas que pueda oírte. «Por favor, Señor, que sea un poli.» Porque los polis tienen reglas, Mickey, reglas y regulaciones. Yo no. Yo soy más problemático. Peor, mucho peor que un poli. Soy investigador privado.

O'Connell hizo una mueca, y Murphy lo abofeteó con

fuerza. El sonido de su palma contra la mejilla resonó en el pequeño apartamento.

Murphy sonrió.

—No tendría que explicarte estas cosas, no a alguien como tú, que piensa que se las sabe todas, Mickey. Pero, para no perdernos, te explicaré un par de cosas más. Una, fui policía. Pasé más de veinte años tratando con tipos duros de verdad. La mayoría de ellos ahora están a la sombra, maldiciendo mi nombre. O muertos, y no piensan mucho en mí porque probablemente tendrán problemas más acuciantes en el otro barrio. Dos, tengo licencia estatal y federal para llevar esta arma. ¿Sabes qué suman esas dos cosas?

El joven no respondió, y Murphy volvió a abofetearlo.

—¡Mierda! —masculló O'Connell.

—Cuando te haga una pregunta, Mickey, por favor, responde.

Hizo además de abofetearlo otra vez.

—No lo sé —dijo O'Connell—. ¿Qué suman?

Murphy sonrió.

—Pues significan que tengo amigos... Amigos de verdad, no como nosotros esta noche, Mickey, amigos de verdad que me deben muchos favores de verdad, a quienes salvé el culo más de una vez a lo largo de los años. Están más que dispuestos a hacer cualquier puñetera cosa por mí, y si hace falta van a creer todo lo que yo diga sobre nuestro amable encuentro aquí esta noche. Les importan un carajo los gusanos como tú. Y cuando les diga que me atacaste con la navaja que dejaré en tu mano muerta y que me obligaste a volarte los sesos, me van a creer. De hecho, Mickey, me felicitarán por limpiar un poco este mundo de mierda. Ésa es la situación en que te encuentras ahora mismo, Mickey. En otras palabras, puedo hacer lo que me salga de las narices, y tú no puedes hacer nada, ¿entiendes?

O'Connell vaciló, pero asintió cuando vio que Murphy lo amenazaba con otro bofetón.

—Bien. Como dicen, la comprensión es el camino de la iluminación.

O'Connell percibió el sabor de la sangre en los labios.

—Lo repetiré para que quede claro: soy libre de hacer lo que me parezca adecuado, incluyendo enviar tu puta vida al reino de los cielos, o más probablemente al infierno. ¿Lo entiendes, Mickey?

—Lo entiendo.

Murphy empezó a rodear la silla, sin apartar la automática, golpeando de vez en cuando la cabeza de aquel cretino, o hincándola en la zona blanda entre su cuello y los hombros.

—Vaya mierda de casa que tienes aquí, Mickey. Qué pocilga. Sucia... —Murphy contempló la habitación, vio un ordenador portátil en una mesa y anotó mentalmente llevarse un puñado de discos. Hasta ahora, las cosas iban saliendo más o menos como había previsto. O'Connell era tan predecible como esperaba. Podía sentir la incomodidad del joven, sabía que el arma contra su cabeza estaba provocando indecisión y duda. En todos los momentos de confrontación hay un punto en que el interrogador hábil simplemente se apodera de la identidad del sujeto, controlando, guiándolo a un estado de obediencia. «Vamos por buen camino», se dijo. «Estamos haciendo progresos»—. No es una gran vida, ¿eh, Mickey? Quiero decir que no veo mucho futuro aquí.

—A mí me gusta.

—Ya. Pero ¿qué te hace pensar que Ashley Freeman querría ser parte de todo esto?

O'Connell guardó silencio, y Murphy lo golpeó desde atrás con la mano libre.

—Responde, gilipollas.

—Que la amo. Y ella me ama a mí.

Murphy volvió a abofetearlo.

—Eso no te lo crees ni tú, pedazo de capullo.

Una fina línea de sangre se dibujó bajo la oreja de O'Connell.

—Ella tiene clase, Mickey. Al contrario que tú, tiene posibilidades. Es de buena familia, tiene buena educación y sus posibilidades son infinitas. Tú, por el contrario, vienes de la mierda... —remarcó las últimas palabras golpeando al joven— y a la mierda volverás. ¿Cómo lo conseguirás? ¿Tal vez yendo al trullo? ¿O lograrás librarte para que te maten en algún callejón?

—Estoy tranquilo. No he quebrantado ninguna ley.

Los bofetones repetidos estaban surtiendo efecto: la voz de O'Connell se quebró levemente y reveló un temblor tras las palabras.

—¿De verdad? ¿Quieres que te investigue con más atención?

Murphy terminó de dar la vuelta, y una vez más le golpeó la nariz con el cañón, exigiendo una respuesta.

—No.

—Eso pensaba.

Lo cogió por la barbilla y la retorció dolorosamente. Pudo ver lágrimas en la comisura de los ojos del joven.

—Pero, Mickey, ¿no crees que deberías pedirme más amablemente que salga de tu vida?

—Por favor, sal de mi vida —dijo O'Connell lenta y suavemente.

—Bueno, me gustaría. De verdad que sí. Mirándolo desde un punto de vista objetivo, ¿no crees que sería bueno, bueno de verdad, que te aseguraras de no volver a verme en tu vida? ¿Que este pequeño encuentro, amistoso como es, sea la última vez que tú y yo nos veamos...? ¿Qué me contestas? ¿De acuerdo?

—De acuerdo. —O'Connell no sabía qué pregunta contestar, pero sí sabía que no quería que volvieran a golpearlo. Y aunque no creía que aquel animal fuera a dispararle, no estaba completamente seguro.

—Tienes que convencerme, ¿no crees?

—Sí.

Murphy sonrió y le palmeó la cabeza.

—Para que nos comprendamos de verdad, lo que estamos haciendo aquí es una negociación privada, especial, cara a cara, nuestra orden de alejamiento temporal. Como si estuviéramos en un tribunal. Excepto que la nuestra es jodidamente permanente, ¿entiendes? Seguro que sabes lo que significa permanecer alejados. Sin contacto. Pero nuestra orden es peor que las demás, porque es especial, sólo entre tú y yo, Mickey. Porque no se basa en un puñado de papeles firmados por un viejo juez al que no vas a hacer ni puto caso. La nuestra incluye una garantía... ¡auténtica!

Y con la última palabra, le descargó un puñetazo contra la mejilla, derribándolo al suelo. Se lanzó sobre él, pistola en mano, antes de que el joven tuviera tiempo de reaccionar siquiera.

—Tal vez debería dejarme de hacer el tonto y acabar con esto ahora mismo —dijo, y de repente soltó el seguro del arma. Alzó la mano izquierda como para protegerse de la inminente lluvia de sesos y sangre—. Dame un motivo —masculló—. El que sea, Mickey. Pero dame un motivo para tomar una decisión.

O'Connell trató de esquivar el cañón de la pistola, pero el peso del ex policía lo mantuvo inmovilizado.

—Por favor... —suplicó al fin—. Por favor, me mantendré alejado, lo prometo. La dejaré en paz...

—Buen principio, gilipollas. Continúa.

—Nunca tendré ningún otro contacto con ella. Me mantendré fuera de su vida para siempre, lo juro... ¿Qué más quieres que diga? —O'Connell casi sollozaba. Cada frase parecía más penosa que la anterior.

—Tendré que pensarlo, Mickey. —Bajó la mano con que se protegía y retiró el arma de la cara de O'Connell—. No te muevas. Sólo echaré un vistazo.

Se acercó a la mesa barata donde estaba el ordenador. Había un puñado de CD regrabables dispersos. Los cogió y se los guardó en el bolsillo. Luego se volvió hacia el joven, aún en el suelo.

—¿Es aquí donde guardas tus archivos sobre Ashley? ¿Es con esto con lo que jodes a gente que es mucho mejor que tú?

O'Connell simplemente asintió, y Murphy sonrió.

—No te creo —dijo bruscamente—. Ya no. —Entonces golpeó el teclado con la culata de la pistola—. Jop, jop —dijo mientras el plástico se rompía. Dos golpes más y la pantalla y el ratón saltaron en pedazos.

O'Connell simplemente se quedó mirando, sin decir nada. Con el cañón del arma, Murphy hurgó en el ordenador roto.

—Creo que estamos a punto de terminar. —Cruzó la habitación y se alzó sobre O'Connell—. Quiero que recuerdes algo.

—¿Qué cosa? —Sus ojos estaban anegados en lágrimas, como Murphy esperaba.

—Siempre podré encontrarte. Siempre podré saber dónde te escondes, no importa en qué pequeña ratonera te metas.

El joven asintió.

Murphy lo miró con dureza, buscando en su cara algún signo de desafío, signos de cualquier cosa que no fuera obediencia. Cuando se convenció de que no había ninguno, sonrió.

—Bien. Has aprendido mucho esta noche, Mickey. Una auténtica educación. Y no ha sido tan malo, ¿verdad? He disfrutado mucho de nuestro encuentro. Ha sido divertido, ¿no crees? No, probablemente no lo crees. Ah, y una última cosa...

Se hincó de rodillas, inmovilizando una vez más a O'Connell contra el suelo. Con el mismo movimiento, le metió bruscamente el cañón de la automática en la boca, sintiéndola chocar contra sus dientes. Vio el terror reflejado en los ojos del joven, exactamente lo que pretendía.

—Bang —dijo tranquilamente.

A continuación le sacó el arma de la boca, se levantó, le dedicó una sonrisa, se dio la vuelta y se marchó.

El frío aire nocturno lo refrescó y tuvo ganas de soltar una carcajada. Enfundó la pistola, se ajustó la chaqueta para quedar presentable y echó a andar por la calle, moviéndose con rapidez pero sin prisa, disfrutando de la oscuridad, la ciudad y la sensación de triunfo. Ya estaba calculando cuánto tardaría en regresar a Springfield y se preguntaba si llegaría a tiempo de cenar en algún sitio. Dio unos cuantos pasos y empezó a tararear para sí. «No ha estado tan mal, ¿eh?», pensó. Desde luego se había equivocado: la oportunidad de tratar con una basura como O'Connell merecía el diez por ciento de descuento que iba a hacerle a Sally Freeman-Richards. Le encantó comprobar que sus viejas habilidades se mantenían intactas, y se sintió decididamente más joven. Lo primero que iba a hacer por la mañana, pensó, sería escribir un pequeño informe (sin mencionar la destacada intervención de la automática) y enviárselo a la abogada, acompañado de su minuta y de la garantía de que nunca más tendría que preocuparse por Michael O'Connell. Murphy se enorgullecía de saber exactamente qué tecla pulsar para causar pánico a las personas débiles.

La oreja de O'Connell latía y la mejilla le picaba. Supuso que había perdido uno o más dientes, porque saboreaba la sangre en su boca. Estaba un poco entumecido cuando se levantó del suelo, pero se dirigió a la ventana y consiguió ver a aquel poli cabrón cuando doblaba la esquina. Se pasó la mano por la cara y pensó: «No ha estado tan mal, ¿eh?» Sabía que la forma más sencilla de conseguir que un poli te creyese era aceptar siempre la paliza. A veces era doloroso, a veces embarazoso, sobre todo si se trataba de un tipo viejo al que podías vencer fácilmente si no llevaba un arma. Sonrió, se relamió y dejó que el sabor salado lo llenara. Había aprendido mucho esa noche, se dijo, tal como le había dicho Matthew Murphy. Pero sobre todo había comprobado que Ashley no estaba en ningún país extranjero. Si estaba en Italia, a miles de kilómetros de distancia, ¿por qué enviaba su familia a un ex poli bocazas para intimidarlo? Eso no tenía sentido, a menos que ella estuviera cerca. Mucho más cerca de lo que había imaginado. ¿A su alcance? Eso creía. Inhaló hondo por la nariz. No sabía dónde estaba, pero lo descubriría pronto, porque el tiempo ya no significaba nada para él. Sólo Ashley significaba algo.

El edificio del *News-Republican* estaba situado en una engañosa zona del centro, junto a la estación de ferrocarril. Tenía una deprimente vista de la carretera interestatal, solares vacíos y otros lugares llenos de desechos. Era uno de esos sitios no exactamente deteriorado, sino simplemente ignorado, o quizás agotado. Montones de verjas, basura revoloteando al viento y pasos subterráneos decorados con pintadas. La sede del periódico era un edificio rectangular de cuatro plantas, un bloque de cemento y ladrillo. Parecía más una armería o incluso una fortaleza que un periódico. Dentro, lo que una vez se llamó sucintamente «la Morgue» era ahora una sala pequeña con ordenadores.

Una vez una servicial joven me enseñó cómo acceder a los archivos, no tardé en encontrar la noticia del último día de Matthew Murphy. O tal vez sería más correcto decir de sus últimos momentos.

El titular de primera plana rezaba: «Investigador privado y ex policía asesinado.» Había otros dos titulares más pequeños: «El cadáver fue encontrado en un callejón» y «La policía lo considera una venganza».

Llené varias páginas de mi bloc con detalles de los artículos aparecidos ese día, y de los siguientes. La lista de sospechosos parecía interminable. Murphy había intervenido en muchos casos importantes durante sus años de servicio, y al retirarse había continuado granjeándose enemigos con regularidad mientras trabajaba como investigador privado. No me cabía duda de que los detectives de Springfield que trabajaban en el caso habían dado prioridad a su muerte, y también Homicidios de la policía estatal. El fiscal de distrito habría presionado: los asesinatos de policías son casos importantes que pueden marcar carreras judiciales, para bien o para mal. Matar a un policía era como matar un poco de cada uno.

No obstante, los artículos iban enfriándose y no apareció lo que debería haber aparecido. Los detalles empezaron a repetirse. No se practicó ninguna detención. No se nombró ningún gran jurado a bombo y platillo. No se preparó ningún juicio. Era una historia donde el esperado gran final dramático se evaporaba en la nada.

Me aparté del ordenador, contemplando el parpadeante «no hay más entradas» que respondió a mi última petición.

Alguien había asesinado brutalmente a Murphy y tan espantoso hecho tenía que estar relacionado con el caso de Ashley. De algún modo.

Pero yo no lograba verlo.

25

Seguridad

La secretaria llamó con los nudillos a la puerta abierta del despacho de Sally. Traía un sobre en la mano.

—Acaba de llegar esto para usted —dijo—. No estoy segura del remitente. ¿Quiere que lo devuelva?

—No. Sé lo que es.

Sally le dio las gracias, cogió el sobre y cerró la puerta. Sonrió. Murphy era un hombre muy cauteloso, pensó. Supuso que tenía un apartado de correos para la correspondencia de naturaleza reservada. Encabezados prominentes y remites eran a menudo inconvenientes para la gente que se dedicaba a su trabajo.

La había llamado desde la carretera, al volver de Boston varias noches antes.

—Creo que su problema desaparecerá a partir de ahora, abogada.

Sally estaba en casa, sentada frente a Hope. Las dos estaban leyendo, Hope inmersa en *Historia de dos ciudades* de Dickens, mientras ella repasaba secciones desgajadas del dominical del *New York Times*.

—Me encanta oírlo, señor Murphy. Pero dígame: ¿cómo ha llegado exactamente a esa conclusión? —preguntó, adoptando su tono de abogada.

—Bueno, no sé hasta qué punto quiere que sea preciso. Pero nuestro mutuo amigo... —Se rió de la palabra—. Bueno, él y yo tuvimos una charla. Una interesante charla. Un análisis en profundidad de los pros y los contra de su... conducta. Y al final el señor O'Connell reconoció que podía representarle muchas desventajas continuar acosando a su hija. Vio la luz de la razón con un poco de ayuda y declaró formalmente que se alejaría de Ashley a partir de ese momento.

—¿Lo cree usted?

—Tengo buenos motivos para creerlo, señora Freeman-Richards. Su sinceridad fue evidente.

Sally hizo una pausa, leyendo entrelíneas.

—¿Nadie resultó herido? —preguntó.

—No permanentemente. A menos que el señor O'Connell tenga ahora el corazón roto, pero lo dudo. Sin embargo, quedó muy impresionado respecto a lo desaconsejable de continuar su curso de acción y llegó a una clara conclusión, después de que yo le hiciera ver ciertas realidades. No estoy seguro de que quiera usted conocer más detalles, abogada. Podría sentirse incómoda.

Sally reparó en que la conversación tenía un extraño tono afable; como si ella fuese incapaz de oír ciertas cosas sin palidecer o incluso desmayarse. Tenía una sensibilidad victoriana, y Murphy lo sabía.

—No, prefiero no saberlo.

—Muy bien. Le enviaré un informe pasado mañana o así. Y si tiene alguna duda o ve algo sospechoso, por favor, llámeme y yo me encargaré. Quiero decir, siempre existe la leve posibilidad de que el señor O'Connell cambie de opinión una vez más. Pero lo dudo. Parece una persona débil, señora Freeman-Richards. Muy poquita cosa, y no me refiero a su estatura. Como sea, creo que no volverá a molestar a nadie de su familia. Bien, si necesita que investigue algo más en el futuro, sabe dónde encontrarme.

Sally se sorprendió un poco de la descripción que Murphy hacía de O'Connell. No encajaba exactamente con sus conclusiones. Pero oírlo la tranquilizó, y por eso no hizo caso a ninguna duda que pudiera albergar.

—Naturalmente, señor Murphy. Parece que ha solucionado usted el asunto de la mejor manera posible. No imagina cuánto me satisface oírlo.

—Ha sido un placer, señora.

Ella colgó y se volvió hacia Hope.

—Bueno, ya está.

—¿Ya está qué?

—Envié a un investigador privado a explicarle las verdades de la vida a ese gusano. Como era de esperar, cuando se enfrentó a alguien fuerte, duro y experimentado, se derrumbó como un castillo de naipes. Los tipos como él son unos cobardes en el fondo. Se les hace saber que no te dejas intimidar, y desaparecen con el rabo entre las piernas.

—¿Eso crees? —respondió Hope—. No sé. Mi impresión es que ese tipo es de cuidado, aunque no sé decir por qué. Mira el lío en que nos ha metido con un pequeño acceso informático.

—Hope, intentamos negociar de manera justa con él. Intentamos darle una oportunidad para que se marchara, ¿no? Incluso le pagamos una importante suma. ¿No crees que fuimos justos y comprensivos?

—Sí, pero...

—Fuimos sinceros, ¿no?

—Supongo.

—Y él no cedió, ¿recuerdas? No quiso hacer las cosas más fáciles para nadie. Bien, pues ahora ha recibido una pequeña lección sobre lo duros que podemos ser. Y se acabó.

Hope no sacudió la cabeza, pero tenía sus dudas. Sally lo notó en sus ojos y fue a decir algo, pero se lo pensó mejor y dejó que el silencio volviera a instalarse entre ambas.

—Bueno, se acabó —dijo, un poco irritada porque Hope no hubiera mostrado más apoyo.

Sally cogió el sobre de Murphy y se sentó a su escritorio, recordando la conversación con Hope. Tuvo la curiosa impresión de que las cosas eran al revés: debería haber sido Hope, que era más joven y a menudo más testaruda, quien tendría que haberse dado por satisfecha, no ella.

Abrió el sobre y desparramó el contenido sobre la mesa. Había una carta, unos papeles grapados, varias fotos y unos disquetes.

Las fotos eran de O'Connell, tomadas ante su apartamento. Los papeles contenían su modesto historial policial y los datos laborales y de estudios que Murphy había desenterrado, junto con algo de información familiar, incluyendo nombres y dirección de sus padres. Una nota ponía que su madre había muerto. Otra nota, ésta pegada a los CD-Rom, advertía: «Están encriptados. Un informático podrá abrirlos sin problema. Quizá contengan información sobre su hija, incluso fotos. Los cogí del apartamento de OC, pero supongo que tendrá copias ocultas en alguna parte. El ordenador que él usaba resultó destruido por accidente durante nuestra entrevista, así que la información del disco duro se habrá perdido.»

La carta de Murphy describía la reunión con O'Connell en su apartamento, pero no daba detalles reales sobre su «conversación». Al final venía la minuta, que incluía un descuento de cortesía.

Sally cogió un talonario de cheques y rellenó uno para Murphy. Lo metió en un sobre sencillo con una nota que decía simplemente: «Gracias por su ayuda. Lo llamaremos si vuelve a ser necesario.»

Metió todo el material, incluyendo los disquetes, en un sobre marrón, lo rotuló como «Gusano de Ashley» con grandes letras y, con alivio, se acercó al enorme archivador y lo metió en el fondo del cajón inferior, donde esperaba que permaneciera durante años.

Hay una curiosa claridad en la luz de la tarde en la falda de las Green Mountains, como si las cosas se volvieran más nítidas, más definidas a medida que el día se convierte en noche en las últimas semanas del otoño. Catherine estaba junto a la ventana de la cocina, que daba al oeste, mirando a Ashley. La joven estaba fuera, enfundada en un brillante abrigo amarillo, sentada en el linde del patio. Tras ella había un prado que conducía al bosque. El día anterior habían ido a Brattleboro y comprado cartulina, un caballete y acuarelas, y Ashley estaba ahora pintando sola, tratando de captar los últimos tonos del día mientras descendían sobre las montañas y se entretenían en la copa de los pinos. Catherine trató de leer el lenguaje corporal de Ashley; parecía contener frustración y entusiasmo al mismo tiempo. Estaba relajada, disfrutando del momento con el pincel en la mano y los colores desplegados ante ella. Tuvo la impresión de que la joven y el cuadro eran lo mismo: ambos estaban en proceso de ser diseñados.

La noche que llegó Ashley habían pasado largas horas bebiendo té y hablando de lo sucedido. Catherine escuchó con asombro y una creciente inquietud.

Volvió a mirar por la ventana y la vio pintar una larga franja de cielo celeste en la cartulina que tenía apoyada en el caballete.

—No está bien —musitó.

Temió que Ashley, de algún modo (no estaba segura de por qué), estuviera «infectada» por Michael O'Connell. Temió que se volviera contra todos los hombres a causa de las acciones de uno solo.

Se agarró al borde del fregadero para sostenerse. Le daba miedo afrontar sus propios pensamientos. No quería pensar: «No quiero que Ashley se vuelva como Hope.» Y de inmediato sintió una punzada de culpabilidad, pues amaba a su hija. Hope era lista, hermosa y simpática. Hope inspiraba a los demás, sacaba lo mejor de los chicos con los que trabajaba y las chicas a las que entrenaba. Hope era todo lo que una madre podía querer en una hija, excepto una cosa, y ésa era la montaña que Catherine no podía escalar. Y mientras contemplaba a su... ¿qué? —¿sobrina?, ¿nieta adoptiva?— se sintió atrapada por difusos temores. El problema, aunque Catherine no lo reconoció en ese momento, era que se trataba de temores infundados.

—¿Cómo murió Murphy? —pregunté.

—¿Cómo? —repitió ella—. Seguro que puedes imaginarlo. Balas. Navajas. Golpes. Lo que prefieras.

—...

—Es el porqué lo que nos preocupa. Dime, ¿llegaron a detener a alguien por el asesinato de Murphy?

—No, que yo sepa.

—Bueno, me parece que tu búsqueda de respuestas se ha dirigido a la dirección equivocada. No se arrestó a nadie. Eso te dice algo, ¿no? ¿Quieres que yo, o un detective o un fiscal, diga: «Bueno, Murphy fue asesinado por X, pero no tenemos suficientes pruebas para hacer un arresto»? Eso sería agradable, ordenado y claro. —Vaciló—. Pero nunca he dicho que fuera una historia sencilla.

Lo que decía era cierto.

—¿Puedes pensar como Murphy, Sally, Hope y Ashley?

—Sí —contesté.

—Bien —resopló ella—. Fácil de decir, difícil de hacer... No respondí.

—Pero, dime, ¿puedes hacer lo mismo con Michael O'Connell?

26

El primer allanamiento

Desde el centro del puente de Longfellow podía ver el Charles hasta Cambridge. Hacía frío por la mañana temprano, pero había tripulaciones remando en el centro del río, golpeando al unísono con sus remos las negras aguas y marcando pequeños remolinos en la serena superficie. Había una pátina en el agua, mientras la luz del amanecer la coloreaba. Oyó a las tripulaciones gruñendo a la vez, con el ritmo marcado por la firme voz del timonel, habitualmente el tripulante más pequeño. Le gustaba ver cómo el más débil físicamente del equipo ordenaba a hombres corpulentos y fuertes. El más menudo era el más importante: era el único que podía ver y controlar el rumbo. A O'Connell le gustaba pensar que, aunque era lo bastante fuerte para tirar de un remo, también era lo bastante listo para sentarse en popa con el timón.

El paso de peatones del puente era un lugar al que solía ir a pensar cuando necesitaba resolver un problema complicado. El tráfico se movía veloz por la calzada. Los peatones mantenían su paso vivo. Allá abajo, el agua fluía hacia el mar, y en la distancia los convoyes del metro pasaban llenos de trabajadores. A O'Connell le parecía ser el único que estaba quieto. El ajetreo corriente de la ciudad debería haberlo distraído, pero allí donde se encontraba lograba concentrarse plenamente en cualquier dilema que tuviera entre manos.

«Tengo dos —pensó—: Ashley y Murphy, el ex policía.»

Tenía claro que el camino hacia Ashley pasaba por Scott o Sally. Era simplemente cuestión de encontrarlos, y confiaba en lograrlo. El obstáculo, sin embargo, era el ex madero, un hueso duro de roer. Se relamió, saboreando todavía la sangre, sintiendo la hinchazón donde le había abofeteado. Pero el enrojecimiento y los cardenales se desvanecerían mucho más rápido que su memoria. En cuanto O'Connell se acercara a los padres, le soltarían al sabueso. Y aquel ex poli tenía pinta de peligroso. «Quizás algo menos de lo que alardeó», pensó. Se recordó un hecho crucial: en todos sus tratos con Ashley y su familia siempre había ostentado el poder. Si tenía que haber violencia, debía estar bajo su control. Pero la presencia de Murphy cambiaba ese equilibrio, y no le gustaba.

Se agarró al murete de hormigón con ambas manos. La furia era como una droga que venía en oleadas, convirtiendo todo lo que veía en un calidoscopio de emociones. Durante un instante contempló el oscuro río que discurría bajo sus pies y dudó que incluso su temperatura casi helada pudiera enfriarlo. Resopló despacio, controlando su ira. La furia era su amiga, pero no podía dejar que actuara en su contra. «Concéntrate», se ordenó.

Lo primero era poner a Murphy fuera de la circulación. No sería demasiado difícil. Arriesgado sí, pero no imposible. No tan fácil como Scott, Sally y Hope, que con unos cuantos trucos de ordenador habían temblado como varas al viento. Pero tampoco fuera de su alcance.

Contempló el agua y vio que una de las tripulaciones descansaba. El bote se deslizaba por el agua, impulsado todavía por la inercia, mientras los remeros recuperaban fuerzas inclinados sobre los remos, arrastrando las palas a ras de superficie. Le gustó la forma en que el bote continuaba, impelido por nada más que la memoria del músculo. Era como una cuchilla cortando la superficie del río, y pensó que él era igual.

Pasó gran parte del día y la primera parte de la noche vigilando el edificio donde Murphy tenía su oficina. O'Connell se sintió encantado desde el primer momento en que lo vio; el edificio estaba destartalado y venido a menos, y carecía de muchos de los artilugios modernos de seguridad que podrían haber dificultado lo que tenía en mente. Sonrió para sí; si ésta no era su primera regla, debería serlo: «Usa siempre sus debilidades y conviértelas en tus fuerzas.»

Había usado tres sitios diferentes para vigilar. Su coche, aparcado a media manzana; un almacén hispano en la esquina, y una sala de lectura de la Cienciología casi directamente frente al edificio. Se llevó un susto cuando salió de su último emplazamiento y Murphy eligió ese instante para salir a la calle.

Como cualquier detective entrenado, se volvió a derecha e izquierda, escrutando la calle arriba y abajo. O'Connell sintió un retortijón de miedo, la fría sensación de que iba a reconocerlo. En ese instante supo que si se daba la vuelta, si se metía en un edificio, si se detenía y trataba de esconderse, Murphy lo distinguiría en el acto.

Así que se alzó el cuello de la chaqueta y siguió caminando tranquilamente por la acera, sin hacer nada por ocultarse, dirigiéndose hacia la tienda de la esquina, los hombros erguidos, ladeando la cabeza un poco para que su perfil no resultara obvio, sin mirar atrás ni una sola vez. Llegó a la Bodega y, apenas entró, se asomó a la ventana para ver qué hacía Murphy.

Entonces se rió quedamente. El detective continuaba su camino. Como si no tuviera ninguna preocupación en el mundo, pensó mientras veía a un despreocupado Murphy dirigirse a un aparcamiento. «O tal vez sólo pasea con la arrogancia del que se sabe intocable», pensó.

O'Connell pensó que el reconocimiento depende del contexto. «Cuando esperas ver a alguien, lo verás. Cuando no, no. Se vuelve invisible.»

Murphy nunca imaginaría que O'Connell había localizado fácilmente su oficina y que en su bolsillo tenía la dirección de su casa y su número de teléfono. Y menos imaginaría que, después de la paliza, O'Connell lo había seguido hasta el oeste de Massachusetts. Todas estas cosas no entraban en sus esquemas mentales, pensó O'Connell. «Y por eso no ha podido verme, aunque estaba a menos de veinte metros de él. Creyó que había acabado conmigo, el muy imbécil.»

Volvió a su coche, donde esperó y observó, tomándose su tiempo para anotar cuándo salían del edificio las personas de las demás oficinas. Una de aquellas mujeres era seguramente la secretaria de Murphy, pensó. Vio a una encaminarse en la misma dirección que Murphy antes, hacia el aparcamiento. «No está bien dejar que la mano de obra esclava cierre por las noches —se dijo—. Sobre todo cuando no sabe asegurar verdaderamente las puertas.» Tras un momento, arrancó su coche lentamente, siguiendo el paso de ella.

Cuarenta y ocho horas más tarde, Michael O'Connell consideraba que había adquirido suficiente información para dar el siguiente paso, que sabía que iba a acercarlo mucho más a la libertad para perseguir a Ashley.

Ahora sabía a ciencia cierta cuándo cerraba cada una de las otras oficinas del edificio de Murphy. Sabía que la última persona en marcharse cada día era el director de la asesoría situada frente a la oficina de Murphy, quien simplemente cerraba la puerta principal con una sola llave. El abogado que ocupaba la planta baja sólo tenía una ayudante. O'Connell sospechaba que el tipo estaba engañando a su esposa, porque él y la ayudante salían juntos, con ese aire inconfundible de las parejas ilícitas. A O'Connell le gustaba imaginarse que practicaban el sexo en el suelo, revolcándose en alguna alfombra raída. Fantasear sobre los lugares, las posturas e incluso la pasión le ayudaba a pasar el tiempo.

No sabía mucho sobre la secretaria de Murphy, pero descubrió varias cosas sobre ella. Tenía más de sesenta años, viuda, vivía sola, una mujer anodina con una vida anodina, acompañada sólo por dos perritos falderos, *Mister Big* y *Beauty*. Era una devota de los perros.

O'Connell la había seguido hasta un supermercado Stop and Shop, donde no le costó entablar conversación con ella cuando se detuvo delante de la estantería de comida para perros. «Disculpe, señora, me preguntaba si podría ayudarme... Mi novia acaba de comprarse un cachorro, y quisiera llevarle una comida especial, pero hay tantas marcas para elegir... ¿Sabe usted mucho de perros?» Supuso que, cuando ella se marchó, unos minutos más tarde, iba pensando: «Qué joven tan amable y educado.»

Michael O'Connell había aparcado a dos manzanas del edificio de Murphy, en dirección opuesta al aparcamiento que parecía utilizar toda la gente que trabajaba allí. Eran las cinco menos cuarto, y tenía todo lo necesario en una bolsa de lona en el maletero. Respiraba con rapidez, como un nadador que se dispone a zambullirse.

«Éste es el momento espinoso —se dijo—. Luego el resto debería ser fácil.»

Salió del coche, comprobó dos veces que el parquímetro del lugar donde había aparcado funcionaba bien, y luego se dirigió rápidamente hacia su objetivo.

Al final de la manzana se detuvo, dejando que las primeras sombras lo rodearan. La noche de Nueva Inglaterra cae bruscamente los primeros días de noviembre, parece que se pasa del día a la medianoche en cosa de minutos. Es una hora escurridiza, el momento en que él se sentía más cómodo.

Era sólo cuestión de entrar sin ser visto, sobre todo por Murphy o su secretaria. Inspiró hondo una vez más, colocó a Ashley en su mente, se recordó que ella estaría mucho más cerca cuando terminara la noche, y recorrió veloz la calle. Una farola parpadeó tras él. Se consideraba el hombre invisible: nadie sabía, esperaba o imaginaba que estaría allí.

Cuando llegó al portal, O'Connell vio que el pequeño pasillo interior estaba vacío. Un segundo después se hallaba dentro.

Oyó un sonido de succión, y el ascensor empezó a bajar hacia él. Corrió hasta la salida de emergencia y cerró la puerta a sus espaldas justo cuando llegaba el ascensor. Se apretujó contra una pared, aguzando el oído. Le pareció oír voces. Mientras el sudor le perlaba la frente, imaginó el tono inconfundible de Murphy, luego el de su secretaria.

«Hay que darles de comer a esos chuchos —se dijo—. Hora de marcharse.»

Oyó cerrarse la puerta principal.

Consultó su reloj. «Vamos —susurró—. La jornada ha terminado. Director de la asesoría, es tu turno. Mueve el culo.»

Se apretó contra la pared y esperó. El hueco de la escalera no era un sitio especialmente cómodo para esconderse. Pero sabía que esa noche serviría a sus propósitos. Sólo otra señal, pensó, de que estaba destinado a estar con Ashley. Era como si ella lo estuviera ayudando a encontrarla. «Estamos hechos el uno para el otro.» Moderó su respiración entrecortada y cerró los ojos, dejando que la paciente obsesión se apoderara de él, la mente en blanco excepto para los recuerdos de Ashley.

En su vida, Michael O'Connell había allanado varias tiendas vacías y algunas casas. Confiaba en su experiencia mientras esperaba sentado en las frías escaleras. Ni siquiera se había tomado la molestia de preparar alguna historia descabellada por si alguien lo encontraba allí. Sabía que estaba a salvo, pues el amor lo protegía.

Eran casi las siete cuando oyó el último crujido del ascensor. Ladeó la cabeza hacia el sonido, y de repente el mundo se sumió en la oscuridad. El director de la oficina había apagado la llave general junto al ascensor. Oyó la puerta principal abrirse, cerrarse y luego el chasquido del único cerrojo. Miró el reloj fluorescente.

Esperó otros quince minutos antes de volver al vestíbulo. Casi le sorprendía lo sencillo que estaba resultando todo. Espió con cuidado a través de la puerta de cristal, escrutando la calle arriba y abajo. Luego descorrió rápidamente el único cerrojo y salió.

Moviéndose con rapidez, caminó las dos manzanas hasta su coche, abrió el maletero y sacó la bolsa. Sólo tardó unos minutos en regresar al edificio de oficinas.

Abrió la bolsa y sacó varios pares de guantes quirúrgicos. Se los puso, uno encima de otro, un doble grosor de protección. Sacó un *spray* de desinfectante con base de amoníaco y roció generosamente el picaporte que había tocado. Luego echó el cerrojo de la puerta y repitió la operación con los demás sitios que pudiera haber tocado. A continuación, subió las escaleras hasta el primer piso, iluminándose con una pequeña linterna que había medio cubierto con cinta roja, reduciendo el haz a la mitad y evitando así que lo vieran desde fuera a través de alguna ventana. En el pasillo buscó alguna alarma o cámara de seguridad, pero no encontró nada. Sacudió la cabeza, incrédulo. Había supuesto que Murphy tendría uno o varios dispositivos de seguridad en su oficina. Pero, claro, las cámaras infrarrojas y los sistemas de vigilancia por vídeo costaban dinero. Lo que el edificio ofrecía era probablemente un alquiler bajísimo, y ahí radicaba su atractivo.

Sonrió para sí. Además, ¿qué había que robar? Seguramente no habría dinero, ni joyas, ni cuadros, ni valiosos ordenadores.

Cualquier ladrón mínimamente experimentado habría encontrado un mejor botín en cualquier otra parte. Demonios, pensó O'Connell, incluso la Bodega de la esquina tendría probablemente mil dólares en una caja de seguridad o en la registradora. Sería un objetivo mucho más productivo.

Pero atracar una tienda al estilo yonqui no era lo que tenía en mente. O'Connell miró alrededor. ¿Qué tenía este edificio que fuera valioso? Sonrió de nuevo. «Información.» Una información que nadie pensaría en proteger de miradas extrañas.

Se tomó su tiempo para abrir la puerta de la oficina de Murphy. Cuando por fin entró, con un fino pasamontañas cubriéndole cabeza y cara, se concentró en descubrir algún sistema de seguridad secundario, como un detector de movimiento o una cámara oculta. Apretó los dientes, casi esperando oír sonar una alarma.

Cuando lo saludó el silencio, sonrió satisfecho.

Moviéndose con cautela por la oficina, dedicó un instante a examinar qué había allí. Una vez más, tuvo ganas de echarse a reír.

Había una sala de espera cutre, con una mesa para la secretaria, un sofá barato y una butaca raída. Una puerta con doble cerradura seguramente daba al despacho de Murphy.

O'Connell extendió la mano hacia el pomo de la puerta y se detuvo. «Seguro que el muy cabrón tiene los sistemas de seguridad ahí dentro», pensó.

Miró la mesa de la secretaria. Tenía su propio ordenador. Se sentó y lo encendió. Apareció una pantalla de bienvenida, seguida por la demanda de una clave de acceso.

Inspiró hondo y tecleó el nombre de cada uno de sus perros. Luego intentó unas combinaciones de los dos, sin éxito. Consideró las posibilidades un momento, y luego sonrió al teclear «queridosperros».

La máquina zumbó y mostró lo que O'Connell supuso eran la mayoría de los archivos de Murphy. Movió el cursor y encontró «Ashley Freeman». Se contuvo de abrirlo al instante, para así aumentar el placer. Luego empezó a repasar los demás archivos, deteniéndose en las provocativas fotos digitales adjuntadas a algunos casos. Con cuidado, empezó a copiarlo todo en algunos discos regrabables que había llevado. No creía estar llevándose todo lo que el ex policía almacenaba en su ordenador. Sin duda, pensó, Murphy tenía que ser suficientemente listo para ocultar algún material en un sitio al que sólo él pudiera acceder. Pero, para sus propósitos, tenía más que suficiente.

Tardó un par de horas en terminar. Algo entumecido, se levantó de la mesa de la secretaria para estirarse. Se tumbó en el suelo e hizo rápidamente una docena de flexiones. Luego se acercó a la puerta del despacho de Murphy y sacó una palanqueta de la bolsa de lona. Hizo un par de intentos, rascando la superficie, encajándola entre la hoja y el marco, antes de renunciar. Volvió a la mesa de la secretaria, abrió los cajones y los volcó en el suelo. Encontró un retrato enmarcado de los dos perritos falderos; lo dejó caer, rompiendo el cristal. En cuanto consideró que había creado suficiente caos, salió al pasillo, cerrando la puerta tras él. Con la palanqueta hurgó un poco el marco de la puerta, diseminando astillas de madera por el suelo, hizo saltar la cerradura y dejó la puerta entreabierta.

A continuación se dirigió a la asesoría y entró usando la misma técnica del butrón. Una vez dentro, revolvió cajones y archivadores, esparciendo tantos papeles como pudo. Minutos después, volvió al pasillo y repitió la misma operación.

Después hizo lo mismo en el despacho del abogado. Abrió los archivadores y esparció papeles por el suelo. Forzó el escritorio, donde encontró unos cientos de dólares que se embolsó. Estaba a punto de marcharse cuando decidió echarles una ojeada a los cajones de la ayudante. Probablemente se sentiría discriminada si no saqueaba también lo suyo, sonrió. Pero se detuvo al ver lo que había al fondo del último cajón.

—¿Qué hace con una de éstas una buena chica como tú? —susurró.

Era una pistola del calibre 25. Pequeña y cómoda de ocultar, hacía muy poco ruido al disparar, y era fácil acoplarle un silenciador. Cuando se le cargaban balas de cabeza expansiva, era más que eficaz. Un arma para señoritas, a menos que estuviera en manos de un experto.

—Será mejor que me la lleve, encanto, o podría hacerte daño —susurró—. Apuesto a que no tienes permiso de armas ni la has registrado. Una bonita pistola ilegal, ¿eh?

La guardó en la bolsa. «Una noche muy productiva», pensó mientras se incorporaba y miraba el caos que había causado.

Por la mañana, los de la asesoría llamarían a la policía. Un oficial vendría y les tomaría declaración. Les diría que repasaran sus cosas y comprobaran qué faltaba. Luego decidiría que algún yonqui medio pirado había buscado un golpe fácil y, frustrado por lo poco que había para robar, había provocado un estropicio en un arrebato de ira. Todos dedicarían la jornada a ordenar y limpiar, llamarían a un par de carpinteros para reparar las puertas rotas y a un cerrajero que instalara cerraduras nuevas. Sería una molestia para todo el mundo, incluyendo al abogado y su amante, que se cuidaría mucho de denunciar la pérdida de un arma ilegal.

Todo el mundo, excepto Matthew Murphy, que supondría que sus cerrojos extras y su pesada puerta habían salvado su despacho. Al principio se congratularía, pensaría que no se habían llevado nada, y probablemente ni siquiera llamaría a los del seguro. Lo único que haría sería comprarle a su secretaria un marco nuevo para las fotos de sus chuchos. «Un marco barato, además», pensó mientras salía a la noche.

El investigador jefe de la fiscalía del distrito de Hampden era un hombre delgado de poco más de cuarenta años, con gafas de carey y un pelo rubio y escaso sorprendentemente largo. Apoyó los tacones en la mesa y se reclinó en el sillón de cuero rojo, mirándome con intensidad. Tenía un estilo casual que parecía a la vez amistoso y tenso.

—¿Así que ha venido aquí por la muerte del señor Murphy y nuestra fracasada investigación?

—Así es —dije—. Supongo que varios departamentos examinaron el caso, pero, si alguien estuvo cerca de realizar un arresto, habría sido cosa suya llevarlo a la práctica.

—Correcto. Y no acusamos a nadie.

—Pero ¿tenían un sospechoso?

Él sacudió la cabeza.

—Sospechosos. Ése fue el problema.

—¿Y eso?

—Murphy tenía demasiados enemigos. Gente que no sólo se beneficiaría de su muerte, sino que se sentiría verdaderamente encantada. Murphy fue asesinado y arrojaron su cuerpo a un callejón, y en este estado hubo más de un vaso que brindó celebrándolo.

—Pero supongo que habrán logrado reducir la lista de sospechosos...

—Sí. Hasta cierto punto. No es que los principales sospechosos tengan una predisposición natural para ayudar a la policía. Seguimos esperando que alguien, en alguna parte, tal vez en una cárcel o en un bar, deje escapar algo que nos permita centrarnos en un par de individuos. Pero hasta que se dé esa circunstancia, el caso está estancado.

—Pero deben de tener algunas pistas sólidas...

El investigador suspiró, quitó los pies de la mesa y se giró.

—¿Conoció usted al señor Murphy?

—No.

—No era un tipo particularmente agradable —dijo—. Solía moverse por la línea divisoria entre la ley y el delito. No podemos estar seguros de qué lado cayó este asesinato, hasta que alguien nos dé una pista cierta. Su cadáver no nos dijo mucho.

—Pero ¿fue algo?

—El asesino tiene pinta de profesional... —Se levantó, se colocó detrás de mí y apoyó el dedo índice en mi nuca—. Bang, bang. Dos disparos en la cabeza. Una pistola del veinticinco, probablemente con silenciador. Ambas balas eran de punta blanda y quedaron significativamente deformadas tras la extracción, lo que hizo imposible cotejarlas. Luego arrastró el cadáver hasta un callejón y lo dejó detrás de unos contenedores de basura. Permaneció allí hasta que el camión de recogida llegó a la mañana siguiente. Sin duda, un asesino con experiencia, capaz de pillar a Murphy desprevenido. Dejó muy poco para los forenses, ni siquiera un casquillo. Además, la noche del crimen llovió bastante, lo cual estropeó aún más la escena. No hubo testigos ni pistas obvias. Un caso muy difícil, desde el principio.

Volvió a su mesa y sonrió con una leve expresión de barracuda.

—¿Qué fue este asesinato? ¿Venganza? ¿Desquite por algo? Tal vez fue un simple robo. Le limpiaron la cartera, pero dejaron las tarjetas de crédito. Curioso, ¿no? —Se detuvo, y entonces preguntó—: ¿Y a qué se debe su interés en este caso?

—Murphy tenía relación tangencial con un caso que estoy investigando.

—Un investigador habló con todos sus clientes. Alguien le echó un vistazo a todos los casos en que trabajaba y había trabajado. ¿Cuál le interesa?

—Ashley Freeman —dije con cautela.

El investigador jefe sacudió la cabeza.

—Interesante. No pensaba que hubiera gran cosa ahí. Fue uno de sus trabajos menos importantes. Un par de días, no más. Y resuelto, creo, poco antes del asesinato. No; el asesino de Murphy está relacionado con uno de los grupos de traficantes de drogas que ayudó a desbaratar cuando era policía, o con alguno de los mafiosos a los que investigaba. O tal vez con algún agente de policía enredado en un divorcio peliagudo. Todos ésos son mejores sospechosos.

Asentí.

—¿Sabe qué es lo que más me intriga de este caso?

—¿Qué? —pregunté.

—Cuando empezamos a interrogar a gente, parecía que todos nos estaban esperando.

—¿Esperándolos? ¿Por qué debería ser eso raro?

El investigador volvió a sonreír.

—Murphy llevaba sus asuntos con la máxima discreción. Se lo guardaba todo para sí. No informaba a nadie de lo que hacía. La única persona que tenía cierta idea de lo que hacía era su secretaria. Se encargaba de escribir sus informes, pasar sus minutas y archivar los casos.

—¿No pudo ayudarlos?

—En nada. Pero ése no es el tema. —Hizo una pausa y me miró con atención antes de continuar—. ¿Cómo es que toda esa gente sabía que Murphy los estaba investigando? Vale, unos pocos podían haber deducido de un modo u otro que Murphy estaba husmeando en sus vidas. Sin embargo, no fue así. Repito: todos lo sabían. Todos tenían preparadas sólidas coartadas. Eso no es normal. Y ahí está la verdadera cuestión, ¿entiende?

Me levanté.

—¿Quiere una verdadera historia de misterio, señor escritor? —dijo él mientras me estrechaba la mano—. Bien, respóndame a esa pregunta.

Mantuve la boca cerrada. Pero, en ese momento, supe la respuesta.

27

El segundo allanamiento

Hope odiaba el silencio.

Se encontraba en el campus, asistiendo a los últimos entrenamientos de la temporada, preparándose para el invierno, sumida en un estado de ansiedad. Estaba al borde del ataque de nervios, pero era incapaz de dominarse. Caminaba por los senderos como con prisa, sin tenerla. De repente sentía un nudo en la garganta, los labios secos, y tenía que beber agua. En medio de una conversación se daba cuenta de que no había escuchado nada de lo que le decían. El miedo la distraía, y a medida que pasaban los días imaginaba que algo horrible estaba sucediendo en alguna parte.

En ningún momento creyó que Michael O'Connell había desistido.

Scott se había volcado de nuevo en sus clases. Sally había vuelto a sus juicios de divorcio y sus contratos inmobiliarios, con cierta satisfacción distante porque creía haber resuelto las cosas a su manera. Y la relación de Hope y Sally había vuelto una vez más al *status quo* de la guerra fría. Incluso los más pequeños afectos se habían disipado. Nunca había una caricia, un cumplido, una risa o una invitación al sexo. Era casi como si se hubieran vuelto monjas: vivían bajo el mismo techo y dormían en la misma cama, casadas con algún ideal superior. Hope se preguntaba si los últimos meses de Sally con Scott habrían sido igual. ¿O ella había mantenido las apariencias, haciendo el amor, fingiendo pasión, preparando las comidas, limpiando, hablando normalmente, mientras se escabullía a horas dispersas para reunirse con Hope y decirle que la amaba?

En la distancia, Hope podía oír voces en los campos de juego. «Época de eliminatorias», pensó. Un partido más. Dos para las semifinales. Tres para la final. Apenas podía concentrarse en los partidos, atrapada en un fangal de sentimientos hacia Ashley, O'Connell, su madre y especialmente Sally, mezclados en un potaje imposible.

Mientras caminaba, recordó cómo había conocido a Sally. «El amor —pensó—, debería ser siempre así de sencillo.» Se conocieron en la inauguración de una galería de arte. Charlaron, bromearon y se oyeron reír. Decidieron tomar una copa. Luego cenar. Después otro encuentro, esta vez durante el día. Y finalmente aquella suave caricia en el dorso de la mano, un susurro, una mirada, y todo encajó, tal como Hope había sabido desde el primer momento.

«Amor», pensó. Ésa era la palabra que O'Connell usaba una y otra vez, una palabra que Hope no usaba desde hacía semanas. Ashley le había dicho: «Él dice que me ama.» Hope sabía que nada de lo que él había hecho guardaba relación con el amor.

Inspiró hondo.

«Se ha ido —intentó convencerse—. Sally dice que se ha ido. Scott dice que se ha ido. Ashley dice que se ha ido.»

Ella no lo creía.

Y por la misma razón tampoco podía ver ningún indicio concreto de que hubiera regresado.

Vio a las chicas de su equipo, charlando reunidas en el centro del terreno. Cogió el silbato que llevaba colgado de un cordón, pero decidió dejar que la diversión continuara unos minutos. La juventud pasa tan rápida que debería disfrutarse cada momento, pero no estaba en la naturaleza de los jóvenes comprenderlo.

Suspiró, tocó el silbato y decidió que hablaría con su madre y con Ashley todos los días, sólo para asegurarse de que todo iba bien. Se preguntó por qué Sally y Scott no lo hacían.

Sally leyó el titular del periódico vespertino y palideció. Devoró cada palabra del artículo y luego lo releyó, pasmada. «Ex policía encontrado muerto en un callejón.» Cuando soltó el periódico tenía las manos manchadas de tinta. Las miró, sorprendida, y entonces cayó en la cuenta de que las palmas le habían sudado tanto que la tinta de impresión se le había quedado en los dedos.

«La policía lo considera un ajuste de cuentas.» Las palabras parecían seguirla, exigiendo atención. «La policía apunta al crimen organizado.»

«Esto no tiene nada que ver con Ashley», quiso creer. Se echó hacia atrás, como si alguien la hubiera golpeado en el estómago. «Tiene todo que ver con Ashley», admitió.

Su primer instinto fue llamar a alguien. Conocía a varios colegas que trabajaban en la fiscalía del condado. Sin duda alguno tendría más detalles, información interna que le dijera lo que necesitaba saber. Cogió la agenda con una mano y el teléfono con la otra, pero se detuvo. «¿Qué estás haciendo?»

Respiró hondo. «No invites a nadie a investigar tu vida.» Cualquier fiscal incluso vagamente conectado con el caso de Murphy le haría más preguntas que respuestas podría proporcionarle. Al hacer esa llamada, se involucraría a sí misma y sus problemas.

Se aclaró la garganta. Había enviado a Murphy a «tratar» con Michael O'Connell. Él la había informado de su éxito. Problema resuelto. Todo el mundo a salvo. Ashley podía continuar con su vida. Y luego, poco después, Murphy aparecía muerto. Hasta un ciego ataría cabos. Era como ver a un matemático famoso escribir $2 + 2 = 5$ en una pizarra y no oír alzarse ninguna voz que lo corrigiera.

Cogió el periódico y releyó el artículo por tercera vez.

Nada sugería que Michael O'Connell hubiera tenido algo que ver. Al parecer, había sido cosa de profesionales, tipos realmente malvados que se habían cruzado en el camino de Murphy. Era un asesinato que superaba la capacidad de un mecánico chiflado por los ordenadores, estudiante universitario ocasional y delincuente de poca monta como Michael O'Connell, se dijo.

No tenía nada que ver con ellos, de verdad, y suponer lo contrario era un error. Se reclinó en su sillón y trató de calmarse.

«Todos estamos a salvo. Sólo ha sido una coincidencia», se repitió. Después de todo, ella había acudido a Murphy porque él solía sortear olímpicamente las trabas de la ley. Y sin duda habría hecho cosas mucho peores, creándose enemigos allá adonde fuera. Y al final uno se había desquitado. Tenía que haber sido eso.

Resopló lentamente. Lo preocupante era que las amenazas que Murphy le había hecho a O'Connell para mantenerlo a raya ya no surtirían efecto. Ése era el mayor peligro al que se enfrentaban. Si Michael O'Connell se había enterado del asesinato de Murphy, vería la oportunidad de volver a las andadas. Volvió a coger el teléfono.

Detestó hacerlo, detestó quedar como una inepta, pero tuvo que admitir que seguía necesitando a su ex marido. Marcó el número de Scott y advirtió que estaba sudando de nuevo.

—¿Has visto el periódico? —preguntó Sally bruscamente.

Al oír la voz de su ex esposa, la primera reacción de Scott fue de irritación.

—¿El *New York Times*? —replicó, sabiendo que no se refería a ese periódico. Era el tipo de respuesta fastidiosa que hacía que Sally quisiera estrangularlo.

—No. El periódico local.

—Pues no lo he leído.

—La primera plana está ocupada por el asesinato de un ex policía de Springfield...

—Ya. ¿Y bien?

—Es el investigador privado que envié a ver a Michael O'Connell cuando tú te ocupabas de sacar a Ashley de Boston. Hizo su trabajo en esos días.

—¿Su trabajo...?

—No hice demasiadas preguntas. Y él no explicó demasiado. Por razones obvias.

Scott vaciló antes de preguntar:

—¿Y qué tiene esto que ver con nosotros y Ashley?

—Probablemente nada. Probablemente sea una mera coincidencia. Probablemente no haya ninguna conexión. El detective me informó de que se había reunido con O'Connell y que no habría más problemas. Y luego va y lo matan. Me ha sorprendido un poco, la verdad. Pensé que deberías saberlo. Quiero decir, probablemente su muerte cambie algo las cosas.

—¿Estás sugiriendo que podríamos tener un problema? Maldición, creí que habíamos resuelto todo esto. Creí que nos habíamos librado de ese hijo de puta para siempre.

—No puedo asegurarlo —admitió Sally—. Sólo intentaba informarte de un detalle que podría ser relevante.

—Bueno, mira, de momento Ashley está en Vermont sana y salva, con la madre de Hope. Nuestro próximo paso debería ser conseguirle un curso de posgrado en Nueva York, o tal vez al otro lado del país, en San Francisco, en cualquier sitio nuevo. Sé que ella le tiene afecto a Boston, pero hemos acordado que empezar de cero es la idea adecuada. Así que mientras tanto ella se quedará en Vermont, viendo las hojas caer y llegar la nieve, hasta el inicio del segundo semestre. Fin de la historia. Deberíamos ceñirnos a ese guión y no desquiciarnos por cada cosa que pase.

Sally apretó los dientes. Odiaba que le dieran lecciones.

—Una quimera —dijo.

—¿Cómo?

—Era una bestia mitológica de proporciones aterradoras que en realidad no existía.

—Sí, lo sé. ¿Y?

—Es una forma de verlo. Una forma académica —añadió Sally para irritar a Scott, sin poder evitarlo. Las relaciones que fracasan tienen ciertas adicciones, y ésta era una de ellas para los dos.

—Bueno, tal vez, pero volvamos a lo nuestro. Tenemos que reunir todos los antecedentes académicos de Ashley para que pueda solicitar el ingreso en un curso de posgrado. Será mejor que lo hagamos tú o yo, no ella. Que nos los manden por correo a nosotros y no a Vermont.

—Yo me encargaré. Daré la dirección del bufete.

Colgó, más irritada que antes. Conocía muy bien a su ex marido. No había cambiado con los años, ni siquiera tras todo lo sucedido desde entonces. Era tan predecible como siempre.

Sentada ante su escritorio, se volvió y vio que la oscuridad había vencido a la luz del día.

Desde su puesto de observación, Michael O'Connell vio las mismas sombras extenderse bajo un ancho roble a menos de media manzana de la casa de Sally y Hope. El pulso se le aceleró, como si notara cuánto más cerca se hallaba de Ashley. Las luces de la manzana empezaban a encenderse. De vez en cuando un coche pasaba iluminando los jardines con sus faros. Se veía actividad en las cocinas, sin duda preparando las cenas, y el brillo azulado de los televisores al encenderse.

«Tengo poco tiempo.» Pero no creía que fuera a necesitar mucho.

Sally y Hope vivían en una calle antigua y serpenteante.

Presentaba una extraña mezcla de arquitecturas, algunas casas nuevas estilo rancho, mezcladas con rancias mansiones victorianas de principios del siglo XX. Era un barrio curioso, muy buscado por sus calles arboladas y su elegante apariencia de clase media. Médicos, abogados, profesores en su mayoría, vivían allí. Césped, setos, pequeños jardines y fiestas de Halloween. No era el tipo de barrio donde la gente se proponía dotarse de sistemas de seguridad y protección de alta tecnología.

O'Connell recorrió rápidamente la manzana. Sabía que Sally solía quedarse hasta tarde en su despacho y Hope tenía entrenamiento hasta el anochecer.

Fue pasando de árbol en árbol, y sin vacilar se deslizó hasta los espacios oscuros adyacentes a la casa. Tras una vieja cerca de madera había un sendero de acceso que conducía al patio trasero. Se detuvo cuando las luces de la cocina se encendieron en la casa contigua, apretujándose de nuevo contra la valla exterior.

La casa se erigía en un pequeño promontorio, de modo que la zona principal de la vivienda quedaba por encima de su cabeza. Pero, como muchas casas antiguas, tenía un gran sótano al que se accedía por una vieja trampilla de madera deteriorada que rara vez se usaba. Tardó menos de diez segundos en abrirla y colarse dentro.

Sacó la linterna medio cubierta en cinta roja. Inspiró hondo al intuir que en alguna parte, muy cerca del lugar húmedo y polvoriento donde se hallaba, encontraría información sobre dónde estaba Ashley exactamente. Un sobre con un remite. Una factura de teléfono o el extracto de una tarjeta de crédito. Un papel con su nombre pegado a la puerta del frigorífico. Se lamió los labios, excitado, las manos casi temblando de expectación. Allanar la oficina de Murphy había sido un trabajo rutinario, simplemente una pieza más de aquel puzle que llevaría al paradero de Ashley, y lo había manejado con profesionalidad.

Esto era diferente. Era una obra de amor.

Tardó un segundo en respirar el denso aire del sótano. «Si ella viera lo que tengo que hacer para encontrarla, para volver a estar juntos —pensó—, entonces tal vez comprendería que estamos hechos el uno para el otro.» Algún día, fantaseó, podría decirle que había soportado palizas, infringido leyes, arriesgado su integridad física, todo por ella.

Y entonces se dijo: «Si ella no puede amarme, entonces no se merece amar a nadie.»

Sintió un espasmo muscular recorriéndole el cuerpo, y tuvo que luchar por dominarse. Oyó su propia respiración entrecortada, jadeante. Durante un segundo visualizó a Sally, Hope y Scott. Y se sintió abrumado por la ira. Ya no podía separar los sentimientos entremezclados de amor y odio. Cuando consiguió calmarse, avanzó torpemente por el sótano, hacia la vieja escalera que lo llevaría a la vivienda. No sabía qué estaba buscando exactamente, pero, fuera lo que fuese, estaba a su alcance.

Abrió la puerta, que daba a una despensa junto a la cocina. Debía apagar la linterna cuanto antes, pues su brillo rojizo podía llamar la atención de algún vecino. Localizó unos interruptores en la pared y pulsó el primero, que encendió la cocina. O'Connell sonrió y apagó la linterna.

«Apártate de las ventanas y empieza a buscar —se dijo—. Lo que necesitas saber está aquí, en alguna parte. Puedes sentirlo. Ya voy, Ashley.»

Avanzó un paso más, antes de que un gruñido furioso le llegara desde la penumbra del vestíbulo.

Supongo que, como la mayoría de la gente, mi sentido del miedo lo define Hollywood, que gusta de proporcionar dosis constantes de alienígenas, fantasmas, vampiros, monstruos y asesinos en serie; o esos momentos imprevisibles de la vida, cuando el otro coche se salta un semáforo en rojo y tienes que frenar presa del pánico. Pero los miedos reales, los que te debilitan, vienen de la incertidumbre. Roen tus defensas, sin desaparecer jamás. Mientras estaba sentado frente a la joven, pude ver las arrugas que el miedo había tallado en su cara, envejeciéndola, los tics que le había originado: sus manos, que se frotaba nerviosa; sus ojos, que parpadeaban más de la cuenta; los temblores de su voz, más significativos que las palabras que musitaba.

—No tendría que haber aceptado reunirme con usted —dijo.

A veces, no es tanto el miedo a morir como el miedo a seguir viviendo.

Cogió la taza de té caliente con ambas manos y se la llevó lentamente a los labios. Fuera hacía un calor terrible, y en aquella pequeña cafetería todos bebían refrescos helados, pero ella parecía ajena al calor.

—Se lo agradezco —respondí—. Seré breve. Sólo quiero confirmar algo.

—Tengo que irme —dijo ella—. No puedo quedarme. No pueden verme hablando con usted. Mi hermana está con los niños, y no puedo dejarlos con ella demasiado tiempo. La semana que viene nos mudamos a... —Sacudió la cabeza—. No, no voy a decirle adónde vamos. Me entiende, ¿verdad?

Se inclinó hacia delante y vi una cicatriz larga y muy fina cerca de su cuero cabelludo.

—Por supuesto —dije—. Bien, su marido era inspector de policía, y usted contrató a Matthew Murphy durante su divorcio, ¿no es así?

—Sí. Mi ex marido ocultaba sus ingresos y nos los escamoteaba a mí y a los tres críos. Yo quería que Murphy averiguara dónde tenía el dinero. Mi abogado dijo que Murphy era bueno para esas cosas.

—Su ex fue sospechoso en el asesinato de Murphy, ¿correcto?

—Sí. La policía estatal lo interrogó varias veces. También

hablaron conmigo. —Sacudió la cabeza y añadió—: Fui su coartada.

—¿Y eso?

—La noche que mataron a Murphy mi ex apareció en mi casa temprano. Había estado bebiendo. Estuvo insistente. Insistió en entrar, en ver a los niños... No logré hacerlo desistir.

—¿No tenía usted una orden judicial...?

—Sí, de alejamiento. Cien metros en todo momento. Eso decía la orden del juez, pero sirvió de poco. Mi ex mide metro noventa y pesa ciento veinte kilos, y conoce a todos los policías de la zona. ¿Qué iba a hacer yo? ¿Pelear con él? ¿Llamar pidiendo ayuda? Él siempre se salía con la suya.

—Lo siento. La coartada...

—Él empezó a beber y luego le dio por pegarme. Se ensañó largamente, hasta que perdió el conocimiento de tanto alcohol que había bebido. Se despertó por la mañana y pidió disculpas. Dijo que nunca volvería a suceder. Y no sucedió, al menos durante el resto de la semana.

—¿Le contó esto a la policía?

—No. Ojalá hubiera tenido valor para decirles: «Claro que él mató a Murphy. Me dijo que lo hizo...» Tal vez de ese modo me hubiera librado de él. Pero no tuve valor.

Vacilé.

—Lo que me interesa es...

Ella me interrumpió.

—Sé lo que le interesa. —Se tocó la frente, pasando el dedo por el borde de la cicatriz—. Cuando me golpeó, su anillo de clase del colegio estatal Fitchburg (allí es donde nos conocimos) me hizo este corte. Me lo hizo para que lo recordara. Quiere saber cómo se enteró de lo de Murphy, ¿verdad?

Asentí.

—Me lo espetó durante una discusión. Me gritó: «¿Así que creíste que no iba a enterarme de que has contratado a un detective privado?»

Vi lágrimas en sus ojos.

—Recibió una carta anónima. El sobre incluía una copia de todo lo que Murphy había descubierto sobre él. Todas las cosas confidenciales que se suponía sólo sabíamos mi abogado y yo. La enviaron desde Worcester. Ni siquiera conozco a nadie en esa ciudad. Pero me costó dos dientes cuando mi ex me golpeó. A Murphy quizá le costó la vida. Eso era lo que yo quería, que mi ex lo hubiese matado. Eso habría facilitado las cosas para mí.

Se levantó de la mesa.

—Tengo que irme —dijo. Miró alrededor, nerviosa, y luego se dio la vuelta, cabizbaja, los hombros encogidos. Salió de la cafetería y cruzó corriendo el centro comercial, esquivando a la gente con gesto temeroso.

La observé y pensé que acababa de ver cómo habría podido ser el futuro de Ashley.

28

Un trayecto rápido

Hope se hallaba en el corto sendero de ladrillo rojo que conducía a la puerta principal de la casa cuando los faros del coche de Sally barrieron el césped. Esperó, un poco insegura de qué hacer. Hubo una época en que habría retrocedido hasta el coche para darle un abrazo después de un día de trabajo, pero ahora no sabía siquiera si esperarla para entrar juntas. Contempló el barrio oscuro y pensó que las dos se habían acostumbrado a volver a casa cada vez más tarde, tal vez para que la incomunicación que las aquejaba durante la noche tuviera menos peso.

—Hola —dijo, mientras oía la puerta del coche cerrarse.

—Hola —respondió Sally.

—¿Un día duro?

Sally recorrió lentamente el césped hacia ella.

—Sí —dijo—. Entremos y te lo cuento.

Hope asintió y encajó la llave en la cerradura.

El interior estaba oscuro y pareció que la noche las seguía al interior de la casa, como una corriente oscura y peligrosa. Hope se detuvo en el vestíbulo y al instante supo que algo no iba bien. Tomó aire.

—¡*Anónimo*! —llamó.

Sally encendió la lámpara del techo.

—¡*Anónimo*! —repitió Hope.

—Oh, Dios mío...

Hope dejó caer la mochila al suelo y avanzó un paso, muerta de miedo y sintiendo sensaciones contradictorias: frío, calor, una vaharada de humedad.

—¡*Anónimo*! —llamó de nuevo. Pudo oír el pánico en su propia voz. Tras ella, Sally encendía las luces del salón, el pasillo, la salita del televisor. Y finalmente la cocina.

El perro estaba tendido en el suelo, inmóvil.

Hope soltó un desgarrador gemido y se precipitó hacia el animal. Le palpó el cuerpo y luego acercó la cabeza al pecho, tratando de escuchar el corazón. Tras ella, Sally se quedó de pie en la puerta, petrificada.

—¿Está...?

Hope dejó escapar otro gemido, los ojos ya anegados en lágrimas, pero al mismo tiempo alzó al perro en brazos. Se volvió hacia Sally y, sin hablar, las dos corrieron hacia el coche.

Sally condujo rápidamente, más de lo que podía recordar, mientras se dirigían por la interestatal al hospital para animales de Springfield. Mientras iba sorteando coches, a más de ciento cincuenta kilómetros por hora, oyó a Hope decir quedamente:

—No importa, Sally. Puedes reducir la velocidad.

Sólo tardaron unos minutos en recorrer los últimos kilómetros. Cuando se internaron en las hoscas calles de la ciudad, Sally aún no había podido decir nada, pero oír los sollozos entrecortados de Hope en el asiento trasero era como ser apuñalada.

Siguió los carteles indicadores y detuvo el coche con un chirriante frenazo delante de la entrada de Urgencias. Antes de que Hope hubiera transportado a *Anónimo* más de un par de pasos, una enfermera la ayudó a colocar al inerte perro en una camilla.

Para cuando Sally terminó de aparcar el coche y entró, Hope ya estaba sentada en la sala de espera, la cabeza entre las manos. Apenas la miró cuando se sentó a su lado.

—Hope, ¿está...? —empezó Sally, pero se detuvo.

—Está muerto. Lo sé. Estaba muy viejo... No deberíamos haber venido corriendo. Son cosas que pasan, ya sabes, te haces viejo y es lo que pasa.

Sally no respondió. Consultó su reloj y pensó que el veterinario de guardia saldría enseguida para confirmar las palabras de Hope. Pero pasaron cinco minutos, luego diez. A los veinte, seguían esperando. A la media hora, salió un joven moreno y alto, vestido con una bata blanca sobre el uniforme verde del hospital. Miró a Hope.

—¿Sí? —La voz de Hope tembló.

—Lo siento. Hemos hecho todo lo posible, pero ya estaba muerto cuando llegaron.

—Lo sé —respondió Hope—. Pero tenía que intentarlo...

—No se podía hacer nada más —dijo el veterinario.

—Sí. Lo sé. Gracias... —Hope tenía helado el corazón.

—Ya no era un perro joven —dijo el veterinario.

—Quince años.

Él asintió.

—¿Cómo lo encontraron? —preguntó

—Cuando volvimos a casa estaba en la cocina, tumbado en el suelo...

—¿Quiere entrar para darle un último adiós? Hay algo que me gustaría mostrarle.

—De acuerdo —dijo Hope, sin poder contener las lágrimas—. Me gustaría verlo una vez más.

Siguió al veterinario a través de unas puertas oscilantes, Sally un par de pasos por detrás.

La sala, iluminada por brillantes tubos fluorescentes, era como cualquier sala de urgencias, con monitores para las constantes vitales, aparatos diversos y muebles de instrumental. Sobre una mesa de metal que reflejaba implacablemente la luz estaba tendido *Anónimo*, su claro pelaje ya sin brillo. Hope le acarició el costado. Pensó que su fiel mascota parecía en paz, simplemente dormido.

El veterinario guardó silencio un instante, dejando que Hope se despidiera del perro. Luego dijo:

—¿Había algo extraño en la casa esta noche, cuando volvieron ustedes?

Hope se volvió.

—¿Algo extraño?

—¿Qué quiere decir? —dijo Sally.

—¿Vieron indicios de que alguien hubiera entrado por la fuerza? —preguntó el veterinario.

Hope pareció confundida.

—Creo que no entiendo...

—Lamento parecer brusco, pero hemos encontrado ciertas cosas que dan para sospechar.

—¿A qué se refiere? —preguntó Hope.

El veterinario extendió la mano y apartó el pelaje de la garganta de *Anónimo*.

—¿Ve las marcas rojas? Son magulladuras, probablemente de estrangulamiento. Y aquí, mire —Separó los labios de *Anónimo*, descubriendo sus dientes—. Esto parece un resto de carne. Y hay algo de sangre también. También encontramos jirones de ropa ensangrentada en las uñas de las patas.

Hope miró al veterinario, sin entender.

—Cuando lleguen a casa, revisen las puertas y ventanas en busca de indicios de allanamiento —aconsejó él, y sonrió sin alegría—. Está claro que el pobre animal se enfrentó a un intruso —añadió—. No puedo estar seguro sin una autopsia, pero me parece que *Anónimo* murió peleando.

—¿Quién asesinó a Murphy? —pregunté—. ¿Crees que fue O'Connell?

Ella me miró con extrañeza, como si la pregunta estuviera fuera de lugar. Estábamos en su casa, y mientras ella vacilaba me distraje y paseé la mirada por la habitación. De pronto reparé en que no había ninguna fotografía.

Sonrió.

—Creo que deberías preguntarte si O'Connell necesitaba matar a Murphy. Puede que quisiera hacerlo. Tenía un arma y tenía un móvil, sí, pero ¿necesitaba apretar el gatillo personalmente? ¿No había hecho ya suficiente enviando por correo información confidencial a diversas personas para conseguir precisamente ese fin? ¿Acaso no podía confiar en que alguien, de esa lista de personas, reaccionaría de manera violenta contra Murphy? Ése era el estilo de O'Connell: actuar oblicuamente, crear acontecimientos y situaciones, manipular el entorno. Necesitaba sacar de la circulación a Murphy, quien procedía de un mundo que O'Connell conocía muy bien. Era bien consciente de la amenaza que suponía. Murphy no era muy distinto de O'Connell: ambos confiaban en la violencia para conseguir resultados. Tenía que quitar a Murphy del terreno de juego. Y es lo que sucedió, ¿no?

Me miró, y bajó la voz casi hasta un susurro.

—¿Cómo actuamos los humanos? No es difícil saber qué hacer cuando el enemigo te apunta con un arma. Pero a menudo somos nuestros mayores enemigos, porque no queremos creer lo que nos dicen nuestros ojos. Cuando se avecina la tormenta, ¿no pensamos a veces que no habrá truenos? Estamos seguros de que la riada no reventará la presa, ¿verdad? Y por eso nos pilla.

Respiró hondo y se volvió para mirar por la ventana.

—Y cuando nos pilla, ¿podemos salvarnos o nos ahogamos?

29

Una escopeta en el regazo

«Hola, Michael. Te echo de menos. Te quiero. Ven a salvarme.»

Podía oír la voz de Ashley hablándole, casi como si estuviera sentada a su lado en el coche. Repasaba una y otra vez las palabras en su mente, dándole inflexiones distintas, una vez suplicante y desesperada, otra vez sexy e insinuante. Las palabras eran como caricias.

O'Connell se imaginaba a sí mismo en una misión. Como un soldado zigzagueando por un terreno sembrado de minas o un nadador al rescate en aguas turbulentas, se dirigía al norte, más allá de Vermont, atraído inexorablemente hacia Ashley.

Se pasó los dedos por las heridas que tenía en el dorso de la mano y el antebrazo. Había conseguido detener la hemorragia causada por el mordisco en la pantorrilla con el kit de primeros auxilios que llevaba en la guantera. Había tenido mucha suerte de que el perro no le hubiera destrozado el tendón de Aquiles, pensó. Tenía los vaqueros desgarrados y probablemente manchados de sangre seca. Debería cambiárselos por la mañana. Pero, en resumen, había salido victorioso.

Encendió la luz de cortesía del coche.

Miró el mapa y trató de calcular mentalmente. Estaba a

menos de noventa minutos de Ashley. Podía equivocarse una o dos veces al intentar tomar el camino rural que conducía a la casa de Catherine Frazier, pero no más.

Sonrió y de nuevo oyó a Ashley llamarlo. «Hola, Michael. Te echo de menos. Te quiero. Ven a salvarme.» Él la conocía mejor de lo que ella se conocía a sí misma.

Abrió un poco la ventanilla y dejó entrar el aire helado para despejarse. O'Connell creía que había dos Ashleys. La primera era la que había intentado librarse de él, la que se había mostrado tan enfadada, asustada y evasiva. Ésa era la Ashley que pertenecía a sus padres y a aquella tía rara, Hope. Frunció el ceño al pensar en ellos. Había algo verdaderamente repugnante y malsano en su relación. Desde luego, Ashley estaría mucho mejor cuando él la rescatara de esos pervertidos.

La verdadera Ashley era la que estaba sentada a la mesa frente a él, bebiendo y riendo con sus chistes, pero hipnotizante mientras se insinuaba. La verdadera Ashley había conectado con él, física y emocionalmente, de un modo increíblemente profundo. La verdadera Ashley lo había invitado a entrar en su vida, y el deber de Michael era volver a encontrar a esa persona.

La libraría.

O'Connell sabía que la Ashley que sus padres y su madrastra lesbiana veían era una sombra de la verdadera. La Ashley estudiante, artista, empleada del museo era pura ficción, creada por un puñado de inútiles liberales de clase media que no valían nada y sólo querían que fuese como ellos, que creciera y tuviera la misma vida estúpidamente insignificante que ellos. La verdadera Ashley estaba esperando que él llegara como un príncipe azul para mostrarle una vida distinta. Era la Ashley que ansiaba la aventura, una existencia intensa. La Bonnie de su Clyde, una Ashley que viviría con él fuera de las frustrantes reglas sociales. Desde luego, entendía que ella se mostrara reacia, temerosa de la libertad que él representaba. La excitación que él encarnaba debía de ser aterradora, pensó.

Debía tener paciencia. Era sólo cuestión de enseñársela.

Sonrió para sí, confiado. Puede que no fuera fácil, antes bien, bastante complicado. Pero ella acabaría por captarlo.

Con renovado entusiasmo, O'Connell se adentró en la interestatal. Pisó a fondo y sintió el acelerón. En cuestión de segundos alcanzó el carril de la izquierda. Sabía que era invisible. Sabía que estaba a salvo. Sabía que no habría nadie para detenerlo. No esa noche.

«No falta mucho —pensó—. Sólo el último esfuerzo.»

Hope dejó que la noche la abrazara, envolviendo su tristeza en sombras, mientras Sally conducía de vuelta a casa. El silencio de Hope parecía fantasmagórico, como una parte espectral de sí misma.

Sally tuvo el buen sentido de limitarse a conducir y dejarla a solas con su dolor. Se sentía un poco culpable por no sentirse tan mal como debería. Pero no dejaba de pensar. Por horrible que fuera la pérdida de *Anónimo*, era más importante cómo había muerto y lo que significaba. Necesitaba emprender alguna acción, y trató de ordenar lo sucedido.

El coche se detuvo en el camino de acceso.

—Lo siento mucho, Hope —fueron las primeras palabras de Sally desde que salieran del hospital—. Sé cuánto significaba para ti.

A Hope le pareció que era la primera frase amable que oía de su compañera en meses. Inspiró hondo y sin decir nada se apeó. Recorrió el jardín, mientras la hojarasca revoloteaba a sus pies. Se detuvo ante la puerta y la contempló un segundo antes de volverse hacia Sally.

—Por aquí no entró —dijo con un profundo suspiro—. Habría necesitado utilizar una ganzúa y habrían quedado marcas.

Sally se acercó a ella.

—Por detrás —dijo—. Por el sótano. O tal vez por una de las ventanas laterales.

Hope asintió.

—Miraré la parte de atrás. Comprueba tú las ventanas, sobre todo las de la biblioteca.

Hope no tardó en encontrar la trampilla del sótano forzada. Se quedó inmóvil un momento, mirando las astillas de madera diseminadas por los escalones de cemento del sótano.

—¡Sally, aquí abajo!

Sólo había una bombilla pelada en el techo, que proyectaba extrañas sombras en los rincones del viejo sótano. Hope recordó que, cuando Ashley era una niña, siempre le daba miedo bajar sola a hacer la colada, como si temiera que los rincones y las telarañas ocultaran monstruos o fantasmas. *Anónimo* la acompañaba en esas ocasiones. Incluso en su adolescencia, cuando Ashley ya no creía en esas cosas, cogía sus vaqueros ceñidos y la diminuta ropa interior que no quería que descubriera su madre, una galleta para perros, y dejaba la puerta del sótano abierta para *Anónimo*. Entonces el chucho bajaba ansiosamente la escalera, haciendo suficiente ruido para espantar a cualquier demonio persistente, y esperaba a Ashley, sentado y con la cola barriendo el polvoriento suelo.

Hope se volvió cuando Sally bajó por la escalera.

—Entró por aquí —dijo.

Sally miró las astillas y asintió.

—Luego entró en la cocina...

—Ahí es donde *Anónimo* debió de oírlo u olerlo —dijo Sally.

Hope tomó aliento.

—Le gustaba esperarnos en el vestíbulo, así que tuvo que reaccionar, y supo que no éramos nosotras ni Ashley que volvía a casa.

Hope escrutó la cocina.

—Aquí es donde le hizo frente —dijo en voz baja. «Su último acto de lealtad», pensó. Se lo imaginó con el pelaje gris erizado, enseñando los colmillos. Defendiendo su casa y su familia, aunque su visión era débil y casi estuviera sordo. Hope contuvo las lágrimas y se agachó para examinar el suelo con atención.

—Mira aquí —dijo tras unos segundos.

Sally miró.

—¿Qué es?

—Sangre. Al menos eso parece. Y probablemente no es de *Anónimo*.

—Tienes razón —dijo Sally, y añadió en voz baja—: Buen perro.

—¿Quién pudo ser?

Esta vez fue Sally quien inhaló bruscamente.

—Fue él —dijo.

—¿Él? ¿Te refieres a...?

—A O'Connell.

—Pero creía... dijiste que se había olvidado de Ashley. El detective privado te dijo...

—El detective privado está muerto. Asesinado. Ayer.

Hope abrió los ojos como platos.

—Iba a decírtelo cuando llegué a casa...

Sally no necesitó continuar.

—¿Asesinado? ¿Cómo? ¿Dónde?

—En una calle de Springfield. Estilo ejecución, o eso pone el periódico.

—¿Qué demonios significa «estilo ejecución»?

—Significa que alguien se le acercó por detrás y le metió dos balas en la nuca. —La voz de Sally sonó fría y profesional.

—¿Crees que fue él? ¿Por qué?

—No lo sé con seguridad. Muchas personas odiaban a Murphy. Cualquiera de ellos...

—Pero crees que fue O'Connell. —Hope contempló las manchas de sangre en el suelo.

—¿Quién si no?

—Bueno, pudo ser un ladrón.

—No es corriente en este barrio. Cuando ocurre algo así, suelen ser chavales que se llevan un par de cosas. ¿Ves que hayan robado algo?

—No. Si fue O'Connell, eso significa...

—Que vuelve a ir tras Ashley.

—Pero ¿por qué vino aquí?

Sally se estremeció.

—Seguramente buscaba información.

—Pero creí que Scott había inventado esa historia sobre Italia y O'Connell se la había creído.

Sally sacudió la cabeza.

—No lo sabemos —dijo—. No tenemos ni idea de lo que cree o no cree O'Connell, ni de lo que ha averiguado. Ni de lo que ha hecho. Sólo sabemos que han matado a Murphy y ahora a *Anónimo*. ¿Ambos hechos están relacionados? —Suspiró, apretó los puños y se dio unos golpecitos en la cabeza con gesto de frustración—. No sabemos nada con certeza.

Hope miró el suelo y le pareció ver más gotas de sangre junto a la puerta que daba al resto de la casa.

—Ven, echemos un vistazo —dijo.

Sally cerró los ojos y se apoyó un momento contra la pared. Dejó escapar un suspiro largo y lento.

—Al menos aquí no hay nada que indique dónde está Ashley. Me encargué de eso. —Abrió los ojos y continuó—. Y *Anónimo*, al atacarlo con fiereza, bastó probablemente para ahuyentarlo.

Hope asintió, pero no estaba tan segura.

—Echemos un vistazo —insistió.

Había otra mancha de sangre en el pasillo que conducía a la biblioteca y la salita.

Hope lo observó todo con atención, buscando algún signo que indicara que O'Connell había estado allí. Cuando sus ojos se posaron en el teléfono, jadeó y musitó:

—Sally, mira aquí.

Había varias manchas de sangre escarlata en el teléfono.

—Pero es sólo el teléfono... —empezó Sally. Entonces vio que el piloto rojo del contestador estaba parpadeando. Pulsó reproducción.

La alegre voz de Ashley llenó la habitación.

«Hola, mamá y Hope. Os echo de menos, pero me lo estoy pasando la mar de bien con Catherine. Creo que me pasaré a veros dentro de un par de días. Es que necesito ropa de abrigo. Vermont es precioso durante el día, pero de noche hace mucho frío. Me va a hacer falta un abrigo y tal vez unas botas. Iré en el coche de Catherine. Hablaré con vosotros más tarde. Os quiero.»

—Oh, Dios mío —farfulló Sally—. Oh, no.

—Lo sabe —dijo Hope.

Sally retrocedió, tenía la cara desencajada.

—Eso no es todo —musitó Hope. Sally siguió su mirada.

La segunda balda de una estantería estaba llena de fotos familiares: de Hope y Sally, de *Anónimo*, y de todos ellos con Ashley. También había una elegante foto de Ashley, de perfil, haciendo senderismo por las Green Mountains durante una puesta de sol, una foto afortunada que la mostraba justo en esa maravillosa transición de niña a mujer, de los correctores dentales y las rodillas huesudas a la gracia y la belleza.

La foto solía ocupar el centro del estante. Pero ya no estaba allí.

Sally sollozó y corrió al teléfono. Marcó el número de Catherine, que sonó una y otra vez, sin que nadie respondiese.

Esa noche Scott había ido a una facultad cercana para asistir a una conferencia de un catedrático de Harvard que estaba haciendo una gira. El tema era la historia y la evolución del derecho procesal. Había sido muy interesante, y se sentía de excelente ánimo. Cuando se detuvo en el camino de vuelta a casa para comprar un poco de pollo agridulce y ternera con setas en un restaurante chino, se sentía con ganas de sentarse a su escritorio para seguir corrigiendo los trabajos de sus estudiantes.

Se recordó que tenía que llamar a Ashley para comprobar cómo estaba y ver si necesitaba algo de dinero. No le agradaba que la madre de Hope tuviera que pagar la estancia de Ashley. Le parecía que deberían buscar algún acuerdo económico equitativo, sobre todo porque no sabía cuánto tiempo tendría Ashley que pasar allí. No mucho más, tal vez. Pero aun así era una carga imprevista para la anciana. No conocía la situación financiera de Catherine. Sólo la había visto un par de veces, en momentos breves y amables. Sabía que apreciaba a Ashley, lo cual la convertía básicamente en buena gente.

El pollo agridulce ya goteaba cuando entró en la casa y oyó sonar el teléfono. Lo dejó en la encimera de la cocina y contestó.

—¿Sí?

—Scott, soy Sally. Ha estado aquí. Mató a *Anónimo* y ahora sabe dónde está Ashley. Y en Vermont nadie contesta el teléfono...

La voz de su ex mujer sonó como un estallido en sus oídos.

—Sally, por favor, cálmate. Cada cosa a su tiempo. —Oyó su propia voz. Calmada y razonable. Sin embargo, por dentro oyó su corazón, su respiración, su cabeza, todo girando y acelerando, como de pronto barrido por un vendaval implacable.

Ashley y Catherine caminaban lentamente por Brattleboro, de vuelta al coche con dos vasos de café, viendo los talleres de artesanía, las tiendas, los tenderetes al aire libre y las librerías. A Ashley le recordaba la ciudad universitaria donde había crecido, un lugar definido por las estaciones y su ritmo tranquilo. Era difícil sentirse incómoda, o incluso amenazada, en una ciudad que aceptaba apaciblemente los más diversos estilos de vida.

Había veinte minutos de trayecto desde la ciudad hasta la casa de Catherine, entre colinas y prados, aislada de los vecinos. La anciana dejó que Ashley condujera, quejándose de que por la noche su vista ya no era la de antes, aunque la chica supuso que en realidad quería tomar en paz su café. A Ashley le gustaba oírla hablar: había una férrea determinación en Catherine. No estaba dispuesta a permitir que las molestias y achaques de la edad limitaran su vida y sus costumbres.

Catherine señaló la carretera.

—Ten cuidado, no vayas a atropellar a un ciervo —dijo—. Es malo para ellos, malo para el coche y malo para nosotras.

Ashley redujo la velocidad y echó un vistazo por el retrovisor. Unos faros se acercaban velozmente.

—Parece que alguien tiene prisa —comentó.

Pisó ligeramente el freno para que el coche de detrás viera las luces.

—¡Dios mío! —exclamó de pronto.

El coche se les había pegado por detrás y las seguía apenas a unos centímetros de distancia.

—¿Qué demonios pretende? —gritó Ashley—. ¡Eh, atrás!

—Tranquila —dijo Catherine, pero había clavado las uñas en el asiento.

—¡Guarda la distancia de seguridad, cretino! —gritó Ashley cuando el coche de atrás encendió las luces largas, inundando el interior del vehículo—. Maldita sea, ¡qué cabrón!

No podía ver al conductor del otro coche, ni distinguir la marca ni el modelo. Aferró con fuerza el volante mientras avanzaban por la solitaria carretera comarcal.

—Déjalo pasar —sugirió Catherine con la mayor calma posible. Se volvió para mirar atrás, pero la cegaban los faros, y el cinturón de seguridad dificultaba sus movimientos—. Hazte a un lado en el primer sitio que veas. La carretera se ensancha ahí delante...

Intentaba aparentar calma mientras su cabeza calculaba rápidamente. Catherine conocía bien las carreteras de su comunidad y quería anticipar cuánto espacio tendrían para abrirse.

Ashley quiso acelerar para ganar algo de separación, pero la carretera era demasiado estrecha y serpenteante. El coche de atrás no se despegó ni un centímetro. Ashley empezó a aminorar.

—¡Menudo imbécil! —volvió a gritar.

—No pares —dijo Catherine—. Hagas lo que hagas, no pares. ¡Hijo de puta! —le gritó al de atrás, medio volviéndose.

—¿Y si nos embiste? —se asustó Ashley.

—Aminora lo suficiente para que nos pase. Si nos golpea, aguanta. La carretera se bifurca a la derecha dentro de un kilómetro y medio. Por allí podremos volver a la ciudad e ir a la policía.

Ashley asintió.

Catherine no mencionó que la cercana Brattleboro tenía policía local, ambulancia y bomberos sólo hasta las diez de la noche. Pasada esa hora había que llamar a la policía estatal o a emergencias. Quiso mirar el reloj, pero tenía miedo de soltarse de los posamanos.

—¡Ahí, a la derecha! —exclamó Catherine. Medio kilómetro delante había un pequeño recodo para que los autobuses escolares pudiesen girar en redondo—. ¡Tira hacia allí!

Ashley asintió y pisó el acelerador una vez más. El coche de detrás no se despegó, acercándose cuando Ashley vio el pequeño espacio despejado junto a la carretera. Trató de hacer una maniobra suficientemente súbita para que su perseguidor tuviera que pasar de largo.

Pero no lo hizo.

—¡Aguanta! —gritó Catherine.

Ambas se prepararon para el impacto, y Ashley pisó el freno. Los neumáticos rechinaron contra el asfalto y el coche quedó envuelto en una nube de tierra y polvo. La grava repiqueteaba con estrépito contra los bajos.

Catherine alzó una mano para protegerse la cara, y Ashley se echó atrás en el asiento mientras el coche derrapaba fuera de control. Giró el volante hacia donde giraba el coche, tal como le había enseñado su padre. El vehículo coleteó unos instantes, pero Ashley pudo dominarlo, luchando con el volante, hasta que se detuvo. Catherine se golpeó contra la ventanilla, y Ashley alzó la cabeza, esperando ver pasar de largo el coche que las seguía, pero no vio nada. Se preparó para una inminente colisión.

—¡Aguanta! —gimió la anciana, esperando el impacto.

Pero sólo recibieron silencio.

Scott telefoneó varias veces, pero nadie contestó.

Intentó no inquietarse demasiado. Probablemente habían salido a cenar y todavía no habían vuelto. Ashley era una noctámbula empedernida, se recordó, y era más que probable que hubiera convencido a Catherine para ir a la última sesión de una película, o a tomar un café en un bar. Había numerosos motivos para que aún no estuvieran en casa. «No te dejes arrastrar por el pánico», se dijo. Ponerse histérico no ayudaría en nada ni a nadie y sólo conseguiría irritar a Ashley cuando finalmente la localizara. Y a Catherine también, pensó, porque no le gustaba ser considerada una incompetente.

Tomó aire y llamó a su ex esposa.

—¿Sally? Sigue sin haber respuesta.

—Creo que está en peligro, Scott. Lo creo de verdad.

—¿Por qué?

La cabeza de Sally se llenó de una perversa ecuación: «Perro muerto más detective muerto dividido por puerta forzada, multiplicado por fotografía robada, igual a...» En cambio, dijo:

—Han pasado varias cosas. Ahora no puedo explicártelo, pero...

—¿Por qué no puedes explicármelo? —repuso Scott, tan insufrible como siempre.

—Porque cada segundo de retraso podría provocar...

No terminó. Los dos guardaron silencio, el abismo entre ambos ensanchándose.

—Déjame hablar con Hope —dijo Scott bruscamente. Esto sorprendió a Sally.

—Está aquí, pero...

—Pásamela.

Hubo unos ruidos en el auricular antes de que Hope lo cogiera.

—¿Scott?

—Tu madre no responde a mis llamadas. Ni siquiera salta el contestador.

—Mi madre no tiene contestador. Dice que si la gente tiene interés ya volverá a llamar.

—¿Crees...?

—Sí, lo creo.

—¿Deberíamos llamar a la policía?

Hope hizo una pausa.

—Lo haré yo —dijo—. Conozco a la mayoría de los polis de por allí. Demonios, un par de ellos fueron compañeros míos en el instituto. Puedo hacer que alguno se acerque a comprobar que todo está en orden.

—¿Puedes conseguirlo sin provocar alarma?

—Sí. Diré que no puedo contactar con mi madre. Todos la conocen, no habrá ningún problema.

—Muy bien, hazlo. Y dile a Sally que voy para allá. Si ha-

—332—

blas con Catherine, dile que llegaré tarde. Pero necesito la dirección.

Mientras hablaba, Hope vio que Sally había palidecido y las manos le temblaban. Nunca la había visto tan asustada, y esto la inquietó casi tanto como la noche abominable que las había engullido.

Catherine fue la primera en hablar.

—¿Estás bien?

Ashley asintió, tenía los labios secos y la garganta casi cerrada. Sintió que su desbocado corazón recuperaba poco a poco el ritmo normal.

—Sí, estoy bien. ¿Y tú?

—Sólo me he dado un golpe en la cabeza. Nada del otro mundo.

—¿Vamos a un hospital?

—No; estoy bien. Aunque parece que me he derramado encima mi café. —Se desabrochó el cinturón de seguridad y abrió la puerta—. Necesito un poco de aire.

Ashley apagó el contacto y también se apeó.

—¿Qué ha pasado? —preguntó—. Quiero decir, ¿qué crees que pretendía ese tipo?

Catherine escrutó la carretera en ambos sentidos.

—¿Lo viste adelantarnos?

—No.

—Pues yo tampoco. Me pregunto dónde demonios ha ido. Ojalá se haya empotrado contra los árboles, o despeñado por algún barranco.

Ashley sacudió la cabeza, desolada.

—Lo hiciste bastante bien —la tranquilizó Catherine—. Nadie podría haberlo hecho mejor, Ashley. Te viste en un aprieto y lo resolviste con suma eficiencia. Seguimos enteras, y mi bonito coche nuevo casi no tiene abolladuras.

Ashley sonrió, a pesar de la ansiedad que la embargaba.

—Mi padre solía llevarme a Lime Rock, en Connecticut, para que condujera su viejo Porsche por una carretera poco frecuentada. Me enseñó todos los trucos del buen conductor.

—Bueno, pues no es exactamente el paseo típico padre-hija, pero ha resultado útil.

Ashley inspiró hondo.

—Catherine, ¿alguna vez te ha pasado algo así?

La anciana seguía al borde de la carretera, escrutando la oscuridad.

—No —respondió—. Quiero decir que a veces cuando vas por estas carreteras estrechas y serpenteantes algún chaval se impacienta y te adelanta imprudentemente. Pero ese tipo parecía tener otra cosa en mente.

Volvieron al coche y se abrocharon los cinturones. Ashley vaciló antes de decir:

—Me pregunto si... bueno, si aquel tipejo que me estaba acosando...

Catherine se reclinó en su asiento.

—¿Piensas que ha sido el joven que te obligó a marcharte de Boston?

—No lo sé.

Catherine hizo una mueca.

—Ashley, querida, él no sabe que estás aquí, y tampoco dónde vivo, un sitio por lo demás difícil de encontrar. Si vas por la vida mirando por encima del hombro y atribuyendo todas las cosas malas a ese O'Connell, entonces no te quedará tiempo para vivir.

Ashley asintió. Quería dejarse convencer, pero le costó lo suyo.

—Además, ese joven te profesa amor, querida. Y no me parece que pretender echarnos de la carretera tenga relación con el amor, ¿no crees?

La chica no respondió, aunque creía conocer la respuesta a esa pregunta.

Hicieron el resto del viaje en relativo silencio. Un largo sendero de tierra y grava conducía hasta la casa de Catherine, una mujer que protegía su privacidad celosamente mientras se inmiscuía en la vida de todo el mundo en la comunidad. Ashley contempló la casa. En el siglo XIX había sido una granja, y a Catherine le gustaba bromear diciendo que había mejorado el sistema de fontanería y la cocina, pero no los fantasmas. Ashley deseó haberse acordado de dejar un par de luces encendidas.

Catherine, sin embargo, estaba acostumbrada a llegar a su casa a oscuras y bajó rápidamente del coche.

—Maldición —dijo con brusquedad—. Está sonando el teléfono.

Sin preocuparse por aquella oscuridad familiar, se adelantó presurosa. Nunca cerraba las puertas con llave, así que entró, encendió las luces y se dirigió al viejo teléfono de disco que había en el salón.

—¿Sí? ¿Quién es?

—¿Mamá?

—¡Hope! Qué alegría. ¿Cómo llamas tan tarde...?

—Mamá, ¿estás bien?

—Sí, sí. ¿Por qué...?

—¿Está Ashley contigo? ¿Está bien?

—Por supuesto, querida. Está aquí mismo. ¿Qué pasa?

—O'Connell sabe que está ahí. Puede que vaya de camino hacia allá.

Catherine inspiró bruscamente, pero mantuvo la calma.

—Tranquila, no creo que haya problemas.

Mientras lo decía, se volvió hacia Ashley, que se había quedado en el umbral como hipnotizada. Hope empezó a hablar, pero su madre apenas la oyó. Por primera vez pudo ver pánico en los ojos de Ashley.

Scott aceleró a fondo y en menos de un minuto el coche superó casi sin esfuerzo los ciento cincuenta kilómetros por hora. El motor rugía, mientras la noche pasaba veloz un borrón de sombras, recios pinos y negras montañas lejanas. El trayecto desde su casa hasta la de Catherine duraba cerca de dos horas, pero esperaba hacerlo en la mitad de tiempo. No estaba seguro de que eso bastara, ni de qué estaba sucediendo, ni de las intenciones de aquel maldito O'Connell. Y tampoco estaba seguro de lo que le esperaba. Sólo sabía que se enfrentaban a un peligro extraño y retorcido, y estaba decidido a interponerse entre ese peligro y su hija.

Mientras conducía, las manos aferradas al volante, casi se sintió abrumado por imágenes del pasado. Todos los recuerdos del crecimiento de su hija acudieron a su mente. Sintió un frío paralizador en el pecho, mientras iba dejando kilómetros atrás, y aun así tuvo la sensación de que iba un kilómetro por hora más lento de lo requerido por la situación, que lo que estaba a punto de suceder iba a perdérselo por segundos. Entonces pisó más el pedal, ajeno a todo excepto a la necesidad de acelerar, quizá más de lo que nunca había acelerado.

Catherine colgó y se volvió hacia Ashley. Se dijo que debía mantener la voz baja, firme y tranquila. Escogió las palabras con cuidado, palabras de inusual formalidad. Concentrarse en las palabras la ayudaba a combatir el pánico. Tomó aire despacio, y se recordó que procedía de una generación que había librado batallas mucho más terribles que la que presentaba ese O'Connell. Así pues, imbuyó a sus palabras una determinación rooseveltiana.

—Ashley, querida. Parece que ese joven que se siente insanamente atraído hacia ti ha descubierto que no te encuentras en Europa, sino aquí, conmigo.

Ashley asintió, incapaz de responder.

—Creo que lo más aconsejable sería que subieras a tu dormitorio y cerraras la puerta con llave. Ten el teléfono al alcance de la mano. Hope me informa de que tu padre viene de camino, y también tiene previsto llamar a la policía local.

La joven dio un paso hacia las escaleras, pero se detuvo.

—Catherine, ¿qué vas a hacer? ¿No deberíamos marcharnos de aquí?

La anciana sonrió.

—Bueno, dudo que sea sensato darle a ese tipo otra oportunidad de echarnos de la carretera. Ya lo ha intentado una vez esta noche. No, ésta es mi casa. Y también la tuya. Si ese joven pretende causarte algún daño, será mejor que nos enfrentemos a él aquí, en nuestro territorio.

—Entonces no te dejaré sola —dijo Ashley con fingida confianza—. Nos sentaremos las dos y esperaremos juntas.

Catherine negó con la cabeza.

—Ah, Ashley, querida, eres muy amable. Pero creo que estaré más tranquila si sé que estás arriba en tu habitación. Además, las autoridades llegarán dentro de poco, así que seamos cautas y sensatas. Y ser sensata, ahora mismo, significa que hagas lo que te pido.

La joven fue a protestar, pero Catherine agitó la mano.

—Ashley, permíteme defender mi hogar del modo que considere más adecuado.

Era una frase educada pero tajante. Ashley asintió.

—De acuerdo. Estaré arriba. Pero, si oigo algo que no me guste, bajaré en un segundo. —Desde luego, no estaba segura de qué quería decir con «algo que no me guste».

Catherine la vio subir la escalera. Esperó hasta oír que cerraba la puerta y pasaba la llave. Entonces fue a la alacena para la leña, construida en la pared junto a la gran chimenea. Escondida entre los troncos estaba la vieja escopeta de su difunto esposo. No la había sacado ni limpiado en años, y no sabía si la media docena de balas que había al fondo de la funda aún detonarían. Catherine supuso que existía una buena posibilidad de que le explotara en las manos si tenía que apretar el gatillo. Con todo, era un arma intimidatoria, con un buen cañón, y rogó que con eso bastara.

Se sentó en un sillón junto a la chimenea, metió las seis

balas en la recámara y se dedicó a esperar, la escopeta cruzada sobre el regazo. No sabía mucho de armas, aunque sí lo suficiente para quitar el seguro.

Se preparó cuando, poco después, oyó movimiento acercándose a la puerta.

Seguía mirando por la ventana, supuse que rumiando sus pensamientos. De pronto se volvió hacia mí y preguntó:

—¿Has pensado alguna vez si serías capaz de matar a alguien?

Como vacilé, ella sacudió la cabeza y añadió:

—Tal vez sería mejor preguntar cómo imaginamos la muerte violenta.

—No estoy seguro de a qué te refieres —dije.

—Piensa en todas las formas en que nos expresamos a través de la violencia. En la televisión y en el cine, en los videojuegos. Piensa en todos esos estudios que demuestran que el niño medio crece siendo testigo de miles de muertes. Pero la verdad es que, a pesar de ello, cuando nos enfrentamos con la clase de ira que puede ser mortal, rara vez sabemos cómo responder.

No respondí. Ella se apartó de la ventana y cruzó la habitación para volver a sentarse en su sillón.

—Nos gusta imaginar que siempre sabemos qué hacer en las situaciones difíciles —dijo—. Pero en realidad no lo sabemos. Cometemos errores, errores de cálculo. Todos nuestros fallos nos abruman. Creemos que podemos hacer algo y en el momento de la verdad no podemos. Lo que necesitamos hacer para salvarnos queda fuera de nuestro alcance.

—¿Ashley?

Ella negó con la cabeza.

—¿No crees que el miedo nos paraliza?

30

Una conversación sobre el amor

Catherine tomó aire y apoyó la culata contra el hombro, atenta al sonido del exterior. Contó los pasos. Desde una esquina de la casa, dejando atrás las macetas dispuestas en una ordenada hilera, hasta la puerta principal. «Primero probará con la puerta», se dijo. Aunque le parecía tener la lengua atascada, dijo con fuerza:

—Pase, señor O'Connell.

No tuvo que añadir: «Le estoy esperando.»

Hubo un momento de silencio, y Catherine oyó su propia respiración entrecortada, casi ahogada por los latidos del corazón. Mantuvo la escopeta con firmeza y trató de calmarse mientras apuntaba. Nunca le había disparado a nadie. De hecho, nunca había disparado un arma, ni siquiera como práctica. Su padre era médico. Su esposo había crecido en una granja, pero había servido en los marines durante la guerra de Corea. No por primera vez, deseó tenerlo a su lado. Después de un par de segundos, oyó abrirse la puerta y pasos en el pasillo.

—Aquí, señor O'Connell —espetó roncamente.

No había nada vacilante en los pasos, y O'Connell se plantó en la puerta. Catherine le apuntó al pecho.

—¡Manos arriba! —dijo. No se le ocurrió otra cosa que decir—. Quieto, ahí donde está.

O'Connell no se quedó completamente quieto ni levantó las manos. Dio un breve paso y señaló el arma.

—¿Pretende dispararme?

—Si tengo que hacerlo —respondió Catherine.

—Ya —dijo él, mirándola con atención, antes de escudriñar la habitación, como memorizando cada forma, color y ángulo—. ¿Qué la obligaría a hacerlo? —Hablaba como si todo fuese una broma.

—Probablemente no querrá que le responda a eso.

O'Connell sacudió la cabeza.

—En eso se equivoca —dijo lentamente, acercándose un paso más—. Eso es exactamente lo que necesito saber —sonrió—. ¿Va a dispararme si digo algo con lo que esté en desacuerdo? ¿Si me acerco? ¿O si doy un paso atrás? ¿Qué la hará apretar el gatillo?

—¿Quiere una respuesta? Quizá la obtenga en carne viva.

O'Connell avanzó otro paso.

—Deténgase —ordenó la anciana—. Y por favor levante las manos. —Se lo dijo con calma, queriendo parecer implacable, pero se sentía endeble y débil. Y quizá, por primera vez, vieja.

O'Connell parecía estar midiendo la distancia entre ellos.

—Catherine, ¿verdad? Catherine Frazier. Es la madre de Hope, ¿correcto?

Ella asintió.

—¿Puedo llamarla Catherine? ¿O prefiere señora Frazier? Quiero ser educado.

—Puede llamarme como quiera, porque no va a quedarse mucho.

—Bien, Catherine...

Ella lo interrumpió.

—Que sea señora Frazier.

Él asintió.

—Bien, señora Frazier —dijo, poniendo énfasis en el

nombre—. No me quedaré mucho, pero me gustaría hablar con Ashley.

—No está aquí.

Él sonrió.

—Estoy seguro, señora Frazier, que fue usted educada en una familia digna y que luego enseñó a su propia hija que mentir está mal. Mentirle en la cara a otra persona hace que esa persona se enfade. Y las personas enfadadas, bueno, hacen cosas terribles, ¿no?

Catherine siguió apuntándolo. Hizo un esfuerzo por controlar su respiración y tragó saliva.

—¿Es usted capaz de cosas terribles, señor O'Connell? Porque, si es así, tal vez debería dispararle ahora mismo y acabar esta noche con una nota amarga. Amarga para usted, claro.

Catherine no tenía ni idea de si estaba tirándose un farol. Se concentró en el hombre que tenía delante. Sentía el sudor corriéndole por la espalda y se preguntó por qué O'Connell no se mostraba nada nervioso, como si fuese inmune al cañón del arma. ¿Acaso aquel chalado estaba disfrutando con todo aquello?

—De qué soy capaz yo, de qué es capaz usted... Ésas son las verdaderas preguntas, ¿verdad, señora Frazier?

Catherine respiró hondo y entornó los ojos como si fuera a disparar. O'Connell continuó moviéndose por la habitación, como familiarizándose con el entorno, despreocupado en apariencia.

—Interesantes preguntas, señor O'Connell. Pero es hora de que se marche. Mientras todavía pueda hacerlo. Márchese y no vuelva jamás. Y, sobre todo, deje a Ashley en paz.

O'Connell sonrió, pero sin dejar de escudriñar la habitación. Tras su sonrisa había algo más oscuro, más turbio de lo que Catherine había imaginado.

Cuando habló, lo hizo en voz baja.

—Ashley está cerca, ¿verdad? Lo noto. Muy cerca.

Catherine no respondió.

—Creo que usted no entiende algo, señora Frazier.

—¿De veras?

—Yo amo a Ashley. Ella y yo estamos hechos el uno para el otro.

—Se confunde, señor O'Connell.

—Somos una pareja. Un equipo, señora Frazier.

—No lo creo, señor O'Connell.

—Haré lo que haga falta, señora Frazier.

—Le creo. Yo podría decir lo mismo. —Eso fue lo más valiente que fue capaz de decir.

Él se detuvo, mirándola. Ella lo supuso fuerte, musculoso, con rapidez de atleta. «Tan rápido como Hope —pensó—, y mucho más fuerte.» Había poco entre ellos que pudiera detenerlo si se decidía a atacarla. Ella estaba sentada, vulnerable, sólo con aquella vieja escopeta para impedírselo. De repente se sintió desesperadamente vieja, corta de vista y con el oído débil, su capacidad de reacción en extremo mermada. Él tenía todas las ventajas, menos una, el arma. También cabía que él llevara un arma bajo la chaqueta, en el bolsillo. ¿Una pistola? ¿Una navaja? Inspiró profundamente.

—Creo que no lo entiende, señora Frazier. Siempre amaré a Ashley. Y la idea de que usted o sus padres, o cualquiera, puedan impedirme estar a su lado es simplemente risible.

—Bueno, esta noche no. En mi casa no. Esta noche usted va a marcharse. O tendrán que sacarlo con los pies por delante.

Él se detuvo de nuevo, todavía sonriendo.

—Ésa es una vieja escopeta para cazar pájaros. Dispara balas de risa, poco más dolorosas que un perdigón.

—¿Le gustaría probarlo?

—No, creo que no.

Ella guardó silencio mientras O'Connell parecía pensar algo.

—Dígame una cosa, señora Frazier, ya que estamos manteniendo esta conversación amistosa, ¿por qué no me considera adecuado para Ashley? ¿No soy lo bastante guapo? ¿Lo bastante listo? ¿Lo bastante bueno? ¿Por qué se me prohíbe amarla? ¿Qué saben ustedes realmente sobre mí? ¿Quién creen que podría amarla más que yo? ¿No es posible que yo sea lo mejor que le ha sucedido a ella?

—Lo dudo, señor O'Connell.

—¿No cree usted en el amor a primera vista, señora Frazier? ¿Por qué un tipo de amor es aceptable, pero otro no?

Catherine mantuvo la boca cerrada.

O'Connell hizo una pausa y de pronto gritó:

—¡Ashley! ¡Ashley! ¡Sé que me oyes! ¡Te amo! ¡Siempre te amaré! ¡Siempre estaré aquí para ti!

Las palabras resonaron por la casa.

Se volvió hacia Catherine.

—¿Ha llamado a la policía, señora Frazier?

Ella no respondió.

—Creo que lo ha hecho. Pero ¿qué ley he quebrantado esta noche? Puedo decírselo: ninguna.

Señaló la escopeta.

—Naturalmente, no se puede decir lo mismo de usted.

Ella ajustó el apoyo de la culata y apretó el dedo sobre el gatillo. «No vaciles —se dijo—. No sientas pánico.» Era como si la sala de su propia casa, donde estaba rodeada de sus fotos y recuerdos, se hubiera vuelto súbitamente extraña. Quiso decir algo que le recordara la normalidad. «¡Dispárale! —le advirtió una voz interior—. ¡Mátalo antes de que os mate a todos!»

—No es tan fácil matar a una persona, ¿verdad? —susurró O'Connell en ese segundo de indecisión—. Una cosa es decir: «Si da otro paso le disparo» y otra muy distinta hacerlo. Ya puede pensar en eso. Buenas noches, señora Frazier. Volveremos a vernos.

«¡Dispárale! ¡Dispárale!» Mientras ella sólo oía su voz interior, O'Connell se volvió y desapareció bruscamente de su vista. Catherine boqueó. Como un fantasma: en un segundo estaba delante de ella, al siguiente había desaparecido. Oyó sus pasos por el pasillo y luego la puerta principal al abrirse y cerrarse.

Resopló lentamente y se apoyó en el respaldo. Sus dedos parecían agarrotados, y tuvo que esforzarse para lograr retirarlos del arma. La colocó sobre su regazo. De pronto se sintió exhausta de una manera que no había experimentado en años. Las manos le temblaban, tenía los ojos humedecidos y le costaba respirar. Recordó un momento similar en el hospital años atrás, cuando la mano de su esposo resbaló de la suya y, así de sencillo, expiró. La misma sensación de indefensión se había adueñado de ella entonces.

Quiso llamar a Ashley, pero no pudo. Quiso levantarse y echar la llave a la puerta delantera, pero estaba entumecida.

Permaneció sentada varios minutos. Tan sólo se recuperó un poco cuando las luces rojas y azules de un coche patrulla destellaron en las ventanas.

Los pensamientos la recorrían como descargas eléctricas.

Había permanecido agazapada tras la puerta cerrada del dormitorio, consciente de que Catherine y Michael estaban hablando, pero incapaz de distinguir las palabras, excepto aquellas que Michael había gritado, provocándole un miedo atroz. Cuando oyó cerrarse la puerta principal se quedó inmóvil en el suelo, junto a la cama, abrazada a una almohada, como si intentara impedirse oír, ver e incluso respirar. La funda de la almohada estaba húmeda donde había hincado los dientes para no gritar. Las lágrimas le corrían por las mejillas y estaba aterrada. Y aterrada de estar aterrada. Le avergonzaba haber dejado a Catherine enfrentarse sola a aquel psicópata. Ahora sabía muy bien que estaba perdida en un pantano mucho más grande del que había imaginado.

—¡Ashley! —La voz de Catherine atravesó las paredes y sus temores.

—Sí... —se atragantó.

—La policía está aquí. Puedes bajar.

En lo alto de la escalera, miró hacia abajo y vio a Catherine en el pasillo con un agente de mediana edad que llevaba un sombrero de *ranger*. Sostenía una libreta y un bolígrafo, y sacudía la cabeza.

—Comprendo, señora Frazier. —Hablaba despacio, con cierta condescendencia, y Ashley vio que eso enfurecía a Catherine—. Pero no puedo cursar una orden de busca y captura de alguien a quien usted invitó a su casa simplemente porque esté demasiado enamorado de la señorita Freeman... Buenas noches, señorita, si quiere bajar...

Ashley lo hizo.

—¿Ese hombre la golpeó o amenazó?

Catherine hizo una mueca.

—Todo lo que dijo era una amenaza, sargento Connors —terció la anciana—. No en las palabras que dijo, sino en cómo las dijo.

El policía miró a Ashley.

—¿Estaba usted arriba, señorita? Entonces, ¿no fue testigo de nada?

La joven asintió.

—Entonces, aparte de su presencia, ¿no le hizo nada, señorita?

—No —confirmó Ashley con impotencia.

Él sacudió la cabeza, cerró la libreta y dijo:

—Lo que debería haber dicho, señora Frazier, es que la golpeó y la hizo sentir miedo por su vida. Que hubo algún contacto físico. Eso nos permitiría tomar cartas en el asunto. Podría haber dicho que empuñaba un arma. Incluso que entró sin permiso. Pero no podemos arrestar a nadie por decirle que ama a la señorita Freeman. —Sonrió con resignación—. Además, supongo que todos los chicos se enamoran de la señorita Freeman.

Catherine dio una patada en el suelo.

—Esto es inútil —dijo—. ¿Dice que no puede ayudarnos?

—A menos que tengamos la certeza razonable de que se ha cometido un delito.

—¿Y el acoso? ¡Eso es un delito!

—Sí. Pero al parecer eso no ha sucedido aquí esta noche. Aunque si puede demostrar una pauta de conducta, bueno, entonces debería hacer que la señorita Freeman acudiera a un juez y consiguiera una orden de alejamiento. Después, si el tipo se acerca a cien metros de ella, podremos detenerlo. Nos daría munición, como si dijéramos. Pero aparte de eso... —Miró a Ashley—. ¿No tenía una orden así en Boston?

Ella negó con la cabeza.

—Bien, pues debería tenerlo en cuenta. No obstante...

—No obstante, ¿qué? —exigió Catherine.

—Bueno, no me gusta especular...

—¿Qué?

—Hay que tener cuidado. No vayan a promover una conducta realmente desagradable. A veces una orden de alejamiento hace más mal que bien. Hable con un profesional, señorita Freeman.

—¡Estamos hablando con un profesional! —se enfadó Catherine.

—Quiero decir un abogado especializado en esta clase de casos.

Catherine sacudió la cabeza, pero se contuvo de replicar. No serviría de nada descargar su rabia contra aquel policía.

—Si vuelve, señora Frazier, llame a la comisaría y enviaremos a alguien. Es lo menos que podemos hacer. Si el tipo sabe que estamos al corriente, no intentará nada.

Se guardó el bolígrafo y la libreta en el bolsillo de la camisa y se volvió hacia la puerta.

—Tenemos las manos atadas —añadió como excusándose—. Redactaré un informe, por si quiere solicitar esa orden.

Catherine volvió a hacer una mueca.

—Menudo consuelo —replicó—. Es como decir que tenemos que esperar a que se queme la casa antes de llamar a los bomberos.

—Ojalá pudiera ser más útil. De verdad, señora Frazier. Entiendo que estas situaciones son difíciles. Llámenos si vuelve a aparecer. Estaremos aquí en un santiamén y... —Se interrumpió con súbita alarma: había oído algo—. Joder —dijo ceñudo—. Alguien se cree Fitipaldi...

Catherine y Ashley se inclinaron hacia delante y escucharon un distante motor a toda velocidad. Ashley lo reconoció al instante. Se hizo cada vez más cercano, hasta que vieron los faros entre los árboles.

—Es mi padre —dijo Ashley. Pensó que debería sentirse aliviada y a salvo, porque él sabría qué hacer. Pero esos sentimientos la eludieron.

—Me he convertido en una estudiosa del miedo —dijo—. Reacciones psicológicas, estrés, alteraciones de la conducta. Leo textos de psiquiatría y tratados de ciencias sociales. Leo libros sobre cómo responde la gente a toda clase de situaciones difíciles. Tomo notas y asisto a conferencias. Todo eso sólo para intentar comprenderlo mejor.

Se volvió hacia la ventana y contempló el benigno mundo suburbano que había más allá del cristal.

—Esto no parece una clínica —dije—. Las cosas parecen tranquilas y seguras por aquí.

Ella sacudió la cabeza.

—Todo ilusión —respondió—. El miedo adopta distintas formas en lugares distintos. Todo se basa en lo que esperamos que ocurra y lo que realmente ocurre.

—¿O'Connell?

Una sonrisa triste cruzó su rostro.

—¿Te has preguntado por qué algunas personas saben de

manera innata cómo provocar terror? El pistolero, el psicópata sexual, el fanático religioso, el terrorista. Para ellos es algo natural. Él era uno de esos tipos. Da la impresión de que no estuvieran unidos a la vida de la misma forma que tú y yo, o Ashley y su familia. Los lazos emocionales corrientes y las contenciones que todos tenemos, de algún modo, estaban ausentes en O'Connell. Y las sustituía algo terrible.

—¿Qué?

—Le encantaba ser quien era.

31

Huyendo de algo invisible

Catherine contemplaba el estrellado cielo de mediano-che sobre su casa. Hacía suficiente frío para ver el vaho del aliento, pero se sentía mucho más helada por lo que acaba-ba de ocurrir. El único lugar donde esperaba sentirse a sal-vo era su casa, donde cada árbol, cada matorral, casa brisa en-tre las hojas, hablaban de algún recuerdo. Era lo que se suponía que debía ser sólido en la vida. Pero esa noche, la se-guridad de su hogar había menguado, desde que había oído unas palabras: «Volveremos a vernos.»

Catherine se giró hacia la puerta. De repente hacía de-masiado frío para estar fuera y trató de decidir qué hacer. A menudo contemplaba el cielo de Vermont y consideraba muchas cuestiones. Pero esa noche el cielo negro no pro-porcionaba claridad, sólo un frío que le llegaba hasta el tuétano. Se estremeció y tuvo la fugaz idea de que Michael O'Connell no sentiría el frío: su obsesión lo mantendría ca-liente.

Miró la hilera de árboles que marcaba el borde de la pro-piedad, más allá de una extensión de hierba alrededor de la casa, donde su marido había alisado una sección con un trac-tor prestado y luego había plantado gramón y erigido una portería, como regalo para Hope por su undécimo cumple-años. Normalmente, aquella visión le traía recuerdos felices y la reconfortaba. Pero esa noche sus ojos fueron más allá del ajado armazón blanco de la portería. Imaginó que O'Connell estaba allí fuera, oculto, observando.

Apretó los dientes y volvió a la casa, pero no antes de hacer un gesto obsceno hacia la oscura línea de árboles. «Por si acaso», se dijo. Pasaba de la medianoche, pero todavía había que hacer las maletas. La suya estaba preparada, pero Ashley, aún conmocionada, tardaba lo suyo.

Scott estaba sentado en la cocina, bebiendo café solo, con la vieja escopeta sobre la mesa. Pasó un dedo por el cañón y pensó que todo se habría arreglado si Catherine hubiera apretado el gatillo. Podrían haber pasado el resto de la noche tratando con la policía local y un forense, y contratando a un abogado, aunque suponía que Catherine ni siquiera habría sido arrestada. Si le hubiera disparado al cabrón de O'Connell, pensó, él, Scott, habría llegado a tiempo de ayudar a resolver las cosas. Y la vida habría vuelto a la normalidad en pocos días.

Oyó a Catherine entrar por la puerta de la cocina.

—Creo que tomaré un café también —dijo mientras se servía una taza.

—Va a ser una noche larga.

—Ya lo es.

—¿Ashley está lista?

—Lo estará en un minuto. Está recogiendo sus cosas.

—Aún está muy nerviosa.

Catherine asintió.

—No me extraña. Yo todavía lo estoy también.

—Pues lo oculta mejor —dijo Scott.

—Más experiencia.

—Ojalá usted... —empezó él, pero se detuvo.

Catherine sonrió sin alegría.

—Lo sé —dijo.

—Ojalá lo hubiera enviado al infierno de un tiro.

Ella asintió.

—Yo también lo pienso. En retrospectiva.

Ninguno dijo lo que estaban pensando: tener a O'Connell al otro lado de una escopeta era una oportunidad que difícilmente volvería a presentárseles. Al punto, Scott desechó este pensamiento. Su parte educada y racional le recordó: «La violencia nunca es la respuesta.» Y con la misma rapidez, la contestación: «¿Por qué no?»

Ashley bajó y se detuvo en el umbral.

—Estoy lista —anunció. Miró a su padre y a Catherine—. ¿Estáis seguros de que marcharnos es lo correcto?

—Aquí estamos aislados, Ashley, querida —dijo Catherine—. Y parece muy difícil predecir lo que hará a continuación el señor O'Connell.

—No es justo. No es justo para mí ni para vosotros, ni para nadie...

—Creo que ya no se trata de ser justos —dijo su padre.

—Lo primero es estar a salvo —intervino Catherine con tono afable—. Así que será mejor que pequemos por exceso y no por defecto.

Ashley apretó los dientes.

—Vamos —dijo Scott—. Mira, al menos esto hará que tu madre se sienta mucho mejor. Y Hope también. Y seguro que Catherine no quiere tenerte aquí sola, con la amenaza de ese bastardo.

—La próxima vez —dijo Catherine, estirada— no me molestaré en darle conversación.

Señaló la escopeta, cosa que hizo que Scott y Ashley sonrieran.

—Catherine —dijo Ashley, enjugándose los ojos—, serías una magnífica asesina profesional.

Ella sonrió.

—Gracias, querida. Lo tomaré como un cumplido.

Scott se supo en pie.

—¿Habéis comprendido bien cómo vamos a hacerlo?

Ashley y Catherine asintieron.

—Parece retorcido —dijo Catherine.

—Más vale retorcido que lamentarlo luego. Lo mejor es asumir que está vigilando la casa y que puede seguirnos. Y no sabemos qué puede intentar hacernos. Ya os ha echado de la carretera esta noche.

—Si fue él —dijo Ashley—. No lo entiendo. ¿Por qué intentaría matarnos y al poco vendría aquí a proclamar que me ama?

Scott sacudió la cabeza. Tampoco para él tenía sentido.

—Bueno, si está vigilando, le daremos algo en que pensar.

Recogió las maletas y las colocó junto a la puerta principal. Tras él, Catherine apagaba todas las luces de la casa. Dejando a las dos mujeres en el pasillo, Scott salió a la noche. Escrutó la oscuridad, recordando cuando tenía la edad de Ashley, en Vietnam, y escrutaba la jungla con los binoculares, con la batería de cañones a su espalda, silenciosos por una vez, el olor rancio y húmedo de los sacos terreros en que se apoyaba, preguntándose si los observaban desde la retorcida maraña de la jungla.

Scott dio marcha atrás con el Porsche hasta colocarse junto al pequeño todoterreno de Catherine. Dejó el motor en marcha y salió después de subir la capota. Subió al otro vehículo y lo encendió también. Luego se dirigió a la derecha de cada vehículo, abrió la puerta y bajó el asiento del pasajero lo máximo posible.

Después entró en la casa, recogió las maletas y volvió a salir.

Colocó la maleta de Catherine en su propio coche, y la de Ashley en el de Catherine. Cerró los maleteros, pero dejó las cuatro puertas abiertas.

Regresó a la puerta principal.

—¿Listas?

Ellas asintieron.

—Entonces vamos. Rápido.

Los tres se movieron juntos, una única silueta oscura.

Ashley se deslizó en el Porsche, y Catherine al volante de su propio coche. Ashley se agachó inmediatamente para que nadie pudiera verla. Se había recogido el pelo dentro de un gorro negro.

Scott cerró todas las puertas antes de ponerse al volante del Portsche. Le hizo a Catherine una señal con el pulgar y ella aceleró; sus ruedas escupieron grava. Scott la siguió a escasos centímetros de distancia. «Rápido ahora», pensó. Pero Catherine estaba ya pisando a fondo. Ambos vehículos se dirigieron velozmente hacia el camino, en caravana.

Scott escrutó por el retrovisor, buscando faros, pero las curvas le dificultaban la visión. Había luna llena. «Si yo persiguiera a alguien, conduciría sin luces», pensó. Ashley permanecía agachada. Él aceleró para no despegarse de Catherine.

Ella se dirigía a un punto que conocía, justo antes de la autovía interestatal. Era una zona de descanso con un pequeño aparcamiento al fondo. Cuando divisó la entrada, esperó al último segundo para girar bruscamente. Los neumáticos chirriaron. Se dirigió al fondo, donde no había luces. El Porsche la imitó. Catherine se detuvo y tomó aliento.

Scott aparcó a su lado, se apeó rápidamente y corrió hacia la entrada del aparcamiento.

Un único coche pasó por la carretera, luego otro. No distinguió a los conductores, pero ninguno redujo la velocidad y desaparecieron carretera abajo, sin girar hacia la interestatal. Scott esperó a que pasara otro coche, cosa que tardó casi un minuto. Luego regresó a donde esperaban las dos mujeres.

—Muy bien, cambiemos —dijo—. Ni rastro de él.

Ashley, cubriéndose con una manta de lana, se deslizó desde el Porsche al todoterreno. Catherine puso el coche en marcha y se dirigió a la rampa de entrada a la autovía en dirección sur.

Scott la siguió, pero en vez de tomar la misma rampa, hacia su destino, se detuvo en la carretera. Vio desaparecer las luces traseras del todoterreno. Esperó, atento a cualquier coche que se dirigiera tras Catherine, pero no pasó ninguno. No había nadie en los alrededores. Después de contar hasta treinta, pisó el acelerador y, con los neumáticos chirriando, enfiló la rampa de salida al norte. Cuando llegó al final de la rampa, ya iba casi a cien. Un tráiler avanzaba por el carril derecho, pisó a fondo y lo adelantó temerariamente. La bocina del tráiler atronó en la noche tras él y el camionero le lanzó destellos con las luces largas. Scott lo ignoró, atento al ilegal giro de ciento ochenta grados que haría. Rogó que ningún coche de policía estuviera por allí. Los faros iluminaron un cartel de «Sólo vehículos autorizados». Entonces pisó el freno y apagó todas las luces.

El Porsche dio un brinco y derrapó un poco mientras cambiaba de dirección norte a sur. Una rápida ojeada le dijo que la carretera estaba vacía, y aceleró sin vacilar, encendiendo de nuevo las luces.

Tomó aire. «Intenta seguirme ahora, cabrón», pensó. Calculó que tardaría menos de diez minutos en alcanzar a Catherine y a Ashley, mientras escrutaba cada coche que adelantaba. Luego las escoltaría el resto del camino a casa.

Apretó los labios.

«Y aún me sé unos cuantos trucos más», pensó con satisfacción. El motor zumbaba plácidamente, y por primera vez esa noche Scott sintió que tenía un poco de control sobre la situación. No obstante, se dijo que era improbable que esa sensación durase mucho tiempo.

El cansancio y el sueño después de tanta tensión los hicieron dormir hasta tarde. Luego, Ashley estalló en sollozos al enterarse de los detalles de la muerte de *Anónimo*, y lloró amargamente en la cama antes de sumirse en un sueño inquieto, asaltado por horribles imágenes de muerte. En más de una ocasión gritó, haciendo que Sally o Hope corrieran a su puerta para comprobar qué le pasaba, como si todavía fuera una niña pequeña.

Scott había vuelto a la universidad. Echó una cabezada en el sillón de su despacho, antes de despertarse sintiendo que de algún modo el día estaba distorsionado. En el lavabo de hombres, al asearse, se contempló largamente en el espejo. «La historia es el estudio de hombres y mujeres que se elevan de la media para hacer cosas extraordinarias. Es un examen de la valentía de uno, la cobardía de otro, la presciencia de un tercero, los fracasos de un cuarto. Es emoción y psicología, representada en un campo de acción», pensó. Se preguntó si se había pasado toda su vida adulta estudiando lo que hacían otros sin hacer algo él mismo.

O'Connell se había cruzado circunstancialmente en la historia personal de Scott, y según cómo actuara en los próximos días, lo definiría para siempre, se dijo.

Sally hervía de furia.

Le parecía que habían fracasado en todo. Habían tratado de ser razonables. Habían tratado de mostrarse fuertes. Habían intentado el soborno. Habían probado la intimidación. Y finalmente la huida. Todo en vano. Sus vidas habían sido zarandeadas y empujadas a un torbellino, sus carreras y su intimidad amenazadas, sus existencias trastornadas y empujadas a una situación impensable un mes atrás.

«El miedo se ha instalado en nosotros, quizá para siempre», pensó.

Estaba sentada en el salón, sola. Sacudió la cabeza y agitó las manos en el aire, gesticulando con el ceño fruncido, como si estuviera en medio de una encendida discusión.

Arriba, Ashley dormía todavía, pero Sally pretendía despertarla pronto. Hope y Catherine habían salido a dar un paseo y comprar algo de comida. Probablemente estarían hablando sobre la que les había caído encima. Ella se había quedado de guardia.

Sintió su pulso acelerado. Se encontraban en una encrucijada, pero aún no estaba segura qué caminos había disponibles.

Echó atrás la cabeza y cerró los ojos. «Lo he fastidiado todo —pensó—. He metido la pata hasta el fondo.»

Suspiró, se puso en pie y fue a un escritorio donde guardaban álbumes de recortes y fotos antiguas, recuerdos demasiado valiosos para tirarlos, pero no lo bastante significativos para enmarcarlos. Una foto de sus padres. Los dos habían muerto demasiado jóvenes, uno en un accidente de tráfico, el otro de un infarto. Sally no estaba segura de por qué necesitaba verlos, pero quería ver sus ojos mirándola, tranquilizándola. La habían dejado sola y ella había elegido a Scott creyendo que él sería «consistente». Fue probablemente la misma sensación que la llevó a la facultad de Derecho, determinada a nunca más ser víctima de los acontecimientos. Sacudió la cabeza ante la ingenuidad de esa idea. Cualquiera puede convertirse en víctima. En cualquier momento.

Oyó a Ashley en el piso de arriba.

Inspiró hondo. «Hay una única certeza —pensó—: lo que está dispuesta a hacer una madre por proteger a sus hijos.»

—¡Ashley! ¿Eres tú? ¿Estás levantada?

Hubo una pausa y luego una respuesta, precedida por un gruñido.

—Sí. Hola, mamá. Bajaré en cuanto termine de cepillarme los dientes...

En ese momento sonó el teléfono, sobresaltándola. Comprobó la identificación de llamada, pero ponía «número privado». Sally se mordió el labio y cogió el auricular.

—¿Sí? —dijo con tono de abogada.

No hubo respuesta.

—¿Quién es? —exigió bruscamente.

Silencio. Ni siquiera se oía una respiración.

—¡Maldita sea, déjenos en paz! —masculló con aspereza, y colgó.

—¿Quién era? —preguntó Ashley desde arriba. Sally distinguió un fugaz temblor en la voz de su hija.

—Nada —respondió—. Sólo un maldito servicio de suscripción de revistas. —Se preguntó por qué no decía la verdad—. ¿Bajas?

—Ahora mismo.

Sally oyó cerrarse la puerta del dormitorio. Cogió el teléfono y pidió información sobre la llamada que acababa de recibir. Una voz grabada le contestó:

«El número 413-555-0987 es una cabina telefónica de Greenfield, Massachusetts.»

«Cerca —pensó—. A menos de una hora en coche.»

Cuando Michael O'Connell colgó en la cabina, su primer impulso fue dirigirse al sur, donde sabía que Ashley le esperaba, y tratar de aprovechar el elemento sorpresa. La voz de Sally le había revelado lo débil que era. Cerró los ojos, imaginando a la madre de Ashley. Sintió la sangre correr por su cuerpo, casi como si cada arteria y cada vena tuviesen electricidad. Respiró despacio, poco a poco, como un corredor hiperventilando antes del pistoletazo de salida, y se dijo que seguirla hasta la casa de su madre era exactamente lo que ellos esperarían.

«Se estarán preparando —pensó—. Pergeñando algún plan para impedir que me acerque a Ashley, diseñando una defensa, levantando murallas. Pero no podrán derrotarme.» Era la más simple, la más obvia y la más absoluta verdad. De nuevo respiró hondo. Ellos estaban seguros de que él iría allí. «Deja que se preocupen, que pierdan el sueño, que se sobresalten con cada ruido nocturno. Y cuando sus defensas se debiliten por el agotamiento, la tensión y la duda, entonces sí iré. Cuando menos se lo esperen.»

Dio una patadita contra la acera.

«Estoy allí, a su lado, atormentándolos, incluso cuando no estoy allí», se dijo.

Decidió que no había ninguna prisa. Su amor por Ashley podía ser enormemente paciente.

Esta vez me pidió que me reuniera con ella en las urgencias de un hospital de Springfield. Cuando le pregunté por qué a medianoche, dijo que trabajaba como voluntaria en el hospital dos noches por semana, y que esa hora de brujas era cuando tenía un descanso.

—¿Voluntaria para qué? —pregunté.

—Como consejera. Esposas maltratadas, niños golpeados, mayores abandonados. Alguien tiene que conducirlos por los canales adecuados para obtener ayuda del estado. Lo que hago es reunir el papeleo que ha de acompañar a los dientes rotos, los ojos morados, los cortes y las costillas fracturadas.

Me esperaba en el aparcamiento, fumando un cigarrillo.

—No sabía que fumaras —le dije cuando me apeé del coche.

—No fumo —respondió, y dio otra calada—. Excepto aquí. Dos veces por semana, un cigarrillo en el descanso de medianoche. Nada más. Cuando vuelvo a casa, tiro el paquete. Compro un paquete nuevo cada semana. —Sonrió, la cara parcialmente en sombras—. Fumar parece un pecado menor, comparado con lo que veo aquí. Un niño con los dedos fracturados sistemáticamente por un padre adicto al crack. O una madre embarazada de ocho meses golpeada sin contemplaciones. Todo muy rutinario y muy cruel. ¿No es notable lo crueles que podemos ser unos con otros?

—Ya.

—Bueno, ¿qué más necesitas saber?

—Scott, Sally y Hope no estaban dispuestos a quedarse de brazos cruzados, ¿verdad?

Ella asintió. La aguda sirena de una ambulancia cortó la noche. Las emergencias se producen cuando menos se esperan.

32

El primer y único plan

Cuando se reunieron esa tarde, había una sensación de indefensión en el aire. Ashley parecía superada por los acontecimientos. Estaba acurrucada en un sillón, tapada con una manta, los pies recogidos y abrazada a un viejo oso de peluche que *Anónimo* había desgarrado en parte. Tenía la clara impresión de que la vigilaban. Era como estar en un escenario representando un papel, consciente todo el tiempo de que más allá de las candilejas, entre el público a oscuras, estaba siendo observada.

Ashley contempló la sala y pensó que era ella quien había causado el lío en que se encontraba, pero no comprendía exactamente qué había hecho para llegar a este punto. La única noche de alcohol que la había hecho acabar en la cama con Michael O'Connell estaba olvidada y muy lejana. Incluso más distante estaba la conversación donde ella había accedido a salir con él aquella vez, pensando que O'Connell era distinto a los chicos universitarios que conocía.

Ahora no hacía más que considerar que había sido una ingenua y una estúpida. Y no tenía la menor idea de lo que iba a hacer. Cuando sus ojos se posaron en Catherine y Hope y sus padres, uno tras otro, se dio cuenta de que los había puesto a todos en peligro, de maneras distintas, ciertamente, pero en peligro. Quiso pedir disculpas.

—Todo esto es culpa mía —dijo—. Yo soy la responsable.

—No, no lo eres —respondió Sally—. Y castigarte a ti misma no nos va a hacer ningún bien.

—Pero es que si no hubiera...

—Cometiste un error —intervino Scott—. Ya hemos hablado de esto antes. Todos intentamos recomponer ese error pensando que tratábamos con una persona razonable. Pero O'Connell logró engañarnos a nosotros también y, por tanto, todos somos culpables de haberlo subestimado. La recriminación y la culpa son caminos estúpidos que no podemos seguir ahora. Tu madre tiene razón: lo único que importa es qué vamos a hacer a continuación.

—Creo que ése no es el tema, Scott —dijo Hope.

Él se volvió para mirarla.

—¿Entonces?

—El tema es hasta dónde estamos dispuestos a llegar.

Eso los hizo guardar silencio.

—Porque —continuó Hope con voz átona pero reflejando autoridad— sólo tenemos una idea muy vaga de lo que O'Connell está dispuesto a hacer. Hay muchos indicios de que es capaz de cualquier cosa. Pero ¿cuáles son sus límites? ¿Los tiene? Creo que no sería inteligente por nuestra parte pensar que se contendrá.

—Ojalá le... —empezó Catherine, pero se contuvo—. Scott sabe qué hubiera deseado hacer.

—Lo supongo —dijo Sally—. Ahora nos toca llamar a las autoridades.

—Bueno, eso es lo que el policía me dijo después de mi pequeño encuentro con el señor O'Connell —murmuró Catherine.

—Parece que no te gusta mucho la idea —dijo Hope.

—No, no me gusta. ¿Cuándo demonios han ayudado alguna vez las autoridades a alguien? —respondió la anciana.

—Sally, tú eres la abogada —terció Scott—. Estoy seguro de que has tenido algún caso parecido. ¿Qué supondría el proceso? ¿Qué podemos esperar?

Ella hizo memoria antes de hablar.

—Ashley tendría que acudir a un juez. Yo podría encargarme del trabajo legal, pero es más aconsejable contratar a alguien de fuera. Ella tendría que declarar que está siendo acosada, que tiene miedo por su integridad. Puede que le pidan que lo demuestre, pero los jueces suelen ser comprensivos y no exigen demasiadas pruebas. Luego se dictaría una orden de alejamiento que permitiría a la policía arrestar a O'Connell si se acerca a menos de cien metros. Probablemente le prohibirán mantener ningún contacto con ella, ni por correo, teléfono o Internet. Esas órdenes suelen ser efectivas, aunque cabe un gran «si» condicional...

—¿Qué quieres decir?

—Si él acata la orden.

—¿Y si no lo hace?

—Entonces interviene la policía. Teóricamente, lo encarcelarían por violación de la orden. La sentencia estándar es de hasta seis meses. Sin embargo, los jueces son reacios a meter en la cárcel a alguien por lo que a menudo suponen que es sólo una disputa de pareja. —Respiró hondo—. Así es como funciona. El mundo real nunca es tan claro como la letra de la ley.

Observó a los demás.

—Ashley hace una denuncia y testifica. Pero ¿qué prueba real tenemos? No de que hayan despedido a Ashley por su culpa. No de que fuera él quien nos causara esos problemas informáticos. No de que entrara aquí por la fuerza. No de que matara a Murphy, aunque tal vez lo haya hecho...

Volvió a tomar aliento. Los demás permanecían en silencio absoluto.

—He estado pensando en la vía legal —dijo—, pero no será fácil resolver eficazmente el problema en ese ámbito. Apuesto a que O'Connell tiene experiencia con órdenes de alejamiento y sabe sortearlas. En otras palabras, creo que él sabe lo que podemos y no podemos lograr. Para ir más allá de esa simple orden de alejamiento, para acusarlo de un delito, Ashley tendría que demostrar que él está detrás de todo lo sucedido. Tendría que convencer a un tribunal, y someterse al interrogatorio de unos abogados. Eso también la pondría al alcance de O'Connell. Cuando acusas a alguien de un delito, aunque sea acoso, se crea una intimidad secundaria. Quedas implicado con esa persona, aunque haya una orden que lo mantenga a raya. Tendría que enfrentarse a él en un juicio, lo cual, supongo, alimentaría su obsesión, puede que incluso disfrutara. En cualquier caso, ambos quedarían relacionados para siempre. Y eso significa que Ashley tendría que estar mirando eternamente por encima del hombro, a menos que huya a algún lugar y se convierta en alguien diferente. Y aun así, no hay garantías absolutas. Si él decidiera dedicar su vida a encontrarla...

Sally estaba lanzada, la voz tensa.

—Estar asustada y demostrar ante un tribunal que hay una base real para ese miedo son cosas distintas. Y luego hay una segunda consideración a tener en cuenta...

—¿Cuál? —preguntó Scott.

—¿Qué hará él si Ashley consigue la orden? ¿Hasta qué punto se enfadará? ¿Se dejará llevar por la ira? ¿Y qué hará entonces? Tal vez quiera castigarla. O a nosotros. Tal vez decida que es hora de hacer algo drástico. «Si no puedo tenerte, nadie te tendrá.» ¿Qué opináis?

Todos guardaron silencio hasta que Ashley habló.

—Sé lo que haría.

Ninguno quiso preguntarle lo que todos comprendían. Pero Ashley lo dijo de todas formas, la voz temblando.

—Intentaría matarme.

—No, Ashley, no digas eso —saltó Scott—. Eso no lo sabemos... —Se interrumpió en seco y pensó que había dicho una tontería. Por un instante se sintió mareado, como si todo lo que parecía una locura («este tipo podría matar a Ashley») fuese real, y todo lo razonable se diluyera en bruma. Sintió un escalofrío y tuvo que levantarse de la silla—. Si vuelve a acercarse... —Esta amenaza sonó tan hueca como lo anterior.

—¿Qué? —saltó Ashley—. ¿Qué harás? ¿Le arrojarás a la cabeza libros de historia? ¿Le darás una clase hasta matarlo?

—No, yo...

—¿Qué? ¿Qué harás? ¿Y cómo lo harás? ¿Vas a custodiarme las veinticuatro horas del día?

Sally trató de mantener la calma.

—Ashley —dijo—, no te enfades...

—¿Por qué no? —estalló ella—. ¿Por qué no debería enfadarme? ¿Qué derecho tiene ese gusano a arruinarme la vida?

La respuesta, naturalmente, era obvia pero estéril.

—¿Qué tengo que hacer entonces? —dijo, y la emoción teñía cada palabra—. Supongo que tendré que marcharme. Empezar desde cero. Irme muy lejos. Esconderme durante años, hasta que suceda algo y pueda salir. Será como un juego del escondite gigantesco, ¿eh? Ashley se esconde y Michael la busca. ¿Cómo sabré cuándo dejarme ver?

—No será fácil —dijo Sally—. A menos que...

—¿A menos que qué? —preguntó Scott.

Ella eligió las palabras con cuidado.

—Podemos urdir otro plan.

—¿Qué quieres decir? —la urgió Scott.

—Que tenemos dos opciones. Una es mantenernos dentro del sistema legal. Puede que no sea perfecto, pero es lo que hay. Ha funcionado para algunas personas, pero no para otras. La ley puede salvar a una persona y matar a otra. La ley no garantiza nada.

Scott se inclinó hacia delante.

—¿Y la otra opción?

Sally estaba casi anonadada por lo que iba a proponer.

—Salirnos de la senda legal.

—¿Y eso qué significaría? —preguntó Scott.

—Tal vez no quieras saber la respuesta todavía —dijo Sally fríamente.

Todos se quedaron boquiabiertos.

Scott miró fijamente a su ex mujer. Nunca la había oído hablar con tanta sangre fría.

—¿Por qué no lo invitamos a cenar y a los postres le pegamos un tiro? —estalló Catherine—. ¡Bang! Yo me ofrezco voluntaria para limpiar el estropicio de sangre.

Cada uno de ellos sintió cierto atractivo por la descabellada propuesta, pero Sally volvió a su tono pragmático y profesional:

—Eso eliminaría un problema, Michael O'Connell, pero nos causaría un sinfín de nuevos problemas.

Scott asintió.

—Continúa —dijo.

—Invitarlo a cenar para matarlo es asesinato en primer grado, aunque se lo merezca. En este estado se castiga con entre veinticinco años y cadena perpetua, sin libertad condicional. Y el simple hecho de que todos lo hayamos discutido, nos convierte en cómplices, así que ninguno se libraría, incluyendo a Ashley. Siempre se podría recurrir a artimañas legales y solicitar atenuantes, pero aun así nuestra vida quedaría destrozada para siempre.

—Sí —asintió Scott—. Nuestras carreras, quiénes somos, todo desaparecería. Y nos convertiríamos en carnaza para los programas de televisión y el *National Enquirer*. Cada detalle de nuestras vidas sería expuesto públicamente. Y aunque hiciéramos esto y consiguiéramos aislar a Ashley de hecho, tendría que pasar el resto de su vida visitándonos a la cárcel y rechazando entrevistas de la prensa sensacionalista, o viendo cómo convierten su vida en una película truculenta.

—Todo eso significaría que O'Connell habría ganado

—intervino Hope—. Aunque estuviese muerto, nos habría arruinado y el «si no puedo tenerla» se cumpliría de una manera perversa. Ashley quedaría marcada para siempre.

Catherine apretó los labios; ella ya sabía todo eso. Dio una palmada y dijo:

—Bien, debe de haber algún modo de eliminar a O'Connell de la vida de Ashley antes de que suceda algo peor.

La palabra «eliminar» disparó la mente de Scott.

—Creo que tengo una idea —dijo.

Las cuatro mujeres lo miraron. Él se levantó y dio unos pasos.

—Para empezar, deberíamos devolverle su propia medicina.

—¿A qué te refieres? —preguntó Sally.

—Me refiero a acosar al acosador. Averigüemos todo, y quiero decir todo, lo que podamos sobre ese cabrón.

—¿Para qué? —preguntó Hope.

—Debe tener algún punto vulnerable. Lo golpearemos ahí.

Catherine asintió. En todos ellos debía de haber una vena implacable: era sólo cuestión de encontrarla y emplearla.

—Muy bien —respondió Sally—, pero ¿cómo lo golpearemos?

Scott midió sus palabras.

—No podemos matarlo —dijo—, pero debemos eliminarlo. Y hay alguien que puede hacerlo por nosotros de un modo en el que todos, sobre todo Ashley, salgamos intactos, sin un solo arañazo.

—No sé a quién te refieres —respondió Sally.

—Tú misma lo has dicho, Sally. ¿Quién puede eliminar a alguien de la sociedad durante cinco, diez, veinte años o toda la vida?

—El estado de Massachusetts.

Scott asintió.

—Es sólo cuestión de encontrar un modo de hacer que

el estado elimine a Michael O'Connell. Todo lo que tenemos que hacer es proporcionarle un motivo.

—¿Cuál? —preguntó Ashley.

—El crimen adecuado.

—¿No ves la genialidad en el plan de Scott? —preguntó ella.

—Yo no emplearía esa palabra —respondí—. «Estupidez» y «temeridad» me parecen más adecuadas.

Ella reflexionó.

—Muy bien, cierto a primera vista. Pero eso es lo que resulta único en el pensamiento de Scott: va completamente contra la lógica. ¿Cuántos catedráticos de historia de una pequeña facultad liberal y prestigiosa se convierten en delincuentes?

No respondí.

—¿O una consejera estudiantil y entrenadora? ¿Una abogada de provincias? ¿Y una estudiante de arte? ¿Qué podría ser más insensato que ese peculiar grupo decidiera cometer un delito? ¿Y elegir a alguien que pudiera recurrir a la violencia?

—Sigo sin saber...

—¿Quién mejor para salirse del marco de la ley? Sabían lo que hacían gracias a Sally y su experiencia jurídica. Y Scott estaba muy bien preparado para convertirse en un criminal gracias a su época de Vietnam. Su mayor problema era el tabú moral contra el delito inherente a su estatus social.

—Yo pensaba que habrían llamado a la policía.

—¿Qué garantía tenían de que el sistema legal funcionaría para ellos? ¿Cuántas veces has abierto el periódico y leído sobre alguna tragedia motivada por un amor obsesivo? ¿Cuántas veces has oído a la policía quejarse: «No podíamos intervenir...»?

—Aun así...

—Las palabras que sin duda no quieres que tallen en tu tumba son «Si sólo hubiera...».

—Ya, pero...

—No puede decirse que su situación fuera única. Las estrellas de cine y los famosos de la tele saben lo que es el acoso, pero también las secretarias de las grandes empresas e incluso las madres que llevan a sus pequeños al parque. La obsesión puede cruzar todo tipo de barreras económicas y sociales. Pero su respuesta sí fue única. Su objetivo era salvar a Ashley. ¿Podía haber un motivo más noble? Ponte por un instante en su piel. ¿Qué habrías hecho tú?

Ésa fue su pregunta más simple y, al mismo tiempo, más difícil de responder.

Ella inspiró hondo.

—Lo único que importaba era si podrían salirse con la suya.

33

Algunas decisiones difíciles

Scott se sentía rebosante de energía. Miró a las mujeres a su alrededor y febrilmente empezó a imaginar planes, todos impulsados por la ira que abrigaba hacia Michael O'Connell. Sally se agitaba incómoda, y él supuso que la abogada que había en ella se disponía a sopesar sus propuestas, a analizarlo todo con lupa. «Verá todos los peligros implícitos en mi propuesta», pensó. Ojalá comprendiera que serían peligros menores comparados con la amenaza que pendía sobre Ashley.

Pero, para su sorpresa, Sally asintió con la cabeza.

—Lo que haga falta —dijo con frialdad—. Deberíamos estar dispuestos a lo que haga falta. —Se volvió hacia Catherine y Hope—. Creo que estamos a punto de cruzar una línea, y quizá queráis reconsiderar si implicaros o no. Después de todo, Ashley es hija de Scott y mía, y es nuestra responsabilidad. Hope, has sido su segunda madre, y Catherine su única abuela real, pero aun así no sois de su sangre y...

—Sally, cierra tu puñetero pico —le espetó Hope.

La habitación quedó en silencio. Hope se levantó y se colocó junto a Scott.

—He estado implicada en la vida de Ashley, para bien o para mal, desde el día en que tú y yo nos conocimos —dijo—. Y aunque últimamente no estemos nada bien y nuestro futuro sea dudoso, eso no afecta a mis sentimientos hacia

Ashley. Así que vete al infierno. Yo decidiré lo que estoy dispuesta a hacer sin necesidad de que tú me sometas a interrogatorio.

—Y yo también —añadió Catherine.

Sally se hundió en su asiento. «Lo he fastidiado todo. ¿Qué demonios me pasa?», pensó.

—¿Es que no entiendes nada del amor? —le espetó Hope. La pregunta quedó flotando en el aire. Hope miró a Scott.

—Muy bien —le dijo—, explícanos exactamente qué tienes en mente.

Él dio un paso al frente.

—Sally tiene razón —dijo—. Estamos a punto de cruzar una línea. Las cosas van a volverse muy peligrosas a partir de ahora... —De pronto veía riesgo en todo, y eso le hizo vacilar—. Una cosa es hablar de hacer algo ilegal. Otra muy distinta es correr ese riesgo. —Miró a Ashley—. Cariño, éste es el momento en que te levantas y sales de la habitación. Me gustaría que fueras arriba y esperaras a que mamá o yo te llamemos.

—Pero ¿qué dices? —saltó Ashley—. Esto tiene que ver conmigo. Es mi problema. ¿Y ahora, cuando estáis pensando en hacer algo para ayudarme, esperas que os deje a solas? Menuda tontería. No pienso irme. Estamos hablando de mi vida.

De nuevo el silencio se apoderó de todos, hasta que Sally habló.

—Sí, lo vas a hacer. Ashley, cariño, escucha: es necesario que estés aislada legalmente de lo que decidamos hacer. Así que no puedes ser parte de la planificación. Probablemente te tocará hacer algo, no lo sé, pero desde luego no formar parte de una conspiración criminal. Tienes que estar protegida. Tanto de O'Connell como de las autoridades si lo que hagamos nos estalla en la cara. —Sally usó su voz tajante de abogada—. Así que obedece a tu padre. Sube y ten paciencia. Luego harás lo que te pidamos, sin preguntar.

—¡Me estáis tratando como a una niña! —estalló Ashley.

—Exactamente —respondió Sally con calma.

—No lo toleraré.

—Sí lo harás. Porque es la única forma en que seguiré adelante.

—¡No podéis hacerme esto!

—¿A qué te refieres? —insistió Sally—. No sabes lo que vamos a hacer. ¿Sugieres que no tenemos derecho a actuar unilateralmente para proteger a nuestra hija? ¿Te quejas de que tomemos decisiones para ayudarte?

—¡Sólo estoy diciendo que se trata de mi vida!

—Ya —asintió Sally—. Lo has dicho y lo hemos oído. Y por eso precisamente tu padre te ha pedido que salgas de la habitación.

Ashley miró a sus padres, los ojos anegados en lágrimas. Se sentía inútil e impotente. Fue a negarse otra vez cuando Hope intervino:

—Mamá, me gustaría que subieras con Ashley.

—Pero bueno —se envaró la anciana—. No seas ridícula. No soy una niña a la que puedas dar órdenes....

—No te estoy dando órdenes, mamá —repuso Hope, e hizo una pausa—. O quizá sí. Pero te diría lo mismo que Scott y Sally acaban de decirle a Ashley. Se te pedirá que hagas algo, pero no quiero estar preocupada por ti todo el tiempo. ¿Entiendes?

—Bueno, eres muy amable al preocuparte, querida, pero soy demasiado vieja y obstinada para dejar que mi propia hija se convierta en mi tutora. Puedo tomar mis propias decisiones y...

—Eso es lo que me preocupa —la cortó Hope, y la miró con ceño—. Si tengo que preocuparme por ti, igual que Sally y Scott por Ashley, nos sentiremos de manos atadas. ¿Tan egocéntrica eres que no puedes comprenderlo?

La pregunta enmudeció la réplica de Catherine. Pensó que durante años su hija la había puesto entre la espada y la pared. Cada vez, ella había claudicado, incluso cuando Hope no era consciente de ello. Hizo una mueca y se cruzó de brazos, enfurruñada. Reflexionó un momento y luego se levantó del sillón.

—Creo que te equivocas conmigo —dijo—. Y tú —miró a Sally— tal vez te equivocas con Ashley. —Sacudió la cabeza—. Las dos somos perfectamente capaces de asumir cualquier riesgo. Pero éste es sólo el primer paso, y si necesitáis que nos ausentemos en este momento, lo haremos. Pero no será siempre así. —Se volvió hacia Ashley—. Vamos, querida, subamos al piso de arriba y confiemos en que éstos comprendan la tontería que es excluirnos.

Extendió la mano y cogió a Ashley, que medio se había levantado de su asiento.

—No me gusta esto —refunfuñó—. No creo que sea justo. Ni adecuado.

Pero siguió a Catherine escaleras arriba.

Los otros permanecieron en silencio viéndolas marchar.

—Gracias, Hope —dijo Sally—. Ha sido un movimiento muy inteligente.

—Esto no es el ajedrez —respondió Hope.

—Sí que lo es —dijo Scott—. O al menos está a punto de serlo.

Tardaron un poco en repartir las tareas iniciales.

A partir de los datos básicos contenidos en el informe redactado por Murphy, Scott tendría que indagar en el pasado de O'Connell. Ver su casa, investigar dónde había crecido, descubrir lo que pudiera sobre su familia, su historial laboral y su educación. A él le correspondería, pues, evaluar a quién se enfrentaban realmente. Sally dedicaría el fin de semana a examinar el caso con un enfoque jurídico. Todavía no sabían qué delito querían achacarle a Michael O'Connell, aunque desde luego tendría que ser grave. Evitaron la palabra «asesinato» durante la conversación, pero acechaba en todo lo que hablaron.

Crear un delito a partir de la nada requiere planificación, y ésa era tarea de Sally. Tenía que asegurarse no sólo de que fuera grave, sino también fácil de demostrar para un fiscal. Y que llevara eficazmente a la detención de O'Connell y fuera difícil de negociar con la fiscalía. Tenía que ser un delito del que no pudiera librarse ofreciendo su colaboración denunciando a otros culpables. Debía cometerlo absolutamente solo. Y Sally tenía que decidir qué pruebas necesitaría el estado para obtener una sentencia de culpabilidad más allá de toda duda razonable.

A Hope, la única de los tres a quien O'Connell tal vez no reconocería a primera vista, se le asignó la misión de encontrarlo y vigilarlo. Tenía que recabar información sobre su vida diaria.

Era difícil ver quién se enfrentaba al peligro mayor. Probablemente Hope, pensó Sally, porque estaría físicamente cerca de O'Connell. Pero Sally sabía que, en cuanto abriera sus libros de leyes, sería culpable de simulación de un delito. Y Scott iba a dedicarse a lo más incierto, porque no había manera de saber qué encontraría cuando mencionara el nombre de Michael O'Connell en su ciudad natal.

Finalmente, se decidió que Catherine y Ashley se quedarían en la casa. Catherine, que todavía lamentaba no haberle disparado a O'Connell cuando tuvo la oportunidad, se encargaría de diseñar algún tipo de sistema protector, por si O'Connell volvía a presentarse.

Ése era el mayor temor de Sally: que antes de que ellos tuvieran una oportunidad de actuar, lo hiciera él. No mencionó a Hope y a Scott que en realidad se trataba de una carrera contra el tiempo; simplemente dio por sentado que ellos también lo estaban pensando.

Ella me miró como si esperase que dijera algo, pero, como permanecí callado, preguntó:

—¿Has pensando mucho en el «crimen perfecto»? Últimamente yo he dedicado tiempo a considerar algunas preguntas. ¿Qué está bien, qué está mal? ¿Qué es justo, qué injusto? Y he llegado a considerar que el crimen perfecto, el verdaderamente perfecto, no es sólo aquel del que uno se libra, sino el que produce algún cambio psicológico profundo. Una experiencia que altera la vida.

—¿Robar un Rembrandt del Louvre no cuenta?

—No. Eso simplemente te hace rico. Y no te convierte en otra cosa que en un ladrón de arte. No es muy distinto de quien empuña una pistola para atracar una tienda. El crimen perfecto, quizás el crimen ideal, es algo que existe en más de un plano moral. Endereza algún error y hace justicia. Da una oportunidad de enmendar algo.

Me acomodé en el asiento. Tenía docenas de preguntas, pero preferí dejarla hablar.

—Y algo más —añadió fríamente.

—¿Qué?

—El crimen devuelve la inocencia.

—Ashley, ¿verdad?

Ella sonrió.

—Por supuesto.

34

La mujer que amaba los gatos

El partido de semifinales se decidiría con una tanda de penales.

«El deporte diseña finales crueles —pensó Hope—, pero éste es uno de los más duros.» Su equipo había sido vapuleado, pero había sacado fuerzas de flaqueza para aguantar. Las chicas estaban agotadas. Todas estaban empapadas de sudor y tierra, y más de una tenía las rodillas ensangrentadas. La portera caminaba nerviosa de un lado a otro, separada de las demás. Hope pensó en acercarse para darle algunas indicaciones, pero sabía que en aquel momento su jugadora tenía que estar sola, y que si ella no había sabido prepararla bien en los entrenamientos previos, entonces nada de lo que pudiera añadir ahora serviría.

La suerte no la acompañó. La quinta jugadora encargada de lanzar el penalti, la capitana, toda fuerza y tesón, que nunca había fallado una falta máxima en cuatro años de juego, lanzó el balón contra el poste, y así finalizó la temporada del equipo. Tan fulminantemente como un ataque de corazón. Las chicas del otro equipo saltaron de alegría y corrieron a abrazar a su portera, que no había tocado ni una vez el balón durante la tanda de penaltis. Hope vio que su jugadora caía de rodillas al campo embarrado, se llevaba las manos a la cara y rompía a llorar. Las otras chicas estaban igualmente aturdidas. Hope también flaqueó, pero consiguió decirles:

—No la dejéis sola. Se gana como equipo y se pierde como equipo. Id y recordádselo.

Las chicas echaron a correr —a saber de dónde sacaban la energía— hacia su capitana. Hope se sintió muy orgullosa de todas ellas. «Ganar saca la felicidad, pero perder saca el carácter», pensó. Las vio reunirse como una piña y recordó que le esperaba librar otra batalla en los días venideros. Se estremeció de frío; el invierno ya había llegado. Aquel partido había acabado. Ahora llegaba el momento de jugar otro.

Aunque no lo sabía, el sitio donde Hope aparcó era el mismo que Murphy había elegido para vigilar el edificio de O'Connell. Se reclinó en el asiento y se encasquetó un poco más el gorro de lana. Luego se ajustó unas gafas de sol. Hope no estaba segura de que O'Connell no la hubiera visto nunca; antes bien, creía que los había vigilado a todos ellos, lo mismo que ella estaba haciendo en ese momento. Llevaba vaqueros y una vieja sudadera. Hope podía sacarle quince años a la mayoría de los estudiantes de la zona, pero podía parecer lo bastante joven para ser una de ellos. Había escogido la ropa con la idea de fundirse con las calles de Boston, como un camaleón que adopta el tono y color del entorno, y volverse invisible.

Dedujo que, si se quedaba quieta en el coche, después de unos minutos él la localizaría.

«Da por hecho que lo sabe todo —se recordó—. Da por hecho que sabe qué aspecto tienes y ha memorizado cada detalle de tu vieja furgoneta, incluida la matrícula.»

Hope permaneció quieta en el asiento, hasta que imaginó que parecía tan obvia que llevar gafas sería irrelevante. Miró el informe de Murphy y echó otro largo vistazo a la foto adjunta de O'Connell, preguntándose si lograría reconocerlo. Sin saber qué más hacer, decidió apearse.

Dirigió una mirada a hurtadillas hacia el edificio de O'Connell, deseando que oscureciera lo suficiente para verlo encender la luz de su apartamento, y de pronto pensó que él podía estar observándola en ese mismo instante. Se dio la vuelta y caminó rápidamente hacia el final de la manzana, imaginando un par de ojos clavados en su espalda. Giró en la esquina y se detuvo. Su misión era vigilar su apartamento, ¿y lo primero que hacía era alejarse de allí?

Inspiró hondo y se sintió una inepta.

«No te comportes como una chavala asustadiza —se dijo—. Vuelve, encuentra un sitio en un callejón o detrás de un árbol y espera a que salga. Ten tanta paciencia como tiene él.»

Sacudió la cabeza y regresó, escrutando la manzana en busca de un sitio donde ocultarse, cuando vio a O'Connell salir del edificio. Parecía despreocupado y sonriente, rezumando una felicidad y una maldad que la enfureció. ¿Acaso se estaba burlando de ella? Pero no podía saber que ella se encontraba allí. Se puso contra una pared, evitando el contacto visual. Entonces vio a una anciana caminar manzana abajo, por la misma acera que O'Connell. En cuanto la divisó, él arrugó el entrecejo. La expresión de su rostro asustó a Hope; era como si O'Connell se hubiera transformado en una fracción de segundo, pasando de aquella despreocupación descarada a una furia repentina.

La anciana parecía la encarnación de la más absoluta indefensión. Se movía con achacosa lentitud. Era baja, rechoncha y llevaba una raída rebeca negra y un sombrerito de lana multicolor. Cargaba con bolsas repletas de un supermercado. Sin embargo, los ojos de la anciana destellaron al divisar a O'Connell, y vaciló intentando cerrarle el paso.

Hope se escudó tras un árbol de la estrecha calle para ver cómo O'Connell y la anciana se enfrentaban.

La mujer alzó una mano trabajosamente, sujetando la bolsa de la compra, y agitó un dedo en su dirección.

—¡Te conozco! —le espetó—. ¡Sé lo que estás haciendo!

—No sabe una mierda sobre mí —replicó él, alzando también la voz.

—Sé que te metes con mis gatos —continuó la anciana—. Sé que me los robas. ¡O algo peor! ¡Eres un joven malvado y desagradable, y debería denunciarte a la policía!

—No les he hecho nada a sus malditos gatos. Tal vez han encontrado a otra vieja loca que les dé de comer. Seguro que no les gusta la comida que usted les deja. O han encontrado mejor alojamiento en otro sitio, vieja bruja. Ahora déjeme en paz y tenga cuidado no vaya a ser que llame al ayuntamiento, porque seguro que cogerán a todos esos malditos gatos y los matarán.

—Eres cruel y despiadado —dijo la anciana, envarada.

—Apártese de mi camino y muérase —le espetó O'Connell, mientras la empujaba y continuaba calle abajo.

—¡Sé lo que haces! —repitió la anciana, gritando a su espalda.

O'Connell se volvió.

—¿De veras? —respondió fríamente—. Bueno, sea lo que sea que crea que hago, tiene suerte de que no decida hacérselo a usted.

Hope vio que la anciana se quedaba boquiabierta y daba un paso atrás, como espantada. O'Connell volvió a sonreír, satisfecho, giró sobre los talones y echó a andar calle abajo. Hope no sabía adónde se dirigía, pero sí que debía seguirlo. Cuando miró a la anciana, todavía inmóvil en la acera, tuvo una idea. Vio cómo O'Connell doblaba la esquina y corrió hacia la mujer.

—Perdón, señora —dijo con tono amable.

La mujer se volvió hacia ella.

—¿Sí? —dijo con cautela.

—Lo siento. Estaba al otro lado de la calle y no pude evitar oír las palabras que tuvo con ese joven... Me pareció muy desagradable e irrespetuoso.

La anciana se encogió de hombros, todavía recelosa de Hope.

Ésta respiró hondo y dijo:

—Mi gato. Un animal de colores preciosos, con las patas delanteras blancas... Se llama *Calcetines*, ¿sabe?, y desapareció hace un par de días. Se ha perdido y no sé qué hacer. Vivo a un par de manzanas de aquí... —Señaló hacia el centro de Boston—. ¿No lo habrá visto por casualidad?

En realidad, a Hope no le gustaban los gatos. La hacían estornudar y no le agradaba la forma en que la miraban.

—Es una monería, y no es propio de él estar fuera tanto tiempo —añadió. Las mentiras le salían con naturalidad.

—No lo sé —dijo la vieja—. Hay un par de gatos multicolores entre los míos, pero no recuerdo a ninguno nuevo. Pero claro... —Desvió la mirada hacia la esquina donde había girado O'Connell. Siseó, casi igual que un felino—. No puedo estar segura de que él no haya hecho algo malo.

Hope adoptó una expresión dolida.

—¿No le gustan los gatos? ¿Qué clase de persona...?

No necesitó terminar. La anciana dio un paso atrás y miró a Hope de arriba a abajo, midiéndola.

—¿Le apetece pasar a tomar una taza de té y conocer a mis niños?

Hope asintió y extendió la mano para ayudarla con las bolsas. «Perfecto», pensó. Era como ser invitada a apostarse junto a la guarida del dragón.

Scott suspiró y contempló la desvaída escuela de ladrillo y cemento. Supuso que la misma persona que la había diseñado probablemente diseñaba también prisiones. Una fila de autobuses escolares amarillos aparcados delante, con los motores en marcha, llenaban el aire de olor a gasoil. La gastada bandera americana se había enroscado en torno al mástil, enredándose con la bandera del estado de New Hampshire. Ambas se agitaban grotescamente con la cortante brisa. A un lado había una verja oxidada. Un cartel anunciaba: «¡Adelante, Warriors!» y «Exámenes de selectibidad. Apúntate ahora». Nadie parecía haber advertido la falta de ortografía.

También Scott llevaba una copia del informe de Murphy. Tan sólo esbozaba las líneas maestras del pasado de O'Connell, y Scott estaba decidido a dar sustancia a aquellos pocos datos. El instituto al que O'Connell había asistido era un buen lugar para empezar.

Había pasado una mañana deprimente observando el barrio donde había crecido O'Connell. La zona costera de New Hampshire es un lugar de contradicciones; el océano Atlántico le proporciona gran belleza, pero debido a las industrias instaladas junto a la desembocadura del río Merrimack era monótona y sin alma, todo chimeneas humeantes y líneas férreas, almacenes y fábricas apestosas que trabajaban contrarreloj. Era como mirar a una *stripper* vieja desnudándose en un club de mala muerte a mediodía.

Gran parte de la zona estaba destinada a astilleros de grandes barcos. Enormes grúas capaces de trasladar toneladas de acero se recortaban contra el cielo gris. Era el tipo de lugar donde la gente lleva todo el día casco, mono y botas gruesas.

Gélido en invierno y caluroso en verano, en aquel lugar los trabajadores eran recios y fuertes, tan esenciales como el pesado equipo que manejaban. Era un trabajo en que la dureza se valoraba por encima de todo.

Scott se sentía fuera de lugar. Sentado en su coche, viendo a los enjambres de escolares salir de clase, le pareció que procedía de otro país. Vivía en un mundo donde su trabajo era empujar a los estudiantes hacia todas las trampas del éxito que tanto se promocionan en Norteamérica: grandes coches, grandes cuentas bancarias, grandes casas. Aquellos adolescentes a los que veía dirigirse a los autobuses tenían sueños menos ambiciosos, y lo más probable era que acabaran en una fábrica, trabajando largas horas y fichando en un reloj.

«Si yo viviera aquí, haría cualquier cosa por salir», pensó.

Cuando los autobuses empezaron a marcharse, se apeó y se dirigió a la entrada del colegio. Un guardia de seguridad le indicó la oficina principal. Había varias secretarias tras un mostrador. Más allá vio al director regañando a una estudiante de pelo de punta teñido de púrpura, chaqueta de cuero negro y aros en orejas y cejas.

—¿Puedo ayudarle? —preguntó una joven.

—Eso espero. Me llamo Johnson. Trabajo para Raytheon, ya sabe, de la zona de Boston. Se trata de un joven que ha solicitado un puesto en nuestra empresa. Su currículum dice que se graduó en este instituto hace diez años. Verá, tenemos algunos contratos gubernamentales, así que hemos de comprobar las cosas.

La secretaria se volvió hacia el ordenador.

—¿El nombre?

—Michael O'Connell.

Pulsó algunas teclas.

—Graduado, curso de mil novecientos noventa y cinco.

—¿Algún dato más que pueda ampliarnos su perfil?

—No puedo proporcionar notas ni otros archivos sin autorización.

—Entiendo —dijo Scott—. Bien, gracias.

Mientras la joven cerraba el archivo consultado, Scott advirtió que una mujer mayor, que acababa de salir del despacho del subdirector justo cuando él pronunciaba el nombre de O'Connell, lo miraba. Pareció vacilar, hasta que al final se acercó a él.

—Yo lo conozco —dijo—. ¿Qué trabajo piensan darle?

—Programación informática, bases de datos. Esa clase de cosas. No es un puesto de confianza, pero, como parte de la información está conectada con contratos del Pentágono, tenemos que hacer comprobaciones rutinarias sobre los solicitantes.

Ella sacudió la cabeza, sorprendida.

—Me alegra oír que se ha enderezado. Raytheon. Es una gran corporación.

—¿Acaso estaba... torcido? —preguntó Scott.

La mujer sonrió.

—Podría decirse así.

—Bueno, ya sabe, todo el mundo ha tenido algún problema en el instituto. No damos mucha importancia a las cosas de adolescentes. Pero tenemos que estar atentos por si se trata de algo más serio.

La mujer volvió a asentir.

—Sí. Cosas sin importancia. —Vaciló—. No sé qué decir. Sobre todo si se ha enmendado. No quisiera arruinar sus posibilidades.

—Sería una ayuda, la verdad.

La mujer se decidió.

—Era mala persona cuando estuvo aquí.

—¿Y eso?

—Era mucho más listo que la mayoría, pero problemático. Siempre pensé que era un chico muy raro. Ya sabe, reservado pero como planeando algo. Había algo inquietante en él. Si se le metía en la cabeza que eras un problema o te interponías en su camino, o si él quería algo contra viento y marea... Si se interesaba en una asignatura, entonces sacaba sobresaliente. Si no le caía bien un profesor, entonces pasaban cosas extrañas. Cosas malas. Como el coche del profesor lleno de abolladuras. O su archivo de notas que se perdía. O un falso informe policial sugiriendo algún tipo de conducta ilegal por parte del profesor. Siempre parecía relacionado de algún modo, pero nunca estaba lo bastante cerca para que nadie pudiera demostrar nada. Me sentí liberada cuando dejó este instituto.

Scott asintió.

—¿Por qué...? —empezó a preguntar, pero la mujer añadió:

—Si usted hubiera crecido en esa familia, también le pasaría algo raro.

—¿Dónde...?

—No debería —dijo ella, y cogió un papel y anotó una dirección—. No sé si siguen viviendo allí.

Scott cogió el papel.

—¿Cómo es que lo recuerda tanto? —preguntó—. Han pasado diez años.

Ella sonrió.

—Llevo todo este tiempo esperando que alguien viniera a hacer preguntas sobre Michael O'Connell. Nunca pensé que fuera para ofrecerle un trabajo. Calculaba que sería la policía.

—Parece muy segura.

La mujer sonrió.

—Fui profesora suya. Lengua Inglesa en undécimo curso. Y dejó su huella. A lo largo de los años, ha habido una docena que nunca se olvidan. La mitad por buenos motivos, la otra mitad por malos. ¿Trabajará en una oficina con mujeres jóvenes?

—Sí. ¿Por qué?

—Siempre lograba que las chicas se sintieran incómodas, y al mismo tiempo atraídas por él. Nunca comprendí la razón. ¿Por qué sentirte atraída por alguien que sabes que te causará problemas?

—No lo sé. ¿Tal vez debería hablar con alguna de ellas?

—Claro. Pero, después de todo este tiempo, ¿quién sabe dónde encontrarlas? De todas maneras, dudo que pueda dar con mucha gente dispuesta a hablar sobre Michael O'Connell. Como dije, dejó su huella.

—¿Su familia?

—Ésa es su dirección. No sé si su padre todavía vive allí. Puede comprobarlo.

—¿Madre?

—Desapareció hace años. Nunca me enteré de la historia completa, pero...

—Pero ¿qué?

La mujer se enderezó bruscamente.

—Tengo entendido que murió cuando él era pequeño, de diez o trece años. Creo que ya he dicho demasiado. No necesita mi nombre, ¿verdad?

Scott negó con la cabeza. Había oído lo que necesitaba.

—¿Earl Grey, querida? ¿Con un poco de leche?

—Eso estaría bien —respondió Hope—. Gracias, señora Abramowicz...

—Por favor, querida, llámame Hilda.

—Bien, Hilda, es usted muy amable.

—Vuelvo en un minuto —dijo la anciana al oír silbar la tetera.

Hope miró alrededor. Había un crucifijo en la pared, junto a un colorido cuadro de la Última Cena rodeado de viejas fotos en blanco y negro: hombres con cuello duro y mujeres con encajes, un paisaje de calles empedradas y una iglesia con una torre puntiaguda. Hope pensó: viejos parientes en un país europeo no visitado desde hacía décadas. Era como empapelar las paredes con fantasmas. Siguió investigando la historia de la anciana: pintura descascarillada cerca del alféizar, diversos envases de medicinas, montones de revistas y periódicos, un televisor de al menos quince años de antigüedad delante de un raído sillón tapizado de rojo. Todo hablaba de soledad.

Había un único dormitorio. Junto al sillón vio una cesta con agujas de punto. El apartamento olía a rancio y a gatos. Había ocho o más encarados al sillón, el alféizar y junto al radiador. Más de uno acudió a frotarse contra Hope. Supuso que había más en el dormitorio.

Inspiró hondo y se preguntó cómo la gente podía acabar tan sola.

La señora Abramowicz regresó con dos tazas de té humeante. Sonrió al colectivo gatuno, cuyos miembros empezaron a frotarse contra ella.

—Todavía no es la cena, encantos. Dentro de un minuto. Dejad que mamá charle un poquito con su visita. —Se volvió hacia Hope—. No ve a su *Calcetines*, ¿verdad?

—No —respondió ella impostando un tono triste—. Y tampoco lo vi en el pasillo.

—Intento mantener a mis pequeños fuera del pasillo. No puedo estar encima todo el tiempo, porque les gusta ir y venir, así son los gatos, ya sabe, querida. Pero creo que él les está haciendo algo muy malo.

—¿Qué le hace pensar...?

—Él no lo sabe, pero los reconozco a todos. Y cada pocos días echo en falta uno. Me gustaría llamar a la policía, pero él tiene razón. Probablemente se los llevarían a todos, y yo no podría soportarlo. Es un hombre malo; ojalá se mudara. Nunca debería...

Se detuvo, y Hope se inclinó hacia delante. La anciana suspiró, y miró alrededor.

—Me temo, querida, que si su pequeño *Calcetines* vino de visita, entonces ese hombre malvado puede haberlo cogido. O lastimado.

Hope asintió.

—Parece terrible.

—Lo es —dijo la señora Abramowicz—. Me da miedo y normalmente no hablo con él, excepto cuando discutimos, como hoy. Creo que también le da miedo a la otra gente que vive aquí, pero no dicen nada. ¿Qué podríamos hacer? Paga el alquiler puntualmente, no arma jaleo y no trae gente extraña al edificio, y eso es lo único que preocupa a los propietarios.

Hope sorbió el té dulzón.

—Ojalá pudiera estar segura —dijo—. Sobre *Calcetines*, me refiero.

La señora Abramowicz se echó hacia atrás.

—Hay una manera de que pueda estarlo —dijo lentamente—. Y podría ayudar a responder a alguna de mis preguntas también. Soy vieja y he perdido fuerzas. Y me da miedo, pero no tengo ningún otro sitio al que ir. Pero usted, querida, parece mucho más fuerte que yo. Más fuerte de lo que yo era cuando tenía su edad. Y apuesto a que no se asusta de nada.

—Sí —dijo Hope.

La anciana sonrió de nuevo, casi con timidez.

—En vida de mi marido nuestro apartamento era más grande. De hecho, incluía el espacio que ahora ocupa ese O'Connell. Teníamos dos dormitorios y una salita, un estudio y un comedor formal, todo este extremo del edificio. Pero después de que mi Alfred muriera lo dividieron. Convirtieron nuestro gran apartamento en tres. Pero fueron perezosos.

—¿Perezosos?

La señora Abramowicz bebió otro sorbo de infusión. Hope vio sus ojos destellar con ira inesperada.

—Sí. ¿No cree que es de perezosos no molestarse en cambiar la cerradura de las puertas de los nuevos apartamentos? Los apartamentos que una vez fueron mi apartamento.

Hope asintió, súbitamente tensa.

—Quiero saber qué les ha hecho a mis gatos ese malnacido —añadió la anciana con voz grave. Y entornó los ojos. Hope advirtió que había algo de formidable en la anciana—. E imagino que usted quiere saber lo que le ha pasado a *Calcetines*. Sólo hay una manera de asegurarse, y es echar un vistazo ahí dentro.

Se inclinó y acercó el rostro a un palmo del de Hope.

—Él no lo sabe —susurró—, pero tengo su llave.

—Bien —dijo ella mientras una sombra se deslizaba sobre su rostro—. ¿Ves ahora lo que estaba en juego?

Cualquier periodista sabe que hay una seducción necesaria entre entrevistador y entrevistado. O tal vez es saber instintivamente cómo sonsacar a una fuente la historia más difícil. De todas formas, yo sabía que ella llevaba la batuta, lo había hecho desde el principio. Nuestras reuniones eran una entrega secreta de información, pero al contar la historia yo la utilizaría a ella tanto como ella me utilizaba a mí.

Hizo una pausa antes de decir:

—¿Cuántas veces oyes entre tus amigos de mediana edad el deseo de cambiar las cosas? ¿De ser algo distinto de lo que son? Quieren que suceda algo que vuelva sus vidas patas arriba, para no tener que enfrentarse a las aburridas y mortales rutinas cotidianas.

—Bastante a menudo —respondí.

—Pero la mayoría de la gente miente cuando dice que quiere un cambio, porque el cambio es demasiado aterrador. Lo que realmente quieren es recuperar la juventud. Cuando se es joven, todas las decisiones son aventuras. Sólo cuando llegamos a la madurez empezamos a dudar de nuestras decisiones. Nos fijamos un camino, así que tenemos que recorrerlo, ¿no? Y todo se vuelve problemático: no ganamos la lotería. En cambio, el jefe nos llama para entregarnos el finiquito. Tras veinte años de matrimonio, él o ella anuncia: «He conocido a una nueva persona y te dejo.» El médico mira los resultados de los análisis con ceño y dice: «Estos porcentajes me dan mala espina. Haremos unas pruebas adicionales.»

—¿Scott y Sally?

—Para ellos, O'Connell había creado ese momento. O tal vez ese momento se acercaba rápidamente. ¿Podrían proteger a Ashley?

De repente se llevó la mano a los labios y soltó un largo suspiro. Tardó un segundo en recuperar la compostura.

—Aunque nadie lo había expresado aún, todos sabían que lo que esperaban conseguir tendría un precio muy alto.

35

Una sola bota

Nerviosa, Hope estaba ante la puerta de O'Connell llave en mano. Tras ella, la señora Abramowicz estaba asomada a su propia puerta, con los gatos arremolinados en torno a sus pies. Gesticuló ansiosamente para que Hope continuara.

—Yo vigilaré. No pasará nada. Pero dese prisa —susurró la anciana.

Hope inspiró hondo y encajó la llave en la cerradura. No estaba segura de lo que hacía ni de qué buscaba, y tampoco sabía exactamente qué esperaba descubrir. Pero mientras giraba la llave con un leve chasquido, imaginó a O'Connell regresando a su apartamento. Pudo sentir su aliento tras la oreja, imaginó el siseo de su voz. Apretó los dientes y se dijo que lucharía con fuerza, llegado el caso.

—Rápido, querida —la apremió la señora Abramowicz—. Descubra qué les ha hecho a mis gatos.

Hope abrió la puerta y entró.

No supo si cerrarla o dejarla entornada. «¿Y ahora qué? —pensó—. Si vuelve, estaré atrapada aquí. No hay puerta trasera ni escalera de incendios. No hay forma de huir.» Cerró la puerta casi del todo. Al menos contaba con que la señora Abramowicz la advirtiera si veía entrar a O'Connell, si la anciana era capaz de advertirla.

Observó el apartamento. Todo estaba sucio y descuidado. A O'Connell no le importaba su entorno inmediato. No había pósters en las paredes, ni plantas en la ventana, ni una alfombra de colores vivos. Tampoco había televisor ni aparato de música. Sólo algunos libros de informática en un rincón. El apartamento era decrépito y austero: el refugio de un monje. Esto inquietó a Hope; la constatación de que toda la vida de Michael O'Connell discurría en su mente perversa. Vivía en un lugar diferente de donde dormía.

Hizo acopio de valor y se dijo: «Memoriza y recuérdalo todo.»

Sacó un papel y cogió un bolígrafo. Dibujó un burdo esbozo del apartamento y luego se volvió hacia la mesa. Era de madera barata y estaba apoyada en dos archivadores de metal negros. Había una única silla, colocada delante de un ordenador portátil. El ambiente tenía una simplicidad total: pudo imaginar a O'Connell sentado ante la pantalla, su frío resplandor bañándole el rostro concentrado. El ordenador parecía nuevo. Estaba abierto y el piloto ámbar encendido.

Hope prestó atención a algún sonido procedente del pasillo y luego se sentó delante del ordenador. Anotó la marca y el modelo. Luego contempló la pantalla negra. Como un operario que busca un cable expuesto, tocó el ratón. La máquina zumbó y la pantalla destelló al cobrar vida.

Hope se quedó de una pieza: el salvapantallas era una foto de Ashley.

Estaba un poco desenfocada, y parecía tomada deprisa a pocos metros de distancia. La mostraba en el acto de girarse con gesto de sorpresa. Su expresión reflejaba miedo.

Hope la contempló y oyó su propia respiración entrecortada. Aquella foto le dijo varias cosas, ninguna de ellas buena. Le dijo que O'Connell adoraba ese momento en que Ashley, pillada desprevenida, mostraba miedo.

Era amor, pensó. De la peor clase.

Mordiéndose el labio, movió el cursor hasta «Mis documentos» e hizo clic. Había cuatro carpetas: «Ashley amor», «Ashley odio», «Ashley familia» y «Ashley futuro».

Hizo clic en la primera y salió un recuadro: «Introducir contraseña.» Abrió «Ashley odio». Igual que la anterior.

Sacudió la cabeza. Pensó que podría encontrar la contraseña si se concentraba, pero le preocupaba el tiempo que llevaba allí. Cerró todo y dejó el ordenador tal como estaba. Luego abrió los archivadores, que estaban vacíos aparte de algunos lápices y papeles de impresora.

Cuando se levantó, se sintió un poco mareada. «Deprisa —se dijo—. Estás forzando tu suerte.» Miró alrededor y decidió echar un vistazo al dormitorio.

La habitación olía a sudor y descuido. Rebuscó un poco en una cómoda desvencijada. Había un colchón en un somier, con un revoltijo de sábanas y mantas encima. Se agachó y miró bajo la cama. Nada. Se volvió hacia el armario. Contenía unas chaquetas y camisas, una única chaqueta negra cruzada, dos corbatas, una camisa de vestir y unos pantalones grises. Nada fuera de lo común. Estaba a punto de volverse cuando vio en un rincón una única bota de trabajo, con un calcetín de deporte gris manchado de tierra encima. Estaba parcialmente cubierta por un montón de prendas sudadas.

Una única bota.

Buscó la pareja, sin éxito.

Se quedó inmóvil, mirando la bota como si pudiera decirle algo. Luego se inclinó, extendió la mano hasta el fondo y apartó las ropas para apoderarse de la bota. Era pesada y pensó que tenía algo dentro. Como un cirujano que retira un trozo de piel, quitó el calcetín y echó un vistazo al interior.

Gimió.

Dentro de la bota había una pistola.

Fue a cogerla, pero se dijo: «No la toques.» No supo por qué.

Una parte de ella quiso cogerla, robarla, quitársela a

O'Connell. «¿Es ésta la pistola que usará para matar a Ashley?»

Se sintió atrapada, como si la retuvieran bajo el agua. Sabía que si cogía el arma O'Connell sabría que uno de ellos había estado allí. Y reaccionaría, tal vez de manera violenta. Tal vez tenía otra arma en alguna parte. Tal vez, tal vez. Dudas y cuestiones se debatían en su interior. Deseó que hubiera algún modo de volver estéril el arma, como quitarle el percutor. Lo había leído una vez en una novela policíaca, pero no sabía cómo hacerlo. Y llevarse las balas sería inútil. Él sabría que alguien había estado allí, y simplemente las sustituiría.

Miró la pistola. En un lado del cañón vio la marca y el calibre: 25.

Sin saber si era lo adecuado, devolvió la bota al rincón del armario y luego puso las ropas exactamente como estaban antes.

Quiso correr. ¿Cuánto tiempo llevaba en el apartamento? ¿Cinco minutos? ¿Media hora? Le pareció oír pasos, voces. «¡Márchate ya!», se ordenó.

Se incorporó, dejó atrás el cuarto de baño y fue a la pequeña cocina. «Los gatos», recordó. La señora Abramowicz esperaba esa información.

No había mesa, sólo un frigorífico, una cocina pequeña de cuatro quemadores y un par de estantes llenos de sopas en lata y preparados. No había comida para gatos, ni raticida para mezclar en una comida letal. Abrió el frigorífico. Algunos embutidos y un par de cervezas eran todo lo que O'Connell guardaba dentro. Cerró la puerta y entonces, casi por instinto, abrió el congelador, esperando ver un par de pizzas congeladas.

Lo que vio fue un mazazo y apenas pudo sofocar un grito.

Los cadáveres congelados de varios gatos la miraron sin verla. Uno de ellos tenía los dientes expuestos, como una gárgola, en una mueca aterradora.

El pánico se apoderó de Hope. Dio un paso atrás, la mano sobre la boca, el corazón desbocado, sintiendo náuseas y mareo. Necesitaba gritar, pero tenía la garganta atenazada. Cada fibra de su ser le decía que huyera, que saliera de allí para no regresar nunca. Trató de calmarse, pero era una batalla perdida. Cerró el congelador con mano temblorosa.

En el pasillo oyó de pronto un siseo.

—¡Rápido, querida! ¡Alguien sube en el ascensor!

Hope corrió hacia la puerta.

—¡Aprisa! —le susurraba la señora Abramowicz—. ¡Aprisa!

La anciana estaba en la puerta de su apartamento cuando Hope salió al pasillo. Vio el indicador del ascensor que empezaba a subir, y cerró la puerta de O'Connell. Tanteó con la llave y estuvo a punto de dejarla caer al tratar de encajarla en la cerradura.

La señora Abramowicz retrocedió para dejarle espacio. Los gatos a sus pies se movían inquietos, como si hubieran captado el miedo en la voz de la anciana.

—¡Deprisa, deprisa!

La anciana había desaparecido en su apartamento, dejando la puerta apenas entornada. La llave por fin giró y Hope se volvió hacia el ascensor. Lo vio llegar a la planta.

Se quedó petrificada.

El ascensor pareció detenerse, pero siguió hacia arriba.

Los oídos le zumbaban y cada sonido parecía lejano, como un eco en un desfiladero. Se evaluó el corazón, los pulmones y la mente, tratando de ver qué funcionaba todavía y qué estaba paralizado por el miedo.

La señora Abramowicz abrió un poco más la puerta y asomó la cabeza al pasillo.

—Falsa alarma, querida —suspiró—. ¿Has averiguado qué les pasó a mis gatos?

Hope inhaló hondo para calmarse.

—No —mintió—. Ni rastro de ellos. —Vio decepción

en los ojos de la anciana—. Creo que debería marcharme ya —añadió, y se guardó la llave del apartamento de O'Connell en el bolsillo de la chaqueta mientras se volvía rápidamente hacia las escaleras. Esperar el ascensor requeriría una sangre fría que ya no tenía.

Hope bajó corriendo, con un nudo en la boca del estómago. Necesitaba salir de allí. De pronto vio una silueta en el portal, acechando en la oscuridad ante ella. Casi se quedó petrificada de terror, pero eran dos inquilinos que entraban. Pasó entre ellos, salió a la fría noche y agradeció la oscuridad.

—¡Eh! —protestó uno de ellos, pero ella prosiguió sin mirar atrás.

Casi tropezó al bajar los escalones y finalmente se dirigió a su coche, las llaves temblándole en las manos. Subió bruscamente y una voz interior le gritó: «¡Huye! ¡Escapa ahora!» Estaba a punto de arrancar cuando de nuevo se quedó petrificada.

Michael O'Connell venía por la acera opuesta.

Lo observó detenerse ante el edificio, sacar las llaves del bolsillo y, sin mirar en su dirección, subir los escalones y entrar. Hope esperó y unos instantes después vio encenderse las luces en el apartamento.

Temió que de algún modo él supiera que ella había estado allí. Que hubiera movido algo, dejado alguna cosa fuera de su sitio. Puso el coche en marcha y sin mirar atrás condujo hasta la esquina, luego giró y continuó por una amplia calle a lo largo de varias manzanas, hasta que vio un sitio a la izquierda donde aparcar. Lo hizo y pensó: «¿Cuánto ha sido? ¿Tres minutos? ¿Cuatro? ¿Cinco?» ¿Cuántos minutos habían transcurrido entre su salida y el regreso de O'Connell?

El estómago se le tensó, y la náusea del miedo finalmente la venció. Abrió la puerta y vomitó en la acera todo el té Earl Grey de la señora Abramowicz.

Scott empezó temprano a la mañana siguiente. Se despertó en su hotel barato antes del amanecer, y condujo bajo la mortecina luz de noviembre hasta un lugar frente a la casa donde había crecido Michael O'Connell. Apagó el motor y permaneció en el coche, esperando, sintiendo los primeros atisbos del invierno colarse en el interior. Era una calle triste, un poco mejor que un camping de caravanas, pero no demasiado. Todas las casas ofrecían un aspecto paupérrimo y necesitaban reparación. La pintura se desconchaba y los canalillos se habían soltado de los tejados, había juguetes rotos, coches abandonados y vehículos para la nieve desmantelados ensuciando más de un patio. Las puertas mosquiteras se agitaban con el viento. Más de una ventana estaba remendada con láminas de plástico grueso. Parecía un lugar dejado de la mano de Dios. Un sitio para whisky barato y latas de cerveza, billetes de lotería y sueños moteros, tatuajes y borracheras de sábado por la noche. Los adolescentes se preocupaban probablemente por los embarazos y el hockey a partes iguales, y las personas mayores se consumirían preguntándose si sus pequeñas pensiones los salvarían de la beneficencia. Era uno de los lugares menos acogedores que había visto Scott.

Como en el instituto la tarde anterior, se sabía completamente fuera de lugar.

Permaneció en el coche, viendo la corriente matutina de niños hacia los autobuses escolares y hombres y mujeres al trabajo con la fiambrera bajo el brazo. Cuando las cosas se calmaron, se apeó. Tenía un fajo de billetes de veinte dólares en el bolsillo y calculó que iba a gastar unos pocos esa mañana.

Volviendo la espalda a la casa de O'Connell, Scott se dirigió a la de enfrente.

Llamó con los nudillos e ignoró los frenéticos ladridos de un perro. Tras unos segundos, una voz de mujer le ordenó al perro que se callase, y la puerta se abrió.

—¿Sí? —Tenía más de treinta años y un cigarrillo le colgaba de los labios; vestía una bata rosa con el logotipo de unos grandes almacenes. En una mano sujetaba una taza de café y con la otra retenía al perro por el collar—. Lo siento —dijo—. Es muy bueno, pero se asusta de la gente y les salta encima. Mi marido me dice que tengo que adiestrarlo mejor, pero... —Se encogió de hombros.

—No importa —dijo Scott, hablando a través de la mosquitera exterior.

—¿En qué puedo ayudarle?

—Pertenezco al departamento de libertad condicional de Massachusetts. Estamos haciendo una comprobación previa a la sentencia sobre alguien acusado por primera vez. Un tal Michael O'Connell. Solía vivir aquí. ¿Lo conoció usted?

La mujer asintió.

—Un poco. No lo he visto desde hace un par de años. ¿Qué ha hecho?

Scott lo pensó un segundo antes de contestar.

—Es una acusación por robo.

—Ha robado algo, ¿eh?

«Exacto», pensó Scott, y dijo:

—Eso parece.

La mujer hizo una mueca.

—Y lo han pillado por tonto, ¿eh? Siempre pensé que haría algo más inteligente.

—Un tipo listo, ¿eh?

—Se hacía el listo. No estoy segura de que lo sea.

Él sonrió.

—En realidad lo que nos interesa es su historial. Todavía tengo que entrevistar a su padre, pero, ya sabe, a veces los vecinos...

La mujer asintió vigorosamente.

—No sé gran cosa. Sólo llevamos aquí un par de años. Pero el viejo... bueno, lleva aquí desde la Edad de Piedra. Y no es demasiado popular.

—¿Cómo es eso?

—Vive de una pensión. Trabajaba en el astillero de Portsmouth. Tuvo un accidente hará unos diez años. Dice que se lastimó la espalda. Recibe tres cheques todos los meses: de la compañía, del estado y de los federales también. Pero, para ser un tipo incapacitado, parece en buena forma. Hace chapuzas arreglando tejados. Mi marido dice que cobra en negro. Siempre supuse que algún tipo de Hacienda acabaría por aparecer haciendo preguntas.

—¿Sólo por eso tiene mala fama?

—Es un borracho cabrón. Y cuando se emborracha, arma jaleo. Grita a viva voz en mitad de la noche, aunque no tiene a nadie a quien gritarle. A veces sale y dispara una escopeta que guarda en esa leonera que llama casa. Hay chiquillos cerca, pero no le importa. Una vez le pegó un tiro al perro de unos vecinos. No al mío, por suerte. Disparó sin ningún motivo, sólo porque podía. Es un mal bicho.

—¿Y el hijo?

—A ése apenas lo conocí. Pero ya sabe, de tal palo tal astilla.

—¿Qué hay de la madre?

—Murió hará unos ocho o diez años. Yo no la conocí. Fue un accidente, o eso dicen. Algunos piensan que se quitó la vida. Otros le echan la culpa al viejo. La policía lo investigó a fondo, pero luego la cosa se enfrió. Tal vez haya algo en los periódicos de entonces, no lo sé. Sucedió antes de que yo llegara aquí.

El perro ladró una vez más, y Scott retrocedió.

—Gracias por su ayuda —dijo—. Y, por favor, que esto sea confidencial. Si la gente empieza a hablar, puede estropear nuestra investigación...

—Ah, claro —dijo la mujer. Empujó al perro con el pie, y le dio una calada al cigarrillo—. Oiga, ¿no pueden ustedes meter al viejo entre rejas junto con el hijo? Seguro que la vida sería más tranquila por aquí.

Scott pasó el resto de la mañana en el barrio, fingiendo ser distintos investigadores. Sólo una vez le pidieron que se identificara, pero se libró de esa entrevista rápidamente. No descubrió gran cosa. Parecía que la familia O'Connell era anterior a la mayoría de los actuales habitantes, y la mala impresión que había causado limitaba su contacto con los vecinos. Su falta de popularidad ayudó a Scott en un sentido: la gente estaba dispuesta a hablar. Pero sus palabras simplemente reforzaban lo que Scott ya había oído, o suponía.

El viejo O'Connell no salió de su casa en ningún momento. Al lado había una pequeña furgoneta Dodge negra y Scott supuso que era el vehículo del viejo. Sabía que tendría que llamar a esa puerta, pero todavía no estaba seguro de por quién hacerse pasar. Decidió ir a la biblioteca local para indagar sobre la muerte de la señora O'Connell.

La biblioteca, en contraste con los cascados edificios y el camping de caravanas, era un edificio de dos plantas de ladrillo y cristal, adjunto a una comisaría de policía nueva y un complejo de oficinas.

Scott se acercó al mostrador y una mujer delgada y pequeña, tal vez diez años mayor que Ashley, dejó de colocar tarjetas en los libros y le preguntó:

—¿Puedo ayudarlo?

—Sí —dijo él—. ¿Tienen ustedes archivados los anuarios del instituto? ¿Y podría ver los microfilms de la prensa local?

—Claro. La sala de microfilms está ahí mismo —dijo la mujer, señalando una habitación lateral—. ¿Necesita ayuda con la máquina?

Scott negó con la cabeza.

—Podré arreglármelas. ¿Y los anuarios?

—En la sección de consulta. ¿Qué año busca?

—Lincoln High, curso de mil novecientos noventa y cinco.

La joven hizo un gesto de sorpresa y luego sonrió con tristeza.

—Mi clase. Tal vez pueda ayudarlo.

—¿Conoció usted a Michael O'Connell?

Ella se quedó inmóvil.

—¿Qué ha hecho? —susurró por fin.

Sally revisaba textos legales y artículos de revistas buscando algo, pero no estaba segura de qué exactamente. Cuanto más leía, calibraba y analizaba, peor se sentía. Una cosa era indagar en el aspecto intelectual del delito, se dijo, donde las acciones se veían en el mundo abstracto de los tribunales, con alegatos y pruebas, investigaciones e interrogatorios, confesiones y forenses. El sistema de justicia penal estaba diseñado para sangrar a la humanidad de sus acciones. Neutralizaba la realidad de un delito, convirtiéndolo en algo teatral. Y en ese proceso ella se sentía cómoda y familiarizada. Pero ahora estaba dando un paso en una dirección muy distinta.

Elegir un delito.

Luego pergeñar cómo hacérselo cometer a O'Connell.

Después meterlo en la cárcel por una larga temporada.

Y finalmente retomar sus vidas normales.

Parecía sencillo. El entusiasmo de Scott había sido contagioso, hasta que ella se sentó y se puso a estudiar las diversas posibilidades.

Lo mejor que había encontrado hasta ahora era fraude y extorsión. Sería difícil, pero probablemente podrían reunir todos los actos de O'Connell hasta entonces y lograr que parecieran un plan para chantajearles a ella y a Scott a cambio de dinero. Sí, podría conseguir que todo lo que había hecho O'Connell (sobre todo su acoso a Ashley) apareciera como un plan perverso y premeditado. Lo único que tendría que idear era alguna amenaza clara e inequívoca, del tipo «si no me pagas tanto dinero, os destruiré a ti y a tu familia». Por un lado, Scott podría declarar bajo juramento que le había entregado cinco mil dólares en Boston, que O'Connell había exigido más y que lo había presionado con amenazas. Podrían incluso justificar por qué no habían llamado a la policía antes, alegando que tenían miedo de la reacción de O'Connell.

El problema («o el primer problema de una larga lista», pensó Sally con tristeza) era lo que Scott dijo después de entregarle los cinco mil dólares: su impresión de que O'Connell llevaba un micrófono oculto que grabó toda la conversación. Si eso era cierto, serían considerados perjuros. O'Connell saldría libre, ellos podrían enfrentarse a una acusación, y su trabajo y el de Scott podrían correr peligro. Volverían a punto cero, estarían metidos en problemas y no habría nada que se interpusiera entre Ashley y la ira de O'Connell.

Y aunque tuvieran éxito, no había ninguna garantía de que O'Connell no consiguiera una sentencia reducida. ¿Un par de años? ¿Cuánto tiempo entre rejas haría falta para que Ashley se liberase de su obsesión? ¿Tres años? ¿Cinco? ¿Diez? ¿Podría estar alguna vez completamente segura de que O'Connell no iba a aparecer en su puerta?

Sally se reclinó en el asiento.

«Mátalo», se dijo. Dejó escapar un gemido. No podía creer lo que su propia mente le estaba sugiriendo. «¿Qué tiene de especial tu vida como para que no pueda ser sacrificada?»

Aquella pregunta en principio descabellada tenía cierto sentido. Sally no amaba su trabajo y tenía serias dudas respecto a su relación con Hope. Habían pasado meses desde la última vez que experimentara alegría por ser quien era. ¿El significado de la vida? Quiso echarse a reír, pero no pudo. Era una abogada de una ciudad pequeña que se hacía vieja y veía las arrugas de la preocupación grabarse en su cara cada día. Le parecía que la única marca que dejaría de su paso por la vida era Ashley. Su hija podría haber sido el resultado de una mentira de amor, pero era lo mejor que Sally y Scott habían conseguido en su breve tiempo de convivencia.

«Merece la pena morir por su futuro.»

De nuevo Sally se sorprendió a sí misma. «Estoy pensando locuras.» Pero locuras que tenían sentido.

«Mátalo», se repitió.

Y luego tuvo otro pensamiento aún más extraño: «O haz que él te mate a ti. Y luego pague por ello.»

Se echó hacia atrás y contempló los libros y textos que la rodeaban.

Alguien tenía que morir. De pronto estuvo segura de ello.

Tuve pesadillas por primera vez desde que me había involucrado en aquella historia.

Llegaron de improviso y me hicieron dar vueltas en la cama, empapado de sudor en el sueño. Me desperté en mitad de la noche, fui dando tumbos al cuarto de baño para beber agua y me miré en el espejo. Luego recorrí el pasillo alfombrado y fui a mirar a mis hijos, para asegurarme de que su sueño era apacible.

—¿Todo va bien? —murmuró mi esposa cuando regresé a la cama, pero se quedó dormida de nuevo antes de que pudiera responderle.

Apoyé la cabeza en la almohada y contemplé los infinitos filos de la oscuridad.

Al día siguiente, la llamé por teléfono.

—Necesito hablar con los protagonistas de este pequeño drama —dije ásperamente—. Lo he estado retrasando demasiado tiempo.

—Sí. Esperaba que tarde o temprano lo pidieras. No estoy segura de que estén dispuestos a hablar contigo en este momento.

—¿Están dispuestos a que se cuente su historia, pero no a hablar conmigo? —repuse incrédulo.

Cuando ella habló, percibí una lejana pugna en su interior; algunos acontecimientos de la historia se volvían más críticos. Me estaba acercando.

—Tengo miedo —dijo.

—¿Miedo de qué?

—Hay muchas cosas en equilibrio. Una vida equilibra una muerte. La oportunidad se equilibra con la desesperación. Hay mucho en juego.

—Puedo encontrarlos —dije bruscamente—. No tengo que jugar a este juego del gato y el ratón contigo. Podría buscar en listas de universidades. En bases de datos legales. Ir a páginas web de estudiantes. Webs de mujeres gays. Chats de psicópatas. No sé. Alguno de ellos tendrá suficiente información para que pueda asignar nombres reales, lugares reales y verdades a lo que me has contado.

—¿Crees que no te he contado la verdad?

—No. Sólo estoy diciendo que sé suficiente para poder continuar por mi cuenta.

—Podrías hacerlo, pero entonces yo dejaría de responder a tus llamadas. Y tal vez nunca sabrías lo que sucedió en realidad. Puede que conozcas algunos hechos, o que logres reunir los detalles para tener la epidermis de la historia. Pero no los órganos vitales bajo la superficie, los que te dicen el porqué. ¿Lo quieres así?

—No —respondí.

—Eso pensaba.

—Jugaré según tus reglas, pero no mucho tiempo más. Estoy llegando al final de la cuerda.

—Sí, lo noto en tu voz —dijo ella, pero no parecía que eso la afectara en absoluto.

Y, sin más, colgó.

36

Las piezas sobre el tablero

Ashley seguía molesta por haber sido excluida de la decisión más crucial de su vida. Catherine, menos airada, se pasó una hora al teléfono, haciendo llamadas en voz baja, antes de decirle a Ashley:

—Hay algo que tú y yo tenemos que hacer.

La chica estaba en la cocina con una taza de café, mirando el rincón donde se hallaba el cuenco de *Anónimo*, ahora vacío. Se sentía atada a un poste mientras a su alrededor sucedían cosas que la afectaban directamente pero que no podía ver.

—¿Qué?

—Bueno —dijo Catherine en voz baja—, nunca me ha gustado ser una mera espectadora.

—Ni a mí.

—Creo que deberíamos movernos un poco en una dirección que no creo que alguien de esta familia haya considerado. —Cogió las llaves del coche—. Vamos.

—¿Adónde?

—A ver a un hombre —respondió Catherine alegremente—. Un tipo bastante antipático, creo.

Ashley debió de parecer ligeramente sorprendida, porque la anciana sonrió.

—Es lo que necesitamos. Alguien desagradable.

Se dio media vuelta y, seguida por Ashley, se dirigió a su coche.

—No diremos nada de esta misión a tus padres ni a Hope —dijo, y arrancó.

Ashley guardó silencio mientras Catherine aceleraba, mirando varias veces por el retrovisor para asegurarse de que no las seguían.

—Necesitamos la ayuda de alguien de otro mundo. Con valores diferentes. Por suerte —suspiró—, conozco a unas personas cerca de mi casa que a su vez conocen a alguien que encaja en ese perfil.

Ashley tenía varias preguntas que hacer, pero no las hizo, pues supuso que muy pronto se enteraría del plan de Catherine. Alzó las cejas cuando el coche enfiló calles secundarias, un amplio bulevar, y luego la rampa de entrada de la interestatal, volviendo en la dirección de la que habían huido hacía sólo unos días.

—¿Adónde vamos?

—A un sitio a tres cuartos de hora en dirección norte. Quizás a doscientos metros de la línea que separa la comunidad de Massachusetts del gran estado de Vermont.

—¿Y qué encontraremos allí?

Catherine sonrió.

—A un hombre, ya te lo he dicho. La clase de hombre que dudo hayamos conocido antes. —Su sonrisa se desvaneció—. Y tal vez algo de seguridad.

No dijo más, ni Ashley preguntó, aunque la joven dudaba que la «seguridad» fuera tan fácil de encontrar.

Scott salió de la biblioteca.

Había oído una historia inquietante, una historia de la América profunda que mezclaba rumores, insinuaciones, celos y exageraciones junto con verdades, hechos y posibilidades. Las historias como aquélla tienen una especie de radiactividad: puede que no queden claras a la vista, pero generan un efecto contagioso.

«Lo que necesita usted saber —le había dicho la bibliotecaria— es lo turbia que fue la muerte de la madre de Michael O'Connell.»

«Turbia», para Scott, apenas describía la situación.

Hay algunas relaciones volátiles por naturaleza que nunca deberían formarse, pero, por algún motivo infernal, echan raíces y crean un ballet mortal. Tal era el hogar donde había nacido O'Connell: un padre alcohólico y abusón que mantenía una casa sujeta con clavos de furia; y una madre que había sido la mejor estudiante del instituto pero había arrojado por la borda su prometedor futuro por el hombre que la sedujo en su primer año en el colegio universitario local. Su buen porte a lo Elvis, su pelo negro, el cuerpo musculoso y un buen trabajo en los astilleros, un coche veloz y una risa fácil habían ocultado su lado más duro.

Las visitas de la policía a casa de los O'Connell habían sido frecuentes los sábados por la noche. Un brazo roto, un diente saltado, moratones, asistentes sociales y viajes a urgencias fueron sus regalos de boda. A cambio, él recibió una nariz rota que estropeaba su guapo rostro cuando se enfadaba, y más de una vez tuvo que ver cómo su mujer lo atacaba con un cuchillo de cocina. Era una conocida pauta de abusos, violencia y perdón que habría continuado eternamente, excepto por dos cosas: el padre se lesionó y la madre enfermó.

O'Connell padre cayó desde diez metros de altura sobre una viga de acero. Debería haber muerto, pero en cambio pasó seis meses en el hospital, recuperándose de un par de vértebras rotas, y consiguió ganar una adicción a los analgésicos, un sustancial seguro y una paga permanente, la mayoría de la cual se gastó pagando rondas en el local de los veteranos de guerra y siendo víctima de un par de embaucadores que le hicieron creer que podría ganar dinero fácil.

Mientras tanto, la madre de O'Connell descubrió que tenía cáncer de útero. Una operación y su propia dependencia de los analgésicos la condujeron a una vida llena de incertidumbres aún mayores.

O'Connell tenía trece años la noche en que murió su madre, un día después de su cumpleaños.

Lo que Scott había descubierto gracias a la bibliotecaria y los archivos de los periódicos locales era a la vez preocupante y confuso. Ambos padres habían estado bebiendo y peleando; duró un buen rato, según algunos vecinos, pero eso era corriente y no alcanzó el nivel de violencia capaz de hacerles llamar al 911. Pero justo después de que oscureciera, hubo un súbito estallido de gritos seguidos de dos disparos.

Los disparos eran la parte dudosa de la historia. Algunos vecinos recordaban un silencio significativo entre uno y otro: treinta segundos, quizás un minuto o incluso más.

El propio padre de O'Connell llamó a la policía.

Llegaron y encontraron a la madre muerta en el suelo, con un disparo a bocajarro en el pecho, una segunda bala en el techo, el chico adolescente acurrucado en un rincón y el padre, con la cara surcada de arañazos, empuñando una pistola del calibre 38. La historia que contó éste fue la siguiente: habían bebido y luego peleado, como de costumbre, sólo que esta vez ella sacó el revólver que él guardaba bajo llave en un cajón de la cómoda. No sabía cómo se había hecho con la llave. Amenazó con matarlo. Dijo que ya la había maltratado demasiado y que ahora pagaría por ello. Él se había abalanzado contra ella como un toro furioso, gritándole, retándola a disparar. Forcejearon y el primer disparo fue a parar al techo. El segundo, al pecho de ella.

Alcohol, pelea, un arma, un accidente.

Eso le había contado la bibliotecaria a Scott, sacudiendo la cabeza mientras lo hacía.

Naturalmente, él comprendió que la policía debió de

preguntarse si quien empuñó el arma había sido el padre de O'Connell y la madre quien luchó por su vida. Más de un detective analizó las fotos de la escena del crimen y consideró probable que ella hubiera rechazado sus avances de borracho y agarrado el cañón de la pistola para impedir que le disparara. El disparo del techo vino después, convenientemente orquestado para que la versión de O'Connell padre sonara convincente.

Y en esa confusión, con dos historias igualmente posibles, una de defensa propia, la otra de un cruel asesinato de borracho, la respuesta sólo podía proporcionarla el adolescente.

Podía decir una verdad, y enviar a su padre a la cárcel y a sí mismo a un orfanato. O podía decir otra, y la vida que conocía continuaría más o menos igual, pese a la ausencia de la madre.

Scott pensó que ése era el único momento en que sentiría compasión por O'Connell. Y fue una compasión retroactiva, porque se remontaba casi quince años en el tiempo. Se preguntó qué habría hecho él en una situación así. Desde luego, el diablo conocido es mejor que el diablo por conocer. Así que el joven O'Connell había corroborado la historia de su padre.

¿Tenía pesadillas con su madre muerta?, se preguntó Scott. ¿La veía luchando por su vida? ¿Cuando despertaba cada mañana y veía la manera en que su padre lo miraba con recelo, se decía alguna mentira terrible?

Cruzó la ciudad y aparcó delante del *camping* de caravanas, muy cerca de la casa de O'Connell. «Está todo aquí —pensó—. Todos los ingredientes para convertirse en un asesino.»

Scott no sabía mucho de psicología, aunque como historiador comprendía que a veces los grandes acontecimientos se basan en las emociones. Pero cualquier Freud de pacotilla hubiese visto que el pasado de O'Connell lo abocaba a un futuro trágico. Y estaba claro que lo único que había en la vida de O'Connell era Ashley.

«¿Matará a Ashley con la misma facilidad que su padre mató a su madre?», se preguntó con un estremecimiento.

Alzó la cabeza y se concentró en la casa donde había crecido O'Connell. Mientras miraba, no advirtió la sombra que surgió de un árbol cercano, de modo que, cuando unos nudillos llamaron de pronto a la ventanilla, se giró dando un brusco respingo.

—¡Salga del coche!

Scott, confundido, vio la cara de un hombre con la nariz pegada al cristal. En una mano empuñaba un bate de béisbol.

—¡Salga! —repitió.

El primer instinto de Scott, dominado por el pánico, fue encender el coche y pisar el acelerador, pero no lo hizo. El hombre echó atrás el bate como disponiéndose a hacer añicos la ventanilla. Scott tomó aliento, soltó el cinturón de seguridad y abrió la puerta.

El hombre lo miró ceñudo, todavía blandiendo el bate.

—¿Es usted quien está haciendo todas esas preguntas? —le espetó—. ¿Quién demonios es? ¿Y por qué no me dice qué carajo quiere antes de que le parta la cabeza?

Sally comprendió que lo que había estado a punto de hacer era potencialmente incriminador. Buscó en un cajón de su escritorio y sacó una vieja libreta pautada. Abrir un archivo informático con los detalles de un delito aún sin cometer sería un error. Se recordó que tenía que reconstruir hacia atrás, más o menos como hace un detective. Un papel puede destruirse.

Se mordió el labio y cogió un bolígrafo.

En el primer renglón escribió: «Móvil.» Luego, más abajo: «Medios.» Y finalmente: «Oportunidad.»

Observó las palabras. Formaban la Santísima Trinidad

del trabajo policial. «Rellena esos espacios en blanco —pensó—, y nueve veces de cada diez sabrás a quién arrestar y acusar. E igualmente quién puede ser condenado en un tribunal.» Como abogada defensora, su trabajo era sencillo: atacar e inutilizar uno de esos elementos. Al igual que un taburete de tres patas, si se cortaba una, todo se derrumbaba. Ahora estaba planeando un delito y tratando de prever cómo sería investigado. Seguía usando eufemismos en su mente: «delito» o «incidente» o «hecho». Se apartaba de la palabra «asesinato».

Escribió una cuarta categoría: «Forenses.»

En eso podía trabajar, pensó. Empezó a hacer la lista de las diversas formas en que podían meter la pata. Muestras de ADN (eso significaba pelo, piel, sangre) que había que evitar. Balística: si necesitaban usar un arma, tenían que encontrar una no rastreable, o bien deshacerse de ella de una manera que nunca pudiera ser encontrada, pero esto era difícil de conseguir. Y luego había otras cosas. Fibra de las ropas, huellas dactilares, huellas en tierra blanda, marcas de neumáticos. Testigos que pudieran ver algo. Cámaras de seguridad. Tampoco podía estar segura de que, sentados en una silla incómoda bajo una luz potente y ante un par de detectives (uno haciendo de poli bueno y el otro de poli malo), Scott, Ashley, Hope o Catherine no se traicionarían involuntariamente. Podrían intentar ceñirse al guión, pero con una simple contradicción (los policías siempre las pillaban) todos estarían hundidos. Naturalmente, si alguno de ellos acabara sentado en una sala de interrogatorios, todo se habría perdido.

Tenían que hacerlo de manera completamente anónima. Tenía que parecer, incluso para el investigador más obstinado, que el hecho no tenía la menor relación con Ashley.

Cuanto más lo consideraba, más difícil le parecía y más se desesperaba consigo misma. Percibía que las cosas se derrumbaban a su alrededor; no solamente su trabajo en el bufete, que descuidaba, sino también su relación con Hope y, en definitiva, toda su vida. Era como si la incertidumbre por la seguridad de Ashley hiciera imposible todo lo demás.

Sacudió la cabeza. Miró la libreta y de pronto recordó los exámenes en la facultad de Derecho. En cierto modo, esto era igual. La única diferencia era que esta vez el fracaso no se traducía en una nota, sino en su futuro.

Anotó: «Comprar una caja de guantes quirúrgicos.» Eso limitaría al menos la exposición al ADN y las huellas dactilares, cuando decidieran qué iban a hacer. Añadió: «Comprar ropas y zapatos en la tienda del Ejército de Salvación.»

Sally asintió. «Puedes hacerlo —se dijo—. Sea lo que sea, lo harás.»

El hombre desagradable con el que Catherine y Ashley iban a reunirse estaba junto a su cascada furgoneta, fumando un cigarrillo y arañando la gravilla del aparcamiento con el pie derecho, como un caballo impaciente. Catherine divisó su chaleco de caza rojo y negro, y las pegatinas de la Asociación Nacional del Rifle que adornaban la trasera del vehículo. Era un tipo bajo, de pelo escaso, barrigudo, el clásico bebedor de cerveza y whisky, pensó Catherine. Seguramente había trabajado en una fábrica o una planta envasadora, pero había descubierto una fuente de ingresos más rentable.

Aparcó a su lado.

—Quédate aquí y no te dejes ver demasiado —le dijo a Ashley—. Si te necesito, te haré una señal.

La chica no estaba segura de cómo interpretar aquello. Asintió.

Catherine bajó del todoterreno.

—¿El señor Johnson?

—Así es. Usted debe de ser la señora Frazier.

—En efecto.

—No suelo trabajar así. Prefiero hacer mis negocios en ferias autorizadas.

Catherine asintió sin entender, pero formaba parte de la charada.

—Agradezco que me dedique su tiempo —dijo—. No le habría llamado si la situación no fuera delicada.

—¿Uso personal? ¿Protección personal?

—Sí. Por supuesto.

—Verá, yo soy coleccionista, no vendedor. Y normalmente sólo vendo y cambio en ferias de armas autorizadas. De otro modo, tendría un permiso federal, ya entiende.

Ella asintió. El hombre hablaba en una especie de código para cubrirse las espaldas.

—Una vez más, se lo agradezco.

—Verá —continuó él—, un vendedor de armas corriente tiene que rellenar un ingente papeleo para los federales. Y luego hay un período de espera de tres días. Pero un coleccionista de armas puede cambiar y comerciar sin esos requisitos. Naturalmente, tengo que preguntarlo: ¿no piensa hacer nada ilegal con esta arma?

—Por supuesto que no. Es para protección. Hoy en día no puedes estar segura en ninguna parte. Bien, ¿qué tiene para mí?

El vendedor de armas abrió la puerta trasera de la furgoneta. Dentro había una maleta de acero con combinación que abrió rápidamente. En un lecho de corcho sintético negro había una muestra de armas. Catherine las miró sin enterarse de casi nada.

—No soy experta en armas —dijo.

Johnson asintió.

—El cuarenta y cinco y la nueve milímetros son probablemente más de lo que necesita. Son estas dos las que tiene que considerar: la automática del veinticinco y el revólver del treinta y dos. El cañón corto del treinta y dos quizás es lo que mejor le irá. Poco pesado para una mujer, seis balas en la recámara. Sólo ha de apuntar y disparar. Muy fiable, pequeño, cualquiera puede usarlo. Cabe en el bolso. Un arma muy popular entre las damas. La pega es que no tiene mordiente, ¿entiende? Cuando más grande la pistola, más grande el disparo. Esto no significa que un disparo de un treinta y dos no vaya a matarte. Lo hará. Pero ¿entiende lo que le digo?

—Claro —dijo Catherine—. Creo que me llevaré el treinta y dos.

Johnson sonrió.

—Buena elección. Ahora, la ley me exige que le pregunte si piensa sacarlo del estado...

—Por supuesto que no —mintió Catherine.

—O transferirlo a otra persona.

—Desde luego que no.

—No intentará usarlo con ningún fin ilegal, ¿verdad?

—Verdad.

Él asintió.

—Bien, señora. —Miró a Catherine—. Si alguien, como un agente del Departamento de Justicia, viene haciendo preguntas, no me hará gracia proporcionárselas, pero tendré que hacerlo. De lo contrario me fastidiarían el negocio. ¿Entiende lo que le digo? Si tiene un marido y quiere matarlo, bueno, es asunto suyo. Sólo estoy diciendo que...

Catherine alzó una mano.

—Mi marido falleció hace años. Por favor, señor Johnson, no se preocupe. El arma sólo dará protección a una mujer mayor que vive sola en el campo.

Él sonrió.

—Cuatrocientos dólares. En metálico. Y le pondré una caja extra de balas. Encuentre algún sitio donde practicar, si sabe a lo que me refiero.

Cogió el arma y la metió en una barata funda de cuero.

—Cortesía de la casa —dijo, mientras se la tendía y ella le entregaba el dinero—. Una cosa más: cuando decida apretar el gatillo, utilice ambas manos para reafirmarse, asuma una postura cómoda, tome aire y...

—¿Sí?

—Vacíelo. Las seis balas. Si decide dispararle a algo, o a alguien, señora Frazier, bueno, no lo haga a medias, ya me entiende. Sólo en Hollywood el bueno puede arrancarle la pistola al malo de un tiro o herirlo en el hombro. En la vida real, no. Si decide hacerlo, apunte al pecho y no vacile. Debe disparar a matar, ¿entiende?

Catherine asintió.

—Sabio consejo —dijo.

La decana del departamento de Historia del Arte sólo tenía unos minutos, según me dijo. Eran sus horas de oficina, y normalmente había una cola de estudiantes ante su puerta. Sonrió mientras resumía la serie de excusas, quejas, solicitudes y críticas que le esperaban ese día.

—Bien —dijo, sentándose—. ¿Qué lo trae por aquí?

Expliqué, en los términos más vagos que pude, qué era lo que me interesaba.

—¿Ashley? Sí, la recuerdo. Hace unos años, ¿no? Un caso muy curioso.

—¿Cómo fue?

—Notas excelentes, una sólida vena artística, trabajadora infatigable, un puesto excelente en el museo... y de pronto todo se vino abajo. Siempre sospeché que tuvo algún problema con un chico. Suele pasar cuando las jóvenes prometedoras tienen un desengaño. En la mayoría de los casos, esos problemas se resuelven con Kleenex y café solo. En su caso, sin embargo, hubo comentarios, rumores más bien, sobre cómo la habían despedido y sobre la honradez de su trabajo académico. Pero no me gusta hablar de estas cosas sin una autorización expresa. No tendrá por casualidad un documento que lo permita, ¿verdad?

—No —respondí.

La decana se encogió de hombros, con una sonrisa triste en los labios.

—Estoy limitada, pues —se excusó.

—Entiendo. —Me levanté para marcharme—. De todos modos, gracias por su tiempo.

—Dígame, ¿sabe usted qué ha sido de ella? Parece que se la ha tragado la tierra.

Vacilé, sin saber cómo responder, y eso hizo que la decana arrugara el entrecejo, preocupada.

—¿Le ha ocurrido algo? —preguntó.

—Sí —dije—. Supongo que podríamos decir que le ocurrió algo.

37

Una conversación reveladora

Scott salió lentamente del coche, sin dejar de mirar al hombre que conocía como el padre de O'Connell. Empuñaba el bate de forma amenazadora. Scott se apartó de su alcance y tomó aire, sin saber por qué se sentía tan tranquilo.

—Tal vez no quiera amenazarme con eso, señor O'Connell.

El hombre gruñó.

—Ha estado usted recorriendo el barrio haciendo preguntas sobre mí. Así que lo soltaré cuando me diga quién es.

Scott lo miró fijamente y entornó los ojos, con cara de póquer, hasta que el hombre dijo:

—Estoy esperando una respuesta.

—Sé quién es usted —dijo Scott—. Y me estoy preguntando qué clase de respuesta preferiría recibir.

Esto confundió a O'Connell, que dio un paso atrás, luego hacia delante, alzando el bate mientras repetía:

—¿Quién es usted?

Scott siguió mirándolo, calibrándolo de arriba abajo, como si no tuviera nada que temer del bate que apuntaba a su cabeza. La constitución del hombre era a la vez blanda y dura: barriga cervecera sobresaliendo de unos vaqueros manchados, gruesos brazos con diversos tatuajes entrelazados. Sólo llevaba una camiseta negra con el logo de Harley Davidson, aparentemente inmune al frío de noviembre. Su pelo oscuro estaba veteado de gris, y lo llevaba muy corto. En el antebrazo lucía un tatuaje con el nombre «Lucy», y tal vez era lo único que quedaba de su matrimonio, aparte de su hijo y la modesta casa. Scott pensó que había estado bebiendo, pero sus palabras no eran pastosas, ni su paso inestable. Probablemente había bebido sólo lo suficiente para perder las inhibiciones y nublar su pensamiento, lo cual quizá fuese buena cosa. Scott se cruzó de brazos y sacudió la cabeza, para recalcar que estaba al mando de la situación.

—Podría ser más problemático de lo que cree. Y me refiero a problemas gordos, señor O'Connell. Pero también podría significar una oportunidad para ganar dinero para usted. ¿Qué va a ser?

El bate se retiró un poco.

—Siga.

Scott negó con la cabeza. Estaba improvisando sobre la marcha.

—No negocio en la calle, señor O'Connell. Y el hombre al que represento no querrá que vaya por ahí mencionando sus asuntos en un sitio donde cualquiera podría enterarse.

—¿De qué demonios está hablando?

—Entremos en su casa y tengamos una conversación privada. De lo contrario, volveré a mi coche y me iré para siempre. Pero puede que le visite otra persona. Y le aseguro que esa persona, incluso ese par de personas, señor O'Connell, no serán tan razonables como yo. Sus argumentos serán distintos de los míos.

Scott pensó que O'Connell probablemente había pasado gran parte de su vida haciendo amenazas o recibiéndolas, y sin duda entendía aquel lenguaje salpicado de eufemismos.

—¿Cómo se llama usted? —preguntó O'Connell.

—No lo he dicho. Y no es probable que lo diga.

O'Connell vaciló, alejando más el bate.

—¿De qué va todo esto? —preguntó con cierto interés.

—Una deuda. De momento es todo lo que voy a decir. Ganar algún dinero o no es decisión suya.

—¿Por qué iba usted a pagarme nada?

—Porque siempre es más fácil pagar a alguien que la alternativa. —Scott dejó que O'Connell se imaginara «la alternativa».

El hombre bajó el bate a un lado.

—Muy bien —dijo—. No voy a tragarme nada de esta mierda. Pero puede pasar. Dígame de qué va y haga su oferta, sea cual sea.

Y con el bate señaló la casa al otro lado de la calle.

En los bosques más allá del camino que corre paralelo al río Westfield, bajo un sitio llamado el barranco de Chesterfield, hay un lugar donde cada ribera del río queda protegida por paredes de roca de veinte metros de altura, talladas por algún seísmo prehistórico, que es frecuentado en los meses fríos por los cazadores y en épocas cálidas por los pescadores. En los días más calurosos del verano, Ashley y sus amigas subían hasta el río y se bañaban desnudas en las frescas aguas.

—Deberías usar las dos manos —dijo Catherine severamente—. Agarra el arma con la derecha, sujétalas ambas con la izquierda, apunta y aprieta el gatillo...

Ashley separó un poco los pies, colocó la mano izquierda bajo la derecha y tensó los músculos, palpando el gatillo con el dedo índice.

—Vamos allá —murmuró.

Apretó el gatillo y el arma le brincó en la mano. El disparo resonó en el bosque, y la corteza del roble al que apuntaba se astilló.

—Uau —dijo—. Me cosquillea hasta el antebrazo.

Catherine asintió.

—Lo que debes hacer, querida, es apretar el gatillo seis veces, mientras sujetas el revólver con fuerza, para que los seis tiros vayan juntos. ¿Puedes hacerlo?

—El arma parece querer saltar. Como si estuviera viva.

—Supongo que podríamos decir que tiene una personalidad propia.

Ashley asintió.

—Y no especialmente agradable —añadió Catherine.

—Déjame intentarlo otra vez.

De nuevo Ashley adoptó la postura y esta vez tensó la presa de la mano izquierda para reafirmarse.

—Vamos allá...

Disparó las cinco balas restantes. Tres acertaron al roble, distanciadas dos o tres palmos. Las otras dos se perdieron en el bosque. Pudo oírlas silbar hacia el olvido, quebrando ramas y las pocas hojas que todavía colgaban bajas. La detonación reverberó y llenó sus oídos. Ashley dejó escapar un largo silbido.

—No cierres los ojos —dijo Catherine.

—Probaré otra vez.

Ashley abrió el tambor y dejó caer los casquillos al suelo de agujas de pino. Lentamente sacó otra media docena de balas y las cargó en el arma.

—Sólo voy a usar este trasto una vez.

—Ya —dijo Catherine—. Y sólo si tienes que hacerlo.

—Eso es —dijo Ashley mientras se volvía y apuntaba de nuevo al tronco—. Sólo si tengo que hacerlo.

—Si no tienes más remedio.

—Si no tengo más remedio.

Ambas tenían mucho que decir al respecto, pero no querían pronunciar las palabras en voz alta, ni siquiera en el silencioso anonimato del bosque.

Scott recorrió lentamente el sendero de grava y tierra que conducía a la casa de O'Connell, unos treinta metros desde la silenciosa calle. Era grande y blanca, con una vieja antena de televisión colgando del tejado como el ala rota de un pájaro, junto a una parabólica más moderna. En el patio delantero había un viejo Toyota rojo al que le faltaba una puerta, con una rueda apoyada en un bloque de cemento; grandes manchas de óxido lo salpicaban. También había una furgoneta negra más nueva, aparcada junto a una puerta lateral bajo un tejado plano construido con láminas de plástico corrugado. Bajo el tejado había un quitanieves rojo y un vehículo para la nieve al que le faltaba la oruga. Al pasar junto a la furgoneta, Scott vio una escalera de aluminio, una caja de herramientas y materiales para reparar tejados diseminados por el suelo. O'Connell señaló la puerta lateral, y Scott dudó que la entrada principal se usara mucho.

—Por aquí. No se preocupe por el desorden. No esperaba visitas —masculló O'Connell.

La puerta de aluminio daba a una cocina pequeña. «Desordenada» era una descripción adecuada. Cajas de pizza, bandejas de precocinados, latas de cerveza y una botella de Johnny Walker en la mesa.

—Pasemos a la sala. Podremos sentarnos, señor... vale, señor como se llame. ¿Cómo debo llamarlo?

—Smith —dijo Scott—. Y si tiene problemas para pronunciarlo, Jones valdrá también.

O'Connell dejó escapar una risita.

—Vale, señor Smith-Jones. Ahora que le he invitado a entrar, ¿por qué no se sienta aquí mismo donde pueda echarle un ojo y se explica rapidito y bien, para que mi bate se quede tranquilo? Y más vale que llegue pronto a la parte en que gano dinero. ¿Quiere una cerveza?

Scott entró en la sala. Había un sofá pelado, un sillón reclinable con una nevera roja y blanca al lado que servía como mesa, frente a un televisor. Había periódicos y revistas pornográficas por el suelo, junto con propaganda de supermercados y catálogos de tiendas de caza. En una pared había una cabeza de ciervo disecada que miraba con sus ojos de cristal. Una camiseta colgaba de una de sus astas. Scott trató de imaginarse el lugar cuando O'Connell crecía allí, y pudo intuir cierta normalidad: quita la basura del patio, limpia el desorden de dentro, arregla el sofá, sustituye las sillas, dale una mano de pintura y cuelga un par de pósters, y habría sido casi aceptable. La basura desperdigada decía mucho del padre y poco del hijo; el padre probablemente había sustituido a su esposa muerta y su hijo ausente por parte del desorden reinante.

Scott se sentó en una silla que crujió y amenazó con ceder y se volvió hacia O'Connell.

—He estado haciendo preguntas porque su hijo tiene algo que pertenece a mi jefe. Y le gustaría recuperarlo.

—¿Es usted un maldito picapleitos?

Scott se encogió de hombros.

O'Connell se sentó en el sillón, con el bate en el regazo.

—¿Quién puede ser ese jefe suyo? —preguntó.

Scott negó con la cabeza.

—Los nombres son irrelevantes.

—Vale, señor Smith. Dígame entonces con qué se gana la vida.

Scott sonrió, una sonrisa tan maligna como fue capaz de mostrar.

—Mi jefe gana mucho dinero y es generoso.

—¿Legal o ilegalmente?

—No creo que deba responder a esa pregunta, señor O'Connell. De todos modos, le mentiría. —Scott se escuchaba, sorprendido por la facilidad con que se inventaba un personaje y una situación, y embaucaba al viejo. «La avaricia es una droga poderosa», pensó.

O'Connell sonrió.

—Así que le gustaría hablar con mi hijo descarriado, ¿eh? ¿No lo puede encontrar en la ciudad?

—No. Parece que ha desaparecido.

—Y viene a fisgonear por aquí...

—Es mi trabajo.

—A mi hijo no le gusta esto...

Scott alzó la mano, interrumpiéndolo.

—Vayamos al grano —dijo, cortante—. ¿Puede ayudarnos a encontrar a su hijo?

—¿Cuánto?

—¿Cuánto puede ayudar?

—No estoy seguro. No hablamos mucho él y yo.

—¿Cuándo lo vio por última vez?

—Hará un par de años. No nos llevamos demasiado bien.

—¿Y en vacaciones?

O'Connell meneó la cabeza.

—Ya le digo que no nos llevamos demasiado bien. ¿Qué ha cogido?

Scott sonrió.

—Una vez más, señor O'Connell, se trata de información que le pondría en una situación, digamos, incómoda. ¿Sabe lo que significa eso?

—No soy estúpido. ¿Cuánto de incómoda?

—Bastante.

—¿En qué se ha metido? ¿La clase de problemas que te buscan una paliza? ¿O la clase que te mata?

Scott tomó aliento, preguntándose hasta dónde seguir con la patraña.

—Digamos que aún puede reparar el daño que ha causado. Pero eso requerirá cooperación. Es un asunto delicado, señor O'Connell. Y más retrasos podrían agravar las cosas. —Scott no se podía creer sus dotes de fabulador.

—Drogas, ¿eh? ¿Le ha robado drogas a alguien? ¿O se trata de dinero?

Scott sonrió.

—Señor O'Connell, se lo diré de esta forma: si su hijo

se pone en contacto con usted, y usted nos avisara de ello, habría una jugosa recompensa.

—¿Cuánto de jugosa?

—Eso ya lo ha preguntado —repuso Scott y se levantó de la silla; había un estrecho pasillo que conducía a los dormitorios. Era un lugar estrecho, pensó, que no permitiría muchas maniobras—. Digamos que sería un bonito regalo de cumpleaños.

—Entonces, si puedo encontrar al chico, ¿cómo lo localizo a usted? ¿Tiene un teléfono?

Scott adoptó la voz más pomposa que fue capaz.

—Señor O'Connell, no me gustan los teléfonos. Dejan huellas y se los puede rastrear. —Señaló el viejo ordenador que había en la mesa—. ¿Sabe usar el correo electrónico?

—¿Quién no? —repuso O'Connell—. Pero tiene que prometerme una cosa, puñetero señor Jones-Smith: que mi hijo no va a morir por esto.

—De acuerdo —asintió Scott—. Cuando tenga noticias de su hijo, envíe un e-mail a esta dirección...

En la mesa había una factura de teléfonos y un trozo de lápiz. Inventó una dirección falsa y la anotó. Le tendió el papel a O'Connell.

—No lo pierda —le dijo—. Deme su número de teléfono.

El padre recitó de carrerilla el número mientras leía la dirección.

—Muy bien —asintió—. ¿Algo más?

Scott sonrió.

—No volveremos a vernos —dijo—. Y si alguien le pregunta, esta pequeña reunión nunca tuvo lugar. Y si ese alguien es su hijo, bueno, entonces nunca tuvo lugar por partida doble. ¿Nos entendemos?

O'Connell miró la dirección por segunda vez, sonrió y se encogió de hombros.

—Por mí, vale —respondió.

—Bien. No se levante. Puedo encontrar la salida.

El corazón se le disparó mientras se dirigía hacia la puerta. Sabía que en algún lugar tras él estaba no sólo aquel bate, sino el arma que le habían mencionado los vecinos, y probablemente un rifle también: el ciervo de ojos de cristal de la pared así lo atestiguaba. Confiaba en que el padre de O'Connell no hubiera caído en anotar su matrícula, aunque dudaba que no fuera capaz de reconocer el viejo Porsche si volvía a verlo. Intentó fijarse en cada detalle mientras salía: tal vez tendría que regresar y quería recordar la disposición de los muebles. Advirtió los endebles cerrojos de la puerta, y luego salió. La avaricia era algo horrible, y alguien que vendía a su propio hijo no podía ser más que un peligroso desalmado. Sintió una súbita náusea y se apresuró hacia su coche. En el horizonte se perfilaban nubes grises.

Michael O'Connell pensaba que había estado demasiado silencioso y ausente en los últimos días.

La clave para obligar a Ashley a comprender que nadie más que él podría protegerla se encontraba en minar la vulnerabilidad de todo el mundo. Lo que le impedía a ella reconocer la profundidad de su amor y la necesidad que tenía de estar a su lado era la burbuja que sus padres habían creado a su alrededor. Y cuando pensaba en Catherine, la boca se le llenaba de un sabor a bilis. Era vieja, era frágil, estaba allí sola, y él había tenido la oportunidad de eliminarla de la ecuación, pero había fracasado, incluso teniéndola a su alcance. Decidió que no volvería a cometer un error así.

Estaba sentado ante su ordenador nuevo, jugueteando con el cursor, ajeno al silencio que lo rodeaba. Lo había comprado después de que Murphy destrozara el viejo. Miró la pantalla un momento más y apagó el aparato con un par de rápidos clics.

Tenía ganas de hacer algo impredecible, algo que llamara la atención de Ashley, algo que ella no pudiera ignorar y que le hiciera saber que era inútil huir de él.

Se levantó y se desperezó, alzando los brazos por encima de la cabeza, imitando inconscientemente a los gatos del pasillo. Experimentó un súbito arrebato de confianza. Era hora de volver a visitar a Ashley, aunque sólo fuera para recordarle que estaba todavía allí y seguía esperando. Cogió el abrigo y las llaves del coche. La familia de Ashley no sabía lo cercanos que corren el amor y la muerte. Sonrió, y pensó que ellos no comprendían que en todo esto el romántico era él. Pero el amor no siempre se expresa con rosas, diamantes o tarjetas Hallmark. Era hora de hacerles saber que su devoción no había disminuido. Su mente rebosaba de ideas.

Cuando Scott regresó a casa, el teléfono estaba sonando. Era Sally.

—¿Scott?

—Sí.

—Pareces sin aliento.

—Estaba fuera. Acabo de llegar a casa. ¿Todo va bien?

—Sí —respondió ella—. Más o menos.

—¿Qué quieres decir?

—Bueno, no ha sucedido nada. Ashley y Catherine se han pasado el día haciendo algo, pero no quieren decir qué. He estado en mi despacho tratando de ver cómo salir de este lío, y Hope apenas ha dicho una palabra desde que volvió de Boston, excepto que tenemos que volver a hablar todos. ¿Puedes venir?

—¿Ha dicho por qué?

—Ya te he dicho que no. ¿Es que no me escuchas? Pero tiene que ver con algo que descubrió en Boston mientras vigilaba a O'Connell. Parece muy inquieta. Nunca la he visto tan hosca. Está sentada en la otra habitación con la mirada ausente, y lo único que dice es que tenemos que hablar ahora mismo.

Scott pensó qué podría haber vuelto tan meditabunda a Hope, actitud impropia de ella. Trató de no reaccionar al tono casi frenético de Sally. Estaba demasiado tensa, pensó. Le recordó sus últimos meses juntos, antes de que él se enterara de su lío con Hope, pero cuando, a un nivel profundo e instintivo, sabía que todo iba mal entre ellos.

—Muy bien —dijo—. He descubierto más cosas sobre O'Connell. Nada crucial, pero... —Hizo otra pausa. Una vaga idea empezó a formarse en su mente—. No estoy seguro de cómo usarlo, pero... Mira, voy para allá. ¿Cómo está Ashley?

—Parece abstraída, casi distante. Supongo que un psicólogo diría que es el principio de una depresión importante. Tener a ese tipo en su vida es como tener una enfermedad grave. Como el cáncer.

—No deberías decir eso.

—¿No debería ser realista? —replicó Sally—. ¿Debería ser más optimista?

Scott hizo una pausa. Sally podía ser dura, pensó, y enloquecedoramente directa. Pero ahora, con la situación de su hija, lo asustaba. No sabía qué actitud era la adecuada, la suya propia de «podemos salir de ésta» o el «tenemos grandes problemas y todo está empeorando» de Sally. Quiso gritar. En cambio, apretó los dientes y dijo:

—Voy para allá. Dile a Ashley... —Notó a Sally respirar con fuerza.

—¿Decirle qué? ¿Que todo va a salir bien? —repuso ella amargamente—. Y, Scott... —añadió tras una breve vacilación—, intenta traer decidido nuestro próximo paso. O bien una pizza.

—Siguen reacios —dijo ella.

—Comprendo —respondí, aunque en realidad no estaba seguro—. Pero, de todas formas, necesito hablar al menos con uno de ellos. De lo contrario, la historia no estará completa.

—Te entiendo —dijo ella lentamente, pensando sus palabras antes de pronunciarlas—. Uno está dispuesto, de hecho está ansioso por contarte lo que saben. Pero dudo que estés preparado para esa entrevista.

—Eso no tiene sentido. Uno quiere hablar, pero ¿los demás lo impiden para protegerse? ¿O estás tú protegiéndolos a ellos?

—No están seguros de que comprendas correctamente su situación.

—No digas tonterías. He hablado con mucha gente, lo he repasado todo. Estaban en una situación sin salida, lo sé. Lo que hayan hecho para salir sin duda estará justificado...

—¿De verdad? ¿Eso crees? ¿El fin justifica los medios?

—¿He dicho eso?

—Sí.

—Bueno, lo que quería decir era...

Ella alzó una mano, interrumpiéndome, y contempló el patio, la calle más allá de los árboles. Suspiró hondo.

—Estaban en una encrucijada. Había que tomar una decisión. Como muchas de las decisiones que la gente, la gente corriente, se ve obligada a tomar, tuvo profundas consecuencias personales. Eso es lo que tienes que comprender.

—Pero ¿qué elección tenían?

—Buena pregunta —replicó ella con una risita forzada—. Contéstala por mí.

38

Medida de males

Scott recorrió el camino de acceso a la casa de Sally debatiéndose entre dudas e incertidumbres. Cuando llegó a la puerta, fue a pulsar el timbre, pero vaciló. Se volvió y contempló la oscura calle. Estaba seguro de que Michael O'Connell merodeaba por allí. Se preguntó si aquel psicópata lo estudiaba con el mismo esmero que él. Dudaba que fuera posible adelantarse a sus movimientos, ganar ventaja. Intuía que en algún lugar de aquella manzana, allí mismo, en ese instante, O'Connell estaba oculto en la oscuridad, vigilándolo. Scott sintió un arrebato de ira y quiso gritar en voz alta. Pensó que todo lo que había descubierto en su viaje, lo que había creído tan impredecible, era en realidad previsto y anticipado por aquel hombre. No podía desprenderse de la idea de que, de algún modo, O'Connell se había enterado de todo lo que él había hecho.

Un gemido de rabia escapó de sus labios. Se apartó de la puerta, furioso, queriendo enfrentarse al hombre que creía estaba vigilando.

Entonces la puerta se abrió tras él. Era Sally.

Ella siguió la mirada de Scott. En ese segundo, comprendió lo que él estaba buscando.

—¿Crees que está ahí fuera? —preguntó.

—Sí —dijo Scott—. Y no.

—¿Te decides?

—Creo que o bien está ahí mismo, en las sombras, vigilando todos nuestros movimientos, o bien no está. Pero no podemos saber la diferencia, así que estamos jodidos, de un modo u otro.

Sally le tocó un hombro, un acto de sorprendente ternura, y a ella misma le pareció extraño al darse cuenta de que hacía años que no tocaba al hombre con el que había compartido una vez su vida.

—Pasa —dijo—. Estaremos igual de jodidos dentro, pero más caldeados.

Hope bebía una cerveza y cada poco se apoyaba la fría botella contra la frente, como si ardiera de fiebre. Ashley y Catherine estaban en la cocina, preparando algo de comer, o al menos eso les había pedido Sally para tenerlas fuera de la habitación mientras ellos hablaban. Scott aún sentía tensión, como si la sensación experimentada en la entrada al contemplar la noche le hubiera acompañado adentro. Sally, por su parte, se mostraba serena. Se volvió hacia Scott y señaló a Hope.

—Apenas ha dicho una palabra desde que ha vuelto. Pero creo que ha descubierto algo...

Antes de que Scott pudiera abrir la boca, Hope dejó con fuerza la cerveza sobre la mesa.

—Creo que es peor de lo que habíamos imaginado —dijo, rompiendo por fin su silencio.

—¿Peor? ¿Cómo demonios puede ser peor? —repuso Sally.

Hope recordó de repente la sonriente máscara de la muerte de un gato congelado.

—Es un tipo enfermo y retorcido. Le gusta torturar y matar animales...

—¿Cómo lo sabes?

—Lo vi.

—¡Joder! —exclamó Scott.

—¿Un sádico? —aventuró Sally.

—Tal vez. Eso parece, desde luego. Pero eso es sólo parte de su personalidad. Además, tiene un arma.

—¿La viste también? —preguntó Scott.

—Sí. Me colé en su apartamento mientras estaba fuera.

—¿Cómo conseguiste...?

—¿Qué más da? Lo hice. Entablé amistad con una vecina que casualmente tenía una llave. Y lo que vi me convenció de que las cosas van a empeorar. Es un tipo malo de verdad. ¿Hasta qué punto? No lo sé. ¿Lo bastante malo para matar a Ashley? No vi nada que pudiera sugerir que no. Tiene archivos codificados sobre ella. Uno llamado «Ashley amor» y otro «Ashley odio». Y no acaba ahí: también tiene algo sobre nosotros. No pude abrir esos archivos, pero el solo hecho de que los tenga muestra el grado de su obsesión malsana. Así pues, está enfermo, es decidido y está obsesionado. ¿Qué suma todo eso?

—¿Qué quieres decir? —preguntó Sally.

—Que todo lo que vi sugiere una tragedia inevitable. Y ya sabéis lo que significa eso. —Le costaba apartar de su mente las imágenes de aquel apartamento: gatos congelados, una pistola en una bota, paredes peladas y monacales, un sitio sucio y descuidado dedicado a un solo propósito: Ashley. Se hundió en la butaca, pensando lo difícil que era expresar la idea más simple: O'Connell no tenía otra cosa en la vida que esa persecución.

Sally se volvió hacia Scott.

—¿Y tu viaje? ¿Descubriste algo?

—Mucho. Pero nada que contradiga lo que Hope acaba de decir. Vi el sitio donde creció y hablé con su padre. Sería difícil encontrar un hijo de perra más desagradable, ruin y depravado.

Todos reflexionaron un momento. Había mucho que decir, pero los tres sabían que no ampliaría nada que ya no supieran.

Fue Sally quien rompió el silencio.

—Tenemos que... —Se detuvo, sintiendo un frío interior. Pensó que si estuvieran midiendo su corazón, daría una línea plana—. ¿Es un asesino? —preguntó bruscamente—. ¿Estamos seguros?

—¿Qué es un asesino? Quiero decir, ¿cómo podemos saberlo con seguridad? —respondió Scott—. Todo lo que he descubierto me dice que la respuesta es sí. Pero hasta que haga algo...

—Puede que haya matado a Murphy.

—Puede que haya matado también a Jimmy Hoffa y JFK, por lo que sabemos —ironizó Scott—. Tenemos que concentrarnos en lo que sabemos con certeza.

—Sí, bueno, pero certezas no es algo que tengamos en abundancia —respondió Sally—. De hecho, es lo que menos tenemos. No sabemos nada, excepto que es malvado y que está ahí fuera, en alguna parte. Y que puede hacerle daño a Ashley. Puede hacer cualquier cosa.

De nuevo todos guardaron silencio. Hope pensó que estaban atrapados en un laberinto y no importaba qué camino siguieran: no había salida.

Sally habló en un susurro.

—Alguien tiene que morir —dijo.

La palabra congeló la habitación.

Scott habló primero, como afónico, mirando a su ex.

—El plan era encontrar un delito y achacárselo. Eso es lo que tenías que preparar...

—La única forma de hacer algo con certeza... maldición, odio emplear esa palabra, es crear algo complejo, que tal vez no tengamos tiempo de inventar, o hacer que Ashley mienta. Quiero decir, podríamos darle una paliza a nuestra hija y luego denunciar que lo hizo O'Connell. Eso sería asalto y probablemente lo llevaría una temporada a la cárcel. Naturalmente, uno de nosotros tendría que encargarse de hacerle los moratones, partirle los dientes y romperle costillas para que constituya un delito grave. ¿Os gusta esta propuesta? Y si flaqueamos cuando algún detective se aplique en el interrogatorio...

—Muy bien, pero ¿qué...?

—Pues otra opción es acudir al juez y conseguir una orden de alejamiento. ¿Alguien piensa que un papel la protegerá?

—No.

—Basándonos en lo que sabemos de O'Connell, ¿creéis que violaría la orden de alejamiento sin lastimar a Ashley? Si lo hace, sólo sería sometido a juicio, un proceso largo durante el cual saldría bajo fianza, y él seguramente lo sabe.

—Maldición —masculló Scott.

Sally lo miró.

—¿Cómo es su padre?

—Más cabrón que él.

Sally asintió.

—¿Y su relación con el hijo?

—Odia a su hijo, y éste lo odia a él. Hace años que no se ven.

—¿Qué sabes de ese odio?

—Fue un padre abusivo, tanto con su hijo como con su esposa. El tipo de individuo que bebe demasiado y recurre a los puños fácilmente. Nadie lo aprecia en el barrio.

Sally tomó aire, tratando de imponer razón a las palabras que iba a decir, porque sabía que había cierta locura en ellas.

—¿Dirías...—preguntó con cautela—dirías que ese hombre fue el motivo, psicológicamente hablando, de que Michael O'Connell sea como es?

Scott asintió.

—Desde luego. Quiero decir, cualquier psicoanalista lo confirmaría.

—Ya. La violencia engendra violencia —asintió Sally—. Así pues, Ashley está amenazada porque ese hombre creó hace años en su propio hijo una necesidad insana, probablemente obsesiva y asesina, de poseer a otra persona, no sé, de arruinar o quedar arruinado, no sé cómo expresarlo...

—Ésa fue mi impresión —coincidió Scott—. Y hay algo más... La madre, que tampoco era ninguna santa, murió en circunstancias dudosas. Puede que él la matara, pero no pudieron acusarlo...

—Así que además de crear un asesino, ¿tal vez lo sea también? —preguntó Sally.

—Sí. Supongo que se podría decir eso.

—Por tanto —continuó Sally, sopesando sus palabras—, estarás de acuerdo en que la amenaza que Michael O'Connell representa actualmente para nuestra Ashley fue creada en su mente por su padre, ¿verdad?

—Pues sí.

—Bien —dijo Sally bruscamente—. Entonces es sencillo.

—¿Qué es sencillo? —preguntó Hope.

—En vez de matar a Michael O'Connell, matamos al padre. Y encontramos un modo de inculpar al hijo.

Un silencio estupefacto se adueñó de la habitación.

—Tiene sentido —añadió Sally—. El hijo odia al padre. El padre odia al hijo. Así que, si estuvieran juntos, la muerte resolvería la ecuación, ¿no?

Scott asintió muy despacio.

—¿No constituyen los dos una amenaza para Ashley? —Esta vez Sally se volvió hacia Hope, que también asintió—. Pero ¿podemos convertirnos en asesinos? —preguntó—. ¿Podemos asesinar a alguien, aunque sea por el mejor motivo, y luego despertar al día siguiente y retomar nuestra vida normal como si no hubiera sucedido nada?

Hope miró a Scott. «Tampoco para él la respuesta es fácil», pensó.

Sally continuó, implacable:

—El asesinato es una medida extrema. Pero su objetivo es devolver la vida de Ashley a su estatus anterior a Michael O'Connell. Probablemente podamos conseguirlo si ella no se entera de nada, lo cual no será fácil de conseguir. Pero nosotros somos los conspiradores en esto. Nos cambiará profundamente, incluso desde esta conversación. Hasta ahora hemos sido los buenos, tratando de proteger a nuestra hija del mal. Pero de repente somos los malos. A Michael O'Connell lo impulsan fuerzas psicológicas reconocibles: su mal deriva de su educación, de su pasado, de lo que sea. Probablemente no tiene la culpa de haberse convertido en el tipo malvado que es. Es el producto inconsciente de la depravación y el dolor. Así que, lo que sea que nos haya hecho, y lo que pudiera hacerle a Ashley, tiene, como mínimo, una base emocional. Tal vez todo su mal tenga una explicación científica. Sin embargo nosotros, bueno, lo que estoy diciendo es que tenemos que conservar la sangre fría, ser egoístas y no esperar ningún aspecto redentor. Salvo quizás uno...

Tanto Hope como Scott escuchaban con atención. Sally se había retorcido en el asiento, como torturada por cada palabra pronunciada.

—¿Cuál? —preguntó Hope.

—Salvaremos a Ashley.

De nuevo guardaron silencio.

—Es decir, dando por sentado un detalle crucial... —añadió Sally casi en un susurro.

—¿Qué detalle? —preguntó Scott.

—Que logremos salirnos con la nuestra.

Había caído la noche y estábamos sentados en sendas sillas de madera en el patio de piedra. Asientos duros para pensamientos duros. Yo rebosaba de preguntas, e insistía en hablar con los protagonistas de la historia o, al menos, con uno de ellos que pudiera informarme del momento en que pasaron de ser víctimas a conspiradores. Pero ella no estaba dispuesta a ceder, cosa que me enfurecía. En cambio, contemplaba la húmeda oscuridad del verano.

—Es notable, ¿verdad?, a lo que puede llegarse cuando se está presionado al límite —dijo.

—Bueno —repliqué con cautela—, si uno está contra la pared...

Ella soltó una risita sin alegría.

—Pero es justo eso —dijo con brusquedad—. Ellos creían estar contra la proverbial pared. Pero ¿cómo puedes estar tan seguro?

—Tenían miedos legítimos. La amenaza que O'Connell suponía era obvia. Y por eso se hicieron cargo de sus propias circunstancias.

Ella volvió a sonreír.

—Haces que parezca fácil y convincente. ¿Por qué no le das la vuelta?

—¿Cómo?

—Bueno, míralo desde el punto de vista legal. Tienes a un joven que se ha enamorado y persigue a la chica de sus sueños. Sucede continuamente. Tú y yo sabemos que se trata de una obsesión, pero ¿qué podría demostrar la policía? ¿No crees que Michael O'Connell ocultó perfectamente su acoso informático para que no pudieran rastrearlo? ¿Y qué hicieron ellos? Trataron de sobornarlo. Trataron de amenazarlo. Mandaron que le dieran una paliza. Si fueras policía, ¿a quién te sería más fácil acusar? Scott, Sally y Hope ya habían violado la ley. Incluso Ashley, con esa arma que se había buscado. Y ahora conspiraban para cometer un asesinato. De un hombre inocente. Tal vez no era inocente de un modo psicológico o moral, pero legalmente... ¿Qué defensa tendrían desde un punto de vista ético?

No respondí.

Mi mente daba vueltas a una pregunta: ¿cómo lo consiguieron?

—¿Recuerdas quién dijo que decir y hacer son cosas distintas? ¿Quién señaló lo difícil que es apretar un gatillo?

Sonreí.

—Sí. Fue O'Connell.

Ella rió amargamente.

—Eso le dijo a la más dura de todos ellos, a la que tenía menos que perder disparándole aquella escopeta en el pecho, a una mujer que ya había vivido casi todo su tiempo y habría arriesgado menos al disparar. En aquel momento crucial ella fracasó, ¿no? —Hizo una pausa y contempló la oscuridad—. Pero alguien tendría que ser lo bastante valiente.

39

El principio de un crimen imperfecto

Fue Sally quien habló primero.

—Tendremos que identificar y distribuir las responsabilidades —dijo—. Hay que trazar un plan. Y luego debemos ceñirnos a él. Religiosamente.

Se sorprendió de sus propias palabras. Eran tan duras y calculadoras que bien podía habérselas dicho a dos desconocidos. Ellos tres parecían los menos indicados para convertirse en asesinos, pensó. Tenía serias dudas sobre si conseguirían llevar a buen término el plan.

Hope alzó la cabeza.

—En esto soy una neófita. Ni siquiera me han puesto nunca una multa por exceso de velocidad. No leo novelas de misterio o intriga, excepto en la facultad, que leí *Crimen y castigo* en un curso y *A sangre fría* en otro...

Scott se rió, algo incómodo.

—Magnífico —dijo—. En la primera, el asesino casi se vuelve loco por la culpa y finalmente confiesa, y en la segunda atrapan a los malos porque son medio tontos y luego los condenan a muerte. Tal vez no deberíamos tomar esos libros como modelo. —Aquello pretendía sonar divertido, pero ninguna sonrió.

Sally agitó una mano al aire.

—Será mejor que lo olvidemos —dijo con frustración—.

No somos asesinos. Ni siquiera deberíamos estar pensando en esto.

Fue Scott quien rompió el silencio momentáneo.

—Así pues, ¿nos sentamos a esperar a que suceda algo y rogamos que no sea una tragedia?

—No. Sí. No estoy segura. —Sally se sentía confundida—. Tal vez no les estamos dando suficiente credibilidad a los canales legales. Tal vez deberíamos conseguir esa orden de alejamiento. A veces funcionan.

—No veo cómo puede eso ser una solución —replicó Scott—. No resuelve nada. Nos dejaría, sobre todo a Ashley, en un perpetuo estado de temor. ¿Cómo podríamos vivir así? Y aunque realmente le pare los pies a O'Connell, cada día que pase con normalidad nos provocará más y más incertidumbre sobre el siguiente. ¡Esa clase de medida no resuelve nada! Crea una ilusión de seguridad. E incluso si creara auténtica seguridad, ¿cómo lo sabríamos con certeza?

Sally suspiró.

—Eres muy bueno discutiendo, Scott, pero, dime, ¿estás dispuesto a matar a alguien?

—En esta situación, sí —farfulló él.

—Una respuesta rápida y fácil. Habla la pasión, no el sentido común. ¿Y tú, Hope? ¿Matarías a alguien, un desconocido, por salvar a Ashley, o tal vez en el momento crucial vacilarías?: «¿Qué estoy haciendo? No es hija mía...»

—No. Por supuesto que no vacilaría...

—Otra respuesta rápida.

Scott sintió un arrebato de frustración.

—Bien, abogada del diablo, ¿y tú? ¿Lo harás?

Sally frunció el ceño.

—Sí. No. No lo sé.

Él se reclinó en su sillón.

—Déjame preguntarte una cosa. Cuando Ashley era pequeña y se ponía enferma, ¿recuerdas haber suplicado alguna vez «Que sea yo quien enferme, que ella se ponga bien»?

Sally asintió.

—Supongo que toda madre ha sentido lo mismo.

—¿Darías la vida por tu hija?

Sally tragó saliva y asintió.

—Puedo hacerlo —dijo, muy despacio—. Puedo diseñar un crimen, sé lo suficiente para ello, y tal vez funcione. Pero aunque vayamos todos a la cárcel, al menos habremos intentado defender a Ashley. Y eso es algo.

—Sí, pero no suficiente —repuso Scott, envarado—. Cuéntame qué estás pensando.

Sally se agitó y dijo:

—¿Cuál es la mayor debilidad de O'Connell?

—Debe de tener que ver con su padre —respondió Scott.

—En efecto —continuó Sally—. Su mala relación. Ese tipo de odio es algo que O'Connell no podrá controlar.

Scott y Hope guardaron silencio.

—Es ahí donde parece vulnerable. Igual que él explotó nuestros puntos débiles, le pagaremos con la misma moneda. Incluso él mismo nos ha enseñado el camino. Descubrió dónde éramos más débiles, y luego golpeó. E hizo lo mismo con Ashley. Lo vuelve todo patas arriba para controlar las cosas. ¿Por qué estamos aquí? Porque pensamos que va a hacerle daño a nuestra hija. Puede que incluso matarla, si su frustración se dispara. Así que nosotros lo imitaremos: crearemos un caos en su vida sin dejar huella.

Los otros dos siguieron en silencio, pero la propuesta de Sally parecía lógica.

Scott y Hope miraron a la mujer que una vez amaron o continuaban amando, y vieron a alguien a quien apenas reconocían.

—Lo crucial es reunir a padre e hijo. Tienen que enfrentarse con saña y dejar pruebas de la pelea. La policía tiene que comprobar que se reunieron y se pelearon a muerte. Y en medio de esa furia intervenimos nosotros, sin dejar ninguna huella. Nadie nos verá, excepto el hombre al que matemos.

Sally alzó los ojos al techo y su voz adquirió un tono casi especulativo.

—Sí, se odian y desconfían uno del otro. Hay una historia de violencia entre ambos, asuntos pendientes... Tendría más sentido que el hijo matara al padre en un arrebato de ira.

—Es cierto —asintió Scott—. Un sentido de la justicia propio de las tragedias griegas. Pero hace años que no se hablan. ¿Cómo los...?

Sally alzó una mano y musitó:

—Si O'Connell creyera que Ashley está en la casa del viejo...

—¿Pretendes usarla como cebo? —estalló Scott.

—¿Qué otro cebo tenemos? —repuso su ex con frialdad.

—Habíamos acordado que Ashley quedaría fuera de todo esto —le recordó Hope.

Sally se encogió de hombros.

—Ashley podría hacer una llamada sin saber por qué la hace. Podríamos darle un guión...

Hope se inclinó hacia delante.

—Vale, suponiendo que podamos reunirlos, ¿qué pasará luego? ¿Cómo lo matamos? —Se horrorizó de su propia pregunta.

Sally hizo una pausa y pensó.

—No somos lo bastante fuertes... —dijo, pero de pronto enarcó las cejas—. ¿Dijiste que Michael O'Connell tiene un arma?

—Sí. Escondida en su apartamento.

—Pues tenemos que usar esa arma. No otra del mismo modelo, sino ésa. Su arma. La que tiene sus huellas y tal vez su ADN.

—¿Cómo la conseguimos? —preguntó Scott.

Hope rebuscó en el bolsillo de sus vaqueros y sacó una llave. La del apartamento de O'Connell.

Los otros se la quedaron mirando. Y en ese momento, aunque ni Scott ni Sally dijeron nada, ambos pensaron lo mismo: «Puede hacerse.»

Sally se quedó sola, mientras los demás iban a tomar la cena que Catherine y Ashley habían preparado. Pensó que debería sentirse fatal, pero no era así. Una gran parte de ella se sentía llena de energía, casi excitada por la perspectiva del asesinato.

Quiso reír por la ironía de todo aquello. «Haremos algo que nos cambiará para siempre con el único fin de no tener que cambiar para siempre.» Oyó la voz de Hope en la cocina e imaginó que la única ruta de regreso al lugar emocional en que se habían amado pasaba por Michael O'Connell y su padre. «¿Puede la muerte crear vida? —se preguntó—. Sin duda que sí.» Los soldados, los bomberos, los especialistas en rescate, los policías... todos sabían que podrían enfrentarse un día a esa opción. Sacrificarse para que otros pudieran sobrevivir. ¿Estaban haciendo ellos algo diferente?

Cogió una libreta y un bolígrafo.

Empezó por una lista de las cosas que necesitarían, así como de los detalles que crearían una escena del crimen convincente para la policía. Y mientras escribía se dijo que lo crucial no era tanto el hecho de apretar el gatillo, sino cómo sería percibido después. Se inclinó como un estudiante ansioso que en un examen de pronto recuerda todas las respuestas.

«Inventa un asesinato», se dijo.

Se detuvo. «Estamos a punto de convertirnos en todo lo que siempre hemos aborrecido», pensó. Y apretó lentamente el puño, como si de repente rodease el cuello de O'Connell, estrangulándolo lentamente.

Era tarde y vacilé en la puerta.

Oyes algo. Alguien te cuenta una historia. Palabras pronunciadas entre susurros. Y de repente parece que hay muchas más preguntas que respuestas. Ella debió de notarlo, porque me dijo:

—¿Comprendes ahora de dónde surge su reticencia a hablar contigo?

—Sí, por supuesto. Quieren evitar ser acusados. No hay prescripción para el asesinato.

Ella hizo una mueca.

—Eso es obvio. Ha sido obvio desde el principio. Trata de mirar más allá del aspecto práctico de todo esto.

—Muy bien —repliqué—. Porque tienen miedo de las traiciones implícitas en la historia.

Ella inspiró bruscamente, casi como si temiera algo.

—¿Y cuáles crees que fueron esas traiciones?

Pensé un momento.

—Sally era abogada y debería haber tenido más confianza en la ley...

—Sí, sí —asintió ella—. Sólo veía los defectos de la ley, no su fuerza. Continúa.

—Y Scott, bueno, un catedrático de historia. Tal vez más que los demás, debería haber advertido los peligros de actuar unilateralmente. Era quien tenía el sentido de la justicia social...

—Un hombre que despreciaba la violencia y de pronto la abrazó —precisó ella.

—Sí. Su participación en Vietnam fue más un acto político, un acto de compromiso, una especie de patriotismo entusiasta, que mantuvo sus manos, si no exactamente limpias, al menos no exactamente sucias. Pero Hope...

—¿Qué pasa con Hope? —preguntó ella bruscamente.

—Parece la menos indicada para verse envuelta en una conspiración criminal. Después de todo, su relación con todos los implicados era menos profunda...

—¿Lo era? ¿No se había arriesgado más que nadie? Una mujer que amaba a otra mujer, con toda la sanción social que eso acarrea, que corre el mayor riesgo en el amor y que, según parece, había renunciado a fundar una familia propia, a presentar una cara «normal» al mundo, e incluso había adoptado a Ashley como propia. ¿Y qué veía cuando miraba a Ashley? ¿Una parte de sí misma? ¿Una vida que podría haber escogido? ¿La envidiaba, la amaba, sentía algún tipo de conexión interna distinta de lo habitual en una madre o un padre? Además, atleta como era, tenía una disposición natural para las acciones, más que para las especulaciones.

Su copioso razonamiento me envolvió tan rápidamente como la oscuridad de la noche.

—Sí —dije—. Entiendo lo que me dices.

—Toda la vida de Hope se basaba en correr riesgos y seguir sus instintos. Era lo que la hacía tan bella persona.

—No lo había considerado de esa forma...

—¿No crees que Hope era, en ciertos aspectos, la clave de todo?

Sacudí la cabeza levemente.

—Sí y no.

—¿Cómo es eso? —preguntó ella.

—Ashley seguía siendo la clave.

40

Una carrera a través de las sombras

Ashley apoyó los pies contra la cabecera de su cama y empujó, sintiendo sus piernas tensarse hasta que empezaron a temblarle de cansancio. Era lo que hacía de adolescente, cuando la afectaba el estirón de la edad y le parecía que sus huesos ya no encajaban en su piel. Los deportes y correr por las tardes bajo la supervisión de Hope habían ayudado, pero hubo muchas noches en que adoptaba esa postura del revés en la cama, esperando a que su cuerpo creciera en quien fuera que iba a convertirse.

Era temprano y en la casa aún se oían los sonidos ocasionales del sueño. Catherine, en la habitación de al lado, roncaba con fuerza. No había ningún ruido en la habitación de Sally y Hope, aunque por la noche las había oído hablar hasta tarde; suponía que sobre algo relacionado con ella. No oía sonidos apagados de afecto desde hacía algún tiempo, y eso la preocupaba. Quería que su madre continuara con Hope, pero Sally se había vuelto tan distante que no sabía qué iba a suceder. A veces pensaba que no saldría ilesa de los residuos emocionales de otro divorcio, aunque fuera amistoso: sabía por experiencia que eso no reduce el dolor interno.

Ashley prestó atención y luego, lentamente, dejó que unas lágrimas asomaran a sus ojos. *Anónimo* había dormido siempre al fondo del pasillo en una vieja estera delante del dormitorio principal, para estar cerca de Hope. Pero a menudo, cuando Ashley era adolescente, el perro intuía cuándo la preocupaba algo y venía sin que lo llamaran, se asomaba a su cuarto y con sigilo se tendía en la alfombra junto a su escritorio. La miraba hasta que ella le contaba sus preocupaciones. Y al tranquilizar al perro, se tranquilizaba a sí misma.

Ashley se mordió el labio. «Sería capaz de pegarle un tiro sólo por lo que le hizo a *Anónimo*», pensó.

Se levantó de la cama y contempló las cosas familiares de su infancia. En una pared, rodeando un tablón de corcho, docenas de dibujos propios. También fotos de sus amigas, de ella misma disfrazada para Halloween, del campo de fútbol y de la fiesta de graduación. Y una colorida bandera con la palabra «Paz» en el centro sobre una paloma blanca bordada, y una botella de champán con dos flores de papel dentro que recordaban aquella noche de su primer año en la facultad cuando perdió la virginidad, un hecho que había contado en secreto a Hope, pero no a sus padres. Dejó escapar un suspiro y pensó que todas aquellas cosas eran símbolos de quién había sido, pero lo que necesitaba saber era en qué iba a convertirse. Se acercó a la mochila que colgaba del armario, rebuscó y sacó el revólver.

Lo sopesó en la mano, se dio la vuelta y adoptó la posición de tiro apuntando a la cama. Lentamente, con un ojo cerrado, giró, encañonando la ventana. «Vacía el tambor —se recordó—. Apunta al pecho y que no te tiemble el pulso.»

Temía parecer ridícula.

«Él no se estará quieto», pensó. Podría abalanzarse sobre ella, reducir la distancia que lo separaba de la muerte. Ashley volvió a la posición de tiro, separando los pies y agachándose unos centímetros. Midió mentalmente. ¿Qué altura tenía O'Connell? ¿Qué fuerza tenía? ¿Con qué rapidez podía moverse? ¿Suplicaría por su vida? ¿Prometería dejarla en paz? «Dispárale en el maldito corazón, si es que lo tiene», se dijo.

—Bang —susurró—. Bang. Bang. Bang. Bang. Bang. —Bajó el revólver—. Estás muerto y yo estoy viva. Y mi vida continúa —musitó—. No importa lo desgraciada que sea, siempre será mejor que esto.

Todavía con el arma en la mano, se acercó a la ventana. Oculta tras la cortina, escrutó la calle arriba y abajo. Era poco más del amanecer y una débil luz revelaba lentamente los contornos y formas de la manzana. «Un día gélido», pensó. Habría escarcha en los jardines. Demasiado frío para que O'Connell hubiera pasado la noche allí fuera, vigilando.

Volvió a guardar el revólver en la mochila. Luego se puso medias, un jersey de cuello alto negro, una sudadera con capucha y unas zapatillas de deporte. En los siguientes días no tendría muchos momentos para estar a solas, pero ése no lo desaprovecharía. Mientras salía de puntillas de la habitación, no le agradó dejar el arma. Pero no podía correr con un revólver en la cintura, pensó. Demasiado pesado. Demasiado absurdo.

Un ola de frío polar asolaba Vermont. Cerró en silencio la puerta principal, se puso un gorro y echó a trotar calle arriba, deseando alejarse de la casa antes de que nadie advirtiese su ausencia. Fuera cual fuese el riesgo, rápidamente lo desechó de su mente y aceleró el paso, obligando a su sangre a calentarle el cuerpo.

Corrió con ganas, de un modo que parecía estimular sus pensamientos. Dejó que el sonido de sus zancadas convirtiera su furia en una especie de liberación poética. Estaba tan harta de verse constreñida por su familia y sus temores que estaba dispuesta a asumir cualquier riesgo. «Naturalmente —se dijo—, no seas tan estúpida como para ponérselo fácil.» Así que corrió siguiendo un rumbo errático, en zigzag. Lo que quería, pensó, era comportarse con osadía, sentirse libre.

Tres kilómetros se convirtieron en cuatro, luego en cinco, y el titubeante amanecer se disolvió en una mañana normal que sin duda la protegería con su realidad cotidiana. El viento ya no era frío y el sudor le corría por cuello y espalda. Cuando dio la vuelta para regresar a casa estaba cansada, pero no lo suficiente para reducir el ritmo. Un calor inquieto la escaldaba por dentro. Escrutó el camino y de repente vio movimiento. Casi la abrumó la sensación de que ya no estaba sola. Sacudió la cabeza y siguió avanzando.

A ocho manzanas de su casa, un coche se acercó peligrosamente. Ashley jadeó y quiso gritarle alguna imprecación, pero siguió corriendo.

A seis manzanas, una voz gritó un nombre cuando ella pasaba. No supo si era el suyo y no se volvió a mirar, pero apretó el paso.

A cuatro manzanas, un claxon sonó muy cerca, dándole un buen susto y haciéndola acelerar la marcha.

A dos manzanas, unos neumáticos chirriaron tras ella. Jadeó y, sin volverse a mirar, saltó de la calzada a la irregular acera, rota por las raíces de los árboles. La acera parecía tirarle de los talones, y sus pies se quejaban. Corrió más rápido. Quiso cerrar los ojos y dejar de oír todos los sonidos. Como era imposible, empezó a tararear para sí. Mantuvo la mirada al frente, sin volverse en ninguna dirección, como un caballo de carreras con anteojeras, corriendo tan rápido como podía hacia su casa. Cruzó un lecho de flores y atravesó el césped y casi chocó contra la puerta principal. Entonces se detuvo jadeando y se volvió muy despacio.

Escudriñó la calle arriba y abajo. Un hombre sacaba su coche marcha atrás por el camino de acceso. Unos niños sobrecargados de mochilas reían camino de la parada del autobús escolar. Una mujer con un largo abrigo verde sobre la bata salía a recoger el periódico.

Ni rastro de O'Connell. Al menos en ningún lugar visible.

Echó la cabeza atrás y respiró hondo. Se embebió de la

normalidad matutina y tuvo que contener un sollozo. En ese momento comprendió que O'Connell ya no necesitaba estar presente para seguir perturbando su vida.

Un poco más abajo de la calle, Michael O'Connell se regocijó con la visión de una Ashley vacilante en el porche de su madre. Sorbía un vaso de café, agazapado al volante de su coche. Si ella supiera dónde mirar podría verlo, pero no se molestaba en ocultarse. Simplemente esperaba.

Había considerado salirle al paso mientras corría, pero se lo había pensado mejor. Ella se habría llevado un susto de muerte y habría huido sin atender a razones. Además, conocía las calles laterales y patios traseros del barrio, y por rápido que fuera él, no la habría alcanzado. Y, aún peor, ella habría gritado, llamado la atención de los vecinos, y alguien hubiese llamado a la policía. Eso hubiera sido una catástrofe. Lo que menos quería era tener que dar explicaciones a un poli desconfiado.

Tenía que encontrar el momento adecuado. No éste, en la calle donde ella había crecido. Aquel entorno simbolizaba su pasado. Él era su futuro.

Era más prudente contentarse con su visión. Le gustaban particularmente sus piernas. Eran largas y esbeltas, y deseó haberles prestado más atención aquella única noche que yacieron juntos. Con todo, las imaginó desnudas, tersas y bien torneadas, lo que lo excitó súbitamente. Deseó que Ashley se quitara el gorro para verle el pelo, y cuando ella lo hizo, sonrió y se preguntó si entre ellos funcionaría la telepatía. Eso le bastó para confirmar el nexo indisoluble que los unía.

Michael O'Connell rió en voz alta.

Podía mirar a Ashley desde lejos y absorber el calor de su cuerpo, como si ella lo llenara de energía. Incapaz de quedarse sentado más tiempo, abrió la puerta.

A poca distancia, Ashley se dio la vuelta en ese mismo

momento y sin verlo, sumida en su propia desesperación, entró en la casa.

O'Connell se incorporó junto al coche y contempló el porche vacío. En su imaginación, todavía podía verla.

«Llévatela», se dijo, y le pareció sencillo. Sonrió. Era sólo cuestión de tenerla a solas. No a solas exactamente, pensó, sino sola en su mundo, no en el de ella. «Soy invisible», pensó mientras volvía a meterse en el coche y lo ponía en marcha.

En eso se equivocaba. Desde la ventana del dormitorio de arriba, Sally estaba observando. Se sujetó al marco de la ventana, los nudillos blancos. Era la primera vez que veía en persona a Michael O'Connell. Cuando lo divisó al volante de aquel coche, trató de decirse que no era él, pero, al mismo tiempo, supo que sí lo era. No podía ser otro. Estaba tan cerca como siempre, justo más allá de su alcance, siguiendo cada paso de Ashley. Incluso cuando ella no podía verlo, estaba allí. Sally se sintió mareada, enfurecida y casi abrumada por la ansiedad. «El amor es odio —pensó—. El amor es malo. El amor es un error.»

Vio el coche desaparecer calle abajo.

«El amor es muerte», pensó finalmente.

Respirando con dificultad, se apartó de la ventana. Decidió no decirle a nadie que había visto a O'Connell en su calle, a sólo unos metros de la puerta, espiando a Ashley. Todos montarían en cólera, pensó. Y las personas coléricas se comportan erráticamente. «Tenemos que estar tranquilos. Mostrarnos inteligentes y organizados. Poner manos a la obra. Poner manos a la obra. Poner manos a la obra.» Cogió la libreta de sus anotaciones. Notas para preparar un asesinato. Sin embargo, cuando cogió el bolígrafo, su mano apenas temblaba.

A última hora de la tarde, Sally salió a comprar los artículos que consideraba esenciales para su tarea. No volvió hasta casi el anochecer. Subió a ver Ashley, que parecía extrañamente aburrida, tendida en su cama leyendo, luego se preguntó dónde estaría Hope y oyó a Catherine en la cocina. Finalmente telefoneó a Scott.

—¿Sí?

—Soy Sally.

—¿Todo bien?

—Sí. Ha sido un día normal —mintió, sin mencionar el episodio de la mañana—. Aunque tengo mis dudas sobre cuánto durará.

—Entiendo.

—Bien, eso espero. Porque debes venir ahora mismo.

—¿Ahora...? —vaciló él.

—Es hora de actuar. —Sally soltó una risita sin humor, como dominada por un frío cinismo—. Me parece que hemos estado de acuerdo más veces en estas últimas semanas que cuando estábamos casados.

También Scott rió tristemente.

—Es una extraña manera de ver las cosas. Pero cuando estábamos juntos, bueno, hubo momentos en que no estuvo tan mal.

—Tú no vivías en una mentira como vivía yo.

—«Mentira» es una palabra fuerte.

—Mira, Scott, no quiero librar de nuevo batallas pasadas, no tiene sentido.

Hubo un silencio.

—Nos estamos distrayendo —le añadió Sally—. No se trata de dónde estábamos, sino de adónde podemos ir o incluso de quiénes somos. Y, lo más importante, se trata de Ashley.

—De acuerdo —dijo él, percibiendo los enormes pantanos emocionales que los separaban y de los que nunca hablarían.

—Tengo un plan —informó Sally.

—Me alegro —respondió él tras inspirar profundamente. No estaba seguro de decirlo en serio.

—No sé si es bueno, ni si funcionará...

—Oigámoslo.

—No deberíamos hablarlo por teléfono. Al menos por esta línea.

—Por supuesto que no —asintió él sin estar seguro—. Salgo para ahí ahora mismo.

Colgó y pensó que había algo horrible en las rutinas de la vida. Al dictar clases, al vivir en soledad con todos los fantasmas de estadistas, militares y políticos que poblaban sus cursos, su propia existencia era completamente predecible. Comprendió que eso iba a cambiar.

Hope regresó a casa antes de que llegara Scott. Había salido a dar un paseo y reflexionar sobre lo que estaba pasando. Encontró a Sally en el salón, repasando unas hojas, bolígrafo en mano.

—Tengo un plan —dijo mirando a Hope—. No estoy segura de que funcione. Scott viene de camino y podemos repasarlo juntos.

—¿Dónde están Ashley y mi madre?

—Arriba, enfurruñadas. No les hace gracia ser excluidas de las sesiones.

—A mi madre no le hace gracia que la excluyan de nada, lo cual resulta curioso para tratarse de alguien que se ha pasado años viviendo sola en los bosques de Vermont, pero ahí la tienes. Así es como es... —Hope vaciló.

—¿Qué ocurre?

Hope meneó la cabeza.

—No lo sé exactamente. Ella está haciendo lo que le pedimos, ¿no? Pues ése no es su estilo. Siempre ha sido una especie de lobo solitario, la clase de persona a la que le importa un pimiento lo que piensen los demás. Y ahora esta aparente docilidad... bueno, no sé si podemos confiar en que haga exactamente lo que le pedimos. Es una mujer impredecible y testaruda. Es lo que mi padre amaba de ella, y yo también, excepto que en ocasiones, en mi adolescencia, me ponía las cosas muy difíciles.

Sally sonrió.

—No me parece que seáis tan diferentes.

Hope se encogió de hombros y soltó una risita.

—Supongo que no.

—¿Y no crees que yo también me sentí atraída por esas cualidades?

—No pensaba que «testaruda» e «impredecible» fueran mis mejores atributos.

—Bueno, eso demuestra lo que sabes —dijo Sally. Consiguió esbozar una sonrisita y se inclinó de nuevo sobre los papeles que tenía en el regazo.

Las dos mujeres guardaron silencio. Extrañamente, pensó Hope, era la primera cosa afectuosa que Sally decía desde hacía semanas.

Llamaron a la puerta.

—Debe de ser Scott —dijo Sally, y recogió los papeles mientras Hope iba a abrir. En esos segundos a solas, echó atrás la cabeza y tomó aire. «Cuando empieces a mover esto, no habrá marcha atrás», pensó.

Catherine rebullía por dentro. Miró a la joven, hasta que por fin Ashley dejó caer el libro al suelo después de leer la misma página por tercera vez.

—No sé si podré seguir soportando esto mucho más —protestó—. Me tratan como si tuviera seis años. Me envían a mi cuarto. Me dicen que me entretenga mientras deciden mi futuro. ¡Maldición, Catherine, no soy un bebé! Puedo luchar por mí misma.

—Estoy de acuerdo, querida.

—¿Sabes? Debería coger ese maldito revólver y resolver este problema de una vez por todas.

—Creo, querida Ashley, que eso es precisamente lo que tus padres tratan de evitar. Y no te conseguí esa arma para que vayas por ahí disparando al tuntún, sólo porque estás fastidiada. La conseguí para que te protejas si O'Connell viene por ti.

Ashley echó atrás la cabeza.

—Lo ha hecho, ¿sabes?

—¿El qué?

—Ha venido por mí. Probablemente está ahí fuera ahora mismo. Esperando.

—¿Esperando qué?

—El momento adecuado. Está loco, loco de amor, loco de obsesión, loco de no sé qué. ¡Pero está ahí! Sólo tiene algo importante en su vida, y ese algo soy yo.

La anciana asintió y se inclinó hacia delante.

—¿Podrás hacerlo? —preguntó.

Ashley abrió los ojos y miró al frente, primero fijándose en Catherine, luego en la mochila que contenía el arma.

—¿Podrás hacerlo? —repitió Catherine.

—Sí —respondió Ashley, envarada—. Podré. Sé que podré.

—Yo no pude. Debí dispararle cuando lo tenía justo delante, pero no pude. ¿Serás más fuerte que yo, querida? ¿Más decidida? ¿Eres más valiente?

—No lo sé, pero sí. Eso creo.

—Necesito saberlo...

—¿Cómo puede saberlo nadie antes de que llegue el momento? —replicó Ashley—. Quiero decir que estoy muy enfadada y muy asustada. Pero ¿conseguiré apretar el gatillo? Yo espero que sí.

—Supongo que lo harás —dijo Catherine—. Al menos lo intentarás. Está oscuro ahí fuera. ¿Estás segura de que está ahí?

—Sí.

—Pues podrías acabar con todo esto metiéndote la pistola en el bolsillo del abrigo y saliendo conmigo a dar un paseo a eso de medianoche. Y cuando él intente detenernos, ¡pum! Puede que diga que sólo quiere hablar contigo, es lo que siempre dice. Pero, en vez de hablar, le disparas. Allí mismo y en ese momento. La policía te detendrá y luego tu madre se encargará de sacarte. Arriésgate en un tribunal en lugar de en la calle. No puede decirse que esta comunidad, donde viven tu madre y Hope, esté demasiado predispuesta a darles a los hombres, sobre todo a hombres que han acosado a una joven, mucho crédito. Ni, ya puestos, el beneficio de la duda...

—¿Crees...?

—Puedes hacerlo si estás dispuesta a pagar el precio.

—¿La cárcel?

—Tal vez. Y también la fama. Serás la chica ideal de cada persona que tenga un problema similar al tuyo. Podría merecer la pena, ¿no crees?

Ashley echó la cabeza hacia atrás.

—No podré soportar esto mucho más. En un momento estoy aterrorizada y al siguiente furiosa. Me siento a salvo un segundo, y amenazada al siguiente.

—¿Por qué no podemos ser violentos antes de que sean violentos con nosotros? —dijo Catherine con determinación—. ¿Por qué todo es tan condenadamente injusto? ¿Por qué tenemos que esperar a ser víctimas?

—Yo no esperaré.

—Bien. Así pues, consideremos qué nos conviene hacer.

Ashley asintió.

Scott observó los montones de cosas apiladas en el salón.

—Has ido de compras.

—En efecto —dijo Sally.

—¿Quieres explicárnoslo? —pidió Scott. Cogió una caja de toallitas limpiadoras—. Esto, por ejemplo.

Sally explicó con voz tranquila:

—Si alguien teme haber dejado una muestra de ADN en un lugar comprometido, se puede borrar con estas toallitas de amoníaco, eliminando todo rastro.

Scott silbó. «Toallitas limpiadoras —pensó—. Parte del arma de un crimen.»

Sally miró a su ex marido y notó que vacilaba. Continuó con firmeza.

—Hemos acordado reunir a O'Connell con su padre y lo haremos. Scott, sin saberlo, nos ha allanado el camino. Luego debemos robar la pistola de O'Connell, usarla contra su padre y devolverla a su sitio antes de que la eche en falta...

—¿Por qué no dejarla en la escena del crimen? —propuso Scott.

—Lo he pensado. Pero será la prueba crucial. A la policía y la acusación les encantará buscar y encontrar el arma del asesinato. Diseñarán su acusación en torno a ella. Será la prueba incontrovertible que condenará a O'Connell. Para asegurarnos, debe ser descubierta oculta en su casa.

—¿Qué son estas otras cosas? —preguntó Hope.

Sally se volvió hacia la compra. Había varios teléfonos móviles, un tubo de pegamento instantáneo, un ordenador portátil, un mono de hombre de talla pequeña, dos cajas de guantes quirúrgicos, varios pares de zapatillas quirúrgicas para colocarse sobre los zapatos, dos pasamontañas negros y una navaja del ejército suizo.

—Son lo que necesitamos, según creo. Hay otras cosas que serán útiles también, como pelo recogido de un peine en el apartamento de O'Connell. Todavía estoy encajando las piezas.

—¿Para qué es el ordenador? —preguntó Scott.

Sally suspiró. Se volvió hacia Hope.

—Es el mismo modelo que viste en el apartamento de O'Connell, ¿verdad?

Hope examinó la máquina.

—Sí. Al menos así lo recuerdo.

—Bien —dijo Sally—. Dijiste que su ordenador contiene material encriptado sobre Ashley y nosotros. Éste no.

Hope asintió.

—Creo que comprendo...

—La policía le confiscará el ordenador. Prefiero que sea uno que hayamos preparado para la ocasión.

—¿Vamos a cambiarlos?

—Correcto. Borrará todo nexo entre nosotros y él. Probablemente tenga copias de seguridad en alguna parte, pero aun así... El tiempo será un factor crucial.

Les tendió a cada uno una hoja. En la parte superior había escrito una serie de horarios.

Hope contempló el papel. Sally había esbozado tareas, acontecimientos y acciones, y los había marcado A, B y C.

—No has asignado las funciones —dijo—. Tres personas haciendo cosas interrelacionadas, pero no has dicho aún quién hace qué.

Sally se arrellanó en su sillón.

—He intentado ponerme en la piel de un policía sagaz —dijo—. Hay que considerar lo que van a encontrar y cómo lo interpretarán. Los crímenes giran siempre en torno a cierta lógica. Una cosa debe guiarlos a la siguiente. Tienen técnicas modernas, como análisis de ADN, análisis balísticos, estudios forenses de armas y diversos adelantos que sólo conocemos por encima. He intentado hacerme una idea y recordar qué entorpece las investigaciones. El fuego, por ejemplo, lo emborrona todo, pero no necesariamente destruye las pruebas forenses. El agua estropea las heridas y el ADN, así como las huellas dactilares. Nuestro problema es que queremos cometer un crimen violento y dejar una pista. No una pista perfecta, pero sí suficiente para guiarlos en la dirección que queremos. Si somos astutos, la policía hará el resto y no será necesaria ninguna confesión por parte de O'Connell.

—¿Y si él guía a la policía en nuestra dirección?

—Tenemos que estar preparados para eso. Sobre todo,

debemos hacer que parezca un crimen irracional, y eso es lo difícil. Pero debemos conseguir que la policía no crea nada de lo que O'Connell alegue. La policía querrá respuestas sencillas a preguntas sencillas. Y debemos proporcionárselas.

Sally hizo una pausa y los miró.

—Pero no creo que lo haga —dijo.

—¿Hacer qué?

—Guiar a la policía hacia nosotros. Si lo hacemos bien, O'Connell no sabrá que hemos organizado todo el tinglado.

Scott asintió.

—Pero yo estuve en su barrio haciendo preguntas. Es probable que alguien me recuerde...

—Por eso en cierto momento clave tendrás que estar a kilómetros de distancia y en presencia de alguien que luego corrobore tu coartada. Por ejemplo, usando una tarjeta de crédito y formulando una queja en un lugar donde haya una cámara de vídeo. Sin embargo, probablemente sea importante que estés también cerca.

Scott se reclinó en su asiento.

—Lo comprendo, pero...

—Lo mismo tienen que hacer Ashley y Catherine. Aunque tengan que interpretar un papel.

Los otros dos permanecieron en silencio.

Sally tomó aliento.

—Lo cual nos lleva a la cuestión crucial: el crimen en sí. He pensado al respecto, y creo que tendré que ocuparme yo.

—Yo conseguiré el arma —dijo Hope—. Soy la que sabe dónde está y tengo la llave.

—Sí, pero ya has estado allí antes. Tendrás el mismo problema que Scott. No; otra persona tendrá que coger el arma. Puedes decirme dónde está.

Hope asintió, pero Scott negó con la cabeza.

—Eso será, claro, suponiendo que sigue donde la viste. Lo cual es mucho suponer.

Sally se aclaró la garganta.

—Sí, pero en ese caso podemos esperar y elaborar un plan B para hacernos con el arma.

—De acuerdo. Si robamos la pistola y luego te la damos, ¿sabrás manejarla? ¿En estas circunstancias?

—Tendré que hacerlo. Es mi deber, creo.

Hope sacudió la cabeza.

—No sé, me parece que es demasiado peligroso... Al igual que tú, Sally, intento pensar como un policía. Si tú cometes el crimen, un poli podría hallarle mucho sentido: una madre protege a su hija. Pero dudo que ningún poli piense que lo hiciera la compañera de la madre. En otras palabras, el hecho de que Ashley no sea mi hija, no sea de mi sangre, me protege de las sospechas, ¿no crees? Y soy más joven, más rápida y más fuerte, por si hay que acabar corriendo.

Scott y Sally la miraron. Ambos adivinaron lo que estaba a punto de decir, pero ninguno fue capaz de impedirlo.

Hope trató de sonreír entre las nubes de sus propias dudas.

—Está claro —dijo lentamente—. Debo ser yo quien apriete el gatillo.

Esta vez oí la emoción en su voz.

—¿Te has preguntado alguna vez cuánto puede cambiar la vida en un segundo? Tantas cosas parecen pequeñas, y de repente se convierten en grandes...

Era casi medianoche y me había sorprendido con su llamada.

—¿Crees que tomamos mejores decisiones en la oscuridad, solos, cuando estamos acostados y tratamos de resolver nuestras preocupaciones? ¿O es más sabio esperar a la mañana, cuando hay luz y claridad? Me pregunto qué tipo de decisión tomaron —dijo lentamente—. ¿Decisiones nocturnas? ¿Decisiones diurnas? Dime.

No respondí. Pensé que en realidad no esperaba ninguna respuesta, pero insistió.

—Quiero decir, ¿cómo lo explicarías? Tú eres el escritor. ¿Fue inteligente? ¿Estaban dando pasos difíciles pero necesarios? ¿O actuaban impulsivamente? ¿Cuáles eran las posibilidades de éxito o de fracaso? Eran personas muy razonables dispuestas a embarcarse en la menos razonable de las travesías.

No dije nada, y ella contuvo un sollozo.

—Tengo un nombre para ti —dijo, sorprendiéndome—. Creo que te acercará un poco más al meollo.

Esperé, el bolígrafo preparado, sin decir nada, imaginándolo todo.

—El fin —dijo—. ¿Puedes verlo? Déjame expresarlo de esta forma: ¿crees que estaban preparados para lo inesperado?

—No. ¿Quién lo está?

Ella rió, pero el sonido pareció un sollozo. Era difícil distinguirlo a través del teléfono.

41

Despliegue

Sally miró a Hope. Estaban en su dormitorio, y sólo la lámpara de la mesilla de noche proyectaba una tenue luz amarilla en la habitación.

—No puedo permitir que lo hagas —dijo Sally.

—No tienes elección —contestó Hope encogiéndose de hombros—. Creo que la decisión está tomada. De todas maneras, probablemente es lo menos peligroso de esta empresa. —Eso no era así, pero Hope no sabía hasta qué punto.

—¿Empresa?

—A falta de mejor palabra.

Sally sacudió la cabeza.

—Una bomba estalla en un mercado y hablamos de «daños colaterales». Una operación quirúrgica sale mal y hablamos de «complicaciones». Matan a un soldado y se convierte en una «baja». Vivimos a base de eufemismos.

—¿Y nosotras? —preguntó Hope—. ¿Qué palabra elegirías para tú y yo?

Sally frunció el ceño y se acercó a un espejo. En otra época había sido hermosa y vibrante. Ahora, apenas reconoció a la persona que le devolvía la mirada desde el cristal.

—Supongo que no sabemos qué nos deparará el día. Incertidumbre. Ésa es la palabra.

Hope sintió un arrebato de emoción.

—Podrías decir que me amabas.

—Te amo —respondió Sally—. Es a mí a quien ya no amo.

Guardaron silencio mientras Sally observaba sus papeles.

—Cuando hagamos esto todo será diferente. Lo sabes, ¿verdad?

—Creí que el objetivo era hacer que todo volviera a ser como antes.

—Las dos cosas —dijo Sally, envarada—. Será las dos cosas.

Cogió una serie de papeles manuscritos.

—Esto es lo que harán Ashley y Catherine. ¿Quieres acompañarme a hablar con ellas? Mejor no, ¿eh? Si no estás presente, no podrán hacerte ninguna pregunta.

—Te esperaré aquí —dijo Hope. Se tumbó en la cama, se metió bajo el edredón, y sintió un escalofrío en la espalda.

Sally las encontró en la habitación de su hija.

—¿Podréis hacer las cosas aquí anotadas sin hacer preguntas? —las interpeló—. No es mucho. Tengo que saberlo.

Catherine cogió la lista, la leyó rápidamente y se la entregó a Ashley.

—Creo que sí —dijo.

—El guión está escrito ahí. Voy a entregarte un teléfono móvil que perderás después de hablar con él —dijo Sally—. Puedes improvisar, claro, pero tienes que dejar claros los puntos principales. ¿Lo entiendes?

Ashley leyó el papel y asintió.

—¿Podré...?

—Parece el principio de una pregunta —la interrumpió Sally con una sonrisa triste—. El tema es que debes, repito, debes convencer a O'Connell. Tiene que creérselo. Nos parece que la furia, los celos y una pizca de indecisión son la mezcla que lo animará. Si puedes encontrar una forma mejor de expresarlo, adelante. Pero el resultado debe ser exactamente el mismo. ¿Entendido? Hope, tu padre y yo contamos con eso. ¿Podrás hacer tu parte, Ashley, cariño? Mucho dependerá de tu capacidad de persuasión.

—¿Mucho de qué?

—Ah, otra pregunta. De momento no tendrás respuesta. Mira ahí abajo. Números de teléfono. Espero que los memorices, porque al final del día este papel, y todo lo demás, será destruido. Es todo por ahora.

—¿Ya está? —preguntó Ashley.

—Se te pide que hagas una parte, tal como pediste. Pero no sabrás el objetivo final. Además, no correrás casi ningún riesgo. Digamos que tu exposición al peligro será muy limitada. Catherine, cuento con que lo comprendas. Y que cumplas con todo lo indicado en la lista.

—No sé si me gusta —dijo Catherine—. No sé si me gusta actuar a ciegas.

—Bueno, todos estamos en territorio inexplorado. Pero necesito estar segura al cien por cien de nuestras funciones.

—Lo haremos, vale, aunque no veo...

—Exacto: no ves. —Sally se detuvo en la puerta y las miró—. Me pregunto si comprendes cuánto te queremos —dijo—. Y lo que estamos dispuestos a hacer por ti.

Ashley asintió con la cabeza.

—Lo mismo podría decirse de Michael O'Connell —intervino Catherine—, y por eso estamos aquí.

Desde el Porsche, Scott llamó al padre de O'Connell por el móvil que Sally le había proporcionado. Sonó tres veces antes de que el viejo respondiera.

—¿Señor O'Connell? —dijo Scott con tono profesional.

—¿Quién es? —Palabras pastosas, tras tres o más cervezas.

—Soy Smith.

—¿Quién?

—Jones, si lo prefiere.

O'Connell soltó una carcajada.

—Oh, sí, claro. Eh, ese e-mail que me dio no funciona. Lo intenté y me vino de vuelta.

—Un ligero cambio en los procedimientos motivado por cuestiones de seguridad. No se preocupe. —Scott suponía que O'Connell tenía un ordenador sólo para acceder a las páginas web pornográficas—. Anote este número de móvil. —Leyó el número.

—Vale, lo tengo. Pero no he sabido nada de mi chico, y no espero saberlo.

—Señor O'Connell, me consta que las cosas podrían cambiar. Creo que tendrá noticias de él en breve. Cuando ocurra, llame a este número inmediatamente. El interés de mi jefe por hablar con su hijo ha aumentado en los últimos días. Su necesidad se ha vuelto, digamos, más urgente. Por tanto, como podrá comprender, cuando usted haga esa llamada él se mostrará bastante más generoso de lo previsto. ¿Entiende lo que estoy diciendo?

O'Connell vaciló.

—Sí —dijo—. Si el chico aparece las cosas saldrán mejor para mí, lo entiendo. Pero, como le digo, no he sabido nada de él y...

—Tenga paciencia. Por el bien de todos —dijo Scott, y cortó la comunicación.

Echó atrás la cabeza y bajó la ventanilla. Sentía que se ahogaba. La náusea casi se había apoderado de él, pero, cuando intentó vomitar, sólo pudo toser en seco.

Tomó aire y miró la hoja que le había dado Sally, con su lista de tareas. Había algo terrible en su habilidad para organizar, para pensar con precisión matemática algo tan difícil como lo que se disponían a acometer. Scott se sintió febril y la boca le sabía a bilis.

Creía que toda su vida había girado en una periferia secundaria. Había ido a la guerra, porque sabía que le correspondía a su generación, pero luego dio un paso atrás y se mantuvo a salvo. Las enseñanzas que impartía ayudaban a los estudiantes, pero no a sí mismo. Su matrimonio había sido un desastre humillante, salvo por Ashley. Y ahora, ya en la madurez, por primera vez se le pedía que hiciera algo verdaderamente excepcional, algo que rompía los cuidadosos límites que había impuesto en su vida. Una cosa era actuar como un padre colérico y decir «Voy a matar a ese cabrón» como simple desahogo. Y otra muy distinta era dar los pasos necesarios para matarlo efectivamente. Entonces vaciló y se preguntó si podría hacer algo más que decir algunas mentiras al padre de O'Connell.

«Mentir —pensó—. En eso soy bueno. Tengo mucha experiencia.»

Miró de nuevo la lista. Sabía que las palabras no iban a ser suficientes. Puso el coche en marcha y se dirigió a la primera ferretería que encontró. Tarde, tal vez a medianoche, tenía que hacer un viaje hasta el aeropuerto. No esperaba dormir mucho en las horas siguientes.

Era media mañana, y en la casa sólo quedaban Catherine y Ashley. Sally se había marchado vestida como para ir al despacho, con otras ropas guardadas en el maletín. Hope también había salido como si no sucediera nada fuera de lo corriente, con la mochila al hombro. Ninguna de las dos les había dicho nada sobre lo que les depararía el día. Y tanto Catherine como Ashley habían visto una expresión furtiva en sus ojos.

Si Sally y Hope habían dormido bien la noche anterior, no se notó en sus gestos tensos y palabras cortantes. Se habían movido con una disciplina militar que sorprendió a Ashley. Nunca las había visto comportarse con aquellos movimientos resueltos y aquellas miradas de acero.

Catherine entró resoplando.

—Algo se está cociendo, querida —dijo. Traía en la mano el papel de Sally.

—Eso es expresarlo suavemente —respondió Ashley—. Maldita sea. No puedo quedarme fuera como una espectadora.

—Tenemos que seguir el plan. Sea cual sea.

—¿Cuándo ha funcionado un plan elaborado por mis padres? —repuso Ashley, aunque advirtió que sonaba como una quinceañera petulante.

—Eso no lo sé, pero Hope suele hacer exactamente lo que dice que va a hacer. Es sólida como una roca.

Ashley asintió.

—Firme como un ladrillo —dijo—. Después del divorcio, mi padre solía ponerme esa canción de Jethro Tull en su aparato de música y bailábamos por todo el salón. Era difícil encontrar cosas comunes, así que empezaba a ponerme todo el rock and roll de los sesenta que tenía. Rolling Stones, Grateful Dead, los Who, Janis Joplin. Me enseñó el baile *drug*, el *watusi* y el *freddy*. —Miró por la ventana, sin saber que su padre había recordado lo mismo días antes—. Me pregunto si él y yo volveremos a bailar alguna vez. Siempre pensé que lo haríamos cuando me casara, delante de todos los invitados. Me sacaría y daríamos unas vueltas por la pista y todo el mundo aplaudiría. Yo con un largo vestido blanco, él con esmoquin. Cuando era pequeña lo único que quería era enamorarme. No una relación triste y enojosa como la de mis padres, sino algo más parecido a Hope y mi madre, excepto que sería un chico guapo, guapo de verdad. Y cuando le contaba esto a Hope, ¿sabes?, siempre me decía que sería magnífico. Nos reíamos e imaginábamos vestidos de novia y flores y todas esas cosas de chicas. —Dio un paso atrás—. Y mira, el primer hombre que me dice en serio que me ama, resulta una pesadilla.

—La vida es extraña —dijo Catherine—. Tenemos que confiar en que sepan lo que hacen.

—¿Crees que lo saben?

Ashley empuñó el revólver y dijo:

—Si tengo la oportunidad... —Entonces apuntó a la lista—.

Muy bien. Acto primero, escena primera. Entran por la derecha Ashley y Catherine. ¿Cuál es nuestra primera intervención?

Catherine miró su lista.

—Lo primero es lo más difícil. Tenemos que asegurarnos de que O'Connell no está aquí. Supongo que daremos un paseo para comprobarlo.

—¿Y luego qué?

La anciana miró el papel.

—Luego viene tu gran momento. Tu madre ha subrayado tres veces el párrafo. ¿Preparada?

Ashley no contestó. No estaba segura.

Se pusieron los abrigos y salieron por la puerta principal. Se detuvieron en el escalón superior, escrutando la manzana arriba y abajo. Todo estaba tranquilo, como de costumbre. Ashley mantuvo empuñado el revólver, oculto en el bolsillo del abrigo, frotando nerviosamente el dedo índice contra la guarda del gatillo. Le sorprendía la manera en que su miedo hacia O'Connell la hacía ver el mundo como un lugar lleno de amenazas. La calle donde había pasado gran parte de su infancia jugando debería haberle resultado tan familiar como el dormitorio del piso de arriba. Pero no. O'Connell había conseguido convertirla en un algo diferente. Aquel malnacido había destruido su mundo: sus estudios, su apartamento en Boston, su empleo, y ahora el lugar donde había crecido. Se preguntó si él sabía realmente cuánta maldad había en su conducta.

Tocó el cañón del arma. «Mátalo. Porque te está matando», se dijo.

Sin dejar de escrutarlo todo, ambas echaron a andar lentamente por la acera. Ashley quería obligarlo a mostrarse, si es que estaba allí. A media manzana, a pesar de la lluvia, se quitó el gorro de lana. Sacudió la cabeza, dejando que el pelo le cayera sobre los hombros antes de volver a encasquetárselo. Por primera vez en meses, quiso resultar irresistible.

—Sigue andando —dijo Catherine—. Si está aquí, se dejará ver.

Prosiguieron y detrás oyeron un coche ponerse en marcha. Ashley tanteó el gatillo del arma y se preparó, con el corazón palpitando. Contuvo la respiración cuando el sonido aumentó.

Cuando le pareció que el coche las alcanzaba, giró bruscamente, sacando el arma y separando los pies, adoptando la postura que había practicado en su habitación. Su pulgar resbaló sobre el seguro y luego sobre el percutor. Exhaló bruscamente, casi un gruñido del esfuerzo, y luego un silbido de tensión.

El coche, con un hombre de mediana edad al volante, pasó de largo. El conductor ni siquiera la vio: iba buscando alguna dirección al otro lado de la calle.

Ashley gruñó, pero Catherine mantuvo la calma.

—Guarda el arma —dijo tranquilamente—. Antes de que te vea algún ama de casa.

—¿Dónde demonios está?

Catherine no respondió.

Las dos continuaron caminando despacio. Ashley se sentía tranquila, decidida a acabar con todo de una vez. «¿Es esto lo que se siente al estar preparada para matar a alguien?» Pero el verdadero O'Connell, al contrario que el O'Connell fantasmal que la acechaba a sol y sombra, no se veía por ninguna parte.

Cuando giraron para volver a la casa, Catherine murmuró:

—Muy bien, no está aquí. ¿Estás preparada para dar el siguiente paso?

Ashley dudaba que pudiera saber la respuesta a eso hasta que lo intentaran.

Michael O'Connell estaba en su mesa, la habitación a oscuras, bañado por el brillo de la pantalla del ordenador. Trabajaba en una pequeña sorpresa para la familia de Ashley. En calzoncillos, el pelo hacia atrás después de una ducha, tecleaba al compás de la música tecno que sonaba por los altavoces. Las canciones que escuchaba eran rápidas, casi desquiciadas.

Le regocijaba haber usado parte del dinero que le había dado el patético padre de Ashley para reponer el ordenador que había destrozado Murphy. Y ahora se aplicaba a fondo en una serie de trucos electrónicos que iban a crear problemas importantes a aquellos cretinos.

Lo primero era un anónimo a Hacienda denunciando que Sally exigía el pago de sus honorarios mitad en cheque y mitad en negro. «Lo que más odian los inspectores de Hacienda —pensó— es que alguien intente esconder ingresos sustanciosos.» Se mostrarían implacables cuando revisaran su contabilidad.

Esto le hizo reír.

Lo segundo era otro anónimo a las oficinas de Nueva Inglaterra de la Agencia Federal Antidroga alegando que Catherine cultivaba grandes cantidades de marihuana en su granja, en un invernadero oculto dentro del granero. Esperaba que eso fuera suficiente para que un juez expidiera una orden de registro. Y aunque no encontraran nada, como en el fondo sabía que ocurriría, sospechaba que la nerviosa mano de la DEA estropearía sus preciosas antigüedades y recuerdos. Pudo imaginar la casa hecha un estropicio.

Lo tercero era una sorpresa especial para Scott. Navegando por la red con la clave «Histprof» había descubierto una página web danesa que ofrecía la pornografía más virulenta con niños y preadolescentes en todo tipo de poses. El siguiente paso era conseguir un número falso de tarjeta de crédito y hacer que enviaran una selección de fotografías a casa de Scott. Luego sería muy sencillo darle el soplo a la policía local. De hecho, pensó, tal vez ni siquiera tendría que hacerlo. La policía probablemente recibiría una llamada del servicio de Aduanas, que se mostraba muy celoso con ese tipo de importaciones.

Rió para sí al imaginar las explicaciones que la familia de Ashley tendría que dar cuando se encontrara inmersa en todo ese lío, sentados ante una mesa en una sala de interrogatorios delante de un agente de la DEA o del fisco, o de un oficial de policía que no sentiría más que desprecio por esa clase de gente.

Ellos podrían intentar culparlo a él, pero lo dudaba. Sin embargo, no podía estar seguro, y eso lo refrenaba. Sabía que pulsar las teclas adecuadas en sus tres entradas dejaría una huella electrónica que podría conducir a su propio ordenador. Lo que necesitaba hacer, pensó, era colarse en la casa de Scott una mañana mientras estaba dando clases y enviar la petición a Dinamarca desde su ordenador. También era importante crear una ruta electrónica ilocalizable para las otras denuncias. Suspiró. Eso requeriría ir al sur de Vermont y al este de Massachusetts. Inventar identidades falsas no era un problema. Y podía mandar las denuncias desde ordenadores de cibercafés o bibliotecas locales.

Se reclinó en su asiento y soltó otra risotada. No por primera vez, se preguntó cómo eran tan insensatos para creer que podían derrotarlo.

Mientras sonreía, pensando en las desagradables sorpresas para los padres y la familia de Ashley, el teléfono móvil sonó.

Dio un respingo. No tenía amigos que pudieran llamar. Había renunciado a su trabajo de mecánico, y nadie en el colegio donde de vez en cuando asistía a clases tenía su número.

Miró el visor que identificaba la llamada y leyó un nombre que le paró el corazón: «Ashley.»

Antes de darme el nombre del detective, ella me había hecho prometer que sería discreto.

—No dirás nada. Nada que lo ponga en alerta. Promételo o no te daré su nombre.

—Seré cauteloso. Lo prometo.

Ahora, en la sala de espera de la comisaría, sentado en un sofá gastado, estaba menos seguro de mi discreción. A mi derecha se abrió una puerta por la que salió un hombre de aproximadamente mi edad. De pelo canoso y con una chillona corbata gris, exhibía un estómago prominente y una sonrisa tranquila. Me tendió la mano y nos presentamos. Me indicó su mesa.

—Bien, ¿en qué puedo ayudarle?

Repetí el nombre que le había dado en una anterior llamada telefónica. Asintió.

—No tenemos demasiados homicidios por aquí. Y cuando los tenemos, suelen ser novio-novia, marido-esposa. Éste fue un poco diferente. Pero ¿cuál es su interés en el caso?

—Algunas personas me sugirieron que podría ser una buena historia para un libro.

El detective se encogió de hombros.

—Ya. Bueno, la escena del crimen era un caos, un auténtico caos. La investigación fue engorrosa. No somos exactamente la brigada de Homicidios de Hollywood —dijo, señalando alrededor. Era un sitio modesto, donde todo, incluyendo los hombres y mujeres que trabajaban allí, mostraba el deterioro de la edad—. Pero, aunque la gente piense que somos tontos como borregos, al final lo resolvimos todo...

—No lo creo —dije—. Que sean tontos como borregos, me refiero.

—Bueno, usted es la excepción que confirma la regla. Normalmente la gente se ríe hasta que está sentada y esposada frente a nosotros, los acusamos formalmente y se enfrentan a un sentencia seria. —Hizo una pausa, sopesándome—. No trabajará para el abogado defensor, ¿eh? ¿Uno de esos que se cuelan en un caso y tratan de encontrar algún error al que agarrarse en un tribunal de apelaciones?

—No. Sólo busco una historia para un libro, ya se lo he dicho.

Él asintió, pero no supe si me creía del todo.

—Si usted lo dice... —repuso—. Podría ser una historia, sí, pero es antigua. Muy bien, aquí tiene.

Metió la mano bajo la mesa, sacó un archivador estilo acordeón y lo abrió sobre su mesa. Contenía unas brillantes fotos en color que extendió encima de todos los papeles. Me incliné hacia delante y vi que las fotos mostraban basura y desorden. Y un cadáver.

—Un caos —murmuró el detective—. Como le he dicho.

42

El arma en la bota

Casi al mismo tiempo que Catherine y Ashley rodeaban la manzana preguntándose dónde andaría Michael O'Connell, Scott estaba aparcado al fondo de un área de descanso arbolada en la carretera 2. El sitio quedaba oculto a la carretera por árboles y matorrales. Por eso, en parte, habían elegido esa carretera como ruta a Boston. No era tan rápida como la autopista, pero había menos tráfico y coches patrulla. Estaba en su vieja furgoneta; el Porsche había quedado en casa.

Oía su respiración entrecortada. Se dijo que era una locura, que por grande que fuese la tensión en ese momento, sin duda sería mucho peor al final del día. Su paciencia fue recompensada unos minutos más tarde cuando vio un Ford Taurus blanco último modelo aparcar en la zona de descanso. Se detuvo a seis metros de él. Hope iba al volante.

Scott cogió del asiento del pasajero una pequeña bolsa de deporte roja. Sonó a metálico. Se apeó y cruzó rápidamente el aparcamiento.

Hope bajó la ventanilla.

—Vigila —dijo él sin más—. Si ves que llega alguien, avísame.

Ella asintió.

—¿Dónde las...?

—Anoche. Después de medianoche. Fui hasta el aparcamiento del aeropuerto de Hartford.

—Buena idea —dijo ella—. Pero ¿no tienen cámaras de seguridad en el aparcamiento?

—Fui a la zona exterior. Esto sólo durará un segundo. ¿Es alquilado?

—Sí. Es más seguro así.

Scott abrió la bolsa roja y se dirigió a la parte trasera del coche. Sólo tardó cinco minutos en cambiar las matrículas de Massachusetts por las de Rhode Island cogidas de un coche la noche anterior. En la bolsa también había una pequeña llave de rosca y unos alicates. Guardó las matrículas reales del coche en la bolsa y se la tendió a Hope.

—No olvides reponerlas cuando devuelvas el vehículo.

Hope asintió. Ya parecía pálida.

—Mira, llámame si tienes algún problema. Estaré bastante cerca y...

—¿Crees que si hay algún problema tendré tiempo de hacer una llamada?

—No, claro que no. Muy bien, me guiaré... —Calló. Demasiado que decir. No había palabras suficientes.

Scott dio un paso atrás.

—Sally debe de estar de camino por la autopista.

—Entonces me marcho —dijo Hope. Colocó la bolsa de deporte en el asiento del pasajero.

—No superes el límite de velocidad —le advirtió él—. Te veré dentro de un rato.

Pensó que debería decir «buena suerte» o «ten cuidado», o darle ánimos de alguna manera. Pero no lo hizo. Vio cómo Hope salía del aparcamiento y consultó el reloj, tratando de calcular dónde estaría Sally. Seguía una ruta paralela hacia el este. Parecía un detalle tonto, cambiar las matrículas por un día, pero comprendía que, cuando Sally les había dicho que prestaran atención a los detalles pequeños y aparentemente insignificantes, había mucha verdad en esa advertencia. Todo lo que había aprendido hasta ese momento, de poco le serviría en las actuales circunstancias.

Al borde de una súbita cobardía, Scott volvió a su furgoneta y se preparó para dirigirse hacia el este y la incertidumbre.

Hope condujo hacia el cruce donde la interestatal se bifurcaba hacia el noreste. Siguió las indicaciones de Sally, sin superar nunca el límite de velocidad, y se dirigió al punto de reunión establecido por Sally. Decidió que lo mejor era compartimentarlo todo. Pensó en lo que se disponía a hacer como meras entradas de una lista de tareas, y pasaba rápidamente de una a otra.

Trató de pensar analítica y fríamente sobre las tres últimas.

«Cometer el crimen. No dejar ninguna huella. Escapar y reunirse con Sally.»

Deseó ser matemática para poder ver todo aquello como una serie de números y probabilidades y poder imaginar vidas y futuros como una fría estadística.

Eso era imposible. Así que intentó provocarse una especie de justa furia contra Michael O'Connell, y se repitió que aquella solución era la única que él, sin saberlo, les había dejado. Si lograba enfurecerse lo suficiente, la ira la impulsaría a cumplir con su cometido.

«Alguien tiene que morir para que Ashley viva», se dijo. Lo repitió una y otra vez, como un mantra perverso, a lo largo de varios kilómetros de carretera.

Recordaba partidos donde todo pendía de un hilo hasta el silbato final. En esas situaciones era fundamental reunir el último soplo de energía y hacer un esfuerzo supremo.

Como entrenadora, siempre había instado a las jugadoras a visualizar ese momento en que el triunfo o la derrota se equilibraban en la balanza, de modo que cuando llegara estuvieran psicológicamente preparadas para actuar sin vacilación.

Imaginaba que esta experiencia sería igual.

Y así, mordiéndose el labio, empezó a ver las cosas tal como las había imaginado Sally, con la ayuda de la descripción que Scott había hecho del lugar. Imaginó la casa decrépita y descuidada, el coche quemado en el patio delantero, aquella especie de cobertizo lleno de basura y componentes de motor. Creyó saber lo que habría dentro: periódicos y revistas, botellas de cerveza y comida para llevar, un rancio aroma de dejadez. Y él estaría allí. El hombre que había creado al hombre que había creado aquella amenaza contra todos ellos. Cuando se enfrentara a él, tendría que visualizar a Michael O'Connell.

Se vio a sí misma esperando.

Se vio entrar.

Se vio ante el hombre al que habían elegido matar.

Siguió conduciendo hacia el este, deseando poder comportarse como si ese viaje no se saliera de la rutina cotidiana.

A media tarde, Sally había llegado a Boston y aparcó frente al edificio de Michael O'Connell, desde donde podía ver la entrada. Llevaba la llave que le había dado Hope.

Permaneció sentada al volante, tratando de parecer lo menos sospechosa posible, pero no podía dejar de pensar que todo el mundo en la manzana la había visto ya, había memorizado su rostro y anotado su matrícula. Eran miedos infundados, pero estaban allí, rondándole la mente, amenazando con apoderarse de sus actos y emociones. Sally hacía todo lo posible por dominarlos.

Deseó tener la cómoda familiaridad de O'Connell con la oscuridad. La ayudaría (y a Scott y Hope también) a cumplir con su objetivo.

Una vez más, meneó la cabeza. Su único acto de rebelión,

de salirse de las estructuras rutinarias de la sociedad, había sido su relación con Hope. Tuvo ganas de reírse de sí misma. Una abogada madura de clase media, insegura de su relación con su compañera, no era precisamente una *outsider*.

Y desde luego no era una asesina.

Cogió su hoja de instrucciones y trató de imaginar dónde estaban los otros. Hope la estaría esperando; Scott, en su puesto; Ashley, en casa con Catherine. Y Michael O'Connell estaría en su apartamento... o eso esperaba.

«¿Qué te hizo pensar que podrías planear esto y que saldría bien?», se preguntó de repente.

«Esto.» No era una buena definición. «Llámalo por lo que es: un asesinato premeditado. Asesinato en primer grado. En algunos estados te enviaría a la silla eléctrica o la cámara de gas.» Incluso con circunstancias atenuantes, su pena oscilaba entre veinticinco años y cadena perpetua.

«No para Ashley», pensó. Su hija permanecería a salvo.

Y entonces, con la misma brusquedad, tomó conciencia de lo que había en juego. Si fracasaban, la vida de todos ellos quedaría arruinada. Excepto la de O'Connell. La suya continuaría como antes, y habría poco que se interpusiera en su persecución de Ashley o, si lo elegía, de alguna otra Ashley.

No quedaría nadie para defenderla.

«Haz que salga bien.»

Alzó la cabeza y vio que las sombras empezaban a arrastrarse por los tejados de los edificios, y se dijo: «No puedes fallar.»

Cogió el móvil y sintió un arrebato de excitación, pero se dominó hasta que oyó la familiar voz.

—¿Michael?

Él inspiró bruscamente.

—Hola, Ashley.

—Hola, Michael.

Hubo un breve silencio. Ella aprovechó el momento para repasar los papeles que su madre le había preparado. Un guión, con las frases clave subrayadas tres veces. Pero las páginas se le aparecían borrosas, confusas. Por su parte, él se meció en su asiento. Aquella llamada era maravillosa. Significaba que estaba ganando. Apenas pudo contener la sonrisa que ensanchó su cara. Su pierna derecha empezó a agitarse, como para marcar un ritmo.

—Es maravilloso oír tu voz —dijo al fin—. Parece que cierta gente está intentando separarnos, pero eso nunca sucederá. No lo permitiré. —Soltó una risita—. No les sirve de nada tratar de esconderte. Lo has visto, ¿verdad? No hay ningún sitio donde no pueda encontrarte.

Ashley cerró los ojos. Aquellas palabras eran como agujas en su piel.

—Michael —dijo—, te he pedido una y otra vez que me dejes en paz. Lo he intentado todo para que entiendas que nunca vamos a estar juntos. No quiero que insistas más. —Todo aquello ya lo había dicho antes, sin ningún resultado. No esperaba que cambiara esta vez. Michael O'Connell vivía en un mundo de locura, y nada iba a cambiarlo.

—Sé que no lo dices en serio —contestó él con súbita frialdad—. Sé que te obligan a decirlo. Toda esa gente quiere que seas lo que no eres, y te dictan todo lo que dices. Por eso no hago caso.

Ashley dio un respingo al oír «te dictan». ¿Y si de algún modo él lo había adivinado todo?

—No, Michael, te equivocas. No es así. Te has equivocado desde el principio. Yo no te quiero.

—Es el destino, Ashley. Nos ha unido para siempre.

—¿Cómo puedes creer eso?

—Tú no entiendes el amor. El verdadero amor. El amor no termina nunca —explicó fríamente, dejando que cada palabra resonara en la línea telefónica—. El amor nunca para. El amor nunca se va. Siempre está dentro. Deberías saberlo.

Te consideras una artista pero no comprendes lo más senci-llo. ¿Qué pasa contigo, Ashley?

—Conmigo no pasa nada —repuso ella bruscamente.

—Sí, sí que pasa. —O'Connell se meció en su silla—. A veces creo que estás realmente enferma. Alguien que no pue-de comprender la verdad, que se niega a escuchar su corazón, tiene que estar enferma. Pero no deberías preocuparte, Ash-ley, porque puedo arreglarlo. Voy a estar a tu lado para lo que necesites. No importa lo que ocurra, no importa qué cosas malas sucedan, siempre estaré a tu lado.

Ashley sintió cómo las lágrimas se agolpaban en sus ojos. Se sintió completamente indefensa.

—Por favor, Michael...

—No tengas miedo de nada —dijo él, con una oscura fu-ria subyacente a las palabras—. Yo te protegeré.

Ella pensó que todo lo que decía significaba exactamen-te lo contrario. Proteger significaba lastimar. No tener mie-do significaba tener miedo de todo.

La desesperanza casi pudo con ella. Sintió una oleada de náusea y un súbito calor en la frente. Cerró los ojos y se apo-yó contra la pared, como para impedir que la habitación die-ra vueltas a su alrededor. «Dios mío —pensó—, esto no aca-bará nunca.»

Ashley abrió los ojos y miró con desesperación a Ca-therine, quien sólo podía oír una mitad de la conversación, pero sabía que estaba saliendo mal. Señaló con insistencia el guión con el dedo índice.

«¡Dilo! ¡Dilo!», articuló con los labios.

Ashley se enjugó las lágrimas y respiró hondo. No sa-bía qué estaba poniendo en marcha, pero sí que se trataba de algo horrible.

—Michael —dijo por fin—. Lo he intentado, de veras que sí. He intentado decir que no de todas las maneras posibles. No sé por qué no lo aceptas. De verdad que no lo sé. Dentro de ti hay algo que nunca comprenderé. Así que voy a hablar con la única persona que tal vez pueda hacerte entrar en razones. Alguien que podrá explicarme cómo he de decírtelo para que lo comprendas. Alguien que sabrá qué he de hacer para que no me molestes más. Alguien que me ayudará a librarme de ti.

Todo lo que decía estaba diseñado para provocar la expectativa y la ira de O'Connell.

Él no respondió, y Ashley pensó que tal vez por primera vez estaba escuchándola.

—Sólo hay una persona en el mundo a la que creo que temes. Así que voy a verlo esta noche.

—¿Qué estás diciendo? —preguntó O'Connell bruscamente—. ¿De quién estás hablando? ¿Alguien que pueda ayudarte? Nadie puede ayudarte, Ashley. Nadie excepto yo.

—Te equivocas. Hay un hombre.

—¿Quién? —El grito de O'Connell resonó a través de la línea.

—¿Sabes dónde estoy, Michael?

—No.

—Estoy cerca de tu casa. No tu apartamento, sino el hogar donde creciste. Estoy a punto de ver a tu padre. —Ashley mintió tan fríamente como pudo—. Él podrá ayudarme.

Entonces colgó. Y cuando al punto el móvil empezó a sonar, lo ignoró.

Sally sintió una corriente eléctrica por todo el cuerpo. Michael O'Connell había salido precipitadamente del edificio. Recorrió la acera casi al trote. Sally cogió el cronómetro que había llevado. Lo pulsó cuando vio a O'Connell subir a su propio coche y arrancar de estampida, haciendo chirriar los neumáticos, a unos veinte metros de ella.

Cogió el móvil.

—Va de camino —dijo cuando Scott contestó, y colgó.

Scott pondría en marcha su propio cronómetro.

Sally no podía vacilar. Disponía de muy poco tiempo. Cogió la mochila, se apeó y cruzó la calle hacia el apartamento de O'Connell. Mantuvo la cabeza gacha, y el gorro de lana lo más baja posible. Iba vestida con ropas del Ejército de Salvación: vaqueros gastados y una cazadora de hombre. Llevaba guantes de cuero sobre un ceñido par de guantes de látex.

No había ningún plan B si el arma no estaba allí. Sólo abortarían todo y volverían a casa para inventar algo nuevo. Cabía la posibilidad de que O'Connell hubiera cogido el arma para visitar a su padre. Su súbita rabia era una variable que no había previsto. En cierto modo, lo más lógico era que se hubiese llevado la pistola. Tal vez la utilizaría como esperaban hacerlo ellos y cometería él mismo el crimen que resolvería sus problemas. Incluso podría usarla contra sí mismo. O contra Ashley.

«Si algo falla sólo nos quedará la huida y el pánico», pensó apretando los dientes.

Sally hizo el mismo camino de Hope días antes. En pocos segundos llegó a la puerta. Estaba sola, llave en mano.

No había vecinos. Los únicos ojos que la miraban pertenecían al puñado de gatos que deambulaban por el pasillo. «¿Ha matado a alguno de vosotros hoy?», preguntó mentalmente. Introdujo la llave en la cerradura y entró con el mayor sigilo.

Se obligó a no mirar alrededor, a no examinar el lugar donde vivía Michael O'Connell, porque sabía que tan sólo acrecentaría sus temores. Y la rapidez era un elemento esencial del plan. «Coge la pistola y lárgate», se repitió.

Encontró el armario. Encontró el rincón. Encontró la bota con el calcetín sucio remetido.

«Que esté aquí», rogó.

Retiró el calcetín, memorizando cómo estaba colocado. Luego hurgó dentro de la bota. Cuando sus dedos enguantados tocaron el frío acero dejó escapar un gemido.

Torpemente, sacó el arma.

Vaciló un segundo. «Ya está —pensó—. Continúa o échate atrás.» Estaba muerta de miedo. Coger la pistola la aterrorizaba; dejarla, también.

Como si alguien le guiara la mano, introdujo el arma en una bolsa de plástico que llevaba en la mochila. Dejó el calcetín en el suelo.

Se dirigió rápidamente al pequeño salón y miró la desvencijada mesa donde O'Connell tenía el ordenador portátil. Estaba conectado. Había creado un montón de problemas para ellos sentado ante esa mesa, pensó. Y ahora le tocaba a ella devolverle la jugada. Por asustada que estuviera, este siguiente paso le proporcionó una perversa sensación de satisfacción. Sacó el modelo similar de ordenador de la mochila y lo sustituyó. No sabía si él notaría inmediatamente la diferencia, pero lo haría tarde o temprano. Esto era algo que la satisfacía. El día anterior había pasado varias horas descargando material pornográfico y sitios web de contenido neonazi, así como un pavoroso rock satánico. Cuando consideró que el ordenador tenía suficientes elementos incriminatorios, usó uno de los archivos de texto para redactar a medias una carta airada que empezaba con «Querido papá hijoputa» y luego decía que nunca tendría que haber mentido a la policía para salvarlo del asesinato de su madre, y que ahora se disponía a rectificar el mayor error de su vida. Su única misión en la vida era hacerle pagar por la muerte de su madre. La investigación de Scott sobre la historia familiar de O'Connell le había proporcionado las claves.

Sally le había hecho algo más al ordenador. Había destornillado la tapa posterior y aflojado la conexión del cable principal, de modo que no arrancara. Luego había vuelto a colocar la tapa con un detalle adicional: dos gotas de cemento instantáneo que soldaron uno de los tornillos que lo sujetaban todo. O'Connell tal vez supiera cómo arreglar la máquina, pero no podría quitar la tapa. Un técnico de la policía sí podría.

Se apresuró en dejar todo tal como estaba inicialmente. Luego guardó el ordenador de O'Connell en la mochila, junto a la pistola. Miró el cronómetro. Once minutos.

«Demasiado lenta, demasiado lenta», se reprochó mientras se echaba la mochila al hombro. Pudo sentir el peso del arma contra su espalda. Tomó aliento. Debía marcharse ya mismo.

El móvil que descansaba en el asiento sonó. Scott no confiaba en recibir esta llamada, pero la consideraba muy posible, así que estaba preparado cuando oyó la voz al otro extremo.

—Eh, ¿señor Jones?

El padre de O'Connell parecía acalorado.

—Soy Smith —respondió Scott.

—Sí, vale. Señor Smith. Bien. Eh, soy...

—Sé quien es, señor O'Connell.

—Pues vaya si no tenía usted razón. Acabo de recibir una llamada de mi hijo, como usted dijo. Viene para acá ahora.

—¿Ahora?

—Sí. Son unas dos horas en coche desde Boston, pero él conduce rápido, así que tal vez un poco menos.

—Ya me encargo. Gracias.

—El chico gritaba algo sobre una tía. Parecía muy molesto. Casi enloquecido. ¿Esto tiene algo que ver con una tía, señor Jones?

—No. Tiene que ver con dinero. Una deuda.

—Pues no es eso lo que él piensa.

—Lo que él piense es irrelevante para nuestro negocio, señor O'Connell. ¿Entiende?

—Sí. Supongo que sí. ¿Qué debo hacer?

Scott no vaciló. Esperaba esta pregunta.

—Espérelo ahí y escuche lo que él tenga que decir, sea lo que sea.

—¿Qué van a hacer ustedes?

—Tomaremos las medidas oportunas, señor O'Connell. Y usted recibirá su recompensa.

—¿Qué hago si decide largarse?

A Scott se le secó la garganta y sintió un espasmo en el pecho.

—Déjelo ir.

Hope tomaba un café solo mientras esperaba a Sally. El sabor amargo le quemaba la lengua.

Había aparcado en un pequeño centro comercial, a unos cien metros de un supermercado.

Había bastante movimiento, pero ella estaba suficientemente apartada.

Cuando divisó a Sally en su coche alquilado avanzando despacio por las calles del aparcamiento, dejó el vaso de café en el posavasos y bajó la ventanilla para hacerle una breve señal. Esperó a que aparcara dos calles más allá y luego se dirigió hacia ella. Sally miraba nerviosa alrededor y parecía pálida.

—No puedo permitir que tú te encargues de esto... —le soltó sin más—. Debería hacerlo yo...

—Ya lo hemos decidido así —replicó Hope—. Y el plan ya está en marcha. Hacer un cambio ahora podría estropearlo todo.

—Es que no puedo —insistió Sally.

Hope tomó aire. Su compañera le estaba dando una oportunidad, pensó. Podía retirarse, negarse a seguir, dar un paso atrás y preguntarse: «¿En qué demonios me estoy metiendo?»

—Puedes. Y lo harás —dijo Hope—. Es el único modo de salvar a Ashley y probablemente de salvarnos todos. Cada uno debe cumplir con su cometido. Tú misma diseñaste el plan y distribuiste las tareas.

—¿No tienes miedo?

—No.

—Deberíamos dejarlo ahora mismo —se obstinó Sally—. Creo que nos hemos vuelto locos.

«Sí, probablemente», pensó Hope.

—Si no lo hacemos y luego a Ashley le sucede lo peor, nunca nos lo perdonaremos. Creo que podré perdonarme por lo que estoy a punto de hacer, pero nunca me perdonaría si algo terrible le sucede a Ashley por culpa de mi cobardía. —Tomó aire—. Si nosotros no actuamos y él lo hace, nunca volveremos a tener paz.

—Lo sé —dijo Sally, sacudiendo la cabeza.

—¿El arma está en la mochila?

—Sí.

—¿Cuánto tiempo tenemos? —preguntó Hope.

Sally miró su cronómetro.

—Creo que estás a unos quince minutos de él —informó—. Scott debe de estar ya en su posición.

Hope sonrió y sacudió la cabeza.

—¿Sabes? Cuando era pequeña jugué muchos partidos contrarreloj. El tiempo es siempre un factor crucial. Bien, he de irme ahora mismo. Si vamos a jugar este partido, perderlo por llegar con retraso sería imperdonable. Márchate, Sally. Haz tu parte y yo haré la mía, y tal vez al final del día todo habrá salido bien.

Sally podía haber replicado muchas cosas, pero no lo hizo. Extendió la mano y apretó la de Hope, tratando de reprimir las lágrimas. Hope sonrió.

—Vamos allá —dijo—. No hay tiempo. Se acabó la cháchara. Es hora de pasar a la acción.

Sally asintió y vio cómo Hope se alejaba con la mochila, subía a su coche, saludaba y salía del aparcamiento.

Sólo había medio kilómetro hasta la entrada de la interestatal. Hope tenía que pisar el acelerador para cubrir la diferencia de tiempo que había entre ella y Michael O'Connell.

Decidió no mirar por el retrovisor hasta alejarse del centro comercial, porque no quería ver a Sally sola y triste allí detrás.

Scott estacionó la furgoneta en el aparcamiento de estudiantes de un colegio mayor situado a unos quince kilómetros de la decrépita casa donde había crecido Michael O'Connell. La furgoneta quedó camuflada entre un mar de vehículos.

Después de cerciorarse de que no había nadie cerca, se quitó la ropa y se puso unos vaqueros viejos, una camiseta, una cazadora azul gastada y zapatillas de deporte. Se encasquetó un gorra y, aunque se estaba poniendo el sol, se colocó unas gafas de sol. Cogió la mochila, metió el móvil en el bolsillo de la chaqueta y bajó de la furgoneta.

El cronómetro le dijo que Michael O'Connell llevaba viajando unos noventa minutos. Iría a toda velocidad, se recordó, y no se detendría por ningún motivo, a menos que lo parara la policía, lo cual no perjudicaría el plan.

Encogió los hombros y cruzó el aparcamiento. Un autobús que pasaba cerca de la entrada del colegio lo llevaría a un kilómetro de la casa de O'Connell. Había memorizado el horario y tenía las monedas para el viaje de ida en el bolsillo derecho, y para la vuelta en el izquierdo.

Había media docena de estudiantes esperando bajo la marquesina de la parada. Se mezcló entre ellos: en una universidad comunitaria podías ser estudiante a los diecinueve años o a los cincuenta. No miró a nadie a los ojos y se obligó a pensar en cosas anodinas; tal vez eso le ayudaría a parecer invisible.

Cuando llegó el autobús, se sentó al fondo, solo. Contempló el paisaje otoñal durante todo el trayecto.

Fue el único pasajero que bajó en aquella parada. Se quedó un momento en el arcén de la carretera, mientras el autobús desaparecía en la penumbra de la tarde. Luego echó a andar, preguntándose hacia dónde se dirigía realmente, pero sabiendo que el tiempo era esencial.

Las fotografías de escenas de crimen tienen una cualidad especial. Es como ver una película fotograma a fotograma, en vez de en acción continua. Veinte por quince, brillantes, a todo color, son piezas de un gran puzzle.

Traté de imbuirme de cada instantánea, observándolas como si fueran las páginas de un libro.

El detective estaba sentado frente a mí, estudiando mi reacción.

—Trato de visualizar la escena —dije—. Para comprender mejor lo que sucedió.

—Las fotos deben mirarse como líneas de un mapa. Todas las escenas de crimen acaban por revelarnos un orden, un sentido —dijo él—. Aunque, desde luego, ésta no fue ningún picnic. —Señaló una foto—. Mire aquí. —Mostraba un mueble ennegrecido y chamuscado—. A veces es sólo cuestión de experiencia. Aprendes a mirar más allá del desorden, y eso te dice algo.

Miré, tratando de ver con sus ojos.

—¿Exactamente qué? —pregunté.

—Hubo una pelea infernal —dijo—. Verdaderamente infernal.

43

La puerta abierta

Haber vigilado el barrio varios días atrás le había enseñado a Scott dónde apostarse.

Sabía que no tenía que llamar la atención; si alguien lo veía y relacionaba la figura vestida de oscuro que vigilaba la casa de O'Connell desde las sombras con el hombre de traje y corbata que había estado haciendo preguntas, crearía un problema importante. Pero necesitaba ver la parte delantera de la casa, sobre todo el camino de tierra. Necesitaba hacerlo sin alertar a ningún perro ni ningún vecino. Estaba apostado junto a un ruinoso cobertizo con medio techo hundido. Desde allí podía ver la entrada a la casa. Contaba con que Michael O'Connell condujera rápido e hiciera rechinar los neumáticos cuando doblara la última curva, salpicando grava y tierra cuando hiciera chirriar los frenos delante de su antiguo hogar. «Mete todo el estrépito que puedas —le pidió mentalmente—. Asegúrate de que alguien te vea llegar.»

Había luces encendidas en las casas y caravanas adyacentes. Scott inhaló el aire frío. De vez en cuando veía alguna silueta pasar ante una ventana y el ubicuo resplandor de los televisores.

Sostuvo la mano ante los ojos para comprobar si temblaba. Sí, temblaba un poco, pero no lo suficiente para obstaculizar su misión.

«Esta noche habrá muchas respuestas», se dijo. Cualquier duda que aún pudiera albergar sobre quién era él en el fondo, o quién era Sally o incluso Hope, obtendría respuesta. Pensó en Hope un instante y tragó saliva. «En realidad no la conozco —pensó—. Sólo tengo una leve idea de quién es.» Pero todo en su vida giraba de pronto en torno al desempeño de Hope.

Scott tomó aire y se preguntó qué les hacía pensar que podrían conseguir algo tan monstruosamente ajeno a sus vidas. En ese breve segundo de duda, oyó un coche que se acercaba velozmente.

Para entonces, Sally ya había regresado a la zona de Boston. Se dirigió a un frecuentado distrito comercial de Brookline. Su primera parada fue en un cajero automático delante de una galería comercial, donde extrajo cien dólares con su tarjeta de crédito. Cuando recogió el dinero, alzó la cabeza para que la cámara de seguridad grabara nítidamente su rostro. Se entretuvo guardando en el bolsillo el resguardo, donde aparecía marcada la hora.

Luego entró en la galería y se dirigió a una tienda de lencería.

Anduvo entre los estantes de sedas y encajes hasta que divisó a una joven dependienta, probablemente no mayor que Ashley. Sally se le acercó.

—¿Podrías ayudarme con algo? —pidió.

—Naturalmente —respondió la joven—. ¿Qué está buscando?

—Bueno, quería algo para mi hija, que tiene más o menos tu talla. Algo especial, porque la pobre está atravesando un bache. Rompió con su novio, ya sabes cómo son esas cosas, y quiero regalarle algo que la haga sentirse sexy y hermosa, ya que ese cretino la ha hecho sentirse justo lo contrario.

—Entiendo —asintió la chica—. Es todo un detalle por su parte.

—Bueno, para eso estamos las madres. Y me gustaría también algo bonito para regalar a una amiga especial. Alguien con quien no he sido, bueno, muy amable últimamente. ¿Tal vez un pijama de seda?

—No hay problema. ¿Sabe la talla?

—Oh, claro que sí. Compartimos mucho juntas, ¿sabes?, allá en el oeste de Massachusetts, donde vivimos. Las cosas han estado algo tirantes últimamente y me gustaría compensarla. Las flores siempre están bien, pero, cuando tienes una relación especial, a veces es mejor un regalo especial, ¿no crees?

La dependienta sonrió.

—Desde luego.

Sally pensó que la mención del oeste de Massachusetts, con su reputación de ser el lugar preferido por las lesbianas, subrayaría la clase de regalo que pretendía hacer. Siguió a la joven hasta la sección de lencería fina, pensando que ya había explicado suficientes cosas como para que, llegado el caso, la chica la recordase. Sally utilizó también la tarjeta de crédito, porque eso la situaría en esa tienda ese día y a esa hora. Pensó en hablar con la encargada de la tienda para felicitarla por la eficiencia de sus dependientas; la clase de comentarios que siempre se recuerda más tarde.

Sally pensó que estaba en un escenario interpretando un papel inventado por la desesperación.

—Aquí tiene algunas de nuestras prendas más bonitas —dijo la chica.

Sally sonrió, como si aquello fuera lo más natural del mundo.

—Oh, sí. Desde luego.

Más o menos en el mismo momento, Catherine y Ashley estaban en un supermercado de Whole Foods, a menos de un kilómetro y medio de casa, empujando un carrito lleno de chucherías y comida. Las dos habían guardado silencio durante toda la expedición de compras.

Cuando recorrían un pasillo cerca de la parte delantera de la tienda, Ashley vio una gran pirámide de calabazas decorada con espigas de maíz. Era el típico adorno con vistas a Acción de Gracias, con un puñado de nueces y grosellas y un pavo de papel en el centro. Se la enseñó a Catherine con una mirada significativa, que asintió.

Las dos se acercaron, pero de pronto Catherine exclamó:

—¡Maldición, hemos olvidado las latas de judías!

Y giró el carro de forma que chocó contra la pata de la mesa en que se apoyaban las calabazas. La pirámide se tambaleó peligrosamente, amenazando con derrumbarse. Ashley soltó un gritito y se abalanzó como para impedir el desastre, pero en realidad empujó una de las calabazas grandes de la base para que todo se viniera abajo, como en efecto ocurrió estrepitosamente.

Catherine chilló.

—¡Oh, Dios mío! ¡Qué he hecho!

Al instante aparecieron un par de dependientes y el encargado. Los dependientes se pusieron a arreglar el desaguisado, mientras Catherine y Ashley pedían disculpas y se ofrecían a pagar cualquier daño causado. El encargado desde luego rehusó, pero Catherine insistía en darle un billete de cincuenta dólares.

—Tenga —le decía—, al menos para compensar a estos amables jóvenes que están recogiendo el desaguisado que Ashley y una servidora, Catherine, hemos provocado.

—No, señora, por favor —negaba el encargado con una sonrisa—. De verdad que no es necesario.

—Insisto.

—Yo también —dijo Ashley.

Al final, el encargado tuvo que aceptar el dinero. A espaldas del jefe, los dependientes suspiraron con alivio.

Entonces ambas se pusieron en la cola, y Catherine sacó una tarjeta de crédito para pagar. Se aseguraron de mirar directamente a las cámaras de seguridad. Tenían pocas dudas de que serían recordadas esa noche en concreto. Ésa era la última instrucción de Sally para ellas: «Aseguraos de hacer algo en público que deje constancia de vuestra presencia cerca de casa.»

Habían cumplido su parte. No sabían qué estaba sucediendo en algún otro lugar de Nueva Inglaterra en ese momento, pero imaginaban que era algo muy peligroso.

Los faros del coche de Michael O'Connell iluminaron la fachada de su antiguo hogar. Las luces se reflejaron en la camioneta de su padre. Una puerta se cerró con estrépito y Scott vio a O'Connell dirigirse con premura hacia la entrada de la cocina.

La furia de O'Connell era fundamental, pensó Scott. Las personas enfurecidas no advierten los detalles que más tarde resultan importantes.

Lo vio entrar. No lo había observado más que unos segundos, pero le habían bastado para saber que, fuera lo que fuese lo que Ashley le había dicho, lo había sacado de quicio.

Inspirando hondo, Scott cruzó la calle, tratando de mantenerse en las sombras. Corrió lo más rápido que pudo hasta el coche de O'Connell. Se agachó, sacó de la mochila unos guantes de látex y se los puso. Luego sacó un martillo de cabeza de goma y una caja de clavos galvanizados para tejados. Dirigió una mirada hacia la casa, tomó aire y hundió un clavo en un neumático trasero. Oyó el silbido del aire al escapar.

Cogió varios clavos y los esparció al azar por el camino.

Moviéndose con sigilo, Scott se dirigió a la camioneta de O'Connell padre. Dejó la caja de clavos y la maza entre las herramientas que había en el vehículo y alrededor.

Terminada su primera tarea, Scott regresó a su escondite. Al cruzar la calle, oyó las primeras voces en la casa, cargadas de furia. Quiso esperar, distinguir las palabras exactas, pero sabía que no podía hacerlo.

Cuando llegó al decrépito cobertizo, cogió el móvil y marcó. Sonó dos veces antes de que Hope respondiera.

—¿Estás cerca? —preguntó.

—A menos de diez minutos.

—Está sucediendo ahora —dijo Scott—. Llámame cuando pares.

Hope cortó la comunicación sin responder. Pisó el acelerador. Habían calculado al menos veinte minutos entre la llegada de Michael O'Connell y la suya propia. Estaban cumpliendo bastante bien los tiempos previstos. Eso no la tranquilizó demasiado.

Michael y su padre apenas estaban separados por unos metros, los dos de pie en la desordenada sala.

—¿Dónde está? —gritó el hijo, con los puños apretados—. ¿Dónde está?

—¿Dónde está quién? —replicó el padre.

—¡Ashley, maldita sea! ¡Ashley! —Miró en derredor como un poseso.

El padre soltó una risita burlona.

—Vaya, qué cojonudo. Qué cojonudo...

Michael se volvió hacia el viejo.

—¿Está escondida? ¿Dónde la has metido?

Su padre negó con la cabeza.

—Sigo sin saber de qué coño estás hablando. ¿Y quién puñetas es Ashley? ¿Alguna putilla?

—Sabes bien de quién estoy hablando. Te llamó. Se suponía que estaba aquí. Dijo que venía de camino. Deja de burlarte o juro que...

Michael O'Connell alzó el puño en dirección a su padre.

—¿O qué? —repuso el viejo con desdén, y se tomó su tiempo para beber una cerveza, calibrando a su hijo con los ojos entornados. Luego se sentó en su sillón, bebió otro largo sorbo y se encogió de hombros—. No sé qué pretendes, chaval. No sé nada de esa Ashley. De repente me llamas después de años de silencio, empiezas a lloriquear por un coño como si fueras un recién salido del instituto, y haces preguntas de las que no tengo ni puñetera idea. Y de repente apareces aquí como si el mundo estuviera ardiendo, exigiendo esto y lo otro. Pues bien, sigo sin tener ni puta idea. ¿Por qué no coges una cerveza y te calmas y dejas de comportarte como un majadero?

—No quiero beber. No quiero nada de ti. Nunca lo he querido. Sólo dime dónde está Ashley.

El padre volvió a encogerse de hombros y extendió los brazos.

—No tengo ni puñetera idea de quién estás hablando.

Michael O'Connell, hirviendo de furia, lo señaló con el dedo.

—Quédate ahí, viejo. Sigue sentado y no te muevas. Voy a echar un vistazo.

—No pensaba ir a ninguna parte. ¿Quieres echar un vistazo? Adelante. No ha cambiado mucho desde que te fuiste.

El hijo sacudió la cabeza.

—Sí que ha cambiado —dijo mientras apartaba a patadas unos periódicos—. Te has vuelto mucho más viejo y borracho, y este lugar está hecho una mierda.

El padre no se movió de su sitio cuando el joven entró en las habitaciones del fondo.

Entró primero en la que había sido la suya. Su vieja cama seguía en un rincón, y algunos de sus viejos pósters de AC/DC y Slayer todavía colgaban donde los había dejado. Un par de trofeos deportivos baratos, una vieja camiseta de fútbol americano clavada a la pared, algunos libros del instituto y una foto enmarcada de un Chevrolet Corvette ocupaban el espacio restante. Abrió el armario, casi esperando encontrar a Ashley escondida dentro. Pero estaba vacío, excepto por un par de viejas chaquetas que olían a polvo y humedad y unas cajas de antiguos videojuegos. Les dio una patada, esparciendo su contenido por el suelo.

Todo en la habitación le recordaba algo que odiaba: quién era y de dónde venía. Su padre simplemente había arrojado las cosas viejas de su madre sobre la cama: vestidos, pantalones, botas, una caja llena de bisutería barata y un tríptico de fotos donde aparecían los tres durante unas inusuales vacaciones en un *camping* de Maine. La foto le despertó recuerdos terribles. Demasiada bebida y demasiadas peleas y un regreso a casa con caras de perro. Era como si su padre hubiera metido allí todo lo que le recordaba a su esposa muerta y a su hijo ausente, para que acumulara polvo y los olores del tiempo.

—¡Ashley! —llamó—. ¿Dónde demonios estás?

Desde su sillón en la sala, su padre respondió:

—No vas a encontrar ninguna Ashley. Pero sigue buscando, si eso te hace feliz. —Y soltó una risa forzada que provocó aún más furia a su hijo.

Michael apretó los dientes y abrió la puerta del baño. Apartó la mohosa cortina de la ducha. Un frasco de pastillas cayó del lavabo, esparciendo píldoras por el suelo. Michael se agachó y recogió el frasco de plástico, vio que era un tratamiento para el corazón y se echó a reír.

—Así que ese negro corazón te está dando problemas, ¿eh? —dijo.

—Deja mis cosas en paz —repuso su padre.

—Vete al infierno —masculló Michael—. Espero que te duela bastante antes de matarte.

Arrojó el frasco al suelo, lo aplastó junto con las píldoras esparcidas y se dirigió al otro dormitorio.

La cama estaba sin hacer, las sábanas sucias. La habitación olía a tabaco, cerveza y ropa sucia. Había un cesto de plástico para la ropa en un rincón, repleto de camisetas y calzoncillos. La mesilla de noche estaba cubierta por más frascos de píldoras, botellas de licor medio llenas y un despertador roto. Vació todos los frascos en su mano y se guardó las píldoras en el bolsillo. «Te llevarás una sorpresa cuando las necesites», pensó.

Abrió el armario. La mitad del mueble (la mitad que usaba su madre) estaba vacía. El resto estaba lleno con la ropa de su padre: todos los pantalones, camisas de vestir, chaquetas y corbatas que ya nunca se ponía.

Dejó las puertas abiertas y se dirigió a la puerta corredera que conducía al patio trasero. Abrió la puerta y salió, ignorando el grito de su padre tras él.

—¿Qué demonios estás haciendo ahora?

Michael miró a izquierda y derecha. Allí no había ningún sitio donde esconderse.

Se dio la vuelta y entró.

—Voy a mirar en el sótano —anunció—. Si quieres ahorrarme la molestia, dime dónde está, viejo. O voy a tener que sacártelo por las malas.

—Adelante. Comprueba en el sótano. ¿Sabes una cosa, Mickey? No me asustas. Nunca lo hiciste.

«Eso ya lo veremos», pensó Michael.

Se acercó a la puerta que conducía al sótano. Era un sitio oscuro y cerrado, lleno de telarañas y polvo. Una vez, cuando tenía nueve años, su padre lo había encerrado allí bajo llave. Su madre estaba fuera y él había hecho algo que cabreó al viejo. Después de pegarle en la cabeza, arrojó al niño escaleras abajo y lo dejó en la oscuridad durante una hora. Michael se detuvo en lo alto de las escaleras y pensó que lo que más odiaba de sus padres era que no importaba cuántas veces se gritaran y chillaran e intercambiaran golpes, pues eso sólo parecía unirlos más. Todo lo que debería haberlos separado había cimentado su relación.

—¡Ashley! —llamó—. ¿Estás ahí abajo?

Una única bombilla en el techo proyectaba un poco de luz en los rincones. Escrutó cada sombra, buscándola.

El sótano estaba vacío.

La furia se acumuló en su pecho, el calor le corrió por los brazos hasta los puños apretados. Volvió a la sala donde lo esperaba su padre.

—Ha estado aquí, ¿verdad? —le espetó Michael—. Ha venido para hablar contigo. No llegué a tiempo y te ha dicho que me mintieras, ¿no es así?

El viejo se encogió de hombros.

—Sigues diciendo tonterías.

—Dime la verdad.

—Te la estoy diciendo. No tengo ni idea de lo que dices.

—Si no me cuentas qué ha pasado, qué te ha dicho ella cuando ha venido, adónde se ha ido, te arrepentirás, viejo. No bromeo. Puedo hacerlo y lo haré, y te va a doler. Así que dime, cuando te ha llamado, ¿qué le has dicho?

—Estás más loco o eres más estúpido de lo que recordaba —repuso el viejo. Se llevó la botella a los labios y se reclinó en el asiento.

Michael dio un paso y de un violento manotazo le arrancó la botella de la mano. Chocó contra la pared y se hizo añicos. El padre apenas reaccionó, aunque sus ojos se detuvieron en los vidrios esparcidos antes de mirar a su hijo.

—Ésta fue siempre la cuestión, ¿eh? ¿Cuál de nosotros iba a ser el más duro?

—Vete al infierno, viejo. Y dime lo que quiero saber.

—Primero tráeme otra cerveza.

Repentinamente, Michael lo zarandeó por la camisa. El padre se volvió y logró cogerlo por el cuello del jersey, retorciéndolo de forma que medio lo ahogó. Sus caras quedaron a unos centímetros de distancia, los ojos de uno fijos en los del otro. Michael se desasió y lo empujó hacia atrás violentamente.

Se dirigió al televisor y lo miró un instante.

—¿Así es como pasas las noches? ¿Emborrachándote y viendo la tele?

El padre no respondió.

—Pegarse mucho a la caja tonta es malo. ¿No lo sabías?

Esperó un segundo, para que su burla calara, y luego descargó una patada de karate contra el televisor, que cayó al suelo, con la pantalla destrozada.

—¡Cabrón de mierda! —aulló el viejo—. ¡Vas a pagármelo!

—¿Ah, sí? ¿Qué más tengo que romper para que me digas qué te ha dicho ella? ¿Cuánto tiempo ha estado aquí? ¿Qué te ha prometido? ¿Qué le has dicho que harías?

Antes de que su padre pudiera responder, se acercó a una estantería y lanzó al suelo una balda de recuerdos y fotografías.

—Son tonterías de tu madre. No significan nada para mí —se jactó el viejo.

—¿Quieres que busque algo que sí te importe? ¿Qué te ha dicho?

—Basta —dijo el viejo y apretó los dientes—. No sé qué significa esto para ti. Tampoco sé en qué te has metido. ¿Tienes problemas? ¿Cosas de dinero?

Michael O'Connell miró a su padre.

—¿De qué estás hablando?

—¿Quién te está buscando? Creo que van a encontrarte pronto, y no será agradable para ti. Pero eso tal vez ya lo sabes.

—Muy bien —dijo Michael lentamente—. La última oportunidad antes de que vaya para allá y te haga pagar todas las veces que me pegaste cuando era niño. ¿Te ha llamado hoy una chica llamada Ashley? ¿Ha dicho que quería que la ayudaras a romper conmigo? ¿Ha dicho que venía de camino para hablar contigo?

El viejo continuó mirando a su hijo con los ojos entornados. Pero a través de la película de ira que parecía a punto de estallar, logró contenerse y le espetó:

—¡No y no, maldita sea! Ninguna Ashley. Ninguna chica. Nada de lo que has dicho, lo quieras creer o no.

—Mientes, viejo hijoputa.

El padre sacudió la cabeza y se echó a reír, cosa que enfureció a Michael aún más. Le parecía estar al borde de un precipicio, tratando de mantener el equilibrio. Se moría de ganas de aplastarle la cara a puñetazos. Sin embargo, tomó aliento y se dijo que primero necesitaba saber qué estaba pasando. Lo habían hecho ir allí por un motivo, pero ¿cuál?

—Ella ha dicho...

—No sé lo que ha dicho. Pero esa fulana no ha llamado ni ha aparecido ante esta puerta.

Michael dio un paso atrás.

—Pero... —empezó. La mente le daba vueltas. No acertaba a comprender por qué Ashley lo había impulsado a venir a casa de su padre. ¿Qué tramaba Ashley?

—¿Con quién tienes problemas? —preguntó el viejo.

—Con nadie —le espetó Michael, furioso porque había interrumpido sus pensamientos.

—¿Qué es? ¿Drogas? ¿Diste algún golpe y luego timaste a tu jefe? ¿Qué has hecho para que te vaya detrás un pez gordo? ¿Le robaste algo?

—¿De qué coño hablas? —repuso Michael, confundido. De pronto pensó que el viejo debería estar mucho más enfadado por el televisor roto. «Y no está enfadado porque sabe que pronto tendrá uno nuevo», pensó.

—¿A quién has estado jodiendo, chico? Hay gente muy descontenta contigo, ¿sabes?

—¿Quién te ha dicho eso?

El viejo se encogió de hombros.

—No te lo voy a decir. Tan sólo lo sé.

Michael O'Connell se irguió. «Nada tiene ningún sentido —pensó—. O tal vez sí...»

—Viejo, me obligas a darte una paliza. ¡A menos que me expliques ahora mismo de qué coño estás hablando! —gritó. Dio dos rápidas zancadas hacia su padre, quien permaneció sentado en su sillón, sonriendo, preguntándose si había conseguido entretener a su hijo lo suficiente para que el dadivoso señor Smith tomara las medidas adecuadas, fueran cuales fuesen.

A unos doscientos metros de la casa de los O'Connell, Hope vio varios coches viejos y camionetas con pegatinas de Harley-Davidson, todos a un lado de la carretera, aparcados al azar. En una casa vieja y desvencijada estilo rancho algo apartada de la calle se oía bullicio de voces y rock duro. Estaban celebrando una fiesta. Cerveza y pizza, supuso, con anfetaminas como postre. Detuvo su coche alquilado detrás de uno de los coches aparcados, para parecer otra juerguista.

A continuación se enfundó el mono negro que había comprado Sally. Se metió en el bolsillo el pasamontañas azul marino. Luego se puso unos guantes de látex y otros de cuero encima. Se envolvió muñecas y talones con varias vueltas de cinta negra aislante, para que no quedara ninguna piel expuesta.

Se echó al hombro la mochila con la pistola y echó a correr en dirección a la casa de los O'Connell; su atuendo la confundía con la noche. Llevaba el móvil en la mano y llamó a Scott.

—Muy bien —dijo—. Estoy aquí. A unos cientos de metros. ¿Qué tengo que buscar?

—Nuestro hombre tiene un Toyota rojo de hace cinco años y el padre una furgoneta negra que está aparcada en una especie de cobertizo, bajo un toldo. La única luz exterior es la de la puerta lateral. Ése es tu punto de entrada.

—¿Están...?

—Sí, he oído romperse algunas cosas ahí dentro.

—¿Hay alguien más?

—No que yo haya visto.

—¿Dónde debería...?

—Junto al coche aparcado. A la derecha. Todo está lleno de herramientas y piezas de motor. Podrás verlos pero ellos no te verán.

—De acuerdo —dijo Hope—. Permanece alerta. Hablaré contigo luego.

Scott colgó. Se apoyó contra el viejo cobertizo y observó. Había muy poca luz, pensó. No había farolas en esa zona rural. Mientras Hope se protegiera en las sombras, estaría bien. Dio un respingo. La idea de que Hope estuviera bien era absurda. Ninguno de ellos iba a estar bien, se dijo, excepto tal vez Ashley, el único motivo para hacer aquello.

Si él se sentía tan afectado y asustado, pensó Scott, ¿cómo conseguía Hope, la actriz principal en el escenario que los tres habían creado, controlar sus dudas?

Corriendo agachada, más como una criatura salvaje que como la atleta que fuera en otros tiempos, Hope cruzó el patio y se apretó contra la pared trasera del improvisado cobertizo. Se tumbó en el suelo y dedicó un momento a escudriñar las inmediaciones. Las casas más cercanas estaban a treinta o cuarenta metros de distancia, al otro lado de la calle.

Apoyó el mentón en el suelo y cerró los ojos un momento. Trató de hacer una especie de inventario de sus emociones, como si buscara una que le diera suficiente presencia de ánimo para los minutos siguientes. Visualizó a *Anónimo* muerto entre sus brazos, y luego lo sustituyó por Ashley.

Esto la reconfortó un poco. Luego consiguió fortalecer su determinación al pensar que O'Connell iría también por

Catherine. Sí, su madre se defendería con uñas y dientes, pero era una pelea perdida de antemano. Añadió las demás amenazas que se cernían sobre sus vidas, e hizo la ecuación. Trató de restar la duda y la incertidumbre. Todo lo que había parecido tan diáfano y obvio cuando los tres estaban sentados en su cómodo salón, ahora parecía perverso, equivocado e imposible de todo punto. Sudaba copiosamente y las manos le temblaban.

«¿Quién soy?», se preguntó de pronto.

Hubo una época, poco después de la muerte de su padre, en que se había sentido muy asustada. No era tanto el miedo por la pérdida, sino por no poder mostrarle lo que consiguiera en la vida. Trató de imaginar que su padre querría que estuviese exactamente en esta situación, corriendo un grave riesgo en aras de proteger a los demás. Él siempre quería que ella se hiciera cargo, para bien o para mal. «Eres la capitana», solía decirle.

Hope pensó que estaba verdaderamente al borde de la locura.

«Despeja tu mente y céntrate», se ordenó.

Se puso el pasamontañas. Buscó en la mochila y sacó la pistola de la bolsa de plástico.

Rodeó el gatillo con el dedo. Era la primera vez que empuñaba un arma de fuego. Deseó tener más experiencia, pero la sorprendió sentir una especie de cosquilleo que le transmitía aquel objeto de acero, un poder desconocido y casi embriagador.

Se arrastró hasta el borde del cobertizo y escuchó las voces furiosas que procedían de la casa. Ahora tenía que esperar el momento adecuado y luego actuar sin vacilaciones.

—¡Joder, necesito saber qué cojones está pasando! —estalló Michael O'Connell. Cada palabra que pronunciaba estaba cargada con años de odio hacia el hombre que se mecía despectivamente en su sillón ante él, y con todo el peso de su amor por Ashley. Tenía el corazón desbocado y la furia casi lo cegaba.

—¿Qué está pasando? Estás aquí, lloriqueando por un coño, cuando deberías estar preocupado por quienquiera que te hayas ganado como enemigo —refunfuñó su padre agitando una mano en el aire.

—¡No sé de qué hablas! ¡No he jodido a nadie!

El viejo se encogió de hombros, un gesto que enfureció aún más a su hijo. Michael dio un paso hacia delante, con los puños apretados, y el padre se levantó de su asiento, sacando pecho ante su hijo.

—¿Crees que ya eres lo bastante mayor y fuerte para medirte conmigo?

—No creo que quieras escuchar la respuesta. Estás gordo y fondón. Esa falsa incapacidad tuya puede que acabe siendo de verdad. Sólo servías para golpear a mujeres y niños, y eso fue hace mucho tiempo. Ya no soy un niño. Piénsatelo bien.

Su gélida voz hizo que el hombre mayor se detuviera. Resopló y sacudió la cabeza.

—Nunca tuve problemas para manejarte entonces. Puede que ya hayas crecido, pero sigo siendo más duro de lo que crees. Todavía puedo aplastarte como a una cucaracha.

—Eras débil entonces y eres débil ahora —le espetó el hijo—. Mamá era capaz de mantenerte a raya. De hecho, si aquella noche no hubiera estado borracha ni siquiera habrías logrado golpearla. Así es como pasó, ¿no? Estaba demasiado borracha para defenderse y viste tu oportunidad. Por eso la mataste.

El viejo soltó un rugido.

—Nunca tendría que haber mentido por ti —prosiguió Michael—. Tendría que haberle dicho la verdad a la policía.

—No te pases —replicó el padre con frialdad—. No te metas en lo que no sabes.

Ambos se acercaron el uno al otro, como perros antes de que los gruñidos se conviertan en pelea.

—¿Crees que podrías matarme y salirte de rositas, como hiciste con ella? Yo creo que no, viejo.

El padre se abalanzó y lo golpeó en la cara. El puñetazo resonó en la pequeña sala.

Michael esbozó una mueca salvaje. Lanzó el brazo derecho y agarró a su padre por la garganta. Cerrar la mano en torno a la laringe del viejo le proporcionó una satisfacción instantánea. Mientras sentía los músculos contraerse y los tendones aplastarse bajo su presa, experimentó una locura casi abrumadora. Asustado, el viejo se revolvió y le clavó las uñas en la muñeca, tratando de liberarse, mientras se quedaba rápidamente sin aire. Cuando el rostro de su padre se volvió morado, Michael lo empujó hacia atrás, soltándolo. El viejo chocó contra una mesa baja, volcando su contenido. Se agarró al brazo del sillón mientras caía al suelo, lo derribó y quedó tendido de espaldas, jadeando, con los ojos abiertos por la sorpresa. Su hijo se echó a reír y le escupió.

—Quédate ahí, escoria. Quédate ahí para siempre. Pero escucha una cosa: si alguna vez te llama Ashley, o alguien relacionado con ella, y prometes ayudarlo de alguna manera, vendré aquí y te mataré. ¿Lo entiendes? Me gustaría matar todo mi pasado. Eso me haría sentirme mucho mejor. Y qué mejor que empezar contigo.

El padre permaneció en el suelo, inmóvil. El hijo vio el miedo en sus ojos y por primera vez pensó que el viaje hasta allí había merecido la pena.

—Más vale que reces por no volver a verme, viejo patético —le espetó—. Porque la próxima vez acabarás en una caja de pino, que es donde tenías que estar desde hace años.

Se dio la vuelta y, sin mirar atrás, salió por la puerta lateral.

El frío aire nocturno lo golpeó como un mal recuerdo, pero sólo podía pensar en qué se traía Ashley entre manos y por qué había pensado que su padre la ayudaría. Alguien había estado mintiendo.

Se sentó al volante de su coche, puso el motor en marcha y decidió ir en busca de las respuestas.

Hope había escuchado la discusión y el estrépito de una pelea breve. Agarró con fuerza la automática, conteniendo la respiración, cuando vio salir a Michael O'Connell y dirigirse hacia su coche, a pocos metros de donde ella estaba escondida. Esperó a que saliera del camino de acceso y acelerara rápidamente hacia la noche.

El momento siguiente era crucial.

«No te retrases ni un segundo —le había dicho Sally—. Debes entrar apenas él se vaya.»

Se levantó.

Hope podía oír la voz de Sally en su mente: «No vaciles. No esperes. Entra directamente. No digas una palabra. Sólo aprieta el gatillo, vuélvete y márchate.»

Hope inspiró hondo y se dirigió sigilosamente hacia el pequeño arco de luz que filtraba la puerta lateral. Giró el picaporte y entró en la casa.

Estaba en la cocina, pero podía ver la sala al fondo del pasillo, tal como Scott había descrito. Se quedó allí, casi petrificada, y vio que el padre de O'Connell empezaba a levantarse del suelo.

De pronto la vio, pero no pareció sorprendido.

—¿Le envía el señor Jones? —preguntó mientras se sacudía el polvo—. Esa basura de hijo mío se ha marchado hace menos de un minuto en su coche.

Hope alzó el arma y apuntó.

El viejo O'Connell parecía confundido.

—¡Eh! —dijo bruscamente—. Es al puñetero chico a quien quieren, no a mí.

Todo se había vuelto súbitamente grotesco: cada color

más brillante, cada sonido más fuerte, cada olor más penetrante. La propia respiración de Hope resonaba en sus oídos atropelladamente. Trató de no pensar.

Apuntó directamente al corazón del viejo y apretó el gatillo.

Y no pasó nada.

El detective trajo una caja grande atada con una cinta roja y la dejó sobre su mesa. La abrió. Luego se inclinó hacia delante y me preguntó con una sonrisa:

—¿Sabe cómo se portan los niños la mañana de Navidad, cuando se quedan mirando todos esos paquetes envueltos bajo el árbol?

—Claro. Pero ¿qué...?

—Recoger pruebas es un poco como eso. Los niños siempre piensan que el regalo más grande será el mejor, pero a menudo no lo es. Es la caja menos llamativa la que a veces contiene el regalo más valioso. En cierto modo, eso también nos pasa a nosotros. El detalle más pequeño puede convertirse en el más grande cuando se llega a juicio. Así que cuando estás en la escena del crimen y recoges esto y lo otro, o cuando cumples una orden de registro, hay que tener en cuenta todas las piezas.

—¿Y en este caso?

El detective sonrió. Sacó una pistola dentro de una bolsa de plástico sellada. Me tendió el arma y la miré a través del plástico. Vi residuos de polvo recogehuellas en la culata y el cañón.

—Tenga cuidado —dijo—. No creo que esté cargada, pero el seguro está en la culata, así que... —sonrió—. Le sorprendería saber cuántos accidentes tienen lugar en las salas de pruebas cuando la gente empieza a mover armas que se suponen descargadas.

Alcé el arma con cautela.

—No parece gran cosa —dije.

El detective asintió.

—Una mierda de arma —dijo sacudiendo la cabeza—.
De las más baratas que se pueden encontrar. Fabricada por
una compañía de Ohio que crea los componentes por separado y luego los ensambla, los mete en una caja y los envía a
armerías de poca monta. Una buena armería nunca vende-
ría una basura como ésta. Y ningún profesional auténtico la
emplearía.

—Pero funciona, ¿no?

—Más o menos. Es una automática del veinticinco. Un
calibre pequeño. Pesa poco. Los asesinos profesionales (y
por aquí no tenemos tantos) nunca utilizarían un arma de
usar y tirar como ésta. Poco fiable. No es fácil de manejar,
el seguro y el percutor se encasquillan y, a menos que se dis-
pare desde muy cerca, no es muy precisa. Y tampoco tiene
mucha potencia. No detendría a un pitbull de tamaño medio
ni a un violador, a menos que consigas darles en la cabeza con
el primer tiro.

Volvió a sonreír mientras yo examinaba el arma.

—O la dispararas desde muy cerca. Por ejemplo, un enamorado a su pareja. —Sonrió de nuevo.

—Pero, hablando en general, no es aconsejable acercarte tanto a la persona que intentas matar.

Asentí, y el detective se dejó caer en su asiento.

—¿Ve? —añadió—. Se aprende algo nuevo cada día.

Levanté de nuevo el arma, colocándola a la luz, como si
pudiera decirme algo.

—Claro, ahora que le he dicho lo mala que es el arma, he
de agregar que en este caso cumplió con su cometido —dijo
el detective—. Más o menos.

44

Eligiendo

Hope advirtió al instante que había cometido un error.

Mientras su mente sopesaba las más descabelladas posibilidades, con el pulgar empujó el seguro hacia abajo, asegurándose de que estuviera en posición de disparo. Alzó la mano enguantada y tiró del percutor para meter una bala en la recámara... algo que debería haber hecho antes de entrar en la casa. El arma se amartilló con un chasquido. Tuvo la terrible idea de que ni ella ni Sally se habían molestado en comprobar si el arma funcionaba correctamente.

Vaciló un instante.

Y O'Connell, que empezaba a levantar las manos en gesto de rendición, de pronto dejó escapar un aullido y se abalanzó contra ella. Hope apretaba ya el gatillo cuando el hombre se le venía encima.

Se produjo una detonación y la pistola medio se le escurrió. Giró hacia atrás y chocó contra la mesa de la cocina, volcándola con estrépito y enviando botellas vacías contra paredes y muebles. Cayó al suelo casi sin respiración. El padre de O'Connell, emitiendo gruñidos viscerales, cayó sobre ella. Le lanzaba manotazos al pasamontañas, tratando de cogerla por el cuello.

Hope no sabía si el primer disparo lo había alcanzado. Trató desesperadamente de volver a dispararle, pero la mano de O'Connell de repente aferró la suya y trató de apartar el arma.

Hope le dio un rodillazo en la entrepierna y lo oyó jadear de dolor, pero no tanto como para soltarle la mano. Era más fuerte que ella y trataba de girar la pistola hacia atrás, para que encañonara a Hope. Al mismo tiempo, continuaba golpeándola con la mano libre. Falló la mayoría de los manotazos, pero la alcanzaron los suficientes para hacerle ver relámpagos de dolor rojo.

Hope soltó una patada y esta vez la fuerza de su pierna los lanzó a los dos hacia atrás, derribando más cosas en la habitación. Una papelera se volcó, esparciendo posos de café y cáscaras de huevo por el suelo. Oyó más cristales rompiéndose.

O'Connell padre era un veterano de peleas de bar y sabía que la mayoría se ganan en los primeros golpes. Estaba herido, pero logró ignorar el dolor y pelear con fuerza. Mucho más que Hope, sentía que esa pelea contra un enemigo anónimo y encapuchado era la más importante de su vida. Si perdía, moriría. Empujó más el arma, tratando de colocarla contra el cuerpo de su atacante. Muchos años antes había hecho casi exactamente lo mismo, cuando su esposa borracha acabó muerta.

Hope estaba más allá del pánico. Nunca en su vida había sentido aquella clase de fuerza masculina avasalladora. La adrenalina le pulsaba en las sienes y agitó una mano tratando de encontrar fuerzas. Con un esfuerzo inmenso, golpeó de lado a O'Connell y los dos rodaron contra la encimera. Platos y cubiertos cayeron en cascada alrededor. El movimiento pareció conseguir algo: el hombre gritó de dolor y Hope atisbó una mancha de sangre en el armario blanco. El primer disparo lo había alcanzado en el hombro, pero aun así él luchaba tratando de sobreponerse al dolor.

O'Connell agarró el arma con ambas manos y Hope de repente lo golpeó con el brazo libre, haciéndole chocar la cabeza contra el armario del fregadero. Pudo ver su rostro convertido en una máscara de furia y terror. Alzó la rodilla de nuevo y volvió a darle en la entrepierna. Lo empujó y le golpeó la mandíbula. O'Connell retrocedió, conmocionado por el furioso ataque, pero siguió reteniéndola bajo su peso.

Ella lo golpeó con la mano izquierda, manteniendo con la derecha una fiera presa sobre el arma para impedir que la apuntara. Y en ese momento sintió que él aflojaba la presión sobre la pistola. Hope supuso que O'Connell cedía, pero entonces una súbita punzada de lacerante dolor le recorrió el cuerpo. Puso los ojos en blanco y estuvo a punto de desmayarse. La negrura que amenazaba con engullirla giraba mareante a su alrededor.

O'Connell había cogido un cuchillo de cocina de entre el caos que los rodeaba y se lo había clavado en el costado, buscándole el corazón. Hope sintió la punta de la hoja hincándose. Su único pensamiento fue: «Es ahora. Vive o muere.»

Forcejeó con la pistola y logró volverla hacia la cara de O'Connell mientras se retorcía en una combinación de dolor y furia. La llevó bajo la barbilla del hombre justo cuando la hoja del cuchillo parecía buscarle el alma, y apretó el gatillo.

Scott quiso mirar la esfera fluorescente de su reloj, pero no se atrevía a apartar los ojos del cobertizo y la puerta lateral de la casa. Entre dientes, contaba los segundos pasados desde que había visto la oscura figura de Hope desaparecer en el interior de la casa.

Estaba tardando demasiado.

Se apartó un paso de su escondite, pero luego retrocedió, inseguro de qué hacer. Una parte de él le gritaba que todo había salido mal, que todo era un lío, que huyese por piernas antes de ser absorbido aún más en un desastroso remolino de acontecimientos nefastos. El miedo, como una ola, amenazaba con ahogarlo.

Tenía la garganta seca y los labios agrietados. La noche parecía estar congelándolo y se subió el cuello alto del jersey. Se ordenó marcharse. Fuera lo que fuese lo que había sucedido, debía largarse de allí.

Pero no lo hizo. Sus ojos escrutaron la oscuridad y sus oídos se aguzaron. Miró a derecha e izquierda y no vio a nadie.

Hay momentos en que uno sabe que tiene que hacer algo, pero todas las opciones parecen más peligrosas que la anterior, y cada elección parece augurar algo malo. Pasara lo que pasase, Scott sabía que de algún modo la vida de Ashley podía depender de lo que él hiciera en los siguientes segundos.

Tal vez las vidas de todos ellos.

Y a pesar del pánico que crecía en su interior, tomó aliento y, tratando de desechar cualquier pensamiento, consideración, posibilidad u opción, echó a correr hacia la casa.

Hope quiso gritar, pero apenas logró emitir un gemido débil y entrecortado.

El segundo disparo había alcanzado a O'Connell directamente bajo la barbilla, se había abierto paso a través de la boca, rompiendo dientes y destrozando lengua y encías, y finalmente se había alojado en su cerebro, matándolo de manera casi instantánea. El impulso del disparo lo empujó hacia atrás, casi quitándoselo de encima, pero luego volvió a caer sobre ella, de modo que quedó bajo su cuerpo, casi asfixiada por su peso.

O'Connell todavía aferraba el cuchillo, pero la fuerza que lo impulsaba había desaparecido. Hope casi perdió el conocimiento, cegada por un súbito arrebato de dolor que envió rayos de fuego por todo su costado, hasta sus pulmones y su corazón, y rayos de negra agonía a su cabeza. Se sintió bruscamente exhausta, y una parte de ella pareció querer abandonarse, cerrar los ojos y dormirse allí mismo. Pero la fuerza de voluntad le dio fuerzas para intentar quitarse de encima el cadáver. Probó una vez y otra, hasta que el cuerpo pareció retroceder unos centímetros. Empujo por enésima vez. Era como intentar mover un peñasco.

Oyó abrirse la puerta, pero no pudo ver quién era. Luchó contra el desvanecimiento, jadeando en busca de aire.

—¡Dios mío!

La voz le sonó familiar y Hope gimió.

De repente, como por arte de magia, el peso del cadáver desapareció y Hope pudo respirar. En ese momento, el cadáver cayó sobre el suelo de linóleo junto a ella.

—¡Hope! ¡Hope!

Ella oyó que susurraban su nombre y se volvió hacia el sonido. A pesar del dolor, consiguió esbozar una sonrisa.

—Hola, Scott —dijo—. He tenido algunos problemas.

—Tenemos que sacarte de aquí.

Ella asintió y se esforzó por sentarse en el suelo. El cuchillo todavía sobresalía en su costado. Scott intentó cogerlo, pero ella negó con la cabeza.

—No lo toques —advirtió.

—Vale, tranquila.

La ayudó a incorporarse y Hope logró ponerse en pie. Por un momento su mareo aumentó, pero logró recuperarse. Apretando los dientes y apoyándose en Scott, pasó por encima del cadáver del padre de O'Connell.

—Necesito aire —dijo. Pasó un brazo por su hombro y él la guió hasta la puerta—. La pistola... —susurró—. La pistola, no podemos dejarla aquí.

Scott miró alrededor y vio el arma en el suelo. La recogió y la metió en la mochila de Hope, que se echó al hombro.

—Salgamos —dijo.

Salieron fuera y Scott la ayudó a apoyarse contra la pared.

—Tengo que pensar —dijo él.

Ella asintió, respirando el aire fresco. Eso la ayudó a despejar la cabeza de la bruma que la envolvía. Se enderezó un poco.

—Puedo moverme —dijo.

Scott estaba dividido entre el pánico y la determinación. Sabía que tenía que pensar con claridad y eficacia. Le quitó el pasamontañas y de pronto vio por qué Sally se había enamorado de ella. Era como si el dolor de lo que había hecho se hubiera marcado en su cara con las más valientes pinceladas. En ese instante pensó que Hope se había sacrificado tanto por Ashley como por Sally y él.

—Debo de haber sangrado en el suelo... —dijo ella—. Si la policía...

Scott asintió y reflexionó un momento.

—Espera aquí. ¿Podrás hacerlo?

—Estoy bien —mintió ella—. Estoy lastimada, no lesionada —dijo, usando un viejo tópico de los deportistas. Si sólo estás lastimada, puedes seguir jugando. Si estás lesionada, no.

—Ahora mismo vuelvo —dijo Scott.

Rodeó la esquina de la casa y se agachó para observar el caos de piezas de motor, herramientas, latas de pintura oxidadas y trozos de tejado. Sabía que allí estaba lo que necesitaba, pero dudaba de localizarlo en la penumbra.

Rogó que la suerte acudiera en su ayuda. Y de pronto vio lo que necesitaba: un bidón de plástico rojo. «Por favor —suplicó mentalmente—. No estés vacío.»

Cogió el bidón, lo sacudió y notó que un tercio estaba lleno de líquido. Abrió la tapa y aspiró el inconfundible olor de la gasolina rancia.

Volvió sobre sus pasos con sigilo y entró en la casa.

Sintió unas súbitas náuseas, pero las contuvo. Antes había estado completamente concentrado en Hope y en sacarla de allí, pero esta vez estaba solo con el cadáver y, por primera vez, vio el ensangrentado rostro hecho un abominable amasijo. Boqueó y se ordenó conservar el temple, en vano. El corazón se le desbocó, y todo a su alrededor cobró una súbita intensidad. El desorden provocado por la lucha parecía brillar como pintado con colores vibrantes. Pensó que la muerte violenta lo volvía todo más brillante, no más oscuro.

Se tambaleó un poco y miró hacia donde Hope había estado atrapada bajo el cuerpo de O'Connell, en busca de rastros de sangre, y vio gotas rojas por el suelo. Derramó gasolina sobre ese sitio y luego roció la camisa y los pantalones del muerto. Miró alrededor y vio una pequeña toalla. La frotó en la mezcla de sangre y gasolina del pecho del cadáver y se la guardó en el bolsillo.

Lo asaltó otra oleada de náuseas, pero se sobrepuso: cada segundo que siguiera allí aumentaba la probabilidad de dejar alguna pista delatora. Fue dejando charcos de gasolina por el suelo hasta la cocina. Había cerillas en la encimera.

Encendió la cajetilla entera, y la lanzó hacia el pecho del padre de O'Connell.

La gasolina estalló en llamas. Durante un segundo observó el fuego expandirse, y a continuación se dio la vuelta y regresó a la noche.

Encontró a Hope en el mismo sitio. Con la mano enguantada sujetaba el mango del cuchillo, que aún asomaba de su costado.

—¿Puedes moverte? —le preguntó.

—Creo que sí... —respondió ella.

Al amparo de las sombras, avanzaron lentamente hasta la calle. Scott la rodeaba con un brazo para que se apoyase en él, y prosiguieron por la oscuridad. Ella lo guió hacia su coche. Ninguno de los dos miró hacia atrás. Scott rogó que el incendio tardara en propagarse y pasaran varios minutos antes de que algún vecino reparase en las llamas.

—¿Estás bien? —susurró.

—Puedo conseguirlo —respondió ella, apoyándose contra él. El aire de la noche la había despejado un poco y estaba controlando el dolor, aunque cada paso que daba le provocaba una punzada. Alternaba entre la confianza y la determinación, y la desesperación y la flaqueza. Sabía que no importaba cómo hubiera planeado Sally el resto del plan, no iba a suceder como estaba previsto. La sangre que sentía agolparse en la herida se lo decía.

—Vamos, un último esfuerzo —la animó Scott.

—Sólo somos una pareja que sale a dar un paseo nocturno —bromeó Hope a pesar del dolor—. A la izquierda en la esquina; el coche está a media calle.

Cada paso parecía más lento que el anterior. Scott no sabía qué haría si se acercaba un coche, o si alguien salía y los veía. A lo lejos oyó perros ladrando. Mientras rodeaban tambaleándose la esquina, como si fueran una pareja achispada, vio el coche. La fiesta de la casa cercana estaba en su apogeo.

Reuniendo fuerzas de flaqueza, Hope consiguió enderezarse con un esfuerzo supremo.

—Ponme al volante —dijo con decisión.

—No puedes conducir —dijo Scott—. Necesitas ir a un hospital.

—Sí, pero no aquí —respondió ella.

Hope estaba calculando, tratando de conservar la cabeza despejada, aunque el dolor lo hacía difícil.

—Las malditas matrículas —masculló—. Vuelve a cambiarlas.

Eso confundió a Scott. No entendía a qué venía eso, cuando llevarla a urgencias parecía lo único importante.

—Pero... —repuso.

—¡Hazlo!

La ayudó a sentarse al volante, como ella había pedido. Luego cogió la bolsa con las matrículas y, respirando hondo y tras dirigir una mirada a la casa donde se celebraba la fiesta, las cambió tan rápidamente como pudo. Cogió las robadas y las metió en la mochila junto con la pistola y la pequeña toalla manchada de gasolina y sangre, ambas en una bolsa de plástico.

Volvió al lado del conductor. Hope, que había metido la llave en el contacto, se demudó de dolor al quitarse la cinta de tobillos y muñecas y los dos pares de guantes. Se lo entregó todo a Scott. Él se quedó sin saber qué hacer, mientras ella se arrancaba el cuchillo de un tirón.

—¡Dios! —gimió. Echó atrás la cabeza y estuvo a punto de desmayarse, pero una segunda oleada de dolor la mantuvo consciente. Inhaló bruscamente.

—Tengo que llevarte a un hospital —repitió Scott.

—Iré sola —repuso Hope—. Tú tienes demasiadas cosas que hacer. —Señaló el cuchillo—. Me lo quedaré yo —dijo, y lo dejó caer al suelo del coche y con el pie lo empujó bajo el asiento.

—Yo podría deshacerme de él.

A Hope le costaba pensar, pero negó con la cabeza.

—Deshazte de esas cosas, y de las matrículas, en algún sitio donde no las relacionen con este coche —dijo. Intentaba recordarlo todo, organizarse, pero el dolor le nublaba el raciocinio. Ojalá Sally estuviera allí, pues no le pasaría por alto ningún detalle. Era buena en eso, pensó Hope. Se volvió hacia Scott, y trató de verlo como si fuera parte de Sally, cosa que, imaginó, había sido en el pasado—. Muy bien —prosiguió—. Seguiremos con el plan. Estoy bien para conducir. Haz lo que tengas que hacer... —Señaló la mochila con la pistola.

—No puedo dejarte —contestó él—. Sally nunca me perdonaría.

—No tendrá oportunidad de perdonarte si no te marchas. Ya vamos con retraso. Lo que tienes que hacer ahora es crucial.

—¿Estás segura?

—Sí —dijo Hope, aunque no estaba segura de nada—. Vete. Vete ahora.

—¿Qué le digo a Sally?

Una docena de pensamientos cruzaron la mente de Hope.

—Dile que estaré bien. La llamaré más tarde.

—¿Estás segura? —Miró la herida de su costado y el negro mono de mecánico manchado de sangre.

—No es tan malo como parece —mintió ella—. Vete, antes de que lo estropeemos todo.

La idea de que, después de todo lo que había hecho, pudieran fracasar la martirizaba. Agitó la mano hacia Scott.

—Vete.

—De acuerdo —respondió él, y se irguió dando un paso atrás.

—Oh, Scott —añadió ella.

—¿Sí?

—Gracias por acudir en mi ayuda.

Él asintió.

—Tú hiciste el trabajo difícil —dijo. Cerró la puerta y vio cómo Hope se inclinaba y ponía el coche en marcha.

Se retiró mientras ella arrancaba y contempló cómo el coche se perdía calle abajo, solo en la oscuridad hasta que las luces traseras desaparecieron. Entonces se echó la mochila a la espalda y corrió hacia la parada del autobús. Sabía que iba con retraso y podía ser desastroso, pero aún tenía que cumplir con el resto de su misión. No estaba seguro de lo que iba a hacer Hope el resto de la noche, pero la suerte de todos la acompañaría, aunque en realidad esa noche hacía falta suerte también en otros sitios.

Sally estaba aparcada en un centro comercial, esperando a Scott. Consultó su reloj y comprobó el cronómetro. Cogió el móvil y pensó si llamar o no, pero decidió abstenerse. Estaba a tres cuartos de hora de Boston, cerca de la interestatal, un lugar elegido por los mismos motivos que el lugar donde se reunió con Hope para entregarle la pistola, pero diferente, pues proporcionaría a Scott acceso fácil para volver al oeste de Massachusetts.

Se apoyó en el reposacabezas y cerró los ojos. No se permitiría torturarse repasando todos los posibles desastres que podían haber ocurrido esa noche. Eran neófitos en el arte de matar, pensó. Puede que cada uno tuviera la experiencia que hizo que la planificación, la organización y la concepción de la muerte parecieran manejables y factibles, pero, en lo referente a la ejecución del plan, eran novatos absolutos. Ningún profesional lo habría hecho así. El plan era demasiado errático, azaroso y dependiente de que cada uno realizara eficazmente ciertas tareas. Ésa era la base de todo, pensó.

Las personas responsables y educadas no harían algo así. Sólo los drogadictos o los violentos podían ascender los peldaños de la criminalidad hasta el asesinato.

Cerró los ojos con fuerza.

Tal vez su convicción de que podrían llevar a buen puerto un asesinato no era más que una fantasía. Imaginó a Scott y a Hope esposados, rodeados de policías. El padre de O'Connell estaría haciendo una declaración, y ella sería la siguiente, en cuanto Scott o Hope se derrumbaran durante el interrogatorio.

Y Ashley, incluso con Catherine a su lado, se enfrentaría sola a un horroroso futuro con Michael O'Connell.

Abrió los ojos y escrutó el aparcamiento teñido de luz verde.

Ni rastro de Scott.

Hope debería estar camino de casa.

Michael O'Connell estaría en algún arcén, tratando de reparar el pinchazo o esperando una grúa. Estaría furioso y se preguntaría qué demonios estaba pasando. Lo único que no esperaba era quedar atrapado en una representación donde él era un actor importante. Sally sonrió. Pensó que el papel que se había interpretado sin saltarse una línea ni dar un paso en falso había sido el de O'Connell, y él ni siquiera lo sabía. Lo estaban ahogando y ni siquiera era consciente de ello.

Apretó el puño y pensó: «Te tenemos, hijo de puta.» Resopló lentamente. «O tal vez no.»

Scott debería llegar de un momento a otro.

Golpeó el volante con frustración y desesperación.

—¿Dónde demonios estás? —susurró escrutando la zona—. Vamos, Scott. ¡Llega ya!

Extendió la mano hacia el móvil de nuevo, pero lo soltó. Esperar, comprendió, era lo segundo más difícil. Lo más difícil era confiar en alguien a quien una vez había dicho que amaba, y a quien luego había abandonado y engañado, antes de divorciarse. En realidad, lo único que mantenía cierto tono cordial entre ella y su ex era Ashley. Tal vez eso fuese suficiente para que ambos sobrevivieran a esa noche.

Entonces sus pensamientos se volvieron hacia Hope. Sacudió la cabeza y sintió lágrimas en los ojos. Sabía que podía confiar en ella, aunque había hecho muy poco en los últimos meses para merecer esa confianza por su parte. Se sentía como flotando en una nube de incertidumbre.

—¡Vamos! —susurró de nuevo, como si las palabras pudieran conjurar los hechos.

Había un gran contenedor de basura en un rincón del aparcamiento donde Scott había dejado su furgoneta. Para su alivio, estaba casi lleno, no sólo de bolsas de plástico negras, sino también de botellas, latas y basura sin recoger. Cogió una bolsa medio vacía, la abrió y metió las matrículas robadas, los restos de cinta y los guantes. Luego volvió a atarla y la colocó en medio de la pila de basura. El contenedor sería vaciado pronto, probablemente al día siguiente.

Volvió rápidamente a la furgoneta y esperó a arrancar hasta que no hubo ningún coche en movimiento por las inmediaciones.

Scott volvió a cambiarse de ropa, chaqueta y corbata. Sabía que tenía que darse prisa, pero también evitar llamar la atención. Deseó poder acelerar, pero permaneció dentro de los límites de velocidad. Incluso en la interestatal se mantuvo en el carril central mientras se dirigía a su encuentro con Sally.

No sabía qué iba a decirle cuando la viera.

Tratar de transmitirle con palabras lo que había ocurrido esa noche parecía imposible. Si no le decía nada, ella lo odiaría. Si se lo contaba todo, ella se horrorizaría, y también lo odiaría. Querría acudir de inmediato al lado de Hope y olvidarse del plan.

Todo podía fracasar.

Condujo sabiendo que iba a mentir. Tal vez no mucho, pero lo suficiente. Eso lo enfurecía y entristecía, pero sobre todo le hacía sentirse incompetente y falso.

Cuando llegó al aparcamiento tras salir de la autopista, divisó a Sally. No tardó en colocarse a su lado. Cogió la mochila y salió del coche.

Sally permaneció al volante, pero encendió el motor.

—Llegas tarde —dijo—. No sé si me queda tiempo. ¿Ha salido según lo previsto?

—No exactamente. No ha sido tan sencillo como pensábamos.

—¿Qué quieres decir? —preguntó Sally con su cortante tono de abogada.

—Ha habido una pequeña pelea, pero Hope ha cumplido con su misión... —vaciló—. Puede que resultara un poco herida en la confrontación. Ahora va camino de casa. Por lo demás, para asegurarme de no dejar ninguna huella de nuestra presencia provoqué un pequeño incendio.

—¡Dios! —exclamó Sally—. ¡Eso no estaba en el guión!

—El escenario de los hechos... bueno, pensé que podría levantar sospechas en la policía. ¿No es lo que nos dijiste?

Ella asintió.

—Sí, sí. Vale. No creo que haya problemas...

—Hay una pequeña toalla en la mochila. Está mojada

con gasolina, que limpiará el cañón del arma. Deshazte de ella después.

Sally volvió a asentir.

—Ha sido una precaución inteligente por tu parte. Pero Hope, ¿qué estabas diciendo de Hope?

Scott se preguntó dónde se le notaba la mentira en la cara.

—Ahora está cumpliendo con lo previsto —dijo—. Acaba con tu parte y hablaremos más tarde.

—¿Qué le ha pasado exactamente a Hope? —exigió Sally.

—Ahora no hay tiempo de hablar. Tienes que volver a Boston ahora mismo. El tiempo es crucial. No sabemos lo que hará O'Connell...

—¿Qué le ha pasado a Hope? —repitió Sally con furia en la voz.

—Ya te lo he dicho, ha tenido que pelear. Se ha cortado con un cuchillo. Cuando la he dejado, me ha dicho que te dijera que estaba bien. ¿Entendido? Eso es exactamente lo que ha dicho. «Dile a Sally que estoy bien.» Ahora debes terminar el trabajo. Tenemos que hacerlo todos. Hope ha hecho su parte y yo he hecho la mía. Ahora haz tú la tuya. Es lo último, y...

—¿Se ha cortado con un cuchillo? —repitió Sally—. ¿Qué quieres decir? Y no me mientas.

—Te estoy diciendo la verdad —se envaró Scott—. Se ha hecho un corte. Es todo. Ahora vete.

Sally imaginó cien posibles réplicas en ese instante, pero se contuvo. Por furiosa que estuviera, sabía que una vez, años antes, ella le había mentido, y que ahora él le estaba mintiendo, y que así eran las cosas. Asintió, cogió la mochila y arrancó sin decir palabra.

Una vez más, Scott se quedó solo, contemplando las luces del coche desaparecer en la oscuridad.

El detective señaló las fotos de la escena del crimen.

—El fuego lo revolvió todo. Y peor aún que el fuego, la maldita agua con que los bomberos lo rociaron. Naturalmente, no se les puede pedir que no lo hagan —dijo con una sonrisa amarga—. Tuvimos suerte de que no ardiera la casa entera. El incendio se circunscribió a la zona de la cocina. ¿Ve esa pared del fondo, toda calcinada? El especialista en incendios dijo que quien lo provocó no tenía ni idea de lo que hacía, así que en vez de extenderse por la habitación, el fuego subió por la pared y el techo, y por eso lo vieron los vecinos. Así que al final tuvimos suerte de poder recomponer las piezas.

—¿Ha trabajado en muchos homicidios? —pregunté.

—¿Aquí? Esto no es como Boston o Nueva York. Somos un departamento bastante modesto. Pero el equipo de forenses estatales es bastante bueno, y el equipo de expertos vale la pena, así que, cuando se produce un asesinato, lo manejamos bastante bien. La mayoría de los homicidios que vemos son disputas domésticas que se tuercen, o bien trapicheos de drogas que salen mal. En la mayoría de los casos el culpable no huye, o al menos no lo hace su compañero, así que alguien nos dice a quién debemos pillar.

—Pero éste no fue el caso, ¿verdad?

—Qué va. Al principio hubo algunas preguntas que nos dejaron sin habla. Y mucha gente que no derramó una lágrima por la muerte del viejo O'Connell. Fue un mal marido, un mal padre y un mal vecino, además de un desalmado. Demonios, si hubiera tenido un perro lo habría dejado morir de hambre y le habría dado de patadas cada mañana sólo para dejar las cosas claras, ¿entiende? De todas maneras, en la casa y la escena del crimen quedó suficiente para una investigación.

Asentí.

—Pero ¿qué los puso en la dirección adecuada?

—Dos cosas. Quiero decir, teníamos un incendio y un

cadáver parcialmente quemado y, tontos como somos, al principio pensamos que el viejo O'Connell, borracho perdido, había conseguido incendiar la casa consigo dentro. Ya sabe, se queda dormido con un cigarrillo y una botella de whisky en la mano. Naturalmente, lo más probable es que eso hubiera sido sentado en un sillón de la sala, o en la cama, no en el suelo de la cocina. Pero cuando el forense retiró la carne chamuscada, vio la herida del disparo y encontró una bala de calibre veinticinco en el cerebro y otra en el hombro, bueno, eso dio un vuelco a la investigación. Así que volvimos a aquel caos empapado, buscando alguna pista, ya sabe. Pero el doctor también encontró trozos de piel bajo las uñas del tipo, así que tuvimos un ADN muy interesante, y de repente el caos de la casa era el resultado de una pelea mortal. Y cuando interrogamos a los vecinos, uno de ellos recordó haber visto un coche con matrícula de Massachusetts que salió pitando de allí poco antes de que empezara el humo. Eso y los resultados del ADN nos consiguieron una orden de registro. Y entonces, ¿qué cree que encontramos?

Sonreía, y dejó escapar una risita. La satisfacción del policía al comprobar que a veces el mundo funciona como debe ser.

Yo estaba menos seguro de que hubiera llegado a la misma conclusión.

45

Una llamada sin respuesta

Hope condujo hacia el norte y cruzó el peaje de la frontera con Maine, dirigiéndose a un punto cerca de la costa que recordaba de unas vacaciones de verano, muchos años atrás, poco después de que Sally y ella se hubieran enamorado. Habían llevado a la pequeña Ashley en su primer viaje juntas. Era un sitio agreste, donde un crecido parque de árboles oscuros y matorrales retorcidos llegaba hasta el borde mismo del agua, y la costa rocosa capturaba las olas que llegaban desde el Atlántico, lanzando al aire chorros de espuma salada. En el verano era mágico: las focas jugando entre las rocas, diversas especies de aves marinas graznando en la brisa. Ahora, pensó, sería un sitio solitario, lo bastante tranquilo para pensar qué hacer exactamente.

Mantenía el codo contra la herida, presionando para reducir la hemorragia. La herida en sí le provocaba un dolor pulsante y constante. En más de una ocasión pensó que iba a desmayarse, pero luego, mientras el coche iba devorando kilómetros, hizo acopio de fuerzas y, con los dientes apretados, creyó que podría realizar el viaje sin paradas.

Trató de imaginar lo sucedido en su interior. Visualizó diferentes órganos (estómago, bazo, hígado, intestinos) y, como si fuese un juego infantil, intentó adivinar cuáles eran los cortados o perforados por el cuchillo.

El paisaje parecía aún más oscuro que la noche que la envolvía. Grandes grupos de pinos negros, como testigos junto a la carretera, parecían vigilar su avance. Cuando salió de la autopista, gimió de dolor al girar el volante para enfilar la rampa y luego internarse por carreteras secundarias que le recordaron el hogar de su infancia. Trató de controlar su respiración.

Se permitió imaginar que estaba realmente en la carretera que conducía a la casa de su infancia. Pudo visualizar a su madre en aquella época, el pelo recogido, en el jardín, arreglando las flores, mientras su padre estaba en el campo de fútbol que le había trazado, tratando de hacer filigranas con un balón. Oyó su voz llamándola para que se pusiera las botas y saliera a jugar. Su padre hablaba con fuerza, no como después, cuando la enfermedad lo acosó en el hospital.

«Ahora mismo voy», pensó.

Había pequeños carteles marrones cada pocos kilómetros que indicaban la dirección del parque, y ahora ya olió el salitre en el aire. Recordó que había un aparcamiento apartado y supo que estaría vacío esa fría noche de noviembre. Un camino de unos cien metros cubierto de hojarasca serpenteaba entre los árboles y matojos, atravesando una zona de picnics, y luego otro de un kilómetro y pico hasta el océano. Alzó los ojos y vio la luna llena. Sabía que podría necesitar su débil luz. «Luna de cazadores», pensó, e imaginó que las primeras nieves y el hielo no estaban ya muy lejos. Dudaba que viniera nadie; no sabría qué decir si lo hicieran. No le quedaban fuerzas para mentir ni siquiera al guardabosques.

Vio otro cartel, el fondo azul y una gran H blanca en el centro.

Era una tentación injusta, pensó. No se había acordado de que el parque estaba sólo a un par de kilómetros de un hospital.

Por un momento pensó en tomar esa dirección. Habría una gran mancha de luz brillante, y un cartel de neón rojo:

«Entrada de Urgencias». Probablemente un par de ambulancias aparcadas por allí, en la entrada circular. Dentro habría una enfermera tras un mostrador. Se la imaginó: una mujer gruesa, de mediana edad, a quien no asustaría la sangre ni el peligro. Le echaría un vistazo a la herida de Hope, y luego la llevarían a la sala de reconocimiento, donde ella oiría los murmullos de médicos y enfermeras que se afanarían en salvarle la vida.

«¿Quién le ha hecho esto?», preguntaría alguien, libreta y lápiz en mano.

«Me lo hice yo misma.»

«No, de verdad, ¿quién se lo hizo? La policía viene de camino y querrá saberlo. Díganoslo ahora...»

«No puedo decirlo.»

«Necesitamos respuestas. ¿Por qué ha venido aquí? ¿Por qué tan lejos de su casa? ¿Qué ha hecho esta noche?»

«No voy a decirlo.»

«Eso no es lo mismo que no poder decirlo. Tenemos muchas dudas. Si sobrevive a esta noche, tendremos muchas más preguntas.»

«No voy a responder.»

«Sí que lo hará. Tarde o temprano, lo hará. Y díganos: ¿por qué hay sangre de otra persona en su mono? ¿Cómo ha llegado ahí?»

Hope apretó los dientes y siguió conduciendo.

Sally aparcó casi en el mismo sitio de antes frente al apartamento de Michael O'Connell. La calle estaba vacía, a excepción de los coches aparcados por toda la manzana. La negrura de la noche fundía las sombras, luchando contra el resplandor que llegaba de los barrios más concurridos.

Sally miró el reloj, luego el cronómetro, que indicaba los avances de todo el día. Inspiró lentamente. El tiempo se movía muy despacio.

Contempló el edificio de O'Connell. Las ventanas de su apartamento continuaban a oscuras. Mientras escrutaba la calle arriba y abajo, sintió que el calor se acumulaba en su interior. ¿A qué distancia estaba él ya? ¿A dos minutos? ¿A veinte? ¿Venía hacia aquí?

Sacudió la cabeza. Una planificación adecuada, se dijo, habría dispuesto que alguien lo siguiera desde la casa de su padre, para que cada paso que diera ese día estuviera controlado. Se mordió el labio inferior. Pero eso habría supuesto un mayor peligro, pues ese alguien habría tenido que estar demasiado cerca de O'Connell. Por eso había dejado una laguna de tiempo entre su salida y su regreso. Pero Scott había tardado demasiado en llevarle el arma, y ahora ella ignoraba dónde podía estar O'Connell. ¿Se había deshinchado el neumático como había prometido Scott? ¿Se había retrasado lo suficiente en cambiar la rueda? Los imponderables le gritaban como una sinfonía de instrumentos desafinados.

Miró de reojo la mochila que contenía la pistola y se contuvo de arrojarla al contenedor de basura tras el edificio. Habría bastantes posibilidades de que los policías la encontraran allí. Pero no tenía la certeza necesaria, y en una noche llena de dudas no podía arriesgarse.

Jugueteó con el teléfono móvil. Su mente no dejaba de girar en torno a Hope. «¿Dónde estás? ¿Te encuentras bien?»

Le temblaban las manos. No sabía si por miedo a que O'Connell la pillara o si temía por Hope. Pensó en su compañera, trató de imaginar qué le había sucedido, de leer entrelíneas lo que le había dicho Scott, pero eso la asustó aún más.

O'Connell venía de camino, más cerca cada minuto, podía sentirlo. Sabía que tenía que actuar sin retrasos. Sin embargo, maniatada por la incertidumbre, vaciló.

Hope estaba en alguna parte, herida, lo sentía también. Y no podía hacer nada al respecto.

Dejó escapar un lento gemido.

Y entonces, con una inaudita fuerza de voluntad, cogió

la mochila y salió del coche. Rogó que la noche la ocultara mientras, cabizbaja, cruzaba rápidamente la calle. Si alguien las veía y las relacionaba a ella y la mochila con O'Connell y su apartamento, todo podría descubrirse. No tenía que correr, sino caminar con normalidad. El contacto visual con cualquier persona sería fatal, lo mismo que hablar con alguien. Sería fatal cualquier cosa que llamara la atención sobre ella; y lo sería no sólo para ella, sino para todos.

Ése era el momento más peligroso. El momento en que todo lo que había sucedido esa noche pendía de un hilo. Un fallo por su parte los condenaría a todos, y posiblemente también a Ashley. Tenía el arma del crimen en su poder. Era un momento de absoluta vulnerabilidad.

«Continúa», se ordenó.

Al entrar en el vestíbulo del edificio, oyó voces en el ascensor, así que decidió subir por la escalera, dos escalones a cada paso.

Se detuvo junto a la sólida puerta de incendios de la segunda planta, trató de escuchar a través de ella, y luego recorrió con paso firme el pasillo hasta el apartamento de O'Connell. Tenía en la mano la llave de la vecina, igual que unas horas antes. Durante un terrible segundo imaginó que él estaba dentro, tendido en la cama, con las luces apagadas. Debía tenerlo en cuenta. ¿Y si estaba dentro? ¿Y si aparecía antes de que terminara su tarea? ¿Y si la veía en el pasillo o en el ascensor o al salir del edificio, en la calle? ¿Qué iba a decir? ¿Le haría frente? ¿Trataría de esconderse? ¿La reconocería él?

La mano le temblaba cuando abrió la puerta.

Entró rápidamente y cerró tras de sí.

Prestó atención al sonido de respiraciones, pasos, una cisterna, el teclado del ordenador, cualquier cosa que le indicara que no estaba sola, pero sólo oyó el torturado sonido de su propia respiración, que parecía crecer a cada segundo que pasaba.

«¡Hazlo! ¡Hazlo ahora! ¡No hay tiempo!»

Cruzó el recibidor sin encender ninguna luz, y se maldijo cuando chocó contra una pared. La tenue luz de la calle entraba por las ventanas del dormitorio, proporcionándole iluminación suficiente. Se vio de soslayo en un espejo y casi soltó un grito.

Se apresuró hacia el armario mientras abría la mochila y sacaba el arma. Notó el fuerte olor a gasolina, tal como le había advertido Scott. Metió la pistola en la bota y remetió el calcetín para sofocar el olor. Tras dejarlo todo en su sitio, esperando que exactamente igual que estaba, se incorporó.

Se ordenó moverse con calma y eficacia, sopesando cada paso, pero no lo consiguió. Cogió la bolsa ahora vacía, echó una rápida ojeada alrededor, pensó que todo parecía igual que antes y se dispuso a marcharse.

Cegada una vez más por la oscuridad, tropezó.

Tratando de controlar su corazón desbocado, se ordenó ir paso a paso. No quería chocar contra nada ni correr el riesgo de derribar algo. No tenía que haber ningún signo de que ese día alguien había entrado dos veces en el apartamento. Eso era lo más importante, se dijo, mientras esperaba que su corazón se calmara.

El acto de retrasar la salida fue casi doloroso.

Cuando llegó por fin a la puerta, se dejó llevar por el pánico. «Él está aquí», pensó. Imaginó oír su llave en la cerradura, voces, pisadas.

Trató de ignorar las malas pasadas que le jugaba el miedo y salió al pasillo. Miró a derecha e izquierda y comprobó que estaba vacío. Con todo, las manos le temblaban y le pareció oír sonidos amenazadores acercándose desde todas las direcciones. Se repitió que debía controlarse.

Tal como había hecho antes, cerró la puerta con llave y echó a andar por el pasillo. De nuevo, eligió las escaleras. De nuevo, cruzó el vestíbulo y salió a la calle. De repente se sintió exultante: lo había logrado. Cruzó la calzada, sumiéndose en el anonimato nocturno.

Había una alcantarilla justo delante de su coche. Deslizó la llave de la vecina entre los intersticios y la oyó caer a las aguas residuales del fondo.

Hasta que entró en el coche, cerró la puerta y echó atrás la cabeza no sintió las lágrimas que se acumulaban en su interior. Por un segundo creyó que todo funcionaría, y se dijo: «Está a salvo. Lo hemos conseguido. Ashley está a salvo.»

Y entonces recordó a Hope y un nuevo pánico la atenazó, un pánico que pareció surgir de un negro espacio interior, avanzando inexorable, amenazando con envolverla en un miedo informe. Dejó escapar un fuerte gemido y contuvo la respiración. Cogió el móvil y marcó el número de su compañera.

Scott experimentó alivio al enfilar su camino de acceso particular. Dejó la furgoneta tras la casa, en su lugar de costumbre, donde era difícil verla desde la calle, e incluso desde las casas vecinas. Cogió las prendas utilizadas en su misión, subió al Porsche y volvió a salir a la calle. Aceleró, asegurándose de hacer suficiente ruido para que quien estuviera aún despierto, viendo la tele o leyendo, lo advirtiera.

En el centro de la ciudad había una pizzería frecuentada por estudiantes. Tan tarde (era cerca de medianoche), la presencia de un profesor no pasaría inadvertida. No era extraño que los profesores, cuando corregían exámenes, salieran un rato por la noche para despejarse la cabeza. Era un lugar tan bueno como cualquier otro para dejarse ver.

Aparcó directamente delante, y el coche deportivo llamó la atención de algunos jóvenes sentados junto a la ventana. Su Porsche siempre atraía miradas, pensó Scott.

Pidió una porción de pizza cuatro estaciones y pagó con su tarjeta de débito. Si lo interrogaban, no tendría coartada para el resto de la noche («En casa, corrigiendo exámenes —diría—. Y no, no contesto al teléfono cuando corrijo»), pero no le habría sido materialmente posible conducir desde la casa del padre de O'Connell hasta Boston y luego hasta el oeste de Massachusetts en el lapso de tiempo correspondiente a la muerte de O'Connell padre. «¿Matar a alguien y luego comprar una porción de pizza? Detective, eso es absurdo.» No era la mejor coartada, pero al menos era algo. Dependía de que Sally devolviese el arma. Tantas cosas se basaban en que se descubriera aquella pistola que Scott casi se atragantó por la tensión.

Llevó su porción de pizza a un lugar vacío junto a la barra y comió despacio. Trató de no pensar en ese día, de no repasar mentalmente cada escena. Pero la imagen del hombre asesinado asomó a su conciencia, mientras miraba la pizza. Cuando le pareció notar el olor de la gasolina y luego el hedor igualmente repulsivo de la carne quemada, casi vomitó. «Acabas de estar de nuevo en la guerra», se dijo. Tomó aire, continuó comiendo y se concentró en el resto de su tarea. Tenía que deshacerse de toda la ropa que había llevado en la casa del padre de O'Connell, echarla al sumidero del Ejército de Salvación local, donde desaparecería en las fauces de la caridad. Se recordó no olvidarse de los zapatos. Podían tener sangre en las suelas, igual que todos ellos podrían tener sangre en el alma.

Miró la pizza y se la llevó a la boca con mano temblorosa.

«¿Qué he hecho, Dios mío?»

Se negó a contestar y trató de pensar en Hope. Cuando más recordaba la situación de ella, más comprendía que había un largo camino por recorrer antes de que él pudiera volver a respirar con tranquilidad.

Scott contempló el restaurante, los otros clientes, casi todos absortos en sí mismos, con los ojos fijos al frente, mirando por la ventana o a la pared. Por un momento pensó que todos podrían ver la verdad en él, que de algún modo llevaba encima la culpa como una mancha de pintura escarlata.

«Todo acabará mal —pensó—. Iremos todos a la cárcel.»

Excepto Ashley. Trató de visualizarla, de mantener su

imagen en la cabeza, como vía de escape de aquella abrumadora desesperación que amenazaba con ahogarlo en ese mismo momento.

De pronto la pizza le supo a tiza. Tenía la garganta reseca. Deseó estar a solas, y al mismo tiempo no estarlo.

Apartó el plato de papel y pensó que todo lo que habían hecho con el fin de devolver la seguridad a la vida de Ashley los había arrojado a un agujero negro de incertidumbre.

Salió lentamente de la pizzería, volvió a su coche y se preguntó si podría volver a dormir en paz alguna vez. No lo creía.

Hope seguía sentada en su coche alquilado, con el motor y las luces apagados y la cabeza apoyada en el volante. Había aparcado al fondo del parque, lejos de la carretera principal, en la zona menos visible.

Se sentía mareada y exhausta, y se preguntó si tendría fuerzas para terminar la noche. Respiraba entrecortadamente.

A su lado yacía el cuchillo que tanto daño le había causado, un bolígrafo y un papel. Rebuscó en su mente, tratando de averiguar si había alguna otra cosa que pudiera comprometerla. Se dijo que tenía que deshacerse del móvil, pero sonó cuando extendía la mano para cogerlo.

Sabía que era Sally.

Se lo llevó al oído y cerró los ojos.

—¿Hope? —La voz de su compañera sonó ronca de ansiedad—. ¿Hope?

No contestó.

—¿Estás ahí?

Tampoco contestó.

—¿Dónde estás? ¿Te encuentras bien?

Hope pensó que podía decir muchas cosas, pero ninguna de ellas salió de sus labios. Respiró hondo.

—Por favor, Hope, dime dónde estás.

Sacudió la cabeza, pero no dijo nada.

—¿Estás herida? ¿Es grave?

«Sí.»

—Por favor, Hope, respóndeme... Necesito saber que estás bien. ¿Vas para casa? ¿Vas a un hospital? ¿Dónde estás? Iré a buscarte y te ayudaré. Dime qué tengo que hacer...

«No hay nada que puedas hacer. Sólo sigue hablando. Es maravilloso oír tu voz. ¿Te acuerdas de cuando nos conocimos? Nuestros dedos se rozaron cuando nos estrechamos la mano, y pensé que íbamos a salir ardiendo, allí mismo, en la galería, delante de todo el mundo.»

—¿No puedes hablar? —insistió Sally—. ¿Hay alguien cerca?

«No; estoy sola, aunque en realidad no: tú estás aquí conmigo ahora. Ashley está conmigo. Catherine y mi padre también. Y oigo a *Anónimo* ladrar para que lo lleve al campo de fútbol. Mis recuerdos me rodean.»

Sally no quería dar rienda suelta al pánico que la embargaba, pero consiguió aferrarse a algo en su interior y contener sus temores.

—Hope, sé que me estás escuchando. Hablaré. Si puedes decir algo, por favor, hazlo. Dime adónde tengo que ir, e iré. Por favor.

«Estoy en un sitio que recuerdas muy bien. Te hará sonreír y llorar cuando lo comprendas.»

—Hope, se acabó. Lo hemos logrado. Ashley va a estar a salvo, lo sé. Todo volverá a ser como antes. Ella recuperará su vida, y tú y yo recuperaremos la nuestra, y Scott volverá a sus clases y todo será como cuando éramos felices. He sido tan tonta... y sé que ha sido duro para ti. Pero juntas continuaremos adelante a partir de ahora, tú y yo. Por favor, no me dejes. Ahora no. No cuando tenemos otra oportunidad...

«Ésta es nuestra única oportunidad.»

—Por favor, Hope, por favor. Háblame.

«Si te hablo no podré hacer lo que debo. Me convencerás de lo contrario. Te conozco, Sally. Serás persuasiva y seductora y simpática, todo a la vez, como solías serlo; es lo que he amado de ti desde el principio. Y si permito que me hables, no podré discutir los argumentos que usarás para disuadirme.»

Sally escuchó el silencio. No podía expresar con palabras lo que estaba pasando, todo era demasiado sombrío y pesadillesco. Sólo sabía que tenía que encontrar alguna frase que pudiera cambiar lo que se temía.

—Mira, Hope, amor, por favor, déjame ayudarte.

«Estás ayudando. Sigue hablando. Me hace más fuerte.»

—No importa lo que haya pasado, podremos salir de ésta. Confía en mí. Me dedico a resolver los problemas de la gente. Ése es mi trabajo. No hay problema demasiado grande del que no podamos salir si trabajamos en equipo. ¿No lo hemos aprendido esta noche?

Hope cogió el papel y el bolígrafo. Sujetó el teléfono entre el hombro y la oreja para continuar escuchando.

—Hope, juntas podemos conseguirlo. Lo sé. Dime que tú también lo sabes.

«Esto no podemos hacerlo juntas. He de hacerlo sola. Es el único modo de que todos estemos a salvo.»

Sally guardó silencio y Hope escribió: «Hay demasiada tristeza en mi vida.» Sacudió la cabeza. «La primera de muchas mentiras», pensó. Continuó escribiendo: «Me han acusado injustamente en el colegio que más quiero.»

—Hope, por favor —susurró Sally—. Sé que estás ahí. Dime qué ocurre. Dime qué tengo que hacer. Te lo suplico.

«Y la mujer a la que amo ya no me quiere», añadió en el papel. Meneó levemente la cabeza mientras escribía estas palabras. Se mordió el labio inferior. Tenía que encontrar algún modo de decirlo para que sólo Sally supiera la verdad, no el guardabosques que encontraría la nota ni el detective que la leería.

«Así que he venido a este lugar que una vez amamos,

para recordar cómo fue el pasado, y cómo sería el futuro si yo fuera más fuerte.»

Sally, las lágrimas corriéndole por la cara, experimentó algo más allá del terror: la sensación de lo inevitable. «Hope quiere protegernos», pensó.

—Hope, amor mío, por favor... —gimió desesperada—. Déjame estar contigo. Desde el principio confiamos la una en la otra. Nos hemos hecho bien mutuamente. Déjame volver a hacerlo, por favor.

«Pero Sally, ya lo haces», pensó, y escribió: «Traté de clavarme un cuchillo, pero sólo conseguí mancharlo todo de sangre, y lo siento. Quise apuñalarme en el corazón, pero fallé. Así que elegí otra forma.» Eso le pareció bien. Sally lo entendería. «La única salida que me queda. Os amo a todos, y confío en que me recordaréis de la misma manera.» Estaba agotada.

La voz de Sally se había convertido en un susurro.

—Mira, Hope, mi amor, por favor, no importa lo malherida que estés, podemos decir que te lo hice yo. Scott dice que te cortaste. Bueno, le diremos a la policía que lo hice yo. Nos creerán. No tienes que dejarme. Podemos superarlo juntas.

Hope volvió a sonreír. Era una proposición muy atractiva, pensó. Mentir para librarse de todas las preguntas. Y tal vez funcionaría, pero probablemente no. «Sólo hay un modo de asegurarse.»

Quiso decir adiós, quiso decir todas las cosas que los amantes se susurran en la intimidad, quiso decir algo sobre su madre y Ashley y todo lo sucedido esa noche, pero no lo hizo. En cambio, pulsó la tecla roja del teléfono y cortó la comunicación.

En su coche, todavía aparcado en la calle de Michael O'Connell, Sally cedió a todas las emociones que la embargaban y sollozó incontrolablemente. Le parecía estar menguando, como si de pronto se hiciera más pequeña, más débil, sólo la sombra de la persona que era por la mañana. Ya no estaba segura de que su plan mereciese el precio que estaba pagando. Se inclinó hacia delante, pataleó y golpeó el volante con los puños, agitando los brazos. Entonces se detuvo y gimió, como si le hubieran dado un puñetazo en el estómago. Cerró los ojos y se meció adelante y atrás, hundiéndose en su asiento, en total agonía, ajena al detalle de que Michael O'Connell, maldiciendo y furioso, ciego a su entorno, pasaba de largo a unos metros de distancia, en dirección a su casa.

Epílogo

Así que, ¿quieres oír una historia?

—De modo que conseguiste reunirte con el detective que investigó el caso —dijo ella.

—Sí —respondí—. Fue muy revelador.

—Pero has vuelto, porque aún tienes más preguntas, ¿correcto?

—Sí. Sigo pensando que hay otras personas con las que necesito hablar.

Ella asintió, pero no respondió enseguida. Noté que calculaba con cuidado, tratando de sopesar detalles contra recuerdos.

—Hablar con Sally o Scott, ¿verdad?

—Sí.

Negó con la cabeza.

—No creo que quieran hablar contigo. Pero además, ¿qué esperas que te digan?

—Quiero saber cómo se resolvió todo.

Ella rió sin humor.

—¿Resolverse? Una palabra inadecuada para describir lo que hicieron y cómo pudo influir en sus vidas.

—Bueno, ya sabes a qué me refiero. Una valoración...

—¿Y crees que te dirían la verdad? ¿No crees que cuando llamaras a su puerta y dijeras «Quisiera hacerles unas preguntas sobre el hombre al que mataron» te mirarían como a un loco y te cerrarían la puerta en las narices? Y aunque te invitaran a pasar y tú les preguntaras «¿Cómo les ha ido la vida desde que se libraron del asesinato?», ¿qué motivo tendrían para decirte la verdad? ¿No ves lo ridículo que sería?

—Pero ¿sabes tú las respuestas a esas preguntas?

—Por supuesto.

Era temprano por la tarde, el crepúsculo de una tarde de verano, ese momento entre el día y la noche, cuando el mundo adquiere un aspecto desvaído. Había abierto las ventanas de su casa, dejando entrar los sonidos perdidos a los que yo me había acostumbrado en muchas visitas: voces de niños, algún coche ocasional. El final de otro día benigno en las afueras. Me acerqué a la ventana y aspiré una bocanada de aire puro.

—Nunca considerarás que éste es tu hogar, ¿verdad? —pregunté.

—No, por supuesto que no. Es un sitio terrible de tan normal.

—Te mudaste, ¿verdad? Después de que ocurrieran todos esos acontecimientos.

Ella asintió.

—Muy perspicaz por tu parte.

—¿Por qué?

—Ya no me consideraba a salvo en la soledad de la que me había rodeado durante años. Demasiados fantasmas y recuerdos. Temí volverme loca. —Sonrió, y añadió—: Bien, ¿qué te dijo el policía?

—Que lo que Sally predijo se cumplió. Bueno, no llegó a decirlo: es lo que yo interpreté. Cuando los detectives fueron al apartamento de Michael O'Connell encontraron el arma del crimen oculta en la bota. Bajo las uñas de su padre asesinado hallaron su ADN. Al principio admitió haber estado allí y haberse peleado con el viejo, pero negó haberlo matado. Naturalmente, alguien que machaca sádicamente bajo su zapato la medicación para el corazón de su padre carece de credibilidad, y por eso no le creyeron. Ni por un segundo. No, lo tenían, incluso sin una confesión completa, y cuando recuperaron el ordenador, que él había llevado a reparar, y encontraron esa carta llena de ira dirigida a su padre... Bueno, lo reunieron todo: móvil, medio, oportunidad. La Santísima Trinidad del trabajo policial. ¿No lo llamó así Sally cuando diseñó el plan?

—Sí. Es lo que supuse que te diría. Pero ¿no te contó nada más?

—O'Connell trató de acusar a Ashley, y a Scott y Sally y Hope, pero...

—Una conspiración que requeriría reunir pruebas imposibles, ¿verdad? Una, robar el arma del crimen, dársela a otra persona, pasar por tres manos antes de devolverla al apartamento de O'Connell, y un incendio... Desde luego es difícil de creer, ¿no?

—Así es. Sobre todo cuando se une al suicidio de Hope y la nota que dejó. El detective me dijo que para creer a O'Connell habría que dar por sentado que una mujer suicida paró por el camino para asesinar a un hombre a quien no había visto jamás, en un lugar donde no había estado nunca, luego condujo de vuelta a Boston para dejar el arma en el armario de su propietario y luego viajó hasta Maine para arrojarse al océano después de dejar una nota donde olvidó mencionar todo esto. También se podría pensar que Sally fue la asesina, pero estaba en Boston comprando lencería más o menos a la hora del crimen. Y Scott, bueno, tal vez fue él, pero no tuvo tiempo de hacerlo y luego volver a Boston y regresar a Massachusetts para tomarse una pizza. Una vez más, no tiene cabida en el reino de lo probable...

Mientras yo hablaba, vi lágrimas en sus ojos. Pareció erguirse en su silla, como si mis palabras tensaran el nudo y sacaran algún recuerdo nuevo de su interior.

—¿Y entonces? —preguntó con un hilo de voz.

—Y entonces, el plan trazado por Sally se cumplió.

Michael O'Connell fue condenado por asesinato en segundo grado. Al parecer, continuó alegando inocencia hasta el último minuto. Pero, cuando la policía le dijo que el arma utilizada en el asesinato de su padre era la misma que había matado al detective privado Murphy, y que tal vez le colgarían también ese crimen, escogió la salida fácil. Naturalmente, fue un farol de la policía. Los disparos que acabaron con la vida de Murphy produjeron fragmentos de bala demasiado deformes para cotejarlos. El policía me lo dijo. Pero fue una amenaza útil. De veinte años a cadena perpetua. Podrá solicitar su primera vista para la libertad condicional después de dieciocho años.

—Sí, sí —dijo ella—. Eso lo sabemos.

—Así que ellos consiguieron lo que querían.

—¿Eso crees?

—Se salieron con la suya...

—¿De veras?

—Bueno, si he de creer lo que me has contado, pues sí. Se levantó, se dirigió al mueble bar y se sirvió una copa.

—Supongo que ya es tarde —dijo. Había lágrimas formándose en las comisuras de sus ojos.

Permanecí callado, observándola.

—¿Salirse con la suya has dicho? ¿Crees de verdad que ocurrió así?

—No van a ser acusados en ningún tribunal.

—Pero ¿no crees que hay otros tribunales dentro de nosotros, donde la culpabilidad y la inocencia están siempre en equilibrio? ¿Se sale alguna vez con la suya gente como Scott y Sally?

No respondí. Supuse que ella tenía razón.

—¿Crees que Sally no pasa las noches llorando mientras pasan las horas, sintiendo el vacío en el lado de la cama que ocupaba Hope? ¿Qué ha ganado? Y el peso que Scott carga ahora... los acontecimientos de esos días seguramente lo despiertan cada poco. ¿Nota aquel olor a carne quemada y muerte con cada ráfaga de brisa? ¿Puede enfrentarse a todos sus jóvenes estudiantes sabiendo la mentira que oculta en su interior?

Hizo una pausa.

—¿Quieres que continúe?

Negué con la cabeza.

—Piénsalo —añadió—. Ellos seguirán pagando un precio por lo que hicieron el resto de su vida.

—Debería hablar con ellos —insistí.

Ella suspiró.

—Lo digo en serio —me obstiné—. Debería entrevistar a Sally y a Scott. Aunque ellos no quieran hablar conmigo, debería intentarlo.

—¿No crees que deberían quedarse a solas con sus pesadillas?

—Deberían ser libres.

—Libres de una duda. Pero ¿lo son de verdad?

No supe qué decir.

Ella dio un largo sorbo a su bebida.

—Bien, nos acercamos al final, ¿no? Te he contado una historia. ¿Qué dije al comienzo de todo esto? ¿La historia de un asesinato? ¿La historia de una muerte?

—Sí, eso me dijiste.

Sonrió tras las lágrimas.

—Pero me equivocaba. O, para ser más precisos, no te dije la verdad. No, en absoluto. Es una historia de amor.

Debí de parecer sorprendido, pero ella lo ignoró y se acercó a un mueble. Abrió un cajón.

—Eso es lo que fue. Una historia de amor. Siempre ha sido una historia de amor. ¿Habría sucedido todo eso si alguien hubiera amado de verdad a Michael O'Connell cuando era niño, de modo que hubiese aprendido la diferencia entre amor y obsesión? ¿Y no amaban Sally y Scott lo suficiente a su hija para hacer cualquier cosa que la protegiera de todo daño, sin importar el precio que tuviesen que pagar? Y Hope,

¿no amaba también a Ashley de un modo más especial de lo que había advertido nadie? Y amaba también a Sally, más profundamente de lo que ésta sabía, así que el regalo que les dio a todos fue una clase de libertad, ¿no? Y realmente, cuando examinas sus acciones, los hechos, las cosas que pasaron desde que Michael O'Connell entró en sus vidas, ¿no fue en verdad por amor? Demasiado amor o insuficiente amor. Pero, en cualquier caso, amor.

Permanecí en silencio.

Mientras ella hablaba, sacó un papel de un cajón y escribió algo.

—Tienes que hacer un par de cosas más para comprender realmente todo esto —dijo—. Hay una entrevista importante que debes realizar. Una información crucial que necesitas adquirir y, bueno, transmitir. Cuento contigo.

—¿Qué es esto? —pregunté mientras me entregaba el papel.

—Después de que hayas hecho lo necesario, ve a este sitio a esta hora y lo comprenderás.

Cogí el papel, lo miré y me lo guardé en el bolsillo.

—Tengo unas fotografías —dijo—. Ahora las guardo en los cajones. Cuando las saco, lloro con desconsuelo, y eso no es bueno, ¿verdad? Pero deberías ver un par de ellas...

Se volvió hacia el mueble, abrió un cajón, rebuscó y finalmente sacó una foto. La miró con ternura.

—Toma —dijo, con la voz algo quebrada—. Ésta es tan buena como cualquier otra. La hicieron después del campeonato estatal, poco antes de que ella cumpliera dieciocho años.

Había dos personas en la foto. Una adolescente sonriente y perdida de barro, alzando un trofeo dorado por encima de la cabeza, mientras un hombretón calvo, claramente su padre, la cogía en brazos. Sus rostros brillaban con esa inconfundible alegría de la victoria tras el sacrificio. La foto parecía estar viva, y durante un instante casi pude imaginar los vítores y las voces entusiastas y las lágrimas de felicidad que debieron de acompañar ese momento.

—Yo hice esa foto —dijo ella—. Y la verdad es que me gustaría salir también. —De nuevo inspiró profundamente—. Nunca recuperaron su cuerpo, ¿sabes? Pasaron varios días antes de que alguien encontrara su coche y hallara la nota en el salpicadero. Y hubo una gran tormenta al día siguiente, una de esas tormentas propias de finales de otoño, lo que impidió su búsqueda con equipos de buceo. Las olas fueron muy fuertes por toda la costa aquel noviembre, y debieron de arrastrarla kilómetros mar adentro. Al principio casi no pude soportarlo, pero a medida que pasó el tiempo comprendí que quizá fue lo mejor. Eso me permitió recordarla en momentos mejores. Me preguntaste por qué te he contado esta historia, ¿verdad?

—Así es.

—Por dos motivos. El primero, porque ella fue más valiente de lo que nadie podía esperar, y quiero que se sepa. —Catherine sonrió tras las lágrimas y señaló el bolsillo donde me había guardado el papel.

—¿Y el segundo motivo?

—Te quedará claro muy pronto —dijo.

Los dos guardamos silencio y ella sonrió.

—Una historia de amor —repitió—. Una historia de amor alrededor de la muerte.

El decorado difiere, dependiendo de la antigüedad de la prisión, y cuánto dinero esté dispuesto el estado a invertir en tecnología penal moderna. Pero, quitando las luces, los detectores de movimiento, los ojos electrónicos y los monitores de vídeo, una prisión sigue siendo lo mismo de siempre: cerrojos.

Me cachearon en una antesala, primero con una vara electrónica y luego a la manera clásica. Me pidieron que fir-

mara una declaración de que si por algún motivo me toma-
ban como rehén renunciaba a que el estado adoptara medidas extraordinarias para rescatarme. Inspeccionaron mi maletín. Examinaron todos los bolígrafos que llevaba, así como
las hojas de mi cuaderno de notas, para asegurarse de que no
intentaba colar algo entre las páginas. Luego me condujeron por un largo pasillo, a través de puertas de cierre electrónico. El guardia me condujo hasta una sala pequeña, al
lado de la biblioteca de la prisión. Normalmente, se usaba
para los encuentros entre los reclusos y sus abogados, pero
un escritor en busca de una historia merecía el mismo trato.

Había brillantes luces en el techo y una sola ventana que
daba a una cerca de alambre de espino y un trozo de cielo
azul. Una recia mesa de metal y sillas plegables eran el único mobiliario. El guardia me indicó que me sentara y luego
señaló una puerta lateral.

—Vendrá dentro de un minuto. Recuerde, puede darle
un paquete de cigarrillos, si lo ha traído, pero nada más. ¿De
acuerdo? Puede estrecharle la mano, pero ése será todo el
contacto físico. Según las reglas fijadas por el Tribunal
Supremo del estado, no se nos permite escuchar su conversación, pero esa cámara de ahí arriba en el rincón —señaló
el otro extremo de la sala—, bueno, grabará todo el encuentro. Incluyéndome a mí dándole este aviso. ¿Entendido?

—Claro.

—Podría ser peor —dijo—. Somos más amables que en
otros estados. Imagine cómo lo tratarían en Georgia, Texas
o Alabama.

Asentí.

—¿Sabe?, el monitor es también para su protección
—añadió—. Tenemos a algunos tipos aquí dentro que probablemente le rajarían la garganta si dice algo que no debe.
Así que vigilamos de cerca esta clase de entrevistas.

—Lo tendré en cuenta.

—Pero no tiene que preocuparse. En este lugar, O'Connell se comporta como todo un caballero. Lo único que hace es insistir en su inocencia.

—¿Eso dice?

El guardia sonrió mientras la puerta se abría y Michael O'Connell, esposado, con una camisa azul y vaqueros oscuros, era escoltado al interior de la habitación.

—Es lo que dicen todos —observó el guardia, y se acercó a quitarle las esposas.

Nos estrechamos la mano y nos sentamos uno frente al otro en la mesa. Él se había dejado barba y cortado el pelo al cepillo. Había algunas arrugas alrededor de sus ojos que supuse no existían unos años atrás. Coloqué la libreta delante de mí, y jugueteé con un lápiz mientras él encendía un cigarrillo.

—Mal hábito —comentó—. Empecé aquí.

—Puede matarlo —respondí.

Él se encogió de hombros.

—En este sitio muchas cosas pueden matarte. Miras mal a un tipo, y te mata. Dígame, ¿a qué ha venido?

—He estado examinando el crimen por el que cumple condena —dije con cautela.

Él alzó las cejas.

—¿De veras? ¿Quién lo envía?

—No me envía nadie. Estoy interesado.

—¿Y cómo se interesó?

No supe muy bien qué responder. Sabía que iba a hacerme esta pregunta, pero no había preparado ninguna respuesta. Me eché un poco hacia atrás, y dije:

—Oí algo en una fiesta, y me picó la curiosidad. Investigué un poco y decidí hablar con usted.

—Yo no lo hice, ¿sabe? Soy inocente.

Asentí con la cabeza, esperando que continuara. Él estudió mi reacción, dando una larga calada al cigarrillo, y exhaló un poco de humo en mi dirección.

—Le han enviado ellos, ¿verdad? —preguntó.

—¿A quién se refiere?

—Los padres de Ashley, y sobre todo ella misma. ¿Le han enviado para asegurarse de que sigo aquí, entre rejas?

—No. No me envía nadie. He venido por cuenta propia. Nunca he hablado con esas personas.

—Claro, seguro que no —repuso él, y soltó una risotada—. ¿Cuánto le pagan?

—Nadie me paga.

—Ya. Y hace esto gratis... Malditos puñeteros hijos de puta —masculló—. Creí que me dejarían en paz.

—Puede creer lo que quiera.

Él pareció reflexionar un momento, luego se inclinó hacia mí.

—Dígame —dijo despacio—. Cuando se reunió con ellos, ¿qué dijo Ashley?

—No me he reunido con nadie —mentí, y supe que él lo sabía.

—Descríbamela —pidió. De nuevo se inclinó hacia delante, como impulsado por la fuerza de sus preguntas, con una súbita ansiedad en cada palabra—. ¿Qué llevaba puesto? ¿Se ha cortado el pelo? Hábleme de sus manos. Tiene dedos largos y delicados. ¿Y sus piernas? Largas y bien torneadas, ¿eh? No se ha cortado el pelo, ¿verdad? Ni teñido. Espero que no.

Su respiración se había acelerado y pensé que podía estar excitado.

—No puedo decírselo. Nunca la he visto. No sé quién es.

Él dejó escapar un largo suspiro.

—¿Por qué me hace perder el tiempo con mentiras? —replicó. Entonces ignoró su propia pregunta y dijo—: Bueno, cuando la conozca, verá exactamente de qué estoy hablando. Exactamente.

—¿Ver qué?

—Por qué nunca la olvidaré.

—Incluso aquí dentro. ¿Durante años?

Él sonrió.

—Incluso aquí dentro. Durante años. Todavía puedo visualizarla de cuando estuvimos juntos. Es como si siempre estuviera conmigo. Incluso puedo sentir sus caricias.

Asentí.

—¿Y los otros nombres que ha mencionado?

Sonrió de nuevo, pero esta vez con malicia.

—No los olvidaré tampoco. —Torció la boca en una especie de mueca—. Lo hicieron ellos, ¿sabe? No sé cómo, pero lo hicieron. Ellos me metieron en este agujero. No tenga dudas. Cada día pienso en ellos. Cada hora. Cada minuto. Nunca olvidaré lo que consiguieron hacerme.

—Pero usted se declaró culpable —respondí—. En un tribunal. Delante de un juez, juró decir la verdad y declaró que había cometido el crimen.

—Eso fue cuestión de conveniencia. No tuve más remedio. Si me hubieran condenado por homicidio en primer grado, me habrían caído entre veinticinco años y la perpetua. Al declararme culpable, recorté siete años o más y tengo opción de solicitar la libertad bajo fianza. Cumpliré mi sentencia. Y luego saldré de aquí y arreglaré las cosas. —Volvió a sonreír—. ¿No es lo que esperaba oír?

—No tenía ninguna expectativa.

—Estábamos hechos para estar juntos —dijo—. Ashley y yo. Nada ha cambiado. El hecho de que tenga que pasarme unos años aquí dentro no cambia las cosas. Es sólo tiempo, y el tiempo pasa. Luego sucederá lo inevitable. Llámelo destino, llámelo sino, pero es como es. Puedo ser paciente. Y luego la encontraré.

Asentí. Lo creía. Él se acomodó en su asiento y miró la cámara de seguridad, aplastó el cigarrillo, sacó un paquete arrugado del bolsillo de la camisa y encendió otro.

—Es una adicción —dijo, mientras el humo resbalaba entre sus labios—. Es casi imposible dejarlo, o eso dicen. Peor que la heroína o incluso la cocaína o el crack. —Soltó una risita—. Supongo que soy una especie de drogadicto.

Entonces me miró fijamente.

—¿Ha sido adicto a algo? ¿O a alguien?

No respondí.

—¿Quiere saber si maté a mi padre? Pues no, no lo maté —dijo, envarado—. Condenaron al hombre equivocado.

«Una información que tenía que transmitir.»

Eso me había dicho ella, estaba seguro. No tardé en comprender a qué se refería.

Aparqué en el camino de acceso y salí del coche. El calor del día había aumentado. Imaginé que empujar las ruedas de aquella silla una tarde calurosa de verano sería particularmente difícil.

Llamé a la puerta de Will Goodwin y esperé. El jardín que había visto semanas antes había florecido en hileras ordenadas y coloridas, como una parada militar. Oí la silla rozando el suelo de madera, y entonces la puerta se abrió.

—¿Señor Goodwin? No sé si me recuerda. Estuve aquí hace unas semanas...

Él sonrió.

—Claro. El escritor. No creí que fuera a volver a verlo. ¿Tiene más preguntas que hacerme?

Goodwin sonreía. Advertí algunos cambios en él desde la anterior vez: el pelo más largo, y la hendidura de su frente, donde lo había golpeado el tubo, parecía haberse suavizado un poco y quedaba más oculta por la maraña de rizos. También se había dejado barba, de modo que su mandíbula transmitía cierta determinación.

—¿Cómo está? —pregunté.

Él hizo un gesto con la mano, señalando la silla.

—La verdad, señor escritor, he dado algunos pasos. Mi memoria va recuperándose, gracias por preguntar. No recuerdo nada de la agresión, claro. Eso está perdido, y dudo que vuelva jamás. Pero las clases, los estudios, los libros leídos, algo va volviendo cada día. Así que al menos estoy en moderado ascenso, por así decirlo. Tal vez pueda hacer algo en el futuro...

—Me alegro.

Sonrió, giró un poco la silla, equilibrándose, y se inclinó hacia mí.

—Pero ése no es el motivo por el que está aquí, ¿verdad?

—Pues no.

—¿Ha descubierto algo? ¿Sobre mi atraco?

Asentí. Sus modales tranquilos y afables cambiaron de inmediato.

—¿Qué? Dígame. ¿Qué ha descubierto?

Vacilé. Sabía lo que debía hacer. Me pregunté si esto era lo que pasaba por la mente de un juez cuando oía el veredicto del jurado. Culpable. Hora de pronunciar la sentencia.

—Sé quién lo hirió —respondí. Lo observé en busca de una reacción. No tardó en producirse. Fue como si una sombra hubiera caído sobre sus ojos, aumentando el espacio que nos separaba. Negra oscuridad y rancio odio. Su mano tembló y apretó los labios.

—¿Ha descubierto quién me hizo esto?

—Sí. El problema es que lo que he averiguado no es útil para la policía, no es la clase de información con la que se puede crear un caso, y desde luego no llegaría a ningún tribunal...

—Pero... ¿lo sabe? ¿Lo sabe con seguridad?

—Sí. Estoy absolutamente seguro, más allá de la duda razonable. Pero, repito, no le servirá de nada a la policía.

—Dígame —susurró con toda la rabia que acumulaba—. ¿Quién me hizo esto?

Busqué en mi maletín y saqué una fotocopia de las fotos de la ficha de Michael O'Connell y se la entregué. «Dos motivos», me había dicho Catherine. Y éste era el segundo.

—¿Este hombre?

—Sí.

—¿Dónde está?

Le tendí otro papel.

—En prisión. Aquí tiene la dirección, su número de identificación como recluso, datos sobre la sentencia que cumple, y la fecha en que podrá solicitar la libertad condicional. Es dentro de muchos años, pero ahí la tiene, junto con un número de teléfono donde puede conseguir más información, si quiere.

—¿Y está seguro? —volvió a preguntar.

—Sí. Al ciento por ciento.

—¿Por qué me lo cuenta?

—Supongo que tiene derecho a saberlo.

—¿Cómo lo ha averiguado?

—Por favor, no me pregunte eso.

Hizo una pausa, luego asintió.

—Vale. Está bien. —Will Goodwin miró primero la foto y luego el papel—. Un sitio duro esta prisión, ¿eh?

—Sí. Eso dicen.

—Ahí dentro puede pasar cualquier cosa, ¿verdad?

—Así es. Pueden matarte por un paquete de cigarrillos. Él mismo me lo dijo.

Asintió.

—Ya. Imagino que así es. —Me miró sin verme un segundo, y añadió—: Da que pensar.

Di un paso atrás, dispuesto a marcharme, pero de pronto me pregunté qué acababa de hacer.

Vi que Will Goodwin estaba rígido, y que sus brazos aferraban la silla cargados de tensión.

—Gracias —empezó lentamente, y pronunció cada palabra con el peso de la crueldad de lo que O'Connell le había hecho—. Gracias por acordarse de mí. Gracias por darme esto.

—He de irme —dije, pero lo que estaba dejando allí no se iría nunca.

—Sólo una pregunta más —dijo él.

—Claro.

—¿Sabe por qué me hizo esto?

Tomé aliento.

—Sí, lo sé.

Una vez más, su rostro se demudó y su labio inferior tembló.

—Bien... ¿por qué? —Apenas pudo pronunciar las palabras.

—Porque besó usted a la chica equivocada.

Él pareció respirar con dificultad, como si se hubiera quedado sin aire. Pude verlo asimilar la información.

—Porque besé...

—Sí. Sólo una vez. Un solo beso.

Vaciló, como si de repente hubiera docenas de preguntas que quisiera formular. Pero no lo hizo. Se limitó a sacudir la cabeza. Su mano se había tensado sobre la rueda de la silla, con los nudillos blancos, y en su interior estaba arraigando la ira más fría que jamás había visto.

El papel que Catherine me había dado me condujo a una calle, delante de un gran museo de arte en una ciudad que no era Boston ni Nueva York. Eran más de las cinco de la tarde, el tráfico abarrotaba las calles y las aceras estaban repletas de gente que volvía a casa. El sol empezaba a ocultarse tras los edificios de oficinas y ya se oían los primeros acordes de la sinfonía de cada tarde en la vida urbana. Cláxones de coches, motores de autobuses y el apresurado murmullo de voces. Me detuve al pie de unas amplias escalinatas y la marea de gente se dispersó a mi alrededor, como si yo fuera una roca en medio de la corriente y el agua pasara a cada lado. Mantuve la mirada fija al frente, observando las escalinatas, inseguro de lograr reconocerla. Pero cuando la vi, no tuve ninguna duda; la verdad, no sé por qué lo supe con aquella certeza. Había muchas jóvenes que salían del museo a esa

hora, y todas tenían ese aspecto típico del final de la jornada, con bolsas o mochilas al hombro. Todas eran sorpren-
dentes, todas atractivas, mágicas. Pero Ashley parecía destacar en todo. La rodeaban varias jóvenes que salían también,
hablando ansiosamente. La observé mientras bajaba hacia
mí. Pareció como si la luz del ocaso y la suave brisa le albo-
rotaran el pelo y la hicieran reír. Cuando pasó flotando junto a mí, quise susurrar su nombre y preguntarle si lo que veía
ante sí merecía la pena después de lo que había ocurrido, pero
supe que era la pregunta más injusta, porque la respuesta se
hallaba en algún lugar del futuro.

Así que no dije nada y me limité a contemplarla. No creo
que se fijara en mí.

Traté de percibir algo en su voz, en su paso, que me re-
velara lo que necesitaba saber. Pensé que tal vez lo había visto, pero no estaba seguro. Y mientras la miraba, Ashley fue
engullida por la multitud de peatones, desapareciendo hacia su propia vida.

Si realmente era Ashley. Podría haber sido Megan, o Sue,
o Katie, o Molly, o Sarah. No estuve seguro de que hubiera
ninguna diferencia.

Índice